U0113364

上海"三农"决策咨询研究

——2021年度上海市科技兴农软课题研究成果汇编

上海市农业农村委员会　主编

上海财经大学出版社

图书在版编目(CIP)数据

上海"三农"决策咨询研究:2021年度上海市科技兴农软课题研究成果汇编/上海市农业农村委员会主编.—上海:上海财经大学出版社,2022.8
ISBN 978-7-5642-3998-5/F·3998

Ⅰ.①上… Ⅱ.①上… Ⅲ.①三农问题-研究-上海-2021 Ⅳ.①F327.51

中国版本图书馆CIP数据核字(2022)第110138号

□ 责任编辑 杨 娟
□ 封面设计 张克瑶

上海"三农"决策咨询研究

——2021年度上海市科技兴农软课题研究成果汇编

上海市农业农村委员会 主编

上海财经大学出版社出版发行
(上海市中山北一路369号 邮编 200083)
网 址:http://www.sufep.com
电子邮箱:webmaster @ sufep.com
全国新华书店经销
江苏凤凰数码印务有限公司印刷装订
2022年8月第1版 2022年8月第1次印刷

890mm×1240mm 1/16 20.75印张(插页:2) 491千字
定价:90.00元

目　录

1. 关于上海城乡融合发展中短板问题的调研报告

为贯彻新发展理念,进一步促进城乡融合发展,我们专门成立课题组,对上海城乡融合发展中的短板问题进行了调研。经梳理,我们认为,当前上海市城乡融合发展的主要短板问题集中在城乡居民收入差距拉大、农村集体经济发展水平不高、乡村产业特色不明显、效益好的农业龙头企业不多、体制机制不够健全五个方面。

一、关于城乡居民收入差距拉大的问题

(一)农民收入基本情况

目前,上海市由国家统计局上海调查总队负责组织调查农村居民人均可支配收入,定期向社会发布。同时,从 2019 年起,由市农业农村委会同国家统计局上海调查总队对纯农地区农户人均可支配收入开展调查,供内部使用。

农村居民人均可支配收入:2020 年,上海市农村居民人均可支配收入为 34 911 元,增长 5.2%,比城市居民收入增速高出 1.4 个百分点。2021 年上半年,上海市农村居民人均可支配收入为 22 535 元,同比增长 13.2%,继续位列全国首位,是全国平均水平 9 248 元的 2.44 倍,分别比浙江、江苏高出 2 178 元和 8 080 元。城乡居民收入比为 1.88∶1(浙江 1.78∶1;江苏 2.11∶1),比 2020 年的 2.19 缩小了 0.31。

纯农地区农户人均可支配收入:2021 年上半年,上海市纯农地区农户人均可支配收入为 20 005 元,同比增长 13.0%。从各涉农区看,纯农户人均收入增幅在 5.1%～18.3%。人均收入增幅较大的有奉贤、金山、崇明(参见表 1),主要是工资性收入和转移性收入增长拉动较多;人均收入增幅较低的区有闵行、青浦和浦东,主要是转移性收入增速相对较慢。

表1   2021年上半年各涉农区纯农户人均收入

指　标	闵行	宝山	嘉定	浦东	金山	松江	青浦	奉贤	崇明
人均收入(元)	22 239	26 033	23 506	20 535	20 420	20 257	20 507	21 434	17 312
增幅(%)	5.1	10.6	9.3	7.9	12.6	9.6	7.6	18.3	11.1

(二)问题和原因分析

尽管上海市农民收入处于全国领先水平,但持续较快增长的压力仍然较大,主要表现为两方面。

1.城乡居民收入绝对值差距不断拉大

上海市农村居民收入增速连续15年快于城镇居民,收入相对差距不断缩小,但由于基数原因,两者间收入的绝对差距仍有所扩大(从2017年的34 771元扩大到2020年的41 526元,扩大了6 755元,参见表2)。

表2   近五年上海城乡常住居民人均可支配收入情况   单位:元

年份	城镇居民	增幅	农村居民	增幅	城乡收入差额	城乡收入比
2017年	62 596	8.5%	27 825	9.0%	34 771	2.25
2018年	68 034	8.7%	30 375	9.2%	37 659	2.24
2019年	73 615	8.2%	33 195	9.3%	40 420	2.22
2020年	76 437	3.8%	34 911	5.2%	41 526	2.19
2021年上半年	42 348	10.1%	22 535	13.2	19 813	1.88

城乡居民收入差距较大的主要原因:工资性收入不高。留在农村居住的劳动力受农村就业岗位较单一和本身就业能力相对较低等影响,工资性收入水平较低。上海市纯农地区非农就业农民到手工资不足3 000元/月左右,接近上海市最低工资标准水平。养老金水平偏低。2021年,上海市城乡居民养老保险的月基础养老金标准为1 200元(全市领取城乡居民养老保险金的居民近九成是农村居民),而城镇养老金月领取水平约为4 779元,两者差距明显。

2.农民收入水平低于长三角周边城市

上海农村居民收入绝对水平虽然在全国省、自治区和直辖市中排名第一,但在长三角主要城市群中排位居中。上海市农民收入长期低于杭州、绍兴、宁波、嘉兴等市,其中与杭州、绍兴、宁波、嘉兴的差距呈逐年扩大趋势,与无锡、苏州的差距有所缩小(参见表3)。

表3   2021年上半年长三角主要城市农村居民人均可支配收入情况

排　名	城　市	金额(元)	同比增长(%)
1	嘉兴	24 786	14.3
2	宁波	23 927	14.3
3	绍兴	23 422	14.6
4	湖州	22 957	17.1

续表

排 名	城 市	金额(元)	同比增长(%)
5	杭州	22 631	15.2
6	上海	22 535	13.2
7	舟山	21 627	15
8	苏州	21 395	15.6
9	无锡	20 277	15.7
10	台州	19 776	16.3

上海农村居民可支配收入低于江浙部分城市的主要原因为:农村老龄化较严重。上海市农村青壮年劳动力大部分在城镇地区非农就业并居住,按现有统计口径他们不属于农村居民收入统计范围。留在农村的以老年人为主,其收入主要以养老金为主,对工资性、经营性收入的替代贡献有限。财产性收入较低。苏州、无锡等市农村出租房屋收入和村级集体资产分红收入可达约 3 000 元,而上海市仅 1 300 元左右。特别是纯农地区,土地流转收益占了六成以上,出租和分红收入各占约两成,上升空间较小。经营性收入较少。杭州、嘉兴等市农民开办企业、民宿旅游等的非农经营性收入可达人均 8 000 元—10 000 元,远高于上海市人均 2 000 元左右的水平。

(三)下一步整改措施

1. 大力促进农民非农就业

一是加强就业援助,提供公共就业服务,开展职业介绍、职业指导、重点帮扶等多种形式就业服务,帮助农村劳动力实现单位就业或灵活就业。二是落实补贴政策,进一步落实低收入农户专项就业补贴、离土农民就业专项计划、农民跨区就业补贴等专项补贴政策举措,鼓励各区加大专项就业政策支持力度。三是加强培训服务,对未就业且有就业意愿的农民,继续提供就业创业培训和就业创业服务,重点促进非农就业。继续加强有针对性的就业培训,提升农民就业能力和水平,进一步拓展就业渠道。

2. 挖掘财产性收入增长潜力

一是壮大集体经济,让农民分享集体经济发展的收益将是提高财产性收入的潜力所在。鼓励通过异地配置资源等途径,以区或镇为单位搭建平台,统筹推进集体经济联动发展。二是推进土地改革,积极稳妥推进农村集体经营性建设用地入市,完善集体经营性建设用地入市后的收益分配机制,让农村集体经济和农民共享收益。三是盘活房屋资源,贯彻实施新修订的《土地管理法》,全面开展农村宅基地和房屋情况的排摸,建立健全全市统一的信息数据库和管理系统,引导和鼓励各涉农区盘活农村宅基地和房屋资源用于产业发展。

3. 健全农民经营性收入增长机制

一是培育新型农业经营主体,实现对有就业创业意愿的农民就业创业服务全覆盖。二是落实品牌强农战略,建立健全农产品现代化物流和营销体系,鼓励产加销全产业链一体化经营,积极发展直销、直供、农产品电商等新业态,促进绿色农产品线上线下融合发展。三是支持农民创业创新,鼓励农民发展新产业、新业态,促进农村产业融合发展。对创业创新的农民,按照规定给予税费减免、小额贷款担保贴息、经营场地房租补贴、初创期社保补贴等政策扶持。

4. 深化农村综合帮扶工作

一是增强集体经济"造血"功能,形成一批"安全可靠、收益稳健、易见成效"的农村综合帮扶项目,发展壮大农村集体经济,不断提升农村集体经济自主发展能力。二是精准帮扶精准施策,进一步做好生活困难农户年度认定调整工作,在继续加强就业帮扶的基础上,强化产业帮扶,鼓励和推动生活困难农户通过劳动增加收入。聚焦生活困难农户中老年和患病群体,强化养老、助医、助残等方面的精准帮扶和补贴。三是发挥驻村指导员作用,加强驻村指导员、挂村联系员工作的支持和指导,进一步统筹整合、调动各方资源,形成互相促进、共同发展的长效机制,营造全社会关心生活困难农户,支持经济相对薄弱村发展的良好氛围。

二、关于农村集体经济发展水平不高问题

(一)农村集体经济基本情况

上海市共有122个镇级集体经济组织、1 677个村级集体经济组织。截至2020年底,镇、村、组三级集体经济组织总资产为6 351.3亿元,其中镇级4 090.0亿元,占64.4%;村级2 207.0亿元,占34.7%;组级54.3亿元,占0.7%。

截至2021年8月底,上海市已有1 653个村级集体经济组织完成了产权制度改革,占99%;镇级产权制度改革完成118个镇,占97%,镇、村两级集体经济组织产权制度改革基本完成"应改尽改"的目标。同时,上海市逐步建立起收益分配的长效机制,财产性收入稳定增加,切实提升农民的获得感。2021年,全市有760家单位(村级741家、镇级19家)进行了收益分配,分配25.6亿元,惠及成员273.2万人,人均分配936元。

(二)问题和原因分析

尽管上海市农村集体产权制度改革走在全国前列,但改革后集体经济转型缓慢、增长乏力的困境尚未彻底扭转,主要问题是:集体经济业态单一、能级偏低,发展质量和效益不高,带动农民收入稳定增长机制不够完善。比如,农村集体以房屋、土地资产出租为主要经营模式,不仅多以毛坯出租形式,更缺乏专业的物业、楼宇招商管理团队,传统物业经济的比重达到65%,租金成为主要收入来源(全国农村集体物业经济比重约为50%,涉及乡村旅游、文化产业、休闲康养的经营领域较多),抵御市场风险能力较弱。又如,集体资源资产受土地减量化和环境综合整治而减少,据不完全统计,2014年至2019年,农村集体经营性建设用地减幅约44.3%,经营性房屋建设物固定资产原值减幅24.2%,崇明、金山、奉贤等远郊地区租金收入减幅超过50%。再如,2020年全市农村集体总资产较上年仅增长了3.4%,且空间分布不均衡,85%分布在近郊地区;各区收益分配差异大,最高的闵行区为人均4 066元,最低的金山区为人均92元,进行分配的村镇比例不高,仅占全市45%左右。

调研发现,制约集体经济发展壮大的原因有三:一是市场主体地位尚未体现。虽然

改革后的集体经济组织已取得登记证书,以经济合作社、经济联合社的形式运行,并成立成员代表会议、理事会、监事会等机构,但由于未完全理顺集体资产(主要是集体房产和集体建设用地)的产权关系,未变更农村集体资产权利人,导致无法有效发挥特别法人的市场主体地位和功能。二是刚性支出制约再生产资金积累。基层反映,随着乡村振兴战略的推进,农村面貌得到很大提升,但各项建设成本支出和后期的大量维护费用,除财政资金投入外,其他缺口都需由集体经济承担。特别是远郊纯农地区,集体经济收支勉强实现资金平衡,可用于扩大再生产的资金积累所剩无几。三是缺乏经营管理人才。农村集体经济在一定程度上是"能人"经济。但从我市的实际情况看,农村基层具备经营头脑、乐于奉献、事业心强的年轻干部还不多。同时,支撑集体经济市场化运作的金融、管理等专业人才不足,培育引进的政策扶持力度不够。

(三)下一步整改措施

1. 调整优化集体经济业态结构

在继续发挥楼宇租赁经济能效的基础上,鼓励提供物业、保洁、食堂等配套服务,逐步提高非租赁收入比重,提升租赁经济附加值。引导集体经济积极拓展新的产业形态,发展健康养老、农业休闲、创意办公、职工公寓等新型产业,形成物业租赁、实业投资和金融产品等资产形态比例合理、有机结合的多元化格局。引入有品牌、有实力、有资金的社会投资方共同开发,通过合作共建等多种形式发展农村集体经济,完善利益链接机制,让农民更多分享产业增值收益。

2. 提升存量资源要素的统筹能级

在区级或镇级层面建立统一平台,整合村集体经济组织所有的土地、房屋和资金等,明确村集体经济组织的股东身份,建立股份合作实体,委托区、镇属企业实际运营,通过"国集联动""结对帮扶"等方式,提升管理运营水平,帮助村级集体经济从"单打独斗"转向"抱团取暖",发挥资金集聚效应。

3. 加大财政转移支付力度

继续完善财政转移支付制度,优化转移支付结构,厘清集体和政府权责边界。市级财政进一步加大对中郊和远郊地区的转移支付力度,区镇两级财政加大农村基础设施建设和公共服务经费投入。全额保障村民委员会基本运转经费,尤其是近郊区镇两级财政要加大对村级组织基本运转经费保障的覆盖面,减轻集体经济组织负担。

4. 大力引进培养专业人才

引进各类优秀能人,健全奖励机制,吸引企业家、专家学者、技能人才等,通过投资兴业、捐资献智等方式服务集体经济发展,引导带领农民共同富裕。培养一批有文化、懂技术、善经营、会管理的专业人才和职业经理人,切实提升集体资产经营效益。

5. 加大集体资产确权登记颁证

对没有纳入"五违四必"整治范围的存量集体建设用地,开展以区域规划调整落地为切入点,在符合土地利用总体规划的前提下,推进集体资产的确权登记颁证,鼓励通过二次开发的方式夯实集体经济发展的基础。同时,在规划用地方面加大扶持力度,加快推进农村集体经营性建设用地入市。

三、关于乡村产业特色不明显问题

(一)乡村产业基本情况

近年来,上海市立足超大城市的需求和特点,乡村产业发展得到长足进步,产业体系建设持续完善,农业高质量发展水平不断提高,乡村产业融合发展能力持续提升,乡村新业态新模式方兴未艾。比如,主要农产品稳产保供能力进一步夯实,农产品绿色认证率达到24%,建成了金山九丰现代农业产业园、崇明由由中荷农业创新园等具有国际一流水平的农业大项目。又如,多种形式的产业化联合体得到形成壮大,"农业+"多种业态快速发展,形成了金山廊下"蘑菇小镇"、宝山塘湾"母婴康养村"等产村融合的典范。再如,建成休闲农业和乡村旅游点450个,2020年接待游客近1 500万人次,旅游直接收入达到12亿元。乡村特色产业发展有显著成效,涌现出众多"乡字号""土字号"品牌。

(二)问题和原因分析

上海市虽然已建立了较为完整的现代农业产业体系,但农业发展的显示度还不够突出;社会资本参与乡村产业建设的积极性还不高,与江浙农村地区相比缺乏特色和活力。主要表现在四个方面。

一是发展规模上,农业产业"小散弱"的局面没有彻底扭转,产业竞争力亟待提高(比如,市级示范家庭农场只有76家,仅占家庭农场总数的1.9%;国家级农民专业合作社示范村只有97个,仅占合作社总数的3.9%;年销售额在1亿元以上的龙头企业有90家,占企业总数的24.6%)。二是供需结构上,高品质的鲜活特色农产品相对不足,养殖类绿色农产品发展缓慢(畜牧、水产的绿色食品认证率均不足1%,生猪养殖中仅有松林集团1家获得绿色认证)。三是产业融合上,在全国位于领先地位的农业产业链还不多,研发能力相对薄弱,未形成科研、生产、加工和销售的完整产业链;"农业+"发展缺乏广度深度,与工业、旅游业、物流业等二产业、第三产业的融合度不高;休闲农业和乡村旅游产业同质化现象较为严重,设施配套不足,品牌溢价有限(比如,已建成的乡村振兴示范村中,近六成都在搞乡村民宿,周末经济特征比较明显)。四是品牌建设上,涉农品牌发展不平衡(品种领域上,稻米、蔬菜、瓜果、畜牧等鲜食农产品知名品牌数较多,休闲农业、民俗产品、农家美食等农业衍生产业的知名品牌偏少),农产品品牌影响力较弱,销售市场主要集中在上海和长三角地区(上海仅有松江大米、崇明大米、南汇水蜜桃、马陆葡萄4个地产农产品品牌入选中国农业品牌名录农产品区域公用品牌)。

之所以存在上述问题,究其原因,在于乡村产业发展的顶层设计不足,乡村产业发展规划不够完善,规划引领作用尚未发挥出来,产业融合发展的方向、路径和模式有待进一步创新和突破。

(三)下一步整改措施

1. 编制产业发展规划

根据《全国乡村产业发展规划(2020—2025年)》和我市实际情况,制定出台《上海乡村产业发展规划(2021—2025)》,明确产业兴旺的目标任务、重点项目、考核指标和保障措施,找准本市产业发展的突破点。

2. 推进产业融合发展

协调推动本市国家农村产业融合发展示范园更好发挥产业融合发展平台作用,围绕多业态复合、延伸农业产业链、拓展农业多种功能等模式,促进农村产业融合发展和示范园产业高质量发展。加快绿色优质农产品稳定供应能力建设,地产绿色优质农产品占比达到70%。不断提升本市农业组织化、规模化、标准化程度,重点打造100家年销售额1亿元以上的农业产业化龙头企业,30家农业产业化联合体,100家市级以上示范家庭农场和200家市级以上示范合作社。培育一批地产优质农产品公用品牌,完善地产农产品产销对接平台和运行机制,持续开展农产品品鉴评优和宣传推介活动,提高市民对地产农产品的认可度、共享度和满意度。深入挖掘有"沪味"的乡村产业品牌内涵,打造特色化的具有较强影响力的乡村旅游、康养教育、农村电商等"农业＋"融合产品品牌。

四、关于效益好的农业龙头企业不多问题

(一)农业龙头企业基本情况

目前,上海市共有各类农业龙头企业365家,其中市级及以上重点龙头企业88个,国家重点龙头企业24个。为增加规模大、效益好的农业龙头企业数量,近年来,上海市充分发挥财政、金融等政策引导作用,持续扶持农业企业做大做强。

(二)问题和原因分析

从总体看,上海市农业龙头企业数量相对较少(目前全市有家庭农场3 965户,农民专业合作社2 506家,农业龙头企业365家)。同时,年销售额在1亿元以上的规模大、效益好的龙头企业还不够多,重点龙头企业只占总数的24%,国家级龙头企业更少只有24家,仅占总数的6.6%,是北京市的一半,不足重庆市的三分之二。比如,闵行区共有144家农业企业,但国家级与市级龙头企业各只有1家;浦东新区龙头企业平均利润1 811.78万元,毛利率只有11.9%,年收入达到5 000万元以上的仅19家,占3%,年收入5亿元以上仅1家。

通过调研,我们认为,制约农业龙头企业做大做强的瓶颈主要有三个方面:一是发展空间受限。近年来,由于上海市农业产业规划调整,不少畜禽企业的养殖场所进行了整治关闭,部分水产企业的养殖水面复垦为基本农田,整体缩小了养殖业龙头企业的生产规模(2016—2018年全市近千家畜禽养殖场退养;水产养殖面积从2015年的25.63万亩下降到2020年15.38万亩,年均下降1.7万亩)。二是成本要素上升。农业要素成本上升,如农业用地地租、人工、农药化肥等生产资料价格逐年攀升(人工开支方面,2013年用工费为80元/天,2021年用工费为150元/天;药肥开支方面,2020年以前,除草剂草甘膦基本维持在每吨2万元,目前已涨到每吨6万－7万元)。三是企业用人紧缺。农业从业人员老龄化程度严重,不少龙头企业第一代创下的基业,第二代不再接班或接不上班;生产、营销、农技和电商等方面的人才匮乏;农业产业整体效益不高,难以吸引和留住年轻人和业务骨干。

（三）下一步整改措施

1. 健全财政金融保障机制

引导农业龙头企业参与重点产业集群和重大投资项目建设,加大市级财政支持力度,提高企业的核心竞争力和示范带动能力。通过建立"政银保担"支农融资合作模式,形成政府、银行、保险、担保等四方合作机制,完善金融服务产品供需信息共享制度。加大涉农贷款财政贴息贴费力度,构建多渠道资金供给体系,拓宽农业龙头企业融资来源。

2. 支持农业企业"走出去"拓展发展空间

充分发挥上海在资金、技术、人才、装备、管理上的优势,鼓励支持农业龙头企业到国内农业资源丰富的地区开拓新的生产基地,形成互补效应,增强企业的综合竞争力。

3. 推进农业生产数字化转型

充分运用大数据、区块链、云计算等先进信息科技技术,大力实施农业数字化转型,打造智慧农业新模式,节约集约农业劳动力用量,纾缓龙头企业用工困境,实现企业经营节本增效。

五、关于体制机制不够健全问题

近年来,我市在乡村振兴方面出台了相对系统的政策措施,但是从城乡融合制度安排看,促进融合发展重塑新型城乡关系举措不多。虽然我市于 2020 年出台了《关于进一步建立健全我市城乡融合发展体制机制和政策体系的实施方案》,为加快城乡融合发展做出了顶层设计,明确了主要任务,提出了保障措施,但是相关配套制度还不健全,各部门具体实施方案尚未完全落地实施,政策效果显现还需时日。

（一）存在的问题

1. 城乡融合的通道尚未全部打通

承包地和宅基地退出机制还不健全,导致农民进城安家顾虑较多。市民和资本下乡还不顺畅,规范引导工商资本下乡措施不具体,对返乡下乡人员的激励和保障措施不完善。由于城乡之间土地、农房产权制度依旧存在较大差异,要素自由流动的体制机制障碍没有完全破除。在用市场化手段促进农村发展方面,农民、市场、政府三者定位及运行机制尚不清晰。

2. "地钱人"要素供给瓶颈仍然存在

乡村规划和农村土地综合利用水平不高,部分区乡村产业用地矛盾仍较为突出,面临着空间指标紧缺、区域供应不平衡等问题。涉农项目资金政策供给不足,财政资金引导和撬动社会资本效果不明显。农业金融服务产品不够丰富,新型农业经营主体不同程度存在融资难的问题。农村劳动力老龄化严重,农村人才激励机制还不够完善。农村社会化服务岗位供给不足,农业信息化、市场营销、休闲农业等新型产业人才培养力度有待加强。

（二）下一步整改措施

1. 破除城乡融合发展制度障碍

尽快将城乡融合的顶层设计转化为可操作、可实施的具体工作方案。研究人才入乡、资本进乡、科技下乡,服务乡村振兴的政策措施;探索促进农村居民进城安家方式,建立退出土地承包权、宅基地资格权、集体收益分配权合理补偿机制,支持引导农村居民自愿有偿转让上述权益。探索建立城镇建设用地增加规模与吸纳农村居民进城安家数量挂钩政策。

2. 切实保障农业农村各业用地

研究制定本市农村集体经营性建设用地入市管理的政策文件,完善集体建设用地利用路径。引导土地指标重点向绿色田园先行片区和产业融合发展项目聚焦,保障农村产业融合发展。优化设施农业用地管理,指导各涉农区进一步理清设施农业用地规划和使用情况,明确设施农业用地范畴,简化农业设施用地审批手续办理,推动乡村产业项目落地。规范"点状供地"模式,对符合相关规定的建设项目,按规划用地性质和土地用途灵活点状供应。

3. 优化财政和金融支持政策

落实国家关于调整完善土地出让收入使用范围的相关政策,明确逐步提高土地出让收入用于农业农村的比例,加大对重大农业项目支持力度。建立乡村产业招商引资指标体系、监测体系和考核机制,吸引各类市场主体和社会资本参与乡村产业运营。设立乡村振兴投资基金,推动金融和社会资本参与乡村产业发展,形成多元投入机制。

4. 加快培育各类涉农人力资源

提升公共就业创业服务水平,发挥信息技术手段对农村就业创业的支持作用,拓展公益性岗位类型。加强对各涉农区农民职业培训工作的指导,优化课程设置和师资配备。加大对农业农村类高技能人才培养扶持力度,培育农业经理人500名,新型职业农民2.5万名,充分发挥高技能人才的引领作用,带动乡村产业振兴和就业增长。

牵 头 处 室:秘书处
课题组成员:方志权　陈　云　张　晨　楼建丽
　　　　　　　蔡　蔚　张莉侠　刘增金

2. 关于本市乡村振兴示范村建设的跟踪评估报告

2021年上半年，上海市农业农村委联合市农科院、复旦大学组建了课题组，对已建的上海市乡村振兴示范村进行了跟踪评估。调研选取第一、二批37个示范村及63个邻村的2 085位农户进行了问卷调查，并召集了基层干群、参建企业和专家学者进行了交流座谈，同时向上海市人大、市政协相关部门负责同志征求了意见建议，形成了跟踪评估报告。

一、建设成效

跟踪评估显示，上海在实施乡村振兴战略过程中，在国内率先开展了以"产业兴旺、生态宜居、乡风文明、治理有效、生活富裕"为主要内容的乡村振兴示范村建设。三年来，上海市分三批建设了69个示范村，形成了特色农业型、生态保护型、区域联动型、产业融合型、休闲旅游型等五种发展模式。示范村建设已成为上海超大城市实施乡村振兴战略的主引擎和先手棋。

（一）提升了农村环境面貌

在示范村建设中，各涉农区围绕核心区打造，以项目化建设提升农村基础设施水平。据统计，第一、二批示范村共完成625个建设项目，涵盖了农民相对集中居住、市政基础设施、公共服务设施、生态环境、现代农业、新产业新业态、社会治理等领域。受访调查中，99.8%的示范村村民认为村里的人居环境得到了改善，示范村建设以后，农村环境面貌发生显著变化，设施完善了、环境整洁了、村庄美化了。更让村民津津乐道的是，示范村还建成了众多网红打卡地。数据统计显示，仅2020年接待休闲旅游观光约205万人次。

（二）促进了乡村经济发展

跟踪评估显示，大多数示范村位于远郊地区，经济基础相对薄弱。通过示范村建设以后，村集体总资产和总收入增长率都不同程度高于全市行政村平均增长水平。从总资产看，第一批示范村增长尤为快速，增幅由 2018 年的 7.6％提高到 2020 年的 80.6％（参见图 1）；从总收入看，两批 37 个示范村，有 27 个村 2020 年的集体总收入实现了增长（见表 1），占 72.9％；有 10 个村 2020 年的集体总收入低于上一年（原因参见表 2）。不少示范村发展了民宿、文创、康养等新产业、新业态，经济发展正逐步由“输血型”向“造血型”转变。

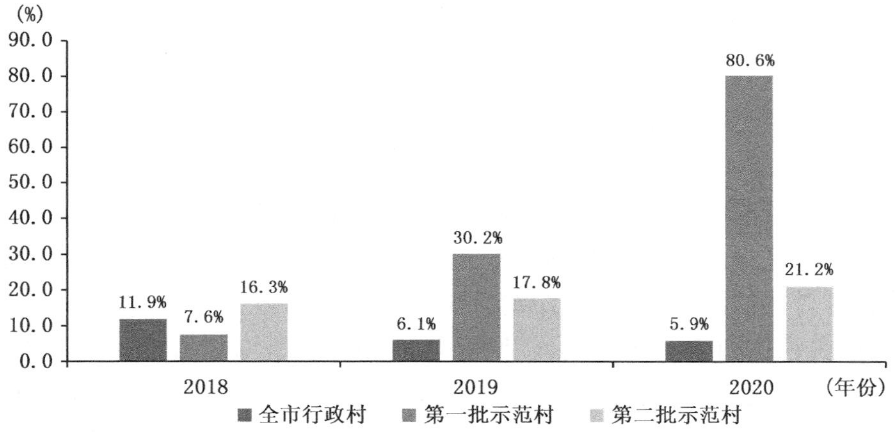

图 1　示范村与全市行政村集体总资产增长率比较

表 1　　**2020 年示范村集体总收入与增长率情况**　　单位：万元

第一批示范村								
浦东赵桥村	381.21	30.08％	宝山塘湾村	420.21	1.01％	青浦莲湖村	419.29	4.61％
闵行革新村	499	3.96％	奉贤吴房村	916.69	102.34％	金山水库村	513.81	1.85％
嘉定向阳村	1 357.18	18.57％	松江黄桥村	581.72	7.19％	崇明园艺村	138.77	31.26％
第二批示范村								
浦东连民村	1 768.68	1.83％	宝山花红村	448.50	－41.40％	青浦徐姚村	888.22	－22.22％
浦东界浜村	618.09	7.14％	奉贤关港村	1 748.9	180.97％	金山待泾村	260.34	17.18％
浦东长达村	470.32	－6.48％	奉贤杨王村	5 217	6.02％	金山新义村	217.15	20.69％
浦东公平村	407.05	－21.66％	奉贤沈陆村	1 596	19.55％	金山和平村	452	9.98％
浦东大河村	328.46	96.75％	奉贤浦秀村	1 441.65	－4.23％	金山山塘村	448.9	－8.58％
闵行同心村	1 213	－22.44％	奉贤新强村	800.22	42.24％	崇明永乐村	202.41	56.29％
嘉定联一村	1 174.18	6.49％	松江东夏村	461.54	1.33％	崇明新安村	106.27	－5.01％
宝山天平村	1 575.31	35.99％	松江南杨村	667.35	29.73％	崇明北双村	198.62	4.45％
宝山聚源桥村	1 382.32	－15.36％	青浦张马村	768.5	12.53％			
宝山海星村	484.73	－43.07％	青浦东庄村	989.82	216.88％			

表 2　　**2020 年总收入减少的示范村原因分析**

浦东长达村	投资收益、银行利息收入减少
浦东公平村	2019 年村集体总收入中有土地减量化资金，2020 年没有
闵行同心村	2020 年财政托底转移支付补助尚未到账

续表

宝山聚源桥村	各类基础设施建设补贴资金减少
宝山海星村	2019 年村集体总收入中土地减量化补贴资金和美丽生态奖补资金,2020 年没有
宝山花红村	2019 年村集体总收入中有美丽乡村奖补资金 200 余万元,2020 年没有
奉贤浦秀村	各类建设奖补资金减少
青浦徐姚村	招商返税和各条线补助收入减少
金山山塘村	条线财政补助收入减少
崇明新安村	2019 年有 7 万元的结对帮扶资金,2020 年没有

（三）增强了农民的满意度

调研显示,示范村创建后,农民的满意度逐年提高,由 2020 年的 92.89% 提高到 2021 年的 95.93%（参见图 2）。实地调研时,开展"平移"集中居住比较多的松江黄桥村、闵行革新村村民的满意度更高,纷纷称赞政府为老百姓办了一件好事。在调查中, 89.5% 的村民表示这两年家庭年收入"明显增加"或"有所增加";87.9% 的村民表示外来人口和本地居民间的关系更融洽;99.6% 的村民表示村里治安情况越来越好;73.7% 的村民表示近两年在本村就业变得更容易了,村里就业人数逐年增加（参见表 3）。

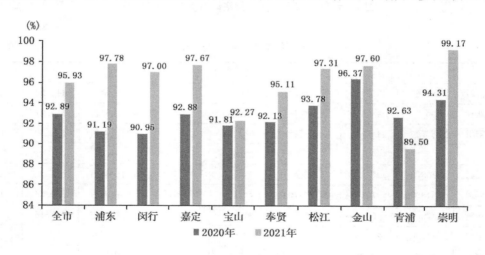

图 2　2020—2021 年上海市乡村振兴满意度情况

表 3　　　　　　　　　　　　　　　　两批示范村农民就业人数　　　　　　　　　　　　　　　单位:人

	2018 年	2019 年	2020 年
第一批示范村	6 178	6 417	6 683
第二批示范村	26 427	27 488	29 035

（四）提振了干群的精气神

跟踪评估显示,通过参与示范村的创建,基层干部有了明确的工作目标,找到了有效的抓手,由此激发了他们的干事激情与主动担当。基层干部表示党支部的凝聚力和战斗力明显增强。问卷调查表明,94.4% 的村民对村干部的工作表示满意,干群关系更加融洽。另外调查显示,示范村建成后,陆续有年轻人回村创业居住,村内人气旺起来了,大家对建设示范村充满了信心。

（五）增强了示范引领作用

跟踪评估显示,示范村建成后对相邻村有明显的示范作用,示范村建设让大家看到了乡村振兴建设带来的好处,让大家看到了超大城市乡村振兴的样本,让大家干有方向、学有榜样,同时也辐射带动了周边地区乡村的发展。同时在推进过程中,形成了乡村振兴推进工作机制、发展模式、政策措施,上海示范村建设经验得到了胡春华副总理和中央农办领导的肯定,北京、天津、海南等多地先后来上海学习取经,陆续在当地部署开展示范村建设,上海经验得以推广应用。

二、存在问题

经过三年来的创建,虽然上海市乡村振兴示范村建设积累了一些经验,取得了阶段性成效,但在推进过程中也存在老问题解决缓慢、新问题逐渐显现的情况。

（一）规划土地问题

基层反映,由于郊野单元规划实施在前,示范村创建在后,导致村庄总体规划与示范村项目规划不完全匹配,有的建设项目落地难,有的配套设施空间分布不合理,有的遇到永久基本农田调规难度大。37 个示范村中尚有 2 个村(浦东公平村、松江东夏村)没有经营性建设用地,对示范村的产业发展造成了一定的制约。基层还反映,一些示范村集中居住项目采用平移方式,电力、燃气等公用事业单位按城市标准收取费用,未视作农民自建房予以优惠,增加了建设成本。

（二）建设风貌问题

专家指出,上海在乡村振兴示范村建设中对风貌设计与建设的重视程度不够。有的示范村策划和设计能力相对不足,缺少艺术家的参与,往往简单照搬城市的建设理念和表情元素,乡村的自然肌理不够彰显,美学价值没有得到充分体现,"粉墙黛瓦"的建筑风格比比皆是、千篇一律,村与村之间没有体现出个性化、差异化。此外,不少村在建设中存在设计与建设两张皮的现象,风貌塑造机制不完善,没有呈现出应有的乡村韵味。

（三）产业发展问题

跟踪评估显示,示范村建设中虽然都导入了产业,但普遍以农旅产业结合为主,真正与承载城市核心功能相匹配的有代表性、可持续的高能级产业还不多。产业能级低表现为:一是引入主体竞争力不强。四成左右的示范村缺少农业龙头企业,约一半的示范村没有从外部引进企业。二是产业同质化现象凸显。同业竞争的情况较为突出,拉低了产业的经营效益,37 个示范村中,近六成都在搞乡村民宿,周末经济特征比较明显。三是高层次市场经营人才缺乏。受渠道和行政资源限制,招商引资能力不足。

（四）主体作用问题

调研发现,示范村建设中各类主体发挥的作用还不足,主要体现在三个方面:一是村民积极性难调动。基层干部反映,"干部干、群众看"的现象还比较普遍,如果没有小礼品或者误工费,村民参加村务讨论、集体活动的积极性就不高。二是社会资本投入量少。第二批示范村社会资本投入较第一批有明显增加,但占创建总资金投入的比重只有10%,市场化的经营项目还不多,主要原因是农业农村投资项目周期长、盈利少、见效慢,且缺乏金融和财税政策支持,影响了企业投资的活跃度。三是青年和乡贤的中坚作用不强。虽然有一些青年人才返乡、下乡创业,但总量仍然偏少,大多数受访者表示近两年到村里创业的年轻人还不多,回村居住的年轻人也不多。乡贤的作用发挥还不足,约四分之一的村乡贤还没有为村里做贡献。

同时,在调研中我们还了解到,随着示范村创建的不断推进,也发现了一些新情况、新问题:

一是整村整建制创建示范村的数量少。据了解,第一、第二批示范村,大多采用了"核心区+辐射区"的建设模式,37个村共有生产队(组)681个,其中属于核心区建设范围的生产队(组)有293个,占43%;而采用整村整建制建设的只有5个村(松江区黄桥村、嘉定区联一村、奉贤区关港村、沈陆村、浦秀村),占13.5%(参见表4)。因此,"靓丽的核心区"与"普通的辐射区"存在明显的视觉差异,一村多貌的情况比较普遍。

表4　　　　　　　　　　　　示范村内生产队(组)参与创建情况

村	共有队(组)数	参加创建数	村	共有队(组)数	参加创建数
第一批示范村					
浦东赵桥村	22	7	松江黄桥村	10	10
闵行革新村	13	7	金山水库村	8	5
嘉定向阳村	10	7	青浦莲湖村	15	7
宝山塘湾村	11	6	崇明园艺村	19	9
奉贤吴房村	10	3			
第二批示范村					
浦东连民村	23	7	奉贤浦秀村	27	27
浦东界浜村	18	7	奉贤新强村	22	12
浦东长达村	23	7	松江东夏村	21	9
浦东公平村	25	8	松江南杨村	19	5
浦东大河村	25	7	金山待泾村	35	12
闵行同心村	8	7	金山新义村	20	14
嘉定联一村	5	5	金山和平村	33	8
宝山天平村	13	3	金山山塘村	11	4
宝山聚源桥村	9	3	青浦张马村	17	4
宝山花红村	9	5	青浦东庄村	14	4
宝山海星村	7	4	青浦徐姚村	16	4
奉贤关港村	10	10	崇明永乐村	35	9
奉贤杨王村	29	5	崇明新安村	20	9
奉贤沈陆村	30	30	崇明北双村	39	9

二是完成创建后政府服务意识减弱。一些入驻企业反映,示范村创建过程中,当地政府积极筑巢引凤,承诺予以支持倾斜。但完成创建后,政府部门加强后续服务的意识有所减弱,主动解决企业发展瓶颈问题的担当精神有所欠缺。同时,村民为追求短期利益而忽略契约精神,相互攀比形成价格联盟提高房屋租金,镇、村干部协调解决此类问题的办法不多,企业颇感为难。由于入驻企业面临较高的经营成本,因此村子获得的产业收益也不高,难以维系日常运维成本(示范村平均运维费用在100万—200万/年,需要依靠财政资金来维持)。

三是多方共赢的利益联结机制不完善。调研中,农民反映,"环境好固然重要,但更重要的还是要看钱袋子鼓不鼓"。示范村建成后,村集体经济的收入主要还是依靠物业租赁,通过产业经营取得的收益还不多,如崇明园艺村的村集体每年只有2万元的房屋租金收入,企业、集体和农民的利益联结机制尚未建立。据统计,37个示范村中,实施了集体分红的只有四成。对村民来说,大企业把事业搞得有声有色,但与他们的增收关系不大,吸纳村民就业不多,村民收入来源比较单一,还是以土地流转费、房屋租赁费等为主,工资性收入增幅有限。

上述新、老问题都是推进乡村振兴示范村建设过程中出现的,需要引起足够重视。下一阶段应及时整改,千万不能任其发展,否则将会砸了上海乡村振兴示范村的金字招牌。

三、对策措施

下阶段,乡村振兴示范村创建要继承已形成的好经验、好做法,对农村基层长期反映的老问题要加大解决力度,对新发现的苗头性问题要及时研究,尽快出台一批有针对性的政策措施,实现示范村从1.0版向2.0版的升级跨越,积极打造乡村振兴示范区片区、示范镇。

(一)进一步加强规划统筹与土地保障

一是提高策划水平保障规划实施。对实际产业用地需求与已有规划冲突涉及规划调整的,可以通过优化审批流程、缩短审批周期,提高审批效率;涉及永久基本农田调整的,可在2035年规划约束下增加规划弹性,打通规划调整路径。二是加强土地要素供应保障。对新增建设用地为零的示范村,在验收时采取一票否决制,确保示范村产业项目新增建设用地"不为零"。三是统筹各方财力控制建设成本。新建平移集中居住区选址尽量与既有市政管网充分衔接,并与电力、煤气等功能供应单位协调,按照农村建房标准而非城市建设标准进行公共性事业收费。

(二)进一步提升乡村风貌

一是建立工作机制。实行负面清单制度,对不适合的乡村风貌设计样式要明确列出来予以禁止;建立专家库和设计单位信息数据库,制作乡村风貌设计导则,实现规划设计方案与建设方案同步审核。二是注重因地制宜。注重乡土元素运用,充分体现本地区特色和乡土味道,降低建设养护成本;打造小花园、小菜园、小果园,推进开敞式院落改造,建设微田园、微景观,统一规范农村设施标识标牌,提升乡村风貌辨识度。三是加强专业培训。组织区级主管部门领导,以及示范村书记等,开展乡村风貌设计的培训,提高其参与风貌设计的专业性;引入艺术家在内的高水平设计队伍,建立驻镇、村陪伴式、全过程服务机制。

(三)进一步发展乡村产业

一是注重招商引资。以区为主体,围绕特定主题或重点建设工程,突出差异化布局,加大对示范村招商引资的支持力度,并纳入创建考核目标管理。二是搭建对接平台。在市、区两级搭建社会资本与示范村合作的需求对接平台,畅通信息发布共享渠道,加强产业策划,努力拉长产业链,避免低水平项目重复建设。三是引进经营人才。加快引进和培养农村高层次经营管理人才,组建专业队伍,提升乡村产业的市场开发水平和竞争力。

(四)进一步强化主体作用

一是加大宣传力度。提升村民在乡村振兴示范村建设中的认同感、获得感,引导村民积极参与示范村建设。二是优化营商环境。梳理归集农用地、新增建设用地、存量建设用地、闲置宅基地和农房资源,为休闲旅游、康养民宿、人才公寓、乡村办公等符合农村特点的招商项目提供落地空间。三是创新吸引年轻人回乡创业政策。探索给予乡村振兴示范村人才落户引进指标或在积分落户方面给予优惠政策支持;加强基础设施、生活配套设施建设,为产业赋能;对于返乡创业青年人,可给予项目和资金支持;探索乡贤"回归"工程,引导乡贤回归助力乡村振兴。四是探索金融支持示范村建设的路径。统筹农民相对集中居住发债需求,与金融机构广泛接洽,加大合作力度,开发农民相对集中居住金融产品,拓宽金融支持示范村建设的路径。

(五)进一步注重示范村整村创建

一是统筹核心区与辐射区的关系,以全域打造为目标,明确时间表和建设清单,持续投入财力、物力、人力,分步骤有序推进辐射区建设,减少一村多貌的情况,让每一位村民都能享受到村子的建设成效。二是统筹硬件与软件的关系,做到"两条腿"走路,避免将可视化的硬件建设作为主要工作,而忽视了文明乡风、淳朴家风的软件建设。三是统筹数量和质量的关系,严把质量关,防止发生数量攀比和以数充质的情况,确保示范村经得起人民和历史的检验。

(六)进一步创新增收利益联结机制

一是建立共建机制。加强对农民的宣传培训,激发农民建设乡村积极性,激励农民主动盘活利用闲置住宅和宅基地,深度参与乡村治理,提升财产性收入。二是建立共创机制。坚持合作共赢的发展理念,探索"一村一企一联合体"模式,建立农民与企业之间多元的利润分配机制,通过订单农业、"二次分红"等促进农民增收致富。三是建立共享机制。继续加大农村改革创新力度,推广农村集体土地直接作价入股等村企合作模式,发展壮大农村集体经济,让农民通过土地红利的方式共享乡村振兴发展成果。

四、几点建议

为使乡村振兴示范村实现可持续发展,对下阶段示范村的创建管理,可进行三方面的创新：

一是创新申请方式。建议在原有以村为申请主体的基础上，探索创新片区申请方式，在保持行政区完整性的前提下，鼓励以多村组团或片区联动的方式创建乡村振兴示范村，以更好地统筹村域资源禀赋，形成优势互补、错位竞争，减少配套项目的重复建设和同质化发展。

二是创新监测机制。乡村振兴示范村验收主要是对建设项目的验收，是示范村建设的开始，不是任务的结束，因此需要围绕"5 句话 20 个字"的总要求，持续不断推进，尤其是对产业发展项目，要有历史耐心，因此要建立监测机制，持续跟踪后续发展。同时，鉴于乡村项目建设的周转期比较长，建议可以适当延长验收时间，建设期由目前的 12 个月延长至 16 个月或 18 个月。

三是创新奖惩机制。在长期监测跟踪的基础上，设置测评标准，对测评结果优秀的村，建立奖励机制，由财政予以专项资金奖励；对测评结果较差的村，建立退出机制，予以摘牌处理。

牵 头 领 导： 张国坤　　黎而力
牵 头 处 室： 秘书处　　村镇处
课题组成员： 刘增金　　方志权　　温祖良　　张莉侠
　　　　　　　　张孝宇　　王雨蓉　　俞美莲　　贾　磊
　　　　　　　　周　洲　　马　莹　　马　佳　　王丽媛
　　　　　　　　陈　云　　汪　琦　　张　晨　　楼建丽
　　　　　　　　蔡　蔚　　李珍珍　　周谷城　　陈燕峰

3. 上海市乡村振兴示范村建设评估

——基于对 37 个乡村振兴示范村的跟踪调研

实证研究证明了在利益关系和认同感的影响下，村民身份不同，村民对乡村振兴示范村建设的效用感知也不同，且在影响因素方面也存在差异。村干部更加关注与自身职责和政绩相关的因素，村民更关注与家庭发展和生活环境的相关因素。但总的来说，产业与就业、环境风貌、文化活动与社区安全是所有成员都关心的内容，体现了乡村振兴中物质文明、生态文明、精神文明的建设的重要性，展现了产业振兴、生态振兴、文化振兴的成果。而乡贤与创业代表的人才振兴、村干部与集体事务代表的组织振兴相对来说影响不够显著。

本研究还证明了示范村建设具有显著的外溢性，对周边村庄及村民都有显著的积极影响，示范作用得以充分发挥，能使村民认识到示范村建设的必要性并激发村民创建示范村的意愿，为推进乡村振兴提供了深厚的群众基础。

乡村振兴战略在实施推进过程中面临八个方面的价值或利益冲突，包括具体政策目标的优先序以及村庄之间、村庄与乡镇政府、村庄与社会资本或企业、不同村民之间的利益冲突处理的原则和标准。理解乡村振兴示范村建设过程中的各种价值与利益冲突的性质以及化解冲突的各种正义原则，有助于更深刻地理解乡村振兴战略实施过程中政策设计的重要性和复杂性。

一、研究背景

2018 年 6 月，上海市启动了首批乡村振兴示范村建设。到 2021 年，乡村振兴示范村已从最初的 6 个，发展到现在的 37 个，示范村建设也取得了显著成果。复旦大学新时代乡村振兴战略研究课题组对示范村建设进行了跟踪评估。本文将基于对 37 个示范村进行的跟踪调研问卷结果，分析村民身份差异对示范村建设成果主观感受的影响。

坚持农民主体地位作为乡村振兴战略的基本原则之一，要求在乡村振兴建设的过程中，既要物质文明，也要抓精神文明，提高村民的获得感、幸福感、安全感，提振村民信心。

作为乡村振兴的主体,身份差异将对村民在乡村振兴建设中的作用和参与程度产生影响,从而对村民的主观感受产生影响。根据现有研究归纳后,主要原因有以下两点。

第一,身份差异造成的利益关系会影响村民的评价。史亚峰(2017)曾指出:"利益是人类一切行为的动因与动力。"利益关系与村民的目标、行为和主观感受之间具有显著关系。在共同利益的驱使下,村民们会为了完成乡村振兴的目标团结奋斗,促进经济社会的发展;在个别利益的驱使下,村民会关注与个人发展相关的因素。例如村干部将关注自己的政治前途,村民关注生活环境和经济发展条件,外来人口关注居住条件等。因此,邓大才(2018)也指出,利益相关是有效自治的前提条件;利益对应是有效自治的充分条件。

第二,身份差异造成的村民对示范村的认同感也会影响村民评价。传统中国农村通常建立在以家族和血缘为纽带的基础之上,村民对村的归属和认同在一定程度上表现为对家族的归属和认同。在现代社会,以血缘关系管理村庄的模式逐渐瓦解,但是村民对村的认同感却依旧存在。项继权(2009)曾指出,一定的认同和归属感是共同体的特征,也是其赖以存在的基础。对村庄的认同感和归属感越高,村民对村的责任感越强,荣誉感也越强,也会更积极地参与村的建设。但是,一定程度上归属感和认同感也会导致村民盲目的乐观而忽视现实存在的问题。

总而言之,在利益和认同感驱使和分化之下,村民身份差异将带来对乡村振兴示范村评价的差异。

二、村民身份差异对示范村建设成果主观感受的影响

(一)问卷分析与实证设计

1. 问卷介绍

此次调研覆盖了上海市 9 个区的 37 个乡村振兴示范村,收回有效问卷共 1 110 份,并将调研对象按身份划分为五类:包括外来人口(打工者)、普通村民、村小队长/组长、曾经的村干部、现任村干部。基本构成见图 1。

如图 1 所示,普通村民占比最多,达到了 59.01%。村小组长作为农村基层自治组织的主要负责人,占比达到了 16.58%,体现了上海市基层群众自治制度在乡村振兴工作中得到了落实。而现任村干部和曾经的村干部各占总样本的 12.52% 和 5.5%,外来人口占比 6.4%。所以,从调研对象来看,本次调研包含了示范村的所有主体,各个部分构成合理,具有一定的完备性和代表性。

在问卷设计上,本次调研根据上海市乡村振兴示范村的建设主要内容——产业兴旺、生态宜居、乡风文明、治理有效、生活富裕——设置问题。问卷可以分为 7 个部分,即产业与就业、环境风貌、文体活动与社区安全、乡贤与创业、乡村干部与集体事务、对乡村振兴与未来愿景的展望、个人信息。

在对回收的问卷进行信度分析后,问卷可靠性统计结果显示 Alpha(a 系数)达到0.834,大于 0.8,说明问卷信度很好,具备可靠性。因此本文将根据调研问卷数据进行实证研究。

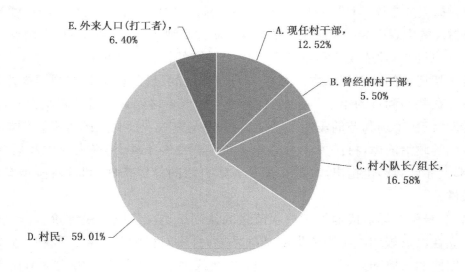

图1 调研对象构成

2. 问卷分析

首先,从村民对示范村的满意程度、人居环境改善、对未来发展前景的信心等三个整体层面的评价可以看出,村民对示范村建设总体评价很高,三个问题分别有76.6%、88.2%、70.1%的村民给出了最高评价(参见表1)。体现了示范村建设现在取得了较大成果,改善了村民的生活环境,并提振了村民信心,对示范村的未来发展充满信心,但是示范村建设仍存在一定的不足,仍有部分村民不满意的示范村建设成果。

表1　　　　　　　　　　　　村民对示范村的建设的整体评价　　　　　　　　　　　　单位:%

村民身份	您对示范村创建的情况满意吗?				您认为村里的人居环境改善了吗?			您看好村子未来的发展前景吗?		
	非常满意	比较满意	一般	不满意	明显改善	有点改善	没有变化	充满信心	有信心	吃不准
村干部	84	15.5	0.5	0	93.5	6.5	0	80	18.5	1.5
村小队长	84.2	13.6	2.2	0	91.3	8.7	0	73.9	21.2	4.9
村民	79.1	19.1	1.8	0	87.8	11.2	1.0	70.2	26.6	3.2
外来人口	59.2	36.6	1.4	2.8	80.3	18.3	1.4	56.3	40.9	2.8
平均	76.6	21.2	1.5	0.7	88.2	11.2	0.6	70.1	26.8	3.1

注:村干部包括现任村干部和曾经的村干部,下同。

从村民身份上看,村干部和村小队长对示范村的评价都是最高的,外来人口评价最低。其中对于示范村创建的满意度和对未来的发展前景心方面,分别只有59.2%和56.3%的外来人口给出了最高评价。主要原因有两点:第一,外来人口样本较少,仅71个样本,结果存在一定偏误;第二,外来人口可能存在居住时间短、对村子认识不足等因素的影响,所以评价较低。但这也为乡村振兴示范村的建设提供了发展方向,即要重视外来人口的生活环境和生活方式的改变,帮助外来人口更好适应当地生活,从而更有利于吸引人才、留住人才。

村干部队伍建设是推进乡村治理体系和治理能力现代化建设的重要内容。村民对村干部和村务的评价一定程度上放映了乡村治理的成效和干部能力。可以看出,整体上村民对村干部的工作和村内信息公开的满意度很高,有 93.2% 的受访者认为村干部的工作越来越好,92.2% 的受访者对村务公开、财务公开情况满意,说明村干部工作得到村民的支持,取得了显著成果,工作能力有所提高,也说明了在乡村治理中村务公开、信息透明得到落实。其中 94.8% 的普通村民认为村干部工作越来越好,直接证明了乡村治理体系和干部队伍建设取得了较高的成绩,得到了村民的拥护和支持。在以后的工作中,应进一步加强党的领导,推动干部队伍专业化,提高队伍整体实力,培养和提拔优秀干部(参见表 2)。

表 2　　　　　　　　　　　村民对村干部及村务的评价(%)

村民身份	您认为村里的治安情况怎么样?			您对村干部的工作满意吗?			您对村子的村务公开、财务公开是否满意吗?		
	满意	一般	不满意	越来越好	有些提高	和以前一样	满意	一般	不满意
村干部	90	10	0	97	3	0	94.5	5.5	0
村小队长	83.7	15.8	0.5	92.4	7.6	0	95.1	4.9	0
村民	88.4	11	0.6	94.8	5	0.2	92.5	7.5	0.2
外来人口	71.8	28.2	0	88.7	9.9	1.4	87.3	12.7	0
平均	83.5	16.3	0.2	93.2	6.4	0.6	92.2	7.7	0.1

但是在治安方面,虽然 83.5% 的受访者满意村内的治安情况,但在三个问题中仍是满意度最低的,因此应当重视村内治安建设,维护乡风,进一步保障村民生命财产安全,增加村民安全感,建设平安乡村。

产业兴旺、经济发展是乡村振兴的首要目标,经济建设成果与村民收入提高、生活方式和生活质量提高有密切联系。家庭收入是否提高是乡村振兴成果的直观表现。调查现实,44.4% 的受访者认为收入明显增加,43.7% 的受访者认为收入有所增加,但仍有 10.5% 和 1.5% 的受访者认为收入没有增加甚至出现了减少。由此可见,乡村振兴在经济方面确实取得了较大成绩,提高了绝大部分村民的收入。从村民身份上看,45% 的村干部和 56% 的村小队长认为收入明显增加的比例最高,而村民和外来人口比例分别为 41.2% 和 35.2%(参见表 3),说明身份差异造成了一定的收入差异,在乡村振兴的过程中,应当注意收入分配公平,发展成果由村民共享,提高村民的获得感。

表 3　　　　　　　　　　村民对示范村经济发展的评价　　　　　　　　　　单位:%

村民身份	这两年,您的家庭收入有增加吗?				这两年,您觉得村集体经济发展情况怎么样?				您的收入主要来自?				
	明显增加	有所增加	和过去一样	减少了	逐年明显增长	逐年有所增长	没变化	变差	农业经营	打长工	打短工	个体经营	其他
村干部	45	46	8.5	0.5	55	36	8.5	0.5	17	28.5	0	2.5	52
村小队长	56	37	6.5	0.5	60.3	32.6	6	1.1	20.1	31	10.3	5.4	33.2

续表

村民身份	这两年,您的家庭收入有增加吗?				这两年,您觉得村集体经济发展情况怎么样?				您的收入主要来自?				
	明显增加	有所增加	和过去一样	减少了	逐年明显增长	逐年有所增长	没变化	变差	农业经营	打长工	打短工	个体经营	其他
村民	41.2	47.9	10.1	0.8	55.4	36	7.6	1	17.4	42.1	7.8	6.1	26.6
外来人口	35.2	43.7	16.9	4.2	45.1	49.3	5.6	0	11.3	40.8	16.9	9.9	21.1
平均	44.4	43.7	10.5	1.5	54.0	38.5	6.9	0.7	16.5	35.6	8.8	6.0	33.2

从集体经济建设层面看,村集体经济也取得了较大进步,54%的受访者认为集体经济发展逐年明显增长,其中普通村民中有55.4%的比例支持该观点,说明村民在集体经济成果中明显受益,应当鼓励支持村集体经济。

从收入来源上看,全体受访者收入来源丰富,就业渠道广,但大部分仍集中在打长工上,农业经营和个体经营比例较小。在贫困治理和乡村振兴中,我们应继续坚持"造血式"帮扶的方式,鼓励创业,提高村民的职业技能,拓宽村民就业渠道,提高村民自主就业能力。尤其对于农业经营和个体经营,具有较大的经营风险,政府应出台相应措施,支持村民自主经营和创业,规避风险,提高收入,减少脆弱性。

最后,本文希望通过对村民视野中示范村建设重点的调查,发现示范村建设的不足和未来发展的方向。结果表明,20.1%的受访者认为应当加强乡村环境治理,14.8%的受访者应该重点发展产业(参见表4)。

表4　　　　　　　　　　村民对示范村建设重点的建议　　　　　　　　　　单位:%

村民身份	您觉得你们村的乡村振兴示范村建设重点应该在那些方面?(多选)					
	乡村环境治理	产业发展	社区文化及文明风气	养老和健康等公共服务	村民收入	不清楚
村干部	31.5	20	8.5	6	7	0.5
村小队长	25.5	13	6	11.4	9.2	0
村民	13.3	12.2	5.2	5.8	5.6	0.2
外来人口	9.9	14.1	5.6	1.4	2.8	0
平均	20.1	14.8	6.3	6.2	6.2	0.2

"乡村振兴,生态宜居是关键。"在村民眼中,该观点也得到了支持。说明在示范村建设中,需要进一步保护乡村自然生态环境,绿水青山就是金山银山,不能通过牺牲环境发展经济,要注重物质文明和生态文明的和谐发展。同时,既要保护自然环境,也要保护人文环境,保护和保留传统人文风貌,展现乡村传统文化。

3. 实证设计与变量测量

本文假设村民身份差异将影响村民对乡村振兴各方面的评价存在显著差异。在评价方面,本文以"对示范村的满意度""人居环境改善程度"和"对未来发展的信心"作为因变量进行研究。

本文以"产业与就业""环境风貌""文体活动与社区安全""乡贤与创业""乡村干部

与集体事务"五个部分的综合得分作为自变量,以村民个人信息作为控制变量进行实证研究。在对5个自变量进行测量时,本文采取了TOPSIS方法,对样本每个部分下的数据进行了标准化后的权重计算和综合打分,得到0—1的分数,有利于充分地利用问卷数据进行实证研究(参见表5)。

表5汇报了变量的定义和描述性统计结果。因变量"对示范村的满意度"的均值为3.776,满分为4;"人居环境改善程度"的均值为2.893,满分为3;"对未来发展的信心"的均值为2.686,满分为3。三个变量均取得了很高的平均得分,反映了乡村振兴示范村的建设成果显著,得到了村民们的高度认可和支持,村民对示范村的未来发展也充满了信心。

表5 变量描述性统计

变 量	定 义	观测值	平均值	最小值	最大值
核心变量					
村民身份	外来人口(打工者)=1;村民=2;村小队长/组长=3;曾经的村干部=4;现任村干部=5	1 110	2.587	1	5
对示范村的满意程度	不满意=1;一般=2;比较满意=3;非常满意=4	1 110	3.776	1	4
人居环境改善程度	没有变化=1;有点改善=2;明显改善=3	1 110	2.893	1	3
对未来发展的信心	吃不准=1;有信心=2;充满信心=3	1 110	2.686	1	3
产业与就业	数值变量	1 110	0.631	0	1
环境风貌	数值变量	1 110	0.526	0.005	1
文化活动与社区安全	数值变量	1 110	0.876	0.076	1
乡贤与创业	数值变量	1 110	0.597	0	1
村干部与集体事务	数值变量	1 110	0.772	0.186	1
个体控制变量					
年龄段	35岁以下=1;35—45岁=2;45—60岁=3;60岁以上=4	1 110	2.659	1	4
性别	男性=1;女性=0	1 110	0.554	0	1
受教育程度	小学及以下=1;初中=2;高中/中专/技校/中职=3;大专/高职=4;大学本科=6;研究生或以上=6	1 110	2.796	1	6
政治面貌	普通群众=1;民主党派=2;共青团员=3;中共党员=4	1 110	1.976	1	4
收入来源	其他收入来源=1;打短工=2;打长工=3;农业经营=4;个体经营=5;工资/养老金/退休金=6;房租=7	1 110	2.947	1	7

（二）实证结果

1. 总体差异

图 2 展现的是按身份分类下的村民对示范村三个方面的评分的均值,直观地表现了不同身份的村民尽管对于乡村振兴示范村建设的评价均很高,但主体间存在一定的差异。主要表现在外来人口的评价相对较低,现任村干部的评价最高。

表 6 则展示了身份差异对评级的影响的卡方检验结果,其中"对示范村的满意度"和"对未来发展的信心"均在 1% 的水平下存在显著差异,而对"人居环境改善程度"也在 10% 的水平下存在差异,一定程度上证明了本文的假设成立,即不同身份的村民对示范村的评价存在差异。

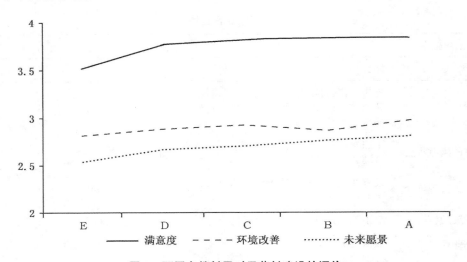

图 2　不同身份村民对示范村建设的评价

表 6	卡方检验结果	
	卡方统计量	P 值
对示范村的满意度	53.042 0	0.000
人居环境改善程度	14.589 1	0.068
对未来发展的信心	22.431 5	0.004

2. 对示范村的满意度

为了进一步分析身份差异对主观评价的影响,本文针对三个评价维度进行了 OLS 回归,并在此基础上进行了分组回归和边际效应分析。在回归分析中,全样本模型中使用了村级固定效应和村民身份固定效应,在分组回归中也使用了村级固定效应,以控制由村民所属村庄和村民身份带来的、但无法观测到的因素对回归结果造成的影响,并使用了聚类稳健标准误,将村作为聚类的层级。

表 7 汇报了"对示范村的满意度"为因变量的回归结果。

表7	因变量:对示范村的满意度					
	全样本 (1)	现任村干部 (2)	曾任村干部 (3)	村小队长 (4)	村民 (5)	外来人口 (6)
产业与就业	0.295*** (0.099)	0.233 (0.151)	1.039* (0.556)	0.165 (0.318)	0.270** (0.120)	−0.637 (1.459)
环境风貌	0.149*** (0.050)	0.277*** (0.100)	0.119 (0.259)	0.096 (0.074)	0.106 (0.106)	0.470 (0.291)
文化活动与 社区安全	0.455*** (0.094)	0.828*** (0.300)	0.296 (0.289)	0.476 (0.310)	0.393*** (0.141)	0.841* (0.841)
乡贤与创业	0.204* (0.106)	−0.146 (0.183)	0.399 (0.664)	0.490* (0.248)	0.153 (0.132)	0.033 (0.640)
村干部与集体事务	0.054 (0.108)	−0.060 (0.817)	−1.315 (0.938)	−0.593*** (0.204)	0.182 (0.127)	0.998 (0.687)
个体控制变量	Yes	Yes	Yes	Yes	Yes	Yes
身份固定效应	Yes					
村级固定效应	Yes	Yes	Yes	Yes	Yes	Yes
R^2	0.381	0.724	0.768	0.628	0.399	0.709
观测值	1110	139	61	184	655	71

注:括号内的数值表示聚类稳健标准误,将村作为聚类层级;*** 表示 $p < 0.01$;** 表示 $p < 0.05$;* 表示 $p < 0.1$。

第(1)列是全样本回归结果,结果显示村民对产业与就业、环境风貌、文化活动与社区安全、乡贤与创业四个变量的评价与示范村的满意度具有显著的正相关关系,而村干部与集体事务虽然与满意度正相关,但并不具备显著性。说明村民对于乡村振兴中的产业振兴、生态振兴、人才振兴、文化振兴具备更高的关注值和期待值,原因在于这四个方面体现了乡村振兴建设中的客观成果,为村民生活和发展提供了更有利的社会环境和物质基础,符合全体村民的共同利益。而村干部和集体事务作为组织振兴的一个方面,其权力和影响力相对较弱,尤其是在示范村建设中,作为上海市乡村振兴战略的重点,很多政策有区级部门直接下达并执行,村干部此过程中主要发挥配合行动的作用。其次,根据调研发现,村干部工作能力相对有限,在处理一些复杂事务时的手段单一,难以发挥效果,因此相关性并不显著。

第(2)—(6)列是按村民身份分组回归结果,可以看出各个变量的显著性在不同村民间具有一定差异,但总的来说,可以看出自变量的显著性和变量对村民生活的影响程度相关。对于现任村干部来说,示范村满意度与环境风貌、文化活动与社区安全工作之间在 1% 的水平下正显著。正如上文所述,村干部在乡村振兴中发挥的作用相对有限,主要工作除了配合上级部门落实政策以外,集中在组织文化生活活动、负责环境卫生、垃圾分类等方面。因此对于现任村干部来说,环境风貌、文化活动与社区安全工作对于影响对示范村的满意度的评价更有显著意义。对于普通村民而言,产业与就业、文化活动与社区安全对示范村的满意度则具有显著的正相关性。原因在于产业与就业和村民的收入来源、就业环境等具有密切联系,对村民物质生活具有重要影响;文化活动与社区安全则对村民的精神生活具有显著影响。而尽管环境风貌影响了村民的生活环境，但并不能对村民的生活产生重要影响，因此不具备显著性。对于外来人口来说，示范村更多是作为其居住地，而非工作地，因此比较关注当地的文化生活和治安状况等。其余分组中，值得关注的是在村小组长这一类人群中，村干部与集体事务和满意度呈显著的负相关关系。原因可能在于村小组长作为连接村干部和村民的重要一环，对村干部的工作拥有更丰富和更深刻的认识，所以对于村干部工作中的不足也可能认识更多，因此会与满意度呈现负相关。

最后，本文在上述回归基础上进行了边际效应分析，得出了当身份变量取均值时，各身份的村民对示范村的满意度的预测边际值结果。如图3所示，不同身份的村民对示范村满意度的评价存在显著差异，其中最低的为外来人口，且外来人口组内评分差异较大，原因可能在于由于生活时间长短不同，造成对示范村的认识程度不同。而曾经的村干部满意度最高，除了示范村本身建设成果显著外，还可能包含对自己曾经工作的肯定等内生因素。

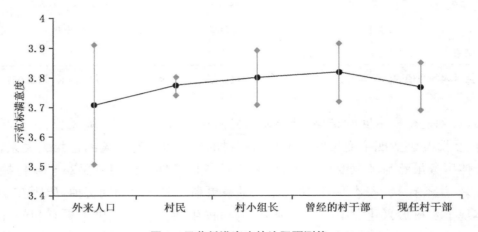

图3　示范村满意度的边际预测值

3. 人居环境改善程度

习近平总书记指出："要继续完善农村公共基础设施，改善农村人居环境，重点做好垃圾污水治理、厕所革命、村容村貌提升，把乡村建设得更加美丽。"改善人居环境也是一个复杂的工程，不仅要改善自然环境，还要改善社会环境，建设宜居宜业的乡村。

表8汇报了以"人居环境改善程度"作为因变量的回归结果。为了避免内生性，本文在此部分回归中，未加入"环境风貌"这一变量。

表8				因变量：人居环境改善程度		
	全样本 (1)	现任村干部 (2)	曾任村干部 (3)	村小组长 (4)	村民 (5)	外来人口 (6)
产业与就业	0.256*** (0.063)	−0.034 (0.131)	0.557 (0.440)	0.220 (0.187)	0.302*** (0.086)	−0.330 (0.472)

	全样本 (1)	现任村干部 (2)	曾任村干部 (3)	村小组长 (4)	村民 (5)	外来人口 (6)
文化活动与 社区安全	0.272** (0.103)	0.011 (0.195)	0.540*** (0.117)	0.599** (0.240)	0.240* (0.130)	0.199 (0.525)
乡贤与创业	0.125 (0.078)	0.774** (0.334)	0.600* (0.332)	−0.036 (0.285)	0.069 (0.121)	0.079 (0.076)
村干部与集体事务	−0.026 (0.071)	−0.480** (0.209)	−0.417 (0.600)	−0.083 (0.136)	0.179** (0.080)	−0.399 (0.470)
个体控制变量	Yes	Yes	Yes	Yes	Yes	Yes
身份固定效应	Yes					
村级固定效应	Yes	Yes	Yes	Yes	Yes	Yes
R^2	0.247	0.610	0.770	0.511	0.234	0.644
观测值	1110	139	61	184	655	71

注:括号内的数值表示聚类稳健标准误,将村作为聚类层级;*** 表示 $p<0.01$;** 表示 $p<0.05$;* 表示 $p<0.1$。

第(1)列汇报了全样本回归结果。可以看出,村民对于产业与就业、文化活动与社区安全的评价,与人居环境改善程度之间呈现显著的正相关关系。因为人居环境不仅是自然环境的改善,还包括了社会经济环境、社区文化氛围等。产业发展提高了示范村的经济发展水平,引进了先进的生产方式,吸引了更多投资,因此对于村内自然环境、基础设施建设等具有积极作用。而丰富的文化活动丰富了居民精神生活,提高了社区的文化氛围,尤其是一些具有地域特色的文化活动纳入示范村建设中,将显著提高示范村的文化生活,对人居环境产生显著的改善作用。

第(2)—(6)列汇报的是按村民身份差异进行分组回归的结果,和前文述说一致,影响村民对人居环境改善程度评价的各变量的显著性在不同身份村民之间也存在不同。其中最具有代表性的是村民。除了产业和文化因素显著以外,村民对于村干部与集体事务的评价也与因变量呈显著的正相关关系。正如上文所述,在村民眼中,村干部的主要职责是负责文化活动和环境治理方面,因此,村民对村干部评价越高,一定程度上说明了村干部工作成果显著,因此对人居环境改善有显著的积极影响。

图 4 也汇报了人居环境改善程度的边际预测值,可以看出,根据回归结果进行边际效应分析后,可以看出各身份的村民对于人居环境改善程度的评价存在显著差异。

4. 对未来发展的信心

村民对乡村振兴示范村未来发展的信心不仅能反映示范村建设是否有成效,政策是否得到了落实,更能反映政策是否可持续的问题。乡村振兴既战胜绝对贫困,也要战胜相对贫困和心理贫困,村民对未来越有信心,则越有动力参与乡村振兴的建设过程中。

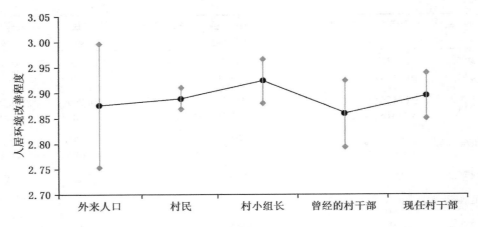

图4 人居环境改善程度的边际预测值

表9汇报了以"对未来发展的信心"为因变量的回归结果。

表9			因变量:对未来发展的信心			
	全样本 （1）	现任村干部 （2）	曾任村干部 （3）	村小组长 （4）	村民 （5）	外来人口 （6）
产业与就业	0.344*** (0.091)	0.162 (0.223)	0.519 (0.669)	0.420 (0.290)	0.240** (0.113)	0.147 (0.577)
环境风貌	0.046 (0.062)	0.233 (0.160)	−0.512* (0.268)	0.024 (0.135)	0.073 (0.075)	0.157 (0.254)
文化活动与 社区安全	0.630*** (0.145)	1.092** (0.452)	0.580 (0.759)	0.311 (0.282)	0.628*** (0.175)	1.224*** (0.357)
乡贤与创业	0.401*** (0.135)	0.850** (0.356)	0.026 (0.896)	0.647** (0.284)	0.490*** (0.154)	−0.115 (0.518)
村干部与集体事务	0.127 (0.120)	−0.785*** (0.277)	−1.444** (0.667)	0.195 (0.232)	0.143 (0.172)	0.858 (0.642)
个体控制变量	Yes	Yes	Yes	Yes	Yes	Yes
身份固定效应	Yes					
村级固定效应	Yes	Yes	Yes	Yes	Yes	Yes
R^2	0.460	0.710	0.720	0.664	0.477	0.832
观测值	1 110	139	61	184	655	71

注:括号内的数值表示聚类稳健标准误,将村作为聚类层级;*** 表示 $p<0.01$;** 表示 $p<0.05$;* 表示 $p<0.1$。

根据第(1)列去全样本和第(5)列村民组分析结果可以看出,产业与就业、文化活动与社区安全、乡贤与创业等三个因素与对未来发展的信心呈显著的正相关关系。产业与就业和村民的收入、生活水平息息相关,也为示范村本身的发展提供了物质条件。经济基础决定上层建筑,产业与就业水平越高,村民对未来发展的信心也越足。文化活动直接关系到村民信心,有利于塑造村民社会主义核心价值观,提高农村精神风貌和村民奋斗热情,为乡村振兴提供了精神动力。

乡贤与创业包含了乡贤为示范村做出的贡献,以及青年返乡创业状况,体现的是乡村振兴战略中的人才振兴。上海作为外来人口输入大省,2021年外来人口比例达到42.1%。但是绝大部分集中在市区,农村人才依旧处于流出状态,难以满足乡村振兴发展的需求。而乡贤和青年返乡不仅为乡村振兴带来了新思想、新技术、新投资,也对村民产生了示范作用。同时人才返乡体现了示范村建设取得了显著成果,提高了示范村的吸引力,也有利于吸引更多人才返乡并参与乡村振兴的过程中,为乡村振兴提供了源源不断的动力。

最后,根据图5展示的对未来信心的边际预测值中可以看出,不同身份的村民对示范村未来发展的信心也不同,但都处于一个较高的信心水平。

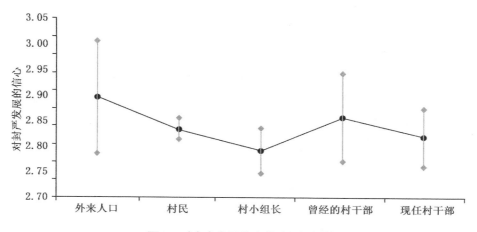

图5　对未来发展信心的边际预测值

（三）简要的小结与讨论

上述实证研究证明了在利益关系和认同感的影响下,村民身份不同,村民对乡村振兴示范村建设的效用感知也不同,且在影响因素方面也存在差异。村干部更加关注与自身职责和政绩相关的因素,村民更关注与家庭发展和生活环境的相关因素。但总的来说,产业与就业、环境风貌、文化活动与社区安全是所有成员都关心的内容,体现了乡村振兴中物质文明、生态文明、精神文明的建设的重要性,展现了产业振兴、生态振兴、文化振兴的成果。而乡贤与创业代表的人才振兴、村干部与集体事务代表的组织振兴相对来说影响不够显著。

因此,根据研究结论,本文提出以下建议:

第一,坚持农民主体地位,充分发挥农民的主体作用。作为乡村建设的主力军,要充分调动村民们的建设热情,让所有村民实现由乡村振兴的旁观者到参与者的角色转变,通过增加村民的参与感,落实村民的主人翁地位,从而增加村民的获得感、幸福感。对于外来人口,也应给予相应的权利,满足其参与政治生活和经济生活的需要,这样也有利于发现和培养人才。

第二,进一步促进产业发展,实现产业振兴。经济基础决定上层建筑,产业兴旺是乡村振兴的重点。首先资金不足、产品同质化严重、竞争力低是乡镇企业的固有弊端,因此要实现产业振兴需要一定的政策引导,引进高质量项目。其次,要发挥龙头企业的带头作用,注重创新,生产特色产品,避免跟风和同质化,提高企业知名度和竞争力。同时,避免过度依赖旅游业,应注重发展实体经济,为经济发展奠定坚实的基础。最后,培养企业的社会责任意识,让企业带动乡村振兴。

第三,依托农村特色文化,改善农村环境风貌,建设精神文明。陈代章(2019)认为,乡村建设和治理的核心也是价值构建。首先,要通过构建共同的价值观,破除唯利益的联结机制,增加村民的认同感、归属感和荣誉感,鼓舞村民干劲。其次,应尽量保留农村传统风貌,继承优良的文化传统,作为对外推广和宣传的有利抓手。

第四,坚持人才引进和培养相结合的人才政策。王玮、邹伟红(2021)指出,现阶段乡村人才短缺、人口空心化、老龄化成为乡村振兴的主要难题。上海市人才储备丰富,但是如何吸引人才流向农村是一个值得研究的课题。首先,要发挥乡贤的引领和示范作用,培养在经济上和精神上具有代表性的新乡贤。李金哲(2017)认为,新乡贤群体在乡村治理中发挥着重要作用,并逐渐成为跨越乡村治理困境的一个重要选项。其次,吸引青年返乡创业,提供资金和政策支持,为乡村振兴增添活力。同时促进教育事业发展,平等有效地配置教育资源,增加人才储备,并且加强村民的职业技能培训,提高村民的生产能力。最后,加强示范村建设成果宣传。

第五,提高村民自治能力和水平,明确村干部职责和角色。首先,要完善乡村治理体系,应当构建乡村振兴治理中的村民协同性网络,提高村民之间的互惠性、相容性和目标一致性。其次,付英(2014)指出,村干部应当具有政府代理人、村民当家人、理性人三种角色。但是目前在示范村建设中,村干部仅发挥了代理人的角色,说明村干部群体还有更大的作用值得挖掘。同时,这也与村干部能力息息相关,因此要加强村干部队伍建设,培养一批高水平的干部,做好村民当家人和理性人的角色。

参考文献

[1]朱哲毅.上海推进乡村振兴示范村建设的若干思考[J].科学发展,2021(06):97—101+106.

[2]王玮,邹伟红.乡村振兴示范村产业可持续发展对策研究——以上海市郊乡村振兴示范村建设为例[J].上海农村经济,2021(05):22—25.

[3]彭震伟.上海大都市区乡村振兴发展模式与路径[J].上海农村经济,2020(04):31—33.

[4]任义科,赵素敏,杜海峰.乡村发展与农民工务工地选择——基于HLM模型的分析[J].农林经济管理学报,2020,19(02):244—251.

[5]蒲实,孙文营.实施乡村振兴战略背景下乡村人才建设政策研究[J].中国行政管理,2018(11):90—93.

[6]邓大才.利益、制度与有效自治:一种尝试的解释框架——以农村集体资产股份权能改革为研究对象[J].东南学术,2018(06):56—63+248.

[7]蔡文成.基层党组织与乡村治理现代化:基于乡村振兴战略的分析[J].理论与改革,2018(03):62—71.

[8]中共中央国务院关于实施乡村振兴战略的意见[N].人民日报,2018—02—05(001).

[9]姜德波,彭程.城市化进程中的乡村衰落现象:成因及治理——"乡村振兴战略"实施视角的分析[J].南京审计大学学报,2018,15(01):16—24.

[10]廖彩荣,陈美球.乡村振兴战略的理论逻辑、科学内涵与实现路径[J].农林经济管理学报,2017,16(06):795—802.

[11]史亚峰.规模与利益:中国农村村民自治基本单元的空间基础[J].东南学术,2017(06):38—44.

[12]李金哲.困境与路径:以新乡贤推进当代乡村治理[J].求实,2017(06):87—96.

[13]李勇华,陈祥英.身份多元化和新型农村社区治理困境及其化解路径[J].学术界,2017(01):84—93+323—324.

[14]付英.村干部的三重角色及政策思考——基于征地补偿的考察[J].清华大学学报(哲学社会科学版),2014,29(03):154—163+11.

[15]安宝.乡土社会中的村民认同——以满铁调查所及的华北区域为中心[J].历史教学(下半月刊),2013(01):27—34.

[16]项继权.中国农村社区及共同体的转型与重建[J].华中师范大学学报(人文社会科学版),2009,48(03):2—9.

[17]师玉朋,马海涛.县域公共服务供需结构匹配度评价——基于云南省的个案分析[J].财经研究,2015,41(11):34—43.

课题组组长:赵德余

课题组成员:代　岭　倪申青　吴陈孜薇

4. 上海促进乡村振兴立法调研报告

为贯彻落实国家《乡村振兴促进法》，上海成立立法课题组，启动乡村振兴地方立法调研工作，对上海实施乡村振兴战略以来取得的经验和存在的问题做了系统梳理，并赴浙江等兄弟省市进行了考察学习，在此基础上形成了立法调研报告。

一、乡村振兴立法的必要性

重农固本是安民之基、治国之要。党的十九大作出了实施乡村振兴战略的重大战略决策，党的十九届五中全会进一步强调，坚持把解决好"三农"问题作为全党工作重中之重，走中国特色社会主义乡村振兴道路，全面实施乡村振兴战略。为充分发挥立法在乡村振兴中的保障和推动作用，2018年中央一号文件《中共中央国务院关于实施乡村振兴战略的意见》提出，抓紧研究制定乡村振兴法的有关工作，把行之有效的乡村振兴政策法定化。明确各地可以从本地乡村发展实际需要出发，制定促进乡村振兴的地方性法规、地方政府规章，有必要制定符合上海市经济社会发展特点的《条例》，进一步推进全面实施乡村振兴战略。

（一）制定《条例》是深入贯彻落实党中央和市委关于乡村振兴战略决策部署的重大举措

党的十九大提出实施乡村振兴战略以来，党中央、国务院先后出台了《关于实施乡村振兴战略的意见》《乡村振兴战略规划（2018—2022）》，确定了乡村振兴的一系列重大政策举措；上海市委、市政府制定了《上海市乡村振兴战略规划（2018—2022年）》和《上海市乡村振兴战略实施方案（2018—2022年）》，明确了上海市乡村振兴的目标、任务和政策措施。通过制定《条例》，将中央和市委关于乡村振兴的重大决策部署，包括乡村振兴的目标、要求、方针、原则、内容、工作机制、职责分工等固定下来，确保乡村振兴战略部署得到全面落实，确保不松懈、不变调、不走样，持之以恒、久久为功促进乡村振兴。

（二）制定《条例》是推进城乡融合发展的必然选择

2018年、2019年进博会期间，习近平总书记两次对上海作了考察，都专门提到乡村振兴是上海必须做好的大文章,并深刻指出上海和江苏、浙江相比,上海乡村建设不够,关键是上海农村发展的动力不很充沛,特地叮嘱我们要补好农村这个短板,让郊区农村群众共享改革发展成果。通过制定《条例》,将坚持农业农村优先发展、健全城乡融合发展的体制机制、建立新型城乡关系等方面行之有效的政策措施,转化为法规规范,推动破除妨碍城乡要素自由流动和平等交换的体制机制壁垒,促进各类要素更多向乡村流动;强化乡村发展的投入和组织动员,科学有序推进乡村振兴各项工作,高水平推进农业农村现代化。

(三)制定《条例》是对标"重要窗口"创新农业农村发展机制优势的客观需要

早在习近平总书记在上海工作期间就提出了关于"三农"工作的重要论述,近年来,上海市深入实施"三园工程",坚定不移地推进农业供给侧结构性改革,坚定不移地深化农村改革,坚定不移地开展农村生态文明和美丽乡村建设,率先走上以工促农、以城带乡、工农互惠、城乡一体的发展路子,是农业现代化进程最快、农村经济最活、农民收入最高、乡村环境最美、城乡差距最小的省市之一。本着解决问题、固化经验的目的,通过制定《条例》,将我市乡村振兴实践经验和创新成果,上升为法规制度,进一步释放农村改革发展新动能。当好农村改革探路者、城乡融合先行者、乡村振兴排头兵,为"重要窗口"增添"三农"风景。

二、上海推进乡村振兴的总体情况

从党的十九大作出乡村振兴重大战略决策以来,上海实施乡村振兴战略,经历了三个阶段:

第一是顶层设计阶段,按照乡村振兴"5句话20个字"的总要求,在2018年成立了市、区两级实施乡村振兴战略工作领导小组,在体制和机制上形成了强有力的组织保障。同时,把当时在有效期内的128个政策文件进行了系统梳理,该废止的废止,该完善的完善,以供给侧结构性改革为核心,通过制度供给来推进各方面工作,制定了上海贯彻中央一号文件的《实施意见》(2018年市委7号文,2019年、2020年出台了两个8号文),出台了《战略规划(2018-2022)》《实施方案(2018-2022)》,确立了上海实施乡村振兴战略的"四梁八柱"。

第二是确立目标阶段,按照李强书记2018年7月13日乡村振兴现场推进会上的指示要求,认真谋划上海乡村振兴工作的各项目标,确立了以实施"三园"工程作为我市推进乡村振兴的重要抓手,就是以全面提升农村环境面貌为核心,建设"美丽家园"工程;以全面实现农业提质增效为核心,建设"绿色田园"工程;以全面促进农民持续增收为核心,建设"幸福乐园"工程。

第三是全面推进阶段,从2018年底到2021年,按照"三园"工程的要求推进各项工作,2019年,实行"挂图作战",明确了15大类77项重点任务(2020年是16大类79项,2021年是14大类78项),乡村振兴各项工作全面破题。从工作的显示度看,"美丽家园"的工作逐步显现,形成了一些看得见摸得着的典型。

目前,上海乡村振兴的显示度越来越强,取得了不少亮点,农民群众的满意度越来越高。概括起来有三句话：

第一句话，农村环境面貌实现新提升。累计建设乡村振兴示范村 69 个。启动推进 27 000 户农民相对集中居住。通过全域整治、整镇推进、成片推动，实现了全市 1 577 个行政村人居环境整治全覆盖。农村地区生活垃圾分类全覆盖，农村生活污水处理率超过 80％，农村环境、村容村貌显著改善。

第二句话，农业提质增效实现新突破。建设 17 个"绿色田园"示范基地和 13 个"绿色田园"先行片区；大力开展农业招商引资，华固绿色农业示范基地、由由中荷农业创新园等一批具有国际一流水平的现代化农业项目建成运营。调整优化种养结构，打响地产绿色优质农产品牌，地产农产品的绿色食品认证率达到 24％。

第三句话，农民长效增收实现新提高。对全市 527 个经济相对薄弱村实行精准帮扶，累计建设 15 个"造血"项目。累计选派 400 名优秀干部到经济相对薄弱村担任驻村指导员，加强农村基层党组织的战斗力。有序推进 2 274 名新型职业农民培训，累计完成农民非农就业培训 9 万人次。在全国率先基本完成镇、村两级产权制度改革。实施"阳光工程"，1 507 个有条件的村全面推行了村干部开放式办公。2020 年本市农村常住居民人均可支配收入达到 34 911 元。

上海市乡村振兴工作之所以取得了阶段性成效，关键在于做到了三个"始终"：一是始终坚持高位推动。上海市委、市政府始终把乡村振兴放在突出位置来抓。李强书记、龚正市长亲自部署、亲自协调，多次调研乡村振兴工作。上海市人大连续三年将"生态宜居""产业兴旺""生活富裕"推进情况纳入常委会年度监督工作重点，推动"三农"领域立法，加强法治保障；上海市政协针对农民群众反映的热点难点问题开展调研，广泛建言献策，加强智力支撑。二是始终坚持系统谋划。市委专题调研农业农村发展的战略定位和内生动力，明确把乡村作为稀缺资源，作为城市核心功能的重要承载地、提升城市能级和核心竞争力的战略空间，发挥保障供给、生态涵养、文化传承三大基本功能，突出生态、经济、美学三大价值，提升示范、承接、引领、集聚、辐射作用。三是加强机制创新。对乡村振兴年度重点任务实施"挂图作战"，采用绿灯、蓝灯和红灯标识推进进度，实现常态化管理。围绕重点工作开展督促检查，构建"月报告、季通报、年考核"的工作机制。围绕 2035 年城市规划愿景，对照国际化大都市农业农村发展标杆，编制和发布了上海市乡村振兴指数蓝皮书，促进各涉农区形成比学赶超的良好氛围。

三、需要通过立法解决的突出问题

尽管上海的乡村振兴工作取得了较好的成绩，但对照国家法律，在立法调研中，我们仍然发现存在一些实际问题，需要采取有力的措施，切实加以解决。

（一）功能定位问题

从近年来的实践看，大家在上海实施乡村振兴战略的全局性把握上，主要的困惑可以归结为四个问题，即：如何谋划上海超大城市乡村的功能定位？如何走出一条具有上海特色的乡村振兴道路？如何将推进乡村振兴与五大新城建设有机衔接？如何凸显上海乡村振兴的主要抓手？同时，调研中我们了解到，各涉农区基层"下冷"的现象依然不同程度地存在,有一些镇村认识还不够到位,工作节奏跟不上市、区要求,少数村干部目前的状态是跟着做、推着做,农民群众主动投身乡村振兴的积极性还不高,一定程度上存在"干部干、村民看"的情况。

（二）规划问题

上海市86个郊野单元村庄规划已做到应编尽编,各类农业专业规划正在抓紧编制。但由于农村人口、乡村产业用地、农业设施用地的不确定性,使得各类涉农规划之间的衔接不够匹配,解决农村布局分散、提高资源配置效益的步伐还不快。例如,基层普遍反映,由于郊野单元规划实施在前,村子如果要开展示范创建,就会存在创建项目规划与村庄总体规划不完全匹配的情况,有的建设项目落地难,有的配套设施空间分布不合理,有的遇到永久基本农田调规难度大。同时,乡村规划与上海国际化大都市的定位还不适应,与城市各类专项规划之间的协调性、衔接度还不强,特别是城乡在养老、教育、医疗等公共服务统筹发展方面还有差距。

（三）农民增收问题

近年来,上海农民人均可支配收入较快增长,已连续15年增幅超过城市居民增幅,农民收入在全国各省市名列第一,但农民增收后劲不足,具体表现为:一是城乡居民收入绝对值差距不断拉大。尽管城乡居民收入比从2015年的2.28∶1缩小到2020年的2.19∶1,但两者的绝对值差距从2015年的29 757元扩大到2020年的41 526元,扩大了11 769元。二是农民收入来源结构单一。当前上海市农民以非农就业为主,工资性收入约占总收入的70%,其他收入来源相对匮乏,特别是远郊纯农地区,非农就业机会较少,集体经济发展的有效途径和办法不多,收入增长有限。

（四）土地问题

保障土地供给始终是农村基层反映的热点问题。建设用地指标倾斜方面,有的涉农区落实每年新增建设用地指标的5%用于支持乡村产业发展的政策积极性不高,执行力度不强。点状供地方面,相关政策推进缓慢,乡村新产业新业态所需的科普体验、餐饮住宿、公建服务等经营性建设用地得不到有效保障。集体经营性建设用地方面,新修订的《土地管理法》明确了农村集体建设用地入市,但目前农村集体建设用地入市缺乏路径和方法,一些改革试点工作经验尚未形成面上推开的工作机制。农业生产用地方面,现有农业设施用地政策的灵活性不高,可操作性不强,一定程度上掣肘了高效经济作物和绿色生态养殖业的发展。农民建房方面,20世纪70—80年代建造的宅基地房屋占56.8%,20世纪90年代建造的占24.8%,大多数农房显得比较老旧,建设质量不高,农民对住房翻建、新建的需求普遍强烈,但农房更新与村庄单元规划调整节奏不吻合,使得不少农民难以达成建房愿望。

（五）资金问题

2018年,我市建立健全涉农财政资金统筹整合长效机制,下放涉农项目审批权限,赋予各区实施和统筹资金的自主权。但调研中了解到,涉农资金使用效率依然不高,各涉农区虽已开展了部门内涉农资金整合工作,但主要还是"形式整合",统筹整合成效不明显。同时,乡村产业发展与建设资金投入保障机制有待完善。涉农产业项目投资大、效益低、回报期长,缺少固定资产融资渠道,社会资本对投入农业农村的热情不高,投资意愿不强,即使进入也容易出现"短期行为"。涉农小微企业、专业合作社、家庭农场等经营主体对保险、贷款、融资等金融服务有一定需求,但在实际操作中受制于缺乏抵押物,或者因经营体量较小、生产品种小众等情况,得到金融支持的效果不够理想。

（六）人才问题

调研发现,农村基层干部队伍建设还须加强。从村党组织书记来源看,来自本村致富能手、外出务工经商返村人员、本乡本土大学毕业生和退役军人这4类的仅占总数的11%,整体活力不够。而且由于职业发展通道、社会认可度、就学就医资源等因素,村干部及其后备梯队人员流失情况较严重。同时,农业农村各类人才储备不足。有本事的能人不愿意留在农村,农业科技人员、农村能工巧匠等各类涉农人才队伍的规模仍较小较弱。新乡贤群体凤毛麟角,大学生村官、"三支一扶"人员等往往把农村工作经历作为个人成长的跳板,做满年限走人的情况较多。

四、相关问题的解决措施

（一）明确乡村功能定位

课题组认为,本市实施乡村振兴战略应当贯彻新发展理念,坚持农业农村优先发展,面向全球、面向未来,对标最高标准、最好水平,发挥乡村城市核心功能重要承载地和城市核心竞争战略空间功能,推进美丽家园、绿色田园、幸福乐园工程建设。针对找准乡村的功能,建议协同推进乡村振兴战略和新型城镇化战略,整体谋划城镇和乡村发展,组织编制乡村振兴规划;优化新城、镇域、乡村空间布局规划,发挥新城聚集功能,发挥镇域联接功能,发挥乡村底板功能;加强功能定位策划,凸显乡村特色风貌,强化特色优势产业培育,充分挖掘乡村多元功能和价值。针对动员农民主动参与,建议在坚持党的领导,实行市负总责,区、乡镇（街道）抓落实的工作机制的基础上,鼓励村级组织协同推进乡村振兴各项事务,依法办理本村公共事务和公益事业,保障村民各项合法权益,激发村民的主动性、积极性、创造性。

（二）科学编制各类规划

课题组建议,在总规层面,各级人民政府编制乡村振兴规划时,应当与国民经济和社会发展规划、国土空间规划相衔接,统筹城乡产业发展、基础设施、社会保障、公共服务、公共安全、资源能源、生态环境保护等布局。在详规层面,乡镇（街道）应当根据国土空间总体规划和乡村振兴规划,组织编制乡村发展布局规划和郊野单元村庄规划,并综合考虑村庄人口、产业、功能、规模、空间等特点,以及土地利用、产业发展、基础设施布局、生态保护和历史文化传承等要求,完善编制村庄规划。

（三）促进农民持续增收

为进一步提高农民收入水平,未来应着力巩固工资性收入,增加财产性收入。一是加强非农就业力度,应健全城乡一体的公共就业创业服务体系,实施促进乡村居民就业创业的扶持政策,完善城乡统一的就业统计和失业救助体系,统筹推进农村劳动力就业。二是促进经济相对薄弱地区农民增收,各级政府应开展农村综合帮扶,搭建农民增收平台,促进农村集体经济转型发展,增加农村集体经济收入,提高生活相对困难农户的收入水平。

(四)加强土地要素保障

课题组认为,保障乡村振兴各业用地,必须"三管齐下":一是政府加强土地供给。上海市、区两级政府应建立建设用地指标向乡村产业发展项目倾斜机制,每年安排一定比例土地利用计划指标用于乡村振兴,并详尽规定供地类型和设施农用地管理对象。二是采取灵活多样的供地方式。切实落实点状供地政策,提高土地使用效率;经国土空间规划确定为工业、商业等经营性用途并依法登记的集体经营性建设用地,建议土地所有权人可以通过出让、出租等方式交由单位或者个人使用;应制定集体经营性建设用地的管理使用办法,对集体经营性建设用地依法入市的程序予以规范。三是保障农民建房需求。各级政府应采取多种方式,依法保障农村村民居住权益,加强农村住房建设管理和服务,严格禁止违法占用耕地建房。比如,建立农村住房设计、施工、验收、使用等全过程建设管理制度,加强农村住房质量安全监督管理;又如,乡镇(街道)应当结合地区自然肌理、传统文化和建筑风貌元素,指导村民委员会将风貌管控要求纳入村规民约,推动乡村建筑师等专业力量下乡为村民建房提供设计和咨询服务;再如,建立表彰机制,激励乡村风貌设计和建设。

(五)加强资金要素保障

加强乡村振兴的资金投入,需要从财政资金、社会资本、金融支持三个角度发力。财政资金方面,各级政府应优先保障乡村振兴的财政投入,建立健全涉农资金统筹整合长效机制,优化对农村重点领域和薄弱环节的财政资金配置;上海市、区两级政府应当分年度提高土地出让收入用于农业农村比例,重点用于农民相对集中居住、乡村建设、现代农业发展等。社会资本方面,建议上海市、区两级政府设立乡村振兴基金,建立定期发布扶持社会资本投资农村重点项目清单的制度,创新乡村产业、农村基础设施和公共事业投融资模式,优化营商环境。金融支持方面,鼓励和支持金融机构创新金融产品和服务,依法将更多资源配置到乡村振兴领域。比如,发挥政策性农业信贷担保体系作用,强化财政、金融等政策的有机联动;又如,鼓励利用集体经营性建设用地使用权、农民住房所有权、土地经营权、集体资产股权等开展抵押或质押融资;再如,利用上海多层次资本市场,支持乡村产业发展。

(六)加强人力要素保障

人力资源是乡村振兴的第一资源,课题组建议从四个方面加强人才保障:一是加强涉农干部工作队伍建设,建立健全培养、配备、管理、使用机制,推行驻村指导员制度,将富有涉农工作经验和基层经历的干部充实到地方各级党政班子。二是培育各类涉农人才,加强农业科研和农业技术推广人才队伍建设,整合高校、科研院所、农业广播学校等教育培训资源,培育农业生产、农业科技、营销管理和能工巧匠等农村实用人才;指导、支持高校、职业学校设置涉农相关专业,加大农村专业人才培养力度。三是鼓励城乡各类人才加强合作交流,建议通过岗位、编制适度分离等方式,推进城市教育、医疗、科技、文化、体育等工作人员服务乡村,并建立引导乡贤回归、青年返乡和人才入乡激励机制。

四是健全涉农人才评价制度,应制定引进培育涉农人才政策措施,健全完善技术技能人才评价制度,支持并鼓励农业农村从业人员参加职业资格鉴定、职业技能等级认定、专项职业能力考核和职称评审,分类推进农业农村实用人才评价机制改革。

此外,为进一步释放农业农村改革发展的新动能,发挥乡村振兴的先行者、排头兵作用,让乡村这一稀缺资源成为承载城市核心功能的重要承载地,课题组建议在立法过程中应将上海的一些成功经验加以固化:一是将现有推进工作的体制机制法制化,如落实乡村振兴考核评价制度、工作年度报告制度和监督检查制度,开展乡村振兴满意度测评,以及发布乡村振兴指数。二是牢牢抓住"牛鼻子"工程,如将近年来上海市实施乡村建设行动、推进农民相对集中居住等"牛鼻子"工程列入立法内容,重点加以阐述并作出制度性安排。三是强调改革创新的引领作用,如将培育壮大各类农业经营主体,建立健全多层次农业保险体系,探索集体建设用地作价入股等上海近年来在全国有引领性的做法纳入法制轨道。四是突出绿色发展的理念,如加强农业绿色生产,巩固长江禁渔成果,规范农药使用,加强垃圾分类回收,巩固河、湖长制等。五是巩固其他一些特色做法,如突出"三园"工程是上海推进乡村振兴的重要抓手,引导国有企业参与乡村振兴,夯实农业生产的基础设施建设水平,发挥超大城市市场优势推动乡村产业融合发展,建立长三角地区共同促进乡村振兴的工作机制等。

附件1 《上海市乡村振兴促进条例(草案)》

课题组成员:余立云　方志权　郭保强　侯廷永

李凤章　陈　云　蔡　蔚　李　娟

张　晨　楼建丽

附件1

上海市乡村振兴促进条例(草案)

第一章 总 则

第一条 为全面实施乡村振兴战略,加快农业农村现代化,根据《中华人民共和国乡村振兴促进法》等法律、法规规定,结合本市实际,制定本条例。

第二条 本市行政区域内乡村振兴工作适用本条例。

本条例所称乡村,是指城市建成区以外具有自然、社会、经济特征和生产、生活、生态、文化等多重功能的地域综合体,包括乡镇(街道)、村(含行政村、自然村)等。

第三条 本市实施乡村振兴战略应当贯彻新发展理念,坚持农业农村优先发展,面向全球、面向未来,对标最高标准、最好水平,发挥乡村城市核心功能重要承载地和城市核心竞争战略空间功能,推进美丽家园、绿色田园、幸福乐园工程建设,促进农业高质高效、乡村宜居宜业、农民富裕富足,实现城乡融合发展。

第四条 乡村振兴工作应当坚持党的领导,建立健全领导责任制。各级主要负责人是本地区乡村振兴工作第一责任人,实行市负总责,区、乡镇(街道)抓落实的工作机制。

各级人民政府应当将乡村振兴工作纳入国民经济和社会发展规划,健全城乡融合发展体制机制,建立乡村振兴考核评价制度、工作年度报告制度和监督检查制度。

第五条 市、区人民政府农业农村主管部门负责乡村振兴促进工作的统筹协调、政策指导、推动落实和监督检查。

市、区人民政府其他有关部门按照各自职责,共同做好乡村振兴相关工作。

第六条 建立健全政府、市场、社会对乡村振兴的协同推进机制,支持企业等市场主体、人民团体等社会主体与个人参与乡村振兴。

村级组织协同推进乡村振兴各项事务,依法办理本村公共事务和公益事业,保障村民各项合法权益,激发村民的主动性、积极性、创造性。

国有企业应当发挥自身优势,通过市场化方式,多层次、全方位参与本市乡村振兴工作,增强示范引领作用。

对在乡村振兴工作中作出显著贡献的单位和个人,按照国家和市有关规定给予褒扬和奖励。

第二章 城乡融合

第七条 本市应当优化新城、镇域、乡村空间布局规划。发挥新城聚集功能,赋能镇域乡村发展;发挥镇域联接功能,强化联通城乡的纽带作用,完善公共服务配套、发展特色产业,承接农村人口转移;发挥乡村底板功能,实施乡村建设行动,加强人居环境整治,彰显乡村综合价值。

第八条　各级人民政府应当协同推进乡村振兴战略和新型城镇化战略,整体谋划城镇和乡村发展,市、区人民政府应当组织编制乡村振兴规划,乡镇(街道)按照责任分工组织落实。乡村振兴规划的编制,应当与国民经济和社会发展规划、国土空间规划相衔接,统筹城乡产业发展、基础设施、社会保障、公共服务、公共安全、资源能源、生态环境保护等布局,推动城乡生产生活要素自由流动、平等交易和公共资源合理配置。

第九条　乡镇(街道)应当根据国土空间总体规划和乡村振兴规划,组织编制乡村发展布局规划和郊野单元村庄规划。

乡镇(街道)应当综合考虑村庄人口、产业、功能、规模、空间等特点,以及土地利用、产业发展、基础设施布局、生态保护和历史文化传承等要求,完善编制村庄规划。

严格规范村庄撤并,严禁违背农民意愿、违反法定程序撤并村庄。

第十条　各级人民政府应当统筹规划、建设、管护城乡内的道路和供水供电供气、物流、客运、信息网络、广播电视传输、公共安全、垃圾污水处理、消防、防灾减灾等公共基础设施和新型基础设施,推动城乡基础设施互联互通,满足村民生产生活需要。

鼓励社会资本参与投资乡村公共基础设施建设、运营和管护。

第十一条　各级人民政府应当加强乡村数字基础设施建设,实施一网统管、一网通办,加快农业生产、经营、管理、服务和教育、医疗、文化、卫生等公共服务数字化应用,构建线上线下融合的综合服务平台。

第十二条　各级人民政府应当将发展乡村教育事业放在重要位置,持续改善乡村学校办学条件,改进教育教学,提高乡村教育质量。加大乡村教师培养力度,促进优秀师资向乡村流动,提高乡村教师专业化水平。健全城乡学校携手共进机制,促进城乡义务教育一体化发展。

第十三条　各级人民政府应当推进医疗资源城乡均衡配置,完善基层医疗卫生服务体系,加大对基层医疗卫生机构的投入,提升农村地区应对突发公共卫生事件能力,将乡镇(街道)、村两级公共卫生管理事项纳入公共卫生应急管理。

区人民政府及其有关部门应当加强乡镇(街道)卫生服务中心和村卫生室标准化、信息化建设,提高乡村医疗卫生人员待遇,保障基本药物的供给和及时配送。

第十四条　各级人民政府应当健全城乡一体的公共就业创业服务体系,实施促进乡村居民就业创业的扶持政策,完善城乡统一的就业统计和失业救助体系,统筹推进农村劳动力就业。

第十五条　本市应当建立健全城乡居民基本养老保险制度、基本医疗保险制度和大病保险制度。

本市人员在农民专业合作社(联合社)、家庭农场就业期间,可以通过集体参保方式,参照本市灵活就业人员参加职工基本养老保险和基本医疗保险。

第十六条　本市应当持续提高城乡居民养老保险基础养老金水平,确保年度增幅不低于同期低保增幅。

本市应当将农村养老服务设施和服务纳入乡村振兴规划,相关区和乡镇人民政府应当按照城乡协调发展的要求,推动农村养老服务设施均衡布局,提升服务水平。

支持利用农民房屋和农村集体所有的土地、房屋等资源,尊重农民生活习惯和方式,依法发展适合农村特点的养老服务。

第三章　产业发展

第十七条　各级人民政府应当严格保护耕地,加强农用地分类管理,高标准建设永久基本农田,划定、保护并建设粮食生产功能区、蔬菜生产保护区、特色农产品优势区,加大对高标准农田、农田水利、渔港、农产品仓储保鲜和物流等现代农业基础设施建设的投入,提高农业综合生产能力。

第十八条　各级人民政府应当落实国家粮食安全战略,坚持藏粮于地、藏粮于技,制定粮食生产扶持政策,建立粮食生产功能区管护制度,完善粮食流通、储备体系,提高粮食综合生产能力。

第十九条　市、区人民政府应当根据本地实际编制现代乡村产业发展规划,支持绿色田园先行片区、特色农产品优势区、农业科技园、现代农业产业园、特色农业强镇、休闲农业和乡村旅游重点村等建设。

各级人民政府应当利用国际和国内两个市场,推动乡村产业融合发展,统筹布局农产品生产、加工、流通,建立健全农民分享产业链增值收益机制。发挥电商平台等优势,鼓励企业构建农业全产业链。

第二十条　市、区人民政府应当建立健全支持家庭农场、农民专业合作社、农业龙头企业、农业社会化服务组织等新型农业经营主体健康发展的体制机制,制定政策措施,促进经营主体高质量发展。

引导经营主体在资金、技术和市场等方面加强合作,创新合作模式和机制,提高农业经营效益。

第二十一条　市、区人民政府应当采取措施促进农业科技创新,加强农业知识产权保护,培育创新主体,强化高校和科研院所源头创新能力。

鼓励和支持企业和科研机构在生物种业、数字农业、设施农业等领域增加研发投入,自主开发新品种、新技术、新装备和新产品。

第二十二条　市、区人民政府应当加强农业技术推广体系建设,建立农业科研成果转化推广激励机制和利益分享机制,推动公共推广服务机构联合高校、科研院所等单位,开展公益性推广服务。

鼓励企业、农民专业合作社和社会组织建立新型农业技术推广服务机构,联合高校、科研院所等单位,通过技术承包、技术参股等方式开展服务。

第二十三条　市、区人民政府应当组织制定并实施种业发展规划,提升种业科技创新能力,促进科技成果转化,完善种业发展激励机制,协调解决种业工作中出现的重大问题。

市、区人民政府应当制定扶持种业发展政策措施,加强种质资源保护和种质资源库建设,建立完善良种选育、繁殖和推广体系,突出发展优势特色品种,支持种业企业开展商业化育种,强化种业市场监管,促进种业高质量发展。

第二十四条　本市鼓励农业智能设施装备生产研发和推广应用,推动农机农艺融合、机械化信息化融合。

各级人民政府农业农村主管部门应当开展农业信息监测预警和综合服务,推动物联网、大数据、云计算、区块链、人工智能等现代信息技术在农业生产等领域的应用。

第二十五条　各级人民政府应当推进农业全程标准化,完善农产品质量安全标准体系,健全农产品质量安全监管体系、监测检测体系、追溯体系,对食用农产品依法实施合格证管理,落实生产经营主体责任。

第二十六条　市、区人民政府应当加强农产品区域公用品牌培育、保护和推广,加大对农产品原产地和农产品地理标志的登记保护,鼓励农产品生产者按照规定申请使用绿色食品、农产品地理标志,开展有机农产品认证。

第二十七条　本市应当建立健全多层次农业保险体系,完善政策性农业保险制度,根据需要扩大农业保险覆盖面、增加保费补贴品种和提高保险金额,增加保险资金投入,提高农业保险创新能力,提升农业保险服务水平。

第四章　人才支撑

第二十八条　本市应当建立健全涉农工作队伍的培养、配备、管理、使用机制,推行驻村指导员制度,提升村干部能力素质,提高优秀村干部选拔录用为乡镇(街道)公务员和事业编制人员的比例,选拔优秀村党组织书记进入乡镇(街道)领导班子,将富有涉农工作经验和基层经历的干部充实到地方各级党政班子。

第二十九条　各级人民政府应当加强农业科研和农业技术推广人才队伍建设,推行科技特派员制度,整合高校、科研院所、农业广播学校等教育培训资源,培育农业生产、农业科技、营销管理和能工巧匠等农村实用人才,提高农民科技文化素质,推动乡村人才振兴。

市、区人民政府及其教育行政部门应当指导、支持高校、职业学校设置涉农相关专业,加大农村专业人才培养力度,制定政策吸引优秀高校毕业生到乡村任教,鼓励高等学校、职业学校毕业生到农村就业创业。

第三十条　本市应当建立城乡人才合作交流机制,通过岗位、编制适度分离等方式,推进城市教育、医疗、科技、文化、体育等工作人员服务乡村。

市、区人民政府应当建立引导乡贤回归、青年返乡和人才入乡激励机制,鼓励经商人员、高校和职业学校毕业生、外出务工人员等人才返乡创业。

本市允许各类返乡下乡人才在符合国家和本市农村宅基地管理规定和相关规划的前提下和当地农民合作改建自住房,具体办法由市人民政府制定。

第三十一条　市、区人民政府及其人力资源社会保障、农业农村部门应当健全完善技术技能人才评价制度,支持并鼓励农业农村从业人员参加职业资格鉴定、职业技能等级认定、专项职业能力考核和职称评审,分类推进农业农村实用人才评价机制改革。

本市应当制定引进培育涉农人才政策措施,具体办法由市人民政府另行制定。

第五章　文化传承

第三十二条　各级人民政府应当坚持以社会主义核心价值观为引领,组织开展新时代文明实践活动,加强农民思想政治教育和农村思想道德建设,提高乡村社会文明程度。

第三十三条　各级人民政府应当健全乡村公共文化体育服务体系,加大农村文化体育设施建设和文化、教育资源配送力度,推动公共文化资源向乡村倾斜,统筹建设乡镇(街道)社区文化活动中心、村综合文化活动室(中心)和公共体育设施,丰富乡村文化体育生活。鼓励开展形式多样的群众性文化体育、节日民俗等活动,利用广播电视和视听网络,拓展乡村文化服务渠道。

第三十四条　各级人民政府应当采取措施保护、传承和发展农业文化遗产和非物质文化遗产,依法确定中国历史文化名镇名村、传统村落、不可移动文物、农业遗迹、农耕文化展示区名录,推进乡村文化生态整体性保护。鼓励和支持非物质文化遗产传承人、其他文化遗产持有人开展传承、传播活动。

第三十五条　各级人民政府应当加强乡村特色文化产业的规划和建设,推动乡村特色文化产业、乡村旅游和乡村体育产业有序融合发展,支持乡村传统工艺、地方特色美食等传承和发展,促进乡村文化繁荣。

第六章　生态宜居

第三十六条　各级人民政府应当坚持绿色发展理念,健全生态保护补偿机制,实施乡村建设行动,开展乡村生产生活环境整治,推进农民相对集中居住,建设生态宜居的农村人居环境。

第三十七条　市农业农村主管部门应当按照国家和本市的有关规定划定禁渔区、禁渔期,加大执法检查力度,加强渔业资源保护和科学利用。

市人民政府应当将禁捕工作纳入国民经济和社会发展规划,建立禁捕重大事项协调机制。相关区人民政府应当落实属地管理责任,健全长效监管机制,依法打击非法捕捞等行为,建立渔政协助巡护队伍,做好禁捕以及相关保障工作。

单位和个人应当增强水生生物保护意识,严格执行长江水生生物保护的各项规定。发挥社会监督作用,对破坏禁捕等违法行为建立举报奖励制度。鼓励公众积极参加与禁捕、退捕有关的志愿服务活动。

第三十八条　市、区人民政府及其有关部门应当按照国家有关规定,开展土壤污染源头预防工作,持续推进农业面源污染治理和监督指导,制定畜禽、水产养殖布局规划和污染防治规划。

第三十九条　本市禁止违反农产品质量安全标准超剂量、超范围使用农药、兽药、肥料、饲料添加剂等农业投入品。

农业投入品生产者、销售者、使用者应当按照国家和本市有关规定及时回收农业投入品的包装废弃物和农用薄膜,并进行资源化利用或无害化处理;推进实施农作物秸秆综合利用;农业养殖生产经营者应当对养殖产生的粪污、垫料、尾水、底泥等养殖废弃物进行无害化处理和资源化利用。农业种植生产经营者应当对农作物秸秆、蔬菜废弃物及林果残枝等开展综合利用,禁止露天焚烧秸秆。

本市对病死动物及动物产品实行无害化处理。

第四十条 本市鼓励发展专业化的农药连锁经营,支持农药标准化门店建设,落实农药销售实名制度、农药包装废弃物回收制度等。

农产品生产者应当遵守国家和本市农药安全使用规定,按照农药登记范围科学规范使用农药,并建立农药使用记录。

本市鼓励专业化病虫害防治服务组织提供安全规范的防治服务,推广生物防治、生态控制、物理防治、高效施药机械,实现农药减量增效。

第四十一条 乡村建设应当严格按照策划、规划、设计、实施的步骤和相关建设标准要求在保留保护村推进实施。加强功能定位策划,修复水系、林地、湿地、农田环境,提升乡村整体景观,凸显乡村特色风貌。强化特色优势产业培育,充分挖掘乡村多元功能和价值,发展新产业新业态。

第四十二条 各级人民政府应当按照村庄布局规划、郊野单元村庄规划,在充分尊重农民意愿的前提下,加大政策支持力度,鼓励和引导农民相对集中居住,提高基础设施和公共服务配置效率,切实改善农民生活居住条件和乡村风貌。

第四十三条 各级人民政府应当采取多种方式,改善农村村民居住生活条件,依法保障农村村民居住权益。加强农村住房建设管理和服务,严格禁止违法占用耕地建房。建立农村住房设计、施工、验收、使用等全过程建设管理制度,加强农村住房质量安全监督管理;提升农房设计建造水平,鼓励农村住房采用新型建造技术和绿色建材,引导农民建设功能现代、结构安全、成本经济、绿色环保、风貌协调的宜居住房。建立奖励和表彰机制,激励乡村风貌设计和建设等。

乡镇(街道)应当结合地区自然肌理、传统文化和建筑风貌元素,指导村民委员会将风貌管控要求纳入村规民约,推动乡村建筑师等专业力量下乡为村民建房提供设计和咨询服务。根据农村房屋状况,定期开展危房排查、治理和房屋外立面整治。

村民委员会应当加强村容环境整治,开展河道和路道两旁、房前屋后和庭院的绿化、美化,保持村庄公共空间整洁、有序、美观。

任何单位和个人不得擅自占用村庄公共区域绿地,损毁花木。

第四十四条 各级人民政府应当建立农村生活垃圾分类投放、收集、运输、处置管理制度,统筹建设生活垃圾处理设施、再生资源回收网点、分拣中心等,促进生活垃圾减量化处理、资源化利用。鼓励和支持使用清洁能源、可再生能源。

各级人民政府应当统筹规划、建设农村生活污水处理设施,将污水处理设施运行维护和管理工作所需经费纳入本级财政预算。

第四十五条 各级人民政府应当全域推进农村人居环境优化提升,统筹农田、水系、林地、湿地、村庄环境卫生整治,建立健全农村公共基础设施管护体制机制。

第四十六条 本市应当完善和健全河长制、湖长制等制度,加强农村湖泊、河道、水库、沟渠等水域的管理,实施水系综合整治。

第七章　乡村治理

第四十七条　建立党委领导、政府负责、民主协商、社会协同、公众参与、法制保障的现代乡村社会治理体制,健全党组织领导下自治、法治、德治相融合,利用科技支撑实现智治的乡村社会治理体系。

第四十八条　本市应当健全村党组织领导下的村民自治制度,指导村民委员会建立议事协商平台。村民自治章程和村规民约应当以社会主义核心价值观为引领,不得侵犯村民合法权益。

乡镇(街道)应当做好村规民约草案审核和备案工作,发现村民自治章程、村规民约与宪法、法律法规、国家政策相抵触或者侵犯村民合法权益的,应当及时予以督促纠正。

第四十九条　法律、法规规定需要经村民会议或者村民代表会议讨论、投票表决的事项应当按照法定程序作出决定,所作决定及实施结果应当公开。

村民委员会、村集体经济组织应当通过手机应用程序、数字电视、村务公开栏等途径公开村务和财务收支情况。

第五十条　各级人民政府应当推进法治乡村建设,开展民主法治村创建和法治宣传教育,加强法律援助和司法救助,根据需要设立法律顾问和公职律师,建立健全农村公共法律服务体系,强化执法监管,保障农业农村发展和农民合法权益。

乡镇(街道)应当确定法制审核机构,做好重大行政决策、行政规范性文件、重大行政执法决定、行政机关合同等合法性审核工作。

第五十一条　各级人民政府应当组织开展社会公德、职业道德、家庭美德、个人品德教育,发挥村规民约积极作用,推进移风易俗,反对封建迷信,遏制铺张浪费等陈规陋习,培育富有时代特征和乡土特色的农村思想道德文化。

第五十二条　各级人民政府应当提升乡村治理数字化水平,推动平安乡村建设,建立乡村公共安全联防联控机制,健全多元化解农村社会矛盾纠纷工作机制,推进非诉争议解决中心建设,推动道路安全、市场监管、综合执法、便民服务等平台向村级延伸,完善网格化管理体系。

第五十三条　各级人民政府应当推进清廉乡村建设,督促村民委员会等村级组织编制村级事务小微权力清单、负面清单和村务监督事项清单,建立小微权力规范运行机制和村务监督事项公开评议制度。

乡镇(街道)应当完善清廉乡村建设监督检查机制,建立整改落实机制和责任追究制度。

第八章　保障措施

第五十四条　各级人民政府应当优先保障乡村振兴的财政投入,建立健全涉农资金统筹整合长效机制,优化对农村重点领域和薄弱环节的财政资金配置,确保财政投入与乡村振兴的目标任务相适应。

市、区人民政府应当分年度提高土地出让收入用于农业农村比例,并按照国家规定落实土地出让收益用于农业农村比例,重点用于农民相对集中居住、乡村建设、现代农业发展等方面。

第五十五条 市、区人民政府应当设立乡村振兴基金,建立定期发布扶持社会资本投资农村重点项目清单的制度,创新乡村产业、农村基础设施和公共事业投融资模式,引导国有企业和社会资本参与乡村振兴,优化农村营商环境。

第五十六条 市、区人民政府应当优化金融扶持措施,鼓励和支持金融机构创新金融产品和服务,依法将更多资源配置到乡村振兴领域。

发挥政策性农业信贷担保体系作用,强化财政、金融等政策的有机联动;鼓励利用集体经营性建设用地使用权、农民住房所有权、土地经营权、集体资产股权等开展抵押或质押融资。利用上海多层次资本市场,支持乡村产业发展。

第五十七条 各级人民政府应当加大对农村薄弱地区的财政投入,开展农村综合帮扶,搭建农民增收平台,促进农村集体经济转型发展,增加农村集体经济收入,提高生活相对困难农户的收入水平。

第五十八条 市、区人民政府应当采取措施,保障乡村产业发展用地,建立建设用地指标向乡村产业发展项目倾斜机制,每年安排一定比例土地利用计划指标用于乡村振兴,并落实以下规定:

(一)将土地综合整治和生态修复新增的建设用地指标,优先用于乡村产业振兴;

(二)将高标准农田建设等农田整治新增的耕地指标,主要用于乡村振兴;

(三)将农业种植养殖配建的育苗育秧、保鲜冷藏、烘干存贮、农机库房、分拣包装、废弃物处理、管理看护房等辅助设施用地纳入设施农用地管理。

第五十九条 市、区人民政府应当依法实施农村宅基地所有权、资格权、使用权分置改革,开展宅基地资格权人认定和不动产登记工作,保障村集体经济组织成员家庭作为宅基地资格权人依法享有的权益。

鼓励村集体经济组织及其成员通过自营、出租、入股、合作等方式,盘活利用闲置宅基地和闲置住宅,发展乡村产业。

第六十条 本市应当采用灵活多样的供地方式,推进节约集约用地,落实点状供地政策,提高土地使用效率。经国土空间规划确定为工业、商业等经营性用途并依法登记的集体经营性建设用地,土地所有权人可以通过出让、出租等方式交由单位或者个人使用。

经本集体经济组织成员大会或者成员代表大会同意,村集体经济组织可以将收回的闲置宅基地、集体公益性建设用地依法转变为集体经营性建设用地入市。

集体经营性建设用地的管理、使用,具体办法由市人民政府制定。

第六十一条 落实国家战略部署,建立长三角地区共同促进乡村振兴的工作机制,加强政府间合作,支持在农产品质量安全、农业农村信息化、长江禁捕、野生动植物保护、生态环境治理、市场流通、乡村旅游与休闲农业等方面多领域、全方位推动区域协调发展。

第六十二条　市、区人民政府应当完善乡村振兴情况统计和评价制度,对本行政区域乡村振兴年度实施情况进行统计、评价,评价工作可以委托第三方专业机构实施。

市、区人民政府应当建立农业农村领域统计数据标准,相关职能部门应当每年定期向本级乡村振兴领导机构报送相关报告。

第六十三条　市、区人民政府应当对本级相关部门和下级人民政府的乡村振兴年度实施情况进行考核。考核结果作为有关领导干部综合考评、选拔任用的重要依据。

农业农村、财政、审计等部门应当对农业农村优先投入、专项资金使用和绩效等情况开展检查;发现存在问题的,应当依法予以处理。

乡村振兴工作成效显著的,上级政府可以在财政转移支付等方面予以优先安排。乡村振兴工作成效较差的,由上级行政主管部门进行约谈。

第六十四条　市、区人民政府应当向上级人民政府和同级人民代表大会及其常务委员会报告乡村振兴年度实施情况,并接受监督。

乡镇人民政府应当向上级人民政府和同级人民代表大会报告乡村振兴年度实施情况,并接受监督。

第九章　法律责任

第六十五条　违反本条例规定的行为,法律、行政法规已有法律责任规定的,从其规定。

第六十六条　各级人民政府及其有关部门在实施乡村振兴中未按照本条例规定履行职责的,由上级机关责令限期整改;逾期未整改或者造成严重社会后果的,由有权机关按照管理权限对直接负责的主管人员和其他直接责任人员依法给予处分。

第六十七条　各级行政机关及其工作人员,有下列行为之一的,由其上级机关责令改正,对直接负责的主管人员和其他直接责任人员依法给予处分;构成犯罪的,依法追究刑事责任:

(一)截留、挪用、侵占和套取乡村振兴相关专项资金、基金或者补贴资金的;

(二)虚报、瞒报、拒报或者伪造、篡改乡村振兴实施情况以及相关数据的;

(三)其他滥用职权、玩忽职守、徇私舞弊的行为。

第十章　附　则

第六十八条　本条例自　　年　　月　　日起施行。

5. 关于上海实施乡村振兴战略的立法调研报告

在上海市委市政府的领导下，上海乡村振兴已经取得了巨大的成就，正朝着产业兴旺、生态宜居、乡风文明、治理有效、生活富裕的目标大步迈进，也为下一步实现乡村振兴战略目标奠定了良好的基础。通过实地调研和对各类政策、法律文本的梳理，明确在实现乡村振兴的过程中上海值得进一步总结推广的经验，发现需要面对的挑战和亟待解决的问题，并在深入分析的基础上提出应对建议，这是调研课题所要完成的主要任务。

一、上海市实施乡村振兴战略取得的巨大成绩

（一）乡村振兴的战略目标和路径清晰，制度体系逐渐规范完备

上海成立了市、区两级实施乡村振兴战略工作领导小组，先后制定了《上海市乡村振兴战略规划（2018—2022 年）》和《上海市乡村振兴战略实施方案（2018—2022 年）》，将实施"三园"工程确定为推进乡村振兴的重要抓手，即以全面提升农村环境面貌为核心，建设"美丽家园"工程；以全面实现农业提质增效为核心，建设"绿色田园"工程；以全面促进农民持续增收为核心，建设"幸福乐园"工程。

（二）乡村振兴工作开展的法制化和规范化程度较高，立法较为完备

上海出台了《上海市农村集体资产监督管理条例》，实现了集体资产的股份化改革；制定了《上海市农村村民住房建设管理办法》，规范了村民对宅基地的利用和建房；制定了《上海市实施〈中华人民共和国农民专业合作社法〉办法》，为农民专业合作社的规范和发展提供了制度保障；制定了《上海市促进家庭农场发展条例》，为家庭农场的发展提供了法律支持。相关的其他立法性文件还有很多，这些规范性文件从组织体的建设、土地资源的盘活、资产的经营和管理等多个方面形成了乡村振兴的法律规范体系，使得乡村振兴各类活动有法可依。

（三）高度重视、积极推进，不断加大投入，乡村公共设施和公共服务不断完善，乡村面貌不断改善，群众满意度越来越高

上海已经全面完成第二批 28 个乡村振兴示范村的创建，累计乡村振兴示范村共有 37 个。启动推进 14 150 户农民相对集中居住，累计达 27 000 户。通过全域整治、整镇推进、成片推动，实现了全市 1 577 个行政村人居环境整治全覆盖。农村地区生活垃圾分类实现全覆盖，农村生活污水处理率超过 80%，农村无害化卫生户厕普及率达到 100%，农村环境、村容村貌得到显著改善。

（四）科技装备水平大幅提升，农业信息化建设持续推进，乡村治理智慧化程度不断提高

到 2020 年底，上海市农业科技创新能力和装备水平不断提升，全市农业科技进步贡献率达 79.09%，居全国前列。农业设施装备的技术水平显著提升，主要农作物综合机械化率达 95% 以上。上海数字化农业信息平台已实现"一库汇所有、一图观三农、一网管全程"，搭建了市、区资源共享的农业"一张图"。建立起长江口禁渔智慧监管系统，应用北斗、AIS、视频、雷达、无人机等信息技术打击非法捕捞。依托政务服务"一网通办"和城市运行"一网统管"，上海进一步完善农村地区"一网统管"平台建设，探索符合上海乡村治理实际的现代化管理方式。

（五）始终坚持"两个面向"，积极"走出去"对接国际市场，坚持"引进来"推动全球要素向上海聚集

上海建立起农业对外合作工作联席会议制度，通过各职能部门联手"组合拳"，共同研究制定相关政策措施，调度并持续推进"走出去"重点项目。通过"进博会"这一顶级服务平台，促进各类战略资源集聚，增强服务能级，实现了中外农业在产品、理念、技术、经营等方面的双向交流，农产品和食品展馆也成为参与国家和企业最多的展区。

（六）长三角地区基本公共服务日益同城化，产业融合加速，高水平建设长三角生态绿色一体化发展示范区

长三角"一网通办"已实现 116 个事项跨省通办，设立了 567 个通办窗口。41 个城市实现医保"一卡通"，联网定点医疗机构 8 000 余家。长三角地区铁路营业里程约 1.3 万千米，其中高铁约 6 100 千米，覆盖区域内 90% 以上的设区市；三省一市全面取消高速公路省界收费站。G60 科创走廊推出了 13 个产业（园区）联盟，11 个产业合作示范区。三省一市以长三角生态绿色一体化发展示范区作为实施长三角一体化发展战略的先手棋和突破口，共同颁布了《长三角生态绿色一体化发展示范区共建共享公共服务项目清单》《关于支持长三角生态绿色一体化发展示范区高质量发展的若干政策措施》等文件，突出共建共享原则，统一标准，就高不就低，不破行政隶属，打破行政边界，探索建立"理事会—执委会—发展公司"的新型跨区域治理体系。

二、需要通过立法解决的突出问题

尽管上海市乡村振兴工作已取得了较好成绩和突出成果，但在立法调研中，我们仍然发现存在一些实际问题，需要采取有力的措施切实加以解决。

（一）功能定位问题

上海实施乡村振兴战略的核心问题在于功能定位,明确乡村建设的目的与目标是实现上海乡村振兴的关键要素,也是乡村振兴的根本性问题。在国家政策和法律的范围内,从上海的实际出发,制定清晰可行并具有前瞻性的功能定位意义重大。上海市委市政府出台的多个文件都强调了功能定位的重要性,例如制定《上海市乡村振兴战略规划(2018—2022年)》以明确乡村功能定位,研究部署若干重大工程、重大计划、重大行动,细化、实化政策措施;强调各涉农区要编制本地区乡村振兴规划,市相关部门要编制乡村振兴专项规划或工作方案,分类有序推进乡村振兴;同时,提出要健全规划实施保障机制,落实与规划相匹配的财力投入和用地等相关政策。此外,在落实《上海市城市总体规划(2017—2035年)》的过程中,同样强调要按照空间布局科学、功能定位合理、梯次衔接有序、实施落地可行的要求,形成中心镇、一般镇、村庄协调发展的乡村格局。从近年来的实践看,对于上海乡村的功能定位已经形成了一定的共识,但在发展过程中仍然存在许多困惑和定位模糊,主要体现为三个方面:一是资源利用的功能定位模糊,即乡村的资源应当用来做什么;二是主体的功能定位模糊,即乡村的组织能干什么;三是区域的功能定位模糊,即立足于上海的区域特点,乡村能实现什么。

第一,资源利用的功能定位。上海已经逐渐认识到,乡村广大的土地空间和多样的生态资源不仅能发展传统的农业生产,还能承接自中心城区的溢出产业,特别是工商服务业。目前,上海各郊区充分发挥制造业承接区的功能定位,例如宝山的康养产业、长宁的航天服务业、松江的科创产业等,这就对人口集中的小城镇和与当地资源相契合的产业提出了更高的要求。除了发挥产业承接功能外,乡村的生态功能也日益突出。上海提出乡村振兴要坚持"一个中心",即围绕率先实现高水平的农业农村现代化这一中心,坚定不移地推进美丽家园、绿色田园、幸福乐园工程建设("三园"工程),坚持生态保护,发挥乡村生态涵养、生态净化的主体作用,依托乡村田、水、林、湿等各类自然资源,发挥水土保持、水源涵养、环境净化、生物多样性等作用。在资源利用的功能定位方面,目前存在的主要困惑是如何平衡中央耕地保护和农民经济增收的关系。在禁止非粮化政策的背景下,尽管近郊现代农业有所发展,但是由于粮食生产的效益相对较低,农民更倾向于瓜果蔬菜等经济作物的生产,为发展休闲业而弃粮养鱼和种植花卉果树。《国务院办公厅关于防止耕地"非粮化"稳定粮食生产的意见》提出,不得擅自调整粮食生产功能区,不得违规在粮食生产功能区内建设种植和养殖设施,不得违规将粮食生产功能区纳入退耕还林还草范围,不得在粮食生产功能区内超标准建设农田林网;利用永久基本农田发展稻渔、稻虾、稻蟹等综合立体种养,应当以不破坏永久基本农田为前提,沟坑占比要符合稻渔综合种养技术规范通则标准;推动制订和完善相关法律法规,明确对占用永久基本农田从事林果业、挖塘养鱼等的处罚措施。但显然,在上海的都市郊区种植粮食的单位效益要远远低于蔬菜瓜果等经济作物和为了休闲旅游等养鱼种植的经济效益。上海是否要像其他地区一样坚持严格的耕地非粮化,值得思考。

第二,主体的功能定位。这主要涉及如何看待农民、乡镇集体经济组织、村集体经济组织以及乡村党组织的关系。《上海市全面提升美丽乡村建设水平行动计划(2018—

2020年)》强调,要界定政府、农民、市场各自的功能定位,建立健全政府推动、农民主动、能人带动、社会联动的运作机制,发挥财政资金对公共服务和基础设施建设的保障作用,吸引市场主体、社会资本参与产业运营。《上海市贯彻〈中共中央、国务院关于坚持农业农村优先发展做好"三农"工作的若干意见〉的实施方案》也指出,要理清村级各类组织功能定位,实现各类基层组织按需设置、按职履责、有人办事、有章理事;切实发挥好村民委员会的自治组织功能,健全完善村务监督委员会的监督作用,不断强化集体经济组织的服务功能,充分发挥农村社会组织在服务农民、树立新风等方面的积极作用。明确强调要注重农民个人和集体经济组织的主体地位,发挥其作为乡村振兴主体的积极功能,政府的主要作用是推动、引导和指导。但目前,一方面,由于各主体的功能定位尚不够明确,农民和集体经济组织的主体性作用未能完全发挥,各涉农区基层"下冷"的现象依然不同程度的存在。有一些镇村认识还不够到位,工作节奏跟不上市、区的要求,不少村干部目前的状态是跟着做、推着做,农民群众主动投身乡村振兴的积极性还不高,一定程度上存在"干部干、村民看"的情况。

另一方面,集体经济组织和村集体(村民委员会)的职能定位目前的区分也不够明确。通常是村委会和集体经济组织一套班子、两块牌子,而且集体经济组织的财产经营也是由乡镇代管。这种不区分的模式制约了集体经济组织的经营发展,集体经济组织主要是从事土地出租从而收取固定的土地收益。调研发现,上海集体经济业态以低风险的物业租赁为主要模式,物业租赁收入占集体总收入的65%左右,虽然收益稳定,但附加值和回报率低。而且,由于开展低效集体建设用地减量化和环境综合整治专项工作,集体建设用地的减少短期内对农村集体经济发展产生了一定影响。

据不完全统计,2014年至2019年底,农村集体建设用地减少10.82万亩,减幅44%;农村集体经营性房屋建筑物固定资产原值从355.1亿元减少到269.05亿元,减幅24.2%;村集体经济组织年租金收入较整治前的76.23亿元减少至21.45亿元,下降71.9%。此外,职责的错位也阻碍了相关人员积极性和能力的发挥。

第三,区域的功能定位。这一问题的关键在于,是将上海的乡村作为和内地乡村无差异的农村,还是借助上海国际化都市的优势,使上海的乡村成为联系国内外的信息中心、技术中心和装备中心;作为江南文化和海派文化的中心,上海的乡村是否需要以及如何承载区域的文化传承。

《上海市委市政府关于贯彻〈中共中央、国务院关于实施乡村振兴战略的意见〉的实施意见》指出,实施乡村振兴,要依托现代化国际大都市优势,以推进都市现代绿色农业发展为重点;明确乡村振兴的任务是,到2035年乡村全面振兴,农业农村基本实现现代化,努力把都市农业和郊区农村建成可持续发展的示范区和宜居城市的后花园,与上海建成卓越的全球城市和具有世界影响力的社会主义现代化国际大都市相得益彰;充分发挥中国(上海)自由贸易实验区优势,培育具有国际竞争力的农业企业,实施"引进来、走出去"战略,搭建农业及农产品国际交流合作平台。

《上海市乡村振兴战略规划(2018—2022年)》也强调要加快打造具有江南水乡特征和国际大都市郊区特色的上海农业农村新面貌,对标具有世界影响力的社会主义现代化国际大都市建设目标高水平推进乡村振兴,体现上海乡村特有的农业景观、民居风貌和乡土文化,全面构建与国际大都市相适应的现代乡村产业体系,适应国际大都市居民消费需求升级,积极推进农业与旅游、教育、文化、康养等产业深度融合,推动乡村从主要卖产品向卖风景、卖文化、卖体验转变,大力发展主要服务国际大都市需求的乡村新产业新业态,推动乡村产业升级。

凡此种种,无不强调国际化大都市和江南本土文化的特色,这是上海乡村振兴的特色和优势,这也决定了上海在土地利用和农业发展方面应该要走出一条和内地其他省市不同的道路。但在实践中,能否摆脱传统乡村农业生产和保障粮食安全的功能定位,形成体现上海国际化都市和江南文化特色的功能定位,以及在国家普遍性政策的约束下如何实现上述定位仍然存在争议,实现路径也存在一定的困难。

(二)规划问题

目前,上海市 86 个郊野单元的村庄规划已做到应编尽编,各类农业专业规划正在抓紧编制。但现有的各类规划还主要存在两个问题:一是规划与实践需求不相符;二是各规划之间存在相互冲突和掣肘的现象。

第一,规划与实践需求不相符。上海作为特大型国际化都市,其乡村的功能定位既然不同于其他地区,那么乡村资源的利用和开发也必须要作出与之相适应的调整。但受制于国家政策和上位法,目前上海乡村的土地规划和其他规划并未能体现上海的本土优势,无法满足上海的本土需求,特别是土地利用和建设规划无法满足上海国际化大都市在养老、教育、医疗康养、文化旅游等方面的发展需要。规划和实践的脱节直接导致大量违建的产生,《上海市乡村振兴战略规划(2018—2022 年)》指出,2017 年无违建村的基期值只有 30%,到 2022 年的目标值也仅是 90%。可见,违建现象仍然较为普遍。这一方面固然有群众法律意识淡薄的原因,另一方面,恐怕也有规划无法满足实践需要的原因。此外,土地规划和实践需要的脱节还严重制约了生产生活的合理用地需要。一方面,因为规划限制农民无法在自己的宅基地上翻建、重建房屋,导致存在大量的农民危房。农民建房的时间普遍较为久远,20 世纪 70—80 年代建造的宅基地房屋占 56.8%,20 世纪 90 年代建造的占 24.8%,大多数农房比较老旧,建设质量不高,农民对住房翻建、新建的需求普遍强烈,但由于农房更新与村庄单元规划调整的节奏不吻合,使得不少农民难以实现建房愿望。另一方面,由于农业生产用地的短缺,导致很多产业项目因规划限制或没有指标而无法落地。尽管《上海市规划国土资源局关于推进本市乡村振兴做好规划土地管理工作实施意见(试行)的通知》规定,为促进现代都市农业和休闲农业发展,实现农业增效和农民增收,在不破坏耕作层的前提下,允许两类项目用地仍按照耕地管理:一类是对农业生产结构进行优化调整的项目(如在耕地上种植水果、花卉、药材等农作物);另一类是因现代化种植需要,在现有耕地上利用耕作层土壤生产并配建简易温室、大棚的农业生产项目,允许这两类用地仍按照原地类认定和管理。但由于中央政策对耕地保护越来越强调禁止非粮化,上述农业设施用地政策的灵活性不高,缺乏可操作性,一定程度上掣肘了高效经济作物和绿色生态养殖业的发展。未来应如何在充分尊重群众需求的基础上科学制定规划,仍值得思考。

第二,各规划之间存在相互冲突和掣肘的现象。在调研中基层普遍反映,由于郊野单元规划实施在前,村庄如果要开展示范创建,就会存在创建项目规划与村庄总体规划不完全匹配的情况,有的建设项目落地难,有的配套设施空间分布不合理,有的因为涉及永久基本农田导致调规难度大。上述问题说明,在制定规划的过程中需要更多民众的参与,充分尊重民众的权利,而且要进一步提高规划之间的体系性与协调性。

(三)农民增收问题

近年来,上海农民人均可支配收入较快增长,已连续15年增幅超过城市居民增幅,农民收入在全国各省市名列第一,但农民增收后劲不足,具体表现为:一是城乡居民收入绝对值差距不断拉大。尽管城乡居民收入比从2015年的2.28∶1缩小到2020年的2.19∶1,但两者的绝对值差距从2015年的29 757元扩大到2020年的41 526元,扩大了11 769元。二是农民收入来源结构单一。当前我市农民以非农就业为主,工资性收入约占总收入的70%,其他收入来源相对匮乏,特别是远郊纯农地区,非农就业机会较少,集体经济发展的有效途径和办法不多,收入增长有限。

(四)土地问题

土地是乡村振兴经济发展的主要自然资源,也是基层政府和村集体经济组织的主要财政资源,更是生态保护的主要客体。土地资源的利用要在生态保护、产业发展、公共财政三个方面保持平衡,目前这三个方面还存在一定的张力,相应的关系尚未完全理顺,实践中主要反映出两方面的问题。

第一,土地供应仍过于强调指标化管理。由于土地赋权滞后,导致存量土地盘活困难,而增量建设用地的指标又很难落实到乡村振兴中去。为了支持乡村振兴,《乡村振兴促进法》第67条第2款规定:"县级以上地方人民政府应当保障乡村产业用地,建设用地指标应当向乡村发展倾斜,县域内新增耕地指标应当优先用于折抵乡村产业发展所需建设用地指标,探索灵活多样的供地新方式。"《上海市委市政府关于贯彻〈中共中央、国务院关于实施乡村振兴战略的意见〉的实施意见》也强调,要加强乡村土地综合整治,相关区盘活的建设用地指标向乡镇倾斜,并按照不低于5%的比例重点向保护村、保留村倾斜,用于农业设施建设和休闲农业、乡村旅游等发展。但是,由于指标掌握在上级政府手中,且指标本身也极为紧缺,其他行业建设对指标存在更急切的需求压力,以致有的涉农区落实每年新增建设用地指标的5%用于支持乡村产业发展的政策积极性不高、执行力度不强。这种指标式的计划管理必然会导致乡村建设中产业建设用地的短缺,严重制约了产业的发展,也制约了乡村建设的进行。

第二,即使法律规定了可以赋权,但由于立法的滞后,如何赋权也缺乏有效的路径。这主要体现在两个方面:一是点状供地,二是集体经营性建设用地入市。首先,在点状供地方面。传统典型的供地方式除了法律规定的划拨类型外,就是按照出让方式供地,即根据土地的不同用途出让相应年限的土地使用权,而出让要采取招拍挂的竞价方式。这种招拍挂的方式,不仅导致出让金较高,而且实际上对乡村建设用地也很难适用。其主要原因是在于,现有的国家土地使用权出让制度首先要求国家将集体土地征为国有,然后再以招拍挂的竞价方式向特定申请人出让土地使用权。而根据《宪法》第10条和

《民法典》第 243 条,国家征收必须是为了公共利益的需要。《土地管理法》第 45 条第 1 款第 5 项规定,在土地利用总体规划确定的城镇建设用地范围内,经省级以上人民政府批准由县级以上地方人民政府组织实施的成片开发建设需要用地的,也可以适用征收。此时,即使土地使用主体不是公共机构,使用目的也不是为了公共利益,也仍然视为符合公共利益的需求,因此允许征收并由国家出让土地使用权。但上海市规划和自然资源局《关于规范本市乡村地区"点状供地"实施的通知》规定,"点状供地"的适用范围除了能源、交通、水利、军事设施、农村基础和公共服务设施等公共利益项目外,还包括现代农业、文旅、康养等乡村新产业新业态项目。很明显,后者如果只是"点状供地"的话,很难说是符合公共利益的需要。所以,如果国家要将原属集体土地征为国有后再出让给用地者用于农业、文旅、康养等产业,目前来看似乎缺少法律依据。这也导致实践中相关政策推进缓慢,乡村新产业新业态所需的科普体验、餐饮住宿、公建服务等经营性建设用地得不到有效保障。

其次,在集体经营性建设用地入市方面也存在障碍。《土地管理法》第 63 条已明确规定,土地利用总体规划、城乡规划确定为工业、商业等经营性用途,并经依法登记的集体经营性建设用地,土地所有权人可以通过出让等方式入市,为使用人创设出让土地使用权,出让的具体方式和年限等,参照同类用途的国有建设用地执行。应该说,法律规定的方向和路径都很清楚,但实践中却仍然止步不前。上海市唯一经国家批准的松江区农村集体经营性建设用地改革试点工作经验尚未形成面上推开的工作机制、实施方案和路线图,自 2015 年启动试点以来,只有 9 幅地块完成入市,面积 317.4 亩,交易金额 11.3 亿元。造成这一困境的原因主要有两方面:一是可供出让土地的匮乏。集体出让经营性建设用地使用权的限定条件是土地利用总体规划、城乡规划确定为工业、商业等经营性用途,并经依法登记的集体经营性建设用地,但这类存量土地只有过去的乡镇企业用地。但当时乡镇企业的用地,绝大多数已被企业占有使用,其法律关系复杂,收回出让的难度极高。而目前闲置较多的宅基地,如果收回后出让,又面临着规划调整的问题。在目前的制度下,村集体本身没有调规的权力,导致事实上无地可供出让。二是经营性建设用地使用权的出让首先需要市、县政府规划土地的具体利用条件。目前对于宅基地的使用,乡镇政府即可审批。但根据最新颁布实施的《土地管理法实施条例》第 39 条和第 40 条的规定,集体经营性建设用地入市首先要求市、县人民政府自然资源主管部门依据国土空间规划提出拟出让、出租的集体经营性建设用地的规划条件,明确土地界址、面积、用途和开发建设强度以及产业准入和生态保护的要求;然后,集体根据规划条件、产业准入和生态环境保护等要求,编制集体经营性建设用地出让、出租等方案,并依照法定程序形成书面意见,在出让、出租前不少于十个工作日报市、县人民政府。所以,在具体地块的规划条件尚未确定时,集体经营性建设用地也无法出让。

新增土地供应存在上述障碍,存量宅基地的盘活也面临诸多挑战。中央已经提出了宅基地的三权分置,但具体的方式仍存在很大争议。目前,上海采取的主要盘活路径是由集体收回宅基地后再予以出让。上海市规划国土资源局《关于推进本市乡村振兴做好规划土地管理工作的实施意见(试行)》就宅基地的盘活规定了两种方式:一是在房屋改造利用的情形下,由于并不涉及宅基地使用权,因此保持原土地用途、权利类型不变;二是收回宅基地后再出让,即在符合相关法律法规和规划的前提下,农村集体经济组织可通过规范的民主程序,协议有偿收回闲置宅基地、乡镇企业等用地,通过集体建设用地使用等方式,保障农村公共服务设施、新产业新业态用地需求。但由于对宅基地的补偿需要支付较多的金额,而集体往往无法筹集到如此多的资金,所以集体启动收回程序存在资金上的困难。同时,就宅基地使用权人来说,哪怕其占有的面积再多,由于目前并没有宅基地有偿使用费的征收,其不会因占地承受额外的代价;相反,如果其同意收回,则补偿的范围仅局限于其合法面积部分。这就导致宅基地使用权人有足够的激励继续占有宅基地,而拒绝退出。如果要建立良性的退出机制,必须坚持对超标准面积占有宅基地的农户或者不具备宅基地资格权但占有宅基地的农户,就其超占或者无资格权占有的部分征收使用费。但是,此处面临的最大困难就是能否向村民征收宅基地使用费。这实践中也确实存在一定的阻力:一是害怕加大农民负担;二是由于违法超占非常普遍,征收阻力较大。这就导致政府对于征收宅基地使用权底气不足,害怕引起村民反对,引发社会不安定因素。

相对而言,承包地的问题较少。在实践中,承包地都是委托给村集体经济组织,由村集体经济组织对外统一发包。目前存在的主要问题是经营权的期限较短,由此给农业经营者带来极大的不便。例如,上海艾妮维农产品专业合作社主要从事生产经营有机蔬菜,而有机蔬菜对土地的盐碱度治理要求很高。合作社在承包地的土壤改良上投入大量资金,但因流转期限偏短,未能收回土壤改良成本,流转土地就被收回,给合作社造成较大经济损失,导致投资者怨言颇大。因此,这一问题不解决将直接影响农业投资的积极性。

(五)资金问题

2018年,我市建立健全涉农财政资金统筹整合长效机制,下放涉农项目审批权限,赋予各区实施和统筹资金的自主权。但调研中了解到,涉农资金使用效率依然不高。各涉农区虽已开展了部门内涉农资金整合工作,但主要还是"形式整合",统筹整合成效不明显。同时,乡村产业发展与建设资金投入保障机制有待完善。涉农产业项目投资大、效益低、回报期长,缺少固定资产融资渠道,社会资本对投入农业农村的热情不高,投资意愿不强,即使进入也容易出现"短期行为"。涉农小微企业、专业合作社、家庭农场等经营主体对保险、贷款、融资等金融服务有一定需求,但在实际操作中受制于缺乏抵押物,或者因经营体量较小、生产品种小众等情况,得到金融支持的效果不够理想。此外,国有企业对乡村振兴的帮扶机制有待进一步改进。上海国有企业实力雄厚,国有企业助力乡村振兴是上海实现乡村振兴的优势资源,也是国有企业的社会责任。目前,近300家国有企业与近500个村级党支部建立了结对关系,开展一对一的帮扶。国有企业积极参加乡村公共项目的开发和建设,或者利用自己的供应链优势,通过合同等方式,带动农户、合作社的生产销售,以技术、金融、信息优势服务于农村企业和农业生产。但从整体来看,国企帮扶依靠行政推动的成分仍然较高,主要由市、中心城区和市属国有企业开展帮扶。崇明区、金山区、奉贤区薄弱村的生活困难农户由市、中心城区和市属国有企业开展帮扶;市农村综合帮扶工作领导小组每年对各涉农区帮扶工作及其成效开展考核评估。国企的帮扶成为一种不得不完成的任务。而且帮扶方式较为单一,更多的是国企单方的捐助帮扶。实践中不乏国有企业能够发现乡村振兴中的市场机会,并结合自己的优势积极投资参与乡村振兴项目。但也有很多企业由于缺乏有效的市场对接,完成帮扶任务更多地采取人力或者物力捐助的形式,导致难以具有持续性。同时,强调国企对乡村振兴的积极介入,也可能同时构成对国企的特殊照顾和对民营企业的歧视,违反市场机会平等原则。

（六）人才问题

调研发现,农村基层干部队伍建设还须加强。从村党组织书记来源看,来自本村致富能手、外出务工经商返村人员、本乡本土大学毕业生和退役军人这 4 类的仅占总数的 11%,整体活力不够。而且由于职业发展通道、社会认可度、就学就医资源等因素,村干部及其后备梯队人员流失情况较严重。同时,农业农村各类人才储备不足。有本事的能人不愿意留在农村,农业科技人员、农村能工巧匠、等各类涉农人才队伍的规模仍较小较弱。新乡贤群体凤毛麟角,大学生村官、"三支一扶"人员等往往把农村工作经历作为个人成长的跳板,做满年限走人的情况较多。特别是农业信息化技术的普及与落地需要专门性人才的加入与推动,但由于待遇问题、住房问题、户籍问题和公共服务享受问题,导致农村地区对人才的吸引度不够。

三、相关问题的解决措施

（一）明确乡村功能定位

正确理解乡村资源的功能定位,在坚持中央耕地保护政策,坚持防止耕地非粮化的同时,根据上海特大型城市乡村的特殊情况,除了传统农产品的供应外,还要突出强调乡村资源的生态功能和产业承载功能。

第一,要正确认识非粮化的含义。一方面,要按照党中央、国务院决策部署,坚决采取有力措施,实施最严格的耕地保护制度,强化国土空间用途管制和监督管理,坚决制止各类耕地"非农化"行为,坚决守住耕地红线,确保至 2035 年全市 202 万亩耕地、150 万亩永久基本农田的保护底线。另一方面,保护耕地实现粮食安全更要依靠科技进步,要深入实施"藏粮于地、藏粮于技"战略,加强耕地保护修复,继续实施秸秆还田、耕地轮作休耕等用地养地结合措施,着力提升耕地质量水平。坚持耕地的非粮化,并不排斥将非基本农田,尤其是农业设施用地,进行综合性的生态利用,以服务于瓜果种植、鱼虾养殖以及康养、旅游、生态保护等。对于基本农田,虽然不能用以瓜果种植,但也不排除在保持粮食种植的同时兼有鱼虾养殖等,以实现生态的综合循环利用。

第二,要充分认识到乡村资源在生态涵养、生态净化方面的重要作用,以及在提升城市生态系统质量和稳定性、改善城市生态循环系统的关键作用。根据《上海市城市总体规划（2017—2035 年）》,到 2035 年,市域生态用地占市域陆域面积比例达到 60% 以上,森林覆盖率达到 23% 左右,河湖水面率达到 10.5% 左右。为此,要积极推进美丽家园、绿色田园、幸福乐园工程建设。

第三,要正确认识乡村的产业承载功能。要根据资源特点,科学制定人口集中和资源利用规划以及产业发展规划,协同推进乡村振兴战略和新型城镇化战略,整体谋划城镇和乡村发展,优化新城、镇域、乡村空间布局规划,发挥新城在人口、信息和资源聚集的优势,建立基于乡村资源禀赋的产业发展集群。

第四,要充分挖掘乡村文化功能和价值。广大乡村地区蕴含着许多优秀的传统乡土文化、民俗风情和农耕文明,承载着家乡味道、故土情结和精神寄托。要把这些承载着上海历史、维系文化根脉的特色乡村文化遗产资源保留好、保护好,让乡村成为市民群众了解上海历史、体验农耕文化的载体,让活态的乡土文化传承下去。

第五,要站在国际化超大都市的高度定位上实现上海乡村振兴。上海的优势是在于国际化的人才中心、信息中心、金融中心和技术中心,因为土地等资源限制,上海不适合走土地密集型农业发展道路,但可以发挥国际化中心的资源汇集优势,通过鼓励创新,将上海建设成为现代农业的科技研发中心、农业金融服务中心,农业装备制造中心,农产品交易服务中心,占据农业价值链的高端地位,发挥上海对内地农业的引领组织作用。

第六,要站在长三角龙头的高度定位上发展上海乡村。在区域协调发展方面强化对接辐射作用,使上海成为长三角高质量一体化发展的桥头堡和实践区。上海郊区乡村面积占85%,郊野面积占60%,有条件为实施长三角高质量一体化国家战略添薪助力,形成若干典型示范区域。依托国家战略、重大项目、重点区域、重大平台,精心谋划,打造一批提供乡村振兴整体解决方案的重点区域。加强改革集成,积极向中央申请重点领域和关键环节改革的先行先试,在宅基地使用权流转市场建设、建设用地入市、村庄土地规划以及长三角一体化建设等重大问题上率先突破。

第七,要正确认识乡村振兴中各主体的职能定位。乡村振兴归根到底要依赖农民个人的自觉和主动,而不能由政府组织越俎代庖。农民个人能够完成的事情,就尽量不要交给组织,因为组织体归根到底还是要通过个体来从事具体的行为,组织体对个体的约束不可避免地会产生组织成本。此外,能够交由下级组织承担的工作,就尽量不要由上级组织承担,因为越是上级组织,离具体的事务就越远,代理成本也就越高。建议在坚持党的领导,实行市负总责,区、乡镇(街道)抓落实的工作机制的基础上,充分发挥村民个人和村级组织的积极性。一方面,要鼓励村级组织协同推进乡村振兴各项事务,依法办理本村公共事务和公益事业,保障村民各项合法权益,激发村民的主动性、积极性、创造性。另一方面,也要进一步通过对农民个人的赋权,激发村民个人从事或者自愿结合从事开发建设的积极性。

(二)科学编制各类规划

第一,要正确认识土地规划的性质,强化利益相关人参与。土地利用的规划因涉及土地权利,应尊重土地利用村民的意见。土地利用规划是为了确定宗地面积标准及其具体用途或开发方式、开发强度等,此为土地分区规划。这主要包括三点:一是确定宗地应该具有的面积标准。土地的开发利用很多时候取决于宗地的大小,零碎化的宗地不可能实施规模化的建设项目,但宗地大小又涉及土地权利对基层民众的可及性,例如宅基地既然要做到一户一宅,就必然会导致宅基地面积的小额化。如何在权利的可及性和开发利用的规模性之间保持平衡,是宗地面积方面所要解决的问题。二是土地用途的确定,即土地被规划为用作住宅、工业、商业,还是保留农业或生态。三是用途确定之后的开发强度,例如作为住宅用地的土地具体容积率等。这一类的土地规划实际上是重新配置土地上的各类权利,包括使用权以及土地开发权。土地权利配置直接关系村民的切身利益,构成乡村振兴土地开发建设的基础,因此其应当成为乡村振兴和乡村建设的重中之重。由于这类土地规划直接确定了当事人的土地权利范围,实际上是对当事人土地权益的赋予或剥夺,因此应更加慎重,也更加需要村民等利益相关者参与规划的制订,保障规划能够符合实践的需要并赢得村民的认可,减少规划因与实践不符导致无法有效实施的现象。

第二,要注重各类规划之间的协调性。在总规层面,各级人民政府编制乡村振兴规划时,应当与国民经济和社会发展规划、国土空间规划相衔接,统筹城乡产业发展、基础设施、社会保障、公共服务、公共安全、资源能源、生态环境保护等布局。在详规层面,乡镇(街道)应当根据国土空间总体规划和乡村振兴规划,组织编制乡村发展布局规划和郊野单元村庄规划,并综合考虑村庄人口、产业、功能、规模、空间等特点,以及土地利用、产业发展、基础设施布局、生态保护和历史文化传承等要求,完善编制村庄规划。

(三)促进农民持续增收

为进一步提高农民收入水平,未来应着力巩固工资性收入,增加财产性收入。第一,加强非农就业力度。健全城乡一体的公共就业创业服务体系,实施促进乡村居民就业创业的扶持政策,完善城乡统一的就业统计和失业救助体系,统筹推进农村劳动力就业。第二,促进经济相对薄弱地区农民增收。各级政府应开展农村综合帮扶,搭建农民增收平台,促进农村集体经济转型发展,增加农村集体经济收入,提高生活相对困难农户的收入水平。第三,走技术密度型、集约化都市农业道路,吸引多元化市场主体参与智慧农业建设,为农村地区提供更多就业岗位。在保障产权的基础上,吸引高科技产业投入农业。加大招商引资力度,引进一批有经营理念、有资金实力、有品牌意识、懂市场销售的市场主体,重点发展无土栽培,无人农场、植物工厂、工厂化养殖、高端设施农业、现代花卉等土地集约型的高精尖农业,推动传统农业脱胎换骨,针对性开发新业态就业岗位。

(四)加强土地要素保障

第一,将土地指标依照规定向乡村倾斜。市、区两级政府应建立建设用地指标向乡村产业发展项目的倾斜机制,每年安排一定比例的土地利用计划指标用于乡村振兴,并详尽规定供地类型和设施农用地管理对象。

第二,创新和完善点状供地方式。建议政府尽可能协商取得集体土地所有权,同时放弃一次性出让土地使用权的做法,通过设定租赁土地使用权,保持对所供应土地的全周期监督,防范国有资产流失的风险。首先,由于征收要求符合公共利益需要的条件,对于国家将土地征收后出让的使用权给予私主体的情形,《土地管理法》规定其仅限于土地成片开发中私主体的土地利用,除此之外都应当采取协商取得土地的方式。因此,对于点状供地中未来土地使用人属于私主体的情形,国家不应采用征收方式取得土地,而应尽可能使土地权利人和需用人自行协商,或者由国家和土地权利人协商购买后,再由国家交给他人使用。其次,国家取得集体土地的所有权后不应为土地需用人创设一次性出让的土地使用权,而应采取出租方式,为其创设租赁土地使用权。根据国土资源部出台的《规范国有土地租赁若干意见》,国有土地租赁是指国家将国有土地出租给使用者使用,由使用者与县级以上人民政府土地行政主管部门签订一定年期的土地租赁合同并支付租金的行为。与国有土地使用权出让不同,国有土地租赁可以采用招标、拍卖,也可以采用协议方式。当然,采用双方协议的方式出租国有土地的租金,不得低于出租底价和按国家规定的最低地价折算的最低租金标准。土地租赁的最长租赁期限不得超过法律规定的同类用途土地出让最高年期。而且,租金可以根据约定不断进行调整,从而避免了一次性出让定价过低造成的国有资产流失。同时,因为租赁土地使用权的性质,权利人承担着按时交纳租金的义务,不同的使用人其租金支付能力不同。因此,除非经过土地出租人即国家的同意,租赁土地使用权不得被转让,这样就为国家对土地的全周期监管和禁止其转让提供了法律依据。根据上海市规划国土资源局《关于推进本市乡村振兴做好规划土地管理工作实施意见(试行)》,其强调要规范国有建设用地供应。乡村建设使用国有建设用地的,应按照控制性详细规划、郊野单元(村庄)规划确定的规划条件,对符合《划拨用地目录》的,以划拨方式供地;对休闲农业、乡村旅游等经营性国有建设用地,应通过公开招拍挂方式实行有偿使用,经区政府集体决策,可以采取定向挂牌方式出让给农村集体经济组织。同时还明确要求,要鼓励以长期租赁、先租后让等方式供应乡村新产业新业态项目建设用地。而上海市规划和自然资源局《关于规范本市乡村地区"点状供地"实施的通知》所规定的点状供地,根据其转让禁止的内涵要求,实际上也不是一次性付清全部价款的出让土地使用权,而是逐年交纳租金因此禁止转让的租赁土地使用权。所以,应明确规范为以协议方式设定固定期限的租赁土地使用权。

第三,积极盘活乡村集体建设用地和宅基地。积极落实《土地管理法》及其实施条例有关集体经营性建设用地入市、宅基地三权分置的有关规定,尽快制定有关经营性建设用地入市、宅基地三权分置的实施办法。目前,《土地管理法实施条例》对集体经营性建设用地使用权的入市已经规定了较为详细可行的程序。未来,上海应抓住这一机会积极落实,重点是及时明确拟定出让地块的规划条件、产业准入和生态保护的要求,以提高集体经营性建设用地入市的效率。同时,为了做好集体经营性建设用地入市工作,应积极拓展能够入市的土地范围。鉴于存量经营性建设用地极为有限,更多的是宅基地退出后集体作为经营性建设用地入市,但这就要求相应的规划要进行修改。建议赋予村集体对于村庄规划的修改申请权,由村集体在经村民会议或代表大会决议后,将变更宅基地为经营性建设用地的申请提交至县级政府规划管理部门,并且规定上级政府在法定时间内应该对此申请进行审查并作出是否批准的决定。此外,要积极盘活宅基地,探索对超过资格权范围占有宅基地征收有偿使用费的机制。《土地管理法》第62条第6款规定:"国家允许进城落户的农村村民依法自愿有偿退出宅基地,鼓励农村集体经济组织及其成员盘活利用闲置宅基地和闲置住宅。"但是,如果没有对超出资格权面积、超占多占宅基地征收有偿使用费的配套措施,宅基地的退出就很难实现。如果对超占宅基地和无资格权人占有宅基地不征收有偿使用费,上述超占者或其他无资格权人就没有任何经济压力退出宅基地,其宁愿闲置,而其他资格权人甚至无资格权人也因为不需要支付费用,而有足够的激励去多占或非法占有宅基地,最终形成恶性循环,导致宅基地资源的极大浪费。而且,集体可以通过征收有偿使用费筹集公共资金,并用此资金进行建设,包括对无法取得宅基地的资格权人给予货币补偿,以保障其基本的居住权。

第四,利用居住权制度,盘活农村房屋资源,为下乡人才提供居住保障。《民法典》规定了房屋所有权人可以为他人有偿设定居住权的制度,并且可以约定明确固定的居住权期限。居住权的期限可以大大超过租赁的期限,而且居住权可以经过登记后对抗第三人,居住权人也不要求具有集体成员的身份。在宅基地使用权禁止流转,并且由于僵硬地坚持房地一体而无法盘活房屋资源的背景下,居住权或房屋使用权的流转就可以成为盘活农村房地资源的重要手段。不仅集体土地上的房屋所有权人在建成房屋后可以为他人设定居住权,宅基地使用权人也可以和社会资本联合建房,在房屋建成后为社会资本投资人设定房屋居住权,使其取得投资回报。

第五,落实农村土地承包关系稳定长久不变,衔接落实好第二轮土地承包到期后再延长30年的政策。对此,《上海市乡村振兴"十四五"规划》已有明确规定,但由于延期问题属于法律规定范畴,地方立法缺乏权限。对此,在国家立法修改明确延期之前,建议政府在当事人约定承包地的流转时,尽可能地采取措施引导当事人延长期限或者对因期限较短引发的投资补偿等进行明确规定,以减少纠纷的发生。

(五)加强资金要素保障

加强乡村振兴的资金投入,需要从财政资金、社会资本、金融支持三个角度发力。

第一,财政资金方面。各级政府应优先保障乡村振兴的财政投入,建立健全涉农资金统筹整合长效机制,优化对农村重点领域和薄弱环节的财政资金配置;市、区两级政府应当分年度提高土地出让收入用于农业农村比例,重点用于农民相对集中居住、乡村建设、现代农业发展等。

第二,社会资本方面。一方面,建议市、区两级政府设立乡村振兴基金,建立定期发布扶持社会资本投资农村重点项目清单的制度,创新乡村产业、农村基础设施和公共事业投融资模式,优化营商环境。另一方面,要充分发挥国有企业支持乡村振兴的优势。一是建议建立信息平台,明确乡村振兴中的需求和市场机会,保持乡村振兴优惠政策和支持政策的透明度和稳定性。二是建议政府建立专门的政策性投资基金,通过政策优惠引导乡村振兴项目的前期投资。目前有些国有企业已经联合设立了乡村振兴投资基金,例如上海国盛集团作为国资运营平台发起设立了长三角乡村振兴基金,以产业振兴为切入点,以点带面,积极探索乡村振兴新模式。但这些基本上还是属于商业性投资基金,商业性投资基金有利于发挥市场作用,其无论是国资还是民资都受制于资金成本,都有着追求盈利的压力,对于一些收益慢、投资长的项目,在引入商业性投资基金的同时,也有必要引入政策性投资基金。其不以营利为主要目的,更多的是承担乡村振兴市场建设初期的培育和投资引导责任。因此,政府对此类政策性投资基金,也要给予必要的支持和优惠。三是对于国有企业承担乡村振兴建设的社会责任,政府应建立适当的考核机制和考核标准,但应该尽量避免行政的直接命令,而应该通过公司的治理结构如股东大会或者董事会等决议程序推动企业社会责任的承担。同时,对于国有企业承担社会责任予以奖励的,应建立面向所有企业的履行社会责任的奖励机制,从而引导其他非国有企业也能够积极承担乡村振兴的社会责任。四是要发挥传统支农国有企业如供销社等机构的作用。供销合作社拥有支农帮农的传统优势和良好基础,发挥供销合作社等机构的作用,可以起到事半功倍的作用。

第三,金融支持方面。鼓励和支持金融机构创新金融产品和服务,依法将更多资源配置到乡村振兴领域。比如,发挥政策性农业信贷担保体系作用,强化财政、金融等政策的有机联动;又如,鼓励利用集体经营性建设用地使用权、农民住房所有权、土地经营权、集体资产股权等开展抵押或质押融资;再如,利用上海多层次资本市场,支持乡村产业发展。

（六）加强人力要素保障

人力资源是乡村振兴的第一资源,建议从五个方面加强人才保障。第一,加强涉农干部工作队伍建设。建立健全培养、配备、管理、使用机制,推行驻村指导员制度,将富有涉农工作经验和基层经历的干部充实到地方各级党政班子。

第二,培育各类涉农人才。加强农业科研和农业技术推广人才队伍建设,整合高校、科研院所、农业广播学校等教育培训资源,培育农业生产、农业科技、营销管理和能工巧匠等农村实用人才,着力培育高技能农民,完善农业继续教育服务体系。指导、支持高校、职业学校设置涉农相关专业,加大农村专业人才培养力度。

第三,鼓励城乡各类人才加强合作交流。建议通过岗位、编制适度分离等方式,推进城市教育、医疗、科技、文化、体育等工作人员服务乡村,并建立引导乡贤回归、青年返乡和人才入乡激励机制。

第四,增强农村地区的科研、教育等生产型服务功能。谋划利用空置农房和闲置建设用地建造人才公寓,为产业人群的居住提供与之相配套的运动、休闲等公共服务设施。科创人员的户籍政策要向高科技农业重点领域倾斜,吸引农业类顶级人才。创新人才流通与考核评价机制,为人才全方位自由流动提供畅通渠道,做好配套要素提供工作。

第五,健全涉农人才评价制度。制定引进培育涉农人才政策措施,健全完善技术技能人才评价制度,支持并鼓励农业农村从业人员参加职业资格鉴定、职业技能等级认定、专项职业能力考核和职称评审,分类推进农业农村实用人才评价机制改革。

此外,为进一步释放农业农村改革发展的新动能,发挥乡村振兴的先行者、排头兵作用,让乡村这一稀缺资源成为承载城市核心功能的重要承载地,建议在立法过程中应将上海的一些成功经验加以固化:一是将现有推进工作的体制机制法制化,如落实乡村振兴考核评价制度、工作年度报告制度和监督检查制度,开展乡村振兴满意度测评,以及发布乡村振兴指数。二是牢牢抓住"牛鼻子"工程,如将近年来我市实施乡村建设行动、推进农民相对集中居住等"牛鼻子"工程列入立法内容,重点加以阐述并作出制度性安排。三是强调改革创新的引领作用,如将培育壮大各类农业经营主体,建立健全多层次农业保险体系,探索集体建设用地作价入股等上海近年来在全国有引领性的做法纳入法制轨道。四是突出绿色发展的理念,如加强农业绿色生产,巩固长江禁渔成果,规范农药使用,加强垃圾分类回收,巩固河、湖长制等。五是巩固其他一些特色做法,如突出"三园"工程是上海推进乡村振兴的重要抓手,引导国有企业参与乡村振兴,夯实农业生产的基础设施建设水平,发挥超大城市市场优势推动乡村产业融合发展,建立长三角地区共同促进乡村振兴的工作机制等。

课题组组长:李凤章

课题组成员:龚思涵　王　瑜　党国林

6. 上海农业保险创新性研究

农业保险对于提高农民生产积极性及保障农产品供应具有重要作用,是农业现代化的重要支撑。面对自然灾害频发、新冠肺炎疫情冲击以及国际局势动荡的大背景,保障农产品供给已成为关乎国家安全的重大议题。农业保险借由稳定农业经营收益而具有激励种植意愿、维护正常生产等作用,对于稳定农产品供应、平滑农产品价格、保障农民收入、助力农业转型发展以及推进乡村振兴都具有重要的意义。自 2007 年中央财政对农业保费实施补贴以来,我国农业保险快速发展。2019 年财政部、农业农村部等四部委出台了《关于加快农业保险高质量发展的指导意见》,为新时期我国农业保险的高质量发展指明了方向与路径。2020 年,我国农业保险保费收入达 815 亿元,已经成为世界上农业保险保费规模最大的国家。全国各级财政共承担保费补贴 603 亿元,为农民提供农业风险保障 4.13 万亿元,中央财政补贴资金使用效果放大 145 倍。农业保险补贴品种逐步扩围,已由 2007 年的 5 个品种扩展到 16 个大宗农产品及 60 多个地方优势特色农产品,基本覆盖了关系国计民生和粮食安全的主要农产品[①]。

上海市委、市政府历来高度重视农业保险工作,上海是 1982 年我国恢复国内保险业务以来唯一不间断开办农业保险的地区。近年来,上海立足本地农业发展实际情况,不断加大对农业保险的支持力度,鼓励企业创新保险品种,对上海农业发展及农民收入稳定起到了积极作用。进入新发展阶段,中央更加重视农业保险在推进农业高质量发展中的作用,上海也提出了率先实现农业现代化的目标,这对上海农业保险的进一步创新发展提出了新的要求。如何进一步促进上海农业保险的创新与高质量发展,提升财政补贴资金使用效率,完善现代农业风险管理体系,仍需要进一步研究。

一、上海农业保险现状

1982 年,原中国人民保险公司上海分公司根据当时农村经济发展形势,并为配合

---

① http://finance.cnr.cn/txcj/20210629/t20210629_525524314.shtml。

上海市政府实施"菜篮子""米袋子"工程,重新恢复了停办已达14年之久的种植业和养殖业保险业务。1991年,上海实行了由地方政府组织推动、保险公司代理的"以险养险"政策,开设了农建险、种植业和养殖业保险等30多个险种,设立了农业生产风险基金,以区(县)为单位单独立账、独立核算。2000年,上海颁布《关于推进上海农业保险工作的若干意见》。2003年,上海明确将农业保险补贴列入公共财政体系。2004年上海成立了我国第一家专业性的股份制农业保险公司即安信农业保险股份有限公司(以下简称"安信农保")。

自2004年以来,上海农业保险进入快速发展时期,在政策的支持下,农业险种不断增加,保额持续增长,覆盖水平不断提升,对稳定农民收入和保障上海农产品供给起到了重要作用,助力了上海乡村振兴与农业农村现代化。

从险种来看,上海涉农险种从2004年的19个扩大到目前的60余个,覆盖范围涉及种植业、养殖业和农机、渔业等农业生产领域,其中政策性保险达30多个,从传统的种植业、养殖业保险,到价格指数保险、气象指数保险等(见表1)。上海农业保险不仅为上海农业,也为上海"三农"提供了风险保障。

表1　　　　　　　　　　　　　　　上海农业保险部分险种

1	水稻种植保险	18	浦东新区地方财政水蜜桃气象指数保险
2	蔬菜种植保险	19	地方财政耕地地力指数保险
3	西甜瓜种植成本保险	20	地方财政无化学农药、无化学肥料蔬菜收入保险
4	果树(水果收获)保险	21	崇明区地方财政蔬菜价格保险
5	食用菌种植保险	22	生猪养殖保险
6	蔬菜批发价格保险	23	奶牛养殖保险
7	水稻制种保险	24	家禽养殖(鸡)保险
8	花卉种植保险	25	淡水养殖(经济鱼虾)
9	草莓种植保险	26	羊养殖保险
10	大棚设施保险	27	能繁母猪养殖保险
11	保淡绿叶菜综合成本价格保险	28	淡水养殖(南美白对虾)
12	古树名木施救保险	29	淡水养殖(池塘养蟹)
13	林木综合保险	30	生猪价格指数保险
14	葡萄降雨量指数保险	31	南美白对虾价格指数保险
15	粮食作物收入保险	32	地方财政奶牛热应激反应奶产量指数保险
16	耕地地力指数保险	33	商业性南美白对虾虾苗质量保险
17	地方财政茭白价格保险		

从保费收入来看,上海农业保险规模不断提升。1982—1990年,上海农业保险保费收入仅有1 634.2万元,支付赔款为1 332万元。随着政策对农业保险的支持,上海农业保险保费也在持续增加。2016年上海农业保险的保费收入已达56 224.61万元,2017年为61 560.78万元,2018年为67 999.64万元,2019年为70 660.26万元。2018

年上海农业保险的保险深度已达 5.99％,农业保险的保险密度已达 1 187.8 元/人,同期全国农业保险的保险深度为 0.89％,农业保险的保险密度为 182.4/人[①]。从这两个指标可以看出,上海农业保险已处于全国领先水平。从近几年的综合赔付率来看,2016年到 2019 年分别为 72％、75％、78％和 110％(见图 1)。农业保险作为农业政策工具,较好地实现了财政支农的目标。

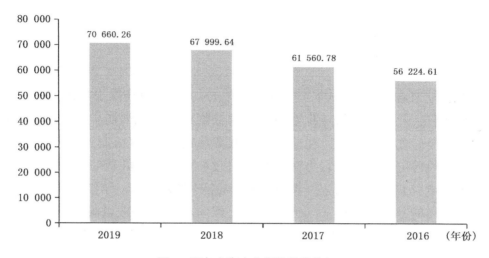

图 1　近年上海农业保险保费收入

从运行的机制来看,上海农业保险政策与运营体系不断完善。首先,经营主体情况。2004 年 9 月,上海以原"上海市农业保险推进委员会"为基础,由多家国资企业集资成立了全国首家专业性股份制农业保险公司,即安信农保。相对一些省份采取招标确定一定时期内农业保险公司的做法,上海农业保险长期以来基本由安信农保承担,这有利于政策的延续性及政府对农业保险的调控,但也在一定程度上影响了市场竞争。2021 年上海银保监局印发《上海农业保险业务经营条件管理实施细则》,明确了农业保险业务经营条件,细化了农业保险业务经营标准,建立了农业保险经营主体退出机制,规定了农业保险经营综合考评机制。为符合条件的经营主体参与上海农业保险经营提供了政策条件,上海农业保险市场的监管体系也逐步完善。

从补贴与政策支持来看,上海对农业保险的支持力度不断增加(见表 2)。上海农业保险依照《中央财政农业保险保险费补贴管理办法》的要求,制定了《上海市市级财政农业保险保费补贴资金管理办法》等相关管理制度,每三年出台一次补贴方案,最新一期的补贴方案为《上海市农业保险财政补贴方案(2019—2021 年)》。目前,市级财政对农业保险的补贴已超过 2 亿元,上海各区也针对特色农产品保险给予相应的补贴支持。相对上海的农业体量来说,财政对农业保险的支持力度已非常大。

[①]　农业保险深度＝保费/第一产业增加值;农业保险密度＝保费/农业从业人口。

表2　　　　　　　　　　　　上海政策性农业保险财政补贴标准

序　号	险　种	补贴标准
1	水稻、杂交水稻制种、能繁母猪、生猪和奶牛保险险种	80%
2	蔬菜(包含露地绿叶菜气象指数)保险险种	70%
3	淡水水产养殖和大棚设施保险险种	60%
4	农机具综合、渔船综合保险险种	50%
5	水果、食用菌、羊、青菜制种、种公猪、种禽保险险种	40%
6	绿叶菜成本价格保险	不高于90%

从风险管控来看,已建立大灾应对机制。2004年底,为确保上海农业保险稳定持续经营,上海制定了《上海市农业保险特大灾害补偿试行方案》,初步建立了特大灾害农业保险补偿机制。2014年5月,在原有试行方案基础上,上海市制定了《上海市农业保险大灾(巨灾)风险分散机制暂行办法》,通过财政补贴再保险保费的方式对保险机构大灾风险给予一定补偿。办法规定,农业保险赔付率在90%以下的部分由保险公司承担;90%－150%的部分由保险公司通过购买再保险的方式分散风险,财政给予60%或最高800万元的再保费补贴;当赔付率超过150%时,政府启动补偿机制负责补偿。

二、上海农业保险的创新性实践

上海农业保险结合农业发展需求和上海农业实际情况,在政府和保险机构的协同下,通过"保险＋"模式创新了一系列的保险险种,稳定了农民收入,保障了农产品供给,有力支撑了上海乡村振兴和农业村的现代化。

（一）农业领域的农险创新

上海农业保险除了持续推进传统农产品的扩面与提标外,还重点针对特色农产品创新农业险种,并结合农业保险发展趋势创新农业保险模式。

1. 不断拓展种养殖业特色险种,探索指数类保险

在充分了解地方经营主体需求的基础上,各区政府与保险公司积极开展特色农产品保险创新,如开发了农产品气象指数保险。2014年上海推出露地种植绿叶蔬菜气象指数保险,是国内首次以露地种植绿叶蔬菜作为保险标的的气象指数保险;2020年安信农保开发了"小皇冠"西瓜品质气象指数保险,为种植户提供了因气象原因导致西瓜品质不高造成损失的保险,缓解了农户丰产不丰收的顾虑。

2. 创新成本与价格保险,提供订单合约保险

在逐步完善种植、养殖等生产环节保险的情况下,应对市场冲击已成为农业生产经营主体风险保障的主要诉求。近年来上海农业保险经营主体通过开发针对不同农产品的价格保险,为农业生产经营主体应对市场风险提供方案。以下以在蔬菜以及生猪保险方面的探索为例,对上海农业保险在应对市场风险领域的创新予以说明。

蔬菜是上海农产品供应安全的最重要的目标产品,维护蔬菜种植收益,是保障上海蔬菜供应基础。在应对蔬菜市场风险中,农业保险发挥了重要作用。一是推出政策性

价格保险。2010年上海在全国率先推出了"淡季"绿叶菜价格保险,实现了农业保险由保自然风险向保市场风险的转变。二是推出商业性价格保险。上海政策性绿叶菜价格保险仅针对部分品种,有些品种保险期限也限定在固定的月份,不能满足部分生产经营主体防范市风险的需求。在此条件下,上海农业保险经营主体在政策性保险基础上进一步开发了商业性保险,回应了部分蔬菜生产经营主体的需求。如安信农保金山公司为全区蔬菜种植大户制定了商业性蔬菜批发价格保险方案,缓解了因菜价下跌而造成的损失。在保险期间内,当保险蔬菜的实际市场价格低于约定保险价格时,视为保险事故发生,保险公司对差价部分进行赔偿。三是推出订单保险。保险公司为订单农业大户制定了商业性蔬菜订单价格指数保险方案,弥补因菜价上涨造成的损失。签订蔬菜订单合同的蔬菜供货方按照蔬菜订单合同正常履约,保险期间蔬菜平均市场价格较同期保险价格上涨,且上涨幅度超过保险约定涨幅时,视为保险事故发生,保险人按保险合同的约定负责赔偿蔬菜订单供货方。订单保险在防范农业生产经营主体因价格波动而造成损失的同时,也降低了订单的违约动机,维护了订单农业的稳定。

除了蔬菜之外,生猪也是价格波动频繁的重要的农产品。近两年,猪肉经历了大起之后的大落,农业农村部监测数据显示,全国平均猪肉批发价格从今年1月的每千克47元下降到10月的不足20元,对生猪养殖户带来了较大的冲击。保险已成为应对生猪价格波动风险的重要手段。目前上海政策性生猪保险主要分为两类:一类是由政府保费补贴的生产保险,主要是针对生猪、能繁母猪、仔猪的养殖保险,用于稳定生产;另一类是生猪价格类保险,主要为在部分区开展的生猪价格指数保险、动物饲料价格指数保险以及生猪"保险+期货"等试点,用于对冲猪肉价格及饲料价格波动带来的损失。2014年,在猪肉价格处于周期低谷时,松江区为保障区内生猪养殖业健康发展,推出了地方财政支持的生猪价格指数保险。根据生猪周期,生猪价格保险按照3年一轮,以猪肉盈亏平衡点猪粮比5.8∶1为基数,每月根据发改委发布的猪粮比数据,低于5.8的进行赔偿。目前该保险产品投保对象主要是松林集团和新鑫养猪场。2014—2019年平均简单赔付率60%左右。饲料价格的波动也是影响生猪养殖利润的重要因素,如今年以来,饲料价格大幅上涨,万德(Wind)数据显示,2021年上半年我国玉米、豆粕现货均价较同期分别上涨超过44%和24%,增加了生猪养殖主体的经营成本,加重了养殖户的亏损情况。2020年,安信农保在金山区开展了动物饲料价格指数保险,以期货交易所豆粕等饲料价格为基准,当期货价格上涨时,给予投保养殖户约定的赔付金额,减少因饲料价格上涨带来的成本压力。2020年试点保费80万元,简单赔付率77%。2021年,大连商品交易所"生猪期货"挂牌,上海市探索开展了生猪"保险+期货"价格指数保险。当约定月份生猪期货主力合约在理赔采价期间内的理赔结算价低于保险生猪的保险价格时,视为保险事故发生,保险人按照保险合同的约定负责赔偿。

3. 试点收入保险,提高保障水平

传统农业保险大都仅覆盖了农业生产的物化成本,对农业经营风险波动冲击的补偿有限。近年来,中央一直积极推动提高农业保险保额,促进农业保险由保成本向保收入转变。收入保险以农业经营收入作为保额标准,更大程度上稳定了农业生产经营收入。此外,有些收入保险不仅覆盖了生产环节的风险,还覆盖了市场环节的风险,成为一篮子保险,实现了对农业风险的全覆盖。近年来,上海不断探索收入保险的实现形式,取得了一定的经验与成效。一是试点水稻收入保险。2016年,上海开始开展粮食作物收入综合保障保险试点,当农作物产量减少、价格波动导致投保人实际收入低于保障水平时给予赔偿,保险期间为水稻播种结束之日起至水稻收购结束之日止。以2018年为例,全年上海共有4个区107户家庭农场参加水稻收入保险,分别为浦东区55户,崇明区12户,金山区4户,嘉定区36户。项目为7.57万亩水稻提供1.38亿元风险保障。当年,3个区投保水稻因受灾害气候影响产量减少,受灾家庭农场通过保险理赔,收到保险赔付共计934.95万元,降低了风险对农户的冲击,稳定了农户种粮收入①。二是创新有机水稻收入保险。安信农保金山分公司2020年为全区3 800亩有机水稻提供了产量损失和价格损失风险保障,助推粮食生产转型升级。被保险人在农技部门的指导下,按照有机种植方式开展水稻生产。保险期间,由于遭受自然灾害、意外事故、病虫草鼠害导致水稻减产而造成的农户收入损失,保险公司根据约定的补偿方式,承担给付保险金。三是水果收入保险。保险经营主体根据特色农业产业导向,结合农户实际需求,开发了蟠桃、黄桃收入保险。在保险期间内,由于遭受旱灾、暴雨、冻灾、风灾、病虫害等原因导致减产,使得被保险人收入下降的,或因保险桃子市场价格下跌导致被保险人收入减少的,使得被保险人种植保险桃子获得的当年实际收入低于保险目标收入时,视为保险事故发生,保险公司按照保险合同的约定负责赔偿。蟠桃、黄桃收入保险为种植户提供了从生产到销售全面的风险保障。

4. 发挥政策工具功能,以保险激励良好生产

农业保险不仅可以作为风险补偿的工具,弥补农民农业生产经营过程中的损失,而且,还可以作为政策激励工具,对于达到一定要求的农业生产经营主体实施精准定向补贴。如上海在全国范围内率先推出耕地地力指数保险,将保险的"逆向赔付"转变为"正向激励",调动了农民保护耕地的主动性和积极性。优质农地是农业绿色生产的基础,2018年,在农业农村部的支持下,农业保险机构创新开发了耕地地力指数保险,以三年为周期,由专业机构前后两次对土壤有机质含量和耕层厚度两项地力指标进行检测,视指标变化的增幅水平来承担给付赔偿。通过投保,农户对土地保护的意识明显增强,承保耕地地力显著提升。此外,安信农保还开发了绿肥深翻养地保险、有机肥补贴保险,利用卫星遥感技术对绿肥进行全生育周期监测,精准分析绿肥种植的位置、面积、长势、产量等指标,打通了农业补贴与农业保险良性互动的绿色通道。

(二)农村领域的农险创新

上海农业保险在服务农业的同时,积极拓展服务领域,通过开发乡村治理保险、环境整治保险等险种,在助力农村现代的过程中发挥着重要的作用。

1. 创新乡村治理综合险,助力乡村治理现代化

上海农业保险经营机构联合政府,以村为单位设计了乡村综合治理保险方案。以

① http://www.agronet.com.cn/News/1292323.html。

金山区为例,2020 年全区 9 个示范村和 54 个非示范村完成了投保。保险公司将对村集体行政工作过程中遭遇到的无法预测、不可避免的突发性事件中所要承担的相关经济赔偿责任提供保障。具体的保险责任包括:公众责任保险,即负责赔偿村辖区内依法从事生产经营活动时,因过失导致意外事故,造成第三者人身伤亡和财产损失,依照中华人民共和国法律应由被保险人承担的经济赔偿责任;乡村治理工作人员人身意外伤害保险;村级集体资产保险,即由于自然灾害或意外事故造成保险标的直接物质损坏或灭失,保险人按照保险协议的约定负责赔偿;物价补贴,即当本市"菜篮子"价格指数同比涨幅达到或超过保险约定涨幅时,按保险合同的约定负责赔偿。通过将风险事件转嫁给保险公司,既减少了此类事件带来的额外财政负担,又能为化解社会矛盾、居民纠纷及时提供善后的解决方案。

2. 创新建设与环境保险,助力乡村环境整治

在创建乡村振兴示范村过程中,农业保险经营主体携手相关村庄开展了农户建筑风貌提升工程改造项目,通过开发农村村民建房保险和环境整治费用补偿保险,为农户开展农房修缮、宅前屋后环境整治、小"三园"品质提升提供配套金融服务。每户村民分别与施工单位签订施工合同,每份施工合同签订一张保险单,保费的 90% 由政府财政补贴,10% 由农户自行承担。被保险人根据政府行政管理部门要求进行乡村环境治理,所发生的合理的、必要的费用,保险人根据保险合同约定在累计赔偿限额内予以补偿。该保险方案的实施,不仅成功帮助相关镇村如期完成风貌改造,还以保险介入的方式实现乡村环境整治由政府主导向农民自主的转变。

3. 发挥补贴及时灵活优势,助力应对重大应急事项

通过农业保险,还为政府处置应急事件提供了更多的手段。如农业保险积极协助政府处理非洲猪瘟等农业突发应急事件,通过设计生猪退养补贴保险,初步打通农业直补转为农业保险的路径,第一时间响应落实赔付,保证本区的扑杀补偿款及时、有效赔偿到户,发挥农业保险在突发事故中的作用。

(三)农民方面的农险创新

上海农业保险除了通过提供农业以及农村领域的保险来稳定农民收入外,还直接针对农民开发相应的保险,服务农民应对风险的需要。

1. 针对低收入群体创新农业保险,助力综合帮扶工作

低收入农民承担风险的能力相对更弱,是需要重点关注与帮扶的对象。上海农业保险经营机构针对低收入农民群体开发了普惠金融产品"菜篮子"物价指数保险,当月度"菜篮子"物价指数超过约定涨幅时,对上涨部分向低收入农民予以补贴,稳定了低收入农民的生活成本支出。2020 年度纳入保险范围内生活困难农户每人获得了 562 元"菜篮子"物价补贴,有效缓解了生活困难农户的生活压力。此外,安信农保金山分公司还根据市、区帮扶办工作要求,结合生活困难农户实际需求,为金山区打造了上海市首个农村综合帮扶公共管理平台,搭建了"金山区综合帮扶人群监测平台",获得政府部门的认可,成功升级为市级平台。目前,金山全区 10 000 余名生活困难农户数据导入工作顺利完成,也已制定了专属帮扶保险方案,预计年保费规模将达到 500 万元。

2. 建立农村综合金融服务,缓解农民贷款难问题

上海农业保险还通过提供履约保证、贷款担保等,帮助新型农业经营主体和农民解决"贷款难、融资贵"等问题。以金山区为例,自 2008 年开办以来,累计为本区逾 70% 的经营主体提供 4.33 亿元涉农信贷担保,累计赔款支出 493.61 万元。通过与新农直报平台、各大银行联手,为中小农户打造互联网贷款新模式,拓宽了新型农业经营主体的贷款担保渠道。将贷款资金与其农业生产活动结合在一起,有效拓展了支农金融服务工具,而且降低了金融机构贷款风险,提高了金融机构服务"三农"的积极性,缩短了放贷审核时限,放大了对"三农"的放贷规模,缓解了新型农业经营主体贷款难的问题。此外,上海农业保险还与政府、担保中心、银行一起合力打造上海"政银保担"支农融资合作新模式,助力上海农业生产经营主体融资。

3. 创新土地履约保证保险,维护农民利益

土地权属是农民的基础权益,土地流转收益也已成为上海农民财产性收入的重要来源。然而,在土地流转过程中也会存在着各类风险,导致农民难以回到相应的租金。为此,上海农业保险积极探索土地履约保证保险服务新模式,联合上海农村产权交易所共同推出"保险+产权交易"的全新模式,将土地履约保证保险嵌入土地经营权流转交易环节中,帮助农户规避土地流转风险,保障农民财产收入。这一全新模式提升了上海土地流转的效率,进一步完善了上海农村土地流转的市场化服务体系,进一步促进了农村产权规范化交易。

三、上海农业保险面临的挑战

在政府政策支持以及农业保险经营主体的具体运作下,上海农业保险取得了一些成绩,为上海农业农村的发展做出了积极贡献,但也应看到,一方面,随着中央对农业保险的高度重视,各地农业保险不断创新,上海的领先优势已不明显;另一方面,上海在推进都市绿色现代农业发展以及乡村振兴过程中,对农业保险提出了新的要求。更好地发挥农业保险对上海"三农"的支持作用,需要进一步查找上海农业保险面临的问题,正视上海农业保险面临的挑战,在此基础上推进农业保险的创新。总体来看,上海农业保险面临的挑战可以归结如下。

(一)传统农业保险可保资源有限

上海农业保险传统可保资源有限,农业保险增量需要适应主体需求不断创新。一方面,上海农业资源的萎缩限制了传统农业保险的空间。随着上海城市的发展,全市农业资源逐年减少,农业体量不断下降,传统农业保险可保资源正在快速萎缩。从农产品的产量来看,2019 年上海粮食产量 103.74 万吨,相对 2010 年下降了 81.44%;蔬菜产量 259.15 万吨,相对 2010 年下降了 45.48%。生猪出栏量为 117.82 万头,相比 2010 年则下降了 300.15%;家禽出栏量为 844.46 万羽,相比 2010 年下降幅度达 1 938.34%(见表3)。目前,上海农业保险对农业生产领域的覆盖面越来越高,特别是在传统的粮食、蔬菜等农作物领域,依靠传统的扩面的粗放式增长潜力十分有限。

表3　　　　　　　　　　　　　　　上海农产品产量

产　品	2000	2010	2015	2019	2020
粮食（万吨）	174.00	118.40	112.08	95.90	91.44
蔬菜（万吨）	377.00	380.35	349.35	259.15	244.33
生猪出栏量（万头）	471.46	265.98	201.37	117.82	97.74
家禽出栏量（万羽）	17 213	4 084	1 944	844.46	7 888.21
生牛奶（万吨）	25.95	24.71	27.69	29.74	29.09
水产品（万吨）	28.87	28.97	29.16	32.47	24.74

资料来源：上海市历年统计公报。

另一方面,针对个别农产品市场风险的保险产品却仍有巨大缺口。从目前上海农业保险的险种来看,针对市场风险的保险占比相对较小,许多农产品还没有被覆盖。如在蔬菜领域,政策性蔬菜价格保险在品种、覆盖面上都比较有限,不仅只针对个别品种,而且每年承保的面积也不能全覆盖。对于纳入政策性保险的蔬菜品种,由于政府对每年的保险面积做了限定,超过面积得不到政府的补贴,并不是所有想投保的农民都能投保,导致部分农民的生产经营得不到有效的风险保障。根据投保计划,每个区的投保品种都进行了明确的限定,每个街道或乡镇再对各个合作社的投保品种进行分配,这在一定程度上有利于平衡蔬菜品种种植,但也使有些合作社或农户因种植品种不符合要求而不能获得相应的保障。此外,调查显示,经营主体对于将更多品种纳入政策性保险范畴也存在较强的诉求。在生猪保险方面,价格保险也仅在部分养殖场进行试点。

（二）新领域风险保障诉求仍得不到满足

传统农业保险还不能很好地满足生产经营主体的风险保障诉求。尽管上海农业体量有限,制约了传统农业保险的规模,但随着乡村振兴以及农业农村现代化的推进,农民对保险保障的诉求与期待也在不断增加。一方面,农业生产经营主体希望农业保险做深做细,在服务农业产业链上进一步拓展提升。另一方面,农业农村发展过程中农民的诸多风险保障诉求尚没有满足。作为国际化大都市的乡村,上海的乡村振兴要走在前列,近年来上海提出了"三园工程"、农民集中居住等重大工程,农村的改革也不断推进,在此过程中存在着一系列的风险,也衍生了对风险保障的需求。总体来看,上海农业保险服务农业农村的广度与深度还不足,还处于探索阶段,规模并不大,品种也不多,需要进一步回应农村发展需要以及农民发展诉求,在服务范围与深度上下功夫。

（三）农业保险市场竞争机制有待完善

上海农业保险长期以来由一家农业保险公司即安信农业保险公司负责运营。对于农业体量相对有限的上海来说,一家农业保险公司存在有利的方面,如可以与政府进行更加顺畅的沟通,更有利于实现规模效应与网点布局,相关政策的出台与执行相对更加有效等。但经营主体的单一也导致竞争缺乏,外部压力不足在一定程度上将影响了创新的动力与服务质量。近期,通过政策的完善也为其他保险公司进入上海农业保险市场提供了条件。将来或将有更多的经营机构进入上海市场。面临市场主体的多元化如何进一步推进农业保险创新,加强政策协同,推进上海农业保险高质量发展,对政府的管理与监管也提出了新的要求。

（四）大灾防范与成本控制需进一步重视

农业保险属政策性保险,农业保险经营主体应保持微利性,既不应有太高的利润率降低了财政资金的使用效率,也不能长时间的亏损而难以经营,这就要求应进一步应对农业大灾风险,并降低保险的经营成本。上海农业保险由于覆盖区域面积有限,规模有限,承担风险能力也有限。在没有发生大灾的年份,赔付率相对较低,而一旦发生大的灾害则往往把几年的利润都要赔进去。如2020年受利奇马、黑格比台风等极端恶劣天气影响,农户损失惨重,农险赔款支出巨大,在客观上导致农险赔付率大幅提升。再如在生猪保险方面,2021年的猪肉价格大跌,导致保险公司损失严重。尽管上海也已出台了应对大灾的财政补贴机制,但还应完善大灾对农业保险经营机制冲击的应对机制。除了防范大灾对农业保险运营带来的影响外,还应进一步降低农业保险的经营成本。此外,也应从政府、保险机构以及农业经营主体层面,进一步做好灾害预防,降低灾害造成了的损失,从而降低农业保险的成本。

（五）财政压力影响了支持力度

农业保险的发展离不开财政的支持,近年来,随着美丽乡村建设、集中居住等重大农村基建工程的推进,上海涉农财政预算也向重大工程倾斜,支持农业保险的可用财力存在较大的压力。调研中发现,农业保险经营机构的许多创新由于财政支持的力度不足、托底不够而影响了进展,有些好的经验仅在个别区开展,没有得到推广。如有机水稻、有机瓜果和有机蔬菜保险,"综合帮扶"涉及的民生保障项目等,推进不快,成效不明显。如何在财政压力较大的背景下保障对农业保险的支持,鼓励农业保险的创新,也是上海农业保险面临的挑战之一。

四、上海进一步创新农业保险的建议

推进上海农业农村现代化,需要有现代化的农业风险应对机制,需要进一步发挥农业保险的作用。基于上海"三农"现实以及上海农业保险发展的现状,可以从以下方面进一步思考推进上海农业保险的创新。

（一）通过险种创新,拓展农业保险覆盖领域

一是由覆盖传统农作物向覆盖特色品牌农产品拓展,提高农业保险的精细化。上海农业保险的创新发展,要在对传统农险扩面增品提标的基础上,重点关注特色农产品对保险的需要。上海农业资源有限,传统大宗农产品的保险覆盖面已较高,但许多地方特色农产品的风险保障诉求却没有得到满足。在此条件下,上海农业保险要从粗放式发展向精细化发展转变,要进一步创新保险险种,在保险经营主体与地方的协作下,以镇村为单位,根据各镇农业绿色高质量发展导向和特色农业产业情况,为各镇特色农产品创新保险险种,助力各镇特色农业产业发展和特色农业品牌打造。

二是由注重农业产中保险向覆盖农业产前、产后延伸,实现农业保险对农业产业链的全覆盖。要促进农业保险由生产环节向流通与市场环节延伸,使农业保险覆盖农业产业链的所有环节,更大程度上防范农业生产经营风险。农业的风险来自全产业链,既有投入要素价格波动的风险,也有生产过程中的自然灾害风险,还有流通及销售环节的风险。推进上海农业保险创新发展,一方面,可以专门针对某一环节开展专项保险,如为应对产前风险,可以创新投入物品的价格保险。农业生产需要土地、资本、劳动、原料等投入要素,在不确定的市场环境下要素价格波动频繁,对农业经营主体的收益带来较大的冲击,如养殖业中的饲料价格波动等。上海可以通过开发农业投入要素价格保险降低农业经营主体的损失;另一方面,也可以以收入保险甚至收益保险,将自然风险、市场风险等纳为一个综合性的保险中,从而实现对产业链风险的全覆盖。

三是由第一产业向第二、三产业拓展,适应三产融合对风险保障的需要。一二三产业融合已成为农村产业发展的方向,在产业融合发展过程中存在着各类风险,也因此存在对风险保障的需求。上海农业保险要适应产业变化,对三产融合的相关项目提供保险,助力涉农产业的发展。如将农业保险拓展到农产品加工领域,通过价格保险等险种应对加工类农产品价格波动对产业链收入造成的影响。如金山区为引导并鼓励农户"从卖稻谷向卖稻米"转变,更好地保障农民种粮收益,针对有机水稻生产主体有机水稻加工成有机稻米制定了保险方案。当已加工的有机稻米的实际平均销售价格低于保险目标价格时,视为保险事故发生,保险公司按照约定进行赔偿。该保险为有机稻加工业的发展提供了支持。除此之外,还可以针对农业旅游、其他农产品加工开发适当的保险。

四是由覆盖农业向覆盖农民农村延伸,逐步形成大农险格局。要进一步拓展农业保险的覆盖面,发挥农业保险在"三农"发展中的作用。上海农业保险要深挖农民生产生活中存在的风险冲击,梳理农村治理与建设中存在的风险,进一步拓展农业保险的服务范围,支持农民的发展、乡村建设。可以推广不同区在农业保险中的创新经验,为生活困难农户提供农村综合帮扶保障,为农村居家老人提供人身意外、大病医疗补充保险等风险保障,为农村环境治理与建设提供风险保障。

(二)通过功能创新,助力"三农"发展

一是由防风险向实现精准补贴功能延伸。上海农业保险要进一步拓展功能,由风险工具向政策工具延伸,发挥补贴工具的作用,提高财政资金使用的精度与效率。上海农业保险前期的实践表明,政策性农业保险作为财政补贴方式,可有效提高财政资金的支出效益和政策效果。如:通过对低收入群体保障计划的实施,深化了精准帮扶,提高了补贴的精准性;通过耕地地力保险、绿肥深翻养地保险等险种的创新,有效发挥了财政资金的政策激励效果,实现了补贴的导向性;通过生猪补贴保险,发挥了农业保险在应急补偿中的作用,利用保险补偿的机制灵活性,克服行政补助资金的程序性时差,在第一时间将补偿金发放到农民手中,提高了补贴的及时性。上海要转变行政治理思路,进一步发挥农业保险在农业补贴中的作用。通过保险对农业进行补贴,由于保险公司的介入将增加参与主体以及相应环节,但也会增加补贴的精准性,可以综合考察,分析转变补贴方式对于农民福利以及社会福利的影响。厘清补贴是激励性补贴还是普惠性补贴,一般来说,针对不同类型的补贴研究保险介入的具体方案。

二是由经营风险保障下的收入稳定功能向社会治理功能延伸。进一步发挥农险的社会治理功能,可助力政府有效施政。实践表明,农业保险可以在协助政府施政方面发挥更大的作用。如:通过对"三农"领域风险的保障,改变过去一旦出事就找政府的模式,以保险公司及时的反应机制对农民进行补偿,起到了应急救助的功能;通过农业保险的参与,提高了农村居民重契约、守法制的精神,有利于化解农村各类纠纷矛盾;通过对农业保险大数据的累积与动态监测,增加了政府获得"三农"决策信息数据的渠道,有利于提高决策的科学性。上海农业保险在社会治理领域进行了一些探索,也积累了一些经验,下一步应进一步探索发挥农业保险在社会治理中的作用,依靠农业保险机制灵活、运营高效、程序规范的优势,提高农村治理能力,降低农村治理风险。

三是由进一步发挥农险的收入调节功能,促进共同富裕。农业保险本质上是资金的再分配,是推进共同富裕的重要举措。我国农业保险属政策性保险,在财政资金投入和被保险人保费交纳的基础上,有效防范了农民因风险冲击而遭受重大损失甚至致贫。应进一步拓展农业保险的覆盖范围与领域,在一定程度上作为调节收入的再分配工具,在应对"三农"脆弱性和农民收入不稳定性的同时,为构建共同富裕和有韧性的社会而发挥更大的作用。

(三)通过保障模式创新,提升农业保险服务效能

一是由保成本向保收入转变,提高保障水平。当前上海农业保险的保额水平还不高,大部分还仅能覆盖成本,特别是能繁母猪、育肥猪、奶牛等农业保险。调查显示,有46.5%的样本认为目前的保额水平太低。应进一步研究提升农业保险的保障水平,促进农业保险由保成本向保收入转变。应建立保额的调整机制,根据生产成本、农产品价格等,及时审视与调整保额。还可以基于不同的保险费率设置不同的保额水平,给农民更多的选择。调查显示,部分农民愿意为提高保额而支付更高的保费。

二是由勘灾定损向指数保险转变,实现经营的高效化。传统农业保险基于保险标的实际损失给予补偿,定损过程往往时间较长,并且在定损时也会出现较多的纠纷,影响了农民的满意度。可以在原有提高定损精度与速度的基础上,进一步开发指数保险,如气象指数、价格指数、产量指数等,通过创新指数保险,提升保险的作业效率,简化赔偿流程,提高赔偿速度,也降低相应纠纷发生的概率。

三是由产品导向向主体导向过渡,服务不同主体风险保障需求。在以产品标的开发农业保险的过程中,还要关注主体需求,以主体为导向针对不同主体设计一栏子保险方案。一是要聚焦大项目,专注大客户。要为上海重点农业企业,提供包括农业收入、农机装备、食品安全、农产品质量、务农人员意外、企业财产、物流运输、雇主责任、第三者责任等全产业链风险保障,助力农业企业的发展。二是要聚焦新型职业农民。提供符合家庭农场、合作社产业升级发展的保险+信贷、保险+融资、保险+订单等综合金融保险项目,为新型职业农民提供综合风险保障方案。三是聚焦村集体。以村为单位,创新乡村振兴一揽子保险,如土地流转、村级集体资产、乡村治理、人身保障、融资信贷等综合金融保险;提供建设过程中对河道、乡道、桥梁等基础设施改造的风险管理方案。

四是关注小农户,将之纳入现代风险管理体系。农业保险的作用主要是稳定农产品供给、保障农民收益。不同类型的农业经营主体在上海农产品供给中的作用不同,对

农业收入波动的敏感性也不一样。因此,上海农业保险要针对不同农业经营主体的需要有针对性地提供保险服务。对于合作社、家庭农场、农业企业等新型农业经营主体以及农业收入占主导收入的农民,要加大农业保险的政策支持力度,提高服务水平,有针对性地开发相应的险种,让农业保险在激励其生产积极性及保障收入的稳定性中发挥应有的作用;对于小农户,要加强农业保险作业中的组织,以村集体、合作社为载体,让小农户切实了解、感受到农业保险政策与相关作用,重点提高农业保险保单的到户率。

五是推进政策性农业保险与商业农险的协同。农业生产经营主体对风险保障诉求十分广泛,政策性保险的覆盖面相对有限,在创新政策性农业保险的同时,还应进一步创新商业性保险,将商业性农险作为上海农业保险的重要组成部分。如为了更好地保障蔬菜种植大户的利益,保险经营主体通过实地走访调研,从客户实际需求出发,开发了商业性蔬菜订单价格指数保险和商业性蔬菜批发价格保险,满足了蔬菜种植户的诉求,弥补了政策性农业保险的空白。应进一步推广好的做法和经验,实现政策性农险与商业性农险的协同,共同构筑上海"三农"风险管理体系。

(四)通过金融属性创新,发挥农险促进要素流动作用

要实现农业保险由风险保障增信赋能拓展,进一步发挥农险的增信助农功能,撬动资源流向"三农"。社会资本流向"三农"的主要障碍之一就是风险较高,农业保险的介入可以平抑农业投资风险,增加经营主体的抗风险能力,起到了增信功能,从而打消了资本投资的顾虑,撬动更多资本助力乡村振兴。如:通过农业保险对农业生产经营主体的信贷增信,可以有效解决农业生产经营主体融资难的问题,撬动更多金融资本流向农业与农村;通过土地流转保险,降低了农民土地出租的风险,也提高了承租人获得土地资源的能力,促进了农地的有序流转,支持了农业的适度规模经营与现代农业的发展;通过实施订单保险,稳定了订单农业,弱化农民违约的动机。此外,通过创新农业保险,为相关项目提供风险保障,降低农业项目风险,还可以吸引更多的项目落户上海,有利于农村招商引资。

五、推进上海农业保险创新性发展的保障机制

(一)加强农险基础设施建设

要加强上海农业保险基础设施建设,助力上海农业保险高质量发展。加强相关数据库的建设,实现农业风险相关数据的互联互通,如气象数据、主体信用数据等,通过数据支持风险模型建设,从而为分析风险、拟定合理费率提供条件。加强信息条件建设,支持保险经营主体利用信息化技术改造传统农险的运营。近年来上海农业保险通过养殖档案规范化、动物检疫痕迹化、统计数据分析自动化,简化承保理赔流程、提高数据真实性准确性,通过信息化手段提升养殖保险风险管理水平。上海农业保险要加强基础设施建设,进一步利用现代化的信息技术与管理技术,提升农业保险高质量发展水平。

(二)完善农险经营环境

政府应对农业保险公司有清晰的定位,不应让农业保险来承担过高的风险,也不应让农业保险公司有过高的利润,而要充分利用农业保险公司的自身优势,把农业保险作

为化解农业生产经营主体风险的主体,以可接受的成本发挥财政支农效益。在此条件下,农业保险公司首先是市场化的主体,自负盈亏,体现资源配置的效率;其次是政策工具,要提高财政资金的利用效率。一方面,要建立适度竞争机制,以竞争降低经营成本、提高服务质量;另一方面,也不能过度竞争,目前很多地区农业保险公司的利润率快速下降,完全以市场为导向的竞争必然影响服务的质量、创新的力度。此外,还要进一步完善农业保险的大灾应对机制,让农业保险公司有承受风险的能力。

(三)完善农业保险的管理机制

农业保险属政策性保险,政府对农业保险经营机构的准入以及管理已出台相应的规范,但随着农业保险作用的发挥,还应进一步完善管理机制。首先,要进一步界定政府与市场的责任,哪些是属于政府的权限,哪些可以交给市场,目前各地政府对农业保险的介入存在较大的差异,导致相应的责任、权利模糊,上海在这方面应进一步厘清。其次,界定部门的责任,农业保险属多部门管理,要进一步明确相应的责任。再次,优化补贴机制,发挥财政的支农效益。2020年我国政府对农业保险的补贴超过600亿元,占到了保费收入的70%以上,已高于美国的补贴标准,上海对农业保险的补贴更高。要进一步研究农业保险财政补贴的福利效应,提高财政补贴效率。

(四)加大对农业保险创新的支持力度

要进一步发挥农业保险在稳定农民收益、激励种植意愿中的作用以及在乡村治理、乡村建设中的作用。2019年我国开始进行"以奖代补"政策试点,逐步扩大中央财政的支持范围,2021年的中央"一号文件"要求"将地方优势特色农产品保险以奖代补做法逐步扩大到全国"。上海要通过以奖代补进一步创新农业保险。此外,要进一步完善农业保险的支持机制,进一步思考农业保险在乡村振兴与农业农村现代化中的作用,一方面,在险种创新、大灾防范、网点建设等方面给予充足的资金保险;另一方面,建立相应的奖补机制以及荣誉机制。

(五)加强监督与宣传

一方面,要加强监督,特别是加强对保险经营机构的监督。要保障保险合同的有效履行,防止保险过程中损害农业经营主体现象的出现。此外,也要加强对农业经营主体的监督,防止投保后道德风险的出现。另一方面,要加强宣传,特别是面向经营主体的宣传。通过宣传弱化信息不对称问题,让农业经营主体充分了解保险的政策、保险的条款,更多地利用农业保险抑制风险对生产经营的冲击。

附件1 农业经营主体对农业保险建议的调查

课题组组长:王常伟

课题组成员:顾海英　盖庆恩　孙　星　刘　进

　　　　　　　刘　望　夏克珣　赵　钰

附件1

农业经营主体对农业保险建议的调查

为从生产经营主体层面了解其对上海农业保险的认知与政策建议,课题组于2020年面向上海新型农业经营主体开展了问卷调查,调查共计获得428份有效样本。经过梳理,农业经营主体对上海农业保险政策以及农业保险条款的相关意见与建议如附表1、附表2所示。

附表1　　　　　　　　　　　农业经营主体对完善上海农业保险政策的建议

1. 完善网络建设
2. 保费实际点
3. 保费补贴再高一点
4. 保费年年增加,赔付比例较低,也比较慢
5. 保险的险种要细点,切合实际,都是些硬套的,险种要切实保障农业生产的
6. 要跟着保险一起开会,相互之间应该沟通,据我所知,有些赔付存在个别差异化
7. 保险力度要跟上,出了险要在第一时间陪付给农户,确保再生产
8. 保险赔偿力度不大
9. 保险条款更透明,更细致,更明确
10. 很多细节要告知
11. 产品大众化,补贴政策透明,鼓励抗灾措施到位补贴加大,让老实人实惠
12. 都来接触农户
13. 对不同农产品不同对待
14. 多和合作社交流,开展保险知识培训
15. 多深入基层进行调研
16. 多一些险种
17. 发挥农业保险应有的作用,加大监察制度改革
18. 放宽对绿叶菜种植保险的播种数量的限制
19. 各级领导对农业保险加强重视
20. 各种险种赔偿高点
21. 根据目前的农业生产来制定对应政策
22. 公开、公正、公平
23. 公开、公正。保险条款要少而精,易懂,对老百姓的利益考虑多一点
24. 公开、公正、透明
25. 还是理赔的问题
26. 加大宣传
27. 加大扶持力度

28. 加大农保的宣传力度
29. 加大宣传力度
30. 加大政府扶持力度。简化手续,及时赔款
31. 加强对养殖补贴,增强补贴力度
32. 加强监管,加强反腐建设
33. 加强监管,有关部门必须严惩骗保
34. 加强宣传,上门服务
35. 减少保费,提高赔付
36. 建议保险赔款增加力度,减轻农业风险
37. 建议保险要落到实处,让农民得到更好的保障,减少由于自然灾害、市场价格波动、生产经营中成本上涨等的后顾之忧
38. 建议农业保险纳入政府补贴项目
39. 建议设定专门的针对农业保险业务员对接涉农合作社
40. 建议做保险的人员多多了解种地的不易,别坑农民的血汗钱
41. 建议保险条款投保时有要了解
42. 可以更加透明些
43. 扩大保险面积
44. 扩大农产品保费范围,农业设施的保障能提高,每个片区都有专人负责,可以和农办联合,农办可以推荐投保公司及损失评估
45. 扩大险种
46. 扩大宣传
47. 落实专人解决承包户保险问题
48. 没有主动权
49. 没有看到保险政策文件
50. 农产品销售
51. 农民自己也可以购买一些水稻保险
52. 农药价格,化肥质量保障
53. 农业保险不是想买就能买,农业保险买了理赔难

54. 赔付快点

55. 让农业保险政策能下乡,多指导一下农民

56. 人灾大于天灾

57. 最好多深入调查,对症下药,制定好政策,落到实处

58. 上海农业发展方向是价值农业,尽量增加高品质农产品保险险种

59. 水稻保险需要个性化

60. 上海补贴希望都一样,包括农机和其他

61. 奶牛产业是否可增加保底奶价保险种

62. 随着生活水平的提高,市场对高档水产品需求不断增加,而越高档的水产品的生产风险也越高,保险公司应多推出适应的相关产品

63. 特种水产方面的保险没有

64. 提高补贴,提高补偿

65. 提高理赔额度

66. 提高赔付金额和理赔速度

67. 提高业务水平

68. 推出差异化的各种险种,让农户有更多选择

69. 完善投保品类

70. 我不了解上海的农业保险

71. 希望保险公司能积极做到为人民服务

72. 希望保险公司主动联系承包大户推广各种农业保险

73. 希望关心一下水产养殖基地

74. 希望加大财政对农业保险的扶持力度,增加资金投入

75. 希望能切合实际一点,将真正的优惠政策落实到合作社

76. 希望有更加好的政策

77. 希望增加农业保险的力度

78. 下乡服务田头对接

79. 现在的保费先付后赔,是增加了农业经营主体负担

80. 现在鸟很多,水果还没成熟它就开始啄,能不能把鸟类危害也纳入自然灾害或意外损失保险

81. 需要更完善

82. 雁过拔毛的现象太严重,政策层面不透明

83. 要对承包户公开解说保险的品种

84. 应对自然灾害造成严重影响得以取证为前提,以实际受损面积来做保险理赔,而不是大家投多就赔多的概念来理赔。希望上级部门给予帮助能更好地使农业保险制度得到更有效的保障

85. 应提高保险额度和赔付额度

86. 有好多,农民种田需要很多钱但保险付了钱,到最后赔不出

87. 有很多保险没有纳入

88. 有了农业保险,也保障了农民的切身利益

89. 有些不在保险范围内的能保进去就更好了

90. 有些品种应提高赔付,因为投保的产品本身在升值

91. 在养殖业家禽这款上能否种源和商品源的都能保险

92. 增加保额,增加收入类险种

93. 增加保费,提高受损补贴

94. 增加补贴

95. 增加对农业保险政策的宣传,减少农民的损失

96. 增加农民不可控风险范围的保险

97. 增加农险种类,降低农户投保费

98. 增加农业保险资金支持,增加赔付内容,农业保险公司不能以营利为目的制定赔付办法

99. 增加宣传力量,培养农业保险经纪人,扩大农业保险办理点至乡镇一级

100. 增加政府补贴,提高赔款力度

101. 针对农业生产设计更有针对性的保险

102. 政府扶持

103. 支持力度再高一些

104. 自然灾害提高点

105. 最好是损失多,赔得多

106. 最好加强竞争

附表 2　　　　**农业经营主体对目前投保险种的保险条款的意见和建议**

1. 保费降低,保额增加,赔付速度加快
2. 保费太高
3. 保险人员拒绝给我们基地投保,还有什么建议可言
4. 保险条款的更新速度太慢,应该根据近几年的生产情况,及时做出调整
5. 保险条款没有专业人士做出解释
6. 保险险种可以自选,不要打包一起保
7. 保险要在约定的调款内,大家的赔付要差不多,实事求是
8. 补贴多点
9. 不甚了解,曾连续两年要投保,由于工作人员爽约而未能投保
10. 不玩虚假文字,凭良心做事
11. 不要怕麻烦,应该单独与个体户协商
12. 参加保险时不知道问谁
13. 部分条款订得不合适,如上海低温冻害,一天低温对作物就受损了。你们规定要连续三天
14. 倒的地只赔了 160 元一亩,有啥用
15. 丰富农业险种,加强农业保险政策宣传
16. 根据当地生产条件制定
17. 鼓励投保,科学投保
18. 加大对农业的扶持,条款可以适当放松
19. 加大宣传力度
20. 加强对保险公司业务员的职业检管
21. 价格保险产品太少,时间也不对
22. 建议草莓育苗能进保险,这是我们合作社的需求,望上级主管部门给予大力支持
23. 建议多点时间学习保险条款
24. 降低保费价格,提高损失后的赔付率,让农民感受到实实在在的实惠
25. 降低理赔门槛,加快理赔速度
26. 尽可能完善险种
27. 霸王条款
28. 尽快落实到户的投保人
29. 进一步完善保险机制
30. 了解不多,需要多一些政策宣传普及
31. 理赔额最好高一点
32. 理赔速度要加快,手续要简化些
33. 连续三年没有参保了。不是我不参与,是安信保险公司不给办理
34. 买的不多,往年的水稻倒伏险赔付的还不够收割多出的费用和水稻倒伏之后质量和产量的影响
35. 没人宣传过,都是村里帮助买的
36. 没有。条款太多,专业术语也看不懂
37. 没有推荐过保险公司
38. 每个合作社有专门人联系、沟通,主动服务能力增加,多下基层
39. 奶牛投保资产额应增加
40. 能让想投保的农民看到,多了解了解
41. 农民感到好处多
42. 农民是弱者群体,希望能减轻农民负担
43. 赔偿多一点
44. 2019 年,养鸽没有财政补贴是什么情况
45. 针对不同农业种植养殖项目,出台更细一些的保险条目
46. 赔付标准公开透明
47. 比如说自然灾害中水稻产量低于 800 斤赔付太少,每亩只赔 100 元而且还要连片 30 亩以上的才赔。2013 年的时候小麦受灾赔的还不够收割机的费用
48. 品种可以多样化
49. 让老百姓明明白白,清楚所有条款
50. 事前事后一个样
51. 水产养殖有保险吗
52. 太多内容,让老百姓难懂。主要还是保险公司的利益
53. 提高赔付额
54. 提高政府补贴
55. 条款不清楚
56. 推出更多险种
57. 完善保险险种
58. 我认为在自然灾害、产品质量方面赔偿再上调一点,让我再碰到上述情况时,使我的收入稳定下来
59. 希望保险公司降低保费,提高赔付
60. 希望保险公司能实践一些
61. 希望能多增加点农业保险
62. 需要更灵活的险种
63. 需要全保,但有的不给保,希望果棚一起保
64. 要加大覆盖范围
65. 协管员要经常关心农户,了解情况,帮助农户解决实际问题
66. 意见没有,建议让保险公司把各种保险项目单发到各村各农户手里
67. 应该按照原来,先赔后付,否则合作社经营压力

太大

68. 很多不切实际

69. 有数据量化容易接受

70. 有政府统一要求

71. 再接再厉,陆续推出更好的农业险种

72. 在不增加保费的前提下出险时理赔额高点

73. 怎样多了解保险的种类和全面的险种

74. 增加保险的种类和总量

75. 增加保险额度

76. 增加价格险

77. 增加赔付力度

78. 增加赔款

79. 增加生产意外险和更多险种

80. 增加险种

81. 增加险种

82. 增加险种,如农事作业安全保险,抗自然风险保险,价格保障险种

83. 增加信贷保险规模,农产品市场化主要依靠深加工进行农产品增值,做大做强需要资本资金的投入,本单位急需银行金融信贷支持

84. 增加意外保险额度,目前意外保险额度太少不能满足意外医疗

85. 增加中小农业主体的保险覆盖

86. 自然灾害 意外事故

87. 作假太多,有的合作社夸大投保面积

88. 政策要透明,理赔速度要快

7. 加快推进上海农业数字化转型研究报告

　　农业的数字化转型是上海全面推进城市数字化转型的重要领域。数字技术赋能都市农业，不仅提供了传统农业加快向现代农业转型的有效路径，更凸显出现代农业在上海超大城市发展中的特殊功能。同时，上海的农业数字化转型，依托于上海在数字技术创新上的领先优势和应用场景建设中的资源配置优势，更可以展现出对长三角地区及全国各地的先行示范和引领标杆作用。

一、上海必须加快农业数字化转型

　　农业数字化转型，是上海加快都市农业现代化进程的迫切需要，是率先实现乡村振兴的重要动能。当前上海都市现代农业发展存在七大痛点问题，或者说需要面对回答并解决的"七个怎么办"问题。七大痛点问题的解题都汇聚到农业的数字化转型。发展数字农业，是必然选择；加快数字化转型，是重要契机。

　　一是农产品产销对接仍然不畅。在上市高峰期，农产品销售仍然存在卖不出去、卖不出好价的难题。其背后的原因，或者是生产者对市场需求信息把握不准、盲目生产，或者是生产者没有与市场建立通畅的销售渠道。有效解决方案，就是要建立或者提供更加贴近生产者与消费者的网络平台服务，为生产者提供产销精准对接，并且可以使以往难以存活的小众农产品供需实现低费用的"线上交易"，在政府的指导与监督下，可以使网络平台服务充分尊重生产者利益。

　　二是市民对优质农产品需求得不到更好满足。对优质农产品需求也是市民对美好生活追求的重要方面。上海市民对优质农产品需求很大，而且对合理溢价也有很大认同。但目前农产品消费市场仍然存在劣币驱逐良币现象，比如假冒，让消费者难以识别，冲击真正的优质农产品。另外优质农产品自身的信息不充分、品牌度不高、购买渠道不畅等，也影响市民需求的满足。解决这些问题的最有效办法，是建立数字化的优质农产品回溯系统、品牌标识和严格认证的购物平台，让消费者对农产品生产经营的全环节都可查可寻。

三是农产品优质优价机制尚未形成。地产农产品以鲜活为主要特点。但目前上海农产品仍然面对质量不稳定、品质参差不齐、标准化程度低,优质优价的机制还没有形成,更没有形成"优质—优价—进一步提升质量品质"的良性循环。这只有通过运用先进的数字技术手段才能有效解决农产品质量品质稳定与市场认定问题。也就是通过生产环境、农产品生产、流通环节等的数字化表达、智能化控制、信息化管理,构建起完整的质量保证体系和价值实现体系。

四是高素质农业劳动力严重后继无人。一方面,农业劳动力老龄化、"三个农民200岁"的现象很突出;另一方面,农业的生产环境、经营模式、收入水平对年轻人没有吸引力,打造一支有知识、有技能、年纪轻的职业农民队伍非常艰难。只有彻底改变传统农业的生产经营方式,建立数字化、自动化的智慧农场、无人大棚,让农业脱胎换骨,才能让上海农业后继有人,而且很有可能成为最吸引人才的职业之一。

五是农业政策服务的精准度、有效性有待提高。按照中央一号文件的要求,上海连续多年不断完善支农政策体系,加大对农业生产的支持。但支农政策的指挥棒作用,或者带来农户对政策的依赖思想,跟着政策走,给什么政策就种什么,市场意识下降;或者因为信息不对称,亟待政策支持的农业生产经营主体得不到及时的政策扶持。另外,对于他们的农业经营状态,与政策对接多的,相对信息汇集多,但其他方面信息就比较少,这对于政策实际效应的全面客观评估带来了较大难度。建立大数据系统是提高政策执行效率的有效办法,也就是通过建立基于生产经营主体的数据汇集体系和评价体系,并通过大数据云计算,可以更加及时、精准地对各类生产经营主体、各级政策实施部门进行客观评价,全面掌握政策执行进度和实际效果;并可通过运用大数据评价结果,可以有效提高政策实施的精准度、实效性。

六是农业融资仍未走出融资难、融资贵的困境。一方面,农业经营主体由于缺少抵押物或抵押物价值不高,仍然存在融资贷款难问题;另一方面,金融机构由于对农业经营主体的生产经营和资产数据收集难度大,面临找优质涉农客户难问题。这就需要发展以数字技术为支撑的科技金融,通过对农业经营主体的全方位数据汇集,运用大数据分析技术,对其进行评估、分级,帮助金融机构识别优质客户,开发更多的贷款、保险等金融服务产品,也帮助农业生产经营主体更加容易获得更好的金融支持和服务。

七是各管理部门数据孤岛现象仍较普遍。各部门管理数据使用挖掘不深,同时部门之间没有互通共享,形成了一个个数据孤岛,而且时常存在数据质量不高问题。这里既要通过数字技术手段构建数据大平台,开展深度挖掘;还要推进数字化改革,让不同部门手里的数据可以流动起来,实现共享。这样就可以发挥数据的资源作用、导向作用,构建整体政府、智慧政府,提高专业部门的治理与服务能力。

二、上海农业数字化转型基础与形势

(一)上海农业数字化转型基础

进入"十三五"以来,随着新一代信息技术新浪潮的出现,以及全市上下对数字化发展的高度重视,上海市农业农村委员会紧紧围绕"互联网＋农业"和融入"一网通办""一网统管",进一步提高信息化建设水平,为农业数字化转型打下良好基础。

一是探索构建农业"一张图"蓝图。"一图"是上海实施农业精细化管理的重要抓手,是全市农业生产、经营、管理统一底版。市农业农村委联合市测绘院、华东师范大学、闵行区农业农村委等单位组成工作组,选取闵行区为试点,开展农业生产现状用地上图路径研究及相关标准制定,并征询了浦东新区、闵行区、奉贤区农业农村委意见并予以完善,形成了《上海农业生产现状用地分类体系》《上海农业生产现状用地空间数据采集标准》《上海农业生产现状用地编码标准》《上海农业生产现状用地数据采集技术规程》等系列规范与标准。完成全市农业生产现状数据上图入库,以全市 0.1 米分辨率航空影像为基础,依据统一上图标准,采集全市 9 个涉农区及 3 个国企主要农业生产用地 230 万亩,共计超过 100 万个地块。开展"农业一张图"成果共享应用,依托上海农业地理信息公共服务系统,实现了基础测绘底图(全市航拍图、高景卫星图、行政区划、道路、水系等)、农业现状图(全市农业生产现状、绿色农产品及地理标志产品、土壤环境、土壤质量)、农业规划图(三区划定、永久基本农田等)三类共 88 个专题数据汇集及地图浏览、查询、共享等功能。通过政务外网和互联网提供不同权限层级的地图服务,推进与种植业生产管理、质量监管、涉农补贴系统和有关区系统数据互联互通,加快形成共建共享格局。

二是有序推进"互联网＋农业"工程。"十三五"期间本市科技兴农项目共立项支持农业互联网、物联网、智慧农业等项目 32 个,支持资金达到 1.67 亿元。开展了自然光和人工光植物工厂智能装备研究、完成了钢管塑料管棚适应机械化改进与示范,对标准化渔船节能减排增效关键技术进行了研究和示范应用,为拖拉机、收割机等加装了一批基于 GPS 北斗卫星导航技术的智能监控设备,有效提高大中型农业机械的使用效率。光明都市菜园、上海农业信息有限公司、国兴农现代农业发展股份有限公司、金山区蔬菜研发中心、多利农庄企业等入选农业部"互联网＋"现代农业百佳实践案例。

三是不断深化农产品安全管理信息化工作。推行电子档案实现生产管理数字化。从 2015 年起,全市有规模的蔬菜生产合作社逐步推进电子化生产档案,建立市、区、镇、社四级生产信息管理功能,使得传统农业加速向集约化、精准化、智能化、数据化转变。建设上海绿色优质农产品管理系统,借助 GIS 技术将绿色生产基地"上图",并集成绿色优质农产品产地信息、生产过程信息、认证信息、监管信息、监测信息等数据,实现数据"落地"和"适时"更新,实现动态管理。推广使用网格化监管系统 App,强化基层网格化监管,将网格化监管平台应用与农资和农产品生产经营主体信用档案结合,实现分类管理、动态监管,通过信息化手段提升基层农产品监管信息化水平,系统内监管人员累计 1 917 人,生产主体累计 8 530 家。

四是积极推进农业农村电子商务发展。积极推进电子商务在农业领域的应用,培育新型电子商务经营主体,支持各类农业经营主体与电商企业对接,开展品牌农产品网上销售,促进线上线下结合销售模式发展等。依托农展会搭建农产品电商平台,组织农业企业、农民合作社参展中国国际农产品交易会、全国新农民新技术创业创新博览会、中国品牌日等展会,并组织相关单位参加安徽、江西、黑龙江等省市在沪举办的农产品交易会。如11月在南昌召开的第十七届中国国际农产品交易会上,上海开创了驻场采购与参会采购的双采购商团新模式,重点打造了200平方米采购商专区,盒马鲜生、本来生活等电商企业驻场采购,促进现场贸易和洽谈。

五是健全行业管理数字化体系。建设和深入应用多套行业监管信息系统。通过"上海市境道口动物防疫监控系统",实现了对市境道口业务工作实时任务布置、视频监控、查证验物等功能,该系统涉及8个市境道口,覆盖全市畜禽屠宰场和200多家较大的动物产品接收企业。构建物种资源及生态环境数据库,依托互联网、大数据等信息化技术,以物种资源及生态环境为信息化管理对象,建立了以"一鱼一档"珍稀鱼类电子档案中心为核心的全生命周期智慧管理系统,建设了物联网监管系统等内容。深化农村土地承包经营信息管理和农村集体三资监管系统应用,实现了9个区91个乡镇1 188个村的土地承包流转日常管理工作的全覆盖,积累了历年全市镇村集体财务凭证信息570万条、登记固定资产卡片22万件、各类财务报表累计200万张、资产租赁合同70多万份等。

六是推进政务服务平台建设。按照市委市政府"一网通办"、工作"双减半""双100"有关要求,大力推进电子证照归集、统一受理接入、服务模式优化等工作。市区两级涉农行政审批事项实现申请材料减半、承诺时限减半。17个涉农行政审批事项实现全市通办,申请人可至"9+1"任一窗口进行业务咨询,提出办事申请,递交办事材料。完成市区两级共30类证照历史数据全量归集和电子证照制作;成功调用市电子证照库居民身份证、企业营业执照等信息,实现线上线下实名核验和材料免交。36个行政审批事项接入市"一网通办"统一受理平台的,申请人可通过市统一物流平台实现行政审批事项申请材料寄送和证照寄收。我委涉及收费的渔业捕捞许可证审批事项接入市统一公共支付平台,申请人可通过市统一公共支付平台在线支付渔业资源增殖保护费。

(二)数字农业发展的新趋势

随着大数据、云计算、物联网、人工智能等新一代信息技术在农业领域的广泛应用,农业数字化转型已成为国内外农业发展的主攻方向。从国际上看,世界各农业大国都把数字农业和数字化转型升级作为国家发展战略重点和优先发展方向。比如,美国建立了完善的农业产业基础和数字技术体系,英国将信息化技术应用助推精准农业,德国注重关键技术与设备的积极研发与推广。据测算,到2025年智慧农业全球市值将达683.89亿美元,主要应用在精准农业、精准牲畜饲养、收成监测、土壤监测、农业无人机、农业管理系统、智慧温室、智能灌溉等领域。从国内看,加快推进农业数字化转型已成为全国性大趋势。党的十九届五中全会明确提出建设智慧农业,农业农村部和中央网信办专门编制了《数字农业农村发展规划2019—2025》。农业大数据中心等新型基础设施建设正在加快推进,数字农业新技术新产业新业态新模式不断涌现,北斗、5G、物联网将加速在农村布局,农业专用传感器、智能装备制造将成为战略性新兴产业的重要组成部分。从上海看,城市数字化转型成为最重要的战略部署,将更加有力地推动农业的数字化转型。

研究跟踪国内外数字农业发展的新趋势,我们可以做出以下四个方面的趋势性

判断:

1. 数字技术全环节应用

数字新技术正在农业生产经营的各个环节得到开发应用,并引领农业的技术进步和生产方式变革。比如物联网正从工业走向农业,催生农业生产经营的数字革命。将传感器在农田中进行战略部署,再加上图像识别技术的帮助,可以让经营者在任何地方看到作物生长全过程。利用物联网获取的数据,可以对灌溉用水、土壤成分乃至农作物的市场周期需求进行大数据的分析和预测。拖拉机和其他农业设备植入导航系统和各种传感器,可以精准预测农机损坏、维修时机,大幅减少机械停机时间。人工智能技术成为农业生物技术的重要创新驱动力。人工智能技术用于监测环境数据和农作物、畜禽生长情况,实现智能预防和管理病虫草害、疫情,减少经济损失。云计算、大数据分析和机器学习等技术,可以帮助筛选和改良农作物基因,达到提升口味、增强抗虫性、增加产量的目的。农业领域中的机器人技术正在深入研发走向应用。一些机器人初创公司正在试验激光和摄像头技术,以帮助识别和清除杂草,减少农药使用。植物移植机器人、采摘机器人的出现,可以解决农业劳动力供给严重不足问题。包含物联网的智联技术正在孕育而生。这一技术进一步把农产品的生产、物流、加工、消费链接起来,相互赋能。通过精准的技术分析、市场分析,构建起从生产到消费的正反回馈路线图,精准引导各个经营主体、创新主体建立更加紧密的产业链、创新链融合体系。

2. 生产经营全流程再造

对传统农业进行全方位、全角度、全链条的数字化改造,推动农业生产经营的流程再造,形成新的数字化场景、农业数字工厂,推进农业现代化,促进农业高质量发展。基于技术创新的生产流程再造。比如,庆渔堂公司将物联网、大数据、区块链等技术融入传统渔业的创新做法,实现了科技与传统产业的创新融合,以及传统小散养殖户与现代渔业的融合。基于数字化平台的管理服务流程再造。比如浙江通过打造山核桃云服务平台、白茶"一脑两平台"等,塑造品牌形象、提升区域竞争力、助推数字农业向前发展,这实际上也为区域特色农产品的高质量发展提供了思路。基于电子商务平台的农产品销售流程再造。比如浙江台州的修缘果业构建了以"认种认养认购+电商"为主要内容的"天台大农场"新模式,对种养全过程进行个性化定制,实现农业"订单式"生产、一体化销售。

3. 线上线下全方位对接

数字新技术的出现和广泛应用,很大程度上促进了农业产业链条的延伸,促进农业内部的一二三产业融合,实现农业服务者、生产者和消费者、产业链上中下游的全方位对接,形成了一系列新产业、新业态。服务需求的线上线下对接。比如,美国机器人公司 Iron Ox 于 2018 年推出室内农场,整个种植过程是全自动的,还有植物生长监控系统、传感器系统和水培系统,机器人能够自动完成种植和收割等一系列操作。比如,最有代表性的极飞科技,从无人机智慧植保发展到智慧农业全产业生产线,全面布局数字农业科技服务,服务面积超过 6.2 亿亩次。生产者与消费者的线上线下对接。近年来,随着共享经济兴起,"共享牧场"进入农业领域。该模式是消费者通过平台认领鸡、鸭、鹅等,用户可在手机上通过设备观察到农户对小羊的喂养,以及领养人网络实时监控小羊的生长状况,实现"共享",并可随时同委托的电子商务公司联系通过快递品尝到绿色新鲜的鸡鸭鱼肉等,农户也从传统农牧业养殖模升级发展增加收入。基于供应链金融的线上平台线下市场对接。华为基于区块链技术的推出的"农业沃土云平台",该农产品追溯系统,所有数据不可篡改,使得信息更加透明、真实、准确。蚂蚁金服与科尔沁牛业合作,通过蚂蚁金服提供的供应链金融方式,可以有效解决农户在生产经营过程中资金难题,也通过阿里旗下的线上新零售平台拓展了下游销售市场。

4. 管理服务的全生命响应

围绕农业生产经营主体成长全过程、农产品生产经营全过程、农业生产空间生态环境治理全过程,借助数字技术和数字平台,提供广覆盖、全链条、协同化的全生命周期管理服务,包括了规划、政策、服务方案的制定、实施、评估、修订、再实施,也包括了土地、技术、资金、人才、数据等资源要素的供给。为农业生产经营主体提供全生命周期管理服务,为农产品生产经营提供全生命周期管理服务,为农业生产空间提供全生命周期管理服务。

(三)农业数字化转型需要解决的瓶颈问题

上海的数字农业发展总体上还处于起步阶段,要跟上全市数字化转型的步伐,打造全国数字农业、数字乡村建设的标杆,需要抓住契机、对症下药,破解一系列瓶颈制约。

一是统筹推进力度不强。目前对数字农业发展缺乏统筹和规划,也缺乏政策支撑体系。在数字农业建设中,政府、企业、农民等各方定位不够明确,作用发挥不理想,协同推进机制不健全。农业农村部、中央网信办于2019年12月制定颁发了《数字农业农村发展规划(2019—2025年)》。上海目前还没有形成相对应的实施规划,"十四五"乡村振兴规划中也没有用一定的篇幅予以部署。

二是数字技术应用深度不够。上海农业产业化企业以及各类农业专业合作社规模普遍较小,对数字技术的应用基本局限在网站、网购、监测层面。政府部门对数字技术的应用,主要集中在土地、环境监测,对经营主体的终端覆盖还在起步之中。涉农信息服务大多以在线查询为主,缺乏诸如农业优新品种推介、病虫害防治等智能专家服务系统,农情监测与市场信息规律性分析服务能力不足。由于养殖业、园艺业受到用地空间规模小和政策支持力度不足的影响,开展数字技术应用开发,或者主体缺失,或者缺乏动能。

三是现有信息化平台功能缺失。农业信息化平台已建立多年,按照大数据平台的要求,缺失多项功能。比如,数据汇集比较单一,主要是农业部门掌握的土地数据、农业企业数据、合作社数据,其他数据汇集比较单薄;服务功能较弱,主要提供区域性、主体性的数据存储、查询功能,但监测功能、评价功能、信号功能、调度功能、咨询功能等,都有待于下一步的开发。

四是数据采集汇集部门分割。农业数据包括了公共数据、企业(合作社)数据、个人数据;公共数据又涉及农业、土地、水利、环境、商业、融资、税务等部门。目前数据部门分割仍是数字化转型中亟待突破的重大瓶颈。即使在农业农村委的框架下,如何把与农业生产经营之间有关的数据汇集起来,也是需要突破的,如农户的经营数据、农产品的去向数据、农药化肥的供给使用数据、农产品质量数据等。数据采集标准不统一也影响到数据汇聚。另外现在主要采取各级上报方式,及时性的自动数据采集还比较少。

五是数据专业人才严重短缺。目前各级信息中心、农业企业配置的信息化专业人才,多数只能从事网站、电脑、数据库的简单维护工作,不具备数字化系统构建、技术应用的指导服务能力。对数据采集,还没有建立数据协调员队伍。数字农业第三方服务体系不健全,不少农业企业遇到使用问题,往往需要请教专业人员,成本较高,深化应用困难重重。

六是基础性投入亟待增加。农业数字化平台建设、系统开发、技术应用、设施改造需要相应的投入。目前财政支持力度比较有限,农业经营主体缺乏投资的实力,一些数字化服务企业和营运机构还处于观望状态。

三、上海农业数字化转型的总体思路

农业数字化转型,不仅是一场数字技术赋能农业的技术创新,还是一场农业生产经营方式与政府管理服务方式的流程与制度变革。要针对都市现代农业存在的痛点堵点问题,在上海城市数字化转型的重大契机和数字技术赋能现代农业的大趋势中,构建上海都市现代农业发展的全新格局。

(一)指导思想

以习近平新时代中国特色社会主义思想为指导,深入贯彻党的十九大和十九届二中、三中、四中、五中全会精神和习近平总书记关于乡村振兴的系列重要讲话精神,深刻把握数字技术进步大趋势和数字经济发展新浪潮,主动顺应农业领域正在呈现的数字技术全环节应用、生产经营全流程再造、线上线下全方位对接、管理服务全生命周期的四大趋势,积极落实市委市政府《关于全面推进上海城市数字化转型的意见》和农业农村部、中央网信办《数字农业农村发展规划(2019—2025年)》,深化农业信息化建设成果,立足数字技术与数字模式破解都市现代农业发展中的瓶颈障碍,以"融合、挖掘、赋能、增效"为主线,积极构建农业数字化转型的框架体系和实现路径,大力实施"1234标杆性应用场景工程",推动农业质量之变、效率之变、动力之变,打造数字化引领的都市现代农业,在上海城市数字化转型中展现农业的显示度和标识度,在数字农业实践中呈现上海的引领示范和典型标杆,夯实数字乡村基础,助力乡村全面振兴,高质量建设绿色田园、美丽家园和幸福乐园。

(二)基本原则

坚持整合,一图一库一网。充分发挥云平台、大数据的技术优势和规模效应,推进各数据采集系统、各网络信息系统的全面整合,推进图、库、网的全面融合,实现"一图知三农、一库汇所有、一网管全程"。

深度挖掘,强化功能建设。以丰富服务功能、提供精准服务为导向,充分发挥大数据汇集、云平台计算的作用,挖掘数字资源、挖掘平台功能,促进数字技术赋能都市现代农业,有力支撑农业提质增效和乡村全面振兴。

市区联动,全市统筹推进。在市城市数字化转型领导小组的统筹领导下,在农业数字化转型领域,坚持全市一盘棋,市农业农村工作部门牵头协调,市级各相关部门、区级相关部门各司其职。发挥区级积极性,共享农业云平台。

(三)转型目标

上海农业数字化转型的中长期目标:依托上海全面推进城市数字化转型和建设国际数字之都的重大成果,围绕国际农业数字化转型的"四全"趋势,以新一代数字技术全面改造传统农业、全面赋能都市农业为主攻方向,搭建城乡高度融合的数字基础设施,促进新一代消费互联网与工业互联网全面接入农业农村,新一代数字技术率先在都市农业中转化应用,建立覆盖生产生态空间、生产经营主体、农产品消费市场、市场交易平台、农业管理服务的强大数字底座;建立数字资源共享、数字创造价值、数字精准治理的数字农业服务云体系;建立现代数字技术与农业生产技术、农业生物技术深度融合,以智慧农场为主体的现代农业生产经营体系,建成在国内外具有技术前沿性、品牌影响力和产业活力的都市现代农业。

上海农业数字化转型的近期目标:到 2025 年,以数字农业云平台与智慧农业生产两大数字应用场景建设为主要抓手,积极实施"1234 标杆性应用场景工程",加快数字技术在农业领域的应用推广,农业生产经营数字化转型取得明显进展,管理服务数字化水平明显提升,农业数字经济比重大幅提升,都市现代农业的高质量发展走在全国前列。

——全面建成国内领先的数字农业云平台。基本完成"一图一库一网"的深度融合,建立强大数字底座。建立健全覆盖主要农业经营主体和服务主体的四大数据体系,即农业基础数据资源体系、入网直报数据采集体系、农产品质量安全监测数据体系、数据评价应用体系。

——基本形成比较完备的数字服务功能。深度推进数据挖掘,积极开发农业云平台六大服务功能,即数字综合看板功能(应用场景)、农业政策服务功能("申农码"、申农分)、农业质量安全数字化管控认证功能(神农口袋)、云平台电商功能、农业机械物联功能、农业金融服务功能。

——建成一批领先的智慧农业示范基地。大力推进数字技术赋能都市现代农业。在蔬菜园艺、生猪养殖、水产养殖、水稻种植等主要领域,建成 4 个具有典型标杆意义的智慧农业应用场景基地。

——搭建城乡高度融合的数字基础设施。坚持"新基建"城乡全覆盖,促进新一代消费互联网与工业互联网全面接入农业农村,加快推动农村地区水利、公路、电力、环保、冷链物流、农业生产加工等基础设施的数字化、智能化转型。

——农业提质增效取得明显成效。依托农业数字化转型成果,大幅改善农业生产条件与管理服务水平,通过扩大优质农产品生产经营规模、提升地产农产品品牌影响力,建立健全产销高效对接的网络体系,大大提高农业生产效益。

(四)主要任务

1. 有力推进数据融合,强化农业云平台汇集功能

以建设数字底座为关键,按照"一图知三农、一库汇所有、一网管全程"的云平台建

设要求,着力推进"一图、一库、一网"间的紧密衔接,实现农业数据资源库、网络平台与农业空间地理信息系统的深度融合;着力整合各类数据库、各类网络信息系统,建立健全覆盖一线生产经营与管理服务的信息直报系统,全面增强数据库汇集功能和"一网统管"功能,夯实数字农业云平台建设基础工作。

实现"一图、一库、一网"的融合共享。加强空间底图、数据库、一网统管的系统衔接和数据贯通,统筹"图、库、网"的数据标准化建设。推进农业农村工作部门、市测绘院、华东师范大学、数字技术开发企业、农业服务机构、应用场景建设单位、其他相关部门等的深度合作,科学开展各类农业生产用地空间数据的分类标准、采集标准、编码标准和采集技术规程等编制工作,提高精准化、精细化水平。

加强各类基础数据、专业数据的融合汇集。按照应收尽收的大数据汇集原则,加强农业各相关部门的紧密协同,着力解决数据"孤岛"问题,打通各个部门、各级政府数据信息系统的数据汇集通道。构建农业基础数据体系,包括土地资源数据、农业环境数据、基本农田及高标准农田数据、农地经营数据、土地质量监测数据、农田设施数据、农业生产经营主体数据等。构建农业生产经营数据体系,包括粮食、蔬菜、瓜果、畜牧业、水产等的生产经营数据、生产资料投入数据、农产品销售及价格数据等。综合运用遥感监控等现代信息技术手段,提高种植地块、饲养场所、养殖水面的监测电子化覆盖程度,构建农业质量安全数字化、网格化监测体系。

全面推进生产经营主体的入网直报。以"神农口袋"项目为抓手,完成各类生产经营主体全部入网,通过建立区、镇、村三级信息指导员队伍,实施入网直报鼓励政策,指导和激励各类生产经营主体积极参与播种、用药、施肥、采收等环节农事操作动态的信息入网直报。按照精准报、轻松报、乐意报的入网直报要求,完善填报系统入口、优化农地农事记录事项、构建填报记录自检评分系统。建立田间档案、农资进出库台账、农资存放、农药使用等现场监管检查、评分情况实时在线,向生产经营主体开放主体个体的信息查询权限。

深入推进各网络信息系统的一网整合。围绕农业生产经营与管理服务的全过程要求,以"一网通办""一网统管"为抓手,推进市级各相关信息系统、各区镇各相关信息系统的整合,汇集"一张网"。系统方面,主要包括了"神农口袋"、粮食、蔬菜、畜牧、渔业、林业、农业休闲旅游、农产品网格化监管、农产品绿色认证、投入品管理、农机联网等系统。在整合网络系统的同时,推进各类信息中心及人员的整合。

2. 深入开展数据挖掘,开发农业云平台服务功能

积极运用大数据分析、云计算乃至区块链技术,挖掘数字农业云平台的大数据资源应用价值,开发建设各类服务于生产者、消费者和管理者的专业性功能服务平台,推动农业管理服务方式从线下为主向线上为主转型,从行政性层级下达上传,向政令"一键智达"、执行"一贯到底"、服务"一网通办"、监督"一览无余"升级。

开发提升农业云平台数字综合看板功能。建设全覆盖、全链条、分层级、递进式、可视化的数字综合看板(综合应用场景),具备信息汇总功能、信息评价功能和指挥调度功能、监测预警功能。设置市级、区级、镇级三级领导数字综合看板。设置各产业综合管

理数字综合看板,包括种植业管理、蔬菜管理、畜牧业管理、渔业管理、安全监管等。对各产业显示各环节、全链条的"一网统管"场景,并递进显示生产经营空间、设施设备、农产品实物等可视化场景,及生产经营全流程的数据场景。建设农业综合管理应用场景展示中心,具备指挥调度、监测通报职能。

开发农业质量安全数字化管控、认证功能。依托云平台大数据资源,加快推进农业质量安全管控全程化,推进绿色食品认证、农事生产档案记录、网格化监管等内容与农用地图相融合的"一张图"建设,加快实现农业质量安全有据可查、全程监控、精准管理。运用先进的信息追踪技术,建立健全重要农产品从田头到终端用户厨房的质量安全信息系统,并将重要农产品多维度数据汇聚于同一生产空间,构建以区为单位的投入品监管溯源与数据采集机制,打造农产品质量安全追溯数据平台。依托绿色食品云平台,实现认证在线化,推动移动在线认证、查询项目建设。建设集畜牧业生产、动物防疫、动物检疫、病死动物无害化处理、畜产品安全监测、畜禽屠宰管理、动物及动物产品追溯和动物疫情应急指挥等关键性业务为一体的畜牧业检疫大数据平台,实现平台与农业农村部检疫平台、江浙皖三省检疫平台对接。

推进农业政策服务平台建设。重点打造"申农分"项目,对农业生产经营主体实施基于大数据资源和积分模式的客观评价,帮助政府实现政策信息精准推送、政策待遇精准落实、政策效果精准评价,提高政策制定和执行的科学性、准确性、有效性。依托农业云平台,开发种植业、畜牧兽医、渔业渔政、监督管理、科技教育、资源环境、政务管理、统计填报等功能模块,为市场预警、政策评估、监管执法、资源管理、舆情分析、乡村治理等决策提供支持服务。构建任务触发、规划部署、目标达成、绩效评估和督查反馈的执行链。

开发农业云平台电商功能。依托农业云平台大数据与"申农码"平台,开发农业网店,发展农村电子商务,打造"农户+网店""农户+专业合作社+网店"等农产品电商模式,促进农户与农业合作社与消费者直接对接。培育农业新产业新业态,加快数字技术与乡村资源要素、特色产业融合,培育创意农业、共享农业、体验农业、认养农业、个人定制、农商直供等新业态。开发"申农码"服务消费者的查询功能,增加生产经营过程信息透明度,提高优质农产品标识度、可溯化。

推进农业机械服务平台建设。搭建农机物联网,将农业机械公益性服务机构与经营性服务机构拥有的各类重要农业机械,安装北斗定位导航终端,采集农机作业模式、台机效率、轨迹密度等大数据信息。建立统一的数据存储运算中心,实现所有农机的身份、定位、运行等数据信息集中传输、存储、运算和管理,借助云计算提供重要农时作业调度数据,为协调农机使用、加强农机作业安全,提供在线信息服务。

推进农业金融服务平台建设。依托农业云平台,融合农业生产经营主体、农业农产品质量安全、农业电商平台、农业融资等数据,构建基于大数据、云计算的农业客户评级授信体系,提高评级精度,解决融资中的信息对称性问题,解决农业企业、专业农户融资难问题。开发线上融资平台,加强金融机构与农业企业、专业农户的线上对接,简化融资程序,对小额贷款实现线上放款还贷。

3. 积极探索数字赋能，打造智慧农业示范基地

积极推进数字技术在农业生产领域的推广应用，以打造绿色智慧农场和国家级示范项目为抓手，在水稻、蔬菜、生猪、水产等领域，建立若干数字化农业生产示范基地，引进有实力的数字技术开发企业，构建农业企业、合作社、数字技术开发企业、农业科研机构四方紧密合作机制，建设最具前沿的数字农业应用场景。积极支持知名数字技术开发企业、网络平台企业向农业生产领域拓展延伸，创办绿色智慧农场。

建设数字田园。推动智能感知、智能分析、智能控制技术与装备在大田种植、设施园艺、水肥药精准施用、农机智能作业、环境监测的集成应用，打造智能化"车间农业"。推动高标准农田基础设施智能化建设，包括供水排水管道一体、监测监控追溯一体、物理驱虫灭虫一体等。推动农业设施物联网建设。

建设智慧养殖场。围绕增加地产生猪供给能力，建设数字化、智慧化的生猪养殖场。集成应用电子识别、精准上料、畜禽粪污处理等数字化设备，精准监测畜禽养殖投入品和产出品数量，实现畜禽养殖环境智能监控和精准饲喂。加快应用个体体征智能监测技术，加强动物疫病疫情的精准诊断、预警、防控。推进养殖场（屠宰、饲料、兽药企业等）数据直联直报，实现畜牧生产、流通、屠宰各环节信息互联互通。

推进智慧水产养殖。构建基于物联网的水产养殖生产和管理系统，推进水体环境实时监控、饵料精准投喂、病害监测预警、循环水装备控制、网箱自动升降控制、无人机巡航等数字技术装备普及应用。

探索智联技术在农业领域的应用。积极探索运用最前沿的智联技术，把智慧农场与智慧加工厂、智慧物流、智慧超市等物物互联，同时进一步建立现实世界与虚拟世界的联系，如水果和冷链技术、蔬菜和营养分析、半成品和自动烹饪方法等，孕育一场基于数字技术的农业供给变革。

4. 有效实现数字增效，推动都市农业高质量发展

依托农业云平台优化农业生产经营流程和管理服务机制，以数字化场景牵引数字平台、数字技术赋能都市农业，提高农业生产经营的科学化、精准化、高效化水平，切实解决优质农产品生产经营中的瓶颈障碍，激发农业活力和市民高端需求，促进农业提质增效、农民持续增收。

政策精准服务增效。围绕农业提质增效、农民持续增收、农企创新发展，充分发挥云平台大数据和"申农码"作用，及时、精准采集农业生产经营主体的生产经营全环节数据，建立基于积分制的多维、即时、图示的农业生产经营主体评价体系，建立基于大数据评价结果的农业政策体系，强化政策聚焦、政策精准、政策有效。对农业生产经营主体实施分类分级，精准分析、聚焦重点，把握提质增效的薄弱环节，实现"政策找人"，精准找到专项政策帮扶、支撑的农业生产经营主体，精准对应他们生产经营过程中的技术难、融资难、品牌难、销售难等问题，通过"一网通办""一键智达"，大幅提高政策服务水平。

资源高效利用增效。对农业生产经营环境、土地资源使用、投入要素配置、农业机械有效使用以及农业生产生态循环等，建立数字化、智能化、网络化的资源综合利用体

系,通过更加科学精准的资源使用绩效评价、资源利用潜力分析和适配系统,提高资源有效利用水平。实现农药化肥使用质量安全管控的智能化,从源头供给到现场使用,做到零库存或少库存,同时对应季节和植保需要,实现精准下药施肥,既提高使用效率又促进减量化。

市场有效对接增效。积极建设运用新一代大数据、云计算、人工智能技术,有效串联生产者、流通者、消费者,实现精准汇集信息、精准处理数据、精准对接共享的新一代电商平台。运用数字技术大幅提升农产品流通的产销直接对接、精准化以销定产程度,从根本上解决传统农业的小生产与大市场矛盾,解决农产品市场优质优价实行机制缺失矛盾。推动电商平台深化农产品绿色标准、品质标准建设,根据上海大市场高端消费需求大的特点,建立健全优质农产品的技术标准体系、品质标准体系、绿色标准体系、价格体系等,借助电商平台的市场优势,引领农业生产经营主体积极改善农业生态环境、实现高品质生产和规模化发展。

智能技术应用增效。应用智能技术,采取智慧农场模式,改善农业生产条件和生态环境,提升农产品品质,打造知名地产品牌,推动更多优质农产品进入上海农产品消费高端市场。应用机器人、无人机等技术,加速机器替代人进程,解决高素质农业劳动力供给严重不足、用工成本不断趋高的短板问题。

四、上海农业数字化转型的标杆性应用场景

"十四五"时期重点实施"1234标杆性场景工程",即"一全二智三农四基地",完善和发挥农业云平台服务功能,打造若干走在数字农业前沿的智慧农业示范项目。

(一)"一全":政府监管全过程

加强对农产品生产过程的质量安全监管,加强对农产品加工、仓储、物流、销售等各个环节的监管。

1. 农产品质量安全管理系统

(1)项目内容

将全市农业大数据"一张图"与质量安全监管"一盘棋"相结合,构建"村一镇一区一市"四级立体监管体系,形成多维数据分析与数据交互的共享平台,建立覆盖本市各级监管机构和农业生产经营主体的移动监管及数据分析系统,建设农产品质量安全监管App。

(2)推进路径

构建"村一镇一区一市"四级立体监管模块。以现有农产品质量安全网格化监管系统为基础,为一线监管团队成员配置移动数据采集终端。融合动态监管与实时数据联动价值,将各级监管部门的监管数据和执法信息在"村一镇一区一市"四级立体监管数据模块进行分级统计与分析。

构建跨层级、跨业务条线监管信息交互模块。强化本市农产品质量安全监管部门与检测、执法等相关部门的信息交互、数据共享。构建农产品质量安全监管信息交互中心,实现数据的标准、格式的统一和共享。

形成多维预警分析模块。实现对全市农产品质量安全监管多维度、全覆盖,形成查询、统计、分析、风险预警及专题图显示、数据导出以及各种信息发布等功能。

2. 投入品安全监管服务系统

(1)项目内容

以农药为重点,依据农药管理条例等法律法规,汲取各地创新的监管机制,建立农药生产、销售、施用的全程溯源系统和监管服务平台。建设农药监管 App。

(2)推进路径

高毒农药准入备案流程。建立农药销售登记备案制,掌握农药的三证、毒性级别、厂家信息、有效成分、登记作物和防治对象等。

采购入库赋码流程。根据采购入库的数量自动生成条码,由经营单位对其进行库存管理和销售。

进销货电子台账。自动生成符合监管部门统一要求的电子台账文书格式。实现监管人员实时准确地查看辖区内商户农资的进货台账和销货台账。

追溯查询流程。监管部门可实现全过程追溯检查。农业生产经营主体可农药监管App 查询投入品的生产厂家、有关认证等信息。

日常监管功能。监管人员配备移动执法终端,对市场上的农药产品进行条码扫描,并通过无线网络连接备案数据库查询该商品的详细信息。

电子地图管理功能。根据权限等级划分,实现分级管理,并可在地图上显示其具体位置。

3. 长江禁渔系统

(1)项目内容

按照"一个规划、一个方案、一张蓝图"原则和"一张网覆盖 3 207 平方千米水域"总体目标,应用雷达、无人机、北斗、AIS、视频等信息技术,探索建设上海市长江禁渔智能化管控系统。

(2)推进路径

建设前端感知探测系统。包括雷达光电、单光电、卡口抓拍、船载感知系统、长航时低空无人机、高清摄像头等。

建设网络传输与通信系统。搭建"点对点"专线网络、无线宽带自组网和甚高频语音对讲通信系统,以满足前端感知站点、应用系统、终端设备之间的数据传输所需。

建设应用系统。包括智能感知探测子系统、智能识别预警子系统、指挥调度子系统、行政执法子系统、态势显示大屏子系统、移动端(人机交互)子系统、数据管理子系统、GIS 地理信息应用子系统、系统辅助管理子系统 9 大应用系统。

建设配套设施设备。包括指挥中心、前端站点、终端移动设备等配套设施。

(二)二智:智慧畜牧和农机智联

1. 智慧畜牧系统

(1)项目内容

智慧畜牧业系统是将物联网智能化感知、传输和控制技术与养殖业结合起来,利用先进的网络传输技术,围绕集约化畜禽养殖生产、营销和管理服务等环节,对养殖环境、投入品、牲畜个体实施实时监测,实现畜禽养殖的智能生产、科学管理与全程监管。

(2)推进路径

建设数字养殖牧场。推进畜禽圈舍通风温控、空气过滤、环境感知等设备智能化改造,集成应用电子识别、精准上料、畜禽粪污处理等数字化设备,精准监测畜禽养殖投入品和产出品数量,实现畜禽养殖环境智能监控和精准饲喂。

建立基于个体体征的动态数据库。应用个体体征智能监测技术,加强动物疫病疫情的精准诊断、预警、防控,实时滚动展示养殖主体的养殖记录,道口登记处理记录和主体上报检疫的记录。

建立直联直报系统。推进养殖场、屠宰、饲料、兽药企业等的数据直联直报,构建"一场(企)一码、一畜(禽)一标"动态数据库,实现畜牧生产、流通、屠宰各环节信息互联互通。建立滚动展示平台。滚动展示上海本地不同品种的养殖主体数量统计;滚动展示不同种类的产地动物和产地产品检验数量统计及无害化处理统计;滚动展示各屠宰场屠宰动物的数量统计;实时滚动展示养殖主体的养殖记录、道口登记处理记录和主体上报检疫记录;滚动展示进入供沪动物及动物产品推荐名单的企业布控信息;滚动展示当天最新的疫区布控新闻,并可进入地图查看不同省市的疫情明细。

智慧服务。为各个养殖场提供大数据服务,建立各自对应的应用平台,能快速、准确地实现问题求助以及信息资源共享。通过智能翅号、耳标或者猪脸、牛脸识别等新技术,推动智慧销售。

2. 农机智联系统

(1)项目内容

农机智联系统建设主要对大中型拖拉机、联合收割机、插秧机、穴直播机和喷杆喷雾机等自走式农业机械安装智能传感器和北斗定位终端,加强农机使用、维修的监测,建立农机物联网系统,实现农机调配使用的智能化。

(2)推进路径

安装北斗定位终端。全市共拥有大中型拖拉机、联合收割机、插秧机、穴直播机和喷杆喷雾机1.3万台,考虑到老旧农机电控化程度不高、故障较多,拟主要对2017—2021年购买的5 900台农机装备安装北斗定位终端,扣除部级"三合一"试点和区级相关试点的已安装部分,对共计约3 400台农机安装北斗定位终端。

建立数据存储运算中心。为保障系统开发的安全性、经济性、兼容性和可拓展性,拟直接套用现有农业农村部农机补贴物联网管理中心相关模块,结合上海实际情况,调整优化相关功能。同时,重点对原有农机补贴"三合一"试点、各区物联网试点以及新安装终端的各类数据进行归集和整理,制定统一的数据对接标准,规范数据治理和数据对接。

发挥农机物联网作用。即对各类大中型农机实施全程数据采集及监测,及时掌握个体运营特征,建立智能化调配系统,提高农机有效使用率。

（三）三农："申农码"、申农分、神农口袋

1. 扫码办事"申农码"

（1）项目内容

"申农码"是农业生产经营主体的"身份证"。作为随申码子码,实现农业生产经营主体网上办事一键通,达到"让数据多跑路,让农业主体少跑腿"的目标,为农业生产经营主体提供更加高效便捷的服务。

"申农码"数据来源于"一库"数据和一网通办数据。服务对象涵盖农业生产经营主体法人和农户自然人。使用终端有随申办 App、用码端验证设备、"神农口袋"App、小程序。

"申农码"的主要功能包括身份标识(分类分级)、亮码办事、数据聚合、监管透明、优品优价。"申农码"的应用场景包括主体管理、检测监管、农事直报、信息查询等。

（2）推进路径

全面推进农业生产经营主体电子码申领与展示。在"神农口袋"App 端增加"我的申农码"板块亮码。实现监管人员扫码监管。监管人员使用随申办 App 扫描农业生产经营主体出示的"申农码",即可根据授权查看赋码主体的"申农码"评分信息。

实现消费者扫码。消费者日常可以使用微信或支付宝扫码,查看主体基础信息、主体种植内容、是否绿色认证、信用评价等内容。通过政府背书形式让优质农产品认定可靠、可信。

2. 政策找人"申农分"

（1）项目内容

"申农分"是发挥上海农业云平台大数据汇集功能,实现"政策找人"功能的建模评价体系。就是对生产经营主体实施基于大数据资源和积分模式的客观评价,通过采集农业生产经营主体的生产经营全过程、生产经营全空间、管理服务全周期等全方位数据,并通过建模、分析与评估,对其生产经营活动和绩效进行综合评价和专题评价,帮助政府实现政策信息精准推送、政策待遇精准落实、政策效果精准评价,提高政策制定和执行的科学性、准确性、有效性。通过"申农分"还可以让消费者直接了解优质农产品、品牌农产品的生产者情况。农业生产经营主体包括了农业企业、专业合作社、家庭农场、小规模经营户。

（2）推进路径

研究制定申农分积分指标评价体系。组织上海社科院、上海农科院等科研院所专家,借鉴国内外先进、实用、可采集的指标评价体系方案,构建符合上海农业特点和需要的申农分积分指标评价结构体系;开展数据模拟和专家咨询,构建指标评价权重体系;依据测试结果和多重计算结果,构建农业生产经营主体的积分标准。

构建积分指标评价体系。基于农业大数据基础与神农口袋,按照全方位评价的要求,从"经营能力、经营活动、经营绩效、经营诚信、社会责任"五大维度,构建可以客观反映农业生产经营主体生产经营全过程活动和绩效的积分指标评价体系,并根据各类指标的统计特征、采集特点,通过不同的积分方式对各类农业生产经营主体各项指标进行

赋分,累计积分,为确保政策实施的精准度、实效性奠定坚实基础。

发挥申农积分评价系统的导向作用。通过建立各类指标的积分标准和积分途径,既实现"政策找人",又发挥评价系统的导向作用,引导农业生产经营主体和各级服务机构按照政策导向和要求,实现农业生产的提质增效。

3. 一键保供"神农口袋"

(1)项目内容

"神农口袋"作为信息直报系统,进行日常农业生产经营活动的记录以及信息上报,为上海市"一图""一库""一网"夯实数字基底,以即时数据更加直观反映全市农业生产现状。

生产经营主体通过信息直报系统每日上报农事生产信息,为数字农业管理提供可持续和多维度数据支撑,实现对全市农业生产用地的入网监管。通过将农产品与经营主体信息、生长地块、物联网环境监控、投入品、生产过程记录、加工、出库、运输、销售等信息绑定关联,实现政府对合格证的开具数量、类别以及区域内农产品产量的信息化监管,为农产品的溯源监管提供强有力的数字化管理手段,为上海市探索"溯源+合格证"的创新模式提供数字化载体。

(2)推进路径

推进流程创新。信息直报系统连通政府各相关部门、农业生产经营主体、消费者三端。通过入网直报工作,每日将农事操作、投入品管理等信息上报至"上海农业数字云平台",涉农管理部门可以更加精准并实时地了解上海全区农作物的历史产量数据、当前的实际产量数据以及未来产量预估。流程创新为神农袋提供数据基石。

简化填报流程。信息直报系统整合了粮食、经济作物、蔬菜、水产等各个业务系统的统计功能,大大减少了农户的填报工作量。

改进政府监管。从及时率、精准率、入网率三个维度,由各区主导进行抽查和监管,通过政府强监管的形式,保证了信息直报系统上传数据的真实性和及时性。

(四)四个基地:数字农业技术应用示范

1. 上海清美蔬菜数字化农业示范基地

(1)基地情况

上海清美农业科技有限公司成立于2012年,主要经营范围为农业科技领域内的技术开发、技术服务、技术咨询、技术转让、绿色无公害农产品的种植、研发,生产与销售等,拥有多个蔬菜种植基地,总占地面积5 000亩。

种植基地全面执行上海市农产品绿色生产基地建设管理规范,从播种、施肥、施药、采收等各个环节都制定了标准,并严格地按照标准执行,生产各个环节都有详细的生产档案记录。为了保证产品质量安全,制定了严格的质量标准,并配备专业的实验室、检验设备及专业的技术检验人员,每批蔬菜采摘前均须进行农药残留等质量安全检测,检测合格后批准上市,以保证产品绿色,质量可追溯。

(2)推进路径

施行农产品质量和销售标准化。清美启动农产品质量的企业标准建设,推行以销定产的运营模式,依托农业产业化联合体建设,探索农产品变商品的具体实现路径,实现产业链贯通。

实施以销定产。通过清美订单系统,将所需的蔬菜的销售单元规格数量,实时上传给合作的家庭农场和合作社,提前3个月的时间预测当季蔬菜的需求量,实现农户通过订单品种、数量提前安排农业生产。

2.上海正义园艺数字化农业示范基地

(1)基地情况

上海正义园艺有限公司,是农业产业化国家重点龙头企业、国家蔬菜产加销标准化示范区、全国"双学双比"示范基地和全国科普教育基地。公司在自建的10 160m² 智能玻璃温室成功引进并应用示范了设施果菜潮汐槽式无土栽培技术、自动化新型叶菜活体盆栽技术、温室大棚主动蓄热供热系统、水肥一体灌溉等系统等蔬菜现代栽培技术,研发建成了"蔬果智慧农业云平台"。目前正在建设"上海正义蔬果园"和"上海侨嘉葡萄园绿色农旅示范基地"。

(2)推进路径

物联网感知设备与控制设备的"总线化"与"数字化"。物联网系统如果采用物联网终端(智能云终端)与总线技术(RS485 总线)相结合的设计模式和方法,可以实现所有感知设备(传感器)与控制设备的数字化与总线化。为项目后期维护、改造、扩展奠定了良好的基础。

控制设备"自动"与"手动"的无缝切换。智能型设备控制器(手自动一体控制器)可在现场随意使用手动操作或远程操作,控制器根据操作优先级智能判断操作指令,可以提高操作的便利性和系统的学习成本。

温室多因子协调智能控制系统。包括温室控制系统硬件的高可靠性技术、温室配电控制柜、手自一体化控制器、工业级嵌入式采集控制终端、高精度数字传感器和传感网络的可靠组网技术、温室控制系统云平台物联网系统等。

3.兰桂骐数字化农业示范基地

(1)基地情况

兰桂骐已在崇明建立 15 000 平方米的智能化温室、大田基地 1 000 余亩。主要将信息化技术集中应用在智能温室和智慧大田两个领域。智能温室应用瓦赫宁根大学的数据模型模拟技术及成套智能化管理技术可以实现温室的高效产出。在自有大田基地以高标准农田建设为基准,探究集空天地技术为一体的农情感知技术路线,技术将集中应用推广到大田生产管理中,形成一套基于人工智能技术的大田生产综合监测管理系统。

(2)推进路径

智能温室信息化技术。智能温室按照模型模拟、栽培计划制定、模型数据指导、栽培环境与水肥控制、实际数据反馈模型、栽培方案实时调整的生产路径实现高效节能生产。

大田融入的各种高科技手段(如卫星遥感、传感器等)。多维度、多尺度、高分辨率的技术应用保障农情感知的高时效性和高精准性。

利用系统分析方法和计算机模拟技术的作物生长模型。其对作物生长发育过程及其与环境的动态关系进行定量描述和预测。基于预测的数据,制定出合理的、最优化的栽培计划。

4. 光明食品集团上海农场数字化农业示范基地

(1)基地情况

瞄准全国智慧农场"新标杆"的发展目标,坚持将"物联网、云计算、移动互联网、大数据"技术与传统农业相结合,推进企业数字化转型,全面服务农业的生产、经营、管理和企业客户、员工的体验,探索信息化与农业现代化融合的新路径、新模式和新经验,努力深耕"云时代"下的"智慧农场"。一是服务经营,搭建农业信息化平台;二是服务管理,构建数字企业体系;三是服务生产,构建智能决策体系,构建1+2+4+N的信息化整体网络,包括万亩无人农场示范基地建设、万亩现代渔业物联网技术集成示范基地、建成上海农场种养殖一体化平台、建成日产10万学生餐中央厨房综合指挥管理平台;四是服务用户,构建精准营销体系。

(2)推进路径

万亩无人农场示范基地。依靠研发大田智能灌溉系统、实现农业管水的无人化;构建智能精准监测系统,实现农业监管的无人化;构建智能装备系统,实现农机作业的无人化;研究肥水一体化系统,实现生产用肥的无人化;推广智能粮库系统,实现粮食收储的智能化;构建农业生产基础信息系统,实现生产管理的智能化。

万亩现代渔业物联网技术集成示范基地。依靠集成养殖水质在线监控系统、集成无线集中智能控制系统、集成养殖生产视频监控管理系统、集成养殖生产全过程信息化管理系统等技术。

五、加快推进上海农业数字化转型的保障性措施

1. 加强顶层设计和组织推进

坚决把农业数字化转型作为上海发展都市现代农业和增强农业核心竞争力的必由之路和有效抓手,强化城市数字化转型对农业数字化转型的带动作用,按照全市统一部署,深入开展农业数字技术路线图研究和农业数字化趋势研究,制定中长期农业数字化转型愿景和技术路线图,研究编制三年行动计划,形成指导近期与中长期的顶层设计。特别要为全面实现数字化转型构建组织推进体系和配套机制。把云平台系统开发应用和智慧农业项目场作为农业农村部门全力推进的全局性重大标志性项目,一把手挂帅,市、区联动,聚力推进。要围绕农业数据资源的基础底座建设、农业生产经营的流程再造和农业全生命周期管理服务,积极推进以数字化为导向的体制机制改革,统一数据规范标准,从农业生产管理、农产品营销、行业监管等方面,进一步优化业务应用系统开发。

2. 夯实农业云平台建设中的基础底座

农业云平台建设是农业数字化转型的最大应用场景建设项目。这个基础底座,不

仅包括了基于数字技术应用开发的平台系统,还包括了基于大数据共享的农业资源环境基础数据汇集体系,基于传感、智能、移动的农业生产经营数据直报系统等。要采用最先进的数字技术搭建农业云平台系统,建立基于整体政府、智慧政府的农业资源大数据池,建立覆盖所有农业企业、农业合作社、农户以及农业第三方服务机构、农产品电子商务和公共管理机构的即时动态数据采集系统。对农业农村部门来说,最亟待攻克的是建立全覆盖的即时动态数据采集系统,其中既有采集技术推广应用问题,还有基层数据采集的协调和政策激励问题。

3. 加强政策聚力增强数字化转型动能

要把城市数字化转型的重大配套政策、重要应用场景建设项目尽可能覆盖或考虑到农业农村领域,推动城乡信息基础设施和技术应用一体化,缩小城乡"数字鸿沟"。在农业数字化转型领域,要研究推出系列配套政策,如把数字技术在农业领域的应用开发作为农业科技创新、乡村产业振兴的关键核心予以支持,对实施智慧农业试验的农业经营主体推出专项资助政策,对设置数据采集设施设备的农户提供必要的奖励政策等。对于云平台基础底座开发及数据采集系统建设,要加强资金保障,强化机制创新,提高融合、挖掘效率。对于引进开发农业智能化设施设备和软件系统的,要设立专项资金予以必要的启动支持。

4. 建设与数字化转型匹配的人才队伍

加强数字技术人才培养,特别是在农业物联网、互联网、大数据等领域培养一批应用管理一线实用人才,充实各级信息中心、数据中心,增强数据资源协调能力。围绕智慧农业建设,引进和培育一批实验农场,促进农田向实验农场规模集中,把实验农场打造成吸引优秀青年人才创新创业的新载体。鼓励大中专毕业生、科技人员投身现代农业、投资创办农业数字化服务组织、农产品电商企业,扩大农业数字化专业队伍。

5. 构建数字化有效共享体系

包括了农业云平台的社会共享、数据资源的流动共享和数字技术的溢出共享。鼓励有关机构、企业开发特色化应用系统,打造专业化应用平台。着力在平台融通、数据互通、信息沟通上做文章,促进平台系统综合集成,数据资源互联互通,实现共建共享。提升手机 App、村级信息站、区镇数据中心功能,建立分级分类的数据共享准则。

附件 1:专题报告——国内外农业数字化转型的趋势及案例
附件 2:专题报告——上海农业数字化转型的重点项目

牵 头 领 导:张国坤　方　芳
牵 头 处 室:市场信息处　秘书处
课题组成员:王　振　宋海宏　方志权　陈　云
　　　　　　　林俊瑛　范佳佳　顾　方

专题报告

国内外农业数字化转型的趋势及案例

随着大数据、云计算、物联网、人工智能等新一代信息技术在农业领域的广泛应用，农业数字化转型已成为发达国家农业发展的主趋势。在我国，抓住了新一代信息技术革命的重大机遇，数字经济、数字生活、数字治理紧随国际大潮路，并与最发达的美国、新加坡、日本等并跑前行。在农业上，加快推进数字化转型也已成为全国性的发展大趋势。这里我们结合国内外农业数字化转型的典型案例，研判农业数字化转型的总体趋势。

一、信息技术全环节应用

数字新技术正在农业生产经营的各个环节得到开发应用，并引领农业的技术进步和生产方式变革。

比如物联网正从工业走向农业，催生农业生产经营的数字革命。物联网利用设备和材料上的传感器简化农业资源的收集、检查和全面分配。将传感器在农田中进行战略部署，再加上图像识别技术的帮助，可以让经营者在任何地方看到作物生长全过程。利用物联网获取的数据，可以对灌溉用水、土壤成分乃至农作物的市场周期需求进行大数据的分析和预测。有些传感器则可用于绘制产量图和收获文档。拖拉机和其他农业设备植入导航系统和各种传感器，可以精准预测农机损坏、维修时机，大幅减少机械停机时间。据思科公司发布的报告显示，仅物联网就能为农业创造 14.4 万亿美元的价值。

人工智能技术成为农业生物技术的重要创新驱动力。人工智能技术用于监测环境数据和农作物、畜禽生长情况，实现智能预防和管理病虫草害、疫情，减少经济损失。不仅如此，在一定程度上还可减少农药化肥使用，提升农产品安全性，减轻环境影响。云计算、大数据分析和机器学习等技术，还可以帮助筛选和改良农作物基因，达到提升口味、增强抗虫性、增加产量的目的。

农业领域中的机器人技术正在深入研发走向应用。机器人能够帮助提高生产率，并帮助提高产量和收获效率。一些机器人初创公司正在试验激光和摄像头技术，以帮助识别和清除杂草，减少农药使用。植物移植机器人、采摘机器人的出现，可以解决农业劳动力供给严重不足问题。

种植、养殖等领域正在推出更多覆盖全产业链的"智慧"项目。通过物联网、大数据、人工智能技术，把产前、产中、产后全环节的数据进行采集，通过拍照、视频，形成从田头、植保、检疫，到流通运输、市场交易、餐桌消费等全环节数据记录。

包含物联网的智联技术正在孕育而生。这一技术进一步把农产品的生产、物流、加工、消费链接起来，相互赋能。通过大数据、人工智能技术，实现各环节间的精准化对接，并通过精准的技术分析、市场分析，构建起从生产到消费的正反回馈路线图，精准引导各个经营主体、创新主体建立更加紧密的产业链、创新链融合体系。通过人工智能遗传算法和多目标路径优化数学模型,可对物流配送路径进行智能优化,完善生鲜农产品供应链等。

案例1－1　以色列:精准牧场管理

以色列对牧场的管理更为精确,由于本身没有像新西兰或西欧那样优良的天然草场,所以以色列的牧场基本是圈养管理,为奶牛提供调配好的饲料。虽然牛没有生活在蓝天下,而是生活在庞大、通风的牛棚中,产量却令人惊叹。以色列荷斯坦奶牛个头硕大,每头每年产奶量高达12 500升,目前欧洲的良种奶牛年产量只有9 000—9 500升,饲料调配、饲养方式和管理都是以色列牧场的长项。

通过数据信息管理系统以色列强化了奶牛饲养管理实现了奶牛养殖的高产、优质和高效。以色列多数牧场挤奶机都装备了牛场管理系统通过系统可时时收集数据、综合分析数据和自动生产数据分析报告。牧场管理者通过每天查阅分析报告实现了奶牛生产的精细化和标准化管理。如阿菲牧牛群管理软件内置各种生产管理报表外置各种感应单元可准确记录奶牛体温、采食、反刍、运动、休息、产奶、配种、治疗等情况。

以色列每头成母牛佩戴一个计步器通过时时监测运动情况的变化可及时发现发情奶牛。牧场挤奶厅安装管理系统可详细记录挤奶工的操作可自动控制脱杯、清洗等操作准确记录牛奶产量。另外在计量器和奶管之间安装"魔盒"可时时检测每头挤奶牛的乳成分、体细胞数、细菌数、导电率等这些信息直接传递到电脑上综合分析个体的产能和健康状况。如若体细胞数升高或电导率上升说明奶牛乳腺被细菌感染。

提供精密牧场管理的SCR工程设备公司戴在奶牛脖子上的监测项圈,能够非常精确地监控奶牛的一举一动。牧场管理者通过计算机就能了解每只牛的进食、反刍、运动情况,从而得知它的身体是否健康,提早发现患病牛只,为它提供绝无抗生素的治疗。另外,添加荷尔蒙在以色列完全被禁止,监测项圈准确预知奶牛的发情时间,减少奶牛的空怀时间,更多更好地产奶。

案例1－2　陕西杨凌:智慧温室大棚

杨凌示范区围绕农业4.0建设,全面启动了杨凌智慧农业谷建设,按照"一心(智慧农业服务中心)五园(世界农业之窗、智慧种业园、智慧果蔬园、智慧农业双创园、产村融合园)三区(国际企业家创新社区、综合保税区、智慧农业街区)"规划进行布局,总面积16平方千米,计划总投资110亿元。

杨凌智慧农业示范园是杨凌智慧农业谷的核心板块,总占地面积720亩,总投资4.6亿元。这里集成了1 000多项"国内领先、国际一流"的新技术、新模式,展示了全球领先的新设备、新品种,真正通过"杨凌农科"技术培训、示范、推广、交流、合作,已成为农业技术集成的"最强大脑",国际农业技术交流合作的"科技之窗"。

杨凌智慧农业谷的建设,依托新基建,运用卫星通信和定位、遥感、5G、大数据、云计算、物联网、人工智能、民用航空、区块链等技术,建立智慧农业服务中心,构建现代农业、未来农业智慧大脑,打造天空地一体化智慧农业支持系统,积极为现代农业发展做好引领和示范。

智慧温室大棚依托 5G 技术,将互联网、物联网、大数据、人工智能、云计算、地热新能源和自动控制等尖端技术深度融入应用到植物生长的各个环节。智慧温室大棚为蔬菜建立了基于'植物生长模型'的智能控制系统,应用 AI 学习方法,自动识别植物生长不同阶段的环境参数最佳区间,智能调控植物生长所需的水、肥、温、光、气,满足植物最佳生长需求,能有效提升劳动效率和作物产量。该技术减少的用工量是之前的四倍以上,同时还增加了种植产品的稳定性和抗风险能力,为数字赋能农业转型发展提供了方向。

案例1—3 重庆渝北:智慧"种苗工厂"

重庆嘉卉艺禾现代农业发展公司在重庆市渝北区兴隆镇新寨村建设了一处智慧大棚"种苗工厂"。该智慧大棚建筑面积 1 万平方米,棚高 6 米,长 108 米。远远望去,白色大棚棚顶在阳光的照耀下,与蔚蓝的天空交相辉映。棚内智能系统集温、光、水、湿自动控制于一体,采用全开窗屋面温室,配备人工光加光系统、空气能加温系统、水平循环风扇系统、智能肥水一体化精准灌溉系统、雨水回收系统等。

有别于传统的种植方式,在大棚内育苗,可不再受天气、技术等因素影响,可以根据实际情况,进行温度、光照、湿度的调节。同时,智慧种苗工厂配备了一套高速智能播种线,可以实现各类种子播种的高度自动化和智能化,每天可播种数百万粒;配备智能选苗补苗机器人,可以实现每小时 6 500 株以上的选苗补苗,极大地提高了种苗生产的自动化,节省了大量人工成本。

智慧大棚首批培育的蔬菜苗有莴笋、菠菜、豇豆、四季豆、南瓜、番茄、辣椒等春夏蔬菜和速生叶类蔬菜共计 60 万株,正分批移栽到渝北区"双十万工程"经果林套种蔬菜基地。

智慧大棚主要是引进荷兰的播种生产线、育苗生产线,在国际上都十分领先。智慧种苗工厂采用全球领先的穴盘育苗技术、人工光培育技术和水培技术,工厂化、规模化、智能化生产各类蔬菜、花卉、茶叶及其他各类经济林木种苗。第一期年可生产蔬菜、花卉、景观苗木、茶叶等植物种苗 5 000 万株,第二期达到年产 1.5 亿株种苗。项目完全建成后,可满足数十万亩蔬菜基地用苗及其他经济作物种苗,提高产量 15%～20%,亩增收 300 元—400 元,带动当地产业发展。同时,工厂化育苗可以规模化推广各类优良蔬菜品种,提高茄子、辣椒、西红柿等嫁接苗使用比例,提高产量,并解决连作导致的病虫害问题。待整个种苗工厂全部建设完毕之后,机器人智能育苗、手机远程控制、物联网技术将全部投入使用。整个智慧育苗工厂将会形成一个更加精细的生产车间,并设置一个"农业大脑",由大脑发出指令,执行创造出最适合农作物和花卉生长的环境的指令。

案例1—4 "渔管家"的智慧养鱼项目:信息技术赋能全产业链

2016 年 12 月,陆超平成立了"渔管家物联网科技有限公司",通过物联网技术,研发出了 13 套养殖装备,涵盖了增氧、投喂等重要环节。2019 年,陆超平的"智慧养鱼"项目落地南京农高区,共 250 亩,打造了一个现代化循环流水无人化渔场。通过构建仿生态水循环系统,不仅解决了水产养殖尾水污染问题,而且实现了资源化利用,变废为宝,增加附加效益。该技术符合国家水产绿色发展的方向,引领了产业向高质量、可持续转型升级。同时,通过物联网和人工智能实现了养殖过程的标准化和无人化管理,最大程度降低了养殖风险和成本。在南京农高区的一年多来,陆超平不仅带动了周边基地实现了技术模式升级,而且借助农高区的平台,将新模式推广到了全国 12 个省市自治区的 3 万多亩基地。

该公司研发核心技术平台"渔管家",项目以生态循环流水养殖模式为核心,以技术服务为抓手,旨在帮助养殖户解决由于水体污染严重、抗生素滥用导致的产量低、品质差、污染重三大痛点。"渔管家"基于流水养殖模式,融合了仿生态尾水处理和物联网两大核心技术,构建了陆博士生态流水鱼技术体系。帮助降低了养殖成本 20%,实现了养殖全过程的智能化、生态化、标准化,逐步形成了组织集约化、生产标准化、销售品牌化的产业融合模式,共拥有 19 项自主知识产权和 2 项企业标准。

案例 1-5 爱科农:人工智能技术赋能农业种植决策

智慧种植决策平台爱科农,利用人工智能技术和种植模型为农户提供精确到天的耕作建议,以数字化种植管理系统为农户提供端到端的解决方案,从而帮助农户整体性提升作业的科技水平。

爱科农基于机器学习与机理模型的植物—土壤—大气—人为管理这一整套闭环的分析模型,为种植户提供个性化的科学种植指导,帮助种植户降低投入成本、提高作物产量。其采用的 S2B2C 的商业模式已经得到市场的初步验证,通过赋能经销商来服务最终用户,并借此来进行供应链行业的改革,推动农业数字工具的落地,进一步提高行业效率。截至 2020 年,爱科农种植服务已累计服务 1 000 万余亩农田,主要覆盖区域为东北、西北和黄淮海等地区,目前正在拓展浙江省和四川省的经济作物市场。

案例 1-6 华为"农业沃土云平台":区块链技术赋能农产品溯源

华为推出的"农业沃土云平台"包括:农产品生产管理、稻米智能制造、农产品溯源和农产品智能分析四大功能,其提出的"四维改良法"是农业+智能的一个很好案例。"农业沃土云平台"可将分散的数据进行统一管理,灵活调度,从而实现了资源共享、按需服务。

农业区块链作为华为"农业沃土云平台"的重要组成部分,打通了从种子、农业生产、农业投入品、稻米加工、流通、食味等多环节,构建起从种子到餐桌的端到端的农产品溯源体系。同时,依托区块链技术所呈现的消费者画像也能指导生产者针对市场需求做出相应的调整。

二、生产经营全流程再造

对传统农业进行全方位、全角度、全链条的数字化改造,推动农业生产经营的流程再造,形成新的数字化场景、农业数字工厂,推进农业现代化,促进农业高质量发展。

基于技术创新的生产流程再造。农业企业、合作社等新型农业经营主体,借助其拥有技术、资本、市场优势,充分利用数字技术赋能农业生产和管理,推动生产经营全流程再造。比如,庆渔堂公司将物联网、大数据、区块链等技术融入传统渔业的创新做法,实现了科技与传统产业的创新融合,以及传统小散养殖户与现代渔业的融合。

基于数字化平台的管理服务流程再造。大数据、人工智能和互联网等在农业领域的广泛应用,实现了数字农业关键技术的突破,开发一批实用的数字农业技术产品,建立了网络化数字农业技术平台。比如浙江,通过打造山核桃云服务平台、白茶"一脑两平台"等,塑造品牌形象、提升区域竞争力、助推数字农业向前发展,这实际上也为区域特色农产品的高质量发展提供了思路。

基于电子商务平台的农产品销售流程再造。大数据与农村电商结合,进农村传统流通企业转型升级、业务流程再造、组织结构优化和基础设施完善,实现供给与需求的无缝对接,降低市场风险。比如,浙江台州的修缘果业构建了以"认种认养认购+电商"为主要内容的"天台大农场"新模式,对种养全过程进行个性化定制,实现农业"订单式"生产、一体化销售。

案例2-1　庆渔堂:浙江数字农业工厂试点

根据《数字乡村发展战略纲要》与浙江省委省政府数字浙江建设等部署,经县(市、区)申报、市级审核推荐和省农业农村厅组织专家评审,共确定杭州市等4个市、杭州市临安区等11个县(市、区)为数字乡村试点示范市县(包括今年3月获批全国数字农业试点县的德清县),浙江庆渔堂农业科技有限公司等72家主体为数字农业工厂试点示范主体。各试点示范市、县将重点在数字乡村的体系平台、技术应用、政策制定、制度设计、发展模式等方面积极探索,建立与乡村产业发展、行业管理服务能力、农民生产生活水平相匹配的数字乡村发展模式。

数字农业工厂试点示范主体则将着力提升数字化应用水平,在生产环境、生产过程、流通营销、质量安全、生态保护等环节,推进数字技术装备的系统集成与综合运用,发挥数字技术综合效能。庆渔堂公司将物联网、大数据、区块链等技术融入传统渔业的创新做法,实现了科技与传统产业的创新融合,以及传统小散养殖户与现代渔业的融合,彰显了农业数字化升级发展的强大魅力。三年来,庆渔堂物联网数字渔业服务平台注册用户由原来的5 000多户,增加到40 000多户,覆盖鱼塘超过50万亩,付费用户接近1万户,并不断提升养殖服务水平。更可喜的是,近期数字生态渔仓供应链服务取得重大突破,开始为上海等地提供安全优质的水产品,进一步帮助农民卖好鱼。

案例2—2　修缘果业:借助平台发展实地"认种认养"经营模式

浙江天台县共享农业乡村振兴计划,以农民增收为中心,积极探索农业互联网+新型模式,实现资源融合、资源共享,提升农业现代化、智能化,以特色产业助推乡村振兴。围绕农业提质增效,联动农户农企,统一种养、统一管理、统一营销,构建以"认种认养认购+电商"为主要内容的"天台大农场"新模式,对种养全过程进行个性化定制,实现农业"订单式"生产、一体化销售。天台县现代农业园区创新农业生产供销模式,强化城市虚拟"新农业"体验感,追求更高品质的农产品消费模式,凸显生态经济、特色经济的价值。引进中农批建设绿色农产品物流园,延伸"农合联"触角,形成"物流+种养殖基地+农户"直供模式

修缘果业依托天台全国电商百强县优势,2013年,修缘果业合作社以位于平桥镇的106亩葡萄基地为主,开始探索通过认种认养来实现消费者与农业企业的"双赢"。天台修缘果业合作社借助物农网平台发展订单智慧农业,推出全程参与式的"认种认养"新模式,并提出了在现有的模式上进行深化认养,做到"个人定制认养"模式,再结合周边农业打造天台大农场,带动周边村民增加收入。目前,800多亩流转土地实现认种,收益农户达8.3万人,实现了经济效益和社会效益双丰收,积极探索走出乡村产业振兴新路径,每年盈利达30余万元,比传统经营方式获利多一倍以上。

案例2—3　山核桃云服务平台:浙江临安山核桃产业实现数字化变革

自浙江省杭州市临安区获批浙江省首批"数字乡村"试点示范县,之后一直不断推进数字技术与农业农村经济的深度融合。山核桃作为临安区特色产业,如今已完成云服务平台建设,形成了产业融合发展示范。

为实现数字赋能生态化治理、病虫害防治、产业加工销售和品牌建设,临安区于2020年9月正式着手搭建山核桃云服务平台。"短短几个月,已建成6个山核桃示范基地,共计2 200亩,铺设6种传感器以及多个球机、鹰眼等监控摄像头,实时监测山核桃林生长情况,并接入260家加工企业的安全检测信息等数据,以及淘宝、天猫等销售信息。该平台汇聚了山核桃第一、二、三产业全产业链数据,构建了产业资源智能管理、病虫害智能预警与防治、电商大数据科学决策、森林资源一张图等板块,不仅能够实现政府对全区山核桃产业数据的互联互通,还能为林农和合作社提供病虫害防治、测土配方数据、实时监测病虫害预防等服务,提高防治效率,为生产加工企业提供消费者画像,提供数字化依据。

未来将建更多的山核桃数字赋能示范基地,涵盖东、中、西,高海拔、低海拔、中海拔基地,更全面地掌握山核桃一产的基本情况。"同时要做山核桃的水籽交易中心,掌握更多原料交易信息,第三方面还要对接山核桃销售企业,接入更多销售数据,实现山核桃产业的机制创新与数字赋能。

案例2—4　白茶"一脑两平台":浙江安吉构建白茶数字化管理体系

为了更好地加强安吉白茶原产地保护,提升品牌价值,保障安吉白茶经营企业和农

户利益,安吉建成了安吉白茶数字化管理体系。2021年这一体系正式启动运行,这标志着安吉白茶产业数字化管理模式步入新阶段。

安吉白茶数字化管理体系是以构建"一脑两平台"的全程全域数字化管理体系,打造安吉白茶可视、可控、可追溯的大数据综合管理体系。其中,"一脑",即安吉白茶全产业链大数据中心,"两平台",包括信息化公共服务平台、大数据交易平台。

安吉白茶数字化管理体系的功能主要有三个方面:

第一,摸清底数,夯实工作基础。对全县茶园开展数字测绘图斑入库,1.3万多户茶农精确匹配数字地图全部完成确权登记,在安吉白茶核心生产基地安装全景可视化视频监控、农产品质量监测等智能管理装备,实时动态采集茶园信息以及数字化管理,助推政府科学决策、合力管理。

第二,构建系统,强化原产地保护。依托安吉白茶茶园测绘数据,将茶园面积和茶园主体进行关联,合理确定每户茶园的青叶和干茶总量,实现交易总量和资金的同步划转,达到总量控制目的。安吉白茶青叶、干茶交易必须使用安吉白茶大数据交易平台,确保原产地安吉白茶总量可控、交易可查。

第三,大数据分析,助推数字赋能。平台数据全部归集白茶产业大脑实现动态管理,实现白茶产业资源分析、病虫害预警管理分析、加工过程分析、市场管理分析等多方面功能,确保了从茶园生产管理、储运交易、加工包装等环节全程数字化管控,以"数字赋能"推进安吉白茶产业创新发展。

案例2-5 重庆荣昌国家级生猪大数据中心:实现生猪全链条全程数字化监管预警

国家生猪大数据中心是农业农村部批准建设的全国首个畜牧单品种大数据服务平台,是立足"国家平台、公益主体、科技创新、推动产业、服务市场、造福三农"目标定位,致力于打造服务政府决策和生猪产业发展的国家级公共平台。

第一,充分利用互联网、物联网、大数据、区块链等现代信息技术,实现了生猪全链条全程数字化监管预警,破解了行业部门生猪监管难题,并充分发挥农业农村部智慧农业试点示范作用。

第二,从生猪完整的产业链角度出发,以大数据可视化呈现的方式,从猪品、养殖、屠宰流通、消费价格、交易、科技创新、生猪金融等各个环节入手,通过数据采集分析挖掘与建模,搭建生猪全产业链各环节的大数据应用场景,用权威的大数据指导企业生产、惠及民生福祉、帮助政府决策。

第三,积极探索"企业+农户+扶贫+集体经济+科研+智慧养殖"的一体化模式。该中心通过物联网5G技术、智能化管控等数字化设备对生猪实行精准饲喂、智能环控,形成了生猪养殖"喝糊糊、饮温水、睡温床、享空调、全可视、智能管"的荣昌生猪养殖示范中心。

三、线上线下全方位对接

数字新技术的出现和广泛应用,很大程度上促进了农业产业链条的延伸,促进农业内部的一二三产业融合,实现农业服务、生产者和消费者、产业链上中下游的全方位对接,形成了一系列新产业、新业态。

服务需求的线上线下对接。借助新一代信息技术,围绕物联网现场监控、精准农业天气、农业大数据、农业无人机等开展科技创新,数字农业新科技企业精准对接农业产中具体需求,开展订单作业、"田管家"服务,受到新型农业经营主体及小农户的广泛欢迎。比如,美国机器人公司 IronOx 于 2018 年推出室内农场,整个种植过程是全自动的,还有植物生长监控系统、传感器系统和水培系统,机器人能够自动完成种植和收割等一系列操作。比如,最有代表性的极飞科技,从无人机智慧植保发展到智慧农业全产业生产线,全面布局数字农业科技服务,服务面积超过 6.2 亿亩次。比如,在浙江平湖以数字农合联建设为核心,打造以数字化服务生产合作、供销合作、信用合作为主要内容的一站式公共服务平台,推动生产服务、供销服务和信用服务的全面升级。

生产者与消费者的线上线下对接。互联网、大数据、人工智能等新一代信息技术与农业的深度融合,推动了电子商务平台的发展、电商的兴起,为农业的共享提供庞大平台基础;互联网和大数据的融合,为中国农牧业提供了精准化的信息支持。近年来,随着共享经济兴起,"共享牧场"进入农业领域。该模式是消费者通过平台认领鸡、鸭、鹅等,用户可在手机上通过设备观察到农户对小羊的喂养,以及领养人网络实时监控小羊的生长状况,实现"共享"牧场;并可以随时同委托的电子商务公司联系通过快递品尝到绿色新鲜的鸡鸭鱼肉等,农户也从传统农牧业养殖模升级发展增加收入。该模式一方面淘汰掉中间环节,另一方面还要真正做到"共享",为农业,为牧民真正起到帮助作用,有效地实现了农产品销售的线上线下全方位对接。

基于供应链金融的线上平台线下市场对接。基于区块链技术的供应链金融,可以解决农产品上行中的诸多问题,最大限度地消除信息不对称,提高整个产业链的信息透明度和及时反应能力,实现整个产业的增值。其中,华为基于区块链技术的推出的"农业沃土云平台",该农产品追溯系统,所有数据不可篡改,使得信息更加透明、真实、准确。蚂蚁金服与科尔沁牛业合作,通过蚂蚁金服提供的供应链金融方式,可以有效地解决农户在生产经营过程中资金难题,也通过阿里旗下的线上新零售平台拓展了下游销售市场。

案例 3—1　美国 Iron Ox 室内农场

农业科技公司 Iron Ox 由 Brandon Alexander 和 Jon Binney 创立于 2015 年,总部位于美国圣卡洛斯,旨在用机器人实现自动化农业种植,提高农作物产量。Brandon Alexander 曾是 Google 的网络工程师。

Iron Ox 花了两年半的时间来研发农业机器人,终于在 2018 年设立公司第一家完全自主生产的室内农场,在水培盒中种植蔬菜。该公司已正式推出位于加利福尼亚州吉尔罗伊的室内农场,该农场的种植面积为一万平方英尺。新推出的农场已经开始向全州的许多零售商和餐馆提供蔬菜,包括知名公司 Whole Foods 和小公司 Bianchini's Market 等,还计划明年在全国范围内扩大交付量。Iron Ox 已经研发出两款农业机器人,名为 Angus 和 Iron Ox,Angus 重一千磅,体形相当于一辆汽车的大小,负责拾取和运输托盘。Iron Ox 机器人是机械臂,负责播种和移植的精细操作。Iron Ox 的室内农场已经可以种植莴苣、毛莨、甘蓝、罗勒、香菜和韭菜等绿色蔬菜。

整个种植过程是全自动的,Iron Ox 有自己的植物生长监控系统、传感器系统和水培系统,机器人能够自动完成种植和收割等一系列操作。Iron Ox 的室内农场每年可以生产约 2.6 万株植物,年产量为室外农场的 30 倍,同时使用的空间更小。但是室内农场的种植也存在耗电过高、公司成本过高的难题。

案例 3—2　三江无人化农场试验示范项目

2019 年 10 月,碧桂园和北大荒与黑龙江省建三江管理局联手在二道河农场建设 1 000 公顷的大型无人作业示范农场。计划用 3 年时间,重点进行农机作业无人化试验示范,构建一套主要农作物耕种管收运全流程无人化作业和无人化农场建设运营的系统解决方案。目前,该型无人作业示范农场已经进入实验阶段。

北大荒建三江和碧桂园农业联合组织实施的这个无人化农场试验示范项目,是目前国内外针对主粮作物的规模最大、参加试验示范的农机设备最多、作业环节项目最全、无人化技术最先进、农机田间作业无人化程度最高的一个无人化农场项目,也是迄今为止全球首个超万亩的无人化农场试验示范项目,项目将带动中国现代化大农业加速发展,为中国农业转型升级、实现高质量发展注入强大动力,将在我国现代农业科技发展进程中具有里程碑式的重要意义。

项目实施近一年来已初步取得了系列成果,先后有 17 家国内外农机企业共计 39 台件农机设备参加了作业试验示范,完成了玉米大豆水稻三大农作物 20 多个作业项目的试验示范任务,预计到秋季作业结束全年累计可完成田间作业面积 16 000 亩。这次农机无人驾驶作业现场演示会不仅标志着碧桂园与北大荒联手打造的无人化农场试验示范项目取得了重要进展,也为下一步探索构建全流程无人化作业的系统解决方案打下坚实基础。

农业物联网与大数据中心和无人化农场项目农机管理云平台是无人化农场项目的"大脑中枢"。30 个显示器组成巨幅电子大屏一方面可以显示通过各种设备、各类传感器和摄像头上传的田间土壤、农业气象、空气温度与湿度等信息,同时每一台农机设备的作业状态、作业数据、卫星定位、作业轨迹等信息都能实时出现在屏幕上。工作人员可远程监控无人化农机设备在不同的田块内进行自主生产作业。

案例 3—3　极飞科技:无人机服务棉花生产

极飞科技在 2013 年将无人机运用在农业之中,转型为农业无人机公司。该公司通过研发无人化农业技术,推出农业无人机、农业无人车、农机自驾仪、农业物联网和智慧农业管理系统等产品,对农业生产各环节进行数字化作业、精细管理。到 2020 年年底,其 6.6 万架农业自动化设备已累计服务近千万农户、7.8 亿亩次农田,遍布全球 42 个国家和地区。在提高农民生产价值、提升农业行业效率的同时,推动了农业的"低碳化"。

2021年4月,在新疆举行"超级棉田"发布会,启动国内首个无人化棉花农场项目。来自极飞科技的两名90后员工,将借助机器人、人工智能等高科技手段,管理3000亩高标准棉田,以验证无人化管理模式应用于大规模种植场景的可行性。该项目预计亩产量超过300千克,今年可收获900余吨的优质新疆棉,带来200万元以上的预期收益。

案例3—4　日本共享牧场:MYFARM 株式会社

MYFARM 株式会社成立于2007年,以"创建自产自销的社会"为目标,从共享体验农园到农业培训学校,从农产品的种植、流通与销售到农业业务咨询服务,为农业全产业链企业提供解决方案。拥有日本历史最悠久、数量最多的共享体验农园(110个),拥有毕业生最多的民办农业培训学校(1 500名)。在80后创始人兼首席执行官西辻一真的带领下,经过10多年的艰辛创业,MYFARM 着眼于农业领域中"人、事、物",怀抱"让农业更有趣,让更多人爱上农业"的美好愿景,走着一条独特的农业创新之路。

案例3—5　美菜:提供全供应链的平台服务

生鲜供应链基础设施平台美菜,通过建设信息化的农产品供应链,推进源头直采,帮助农民解决销售难题,同时为大众带来优质生鲜产品;美菜网提供的应用,能够让餐厅经营者通过智能手机从农户手中直接预订白菜、茄子等蔬菜。

美菜与全国多个大型基地、多家全球知名加工厂合作,构建农产品供应链,提供从原料、采购、生产加工、物流配送、数据、金融等全供应链的平台服务,源头直采,通过全国物流网络的规模化运营,缩短中间流通环节,给消费者提供品质稳定、价格实惠的农产品。在农业上游,美菜积极响应国家乡村振兴号召,建设信息化的农产品供应链,推进源头直采,帮助农民解决销售难题;在餐饮消费下游,美菜为大众带来优质、高性价比的生鲜产品。

在农产品价格下行、农民卖菜难的背景下,美菜为合作社等中小卖家开放平台,与海量餐饮商户直接对接,让卖家更便捷地将蔬菜从源头送上城市餐桌。美菜提供成熟的营销、物流支持,同时将城市消费数据反馈给种植源头,帮助卖家实现自主定价、自主销售。

美菜积极响应国家乡村振兴号召,建设信息化的农产品供应链,推进源头直采,帮助农民解决销售难题;在餐饮消费下游,美菜为大众带来优质、高性价比的生鲜产品。通过源头直采,美菜产品更丰富、优质;借助稳定、高效的农产品供应链,美菜把蔬菜从田间地头送到城市餐桌,既解决了农产品销路,又有效降低千万家餐厅食材采购成本,保证食材的安全、新鲜、健康,带给老百姓实惠、安全又放心的新鲜菜。

案例3—6　蚂蚁金服 & 科尔沁:生鲜新零售业态下的供应链金融模式

科尔沁牛业通过蚂蚁金服提供的供应链金融方式获得足够的资金。具体情况是这样的:由蚂蚁金服提供纯信用贷款给科尔沁签约的养殖户(农户)或合作社,该笔贷款通过农村淘宝的农资平台定向购买科尔沁指定的品种牛及其他养殖所需的饲料。

当肉牛出栏后,科尔沁向养殖户进行收购,而收购款项将优先偿还蚂蚁金服的贷款;而科尔沁将肉牛屠宰、加工后,产出的生鲜牛肉及牛肉制品通过天猫生鲜平台进行销售。当然,天猫生鲜主要采取线上为主的生鲜新零售模式。在整个过程中,蚂蚁金服与中华财险联合,为农牧产业龙头企业提供新的解决方案,通过保证保险增信方式获得低成本、高效率的融资。

该合作模式中,养殖户/牧民获得的贷款并不是现金,而是在淘宝农资农具平台上购买涉农产品的额度,即"贷钱换物"。同时,从贷款到购买农资农具,到养殖销售,都在阿里生态内的数据平台上有显示,可以实现从"贷"到"销"的数据监控,为食品安全提供数据回溯的基础。

蚂蚁金服通过阿里生态内的数据平台数据,保证了供应链金融贷款融资的可靠性,并对科尔沁牛业整个供应链运作进行监控;与此同时,对于科尔沁来讲,科尔沁在蚂蚁金服的帮助下不仅解决了上游生产中的资金短缺问题,也通过阿里旗下的线上新零售平台进行销售,拓展了下游销售市场。因此,科尔沁通过蚂蚁金服的供应链金融贷款的合作,对合作双方来讲是双赢的合作行为。

四、管理服务全生命周期

围绕农业生产经营主体成长全过程、农产品生产经营全过程、农业生产空间生态环境治理全过程,借助数字技术和数字平台,提供广覆盖、全链条、协同化的全生命周期管理服务,包括了规划、政策、服务方案的制定、实施、评估、修订、再实施,也包括了土地、技术、资金、人才、数据等资源要素的供给。

为农业生产经营主体提供全生命周期管理服务。以农业盛业生产经营主体为对象,汇集其从创业或承包农田到成长壮大的全过程数据,从农药化肥需求、各项生产服务需求到农产品销售服务需求、融资服务需求、技术服务需求的全需求数据,建立数字化的精准评价体系,对应不同类别的主体及各类特定服务需求,通过农业云平台、服务App,提供全方位、多选择、精准化的政府支持和专业服务。

为农产品生产经营提供全生命周期管理服务。以特定农产品为对象,运用物联网、智联技术、溯源技术、云计算技术等,对农业生产的生态环境、投入物、育种、种植(或饲养)、植保(防疫)、施肥撒药、采收、加工、运输、消费等全过程进行感知、记录、传输、融合和处理,实现农产品"从农田到餐桌"的全程管理、全程服务、全程追溯,实现线上监测监管和线上绿色认证。

为农业生产空间提供全生命周期管理服务。基于农业农村基础资源数据体系和地理空间信息系统,统筹农村生产、生活、生态三大布局,统筹高标准农田、园艺场、养殖场的规划、建设与管理,提高规划的前瞻性和空间合理布局,实现建设的高标准和高质量,构建网格化的空间治理"一张网",实现标准化、精准化、扁平化管理服务。

案例4—1 浙江平湖:构建数字农合联为农服务新体系

数字农合联是数字化改革和数字浙江建设在农合联的实际应用。作为"新仓经验"的发源地,近年来,浙江省平湖市不断深化"三位一体"改革,以数字农合联建设和应用为抓手,加快打造以数字化服务生产合作、供销合作、信用合作为主要内容的一站式公共服务平台,推动生产服务、供销服务和信用服务的全面升级,加快构建数字农合联社会化服务体系。2019年,平台上线试运行,2020年完成二期建设,平台目前已有用户3.1万名,服务超66万次。

第一,搭建统一平台,完善"三位一体"数字化综合服务体系。加快推进农合联服务数字化转型,联通生产主体与部门机构、农服企业、种植专家、市场终端、消费者之间的数据对流,完善生产、供销、信用"三位一体"线上一站式服务供给,推动农合联服务管理和管理服务新模式逐渐完善。加大涉农信息资源、服务资源整合力度,逐步上线农技指导、农机服务、劳务服务、电子商务、庄稼医院、金融保险等涉农业务,实现部门与生产经营主体之间、生产者与消费者之间的信息交互,实现农合联会员联合合作供需内循环。浙江绿迹农业科技有限公司通过平台用户端实现生产资料、农事作业和人力资源等生产基地数字化自我管理,利用平台的"三位一体"线上一站式服务模块,销售基地自产农产品,采购其他农合联会员提供的农资、农机、农技、劳务、销售、物流、贷款、保险等相关服务,实现数字化服务供需内循环。同时,实时接收市场消费反馈,调整种植计划,实现提效增收。2020年,实现农产销售收入412万元,减少农资使用28.6%,常年用工人数由28人降至19人,降低人力成本33%,净利润同比增长21.7%。

第二,拓宽场景应用,构建农产品数字供应链生活服务体系。以数字农合联作为服务数字化高品质生活载体,以"金平湖"农产品智慧流通物联中心、种源品控中心为实体抓手,建设品控分拣体系、智能物流体系、无人零售体系、冷链仓储体系,通过5G、人工智能等新技术的综合运用,打造智慧农产品流通品控体系。融合发展"金平湖鲜到家"掌上菜场、新零售社区门店、社区智能终端柜、无人零售网点、云农博等农产品数字供应链网络,推广农产品"生鲜电子商务+冷链宅配"服务新模式,促进农产品销售便捷化、精准化、智慧化,拓展农产品销售渠道,优化消费环境,提升农产品消费体验。平台通过物联网实时获取农产品生产过程、农资使用、农残检测、物流跟踪等全链条数据,实现蔬菜、水果、食用菌等14种品类农产品信息一码追溯,推动农产品生产关键环节信息公开化、透明化,保证农产品质量安全可控。目前已完成部署"金平湖鲜到家"掌上菜场、3家无人零售店、13家新零售社区门店,完成供需订单18 932笔,零售订单132万余笔,交易金额超4 000万元,数字生活网络覆盖全市主要生活区域。

第三,跨界业务协同,构建农资"进销用回"生态服务体系。与农业农村局加强协同,通过平台融合农资实名制购买、规模生产主体农资使用记录、农药废弃包装物和农膜回收等业务,构建农资全程可追溯体系,以数字化手段实现农资购买"实名制"、使用"定额制",结合有偿回收、总量控制,实现农药"进—销—用—回"闭环数字化管理。通过信息数据化、购销实名化、监管实时化、服务网络化,规范农资经营秩序,引导鼓励消费者精准减量用药,从源头上保证农产品质量安全,有效解决农药废弃包装物、废旧农膜造成的农业面源污染问题,提高农业投入品的使用效率,驱动农业全要素生产率增长,切实保障农产品质量安全。目前,78家农资经营单位已全部完成人脸识别一体机信息化终端改造,100%建立购销、回收记录电子台账,农药实名制购买覆盖率100%,全市农药包装废弃物回收率和处理率达100%,农产品质量安全监督抽检合格率达98%以上。截至2021年3月底,实现总订单172 345笔。

第四,推动服务升级,构建农业主体供应链金融信用服务体系。平台立足大数据采集处理,打破数据壁垒,归集生产能力、技术水平、往年业绩、订单流水、基础资信等数据,形成农业生产主体的信用积分。金融机构根据信用积分在线评级,评级结果作为涉农免抵押信用贷款的授信依据。与金融机构共享农业生产主体的历史信用、资产状况、风险等级等信息,有效解决信息不对称问题。对接银行、保险公司等金融机构,清单化展示涉农贷款产品的利率、额度、期限以及农业保险的险种、金额、投保范围等,实现供需双向选择和业务在线操作。创新金融服务,与农商银行合作推出定制化供应链金融产品"金准贷"。2020年,平台汇集涉农贷款产品6个、保险4类,累计在线办理业务78笔,为32个农业生产主体提供贷款317万元,"金准贷"对"金平湖"品牌整体授信10亿元。

案例4-2 江苏常熟:构建农业数据资源中心

第一,构建体系抓基础。构建以农业数据资源中心为核心,综合服务系统、融合经营系统、精准治理系统、运行维护系统为重要内容的系统基础格局,重点加强统筹各类农业资源要素数据和服务应用载体平台建设,为防止和克服信息低利用、内容不配合、外部少应用等问题奠定基础。常熟市投入768万元建设农业数据资源中心、云服务管理支撑平台等框架性基础建设,凸显"五个统一":统一的数据资源标准、统一的用户账号体系、统一的软件架构体系、统一的信息安全管理、统一的用户体验标准。农业数据资源中心,已逐步构建了符合县域实际的数据资源标准规范(含数据目录),并深入探索数据收集机制,以农业综合统计和系统对接为主实现数据融入,初步形成归集管理和质量保障体系。云服务管理支撑平台,采用阿里云的分布式微服务技术,为智慧农业搭建开放、高效、稳定、安全、易用的微服务平台,目前已完成UI设计和用户体系构建,依托持续归集的地块权属、涉农主体等数据信息,实现人脸识别、单点登录、市民卡认证等功能。借助以上应用,针对农药管理平台存在的问题进行小幅度改造,提高购买需求合理性,并实时生成销售记录,存储至智慧三农数据资源中心,以供后续农药溯源。农业地理信息,简称"农业一张图",通过厘清涉农资源类型、名称数量及相互间逻辑关系,比对叠加不同图层,实现农业管理分析调度。借用飞机航拍和卫星遥感等技术手段,对全市农业用地进行适宜的最小单元划分编码,农田(池塘)精确到田埂级别,并持续录入种养殖属性、地块面积、承包权信息、经营权主体信息、实际经营主体信息等地块属性。依托农业综合统计,归集所有涉农主体信息,并录入至地块背后,通过绑定对应地块,结合地块背后其他属性,有效地将传统涉农业务对人、地、事、物的单维度管理转向统筹联动管理,为各要素间关系提供纽带,提升数据精确性和实效性。并通过市—镇—村三级上报、科站所直报、经营主体直报等多种形式的归集方式,为传统综合统计工作打造新模式,简化明确工作流程,助力推动网格化管理,并为上下级的数据联动共享探索了新方式。

第二,以点带面抓应用。在初步建成农业数据资源中心的同时,常熟市坚持典型引路,以点带面地应用和推广数字技术,提高农业现代化水平。积极推动"智慧农业"示范基地建设,引导经营主体由传统生产经营模式向精细化、数字化、智能化方向改造,现已创建苏州市示范基地7家,省级示范基地4家。为促进高效节水灌溉,不断加大投入,引进实施了自动化控制蔬菜喷微灌、田间作物需水量远程检测系统、泵站远程控制监测系统、泵站防盗监控等先进技术,并建立计算机数据采集和农田喷灌自动化控制系统,较好地实现了计算机自动控制和精准喷灌、信息化服务,灌溉定额显著下降,经济效益明显增加,并在创建"国家高效节水灌溉示范县"中获得好评。设施草莓移动架式栽培,配套局部温度调节、水肥一体化灌溉和环境调控等技术,已在常熟国家农业科技园区推广应用,提高温室面积利用率50%左右,加温能耗减少35%,农药使用减少38%,经济与社会效益明显,被农业农村部推介为"2019数字农业新技术新产品新模式优秀项目"。持续推进"信息进村入户工程",获评农业农村部信息进村入户试点县(市)和2017年百家案例,借助已建150个村级信息社,近2年提供信息服务100多万人次,便民服务3万多人次,培训服务近万人次。同时积极发展农村电商新业态。2018年农产品线上销售额2.83亿元,较2017年增长15%,2019年达3.13亿元,又比上年增长10%以上。

第三,拓展领域抓服务。由生产经营领域向管理服务领域拓展,推动乡村治理的数字化进程。为改善"三资"管理,重视打造全市农村集体资金管理数据平台,以"制度嵌入+过程留痕+信息公开"为着力点,对230个行政村的收支路径全方位监督,规范了流程,提高了资金使用效率,资金管理的群众满意度得以提高。农村集体资金管理数据平台被评为"全国县域数字农业农村发展水平评价创新项目"。

第四,筑好屏障抓安全。成立信息网络安全工作领导小组,编制农业农村信息与网络安全管理办法,组织相关人员参加网络安全业务知识培训,启动网络安全情况检查,组织开展技术检测与风险评估,逐步落实安保测评工作。

案例4-3 河北石家庄:智慧农业大数据展示体验中心

近年来,石家庄市政府高度重视智慧农业发展,坚持以推动互联网技术在农业全产业链的深度融合为重点,加速推进智慧农业建设,全面提升农业信息化水平。石家庄市智慧农业大数据展示体验中心按"1+2+4+N"("1"是指一个石家庄市智慧农业综合支撑服务平台;"2"是指智慧农业大数据云计算中心、智慧农业应急调度指挥运营服务中心;"4"包括三农综合信息服务体系、石家庄电子政务应用综合业务体系、农业电子商务体系、石家庄三农舆情监测预警体系4个体系,"N"代表37个业务支撑系统)的框架搭建。一个平台支撑了整个智慧农业大数据,两个中心形成数据管理池,四大体系在市、县、乡、村整个铺开,互联互通,纵横交错,形成农业行业精准服务。四大体系+N个系统打通数据上传通道,数据源源不断地上传到农业大数据形成农业云,从云到客户端,服务农业全产业链。

智慧农业大数据展示体验中心集办公、监管、预警、技术推广、综合服务、应急指挥于一体,通过智慧农业的建设实现跨层级、跨地域、跨系统、跨部门、跨业务的协同管理和服务,为加速推进石家庄智慧农业建设,全面提升农业信息化水平和现代农业发展提供了有力支撑。第一,以推进农业生产智能化为目标,突出工作重点,着力创建以物联网为支撑的现代农业发展新模式

第一,通过建立试点,推进整区示范,打造"互联网+农业"样板区,大力推进农业物联网技术应用,实现了重点突破、示范引领,稳步推进智慧农业的发展。目前,全市以藁城区为重点,针对大宗作物,建立了万亩示范方及设施蔬菜、果品种植、畜牧养殖等农业物联网应用体系。比如,藁城区农业高科技园区的智能温室物联网采集器可根据菜农提前设定的指标,对温湿度进行预警。当大棚温湿度超过或低于设定的标准值时,自动向智能监控系统反馈数据,系统随即控制卷膜器开启或者关闭,自动采取大棚通风、降温或保暖等措施,使温室大棚始终保持最适宜蔬菜生长的温度和湿度。通过控制室电脑操控,不仅可以自动控制棚室的温度、湿度,还实现了水肥一体化的自动定量供给、蔬菜病虫害远程诊断等,立体化、多功能、全方位的数字化管理系统在这里大显身手。

第二,围绕科学施肥、精准施药、育种与产业结构优化布局等实际生产决策需求,在鹿泉、藁城、正定、新乐、灵寿、赞皇、元氏、高邑、栾城、赵县、晋州等11个县(市、区)建立了区域站物联网示范点45个,重点突破土壤肥力感知,病虫草害感知,农作物、动物本体感知技术的大规模系统集成,通过实时视频远程调度,实现对辖区内重大动植物疫病、疫情等自然灾害的应急处理。

第三,以农产品质量安全二维码追溯平台为依托,开展农产品质量追溯应用试点30个,对重点企业、重点园区的农业生产状况实时监控,实现农产品信息可共享、来源可查询、流向可追踪、质量可追溯、责任可追究,实现农产品质量追溯和应急处置的指挥调度。

第四,在政府宏观管理层面上,该市着力搭建电子政务综合移动办公平台和农业舆情监控平台直通基层的高速传播通道,为政府施政一二三产融合、产业化、集约化和双向流通铺平道路,为加速美丽乡村建设,政府与百姓联动,奠定了强大的信息枢纽和管控平台。目前,电子政务综合移动办公平台和石家庄三农舆情监控平台已经在全市农业系统投入运行。

第五,以互联网集成信息技术为支撑,建立农技推广零距离服务,实现12316专家服务落地。为有效解决农技服务"最后一公里"问题,进一步提升农业科技服务创新体系及队伍建设,石家庄农业部门依托"零距离智能农技服务(布谷)平台",利用"滴滴打车"的模式,将农技人员与农业推广绑定在一起,解决农民的实际问题。农民使用手机客户端应用App,可直接联系到技术人员,农户在任何时间、任何地点都可以享受到快捷、低廉、个性化的服务。

第六,整合农机作业调度、农机监理、农机推广服务、农机深耕作业四个系统,建立

农业机械化全产业链服务"智耕"平台,完成了四个系统的升级和组合开发,通过平台可以实现根据农户需要对农机手进行指挥调度。

第七,以信息进村入户工程为契机,积极推进农业农村电子商务的应用示范,构建"互联网＋农产品营销"新业态。为有效解决农民一家一户小规模生产应对变化大市场的难题,2017年,石家庄市以农业信息进村入户工程为契机,以正定、藁城、晋州3个县(市、区)和16个农业生产大县县级"益农信息社中心社"建设为重点,启动了"百店进村入户"示范试点。同时,依托新农村大喇叭服务站,发展村级益农信息社510个,全年建成县村级益农信息社和新农村大喇叭服务站610个。

第八,以大数据为突破口,实现全方位互联互通,着力打造成为全国智慧农业示范市。

目前,石家庄市农牧局已完成农业与涉农部门各有关业务系统的整合和数据对接,同时,与市水务局、气象局、林业局、旅游委、供销社等有关单位正在进一步开展业务对接,未来两到三年将逐步实现数据共享。

案例4－4　福建:"农业云131"信息工程项目

近年来,福建省以"一中心、三应用、一平台"的顶层规划指引,完成了"农业云131"的顶层规划构建,逐步完善农业大数据中心建设,构建了省市县数据、应用和资源的一体化能力,打破各级单位数据壁垒,实现数据互联互通、业务协同。

第一,建立大数据标准,建设一体化综合门户平台。绩效管理系统覆盖全省,延伸到市、县各级单位,做到全程线上化、无纸化。截至2021年2月,累计登记厅本级绩效项目341条,月报2 135条,收到设区市考评840条,县(市、区)考评5 587条,考评问卷回收率由50%提升到94.57%。

第二,动物检疫票证电子化系统,通过养殖场检疫、调运监管、屠宰检疫等应用,对我省动物及肉产品检疫监管工作提供了重要支撑,有效保障民众"舌尖安全"。当前,系统日均开具动物检疫证超600张,涉及300万羽/头畜禽动物,开具产品证超15 000张,为全省畜禽肉产品的市场供应保驾护航。通过农业云App及闽政通接入,实现业务移动办理,操作更便捷、数据更完善、监管更全面。

第三,农村人居环境整治"互联网＋督查"平台,充分发挥了农业农村部门在农村人居环境整治工作中的牵头抓总、统筹协调作用。老百姓通过平台可以一键提交农村人居环境问题线索,随时随地查看办理进度,及时收到办理结果反馈,不用再担心投诉举报问题线索"石沉大海"。通过统一受理、分类转办、限时办结、跟踪督办,做到投诉举报问题线索件件有落实、有反馈,推动农村人居环境持续改善。

除此之外,"农业云131"已构建智慧农机、智慧乡村、智慧畜牧、农产品质量安全、对外信息服务、新型农业主体6大"信息高速公路",初步实现"慧政利企便民"目标。

未来,将继续坚持以数据为关键生产要素,深化建设农业大数据资源中心,实现横向到科研、教学的扩展应用,以市县为半径,满足纵向到基层的延伸覆盖,持续推广省、市、县农业农村系统一体化平台建设。用数字化引领驱动福建农业农村现代化,为实现乡村全面振兴提供有力支撑。

案例4-5 浙江德清五四村:数字技术赋能乡村治理

第一,推动乡村规划数字化,实现村庄家底心中有数。五四村充分应用由德清县大数据局提供的时空信息云平台建设成果,以电子地图、遥感影像、三维实景地图等多类型、多尺度、多时态的空间数据为基底,叠加自然资源、农业、水利、交通、建设、文旅、民政等各部门数据,构建数字乡村底图,在三维场景下展示村庄山水林田湖规划全貌,使村庄自然资源、项目布局、用地状况一目了然。同时,汇集村庄地理信息历史影像,直观呈现比对村庄变迁。平时则通过网格员采集或数据共享获取新建住房规划许可、房屋户主、面积、结构、安全状况和宅基地等信息,实现农村住房数字化管理。

第二,推动乡村经营数字化,实现产业发展转型升级。五四村通过利用乡村经营数字化模块,全面梳理村庄集体"三资"及收入组成情况,有效链接乡村企业、农业园区、家庭农场、乡村民宿、合作社、农村电商、乡村康养和文创基地等经营主体土地流转、营收、就业人数等数据,综合分析农村劳动力就地转移就业情况,推动乡村产业生产经营管理数字化转型,积极培育数字乡村新产业新业态。目前,五四村已经引进各类投资主体二十多家,发动村民发展民宿二十多户。尤其是引进了德清文化旅游发展集团进行村庄运营,打造"花开五四? 未来乡村"省级田园综合体,每年吸引大量游客前来休闲度假。此外,通过数字化平台开展土地流转,引进成立德清三丰中草药种植专业合作社,主要种植中草药及花卉苗木,通过数字化平台组织采购、供应本社成员种植所需的原料,收购本社成员及同类种植者种植的中药及相关花卉苗木,有力促进了村庄花卉苗木产业和乡村旅游的发展。

第三,推动乡村环境数字化,实现乡村生态精准监管。通过利用乡村环境数字化模块,五四村将历年美丽乡村、城乡一体化建设中布设的视频监控、污水监测、智能井盖、智能垃圾桶、智能灯杆、交通设施等物联感知设备,形成触达乡村各角落的物联感知网。通过物联网实时收集污水处理、空气质量、垃圾分类等环境数据,分析公共基础设施运行状态,实现运行设备故障自动警报,实现对感知设备、村民活动等精准分析、异动管理,有效引导村民积极参与生态环境保护。村庄内一旦发生水质超标、垃圾乱倒乱放、秸秆焚烧、农业面源污染等情况,村委可通过平台实时收到警报,并及时派人妥善处理。

第四,推动乡村服务数字化,实现乡村生活智慧便捷。乡村服务模块是"最多跑一次"向乡村社区的延伸,以"浙里办"和"我德清"一站式数字生活服务平台为载体,打造的网上办、掌上办,有效对接一体化政务服务平台。在五四村乡村服务数字化模块下,包含了村民一生事、医疗健康、村民信息等子模块。村民一生事子模块涉及村民从出生、入学、就业、婚育、建房、就医、救助、殡葬等老百姓主要日常生活服务内容,村民可在家用手机办理大部分证件、证明、申请等事项,大大提高了村民办事便捷程度和效率。在医疗健康方面,五四村卫生服务站配置了五个人的家庭医生团队,提供预防、保健、医疗、康复、健康教育、计划生育的"六位一体"卫生服务工作,并应用大数据健康管理平台提供智慧医疗和智慧养老服务。第五,推动乡村治理数字化,实现村庄管理规范高效。

乡村治理数字化模块包含了党建引领、村情民意、统战阵地、清廉五四等子模块。在村情民意子模块,可及时收到村民对于村庄建设、村务公开、公共事业等村庄各项工作的民意心声,村委可及时进行解释和反馈。同时,五四村通过利用 ODR(在线矛盾纠纷多元化解)平台,实现了在线咨询、评估、调解、仲裁等服务,真正实现矛盾纠纷在线调解,当事双方不用跑。此外,结合去年底以来的新冠疫情,及时增设了湖州健康码子模块,实现了所有村内居民及流动人口疫情的有效管理。五四村通过把数字化技术广泛运用于村庄基层党建、社会治理等领域,优化了乡村治理方式,促进了村级组织建设管理规范化,充分释放了"互联网 + 三治结合"新效能。

专题报告

上海农业数字化转型的重点项目

"十四五"时期重点推进农业数字化转型的重点项目,主要包括农业管理服务的数字化项目、农业质量安全的数字化管控项目和数字化农业生产示范基地项目等。

一、农业生产者的身份标识——"申农码"

(一)"申农码"的概念和构成

"申农码"是农业生产经营主体的"身份证"。包含生产经营主体的名称、统一社会信用代码/身份证等关键基本信息。作为随申码子码,实现将三农政策精准推送到农业生产经营主体,为农业生产者提供精准服务。

"申农码"由18位的阿拉伯数字及大写英文字母组成。包括区域编码、主体类别代码、主体行业类型码、主体生产(经营)产品类别码、主体标识码(序号码)、校验码。

数据资源来源于一库数据,包括主体基础数据、用地数据(上图)、绿色认证数据、网格监管数据、种植数据、农事档案数据、畜牧数据、水产数据等;一网通办数据,包括行政处罚数据、电子证照数据、农业贷款数据等。

服务对象包括经营主体、自然人、法人。

使用终端有随申办 App、用码端验证设备、神农口袋 App、小程序。

(二)"申农码"的功能

一是身份标识。"申农码"是农业主体和农户(农民)的"身份证",也是农业主体和农户(农民)从事农业生产经营行为的信用画像。

二是数据聚合。各业务系统生成的业务数据最终可以归集到"申农码"主体库内,查看某一家经营主体的信息不再需要打开多个业务系统查询。

三是政策找人。通过对农业主体的分类分级,让相应等级的农业主体享受对应的服务。提高农业主体在申请农业补贴、农业贷款、农资购买等过程中的便捷度。政策找人功能可实现精准推送,更好地为"人"服务。政府通过信息直报系统可以将与农户息息相关的政策推送给农业生产经营主体。通过对农业主体的分类分级,让相应等级的农业主体享受对应的服务。提高农业主体在申请农业补贴、农业贷款、农资购买等过程中的便捷度。推送的政策包括,农业补贴:粮棉油生产补贴、蔬菜生产补贴、渔业油价补贴、农机购置补贴、农业保险保费补贴等;产业扶持:农村人居环境、乡村规划、美丽乡村建设规划、人居环境优化、美丽乡村示范村等;奖励引导:农业行政处罚、农药管理、贷款政策、动物卫生监督、饲料和饲料添加剂等;农技服务:良种繁育等生产技术、病虫害等防治技术、农产品收获等技术、农业投入品安全使用、农产品质量安全技术等。

四是亮码办事。农业主体可以通过"申农码"进行统一身份认证,在线下窗口通过亮码实现快捷办证、领取奖励等。

五是监管透明。农业主体评级由系统算法生成,减少人为因素干预,监管更加便捷、透明、公正。

六是优品优价。通过消费者扫码农产品包装上的"申农码",可以查看生产经营主体的经营监管信息以及"申农码"评分,通过政府背书的形式让优质农产品可以卖上高价。

(三)"申农码"的使用及服务

其一,农业主体电子码申领与展示。以"神农口袋"作为农业主体"申农码"电子码的主要入口,用于农业主体的出示码和业务申办。因此需要在"神农口袋"App端增加"我的申农码"板块,设计"申农码"的亮码界面。亮码页面包含:主体名称、主体工商类型、主体所属农业领域分类、主体的评分和评级(A、B、C、D)。农业主体可以直接查看"申农码"评分明细,并根据分类分级查看福利政策及普惠的配套服务。扫码后获得的服务,生产者:用地情况、绿色认证情况、被监管情况、补贴发放情况、信用评价情况、奖励情况、处罚情况、农业贷款情况、政策匹配情况等。

其中,政策找人可实现精准推送,更好地为"人"服务。推送的政策包括,农业补贴:粮棉油生产补贴、蔬菜生产补贴、渔业油价补贴、农机购置补贴、农业保险保费补贴等;产业扶持:农村人居环境、乡村规划、美丽乡村建设规划、人居环境优化、美丽乡村示范村等;奖励引导:农业行政处罚、农药管理、贷款政策、动物卫生监督、饲料和饲料添加剂等;农技服务:良种繁育等生产技术、病虫害等防治技术、农产品收获等技术、农业投入品安全使用、农产品质量安全技术等。

其二,监管人员扫码。监管人员使用随申办App扫描农业主体出示的"申农码",可根据授权查看赋码主体的"申农码"评分信息主体用地情况、种植情况、农事情况、用药情况、监管情况、绿色认证情况、补贴发放情况、信用评价情况、奖励情况、处罚情况、农业贷款情况等。

其三,消费者扫码。消费者日常可以使用微信或支付宝扫码,查看主体基础信息、主体种植内容、是否绿色认证、信用评价等内容。通过政府背书的形式让优质农产品可以卖上高价。

(四)"申农码"的主要任务

"申农码"的主要任务是管好人、地、钱。

其一,为"人(生产经营主体)"主动服务。包括农业生产经营主体:规模化的农民合作社、规模化农业企业、家庭农场、种植大户;集体经济组织:村集体、农民。

其二,用上海农业一张图把"地"管理起来。

其三,未来将"钱"进一步合理使用起来。

(五)"申农码"的服务目标

为农业生产经营主体(生产者)服务,让好人不吃亏、让政策主动找人;为职能管理部门(管理者)服务,让管理者更轻松、更精准;为市民(消费者)服务,让市民有口福。

(六)"申农码"未来规划

其一,实现长三角互联互通。预留接口,与浙农码信息交互,实现数据互通、标准互认,成果互信。打通数据壁垒,实现跨区域区块互联,为长三角一体化服务。

其二,智能控制。实现智能农机一机一码、智能大棚一棚一码。

其三,美丽乡村。美丽乡村一村一码。

其四,扫码服务。联通专家库,实现扫码办证,农药购买和回收。

其五,信息推送。实现监管要求推送、专业技能推送、灾害天气推送。

其六,业务关联。基于区块链的跨委办业务关联——如长江禁捕,渔船实时状况获取。

其七,品牌建设。形成特色农产品品牌,一品一码,从田头到餐桌全链路管理、服务和营销。

二、数据为农业赋能——神农口袋

(一)依托神农口袋可实现信息直报

"神农口袋"作为信息直报系统,进行日常农业生产经营活动的记录以及信息上报,为上海市"一图""一库""一网"的建立提供了数字化抓手,以更加直观地反映全市农业生产现状,实现"一图知三农、一库汇所有、一网管全程"的目标。

数据的真实性是数字农业的生命,只有源源不断且真实的农业生产数据汇入"一图""一库""一网",才能给上海市的数字农业不断注入鲜活的生命力。而信息直报系统连接三端:一端是政府监管单位,一端是农业生产经营主体,另一端是消费者。通过龙头企业、家庭农场、规模以上的合作社参与入网直报工作,每日将农事操作、投入品管理等信息上报至"上海农业数字云平台",涉农管理部门可以更加精准并实时地了解上海全区农作物的历史产量数据、当前的实际产量数据以及未来产量预估,为上海市的农产品保供提供数据基石。为了保证农业生产经营主体上报信息的准确率,由上海市乡村振兴战略工作领导小组办公室于 2021 年 2 月 24 日,发布了《关于细化农业生产作业信息精准报考核的标准(试行)》,从及时率、精准率、入网率三个维度,由各区主导进行抽查和监管。通过政府强监管的形式,保证了信息直报系统上传数据的真实性和及时性,从而实现通过"一图""一库""一网"将管理者、生产者和消费者串联起来的最终目标。通过信息直报系统直接抓取农业生产用地的遥感监测数据、物联网监测数据、农产品种养殖监测数据等多维度数据,更有利于涉农有关部门更加精准地掌握各区农用地的利用情况和生产经营情况,减少抛荒弃种与违规占用,并为上海建设 4 万亩高产稳产高标准农田,提供强有力的支撑。

(二)神农口袋的主要应用场景

一是政策找人,政府通过信息直报系统可以将与农户息息相关的政策公告、农产品价格监测、天气预报、农机学习、执法监管等内容推送给农业生产经营主体,将相关政策和服务精准地对接到农户,实现政府端更好地为农业生产经营主体赋能服务。

二是物联网管理,在基地安装物联设备后,可以通过神农口袋 App 直接远程控制各类智能终端,提高农事操作的工作效率。通过标准化种植模型,还可以实现精细化种植,有利于建设高标准农田,获得更优质的农产品,最大限度地提升农产品产值。

三是农事管理,利用信息直报系统记录何时育苗、何时移栽、何时施肥等农事,并可与科学种养模型进行比对,确保科学作业。

四是投入品管理,通过自动生成农资使用记录、自动统计农资成本,农户方便地进行农资管理与优化;生产经营主体还可以借助平台一键采买化肥、农药等农资,并实现农资的自动入库管理。

五是农机调度,通过系统与智能农机关联,可以直接收集农机操作过程中的作业信息与行动轨迹,最大限度地简化农业生产经营主体的操控流程,减少手动填报。

六是病虫害预警防治,基于病虫害库和专家远程问诊版块,可以为农业生产经营过程中遇到的病虫害疑问提供专业的技术咨询,指导农户科学用药。通过信息直报系统收集农业生产经营过程中所有的病虫害防治数据,利用智能化算法建立病虫害预警模型库、作物生长模型等信息库,实现对病虫害的实时监控,通过与实操相结合的告警信息让农户采取科学的农事操作。

七是金融赋能,通过信息直报系统,打通了农户田地资产、种养周期、库存和产值等农业生产经营数据,打通了农业自然资源和农业产业分布统计、作物长势监测、病虫害预警等自然环境数据,为完善农村金融精准服务链提供平台接口。截至目前,上海已有8家保险机构入围上海市农委的农业商业保险合格机构库,并与蚂蚁网商银行建立了战略合作。农业生产经营主体在信息直报系统上可以直接申请农业保险和贷款,不仅简化了复杂的流程,同时有利于政府金融政策精准地对接到农户。

八是产销一体化,农产品采收后,可以通过系统直接生成并打印带有溯源码的合格证,并实现农产品的扫码出入库,利于销售供应管理。利用系统还可进行"农场秀"和宅配管理,满足农场多样化的经营需要,最终实现精准的订单农业生产和精品农业品牌的打造。

九是简化填报流程,以往复合型农业生产经营主体上报信息需要登录多个子业务系统,填报流程烦琐且耗时。神农口袋整合了粮食、经作、蔬菜、水产等各个业务系统的统计功能,大大减少了农户的填报工作量。

三、政策找人的基础——申农分

(一)申农分的概念

申农分是通过采集农业主体和农户(农民)的生产经营、专业服务等数据进行建模、分析与评估,形成农业主体和农户(农民)诚实生产、诚信经营和合规守约的综合评价,是农业主体和农户(农民)从事生产经营行为的信用画像。

(二)申农分的功能

申农分是政策找人的基础,依据申农分的高低对农业主体的分类分级,让相应等级的农业主体享受对应的服务。提高农业主体在申请农业补贴、农业贷款、农资购买等过程中的便捷度。通过申农分找到优质农产品,让好人不吃亏,市民有口福。

(三)申农分的指标构成

申农分引入绿色认证、三率(上网率、及时率、精准率)、金融贷款、涉农补贴、行政奖励、试点示范、信用评级、行政处罚等多项指标,采用云计算、机器学习等技术客观反映呈现生产经营主体的综合信用评价情况,并通过积分的方式进行展现。申农分基础分300分。申农分总分是:300基础分+加分值。

加分项包括:

(1)否获得试点示范。1项试点50分,1项示范50分。

(2)入网率、及时率、精准率。各项百分比×100分的和/3。

(3)否拿补贴。拿1项补贴加10分。

(4)否绿色认证。是绿色认证加100分。

(5)是否收到行政处罚。一项处罚减50分。

(6)农业信用评级。A级100,B级50,C级0,D级-50。

(7)是否获得行政奖励。有奖励100分。

(8)是否参与金融贷款。有贷款50分。

例如:一个主体,三率全部符合要求100分,拿2项涉农补贴20分,信用A级100分,其申农分为300+100+20+100=520(较好),可为其推送激励性政策。

(四)项目建设路径

一是研究制定申农分积分指标评价体系。组织上海社科院、上海农科院等科研院所专家,借鉴国内外先进、实用、可采集的指标评价体系方案,构建符合上海农业特点和需要的申农分积分指标评价结构体系;开展数据模拟和专家咨询,构建指标评价权重体系;依据测试结果和多重计算结果,构建农业生产经营主体的分级标准。

二是构建积分指标评价体系与云平台大数据资源融合系统。打通大数据库与申农积分数据需求之间的系统对接,根据积分指标体系,优化数据采集系统。

三是发挥申农积分评价系统的导向作用。通过"申农码",开发面向生产者、管理者、消费者的服务功能。

四、农业质量安全管控——质量安全溯源系统

(一)农业质量安全管控的概念

农业质量安全管控是以精细化监管为方向,以信息技术为手段,构建起覆盖全市各级农产品监管机构和生产主体的农产品质量安全移动监管及数据分析系统,以实现地产农产品生产过程管理、安全监管、"二品一标"证后监管、监测管理、执法监管等信息汇聚互通,实现对生产主体的全方位、精准监管。

(二)质量安全溯源系统的概念

质量安全溯源系统是农业质量安全管控的重点工程。就是依托"一网、一图、一库"工程,以"农用地图"为基础,将现有系统信息与农业用地现状数据进行关联,以"地"为主线,通过唯一编码将生产管理、执法监管、采样监测、补贴发放、产品认证等信息数据串联起来并沉淀到图上。应用数字化、智能化监管手段,对进入市场的农产品建立唯一追溯码,在统一的平台上对农产品生产企业、生产基地、农事操作等信息进行查询,实现农产品质量安全可追溯。消费者可以直接扫农产品合格证上的溯源二维码查询农产品生产厂商、种植地块、农事操作记录等农产品质量安全数据。

（三）质量安全溯源的关键要素

一是完善监管数据库。依托基层农产品质量安全监管体系力量,通过日常巡查,全面掌握生产主体信息。同时,融合智慧监管的需要,把分散的信息呈现在统一的平台上,各部门按权限收集、共享和管理信息,从而建立全面的生产主体数据库,并进行统计分析,为进一步完善农产品质量安全追溯体系建设积累重要的资料并提供有力的数据支持。

二是强化痕迹化管理。各级监管人员统一线上工作,协同办公、分级管理。从监管人员入场定位到监管地块定点直至抽样检测结果上传,监管、检测、执法各个环节逐一留痕,清晰反映本市监管部门开展农产品质量监管的工作动态。

三是数据实时对接。监管系统日常巡查、"二品一标"巡查数据与委信息中心"农业一张图"数据实时对接,监管数据落到具体地块,数据实时与信息中心数据库同步。

五、打造先进标杆——数字化农业示范基地

（一）上海正义园艺数字化农业示范基地

1. 上海正义园艺数字化农业示范基地基本情况

上海正义园艺有限公司,是农业产业化国家重点龙头企业、国家蔬菜产加销标准化示范区、全国"双学双比"示范基地和全国科普教育基地。公司在自建的 10 160m² 智能玻璃温室成功引进并应用示范了设施果菜潮汐槽式无土栽培技术、自动化新型叶菜活体盆栽技术、温室大棚主动蓄热供热系统、水肥一体灌溉等系统等蔬菜现代栽培技术,研发建成了"蔬果智慧农业云平台"。目前正在建设"上海正义蔬果园"和"上海侨嘉葡萄园绿色农旅示范基地"。

2. 上海正义园艺数字化农业示范基地的特色和优势

一是物联网感知设备与控制设备的"总线化"与"数字化"。物联网系统如果采用物联网终端（智能云终端）与总线技术（RS485 总线）相结合的设计模式和方法,可以实现所有感知设备（传感器）与控制设备的数字化与总线化。这样为项目后期维护、改造、扩展奠定了良好的基础。

二是控制设备"自动"与"手动"的无缝切换。智能型设备控制器（手自动一体控制器）可在现场随意使用手动操作或远程操作,控制器根据操作优先级智能判断操作指令,可以提高操作的便利性和系统的学习成本。

三是温室多因子协调智能控制系统。包括温室控制系统硬件的高可靠性技术、温室配电控制柜、手自一体化控制器、工业级嵌入式采集控制终端、高精度数字传感器和传感网络的可靠组网技术、温室控制系统云平台物联网系统等。

（二）兰桂骐数字化农业示范基地

1. 兰桂骐数字化农业示范基地的基本情况

兰桂骐农业科技（上海）有限公司注册于崇明区庙镇,注册资金 2.8 亿元人民币。自 2012 年起,兰桂骐开始在现代农业领域进行探索、经营与实践。全力推进作物生长模型、智能控制、卫星遥感等高科技技术在农业领域的应用及推广,为保障中国食品安

全和粮食安全不断努力。目前已经在崇明建立 15 000 平方米的智能化温室、大田基地 1 000 余亩。

兰桂骐主要将信息化技术集中应用在智能温室和智慧大田两个领域。兰桂骐智能温室应用瓦赫宁根大学的数据模型模拟技术及成套智能化管理技术可以实现温室的高效产出。兰桂骐在自有大田基地以高标准农田建设为基准,探究集空天地技术为一体的农情感知技术路线,技术将集中应用推广到大田生产管理中,形成一套基于人工智能技术的大田生产综合监测管理系统。

2. 兰桂骐数字化农业示范基地的特色和优势

一是智能温室信息化技术。智能温室按照模型模拟、栽培计划制定、模型数据指导、栽培环境与水肥控制、实际数据反馈模型、栽培方案实时调整的生产路径实现高效节能生产。

二是大田融入的各种高科技手段(如卫星遥感、传感器等)。多维度、多尺度、高分辨率的技术应用保障农情感知的高时效性和高精准性。

三是利用系统分析方法和计算机模拟技术的作物生长模型。其对作物生长发育过程及其与环境的动态关系进行定量描述和预测。基于预测的数据,制定出合理的、最优化的栽培计划。

(三)光明食品集团上海农场数字化农业示范基地

1. 光明食品集团上海农场数字化农业示范基地的基本情况

光明食品集团上海农场有限公司隶属于光明食品集团,成立于 1950 年 3 月。地处江苏省盐城市大丰区境内,区域占地面积 46 万亩,其中耕地 22 万亩、林地 5 万亩、鱼塘 8 万亩,是长三角地区最大的国有农场、上海市域外最大的"飞地"。瞄准全国智慧农场"新标杆"的发展目标,坚持将"物联网、云计算、移动互联网、大数据"技术与传统农业相结合,推进企业数字化转型,全面服务农业的生产、经营、管理和企业客户、员工的体验,探索信息化与农业现代化融合的新路径、新模式和新经验,努力深耕"云时代"下的"智慧农场"。

2. 光明食品集团上海农场数字化农业示范基地的数字化领域

一是服务经营,搭建农业信息化平台。包括制定上海农场 2018—2020 信息化专项发展规划和十四五信息化专项发展规划;明确信息化建设主体地位,加强人员培训;创建智慧农业创新中心和智慧农业数据中心;加强绿色、智能农业的研究与应用,建设智慧农业先行示范区。

二是服务管理,构建数字企业体系。建立覆盖全员的 OA 办公平台;建立覆盖全场的大宗物资购销平台。

三是服务生产,构建智能决策体系,构建 1＋2＋4＋N 的信息化整体网络。包括万亩无人农场示范基地建设;万亩现代渔业物联网技术集成示范基地;建成上海农场种养殖一体化平台;建成日产 10 万学生餐中央厨房综合指挥管理平台。

四是服务用户,构建精准营销体系。

3. 光明食品集团上海农场数字化农业示范基地的技术优势

一是万亩无人农场示范基地依靠研发大田智能灌溉系统,实现农业管水的无人化;构建智能精准监测系统,实现农业监管的无人化;构建智能装备系统,实现农机作业的无人化;研究肥水一体化系统,实现生产用肥的无人化;推广智能粮库系统,实现粮食收储的智能化;构建农业生产基础信息系统,实现生产管理的智能化。

二是万亩现代渔业物联网技术集成示范基地依靠集成养殖水质在线监控系统、集成无线集中智能控制系统、集成养殖生产视频监控管理系统、集成养殖生产全过程信息化管理系统等技术。

8. 关于"申农分"积分体系框架的研究

"申农分"是发挥上海农业云平台大数据汇集功能,实现"政策找人"功能的建模评价体系。就是对生产经营主体实施基于大数据资源和积分模式的客观评价,通过采集农业生产经营主体的生产经营全过程、生产经营全空间、管理服务全周期等全方位数据,并通过建模、分析与评估,对其生产经营活动和绩效进行综合评价和专题评价,帮助政府实现政策信息精准推送、政策待遇精准落实、政策效果精准评价,提高政策制定和执行的科学性、准确性、有效性。依据"申农分"的高低对农业生产经营主体进行分类分级,让相应的农业生产经营主体充分享受到对应的服务和政策,提高农业生产经营主体在申请农业补贴、农业贷款、农资购买、农技服务等过程中的便捷度。通过"申农分"还可以让消费者直接了解优质农产品、品牌农产品的生产者情况。农业生产经营主体包括了农业企业、专业合作社、家庭农场、小规模经营户。

一、关于农业生产经营主体评价研究的综述

对农业生产经营主体的经营绩效进行评价,是农业经济研究的一个重要方面。梳理最近几年的相关研究成果,简要综述如下。

在评价主体的选取方面,多数学者选取了新型农业经营主体作为评价对象,将新型农业经营主体分为了企业经营类新型农业经营主体、合作经营类新型农业经营主体、家庭农场(黄祖辉,2010),而对于传统小规模、半自给的组织形态的评价往往缺失。从评价主体的内涵来看,企业经营类新型农业经营主体是以农业产业化龙头企业为主体的涉农经营企业;合作经营类新型农业经营主体是农户在家庭承包经营的基础之上,通过各种形式联合起来,以克服小规模经营存在的种种弊端的合作经营组织,主要包括各种农民专业合作社、联合社、专业协会等;家庭农场一般脱胎于普通农户,以家庭为基本生产经营单位,以家庭成员为主要劳动力,保留了农户家庭生产单位与消费单位统一、治理结构简单有效、成员属于利益共同体、生产监督成本较低等特点(倪旭,2018)。传统小规模农户在中国长期存续,不仅生产经营规模小,而且生产经营的专业化、商品化、标

准化水平低,是典型的以自给自足为主要目的的生产经营组织(罗必良,2020)。

在指数体系构建方面,为了解决我国新型农业经营主体自身发展面临的一系列现实难题,不少学者尝试构建了不同维度的指标评价体系来衡量新型农业经营主体的现状和发展潜力,有学者重点评价经营主体的信用风险(倪旭,2018),有重点考察经营主体的经济绩效,有评价经营主体的生产经营能力。在衡量新型农业经营主体发展水平时,有学者从要素角度出发,从土地因素、资金因素、管理因素、服务因素、人力因素等方面构建了指标评价体系(黄霞,2019)。在评价新型农业经营主体高质量发展水平,有学者选取了经营绩效、内部管理、社会服务三个一级指标构建指数体系(张月兰等,2020)。

在具体指标选取方面,生产经营能力维度方面,学者们二级指标通常选取组织生产能力、市场运营能力、服务社会能力和盈利增收能力,常见的指标有农业经营主体的基本信息(包括年龄、婚姻状况、健康状况、文化程度等)、农产品统一销售比、农产品品牌化程度、农产品认证率等(杨林和李峥,2021)。生产经营绩效方面,以往学者们有从自我盈利能力、利益联结能力和发展潜力等三个方面选取了相应的指标进行评价(赵雪茹,2020),有从经济绩效、社会效益和组织发展潜力等维度进行评价(沈达,2018),常见的指标包括农业劳动生产率、土地产出率、农产品商品率、农产品成本收益率、农业科技贡献率、人均收入等(张月兰等,2020)。在信用风险评价方面,学者们评价农户主体的偿债能力、经营能力、产业基础、信用状况、组织机构及加分项方面,常见的指标有不良信用记录、贷款占用形态、贷款历史记录、家庭人均收入、资产负债率、抵押资产、担保人资信状况等(徐超等,2017)。

二、申农分积分指标体系构建思路

(一)指导思想

为建立全市统一的农业经营主体积分分类分级标准体系,加快构建差异化扶持和监管模式,实现精准化、实效化"政策找人",根据《数字农业农村发展规划 2019—2025》提出的各项重要任务,依据市委市政府提出的《关于全面推进上海城市数字化转型的意见》,以农业数字化转型为目标,充分结合上海农业生产经营主体的实际发展和上海都市现代农业发展总要求,基于农业大数据基础,按照全方位评价的要求,从"生产经营能力、生产经营活动、生产经营绩效、生产经营诚信、主体社会责任"五大维度,构建可以客观反映农业生产经营主体生产经营全过程活动和绩效的积分指标评价体系,并根据各类指标的统计特征、采集特点,通过不同的积分方式对各类农业生产经营主体各项指标进行赋分,累计积分,为确保政策实施的精准度、实效性奠定坚实基础。

(二)构建原则

第一,引领性原则。按照乡村振兴和都市农业现代化建设的总方向、总要求,选出代表性农业企业、农业合作社、家庭农场,通过政策和服务聚焦,不断提升这些主体的生产经营水平,发挥引领作用。

第二,客观性原则。依托客观汇集的大数据资源,按照全方位的指标评价维度和可测算指标,对各类生产经营主体进行量化评价,形成客观的评价结果,并按照科学的积分标准,形成分层评价结果,为政策实施提供精准的客观依据。

第三,综合性原则。覆盖各类农业生产经营主体,覆盖其生产经营活动的全过程、全空间。以多维度、多指标项汇集成综合积分体系,在专项评价基础上,形成综合评价。

第四,积分性原则。对各个指标建立赋分标准,通过各个单项指标的得分,形成综合积分结果。根据不同指标特性,建立符合客观实际的积分方式。

第五,可行性原则。积分体系应具有普遍适用性和可行性,指标数据选取符合国家农业产业统计制度特点,保证数据的可获取性。一方面,利用现有数据库平台直接获取相应指标的即时数据;另一方面,依托在建的农业云平台,汇集不同部门间关于农业生产经营主体的数据信息。

三、申农分积分指标评价体系框架

(一)评价维度

对接《加快推进上海农业数字化转型研究报告》提出的主要任务,以"生产经营能力、生产经营活动、生产经营绩效、生产经营诚信、社会责任"五个维度为一级指标构建指标体系。"五大维度"的具体内涵和构建方案如下。

1. 生产经营能力

生产经营能力是农业经营主体发展的重要保障,能够反映农业经营主体未来的发展潜力。可从三个方面予以衡量:一是基础能力。其是指农业经营主体在生产经营活动中必备的能力,包括土地生产要素、固定资产投入、法人基本信息等。在申农分指标体系构建中,首先是考察经营主体的基本条件,有助于引导农业生产经营主体进一步夯实自身发展基础。二是创新能力。其是指农业经营主体能够为生产经营活动提供的具有价值的新技术、新思想的能力。创新能力主要从技术研发投入、研发人员的投入、所取得科技成果产出等三个方面衡量,此能力是提升农业经营主体核心竞争力的动力,也是农业经营主体普遍存在创新能力不足的短板,在申农分指标评价体系中,关注创新能力的提升能够为农业经营主体带来新的效益增长点。三是管理能力。其是指提升农业经营主体内部运行效率的能力,包括使用现代管理方法、运用现代管理技术、利用专业化管理人才等的能力,在申农分指标体系中,衡量农业主体的管理能力能够优化生产资料的配置,提高资料生产的效率。

2. 生产经营活动

生产经营活动是农业经营主体发展的活水之源,能够反映经营主体生产经营的基本状况。可以从四个方面予以评价:一是经营规模。其是指农业经营主体种植作物的面积和饲养动物的数量。在申农分指标体系构建中,发展适度规模的经营符合农业现代化发展的要求。二是费用支出。其是指直接生产过程中生产经营所投入的各项资金和劳动力成本,反映了生产经营过程中所耗费的现金、实物、劳动力和土地等所有资源的成本。在申农分指标体系中,费用支出指标能帮助企业准确的分析生产经营中各环节的成本,帮助企业了解节流的可能性。三是产品销售。其是指农产品对外售出的数量,反映了农业生产主体的营运能力。在申农分指标体系中,产品销售量越大,越能反映农业生产经营主体的市场竞争力越强,也能够动态地反映市场需求的变动趋势。四是经营收入。其是指农产品的销售收入和净收入,同样是农业生产主体的营运能力的体现。

在申农分指标体系中,经营收入能为农业生产主体提供最及时的农产品市场动向。

3. 生产经营绩效

生产经营绩效是农业经营主体发展的直接体现,追求高绩效是农业经营主体生产经营活动的重要目标之一。可以从三个方面予以评价:一是效益。其是指农产品的投入产出率,反映了生产经营过程中消耗全部资源的回报情况。农业经营主体的效益越高,越能反映可持续发展的程度。在申农分指标体系中,效益好坏能够反映农业生产经营主体生产经营活动的风险大小,为农业经营主体申请政策支持给予了背书。二是效率。其是指农业经营主体利用土地、劳动力和资金等要素进行农业生产的效率,是农业产出水平衍生的因素。农业生产经营水平越先进,越能高效地利用资源进行生产。在申农分指标体系中,效率高低能够直接反映农业生产经营主体的优势,为农业经营主体优化自身发展指明了方向。三是品牌。其是指农业经营主体在生产经营过程中对外传达的农产品主体形象,反映了农业经营主体的经营理念、价值观念以及对消费者的态度等方面。在申农分指标体系中,品牌建设越好的农业经营主体,越能得到消费者的关注,越是得到关注的农业经营主体,其越有动力建设、维护好自身品牌,最终形成农业主体和消费者之间的良性互动。

4. 生产经营诚信

生产经营诚信是农业经营主体发展的立根之本,是促进农业主体自身健康发展的重要方向。可以从四方面予以评价:一是信用状况。它能够客观反映农业经营主体的信用品质和还款能力。在申农分指标体系中,信用状况好坏能直接为农业经营主体信贷违约风险提供参考。二是产品质量。它是指农产品在市场上获得的认可度。产品质量越低;市场认可度越低;产品质量越高,市场认可度越高。在申农分指标体系中,产品质量能直接为消费者了解农产品质量提供判断依据。三是生产安全。它是指农业经营主体在生产经营过程中为了避免造成人员伤害、财产损失、消费者健康危害而采取的预防和控制措施,是生产经营者对劳动者、消费者、国家财产安全最基本的保证。在申农分指标体系中,生产安全能直接为消费者了解农产品生产经营过程提供判断依据。四是执法检查。它是指上级行政机关对农业经营主体生产经营过程中的监督。在申农分指标体系中,执法检查能够为管理部门提高治理效率提供大数据支持,也能为消费者了解生产经营过程提供事实依据。

5. 主体社会责任

主体社会责任是农业经营主体发展的价值溢出,能够反映农业经营主体的内部文化。可以从两方面予以评价:一是环保。其是指农业经营主体在生产经营过程中对生态环保的承诺,是助力农业经营主体绿色发展的重要指标。在申农分指标体系中,环保为生产经营主体指明了发展方向。二是公益。其是指农业经营主体参与的村企结对、贫困户结对、大型活动捐款等公益性活动的情况,诠释了企业的社会责任和担当。在申农分指标体系中,公益指标能够让具有社会责任和担当的生产经营主体为其他经营主体树立榜样。

(二)不同农业生产经营主体的指标评价体系

基于统计指标甄选的五大基本原则,本研究在上述五大维度和17个相应的表征指标(二级指标)基础上,依据不同经营主体的特征和生产经营的发展趋势,进一步选择四套不同的测度指标,构建不同农业经营主体的申农分积分指标评价体系。

1. 农业企业申农分积分指标选择

农业企业是新型农业经营主体的重要组成部分,主要从事农产品生产、加工和流通,并通过各种利益联结机制与农户相联系,使农产品生产、加工、销售有机结合,实行一体化经营的企业组织。这类主体属于独立的企业法人,实行自主经营、自负盈亏、独立核算。相较而言,生产经营过程中企业基本信息、财务信息、生产经营信息、诚信信息等数据准确性高,信息化水平高,信息采集难度较低,因此,数据指标选取最全面,共62个三级指标。其中,生产经营能力包含3个二级指标和14个三级指标;生产经营活动包含3个二级指标和16个三级指标;生产经营绩效包含了5个二级指标和15个三级指标;生产经营诚信包含了3个二级指标和6个三级指标;社会责任包含了3个二级指标和11个三级指标。具体见表1。

表1 农业企业申农分积分指标评价体系

一级指标	二级指标	序号	三级指标	单位	数据来源
生产经营能力	基础能力	1	注册资本	万元	企查查
		2	人员规模	人	农经站
		3	企业成立时间	年	神农口袋
	管理能力	4	法定代表人年龄	岁	农经站
		5	法定代表人文化程度	—	农经站
		6	专业技术人员数量	个	企业提供
		7	职业技能持证人数	个	企业提供
		8	农业生产信息直报	—	神农口袋
		9	高标准农田面积	亩	神农口袋
		10	农机作业社会化服务面积占比	%	农机化处
	创新能力	11	承担区级以上研究示范项目数	个	企业提供
		12	拥有专利数量	个	企业提供
		13	研发强度	%	企业提供
		14	是否是高新技术企业	—	企查查
生产经营活动	经营规模	15	粮食种植面积	亩	神农口袋
		16	蔬菜种植面积	亩次	神农口袋
		17	经作种植面积	亩	神农口袋
		18	果园种植面积	亩	神农口袋
		19	水产养殖面积	亩	神农口袋
		20	畜牧养殖规模	平方米	神农口袋
	产出规模	21	粮食	吨	神农口袋
		22	蔬菜	吨	神农口袋
		23	经济作物	吨	神农口袋
		24	水果	吨	神农口袋
		25	水产	吨	神农口袋
	销售渠道	26	农产品商品率	%	企业提供
		27	农产品自销比重	%	企业提供
		28	农产品电商销售比重	%	企业提供
		29	农产品订单销售比重	%	企业提供
		30	农产品其他销售比重	%	企业提供

续表

一级指标	二级指标	序号	三级指标	单位	数据来源
生产经营绩效	品牌培育	31	通过新"三品一标"认证或评定	—	农经站
		32	获得质量管理体系认证	—	企业提供
		33	在本市地产优质农产品品鉴评优获奖		产业发展处
		34	在本企业以外带动地标推广的面积	亩	安全中心
	示范认定	35	是否为龙头企业	—	农经站
	费用支出	36	总支出	万元/年	农经站
		37	工资性支出	万元/年	农经站
	经营收入	38	经营收入	万元/年	神农口袋
		39	初级农产品销售收入	万元/年	暂未采集
		40	农产品加工品销售收入	万元/年	暂未采集
		41	农业服务性收入	万元/年	暂未采集
	效益效率	42	销售毛利率	%	暂未采集
		43	资产负债率	%	农经站
		44	劳动生产率	%	暂未采集
		45	单位面积产出	元/亩	暂未采集
生产经营诚信	安全质量	46	日常农产品监管合格率	%	安监处
	执行检查	47	受到农业部门行政处罚	—	一网通办
		48	受到其他有关部门行政处罚	—	一网通办
	信用状况	49	不良信用记录	—	一网通办
		50	发生劳动纠纷	—	暂未采集
		51	列入征信黑名单	—	一网通办
主体社会责任	生态保护	52	单位土地面积化学农药用量	千克/亩	神农口袋
		53	单位土地面积化肥用量	千克/亩	神农口袋
		54	有机肥料使用占比	%	神农口袋
		55	耕地质量等级前两等占比	%	神农口袋
		56	碳排放	吨	暂未采集
	引领带动	57	带动合作社	个	农经站
		58	带动家庭农场	个	农经站
		59	带动农户	个	农经站
	公益责任	60	吸纳本地农民就业人数	个	一网通办
		61	吸纳残疾人就业人数	个	残联
		62	公益捐款规模	万元	暂未采集

2. 专业合作社申农分积分指标选择

专业合作社是农民联合形成的组织,是指在农村家庭承包经营基础上,农产品的生产经营者或者农业生产经营服务的提供者、利用者,自愿联合、民主管理的互助性经济组织。这类主体与企业一样,具有法人资格,享有生产经营权,社员注册基本情况、经营状况、财务状况等信息基本比较完整,因此,可供选择的指标较全,共 60 个三级指标。其中,生产经营能力包含 3 个二级指标和 13 个三级指标;生产经营活动包含 3 个二级指标和 16 个三级指标;生产经营绩效根据合作社的实际情况调整为合作社绩效,包含了 5 个二级指标和 14 个三级指标;生产经营诚信根据合作社的实际情况调整为合作社诚信,包含了 3 个二级指标和 6 个三级指标;社会责任包含了 3 个二级指标和 11 个三级指标。具体见表 2。

表2　　　　　　　　　　　**专业合作社申农分积分指标评价体系**

一级指标	二级指标	序号	三级指标	单位	数据来源
生产经营能力	基础能力	1	合作社注册成员数	个	新型经营主体系统(部分)
		2	合作社成立年限	年	新型经营主体系统(部分)
		3	每年是否公布年报	—	—
		4	每年是否召开合作社成员(代表)大会	—	—
	管理能力	5	法定代表人年龄	岁	新型经营主体系统(部分)
		6	法定代表人文化程度	—	农经站
		7	专业技术人员数量	个	企业提供
		8	职业技能持证人数	个	企业提供
		9	农业生产信息直报	—	神农口袋
		10	高标准农田面积	亩	一图
		11	农机作业社会化服务面积占比	%	农机物联网系统
	创新能力	12	承担区级以上研究示范项目数	个	企业提供
		13	拥有专利数量	个	企业提供
生产经营活动	经营规模	14	粮食种植面积	亩	神农口袋
		15	蔬菜种植面积	亩	神农口袋
		16	经作种植面积	亩	神农口袋
		17	果园种植面积	亩	神农口袋
		18	水产养殖面积	亩	神农口袋
		19	畜牧养殖规模	头(羽)	畜牧系统
	产出规模	20	粮食	吨	神农口袋
		21	蔬菜	吨	神农口袋
		22	经济作物	吨	神农口袋
		23	水果	吨	神农口袋
		24	水产	吨	神农口袋
	销售渠道	25	农产品商品率	%	企业提供
		26	农产品自销比重	%	企业提供
		27	农产品电商销售比重	%	企业提供
		28	农产品订单销售比重	%	企业提供
		29	农产品其他销售比重	%	企业提供
合作社绩效	品牌认证	30	通过新"三品一标"认证或评定	%	表格
		31	是否有质量管理认证体系	—	企查查?
		32	在本合作社以外带动地标推广的面积	亩	安全中心
	示范认定	33	是否为市级示范合作社	—	表格
	费用支出	34	总支出	万元/年	新型经营主体系统(部分)
		35	工资性支出	万元/年	暂未采集
	经营收入	36	经营收入	万元/年	新型经营主体系统(部分)
		37	初级农产品销售收入	万元/年	暂未采集
		38	农产品加工品销售收入	万元/年	暂未采集
		39	农业服务性收入	万元/年	暂未采集
	效益效率	40	毛利率	%	暂未采集
		41	资产负债率	%	农经站
		42	劳动生产率	%	暂未采集
		43	单位面积产出	万元/亩	暂未采集
合作社诚信	安全质量	44	日常农产品监管合格率	%	沪农安
	执法检查	45	受到农业部门行政处罚	—	网站公布
		46	受到其他有关部门行政处罚	—	一网通办
	信用状况	47	不良信用记录	—	一网通办
		48	发生劳动纠纷	—	暂未采集
		49	是否列入征信黑名单	—	一网通办

一级指标	二级指标	序号	三级指标	单位	数据来源
主体社会责任	生态保护	50	单位土地面积化学农药用量	％	神农口袋
		51	单位土地面积化肥用量	％	神农口袋
		52	有机肥料使用占比	％	神农口袋
		53	耕地质量等级前两等占比	％	农技推广中心
		54	碳排放	吨	—
	引领带动	55	带动农户		新型经营主体系统(部分)
		56	盈余分配比例	％	表格纸质(部分示范社)
	公益荣誉	57	吸纳本地农民就业人数	—	市人社灵活就业补贴
		58	吸纳残疾人就业人数	个	市残联劳就处
		59	公益捐款规模	万元	暂未采集
		60	是否获得奖励或荣誉(乡镇及以上)	次	暂未采集

3. 家庭农场申农分积分指标选择

家庭农场是以家庭为单位的组织形态,主要劳动力由家庭成员构成,治理结构简单有效、成员属于利益共同体、生产监督成本较低,一般具有核算等经营管理制度,但与具有独立法人资格的农业主体相比,管理活动较少、统计指标较少、收益统计难度相对较大,因此在生产经营能力项中只采用基础能力。共采用47个三级指标,其中,生产经营能力包含3个二级指标和10个三级指标;生产经营活动包含3个二级指标和15个三级指标;生产经营绩效包含了5个二级指标和12个三级指标;生产经营诚信包含了3个二级指标和5个三级指标;社会责任包含了2个二级指标和5个三级指标。具体见表3。

表3　　　　　　　　　家庭农场申农分积分指标评价体系

一级指标	二级指标	序号	三级指标	单位	数据来源
生产经营能力	基础能力	1	家庭农场成员数	人	农经站
		2	家庭农场成立年限	年	农经站
	管理能力	3	农场主年龄	岁	农经站
		4	农场主文化程度	—	农经站
		5	是否加入合作(联)社	—	暂未采集
		6	职业技能持证人数	个	企业提供
		7	农业生产信息直报	—	神农口袋
		8	农机作业社会化服务面积占比	％	农机化处
	创新能力	9	承担区级以上研究示范项目数	个	企业提供
		10	拥有专利数量	个	企业提供
生产经营活动	经营规模	11	粮食种植面积	亩	神农口袋
		12	蔬菜种植面积	亩次	神农口袋
		13	经作种植面积	亩	神农口袋
		14	果园种植面积	亩	神农口袋
		15	水产养殖面积	亩	神农口袋
		16	种养结合规模	头(羽)	神农口袋
	产出规模	17	粮食	吨	神农口袋
		18	蔬菜	吨	神农口袋
		19	经济作物	吨	神农口袋
		20	水果	吨	神农口袋
		21	水产	吨	神农口袋

一级指标	二级指标	序号	三级指标	单位	数据来源
	销售渠道	22	农产品商品率	%	企业提供
		23	农产品自销比重	%	企业提供
		24	农产品电商销售比重	%	企业提供
		25	农产品其他销售比重	%	企业提供
生产经营绩效	品牌认证	26	通过新"三品一标"认证或评定	%	农经站
		27	是否有质量管理认证体系	—	企业提供
	示范认定	28	是否是市级示范家庭农场	—	农经站
	费用支出	29	总支出	万元/年	农经站
		30	工资性支出	万元/年	农经站
	经营收入	31	经营收入	万元/年	神农口袋
		32	初级农产品销售收入	万元/年	暂未采集
		33	农产品加工品销售收入	万元/年	暂未采集
		34	农业服务性收入	万元/年	暂未采集
	效益效率	35	销售毛利率	万元/年	暂未采集
		36	劳动生产率	万元/年	暂未采集
		37	单位面积产出	万元/年	暂未采集
生产经营诚信	安全质量	38	日常农产品监管合格率	%	安监处
	执法检查	39	受到农业部门行政处罚	—	一网通办
		40	受到其他有关部门行政处罚	—	一网通办
	信用状况	41	不良信用记录	—	一网通办
		42	列入征信黑名单	—	一网通办
主体社会责任	生态保护	43	单位土地面积化学农药用量	%	神农口袋
		44	单位土地面积化肥用量	%	神农口袋
		45	有机肥料使用占比	%	神农口袋
		46	耕地质量等级前两等占比	%	神农口袋
	公益责任	47	是否获得奖励或荣誉（乡镇及以上）	—	暂未采集

4. 小规模经营户申农分积分指标选择

小规模经营户与家庭农场一样,主要是以家庭成员为劳动力,仅有少量短期的雇工,小规模经营户的具有生产经营规模小、专业化、商品化、标准化水平低等特征,且一般没有核算等经济管理制度,与家庭农场的农业主体相比,数据较少,统计更不完整,因此,可采集的评价指标最少,共采用 47 个三级指标,其中,生产经营能力包含 3 个二级指标和 10 个三级指标;生产经营活动包含 3 个二级指标和 15 个三级指标;生产经营绩效包含了 5 个二级指标和 12 个三级指标;生产经营诚信包含了 3 个二级指标和 5 个三级指标;社会责任包含了 2 个二级指标和 5 个三级指标。具体见表 4。

表 4 小规模经营户申农分积分指标评价体系

一级指标	二级指标	序号	三级指标	单位	数据来源
生产经营能力	基础能力	1	家庭农场成员数	人	农经站
		2	家庭农场成立年限	年	农经站
	管理能力	3	农场主年龄	岁	农经站
		4	农场主文化程度	—	农经站
		5	是否加入合作(联)社	—	暂未采集
		6	职业技能持证人数	个	企业提供
		7	农业生产信息直报	—	神农口袋
		8	农机作业社会化服务面积占比	%	农机化处
	创新能力	9	承担区级以上研究示范项目数	个	企业提供
		10	拥有专利数量	个	企业提供
生产经营活动	经营规模	11	粮食种植面积	亩	神农口袋
		12	蔬菜种植面积	亩次	神农口袋
		13	经作种植面积	亩	神农口袋
		14	果园种植面积	亩	神农口袋
		15	水产养殖面积	亩	神农口袋
		16	种养结合规模	头(羽)	神农口袋
	产出规模	17	粮食	吨	神农口袋
		18	蔬菜	吨	神农口袋
		19	经济作物	吨	神农口袋
		20	水果	吨	神农口袋
		21	水产	吨	神农口袋
	销售渠道	22	农产品商品率	%	企业提供
		23	农产品自销比重	%	企业提供
		24	农产品电商销售比重	%	企业提供
		25	农产品其他销售比重	%	企业提供
生产经营绩效	品牌认证	26	通过新"三品一标"认证或评定	%	农经站
		27	是否有质量管理认证体系	—	企业提供
	示范认定	28	是否是市级示范家庭农场	—	农经站
	费用支出	29	总支出	万元/年	农经站
		30	工资性支出	万元/年	农经站
	经营支出	31	经营收入	万元/年	神农口袋
		32	初级农产品销售收入	万元/年	暂未采集
		33	农产品加工品销售收入	万元/年	暂未采集
		34	农业服务性收入	万元/年	暂未采集
	效益效率	35	销售毛利率	万元/年	暂未采集
		36	劳动生产率	万元/年	暂未采集
		37	单位面积产出	万元/年	暂未采集
生产经营诚信	安全质量	38	日常农产品监管合格率	%	安监处
	执法检查	39	受到农业部门行政处罚	—	一网通办
		40	受到其他有关部门行政处罚	—	一网通办
	信用状况	41	不良信用记录	—	一网通办
		42	列入征信黑名单	—	一网通办
主体社会责任	生态保护	43	单位土地面积化学农药用量	%	神农口袋
		44	单位土地面积化肥用量	%	神农口袋
		45	有机肥料使用占比	%	神农口袋
		46	耕地质量等级前两等占比	%	神农口袋
	公益责任	47	是否获得奖励或荣誉(乡镇及以上)	—	暂未采集

（三）不同积分方式的指标分类

根据各类农业生产经营主体的特点和各类评价指标的特性，我们将所有指标分为四类，并对不同类型指标实施不同的积分方式。因此不同指标的积分方式要有不同的导向作用。本研究根据对不同经营主体的要求和发展引导方向，设置了四种类型的积分方式对各指标进行赋值，即基本积分、能效积分、奖励积分、惩处积分。

1. 基本积分

基本积分是对农业经营主体基本情况的评价，主要采用定性指标进行评价，只要生产经营主体满足该标指标内涵的要求，都予以相同的分值。

该类指标包括了是否是高新技术企业、是否获得质量管理体系认证、是否为龙头企业、是否公布年报、是否召开合作社成员（代表）大会、是否为市级合作社、是否加入合作（联）社、是否是市级示范家庭农场、是否获得奖励或荣誉等定性指标。

2. 能效积分

能效积分反映农业经营主体生产经营活动结果的指标，是整个积分体系中最主要的指标，主要采用定量指标进行分档次评价。该类指标设有封顶值，按照不同经营主体在行业内所处的档次或位次予以相应的积分，即在行业内处于优秀水平的予以最高分值，在行业内处于合格水平的予以中低等分值。

该类指标包含了生产经营能力、生产经营活动、生产经营绩效等绝大多数三级指标。

3. 奖励积分

奖励积分是引导、鼓励农业经营主体高质量发展的指标，是拉开不同经营主体分值，筛选出高质量发展的农业经营主体的重要指标，与惩处积分相对应，该类指标按照不同经营主体在实践中的成果进行累计加分，即生产经营主体每提高1个单位的成绩，该指标增加1个单位的分值，提高得越多，增加的分值越多，该类指标不设置封顶值。

该类指标包含了在获得"三品一标"的农业生产面积占比、绿色认证率、在本市地产优质农产品品鉴评优获奖、带动合作社、带动农户、吸纳本地农民就业人数、吸纳采集人就业人数等定量指标。

4. 惩处积分

惩处积分指标是指农业经营主体对社会的不良影响，是农业经营主体在生产经营过程中不能触碰的红线，与奖励积分相对应，该类指标按照不同经营主体在实践中所受到的惩处进行累计扣分，即生产经营主体每受到一次惩处，该指标扣除1个单位的分值，受到惩处越多，扣除的分值越多。

该类指标包含了日常农产品监管合格率、受到农业部门行政处罚、受到其他有关部门行政处罚、不良信用记录、发生劳动纠纷、是否列入征信黑名单等。

四、数据采集方法

（一）数据采集

结合正在建设的农业云平台，进行数据共享。按照应收尽收的大数据汇集原则，加强农业各相关部门的紧密协同,着力解决数据"孤岛"问题,打通各个部门、各级政府数据信息系统的数据汇集通道。构建农业基础数据体系,包括土地资源数据、农业环境数据、基本农田及高标准农田数据、农地经营数据、土地质量监测数据、农田设施数据、农业生产经营主体数据等。构建农业经营数据体系,包括粮食、蔬菜、畜牧、水产等的生产经营数据、生产资料投入数据、农产品销售及价格数据等。综合运用遥感监控等现代信息技术手段,提高种植地块、饲养场所、养殖水面的监测电子化覆盖程度,构建农业质量安全数字化、网格化监测体系。

通过生产经营主体入网直报采取数据。以"神农口袋"项目为抓手,完成各类生产经营主体全部入网,通过建立区、镇、村三级信息指导员队伍,实施入网直报鼓励政策,指导和激励各类生产经营主体积极参与播种、用药、施肥、采收等环节农事操作动态的信息入网直报。按照精准报、轻松报、乐意报的入网直报要求,完善填报系统入口、优化农地农事记录事项、构建填报记录自检评分系统。建立田间档案、农资进出库台账、农资存放、农药使用等现场监管检查、评分情况实时在线。

(二)积分推进梯次

在申农分积分体系的顶层设计中重点考虑了体系的完备性和方向的科学性,然而在实践过程中,受数据获取难易程度以及采集成本大小等因素的综合影响,申农分积分难以一蹴而就,只能在总体框架下根据数据获取的便捷性和数据库开发利用的难易程度,分三个阶段推进申农分积分工作。

一阶段推进的指标为重要性显著,且已有数据库可自动采集的指标,数据来源包括企查查、神农口袋、农经站、一网通办等已建成数据库。这类数据不需要进行测算处理,能直接根据赋分标准自动测算出生产经营主体一阶段的申农分积分分值。

二阶段推进的指标为重要性突出,但目前数据暂不能自动采集的指标,数据来源神农口袋等数据库或相关业务部门的纸质数据。该类数据需要通过技术部门进行再开发或将纸质数据转化为电子数据,根据申农分积分指标的含义进行测算,达到自动生成二阶段申农分积分分值的目标。

三阶段推进的指标为暂未采集的指标,数据主要来源于生产经营主体直报数据。该类数据需要通过技术部门按照申农分积分指标的含义添加在"神农口袋"项目中,已达到生产经营主体定期填报后自动生成三阶段申农分积分分值的目标。

积分推进梯次具体按照表5-表8进行。

表5 农业企业申农分积分推进梯次

一级指标	二级指标	序号	三级指标	一阶段	二阶段	三阶段
生产经营能力	基础能力	1	注册资本	√		
		2	人员规模	√		
		3	企业成立时间	√		
	管理能力	4	法定代表人年龄	√		
		5	法定代表人文化程度	√		
		6	专业技术人员数量			√
		7	职业技能持证人数			√
		8	农业生产信息直报			√
		9	高标准农田面积		√	
		10	农机作业社会化服务面积占比		√	
	创新能力	11	承担区级以上研究示范项目数			√
		12	拥有专利数量			√
		13	研发强度			√
		14	是否是高新技术企业	√		
生产经营活动	经营规模	15	粮食种植面积	√		
		16	蔬菜种植面积	√		
		17	经作种植面积	√		
		18	果园种植面积	√		
		19	水产养殖面积	√		
		20	畜牧养殖规模	√		
	产出规模	21	粮食			√
		22	蔬菜			√
		23	经济作物			√
		24	水果			√
		25	水产			√
	销售渠道	26	农产品商品率			√
		27	农产品自销比重			√
		28	农产品电商销售比重			√
		29	农产品订单销售比重			√
		30	农产品其他销售比重			√
生产经营绩效	品牌培育	31	通过新"三品一标"认证或评定	√		
		32	获得质量管理体系认证			√
		33	在本市地产优质农产品品鉴评优获奖	√		
		34	在本企业以外带动地标推广的面积		√	
	示范认定	35	是否为龙头企业	√		
	费用支出	36	总支出	√		
		37	工资性支出	√		
	经营收入	38	经营收入	√		
		39	初级农产品销售收入			√
		40	农产品加工品销售收入			√
		41	农业服务性收入			√
	效益效率	42	销售毛利率			√
		43	资产负债率	√		
		44	劳动生产率			√
		45	单位面积产出			√

续表

一级指标	二级指标	序号	三级指标	积分梯次		
				一阶段	二阶段	三阶段
生产经营诚信	安全质量	46	日常农产品监管合格率	√		
	执法检查	47	受到农业部门行政处罚	√		
		48	受到其他有关部门行政处罚	√		
	信用状况	49	不良信用记录	√		
		50	发生劳动纠纷			√
		51	列入征信黑名单			√
主体社会责任	生态保护	52	单位土地面积化学农药用量		√	
		53	单位土地面积化肥用量		√	
		54	有机肥料使用占比		√	
		55	耕地质量等级前两等占比		√	
		56	碳排放			√
	引领带动	57	带动合作社		√	
		58	带动家庭农场		√	
		59	带动农户		√	
	公益责任	60	吸纳本地农民就业人数	√		
		61	吸纳残疾人就业人数			√
		62	公益捐款规模			√

表6　　　　　　　　　　　　专业合作社申农分积分推进梯次

一级指标	二级指标	序号	三级指标	积分梯次		
				一阶段	二阶段	三阶段
生产经营能力	基础能力	1	合作社注册成员数	√		
		2	合作社成立年限	√		
		3	每年是否公布年报	√		
		4	每年是否召开合作社成员(代表)大会		√	
	管理能力	5	法定代表人年龄	√		
		6	法定代表人文化程度	√		
		7	专业技术人员数量			√
		8	职业技能持证人数			√
		9	农业生产信息直报			√
		10	高标准农田面积		√	
		11	农机作业社会化服务面积占比		√	
	创新能力	12	承担区级以上研究示范项目数			√
		13	拥有专利数量			√
生产经营活动	经营规模	14	粮食种植面积	√		
		15	蔬菜种植面积	√		
		16	经作种植面积	√		
		17	果园种植面积	√		
		18	水产养殖面积	√		
		19	畜牧养殖规模	√		
	产出规模	20	粮食			√
		21	蔬菜			√
		22	经济作物			√
		23	水果			√
		24	水产			√

续表

一级指标	二级指标	序号	三级指标	积分梯次		
				一阶段	二阶段	三阶段
	销售渠道	25	农产品商品率			√
		26	农产品自销比重			√
		27	农产品电商销售比重			√
		28	农产品订单销售比重			√
		29	农产品其他销售比重			√
合作社绩效	品牌认证	30	通过新"三品一标"认证或评定	√		
		31	是否有质量管理认证体系			√
		32	在本合作社以外带动地标推广的面积		√	
	示范认定	33	是否为市级示范合作社	√		
	费用支出	34	总支出	√		
		35	工资性支出	√		
	经营收入	36	经营收入	√		
		37	初级农产品销售收入			√
		38	农产品加工品销售收入			√
		39	农业服务性收入			√
	效益效率	40	毛利率			√
		41	资产负债率	√		
		42	劳动生产率			√
		43	单位面积产出			√
合作社诚信	安全质量	44	日常农产品监管合格率	√		
	执法检查	45	受到农业部门行政处罚	√		
		46	受到其他有关部门行政处罚	√		
	信用状况	47	不良信用记录	√		
		48	发生劳动纠纷			√
		49	是否列入征信黑名单			√
主体社会责任	生态保护	50	单位土地面积化学农药用量		√	
		51	单位土地面积化肥用量		√	
		52	有机肥料使用占比		√	
		53	耕地质量等级前两等占比		√	
		54	碳排放			√
	引领带动	55	带动农户	√		
		56	盈余分配比例	√		
	公益荣誉	57	吸纳本地农民就业人数	√		
		58	吸纳残疾人就业人数			√
		59	公益捐款规模			√
		60	是否获得奖励或荣誉(乡镇及以上)		√	

表7 家庭农场申农分积分推进梯次

一级指标	二级指标	序号	三级指标	一阶段	二阶段	三阶段
生产经营能力	基础能力	1	家庭农场成员数	√		
		2	家庭农场成立年限	√		
	管理能力	3	农场主年龄	√		
		4	农场主文化程度	√		
		5	是否加入合作(联)社		√	
		6	职业技能持证人数			√
		7	农业生产信息直报			√
		8	农机作业社会化服务面积占比		√	
	创新能力	9	承担区级以上研究示范项目数			√
		10	拥有专利数量			√
生产经营活动	经营规模	11	粮食种植面积	√		
		12	蔬菜种植面积	√		
		13	经作种植面积	√		
		14	果园种植面积	√		
		15	水产养殖面积	√		
		16	种养结合规模	√		
	产出规模	17	粮食			√
		18	蔬菜			√
		19	经济作物			√
		20	水果			√
		21	水产			√
	销售渠道	22	农产品商品率			√
		23	农产品自销比重			√
		24	农产品电商销售比重			√
		25	农产品其他销售比重			√
生产经营绩效	品牌认证	26	通过新"三品一标"认证或评定	√		
		27	是否有质量管理认证体系			√
	示范认定	28	是否是市级示范家庭农场	√		
	费用支出	29	总支出	√		
		30	工资性支出	√		
	经营收入	31	经营收入	√		
		32	初级农产品销售收入			√
		33	农产品加工品销售收入			√
		34	农业服务性收入			√
	效益效率	35	销售毛利率			√
		36	劳动生产率			√
		37	单位面积产出			√
生产经营诚信	安全质量	38	日常农产品监管合格率		√	
	执法检查	39	受到农业部门行政处罚	√		
		40	受到其他有关部门行政处罚	√		
	信用状况	41	不良信用记录			√
		42	列入征信黑名单			√

续表

一级指标	二级指标	序号	三级指标	积分梯次		
				一阶段	二阶段	三阶段
主体社会责任	生态保护	43	单位土地面积化学农药用量		√	
		44	单位土地面积化肥用量		√	
		45	有机肥料使用占比		√	
		46	耕地质量等级前两等占比		√	
	公益责任	47	是否获得奖励或荣誉（乡镇及以上）		√	

表8　　　　　　　　　　　　　　小规模经营户申农分积分推进梯次

一级指标	二级指标	序号	三级指标	积分梯次		
				一阶段	二阶段	三阶段
生产经营能力	基础能力	1	家庭农场成员数	√		
		2	家庭农场成立年限	√		
	管理能力	3	农场主年龄	√		
		4	农场主文化程度	√		
		5	是否加入合作（联）社		√	
		6	职业技能持证人数			√
		7	农业生产信息直报			√
		8	农机作业社会化服务面积占比		√	
	创新能力	9	承担区级以上研究示范项目数			√
		10	拥有专利数量			√
生产经营活动	经营规模	11	粮食种植面积	√		
		12	蔬菜种植面积	√		
		13	经作种植面积	√		
		14	果园种植面积	√		
		15	水产养殖面积	√		
		16	种养结合规模	√		
	产出规模	17	粮食			√
		18	蔬菜			√
		19	经济作物			√
		20	水果			√
		21	水产			√
	销售渠道	22	农产品商品率			√
		23	农产品自销比重			√
		24	农产品电商销售比重			√
		25	农产品其他销售比重			√
生产经营绩效	品牌认证	26	通过新"三品一标"认证或评定	√		
		27	是否有质量管理认证体系			√
	示范认定	28	是否是市级示范家庭农场	√		
	费用支出	29	总支出	√		
		30	工资性支出	√		
	经营收入	31	经营收入	√		
		32	初级农产品销售收入			√
		33	农产品加工品销售收入			√
		34	农业服务性收入			√
	效益效率	35	销售毛利率			√
		36	劳动生产率			√
		37	单位面积产出			√

一级指标	二级指标	序号	三级指标	积分梯次 一阶段	积分梯次 二阶段	积分梯次 三阶段
生产经营诚信	安全质量	38	日常农产品监管合格率		√	
生产经营诚信	执法检查	39	受到农业部门行政处罚	√		
生产经营诚信	执法检查	40	受到其他有关部门行政处罚	√		
生产经营诚信	信用状况	41	不良信用记录			√
生产经营诚信	信用状况	42	列入征信黑名单			√
主体社会责任	生态保护	43	单位土地面积化学农药用量		√	
主体社会责任	生态保护	44	单位土地面积化肥用量		√	
主体社会责任	生态保护	45	有机肥料使用占比		√	
主体社会责任	生态保护	46	耕地质量等级前两等占比		√	
主体社会责任	公益责任	47	是否获得奖励或荣誉(乡镇及以上)		√	

(三)积分赋值标准

一阶段农业经营主体的赋分须建立分级赋分标准以及分级赋分范围。

分级赋分标准拟根据抽样数据的样本分布以及有关政策文件的要求建立分级赋分标准,并在此基础上,根据农业农村委各业务处室的建议进行调整。

分级赋分范围主要采用德尔菲法,共收集了9个涉农区以及9个业务部门的建议,综合各单位意见后,予以相应的分值。不同经营主体的赋分表见表9—表12所示。

表9   农业企业第一阶段指标赋分

一级指标	二级指标	序号	三级指标	档次	档次赋分	分档依据	积分方式
生产经营能力	基础能力	1	注册资本	资本<50万元	60	磐农中心大数据模拟	能效积分
				50万元≤资本<200万元	70		
				200万元≤资本<500万元	80		
				500万元≤资本<1 000万元	90		
				1000万<资本	100		
生产经营能力	基础能力	2	人员规模	人数<3	70	磐农中心大数据模拟	能效积分
				3≤人数<10	80		
				10≤人数<50	90		
				50≤人数	100		
生产经营能力	基础能力	3	企业成立时间	时间<1年	60	磐农中心大数据模拟	能效积分
				1年≤时间<3年	70		
				3年≤时间<7年	80		
				7年≤时间<15年	90		
				15年≤时间	100		
生产经营能力	管理能力	4	法定代表人年龄	18≤年龄<50	100	磐农中心大数据模拟	能效积分
				50≤年龄<70	80		
				70≤年龄	60		
生产经营能力	管理能力	5	法定代表人文化程度	初中及以下	60	农业农村委	能效积分
				初中到高中	80		
				大专及以上	100		
生产经营能力	创新能力	14	是否是高新技术企业	否	0	农业农村委	基本积分
				是	100		
生产经营活动	经营规模	15	粮食种植面积	面积<30亩	60	种植处建议	能效积分
				30亩≤面积<200亩	70		
				200亩≤面积<500亩	80		
				500亩≤面积<5 000亩	100		
				5 000亩≤面积	90		

续表

一级指标	二级指标	序号	三级指标	档次	档次赋分	分档依据	积分方式
生产经营活动	经营规模	16	蔬菜种植面积	面积<100亩	60	蔬菜处建议	能效积分
				100亩≤面积<500亩	80		
				500亩≤面积1 000亩	90		
				1 000亩≤面积	100		
生产经营活动	经营规模	17	经作种植面积	面积<5亩	60	大数据模拟	能效积分
				5亩≤面积<10亩	70		
				10亩≤面积<25亩	80		
				25亩≤面积<100亩	90		
				100亩≤面积	100		
生产经营活动	经营规模	18	果园种植面积	面积<10亩	60	大数据模拟	能效积分
				10亩≤面积<20亩	70		
				20亩≤面积<30亩	80		
				30亩≤面积<100亩	90		
				100亩次≤面积	100		
生产经营活动	经营规模	19	水产养殖面积	面积<30亩	0	渔业处、水产处、松江区建议	能效积分
				30亩≤面积<60亩	60		
				60亩≤面积<180亩	80		
				180亩≤面积	100		
生产经营活动	经营规模	20	畜禽养殖规模	生猪年出栏<3 000头 蛋鸡年末存栏<1万只 鸡年末存栏<5万只 奶牛年末存栏<500头 羊年末存栏<200头	80	畜牧处建议	能效积分
				3 000只≤生猪年出栏<1万只 1万只≤蛋鸡年末存栏<5万只 5万只≤肉鸡年末存栏<50万只 500头≤奶牛年末存栏<2000头 200头≤羊年末存栏<1 000头	90		
				10 000≤生猪年出栏 5万只≤蛋鸡年末存栏 500万只≤肉鸡年末存栏 2 000头≤奶牛年末存栏 1 000头≤奶牛年末存栏	100		
生产经营绩效	品牌培育	31	通过新"三品一标"认证或评定	认证或评定的年,积分100,第二年及以后,根据实际种植积分	100	农业农村委	奖励积分
生产经营绩效	示范认定	35	是否为龙头企业	国家级龙头企业	100	农业农村委	能效积分
				市级龙头企业	50		
				区级龙头企业	30		
生产经营绩效	费用支出	36	总支出	总支出<50万元	70	农业农村委	能效积分
				50万元≤总支出<200万元	80		
				200万元≤总支出<500万元	90		
				500万元≤总支出	100		
生产经营绩效	费用支出	37	工资性支出	工资性支出<5万元	40	农业农村委	能效积分
				5万元≤工资性支出<20万元	60		
				20万元≤工资性支出<50万元	80		
				50万元≤工资性支出	100		
生产经营绩效	经营收入	38	经营收入	收入<50万	40	统计局农林牧渔业大中小微型企业划分标准	能效积分
				200万≤收入<500万	60		
				50万≤收入<200万	80		
				500万≤收入	100		

续表

一级指标	二级指标	序号	三级指标	档次	档次赋分	分档依据	积分方式
生产经营绩效	效益效率	42	销售毛利率	销售毛利率<10%	60	崇明区和宝山区建议	能效积分
				10%≤销售毛利率<20%	75		
				20%≤销售毛利率<30%	90		
				30%≤销售毛利率	100		
生产经营绩效	效益效率	43	资产负债率	资产负债率<30%	100	研究中心建议	能效积分
				30%≤资产负债率<40%	90		
				40%≤资产负债率<50%	80		
				50%≤资产负债率	60		
生产经营诚信	安全质量	46	日常农产品监管合格率	小于90%	−100	农业农村委	惩处积分
				90%及以上	0		
生产经营诚信	执法检查	47	受到农业部门行政处罚	每发生一次扣减分数	−100	农业农村委	惩处积分
生产经营诚信	执法检查	48	受到其他有关部门行政处罚	每发生一次扣减分数	−100	农业农村委	惩处积分
生产经营诚信	诚信状况	49	不良信用记录	每发生一次扣减分数	−50	农业农村委	惩处积分
社会责任	公益责任	60	吸纳本地农民就业人数	每吸纳1人加分		农业农村委	奖励积分

表10　　　　　　　　　　　　　　专业合作社第一阶段指标赋分

一级指标	二级指标	序号	三级指标	档次	档次赋分	分档依据	积分方式
生产经营能力	基础能力	1	合作社成员数	5≤人数<10	60	农业农村委	能效积分
				10≤人数<20	80		
				20≤人数	100		
生产经营能力	基础能力	2	合作社成立年限	时间<1年	60	磐农中心大数据模拟	能效积分
				1年≤时间<3年	70		
				3年≤时间<7年	80		
				7年≤时间<15年	90		
				15年≤时间	100		
生产经营能力	基础能力	3	每年是否公布年报	否	0	农业农村委	基本积分
				是	100		
生产经营能力	管理能力	5	法定代表人年龄	18≤年龄<50	100	磐农中心大数据模拟	能效积分
				50≤年龄<70	80		
				70≤年龄	60		
生产经营能力	管理能力	6	法定代表人文化程度	初中及以下	60	农业农村委	能效积分
				初中到高中	80		
				大专及以上	100		
生产经营活动	经营规模	14	粮食种植面积	面积<30亩	60	种植业处建议	能效积分
				30亩≤面积<170亩	70		
				170亩≤面积<350亩	80		
				350亩≤面积<1 000亩	100		
				1 000亩≤面积	60		
生产经营活动	经营规模	15	蔬菜种植面积	面积<100亩	60	蔬菜办建议	能效积分
				100亩≤面积<500亩	80		
				500亩≤面积<1 000亩	90		
				1 000亩≤面积	100		
生产经营活动	经营规模	16	经作种植面积	面积<5亩	60	种植业处建议	能效积分
				5亩≤面积<20亩	70		
				20亩≤面积<50亩	80		
				50亩≤面积<160亩	100		
				160亩≤面积	90		

续表

一级指标	二级指标	序号	三级指标	档次	档次赋分	分档依据	积分方式
生产经营活动	经营规模	17	果园种植面积	面积<5 亩	60	种植业处建议	能效积分
				5 亩≤面积<20 亩	70		
				20 亩≤面积<70 亩	80		
				70 亩≤面积<200 亩	100		
				200 亩≤面积	90		
生产经营活动	经营规模	18	水产养殖面积	面积<30 亩	0	渔业处、松江区建议	能效积分
				30 亩≤面积<100 亩	60		
				100 亩≤面积<500 亩	80		
				500 亩≤面积	100		
生产经营活动	经营规模	19	畜禽养殖规模	生猪年出栏<3 000 头 蛋鸡年末存栏<1 万只	80	畜牧处建议	能效积分
				3 000 只≤生猪年出栏<1 万只 1 万只≤蛋鸡年末存栏<5 万只	90		
				10 000≤生猪年出栏 5 万只≤蛋鸡年末存栏	100		
生产经营绩效	品牌培育	30	通过新"三品一标"认证或评定	认证或评定当年,积分100,第二年及以后,根据实际种植积分	100	农业农村委	奖励积分
生产经营绩效	示范认定	33	是否为示范合作社	否	0	农业农村委	能效积分
				是	100		
生产经营绩效	费用支出	34	总支出	总支出<30 万元	70	农业农村委	能效积分
				30 万元≤总支出<100 万元	80		
				100 万元≤总支出<300 万元	90		
				300 万元≤总支出	100		
生产经营绩效	费用支出	35	工资性支出	工资性支出<5 万元	40	农业农村委	能效积分
				5 万元≤工资性支出<10 万元	60		
				10 万元≤工资性支出<30 万元	80		
				30 万元≤工资性支出	100		
生产经营绩效	经营收入	36	经营收入	收入<50 万元	40	研究中心依据文件建议	能效积分
				50 万元≤收入<100 万元	60		
				100 万元≤收入<300 万元	80		
				300 万元≤收入	100		
生产经营绩效	效益效率	40	销售毛利率	销售毛利率<10%	50	崇明区建议	能效积分
				10%≤销售毛利率<20%	60		
				20%≤销售毛利率<30%	80		
				30%≤销售毛利率	100		
生产经营绩效	效益效率	41	资产负债率	资产负债率<30%	100	研究中心建议	能效积分
				30%≤资产负债率<40%	90		
				40%≤资产负债率<50%	80		
				50%≤资产负债率	60		
生产经营诚信	安全质量	44	日常农产品监管合格率	小于90%	−100	农业农村委	惩处积分
				90%及以上	0		
生产经营诚信	执法检查	45	受到农业部门行政处罚	每发生一次扣减分数	−100	农业农村委	惩处积分
生产经营诚信	执法检查	46	受到其他有关部门行政处罚	每发生一次扣减分数	−100	农业农村委	惩处积分
生产经营诚信	诚信状况	47	不良信用记录	每发生一次扣减分数	−50	农业农村委	惩处积分
社会责任	公益责任	57	吸纳本地农民就业人数	每吸纳1人加分	2	农业农村委	奖励积分

表 11　　　　　　　　　　　　**家庭农场第一阶段指标赋分表**

一级指标	二级指标	序号	三级指标	档次	档次赋分	分档依据	积分方式
生产经营能力	基础能力	1	家庭农场成员数	人数＜3	60	崇明、青浦、嘉定、农机化处建议	能效积分
				3≤人数＜5	80		
				5≤人数	100		
生产经营能力	基础能力	2	家庭农产成立年限	时间＜1 年	60	磐农中心大数据模拟	能效积分
				1 年≤时间＜3 年	70		
				3 年≤时间＜7 年	80		
				7 年≤时间＜15 年	90		
				15 年≤时间	100		
生产经营能力	管理能力	3	农场主年龄	18≤年龄＜50	100	磐农中心大数据模拟	能效积分
				50≤年龄＜70	80		
				70≤年龄	60		
生产经营能力	管理能力	4	农场主受教育程度	大专及以上	100	磐农中心大数据模拟	能效积分
				初中到高中	80		
				初中及以下	60		
生产经营能力	管理能力	5	是否加入合作(联)社	否	60	农业农村委	能效积分
				是	100		
生产经营活动	经营规模	11	粮食种植面积	面积＜100 亩	50	研究中心建议	能效积分
				100 亩≤面积＜300 亩	100		
				300 亩≤面积	50		
生产经营活动	经营规模	12	蔬菜种植面积	面积＜30 亩	80	蔬菜办建议	能效积分
				30 亩≤面积＜100 亩	100		
				100 亩≤面积＜300 亩	90		
				300 亩≤面积	80		
生产经营活动	经营规模	13	经作种植面积	面积＜30 亩	50	研究中心建议	能效积分
				30 亩≤面积＜80 亩	100		
				80 亩≤面积	50		
生产经营活动	经营规模	14	果园种植面积	面积＜5 亩	70	种植业处、市农广校、奉贤区建议	能效积分
				5 亩≤面积＜10 亩	80		
				10 亩≤面积＜100 亩	100		
				100 亩≤面积	90		
生产经营活动	经营规模	15	水产养殖面积	面积＜30 亩	50	研究中心建议	能效积分
				30 亩≤面积＜100 亩	100		
				100 亩≤面积	50		
生产经营活动	经营规模	16	种养结合规模	生猪 400－600 头、水稻 100－150 亩	100	畜牧处建议	能效积分
				稻虾等模式	100		
生产经营绩效	品牌培育	26	通过新"三品一标"认证或评定	认证或评定当年，积分100，第二年以后，根据实际种植积分	100	农业农村委	奖励积分
生产经营绩效	示范认定	28	是否为示范家庭农场	否	0	农业农村委	基本积分
				是	100		
生产经营绩效	费用支出	29	总支出	总支出≥200 万元	100	农经站建议	能效积分
				200 万元≤总支出＜100 万元	90		
				100 万元≤总支出＜30 万元	80		
				总支出＜30 万元	70		
生产经营绩效	费用支出	30	工资性支出	15 万元≤工资性支出	80	农经站建议	能效积分
				10 万元≤工资性支出＜15 万元	100		
				3 万元≤工资性支出＜10 万元	90		
				工资性支出＜3 万元	80		
生产经营绩效	经营收入	31	经营收入	300 万元≤经营收入	100	农经站建议	能效积分
				100 万元≤经营收入＜300 万元	80		
				50 万元≤经营收入＜100 万元	60		
				经营收入＜50 万元	50		

一级指标	二级指标	序号	三级指标	档次	档次赋分	分档依据	积分方式
生产经营绩效	效益效率	35	销售毛利率	销售毛利率＜10％	50	参照合作社	能效积分
				10％≤销售毛利率＜20％	60		
				20％≤销售毛利率＜30％	80		
				30％≤销售毛利率	100		
生产经营诚信	安全质量	38	日常农产品监管合格率	小于100％	－500	农业农村委	惩处积分
				100％	0		
生产经营诚信	执法检查	40	受到农业部门行政处罚	每发生一次扣减分数	－100	农业农村委	惩处积分
生产经营诚信	执法检查	41	受到其他相关部门行政处罚	每发生一次扣减分数	－100	农业农村委	惩处积分

表 12　　小规模经营户第一阶段指标赋分表

一级指标	二级指标	序号	三级指标	档次	档次赋分	分档依据	积分方式
生产经营能力	基础能力	1	家庭农场成员数	人数＜3	60	崇明、青浦、嘉定、农机化处建议	能效积分
				3≤人数＜5	80		
				5≤人数	100		
生产经营能力	基础能力	2	家庭农产成立年限	时间＜1年	60	磐农中心大数据模拟	能效积分
				1年≤时间＜3年	70		
				3年≤时间＜7年	80		
				7年≤时间＜15年	90		
				15年≤时间	100		
生产经营能力	管理能力	3	农场主年龄	18≤年龄＜50	100	磐农中心大数据模拟	能效积分
				50≤年龄＜70	80		
				70≤年龄	60		
生产经营能力	管理能力	4	农场主受教育程度	大专及以上	100	磐农中心大数据模拟	能效积分
				初中到高中	80		
				初中及以下	60		
生产经营能力	管理能力	5	是否加入合作（联）社	否	60	农业农村委	能效积分
				是	100		
生产经营活动	经营规模	11	粮食种植面积	面积＜10亩	50	抽样结果调整	能效积分
				10亩≤面积＜50亩	100		
				50亩≤面积	50		
生产经营活动	经营规模	12	蔬菜种植面积	面积＜30亩	80	蔬菜办建议	能效积分
				30亩≤面积＜100亩	100		
				100亩≤面积＜300亩	90		
				300亩≤面积	80		
生产经营活动	经营规模	13	经作种植面积	面积＜30亩	50	研究中心建议	能效积分
				30亩≤面积＜80亩	100		
				80亩≤面积	50		
生产经营活动	经营规模	14	果园种植面积	面积＜5亩	70	种植业处、市农广校、奉贤区建议	能效积分
				5亩≤面积＜10亩	80		
				10亩≤面积＜100亩	100		
				100亩≤面积	90		
生产经营活动	经营规模	15	水产养殖面积	面积＜30亩	50	研究中心建议	能效积分
				30亩≤面积＜100亩	100		
				100亩≤面积	50		
生产经营活动	经营规模	16	种养结合规模	生猪400－600头、水稻100－150亩	100	畜牧处建议	能效积分
				稻虾等模式	100		
生产经营绩效	品牌培育	26	通过新"三品一标"认证或评定	认证或评定当年，积分100，第二年以后，根据实际种植积分	100	农业农村委	奖励积分

续表

一级指标	二级指标	序号	三级指标	档次	档次赋分	分档依据	积分方式
生产经营绩效	示范认定	28	是否为示范家庭农场	否	0	农业农村委	基本积分
				是	100		
生产经营绩效	费用支出	29	总支出	总支出≥200万元	100	农经站建议	能效积分
				200万元≤总支出＜100万元	90		
				100万元≤总支出＜30万元	80		
				总支出＜30万元	70		
生产经营绩效	费用支出	30	工资性支出	15万元≤工资性支出	80	农经站建议	能效积分
				10万元≤工资性支出＜15万元	100		
				3万元≤工资性支出＜10万元	90		
				工资性支出＜3万元	80		
生产经营绩效	经营收入	31	经营收入	300万元≤经营收入	100	农经站建议	能效积分
				100万元≤经营收入＜300万元	80		
				50万元≤经营收入＜100万元	60		
				经营收入＜50万元	50		
生产经营绩效	效益效率	35	销售毛利率	销售毛利率＜10%	50	参照合作社	能效积分
				10%≤销售毛利率＜20%	60		
				20%≤销售毛利率＜30%	80		
				30%≤销售毛利率	100		
生产经营诚信	安全质量	38	日常农产品监管合格率	小于100%	−500	农业农村委	惩处积分
				100%	0		
生产经营诚信	执法检查	40	受到农业部门行政处罚	每发生一次扣减分数	−100	农业农村委	惩处积分
生产经营诚信	执法检查	41	受到其他相关部门行政处罚	每发生一次扣减分数	−100	农业农村委	惩处积分

五、模拟测算

(一)模拟测算方法

为了更加科学地评价申农分积分体系,需要通过两条路径对积分体系进行模拟测算修正:一是通过实地走访和问卷调查的方式来判断指标体系的效度和信度;二是通过大数据模拟的方式来判断指标赋分标准的效度和信度。

1. 小样本抽样测算

在抽样设计上,采用多阶段抽样设计,第一步根据农业生产经营规模选定了奉贤区构成一个抽样框。第二步按照以下辅助信息在抽样框中选取相应的样本:

(1)农业企业共抽取12家,其中国家级、市级龙头企业4家、区级龙头企业4家、没有任何获评的企业4家。

(2)合作社共抽取40家,其中,国家级示范型合作社10家、市级示范型合作社10家、区级示范型合作社10家、其他合作社10家。

(3)家庭农场共抽取30个,其中,市级示范家庭农场10个、区级示范家庭农场10个、其他家庭农场10个。

(4)小规模农户共抽取20个,其中,生产经营绩效较好的10个,绩效较差的10个。

2. 大数据模拟测算

按照第一阶段的指标进行申农分积分的模拟测算,依托2020年数据评选出申农分积分较高的农业企业、专业合作社以及家庭农场,与2020年农委已有的政策文件《农业产业化上海市重点龙头企业认定和运行监测管理办法》《上海市农民专业合作社示范社评定和监测管理办法》《上海市市级示范家庭农场评定办法》等政策文件评选出的生产经营主体进行对比,通过模拟测算→调整赋分范围→再次模拟测算,最终使得申农分积分的评价结果与2020年的政策文件评选结果基本达成一致。

(二)模拟测算结果

1. 调查问卷测算结果

(1)农业企业基本情况

在回收的7份有效问卷中,均为龙头企业,各指标之间的差值不大,最小值、最大值都处于赋分表中上档次的水平,考虑到还存在不少非龙头企业,因此,对于农业企业的分档情况不予调整。在第一阶段指标中,吸纳本地农民就业人数的分值差异较大,7家龙头企业中有3家企业吸纳人数为0,其余4家企业吸纳人数分别为5人、17人、18人、32人,如果该指标采用原来的赋分标准,会造成申农分结果存在偏差,因此,重新调整其分值,将赋分标准由原来的每增加1人获得10分调整为每增加1人获得2分(见表13)。

表13　　　　　　　　　　　农业企业问卷调查描述性统计结果

题目序号	变量	样本量	均值	标准差	最小值	中位数	最大值
1	注册资本	7	3 752.70	2 843.89	1 000	2 000	9 480
2	人员规模	7	89.43	62.39	12	75	210
3	企业成立时间	7	4.57	0.73	3	5	5
4	法定代表人年龄	7	53.71	7.52	47	49	69
5	法定代表人文化程度	7	2.71	0.45	2	3	3
14	是否是高新技术企业	7	0.29	0.45	0	0	1
15	粮食种植面积	0	0	0	0	0	0
16	蔬菜种植面积	2	300.00	230.00	70	300	530
17	经作种植面积	0	0	0	0	0	0
18	果园种植面积	2	34.50	16.50	18	34.5	51
19	水产养殖面积	0	0	0	0	0	0
20	畜禽养殖规模	0	0	0	0	0	0
32	通过新"三品一标"认证或评定	7	0.86	0.35	0	1	1
36	是否为龙头企业	7	1.86	0.83	1	2	3
37	总支出	7	4 260.70	3 149.67	358	3 971	9 896
38	工资性支出	7	892.65	664.65	165	510	1 961
39	经营收入	7	22 910.87	27 177.55	2 842	11 099	87 301
43	销售毛利率	7	17.03	10.78	2	16.29	36
44	资产负债率	7	39.23	16.55	14.91	40	64.75
47	日常农产品监管合格率	7	100.00	0.00	100	100	100
48	受到农业部门行政处罚	7	0.00	0.00	0	0	0

题目序号	变量	样本量	均值	标准差	最小值	中位数	最大值
49	受到其他部门行政处罚	7	0.00	0.00	0	0	0
50	不良信用记录	7	0.00	0.00	0	0	0
61	吸纳本地农民就业人数	7	10.29	11.47	0	5	32

(2)专业合作社

在回收的 19 份有效问卷中,吸纳本地农民就业人数指标的分值差异也较大,最小值为 0,最大值为 122,中位数为 19,均值为 34.11,按照原来的赋分标准,该指标的结果直接能影响申农分最终的结果,因此,对原来的赋分标准进行了调整,将原来的 10 分/人调整为 2 分/人,与企业的赋分标准一致(见表 14)。

表 14　　　　　　　　　专业合作社问卷调查描述性统计结果

题目序号	变量	样本量	均值	标准差	最小值	中位数	最大值
2	合作社成立年限	19	4.21	0.41	4	4	5
3	每年是否公布年报	19	100.00	0.00	100	100	100
4	每年是否召开合作社成员大会	19	94.74	22.33	0	100	100
5	法定代表人年龄	19	47.05	9.08	33	47	70
6	法定代表人文化程度	19	2.89	0.31	2	3	3
14	粮食种植面积	19	901.82	1 304.00	113	218	4 088.71
15	蔬菜种植面积	19	0	0	0	0	0
16	经作种植面积	19	86.58	44.98	0	100	131.9
17	果园种植面积	19	92.00	80.69	15	65.5	234
18	水产养殖面积	19	1 305.25	1 629.86	0	610.5	4 000
19	畜禽养殖规模	19	3.33	4.71	0	0	10
31	通过新"三品一标"认证或评定	19	178.57	142.32	100	100	600
33	是否是市级示范合作社	19	0.63	0.48	0	1	1
34	总支出	19	1 356.62	1 551.70	100	482.5	5 004
35	工资性支出	19	69.24	72.91	9.6	50	338
36	经营收入	19	1 534.84	1 642.44	120	748	5 583
40	销售毛利率	19	18.86	22.21	1.5	9.05	89.27
41	资产负债率	19	40.28	21.34	0	42.29	75
44	日常监管合格率	19	100.00	0.00	100	100	100
45	受到农业部门行政处罚	19	0.00	0.00	0	0	0
46	受到其他部门行政处罚	19	0.00	0.00	0	0	0
47	不良信用记录	19	0.00	0.00	0	0	0
57	吸纳本地农民就业人数	19	34.11	35.26	0	19	122

（3）家庭农场

在回收的 10 份问卷中，各指标之间的差值不大，最小值、最大值与赋分表中各档次的标准设置相近。根据描述性统计的结果分析，对家庭农场的赋分表不予调整（见表15）。

表 15 　家庭农场问卷调查描述性统计结果

题目序号	变量	样本量	均值	标准差	最小值	中位数	最大值
1	家庭农场成员数	10	2.80	0.87	1	3	4
3	农场主年龄	10	1.20	0.40	1	1	2
4	农场主文化程度	10	0.71	0.45	0	1	1
5	是否加入合作(联)社	10	190.43	9.18	174.1	188.2	200
11	粮食种植面积	10	185.54	15.01	154	187.75	200
12	蔬菜种植面积	0	0	0	0	0	0
13	经作种植面积	0	0	0	0	0	0
14	果园种植面积	0	0	0	0	0	0
15	水产养殖面积	0	0	0	0	0	0
16	种养结合规模	1	107	0	107	107	107
27	通过新"三品一标"认证或评定	10	50.00	50.00	0	50	100
29	是否是市级示范家庭农场	10	50.00	50.00	0	50	100
30	总支出	10	36.69	8.72	14	38.025 55	45.5
31	工资性支出	10	5.08	2.32	2.5	4.382	10
32	经营收入	10	37.83	14.52	7.5	39	57.44
35	销售毛利率	10	19.57	12.29	5.7	16.365 79	39.59
39	受到农业部门行政处罚	10	100.00	0.00	100	100	100
40	受到其他有关部门行政处罚	10	0.00	0.00	0	0	0
42	不良信用记录	10	0.00	0.00	0	0	0

（4）小规模经营户

在回收的 10 份问卷中，各指标之间的差值不大，但部分指标的最小值、最大值与赋分表中各档次的标准设置差距较大，粮食种植面积指标中，有 8 户粮食种植面积为 0，有 2 户粮食种植面积分别为 1 亩、2 亩，与赋分表中最低档次为 10 亩，最高档次为 300 亩的差距较大，因此对小规模经营户的部分指标的赋分表予以调整，以符合小规模经营户的基本情况（见表16）。

表16 小规模经营户问卷调查描述性统计结果

题目序号	变量	样本量	均值	标准差	最小值	中位数	最大值
1	家庭成员数	10	4.40	2.33	2	3.5	9
3	户主年龄	10	62.20	7.19	49	61.5	75
4	户主文化程度	10	2.78	0.42	2	3	3
5	是否加入合作(联)社	10	70.00	17.32	60	60	100
11	粮食种植面积	10	0.30	0.64	0	0	2
12	蔬菜种植面积	0	49.20	69.00	0.2	10	185
13	经作种植面积	0	0	0	0	0	0
14	果园种植面积	0	0	0	0	0	0
15	水产养殖面积	0	20.00	0.00	20	20	20
16	种养结合规模	0	0	0	0	0	0
26	通过新"三品一标"认证或评定	10	0.00	0.00	0	0	0
28	总支出	10	9.49	13.61	0.1	2.309	38.85
29	工资性支出	10	7.48	14.58	0	1.15	40
30	经营收入	10	2.95	2.54	0	2	6.68
31	销售毛利率	10	15.61	22.42	0	0.1	57.6
39	受到农业部门行政处罚	10	100.00	0.00	100	100	100
40	受到其他有关部门行政处罚	10	0.00	0.00	0	0	0
41	不良信用记录	10	0.00	0.00	0	0	0

2. 积分结果

(1)农业企业

从7家龙头企业一阶段申农分的结果可以看出,分值最高的是上海丰科生物科技股份有限公司,一阶段分值为1 354分,属于国家级龙头企业,分值最低的是上海金丰裕米业有限公司,分值为1 000分,属于区级龙头企业。整体来看,龙头企业一阶段的分值较为均衡,并未呈现出国家级龙头企业的分值一定高于市级龙头企业、高于区级龙头企业的结果。

从五大维度来看,生产经营能力的分值差异较大,最高分和最低分之间差值为150分。生产经营活动的分值差异较大,最低分为0分,最高分为180分,差值达到180分。生产经营绩效的分值差异较大,最高分和最低分之间差值为180分。生产经营诚信的分值没有差异,7家企业均没有扣分。主体社会责任分值差异较小,最高分为64分,最低分为0分(具体结果见表17)。

表 17 龙头企业第一阶段二级指标分值

龙头企业	国家级 上海丰科 生物科技 股份有限 公司	国家级 上海塞翁福 农业发展 有限公司	国家级 上海森蜂 园蜂业 有限公司	市级 上海鼎丰 酿造食品 有限公司	市级 上海金丰裕 米业有限 公司	区级 上海菇源 农业科技 有限公司	区级 上海申亚 农业科技 有限公司
生产经营能力	580	450	600	480	500	460	500
生产经营活动	60	0	0	0	0	70	180
生产经营绩效	680	655	680	600	500	605	580
生产经营诚信	0	0	0	0	0	0	0
主体社会责任	34	0	0	36	0	10	64
申农分	1 354	1 105	1 280	1 116	1 000	1 145	1 324
排名	1	6	3	5	7	4	2

（2）专业合作社

从 19 家专业合作社一阶段申农分的结果可以看出，分值最高的是上海艾妮维农产品专业合作社，一阶段分值为 1 420 分，属于市级示范合作社，分值最低的是上海行民粮食种植专业合作社，一阶段分值为 926 分，属于其他示范合作社。

从五大维度来看，生产经营能力的分值较为接近，各合作社之间差异不大，最高值为 500 分，有 18 家合作社的分值在 460—500 分之间，仅一家合作社的分值为 370 分。生产经营活动的分值差异较大，最高值为 350 分，最低值仅为 80 分。生产经营绩效的分值差异较大，最高值为 660 分，最低值仅为 370 分。生产经营诚信的分值没有差异，所有合作社均没有扣分。主体社会责任的分值差异较大，最低分为 0 分，最高分为 244分（具体结果见表 18、表 19）。

表 18 市级示范合作社二级指标分值

二级指标	2	4	5	6	8	9	10	11	12	13	14	19
生产经营能力	490	500	480	490	470	490	490	470	470	480	490	490
生产经营活动	170	100	170	100	60	210	180	60	100	100	350	280
生产经营绩效	610	550	510	560	660	620	660	650	490	610	640	630
生产经营诚信	0	0	0	0	0	0	0	0	0	0	0	0
主体社会责任	150	18	244	110	172	50	0	24	20	30	40	24
申农分	1 420	1 168	1 404	1 260	1 362	1 370	1 330	1 204	1 080	1 220	1 520	1 424

表 19 其他示范合作社二级指标分值

二级指标	1	3	7	15	16	17	18
生产经营能力	370	490	490	490	460	490	490
生产经营活动	100	190	90	230	80	140	80
生产经营绩效	550	570	430	460	370	550	520
生产经营诚信	0	0	0	0	0	0	0

续表

二级指标	1	3	7	15	16	17	18
主体社会责任	38	30	0	200	16	90	40
申农分	1 058	1 280	1 010	1 380	926	1 270	1 130

（3）家庭农场

从 10 家家庭农产一阶段的申农分结果可以看出,分值最高的是陈登辉,一阶段分值为 960 分,属于市级示范家庭农场,分值最低的是李申华,一阶段分值为 660 分,未评选为市级示范家庭农场。整体来看,市级示范家庭农场的分值要高于其他农场。

从五大维度来看,生产经营能力、生产经营活动的分值差异不大,最高分和最低分之间相差 100 分。生产经营绩效的分值差异较大,最高峰为 530 分,最低分为 260 分,相差 270 分。生产经营诚信的分值没有差异,所有家庭农场均没有扣分。主体社会责任的分值暂未模拟(具体结果见表 20)。

表 20　　　　　　　　　　　　家庭农场第一阶段二级指标分值

	市级示范家庭农场					其　他				
	瞿军兴	陈登辉	于忠卫	陆志军	顾和风	李电华	毕丽娜	谢军	朱剑华	王纪平
生产经营能力	340	380	280	360	320	280	380	280	380	340
生产经营活动	100	100	100	100	100	100	100	200	100	100
生产经营绩效	510	480	390	370	530	280	260	280	420	430
生产经营诚信	0	0	0	0	0	0	0	0	0	0
申农分	950	960	770	830	950	660	740	760	900	870

（4）小规模经营户

从 10 家小规模经营户一阶段的申农分结果可以看出,分值最高的是唐春红,一阶段分值为 800 分,分值最低的是吴天益,一阶段分值为 500 分。

从五大维度来看,生产经营能力的分值差异较大,最高分和最低分之间相差 160 分,生产经营活动的分值差异较大,最高分和最低分之间相差 150 分,生产经营绩效的分值差异不大,10 家小规模经营户的分值范围在 250-300 分之间。生产经营诚信的分值没有差异,所有小规模经营户均没有扣分。主体社会责任的分值暂未模拟(具体结果见表 21)。

表 21　　　　　　　　　　　　小规模经营户第一阶段二级指标分值

	金秀水	何国荣	袁火兴	唐春红	汤仁芳	沈建云	高根明	蔡志奇	沈济	吴天益
生产经营能力	280	300	280	300	280	300	340	280	180	200
生产经营活动	130	130	130	200	200	180	140	140	200	50
生产经营绩效	250	250	250	300	250	250	280	290	250	250
生产经营诚信	0	0	0	0	0	0	0	0	0	0
申农分	660	680	660	800	730	730	760	710	630	500

3. 大数据测算结果

通过农经站新型经营主体系统、法人库、神农口袋、一图、畜牧业管理系统等已有数据库,共抽取了7家企业、20家专业合作社和20家家庭农场的13个指标进行测算。对比同一家农业经营主体在问卷调查中的数值,得到以下结果:

(1)客观信息问卷调查与大数据结果一致。对比4家农业企业在大数据采集和问卷调查中的成立年限指标,数据一致;对比18家专业合作社在大数据抽样和问卷调查中的成立年限指标,数据一致。

(2)经营规模数据问卷调查与大数据结果相近。对比18家专业合作社在大数据采集和问卷调查中的经营规模指标,分值基本一致,但指标数值存在差异,举例来看,"上海谷满香粮食种植专业合作社"的粮食种植面积在问卷调查中填报的是3 100亩,在大数据采集中填报的是3 018.26亩,"上海群超农副产品产销专业合作社"的果园面积在问卷调查中填报的是15亩,在大数据采集中填报的是22.14亩,尽管填报数据存在差异,但由于分值设定的原因,分值一致。

(3)部分指标大数据能够采集,但第一阶段未纳入。在大数据采集中,可以获取农业生产信息直报、粮食产量、蔬菜产量、经作产量、水果产量、带动非成员农户数等6个指标。

4. 指标修正完善

(1)根据大数据采集指标调整第一阶段指标范围。将农业生产信息直报、粮食产量、蔬菜产量、经作产量、水果产量、带动非农成员农户数等6个指标纳入第一阶段中。

(2)根据问卷调查结果调整指标档次赋分范围。将小规模经营户粮食种植面积的赋值范围缩小,具体参见表12。将吸纳本地农业就业人数的赋分标准降低,原来为每吸纳1人加分10分,调整为每吸纳1人加分2分。

六、评价结果应用

在上海农业云平台中植入申农分评价体系。打通大数据库与申农积分数据需求之间的系统对接,根据积分结果,与政策服务体系衔接。

发挥申农积分评价系统的导向作用。通过申农分,开发面向生产者、管理者、消费者的服务功能。

附件　指标解释及计算方法

课题组组长:王　振
课题组成员:乐　菡　林俊瑛　陈　云　宋海宏
　　　　　　　顾　方

附件

指标解释及计算方法

根据农业企业申农分积分指标体系序号,指标说明如下。

1. 注册资本

农业企业的注册资本,农业企业在登记管理机构登记的资本总额。该数据来源于企查查网站或农经站。

2. 人员规模

人员规模是农业经营主体生产经营活动中与其有劳动合同的全部人力资源总量。

3. 企业成立时间

企业成立时间是指企业营业执照签发日期至今的时间。

4. 法定代表人年龄

法定代表人年龄是指企业法定代表人(一般是企业的实际经营管理人)的年龄。

5. 法定代表人文化程度

法定代表人文化程度,是指企业法定代表人的文化教育程度,包括初中及以下、初中到高中、大专及以上等。

6. 是否是高新技术企业

高新技术企业是指在《国家重点支持的高新技术领域》内,持续进行研究开发与技术成果转化,形成企业核心自主知识产权,并以此为基础开展经营活动的企业。该指标可以从企查查直接获取。

7. 粮食种植面积

粮食面积是用来衡量农业企业等农业经营主体种植粮食能力的指标,指在一定时期内(一年)企业种植粮食所占的土地的面积。

8. 蔬菜种植面积

蔬菜面积是用来衡量农业企业等农业经营主体种植蔬菜能力的指标,指在一定时期内(一年)企业种植蔬菜所占的土地的面积。

9. 经作种植面积

经作面积是用来衡量农业企业等农业经营主体种植经济作物能力的指标,含义为在一定时期内(一年)企业用于种植鲜食玉米、食用菌等经济作物所占土地(或设施)的面积。

10. 瓜果种植面积

瓜果面积是用来衡量农业企业等农业经营主体种植瓜果能力的指标,指在一定时期内(一年)企业用于种植西甜瓜、草莓和葡萄、桃、梨等水果所占的土地的面积。

11. 水产养殖面积

水产面积是用来衡量农业企业等农业经营主体养殖水产能力的指标,指在一定时期内(一年)企业用于水产养殖所占的土地的面积。

12. 畜禽养殖规模

畜牧养殖规模是用来衡量农业企业等农业经营主体养殖牲畜能力的指标,指在一定时期内(一年)企业养殖生猪、奶牛、羊、肉鸡、蛋鸡等畜禽的数量。

13. 通过新"三品一标"认证或评定

指获得绿色认证、有机认证,获得地理标志授权,以及通过标准化评定的情况。具体是,获得认证或评定的当年,积分为100,第二年及以后,积分为100×实际按标种植面积÷原通过认证或评定的面积。通过多项"三品一标"认证或评定,可累计积分。

14. 是否为重点龙头企业

2019年中央一号文件明确提出要"培育农业产业化龙头企业和联合体"。农业龙头企业是构建现代农业产业体系的重要载体,是重要的产业化经营组织之一。上海市重点龙头企业分为三个等级,分别是国家级龙头企业、市级龙头企业以及区级龙头企业。三个等级的龙头企业的认定标准不一样,在推进农业供给侧结构性改革、引领乡村产业发展和促进农民就业增收、助力脱贫攻坚中都发挥了不同程度的作用。

15. 总支出

总支出是指企业在农业生产经营活动中总的费用支出,用于衡量农业企业农业生产经营能力的指标之一。计算公式为:

总支出＝生产资料支出＋工资性支出＋土地成本＋贷款利息支出＋其他费用支出

16. 工资性支出

工资性支出是指企业为了维持正常的农业生产经营活动,用于雇佣员工所支付的费用,是企业农业生产经营中的主要费用支出之一。计算公式为:

工资性支出＝雇工工价×雇工天数

17. 经营收入

经营收入,是指企业出售初级农产品、加工品的销售收入,以及农业休闲、旅游、研学等服务性收入的总和。

18. 销售毛利率

销售毛利率是销售毛利与销售收入的百分比,其中毛利是销售收入和与销售收入相对应的生产成本之间的差额,计算公式为:

销售毛利率＝销售毛利/销售收入×100％＝[销售收入－(生产资料支出＋工资性支出)]/销售收入×100％

19. 资产负债率

资产负债率是财务风险的重要指标,衡量企业利用债权人提供资金进行经营活动的能力,以及反映债权人发放贷款的安全程度的指标。计算公式为:

资产负债率＝总负债/总资产

20. 日常农产品监管合格率

农业经营主体的巡查监管按照"日常巡查"进行监管,巡查监管的结果分为优秀、良好、合格以及不合格。评价合格率低于90％的,扣除一定积分,90％及以上的不扣分。

21. 受到农业部门行政处罚决定

由于发生农产品安全事件等而受到农业部门的行政处罚。农业生产经营主体在生产经营过程中存在不规范行为,是农业经营主体应该避免的。该指标采取负向积分,受到处罚的扣除一定积分,没有受到处罚不予积分。

22. 是否有不良信用记录

企业信用记录能够反映企业全面、准确的综合信用信息,为各类信用交易提供重要的决策参考,减少不必要的信用风险和损失。企业若具有不良信用记录,则可能存在信用风险。该指标为负向指标,即:有不良信用记录则给予一定的扣分,没有不良信用记录不予积分。

23. 吸纳本地农民就业人数

农业经营主体的作用之一是带动当地农民就业。农民合作社等经营主体吸纳本地农民就业人数来自"一网通办"中参照灵活就业人员办法集体参加职工保险的数据。

9. 上海地产蔬菜精准保供机制和对策研究

蔬菜是重要的民生商品,在城市保供稳价中具有举足轻重的地位。习近平总书记指出,重要的民生商品价格调控是事关全局的大事,与民生、社会、政治息息相关。完善重要民生商品价格调控机制要坚持以人民为中心的发展思想,统筹发展和安全,聚焦基本民生的重要商品,紧紧围绕畅通生产、流通、消费等多个环节,发挥政府、市场、社会等作用,运用经济、法律、行政等多种手段,提升价格调控能力和水平,有力地保障重要民生商品有效供给和价格总体稳定。2019 年末爆发的新冠疫情、2021 年元旦前后的极端寒潮和 7 月"烟花"台风等引发的蔬菜短期供应紧张和价格上涨都充分说明确保地产蔬菜的有效供应对于城市正常运行和民生保障意义重大。本文在总结地产蔬菜生产和供应情况的基础上,重点对地产蔬菜精准保供的机制和对策进行研究。

一、地产蔬菜保供的成效和问题

历年来,市委市政府高度重视地产蔬菜生产工作,始终把"菜篮子"工程作为一项民心工程来抓,制定了一系列政策和举措,呈现出生产能力提高、质量水平提升、价格波动可控、产业化水平增强、风险保障有力等良好局面。总体上看,本市蔬菜基础稳定、导向鲜明、保障有力,"菜篮子"工程取得了重大成效。同时,也存在一些不容忽视的问题。

(一)主要成效

1. 市场供应总体稳定

上海是国际化超大城市,日均蔬菜消费量约 1.5 万吨,确保地产蔬菜最低保有量是地产蔬菜生产的首要任务。2008 年 12 月,原市农委印发了《关于确保本市主要农产品最低保有量的工作意见》,明确了 2009 年—2012 年主要农产品的最低保有量目标。2013 年,市政府向 9 个涉农区下达了新一轮保有量指标,明确蔬菜种植面积 50 万亩,夏淡蔬菜种植面积 21 万亩。"十三五"以来,本市蔬菜年播种面积稳定在 125 万亩次以上,年总产量稳定在 245 万吨以上,青菜年均田头交易价格稳定在 1.8 元/千克左右,蔬菜自给率稳定在 40% 以上,市场供应总体安全、可控。

2. 生产能力逐步加强

2005 年起,本市开展高标准设施菜田建设工作,到"十三五"末建成高标准设施菜田 9.1 万亩,一般设施菜田(露地设施菜田)16.1 万亩,常年菜田稳定在 35 万亩左右,季节性菜田稳定在 10 万亩左右。2018 年,以农业布局规划为依托,划定了 49.07 万亩蔬菜生产保护区,共 311 个蔬菜生产保护片、15 个蔬菜保护镇,进一步保障了蔬菜生产能力。近几年,大力开展绿色生产示范行动,共建成绿叶菜核心示范基地 5 万亩、蔬菜"机器换人"示范基地 18 个。2020 年,经农业农村部批准,将本市蔬菜产业纳入全国首批 50 个农业产业集群进行建设,形成了崇明由由、金山九丰、浦东清美、奉贤华固、闵行正义等一批高水平的产业基地。同时,探索蔬菜智能化、工厂化建设,形成了诸如浦东孙桥、松江多吉利德、光明星辉等绿叶菜工厂化生产新模式。

3. 绿色发展水平稳步提升

2010 年以来,创建原农业部和上海市蔬菜标准园共 220 家,完成化学农药减量 30%、化肥减量 10%、节本增效 10%的创建目标。大力推行绿色生产,2018—2020 年累计完成绿色防控 31.9 万亩次,水肥一体化应用面积 8 万亩次,土壤保育 6.3 万亩次;2018—2020 年在全市创建 29 个园艺场蔬菜废弃物综合利用示范点,建立了农业包装废弃物、废旧农膜和黄板等集中回收体系。大力开展绿色认证,地产蔬菜绿色食品认证企业共 282 家,认证产品 664 个,认证产量 56.05 万吨,绿色食品认证率达到 20.78%。全市 50 亩以上规模化蔬菜生产基地实现信息上网,信息化上网面积达到蔬菜规模化生产面积的 70%以上。"十三五"期间,以蔬菜农药残留例行监测为重点,累计检测蔬菜样品 2.3 万件,合格率达到 99.5%以上。

4. 政策支持持续优化

通过不断优化财政支持政策,保障地产蔬菜在生产能力、产业化水平、绿色发展等方面不断提升。在设施装备方面,"十一五"以来高标准设施菜田亩均财政投入 4 万—6 万元,"十三五"期间亩均支持力度达到 14 万元、最高可达 18 万元。在农资补贴方面,2008 年开始实施农资综合补贴,从 2008 年的每亩 60 元提高到 2011 年的每亩 90 元;2011 年开始实施夏淡绿叶菜专项补贴,亩均补贴 80 元;2021 年实施新的绿色生产补贴政策,对淡季绿叶菜生产每亩次补贴 120 元,年最高补贴 5 个亩次。在绿色生产方面,实施蔬菜标准园创建和园艺场废弃物综合利用项目以来,对验收达标的项目每个分别予以 50 万元和 40 万元的一次性奖励。此外,2011 年以来,为防止市场价格波动造成"菜贱伤农"在全国率先推出绿叶菜价格成本保险,运用市场机制保护菜农绿叶菜生产的积极性,取得了积极的成效。

5. 责任落实不断强化

2010 年以来,市委市政府进一步强化落实"菜篮子"市长负责制,加强"菜篮子"工程建设,通过与涉农区(县)签订《确保蔬菜生产保障市场供应责任书》明确目标任务,制定考核奖励办法,强化各项政策措施。《责任书》明确要求全市蔬菜种植面积不少于 50 万亩,其中绿叶菜面积不少于 17.5 万亩,绿叶菜日均上市量不低于 3 000 吨。在实施"菜篮子"供应签订责任书考核期间,市财政每年以 1 亿元的资金对完成绿叶菜生产考核任务的涉农区(县)实施奖励。各区(县)结合实际,将《责任书》确定的目标任务指标分解到镇、村和有关单位,落实到户、到田,将"菜篮子"市长负责制延伸到区长负责制、镇长负责制。2019年,实施乡村振兴重点任务考核后,将"菜篮子"市长负责制的相关指标纳入乡村振兴"挂图作战"考核体系中,有效发挥了政府在宏观调控中的重要引导作用。

(二)存在问题

1. 资源要素趋紧

由于上海城市化进程不断加快,农业资源要素逐年减少,给地产蔬菜生产带来严峻挑战。一是菜田面积逐年减少。"十三五"期间常年菜田从高峰期的50万亩下降到目前35万亩左右、减幅近30.0%,播种面积下降19.6%,产量下降23.7%。二是劳动力持续紧缺。由于市郊农村劳动力转移和老龄化,本地劳动力逐年减少;近年来,受"五违四必"整治和居住成本上升等因素影响,导致相当一部分外来绿叶菜生产户迁往周边城市生产,从事蔬菜生产的外来劳动力显著减少。三是土地资源结构性制约。受近几年国家强化粮食生产考核的影响,原划定为蔬菜生产保护区的现状水稻种植面积23万亩,短期内无法有效调整为菜田。

2. 短期供应紧缺

从全国来看,蔬菜生产总量和供应基本稳定,人均年占有量达到515千克。据调查,本市蔬菜消费总量达到550万吨左右,其中地产年生产总量不低于240万吨。上海市人均年消费量达到220千克左右,日均0.6千克。但由于受季节、自然灾害和突发事件等影响,上海市蔬菜市场仍然存在短期紧缺。2021年元旦前后上海市遭遇极端严寒天气,1月20日前后两周主要绿叶菜价格上涨约192%;7月中旬受"烟花"台风影响,青菜价格上涨了130%左右。经分析,影响上海市蔬菜价格波动的主要因素有三方面:一是趋势性增长,这是由于受物价上涨因素影响,近十年来本市绿叶菜价格总体呈微增长趋势,年增长幅度在3%-4%左右。二是季节性波动,每年夏季和冬季由于生产量减少,价格有明显增长,2020年夏淡期间青菜田头价格为年均价的144%。三是由于自然灾害造成灾害损失,供应量减少,引发价格上涨预期导致价格震荡,短期内价格上升1.5倍至2倍,是影响保供的主要因素。

3. 设施升级缓慢

近几年设施菜田建设面临许多新情况和新问题。一是高标准设施菜田规模不足。由于资源趋紧,上海市常年菜田面积已经下降到35万亩左右,依靠提高常年菜田规模提升生产能力已不具备客观条件,而现有高标准设施菜田仅占常年菜田的26.3%左右,数量不足。二是设施老化严重。现有高标准设施菜田大多为2005年至2010年建设,10年前建的老旧大棚占到高标准设施菜田62.6%左右,由于设施老旧,维护成本高,抗灾能力弱,致使遭遇冰雪和台风暴雨灾害后受灾严重。三是设施能级不高。现有高标准设施菜田中,六型单棚占17.1%,八型单棚占60.1%,连栋大棚占21.6%左右,玻璃温室约1.3%。高标准设施菜田仍然以薄膜大棚为主,使用寿命、采光性、可靠性、衍生装备等存在一定的局限性。四是机械化和自动化程度低。目前蔬菜机械化除旋耕和播种外仍处于试验阶段,高密度移栽和机械化收割存在短板,除鸡毛菜等少量绿叶菜品种在技术上实现全程机械化外,青菜等其他蔬菜种类机械化程度还相当低下。此外,工厂化、自动化生产还刚刚起步,缺乏大规模推广的成熟技术。

4. 内生动力不强

当前,上海市蔬菜生产面积和产量呈逐年下降趋势,除了资源要素趋紧等客观因素制约外,还存在内生动力不强等主要原因。一是比较效益不高。从蔬菜内部结构看,绿叶菜效益低于茄果类等高效蔬菜,绿叶菜生产的积极性不高;从农作物种植结构看,种植蔬菜的效益低于瓜果甚至粮食的效益;从销售情况看,优质不优价问题突出,绿色、有机认证产品的价格优势没有充分体现,价格优势不明显。二是劳动强度大。蔬菜生育期短、复种指数高、机械化程度低,是高强度的劳动密集型产业,尤其是夏季高温恶劣环境下,劳动力极其缺乏。三是生产成本居高不下。由于劳动力成本、设施租金、生产资料价格等快速上涨,呈现出蔬菜生产成本上涨高于销售价格上涨的趋势。据行业协会和有关部门 2020 年调查,30% 的蔬菜生产主体在生产领域处于亏损状态,青菜一茬的平均生产成本高达 3 100 元/亩。四是扩大再生产的动力不强。中小规模生产主体多以田头交易为主,风调雨顺时由于产量增加,田头交易价迅速下降,发生"菜贱伤农"现象;中大规模的合作社和企业,近几年来为追求效益,相当一部分发展成配送企业,自产蔬菜稳定在一定规模,缺乏扩大再生产的积极性。

二、国内外城市蔬菜供应的做法和启示

(一)国内城市蔬菜供应的做法

1. 实施"菜篮子"工程

为缓解我国副食品供应偏紧的矛盾,原农业部于 1988 年提出建设"菜篮子"工程。"菜篮子"工程实施以来,我国主要城市副食品经历了供需短缺—供需平衡—供给有余—高质量发展四个阶段,蔬菜等鲜活农产品数量持续增长,品种日趋丰富,结束了我国副食品供应长期短缺的局面,成功建立起了市场化的产销运行体系,不仅保障了市民民生,也促进了农民增收,确保了国民经济正常运行。

2019 年,我国蔬菜播种面积达到 3.1 亿亩,产量达 7.2 亿吨,人均蔬菜占有量居世界前列。"菜篮子"工程的主要做法是:一是实施"菜篮子"市长负责制。通过合理确定生产用地保有数量、自给率和质量安全合格率等考核指标,引导"菜篮子"工程持续健康发展。二是强化生产能力建设。强调支持建设一批设施化、集约化"菜篮子"产品生产基地,重点加强集约化育苗、标准化生产、商品化处理以及病虫害防治、质量检测等方面的基础设施建设。三是建设市场流通体系。建设和改造一批产地批发市场,推进销地批发市场在基础设施、管理、技术等方面升级改造;强化产销衔接功能,推进"菜篮子"规模化基地与大中城市建立长期稳定、互利合作的产销关系。四是完善支持政策。实施规划引领,将"菜篮子"建设纳入国民经济和社会发展规划;加大资金投入力度,建立政府投资为引导、农民和企业投资为主体的多元投入机制;实施生产补贴政策,建立鲜活农产品"绿色通道",提高"菜篮子"产品生产用地征占补偿水平,加强城市郊区现有菜田

保护;建立健全风险应对机制,建立"菜篮子"产品生产和供应平衡调节机制,完善重要"菜篮子"产品中央和地方分级储备制度,建立"菜篮子"产品生产保险制度。

2. 国内大城市的主要做法

蔬菜是"菜篮子"工程的重要内容,广州、北京等国内超大城市根据自身资源禀赋和实际情况分别走了各具特色的蔬菜生产保供道路,在蔬菜生产和城市保供等方面取得显著成效,值得我们学习借鉴。

广州市常住人口 1 868 万,2020 年蔬菜播种面积 226.5 万亩次,产量 403.6 万吨,自给率达到 100%。主要做法是:一是制定政策规划,坚守常年菜田面积红线。通过出台《广州市蔬菜基地管理规定》等政策措施,确保蔬菜常年种植面积稳定在 50 万亩左右;制订了《广州蔬菜生产发展近郊向远郊转移规划》,逐步形成"中远郊为主,近郊为辅"的蔬菜格局。二是加强设施菜田建设,提升规模化设施菜田面积。大力提升温室大棚、喷滴灌等设施装备水平,建设全国农业机械化示范区,发展现代农业生产。调整蔬菜品种结构,因地制宜发展特色优势蔬菜品种,形成具有"广州特色"的蔬菜优势品种。三是推进蔬菜重点项目。通过推进蔬菜专业村、国家级蔬菜标准园、5 万亩蔬菜设施栽培生产基地、万吨级蔬菜储备冷库等重大蔬菜项目建设,推动蔬菜产业稳定发展。

北京市常住人口 2 189 万,2020 年蔬菜播种面积 57.2 万亩次,产量 137.9 万吨,自给率不足 20%,主要通过一手稳定"重点产品的自给率",一手提升"重点产品的控制率"来保障蔬菜有效供应。主要做法是:一是拓展补贴政策,提高"菜篮子"重点产品自给率。对常年菜田实施亩均 500 元的补贴,全面提高"菜篮子"的综合生产能力。二是推进区域合作,提升"菜篮子"重点产品控制率。每年安排 4 000 万元以上资金,不断壮大外埠生产基地规模,确保"菜篮子"产品有效供给。三是推进流通体系建设,保障市场供应。通过制定配套政策、落实属地责任,推进农产品流通体系建设,实现了全市蔬菜供应货源充足、价格基本稳定。

(二)国外城市蔬菜生产的启示

国外城市因国情、市情和发展阶段的不同,城市蔬菜的供应情况和应对措施有较大差异。发达国家的农业经营体系以成熟稳定的市场化、规模化农业经营为主,市场供给量总体稳定,市场价格不容易大起大落。发达国家城市的蔬菜供应主要有三个方面的启示。

一是区域大流通、专业化加冷链运输体系。发达国家的冷链物流体系较为健全,蔬菜保供多采用全国性生产布局和大物流体系建设的模式。日本东京蔬菜自给率为 5% 左右,日本农协通过建立以中心批发市场为核心的农产品冷链物流体系,保障东京蔬菜的流通和供应。美国蔬菜生产主要集中在加利福尼亚州等产区,产量约占美国蔬菜总产量的 90%,通过高度信息化管理和完备的冷藏设备和运输工具,在蔬菜生产与消费市场之间构建起完善的蔬菜物流体系,确保城市蔬菜有效供应。

二是支持建设稳定的专业化和规模化蔬菜生产基地。韩国通过支持设施现代化项目和培育适应气候变化的新品种建立稳定的生产基地,通过支持设施园艺的自动化和智能化,以提高生产率和质量。美国通过完善的服务体系,发展专业化程度很高的大型蔬菜生产基地,从整地、播种、收获到后期深加工实现全程机械化。西班牙是欧洲最大的蔬菜生产国,阿尔梅里亚是全球最大的集中连片温室大棚区,供应欧洲一半的大棚蔬果。

三是建立市场价格调节和稳定机制。日本主要通过蔬菜稳定基金制度及应急供求调整对策机制来确保蔬菜供求,稳定蔬菜价格。韩国通过建立中央与地方政府之间的紧密协作体系,强化以生产者为中心的自主供需控制功能,实行蔬菜价格稳定制度。美国采用净收益波动保险来稳定市场价格,如果出现产量过剩的情况,将由农业部统一收购,保证蔬菜的价格稳定,避免生产者遭受重大损失。

三、地产蔬菜精准保供的思路和目标

蔬菜对于上海这座城市来说有其特殊性。从保障 2 400 万人口的超大城市供应来看,蔬菜在"菜篮子"保供中具有基础性、应急性作用;从大都市乡村产业发展来看,蔬菜又是都市现代农业的重要部分,在建设"绿色田园"中具有举足轻重的地位。因此,保障地产蔬菜有效供应,表面上是生产问题,本质上是社会问题和政治问题。

(一)总体思路

地产蔬菜生产和保供要以农业供给侧结构性改革为主线,以乡村振兴"绿色田园"工程为抓手,以推进蔬菜高质量发展为契机,着重围绕"稳量、提质、增效"总目标,着力提升地产蔬菜保供能力、绿色生产能力和产业增效能力,进一步优化供给结构、增强产业发展能级、提升产业发展内生动力,立足精准保供推进机制创新和制度创新。一是基础保有量是城市稳定供应的底线。要坚持"两条腿"走路,在依靠大市场大流通的同时,确保地产蔬菜基础保有量。要合理确定地产蔬菜生产能力,保持现有生产规模和自给率不降低,确保均衡生产均衡上市。二是设施装备是稳定生产的基础。通过提高设施装备水平,在相对可控的环境下才能保障均衡生产和稳定供应,才能在应急状况下快速恢复生产。同时,可以依靠科技水平和装备能力提升,提高蔬菜的质量和效益。三是绿叶菜有效供应是保供稳价的核心因素。从大市场大流通来看,价格波动的直接原因一般是由蔬菜结构性短缺引发的,而以青菜为代表的绿叶菜上市量是影响结构性短缺的关键因素。地产蔬菜生产要以满足大宗绿叶菜消费为主导,坚持优化供给结构,提高精准保供水平。四是有效市场和有为政府相结合是精准保供的特色优势。要积极利用市场信息引导生产和消费,促进供需平衡。同时,市场不是万能的,保障民生、应对市场风险需要更好地发挥政府的作用。要通过强化"菜篮子"市长负责制,落实各级政府在地产蔬菜生产和保供中的主体责任。

(二)主要目标

根据"十四五"都市现代农业发展的总体要求和城市保供实际,"十四五"期间重点聚焦四方面的保供目标。一是保供基础更加稳定。蔬菜年总产量稳定在 240 万吨,其中绿叶菜日供应量不低于 3000 吨,蔬菜自给率稳定在 35% 以上。二是产业布局更加合理。优化并加快推进蔬菜生产保护区建设,建立基本菜田保护制度,建设 5 万亩绿叶菜生产核心基地,常年菜田面积不低于 35 万亩。三是设施装备更加先进。建设 30 万亩

各类设施菜田,蔬菜耕种收综合机械化率达到60%,形成一批工厂化智能化产业基地。四是绿色生产更加巩固。建设放心蔬菜生产基地,绿色蔬菜占有率达到30%,农产品抽检合格率达到99.5%。

四、机制和对策建议

(一)建立基础保有量制度

地产蔬菜基础保有量应与城市消费总量和城市土地资源相适应,作为2 400万人口的超大城市应建立以市场大流通为主体、地产蔬菜发挥基础性协同保障的调控机制和基础保有量制度。

1. 建立基本菜田保护制度。

上海市常年菜田分为基本菜田和一般菜田两类。基本菜田是长久用于蔬菜功能性生产的基本农田,是基础保有量的重要指标。从城市蔬菜保供基础建设的角度出发,超大城市应建立基本菜田保护制度,使城市有限的耕地资源优先用于蔬菜生产保障。根据国家发展改革委有关文件要求,城区常住人口在50万以上的大中城市,应按照人均菜地面积不低于3厘规划确定常年菜地最低保有量。根据上海市耕地资源相关规划,到2025年基本农田规划152.5万亩,耕地保护任务200万亩。目前,水稻种植占用135万亩,考虑到当前国家对粮食安全的刚性要求,在上海市按照人均3厘划定常年菜田不具有可操作性。因此,建议在152.5万亩基本农田中按20%的比例(30.5万亩)划定为基本菜田基础保有量,严格用于蔬菜功能性生产,并在其他48万亩(耕地保护任务减去基本农田)耕地保护任务中划定10%(4.8万亩)作为一般菜田用于蔬菜生产。各区和市属单位应根据现有蔬菜生产保护区划定实际优化常年菜田面积,基本菜田和一般菜田低于上述标准的应及时增补,确保全市常年菜田达到35万亩以上。

2. 稳定与保供相适应的自给率

2020年,上海市常年菜田35万亩,季节性菜田10万亩,蔬菜播种面积126.4万亩次,总产量244.3万吨,自给率在40%左右。根据上海市耕地资源趋紧的实际,用于蔬菜生产的常年菜田和季节性菜田将进一步缩减,蔬菜自给率也将有所下降,给城市"菜篮子"安全保障带来一定风险,应进一步稳定地产蔬菜的自给率。按照目前亩均6吨的产能计算,35万亩常年菜田年生产能力约为210万吨;按照日人均消费0.6千克蔬菜计算,全市年蔬菜消费量为550万吨左右,蔬菜自给率可保持38.2%的水平。考虑自然灾害等风险因素影响,上海市蔬菜自给率水平应稳定在35%以上,年生产总量最低保有量目标应为210万吨以上。同时,应通过提高科技装备水平和扩大季节性菜田面积提高蔬菜产能,确保一般年份不低于240万吨的总产量。

(二)建立保供关键品类清单

要根据本市蔬菜消费实际,研究影响市场供应和价格波动的关键因素,建立保供关键品类生产清单,实施精准生产。

1. 建立绿叶菜基本品类清单

"三天不见青,两眼冒金星"是上海市民对绿叶菜消费需求的生动描述,可见绿叶菜在地产蔬菜生产中具有举足轻重的地位。历年来,本市十分重视绿叶菜生产,在一定意义上将蔬菜生产定义为绿叶菜生产。根据自然灾害等因素影响市场价格的分析调查来看,当绿叶菜日供应量从 3 000 吨下降至 2 200 吨左右时,绿叶菜市场价格会产生较大波动。因此,本市应聚焦绿叶菜生产,确保日均上市量达到 3 000 吨以上,并将 2 200 吨作为绿叶菜保供的临界值,低于该值须启动各类应急保障措施。绿叶菜是绿叶菜类、白菜类、甘蓝类和葱蒜类中以绿色茎叶为食用部位的总称,其种类丰富,在本市种植品种多达百种以上,但对市场价格有重大影响的是大宗化的绿叶菜。为此,根据本市生产实际,建议由专家评审后建立 30 种左右的基本绿叶菜品类目录,作为绿叶菜生产推广、生产补贴和价格保险的建议范围,并实施动态调整。

2. 建立"两淡"绿叶菜核心基地

由于气候原因,上海市在蔬菜生产和供应上形成了夏淡和冬淡两个重要时段。受生产条件、用工和灾害等多重因素叠加影响,"两淡"成为上海市蔬菜生产和保供中最为突出的问题。根据调查和分析,上海市每年从 6 月 1 日起进入蔬菜生产夏淡时期,并延长至 9 月 30 日左右;从 12 月 1 日起进入冬淡时期,并延长至 3 月 31 日左右,其中 7—8月、1—2 月为夏淡、冬淡的关键时期。保供绿叶菜生产应聚焦"两淡"重要时期,建立 5万亩绿叶菜"两淡"核心保供基地,确保"两淡"期间绿叶菜播种面积、在田面积和生产总量,保障绿叶菜市场供应。

(三)强化设施装备体系建设

设施装备体系是蔬菜生产的基础和保障,关系到在哪里种菜、怎样种菜的问题。要依靠科技创新和装备提升提高蔬菜生产空间的利用率、单位面积的产出率和劳动生产率。

1. 统筹"三类"菜田建设

上海市设施菜田按照基本菜田、一般菜田和季节性菜田进行分类建设。一是重点建设 30 万亩设施化基本菜田。基本菜田实施永久性保护,按照设施化、园区化、规模化要求开展设施菜田建设,实施占一补一。重点建设 10 万亩高标准设施菜田、10 万亩一般设施菜田和 10 万亩设施化露地菜田。高标准设施菜田以连栋大棚、玻璃温室和宜机化大棚为主,在现有规模化设施菜田、蔬菜生产保护区重点片区中进行布局,主要用于绿叶菜生产。一般设施菜田在现有自建类保护地菜田的基础上,通过政府引导和更新改造,建设设施多样化、适宜多品类生产的适度规模生产基地。设施化露地菜田以高标准农田建设为基础,建设适宜当地露地时令蔬菜规模化生产的基地。二是建设 5 万亩一般菜田。一般菜田在 48 万亩耕地保护性任务中选定,按照动态平衡的原则保持相对稳定。一般菜田应因地制宜建设,设施类型多样化,以高值、高效和多功能融合发展为目的。三是发展 10 万亩次左右季节性菜田。季节性菜田以轮作、间作为主,充分利用现有的稻田、果园等农田,在换茬休耕等季节进行蔬菜生产。季节性菜田以不影响主茬作物为前提,因地制宜适度发展。

2. 提升科技装备水平

要依靠科技进步、装备提升从根本上解决谁来种菜问题。一是要大力实施蔬菜"机器换人"行动,全面全程提高蔬菜机械化水平。要强化重要绿叶菜品类全程机械化技术装备提升,优先突破以青菜、生菜为代表的绿叶菜全程机械化技术,发展机械化蔬菜,要积极支持现有生产设施宜机化改造、新建设施宜机化建设。要加大"机器换人"关键环节、重点装备的研究和攻关力度,建立健全配套标准体系,组织开展"机器换人"示范创建,鼓励先行先试。二是要鼓励探索智慧蔬菜生产方式。要充分运用工业化、信息化、智能化等科技成果,研究蔬菜特别是绿叶菜智能化生产方式。要加强现有蔬菜工厂化生产方式的总结和提炼,鼓励技术创新,支持装备改造和更新迭代。要积极引进世界先进装备和生产模式,加快消化吸收,提出适宜本市蔬菜智能化生产的解决方案。要加强蔬菜创新基地建设,结合农业高质量发展先行区和现代农业产业园建设,建设智慧蔬菜创新基地。

(四)提升产业发展内生动力

当前,影响蔬菜生产和保供的不利因素中,内生动力不强是一个不可忽视的重要因素,必须加强源头治理,提升蔬菜生产和保供的内生动力。

1. 提升经营主体活力

效益是提升内生动力的主要因素,而适度规模经营是提升活力和效益的重要途径。目前,应认真总结合作社和散户经营的经验和不足,以提升内生动力为抓手,发展蔬菜适度规模经营。一要大力发展适度规模经营的蔬菜家庭农场和中小型企业,要以提升内生活力为目的,在土地流转、菜田建设、装备提升、产销服务等方面予以政策支持。要以宜小则小、宜大则大为原则,加强中小规模生产主体空间引导,防止小、散、乱现象发生。二要大力培育蔬菜新农人,引导对蔬菜产业有情怀有梦想的人员创办创新型蔬菜企业。要研究"小生产和大市场"的相互关系,积极引导家庭农场和中小规模企业建立产业联盟,提高组织化和产业化水平。三要大力推进蔬菜企业招商引资,培育创新型龙头企业,推进蔬菜规模化产业化经营,发挥示范引领作用。同时,要引导和培育蔬菜生产机械化服务组织,大力提升蔬菜生产性社会化服务水平。

2. 推进产业化经营

产业化经营是提高效益的根本途径,要积极引导蔬菜产业以市场为导向,以主导产品为重点,实施产销一体化和多功能产业体系建设。一是建立"公司＋农户(家庭农场等)"利益联结机制。要通过培育蔬菜产业服务型公司带动提升蔬菜大户、家庭农场、合作社等中小经营主体产业化水平,重点解决生产性服务和营销服务,建议相关涉农区根据蔬菜产业规模,积极引导和培育1—2个服务型公司带动当地蔬菜产业发展。二是打造"品牌＋农户(家庭农场等)"品牌联盟。在推进蔬菜组织化的基础上,相关涉农区培育1—2个区域公用品牌,通过建立统一的生产标准、加工标准、产品质量标准等方式建立区域性公用品牌联盟。三是引进"平台＋农户(家庭农场等)"产品直销机制。通过互联网、新零售等销售平台,将农户和家庭农场等蔬菜产品实现直销方式,继续深化与盒马、拼多多和叮咚买菜等平台企业的合作,扩大平台销售的市场份额。四是搭建"园区＋企业"的产业共享机制。通过建设蔬菜产业园区,实现资源、生产、加工、营销等一条龙服务,可以通过资本合作、农文旅融合等建立共享型产业发展模式,实现产业增效。

（五）优化财政支持政策

蔬菜是民生商品，财政支持政策不仅促进蔬菜产业发展，更重要的是通过价格调控稳定市场预期，保持社会稳定大局。要统筹协调各类蔬菜产业支持政策，切实解决"菜贱伤农、菜贵伤民"问题，发挥财政政策的支撑性、导向性和撬动性作用。

1. 优化菜田建设支持政策

建议统筹高标准农田建设、都市现代农业项目等支持政策，按照分类管理的要求，分别完善高标准设施菜田、一般设施菜田和高标准露地菜田建设标准和支持政策。一要重点支持绿色化、宜机化、集群化高标准设施菜田建设，要在现有补贴标准的基础上完善建设标准和补贴办法，高标准设施菜田要严格用于绿叶菜保供生产，加强用途管制。同时，要积极研究支持蔬菜智能化工厂化生产政策，鼓励探索创新。二要研究一般设施菜田支持政策，放开面积限制，实施奖补或先建后补政策，引导和支持各类高附加值蔬菜生产和蔬菜新农人创业创新。三要继续完善高标准露地菜田支持政策，实施统一规划、一体化设计、整体推进，对划定为基本菜田保护区的菜田统一按高标准露地菜田标准进行全面规划和建设。四要统筹协调设施农用地的相关支持政策和分配标准，对设施菜田农机通道、附属设施和工厂化栽培等设施农用地予以倾斜，同时应确保设施农用地的规范、经济、高效使用。

2. 聚焦绿叶菜生产支持政策

统筹研究蔬菜种植补贴、绿色生产补贴、生态循环和金融保险等政策，引导蔬菜生产向适度规模化、绿色化、生态化、机械化方向发展。一是种植补贴政策要坚持以绿叶菜为主，注重向夏淡和冬淡倾斜，进一步提高绿叶菜亩均生产补贴标准。要研究绿叶菜主要补贴品类范围，把补贴政策聚焦到影响民生供应的大宗绿叶菜品类上。二是推进绿色生产政策向绿叶菜聚焦，支持绿叶菜核心基地和绿色标准园建设，以核心基地为主，推广绿色防控、土壤保育和废弃物循环利用等绿色生产技术，扎实推进"双减"工作，通过生态补偿和转移支付强化对绿叶菜绿色生产的支持。三要研究进一步拓宽蔬菜价格保险政策，逐步扩大保险品类和延长保险时段，将蔬菜绿色生产补贴政策与价格保险政策相衔接，建立价格保险和效益联结机制，把价格保险延伸到收入保险。四要建立绿叶菜生产奖补和救灾应急保障政策，重点支持蔬菜生产大区、蔬菜保护镇和绿叶菜核心基地，提高绿叶菜生产积极性，支持"双淡"、极端天气和突发事件条件下绿叶菜生产和供应。

3. 强化"机器换人"支持政策

"机器换人"是破解蔬菜劳动力紧缺的重要举措，要切实解决蔬菜无机可用、无钱买机等瓶颈问题。一是支持宜机化改造，制定宜机化改造支持政策，将宜机化改造纳入市区两级财政支持范围。二要完善蔬菜农机购置补贴标准，确保蔬菜常用机械市级补贴标准不低于50％，各区应加大蔬菜机械购机补贴力度，对重要的蔬菜机械进行叠加补贴。三要加大科技兴农项目对绿叶菜全程机械化关键装备的研发和试验的支持力度，通过引进消化吸收和组织技术攻关等途径解决绿叶菜关键技术和装备问题。四要支持通用型蔬菜机械开展生产性服务，提高机械的利用率，开展专业化和社会化服务。五要支持示范基地建设,重点聚焦主要绿叶菜品类开展全程机械化试验和示范,支持"机器换人"和智慧菜园示范基地建设。

（六）强化"菜篮子"市长负责制

"菜篮子"市长负责制是我国副食品生产和保障的一条基本经验,是发挥有效市场和有为政府相结合的重要措施。

1. 强化属地责任

落实市、区、镇三级责任,将"菜篮子"市长负责制具体化为区长负责制、镇长负责制。全市要将基本菜田保护责任、常年菜田生产责任、设施菜田建设责任、绿色生产监管责任等细化为任务清单,分解到涉农区、镇、村和有关单位。各区要把生产规模不下滑、生产质量不降低、上市数量不减少作为履行"菜篮子"负责制的基本要求。

2. 强化制度供给

"菜篮子"是民生产业,需要通过制度供给强化政府担当。一要加强菜田保护制度建设。建立健全基本菜田保护、设施菜田建设等一系列制度,确保生产空间保障。二要加强产业规划制度建设。形成空间布局、产业结构、市场建设等相适应的蔬菜高质量发展规划。三要加强产业支持政策建设。形成政府引导、市场主导、多元投入的积极财政支持政策。四要强化制度创新。重点完善绿叶菜补贴政策和保险政策,研究与绿叶菜收入机制挂钩的财政支持和保险政策,保障菜农收益。五是要建立应急保障机制。研究建立与绿叶菜价格调控关联的应急保障机制,落实应急保障资金,建立应急保供基地,落实种子种苗储备企业,建立应急保障预案。

3. 强化监督考核

要借鉴 2017 年以前市政府与区政府签订"菜篮子"保供责任书的做法,强化对"菜篮子"各项工作的监督和考核。一要加强信息监测。全面掌握市区镇三级蔬菜生产的实际情况,重点监测蔬菜在田面积、播种面积和产量等生产关键信息。二要将属地责任清单纳入乡村振兴重点任务考核。实施"挂图作战",保障生产任务按照月度进展实施有效监督,发挥政府调控作用。三要加强监督和考核结果的应用。要把信息监测结果和考核结果作为实施蔬菜种植补贴和奖补政策的重要依据。建议全市设立 1 亿元的蔬菜考核奖励资金,重点支持绿叶菜生产。

牵 头 领 导:叶军平
牵 头 处 室:蔬菜办
课题组成员:朱　敏　孙占刚　翟　欣　徐正莉
　　　　　　　叶胜舟　孙延东　杨学东　庄奇佳
　　　　　　　曹栩滢　马　鹜　袁圣斐

10. 引导各类人才投身上海乡村振兴的研究

为贯彻落实中共中央办公厅和国务院办公厅《关于加快推进乡村人才振兴的意见》文件精神,市农业农村委员会干部人事处联合市人力资源和社会保障科学研究所和市乡村振兴研究中心,对上海乡村人才队伍建设和引导各类人才投身服务于乡村振兴开展了调研和研究,在分析工作现状以及面临的机遇和挑战,借鉴国内外乡村人才工作经验的基础上,提出了"十四五"期间上海乡村人才发展的目标、路径及相关政策建议。现将有关情况报告如下。

一、上海乡村人才工作现状分析

(一)取得成效

"十三五"期间,为深入贯彻落实习近平总书记关于人才工作重要论述,各市级单位围绕国家和上海实施乡村振兴重大战略部署,以《上海市乡村振兴战略实施方案(2018－2022 年)》明确的"三园"工程为抓手,全面加强乡村人才队伍建设,着力破解人才发展瓶颈问题,努力做好人才的培养、引进、管理等工作,为全市乡村振兴战略实施提供智力支持和人才保障,人才工作呈现良性发展态势。一是人才政策机制逐步完善。在吃透国家和市委乡村人才政策文件精神的基础上,着力编制《上海市农业农村人才发展"十四五"规划》,研究出台《关于上海市新型职业农民培育试点工作的实施意见》《农技人员聘用制度》《中青年科技人员"攀高"计划实施办法》等一批前瞻性的人才专项政策,整合、优化人才培养培训、引进集聚、职称评定、奖励激励、社保服务等方面,着重培育、集聚高素质的乡村人才。二是人才结构不断优化。"十三五"期间本市农业农村人才总量平稳,结构不断优化,高层次人才数量明显增长。农业农村人才达到 4.6 万人,其中,国家级百千万人才 2 名,享受国务院政府特殊津贴专家 6 名(1 位为全国农业杰出青年科学家),上海市农业领军人才 30 名,新型职业农民发展迅速,持证比例持续提升。农业与二三产业融合发展紧密,金融、贸易、科技等行业优秀人才投身农业领域的数量不断增加。三是人才素质显著提升。通过开展培育工程、搭建人才发展平台、推进农业系列职称制度改革等,着力培育新型农业经营主体经营管理人才和农村实用人才。"十三五"期间,累计培育新型职业农民2.2万人、行业示范性培训3.7万人、农业实用技术培训1.7万人,人才技能水平不断增强。"十三五"期间招录助理全科医生学员949人,招录农村订单定向医学生免费培养(专科层次)510人,累计培训在职在岗乡村医生1 905人。2020年共培训农村体育指导员3 538人次,为开展农村地区体育健身活动起到了积极的带头作用。四是人才自主创新能力逐渐加强。通过专家服务基层项目逐步建立科研项目合作研究推广示范模式,加快产学研融合与农业科技成果转化,着力提升农业企业技术实力,助推农业产业转型升级。2016－2018年期间,获得国家科技进步奖5项,获上海市科学技术奖一等奖7项,二等奖13项,三等奖14项,农业科技进步贡献率达75.6%,先后建立起10多个国家级创新平台,20多个部市级创新平台。五是人才发展环境持续优化。落实重点人才工程做好选拔跟踪培养,集聚和培养一批站在农业科技前沿、具有国际视野和产业化能力的人才,建设创新创业人才高地。健全科研单位分配激励机制,重点向关键岗位和优秀拔尖人才倾斜。对做出突出贡献的中青年人才,在职称晋升、科技奖励、项目申报等方面予以鼓励和支持。依托融媒体平台,多渠道开展农业科技人才宣传报道,营造尊重劳动、尊重知识、尊重人才、尊重创造的良好氛围。

(二)主要做法

一是多主体联动完善政策机制。建立市、区农业农村部门牵头,各级农广校为主、农业院校、农民专业合作社等各类主体参与,上下联动、多方发力的工作机制,共同推进乡村人才培育工作。针对农业领域专技人员特点,在上海市种植业中级职称评审中首次增加了"农业管理"专业,使专业设置与当前农业农村发展的实际需求更加匹配。积极引导农民合作社、家庭农场等新型农业经营主体中的农业专业技术人才申报职称,对业绩贡献突出的高层次专业技术人才,允许其通过"直通车"或"绿色通道"破格申报高级职称。

二是多层次开展精准培育工程。举办"新型农业经营主体高层次经营管理人才高级研修班""上海市农业高级专家研修班""基层农业专业技术人员实用技能培训班"等,提高专业人才素养。做好领军人才推荐选拔,加大跟踪培养和服务扶持力度,开展百千万人才工程国家级人员、享受政府特殊津贴人员、上海市领军人才选拔推荐和市农业领军人才申报评审。精准开展新型职业农民、青年农场主和职业经理人、农村实用人才培训,增厚乡村人力资本。与吉林、云南、广西壮族自治区和黑龙江省农业主管部门签订现代青年农场主培育框架协议,组织两地青年农场主互相学习交流,开展产业对接。成立助理全科医生规范化培训专家委员会,认定19家医院,开展师资培训及基地督导。根据国家卫生健康委部署,开展提升基层卫生服务能力培训项目并下拨专项补贴,提升乡村医生"三基"业务水平。积极吸引农村本地富余劳动力从事养老服务,全面开展养老护理员职业技能培训,涉农区养老护理员持证率达到96%,且持行业水平评价证书的比例超过全市平均水平,达到82%。积极开展上海特色的"体医交叉培训",让医疗卫生人员会开运动处方,让体育指导人员学会指导慢性病患者体育锻炼,通过全民健身实现全民健康。

三是多维度鼓励科技成果转化。稳步推进浦东孙桥、市农科院、崇明三个农业科技创新中心建设。深化与上海枫泾科创小镇、上海农村产权交易所合作,开展农业科技成果路演近 70 项,完成农业科技成果转让 14 项,累计交易金额近 1 000 万元。进一步支持农业科研人员双向流动,鼓励事业单位科研人员到农业科技企业兼职,或带着科研项目成果离岗创业,在分配激励机制方面,提高了科技人员成果转化收益比例(研发团队所得不低于 70%),科技成果转化所获收益用于人员激励部分可一次性计入当年科研院所工资总额,但不纳入工资总额基数。

四是多渠道优化人才发展环境。定期组织举办农业创业创新大赛、青年人才成果展示会等,增强创新活力,提升科技人才储备水平。排摸全市农业龙头企业、产业发展重点扶持企业、农业招商引资企业,确定"全市重点机构人才开发目录"中的"农业重点企业名单",帮助企业解决人才引进问题。通过《上海农业科技成果》汇编、《东方城乡报》等新闻媒体,宣传报道由科技兴农项目支持的优秀项目以及宣传本市上海领军人才(农口系统)、上海市农业领军人才、农业各体系首席专家及农业领域的杰出人才。

二、上海乡村人才发展面临的机遇与挑战

(一)机遇

一是乡村振兴战略强力驱动。乡村振兴是贯穿社会主义现代化国家建设全过程的一项历史性任务。党的十九大做出乡村振兴重大战略决策以来,十九届二中、三中、四中、五中全会均有相关论述,十九届六中全会指出要"以前所未有的力度抓生态文明建设,美丽中国建设迈出重大步伐",中央还印发了《中国共产党农村工作条例》,就加强党对农村工作的全面领导做出系统规定,强调把党的领导的政治优势转化为推动乡村振兴的行动优势。《中华人民共和国乡村振兴促进法》出台进一步强化实施乡村振兴战略的根本制度保障,乡村振兴被提到前所未有的高度。

二是政策制度形成有力支撑。人才振兴是乡村振兴战略实施的核心要素。中共中央办公厅、国务院办公厅印发《关于加快推进乡村人才振兴的意见》,明确目标任务,作出了人才培养、支持体系、保障体系等方面的部署。自 2018 年本市实施乡村振兴战略以来,先后颁发《上海市乡村振兴战略规划(2018—2022 年)》和《上海市乡村振兴战略实施方案(2018—2022 年)》,制定乡村振兴"2＋27"配套文件,其中部分政策涉及人才工作体制机制的优化,将有力促进乡村人才振兴,为顺利推进乡村振兴战略提供有力人才支撑。

三是需求升级推进人才转型。乡村振兴是上海建设具有世界影响力的社会主义现代化国际大都市的重要内容之一。《上海市乡村振兴"十四五"规划》中明确,上海乡村作为超大城市的乡村,要发挥保障供给、生态涵养、生活居住、文化传承四大功能,成为城市核心功能的重要承载地,凸显乡村地区的经济价值、生态价值和美学价值,坚持农业农村优先发展,将调动各种资源要素进入农业、投入农村,基础设施和公共服务将更加便捷。为更好服务国家战略,上海将打造面向全球的人才高地,在当前新发展格局下,上海乡村人才发展面临着前所未有的重大战略优势、市场优势和要素优势。

（二）问题和挑战

近年来,上海农业农村人才工作稳步推进,各类人才投身乡村振兴建设的激情动力显著加强,但乡村人才总体发展水平与乡村振兴要求存在较大差距。进入新发展阶段,全面推进乡村振兴,加快农业农村现代化,乡村人才供求矛盾更加凸显,对人才需求领域越来越广、人才素质水平要求越来越高、人才环境改善诉求越来越迫切。加快推进乡村人才振兴,培养造就一支懂农业、爱农村、爱农民的"三农"工作队伍,既是中央部署的工作要求也是基层实践的迫切需要。

对标本市乡村振兴"十四五"规划提出的"到 2025 年,让乡村成为上海现代化国际大都市的亮点和美丽上海的底色,为建成与具有世界影响力的社会主义现代化国际大都市相适应的现代化乡村奠定坚实基础"的发展目标,当前上海乡村人才发展还存在以下五个方面的问题和挑战:一是人才总量不足,难以承担乡村振兴的重任。长期以来,乡村中青年、优质人才持续外流,本地农村青年从事农业意愿不强,乡村有效劳动力总量明显不足,在周边各省市均加大引才、用才力度的前提下本市人才总量增长乏力,优质人才供不应求。二是人才素质不高,难以适应乡村振兴的要求。农业不再是传统意义上的"听天由命"式的产业,农村管理也不再是相对封闭的"熟人化"管理,均需要一支专业素质较高、管理能力较强的人才队伍。而当前乡村人才受教育程度总体偏低,综合素质普遍不高,对新技术、新理念的接受能力和应用能力普遍较差。三是人才结构不优,难以驱动乡村振兴的发展。乡村常住人口老龄化现象严重,年轻劳动力缺失已成为限制乡村产业发展的瓶颈。领军型人才、科技创新人才和高技能人才均比较缺乏,新型农业经营主体中高素质专业技术人才和经营管理人才不足,乡村管理和公共服务人才短缺,休闲农业、种源培育、数字农业等新产业人才严重短缺。四是平台载体匮乏,难以引进留住优质人才。乡村优质实体企业、众创空间、孵化基地等高水平的人才发展平台不足,产业能级不高,农业科技创新团队服务乡村的项目合作、利益分配机制还未成熟,难以聚集大规模、高质量的人才。五是要素保障不足,难以激发人才创新活力。乡村各类公共基础服务设施仍与城市存在较大差距,人才关心的创业创新综合环境和设施还不完备,医疗、交通、子女教育、休闲娱乐等生活配套设施和服务还不健全,撬动、激励人才留在乡村创业创新的政策措施吸引力不足。

三、国内外乡村人才建设的经验借鉴与启示

（一）国内乡村振兴人才队伍建设经验借鉴

实施乡村振兴战略以来,各省市高度重视人才在乡村振兴中的重要性,积极结合地方特色,探索建立乡村振兴人才队伍。重点选取北京、杭州、重庆、青岛、武汉 5 个在乡村人才振兴方面具有特色做法的一线和新一线城市,总结其在培养农业农村人才队伍、引导各类人才返乡下乡等方面的优秀经验做法,为上海乡村人才振兴提供参考借鉴。

1. 北京:优化农业农村创业环境,支持农技人才创新创业

一是出台《关于支持返乡下乡人员创业就业的实施意见》等文件,为符合条件的返乡下乡创业人员提供一次性创业补贴。允许高校毕业生在农业领域创办的优质企业登

录北京区域性股权交易市场大学生创业板获取企业展示、政策扶持、融资对接、股权托管、培训辅导等服务。二是积极打通高校、科研机构科技人员到农村创新创业渠道,明确高校、科研机构的科技人员通过兼职、在职创办企业、在岗创业、到企业挂职、参与项目合作、离岗创业等方式到农村现代种业、设施农业、智能装备、绿色发展等领域创新创业的,可兼职取酬、获得成果转化收益;离岗期间可保留人事关系、基本工资和社保待遇;农村创新创业业绩可作为其岗位晋升、考核奖励的重要依据。同时,北京重点关注种业人才发展和科研成果权益改革,鼓励从事种业科研、推广的非营利性研究开发机构和高等学校采用转让、许可、作价入股等方式开展种业科研成果转移转化,明确成果转移转化所获收入全部留归种业科研单位;转化收益的 70% 及以上比例经批准可用于对科技人员的奖励和报酬,但不纳入本单位工资总额基数;转化收入中给予科技人员的现金奖励,符合条件的可按 50% 计入科技人员当月"工资、薪金所得",依法缴纳个人所得税。

2. 杭州:抓实农村实用人才培训,建立农村人才信息平台,成立乡村振兴人才银行

一是高度重视农村实用人才培养工作,分级推进农村实用人才培养项目工程,其中市级层面重点落实"125"工程,即每年培训产值千万元以上的农业龙头企业、农产品加工企业的经营管理者 100 名,农村经纪人和农民专业合作社组织带头人 200 名,种养致富带头人 500 名;县级层面重点落实"4321"工程,即每年培训农村新型经济业态主体4 000 名、新型职业农民 3 000 名、农村致富带头人(生产能手)2 000 名、农村社会管理服务人员 1 000 名,全年培训农村实用人才 10 000 名。至 2015 年,杭州已培养稳定了一支 14 余万人的农村实用人才队伍,为现代农业发展注入新活力。二是通过建立"一网两库"(杭州市农村人力资源网、实用人才库、农民素质培训库),实现对农业农村人才及其接受教育培训情况的全过程数字化管理和市县乡三级信息联动。三是发布金融助力乡村振兴人才"春雨计划",授牌成立全国首个"乡村振兴人才银行",由杭州市域内的 8 家农商银行共同组建专属服务团队,提供特色融资授信、资产管理增值、项目资金对接等金融服务,切实解决乡村振兴人才的融资难题。

3. 重庆:加强乡村人才智能管理,改善乡村干部成长环境

一是搭建重庆市设计下乡网络服务平台和移动应用程序(App),帮助设计下乡专业人才、团队和有需求的镇(乡)村通过平台实现设计下乡服务的双向选择、建立有偿或自愿服务等关系;探索建立"智慧乡村人才超市",提供信息化平台服务和智能化人才匹配服务,为城乡人才资源流动提供支撑,为体制内外人才相互融通提供支持。二是在促进乡村人才担当作为上开展"加减法"。一方面对激励机制做"加法",结合"资源变股权、资金变股金、农民变股民"改革,明确村级集体经济组织发展提质提速,部分收益可按比例作为负责人的奖励绩效,合理合法增加村干部收入,增强村干部把集体经济做大做强的动力;另一方面对基层负担做"减法",剥离一些不属于村两委的职能事务,减少重复性、形式化的工作要求,让村干部有更多时间精力投身田间地头、抓好产业发展。

4. 青岛:专项政策吸引各类人才返乡助乡

一是吸引城市专业人才下乡。强调镇(街道)乡村振兴主体责任,持续开展"万名专

家服务基层行动计划——导航青岛""万名农业专家服务'三农'行动"等,深入实施"齐鲁基层名医"人才工程、"银龄讲学计划""文化名人下基层"等工程,每年分级组织行业、领域专家(人才)到基层服务。二是鼓励本土优秀人才回乡。颁发《现代高效农业发展规划(2018—2022年)》,鼓励农村能人回乡发展共享农庄、特色文化产业,聚焦青年人才、农民工和离退休人才,实施"村村都有好青年"选培计划、"雁归兴乡"返乡创业推进行动和新乡贤机制,建立人才资源从乡村流出再返的良性循环。三是引聚全球涉农人才助乡。"头雁"团队依托顶尖人才奖励资助、"青岛菁英工程""外专双百计划"等,采取全职引进、兼职聘用、交流合作、揭榜挂帅等方式,面向海内外引聚"高精尖缺"农业科技领军人才、农业产业拔尖人才和高层次人才创新团队。产业发展急需紧缺人才依托"蓝洽会""百所高校千名博士青岛行""青岛招才引智高校行""青鸟计划·唯才唯青岛"等活动,设置线下线上涉农引才招聘专区专场,编制年度涉农引才招聘计划,引进涉农专业优秀高校毕业生;乡村专业人才依托与青岛农业大学的定向培养机制,由其培养农技推广人员毕业后到该市农村服务5年以上。四是借助"双招双引"项目和人才中介机构资源优势,整合网上引智对接平台、青岛国际人才智力联络站、"百万校友资智回青"等渠道,拓宽乡村振兴人才来源。

5. 武汉:扶持、引导农村实用人才干实事

一是通过一揽子精准政策,引导农村实用人才兴办家庭农场、农民专业合作社、农业社会化服务组织等,构建人才支撑产业、产业成就人才的递进式人才结构。比如美丽乡村建设项目,按户均8万元的标准进行贴补;渔业稻田综合项目,集中连片面积200亩以上的,每亩按照600元给予补贴;农民专业合作社项目,市级示范社补贴不超过15万元,联合社补贴不超过20万元等。二是建立农村实用人才表彰制度,举荐优秀农村实用人才参与各类人才计划,组织开展优秀农村实用人才评选活动,入选人才优先推荐为村"两委"干部人选、优先推荐申报国家、省、市、区级重大人才工程和高级农业职业经理人等人才评选项目,享受相关荣誉称号。

(二)国外乡村人才队伍建设经验借鉴

一方面,上海土地和农业资源禀赋相对稀缺,人均耕地较少,但劳动力要素较为充裕,发展模式与荷兰、日本以及韩国较为相似,均为"土地节约型"模式;另一方面,上述国家均为农业发达的小强国,城乡结合的发展现状也与上海较为吻合,因此本文对荷兰、日本以及韩国在农业农村人才培养和使用方面的经验进行总结,以期为上海乡村人才队伍建设寻找可借鉴经验。

1. 荷兰:营造现代的农业人才教育环境,构建发达的农业科技服务体系

一是荷兰形成集农业科研、教育和推广三位一体的农业知识创新体系,成为其核心竞争力。农业高等教育作为荷兰农业科技的支撑,其专业设置面宽,注重理论与实践相结合,教学与科研以国际市场需求为导向、以社会需求为依据,强调国际交流与合作,重视高等农业教育各机构间的资源共享。政府、学校和企业打造"政教产融合"体系,政府在制定政策、经费资助、监管督导等有明确职责;职业院校在政府和行业协会指导下及在企业配合下开展教学,教学内容与经济发展和企业需求密切相关,为企业培养人才。

二是荷兰现代化农业生产中农业科技服务始终贯穿生产全过程,农业科技服务相对于农业推广而言是包含生产、销售以及技术指导的更高层次的体系。荷兰通过农业合作社的科技服务功能吸收农业科技成果,促进了农业科技的研发与完善,使合作社专业化程度逐渐提高,农户实现了专业化和规模化生产。在农户生产、销售的各个环节,农业科技服务为农户提供专业化的指导,加强其抵御市场竞争带来的风险,形成核心竞争力。荷兰农业科技服务重视技能培训,服务人员的素质普遍较高,形成了特色的农业科技服务体系,为农业科技服务发展提供了保障(参见图1)。

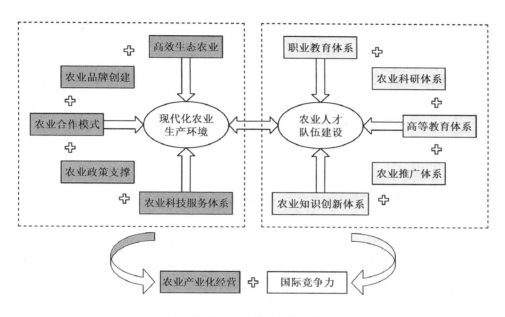

图1 荷兰现代化农业生产环境系统

2. 以色列:强化高素质科技创新人才培养

在种类多样的各种基金会和风险投资人的加持下,以色列高校支持和鼓励教授同时兼职创业,建立有效机制的初创公司;高校与企业加强合作,持续将教授、专家的研发产品推向市场,推动科研成果的迅速产业化。实行企业集群化发展,营造全社会联动的创新发展氛围。以色列从事农业的人员来自各行各业专科以上的知识群体,而非普通意义上的传统农民,技术的不断创新是这个群体在激烈的市场竞争中保持领先制胜的法宝。为创新创业集群保驾护航的以色列政府,建立完善的创新管理体制鼓励科技创新,通过立法来保障研发人员的权利以及科技发展战略规划可持续发展;以色列也十分注重国际科技合作和吸引海外犹太人才归国服务于产业发展。

3. 韩国:注重现代农民的培育培训

一是发挥政府的组织作用。20世纪70年代后新村运动启动以来,由内务部牵头,协调经济建设、电子、交通、信息、水利、科教文卫等部门,各层面政府间密切配合,突破条块分割、形成条块结合的部门交叉管理模式,各级政府自上而下组建新村运动推进会,每个社区任命一个公务人员作为新村运动领导人,革新地方官员的政治理念。二是培育现代农民精神。村民选举产生独立于村主任的新村领袖(一男一女)来提供志愿服务。新村领袖要求具有市场经济意识、注重农业效益、敢于创新,在乡村创新发展中发挥关键作用。村民在村民大会和邻里会议提出新村建设想法,讨论村庄决议项目,村庄发展委员会执行,形成基层的民主决策和执行机制,村庄间存在良性竞争机制,激励村民"为过更好的生活而努力"。三是强化精英人才培训机制。政府设立中央研修院,通过成功案例和小组讨论等形式大规模开展新村领导人培训,郡、地方农协等政府和社会组织,发掘新村领袖并在新村研修院培育,优秀新村领袖可参与国家月度经济工作会议,形成强有力的激励。教育过程中,官民同吃、同住、同劳动,强化官员责任意识,推动乡村治理能力发展。四是完善农民职业教育体系。韩国农民教育与培训体系由农业系统、教育系统与社会系统三部分构成。其中农业振兴厅、各级农业学校和农协发挥主体作用。五是加大人力资源深度开发。面对劳动力大量流向城市,老年人、妇女等成为农村主要群体的现实,韩国想方设法加强人力资源深度开发。2005 年,开启建设 100 个"农村健康长寿村"计划,通过组织老年人参与学习培训,创设适合老年人的岗位,积极解决农村老龄化。妇女教育方面,妇女教育中心、民间妇女团体、妇女会等组织定期开展提高妇女生产生活技能的职业培训和文化素质教育。

4. 日本:提高农民组织化程度促进农村骨干人才培育

一是促进农民综合能力提升。构成由政府、学校和民间力量共同组成的多主体参与、相互补充的教育体系,分层次、有重点、按计划开展对农民的免费培训,培养具有世界战略眼光、富有挑战精神的地区带头人。通过高中等农业院校、各级农业科技培训中心、农业技术推广服务体系和改良普及系统、农协培训中心、企业与民间农业培训服务机构,满足不同农民需求。二是实施"一村一品"战略。政府尽量避免直接资金补助,而是在技术指导、信息服务、市场开发等为农民提供服务,激发生活在本地的年轻人活力,培养既有实践能力又能扎根于本地区的人才。政府还注重整合外部资源培养乡村振兴的优秀人才。如表彰"一村一品"作出贡献者,选拔骨干人才到国内外先进地区进修一个月以上。三是加强农业接班人培养。实施"后继者支持政策"培养农业接班人。对年龄 45 岁以下、年收入 250 万日元以下,具有独立经营农业意愿的青年人,每年给予 150 万日元"青年务农给付金"专项支持。设立"新农人培养"专项资金,鼓励青年职业农民到种养大户或农业企业研修,每月发放 15 万日元生活补贴。对接收研修的种养大户或农业企业,一次性发放 50 万日元补贴。四是发挥农协的组织作用。日本农协覆盖整个农村,成员几乎囊括全部农民。通过基层农协、县经济联合会和中央联合会等三级农协组织,有机地连接分散生产的农户和城乡结合的大市场,提高农民组织化程度,农业经营指导由农协近 2 万名营农指导员担任。

综合来看,北京、杭州、重庆等城市乡村情况和上海不同,国外乡村发展的阶段和制度基础也有较大差异,以上国内外经验不能照搬照抄,但还是有不少启示。一是优化创业环境,抓实系统培训,培养高素质的职业农民。二是理论与实践相结合,完善农业知识创新体系,实现产学研一体化。三是建立农村人才信息平台,加强乡村人才智能管理。四是制度保障吸引人才下乡,拓宽乡村振兴人才来源。

四、目标与路径

(一)指导思想

以习近平新时代中国特色社会主义思想为指导,全面贯彻党的十九大和十九届二中、三中、四中、五中、六中全会精神,深刻领会习近平总书记在 2021 年中央人才工作会议的重要讲话主旨,坚持和加强党对乡村人才工作的全面领导,坚持农业农村优先发展,坚持把乡村人力资本开发放在首要位置。面向全球、面向未来,以人才资源能力建设为核心,以人才开发机制改革创新为突破,以培养乡村振兴发展急需的高素质和紧缺人才为重点,大力培养本土人才,引导城乡人才双向流动,推动专业人才服务乡村,努力构建符合现代化国际大都市乡村发展需求的人才管理服务体制机制,培养集聚素质优良、结构科学、布局合理、效能突出的"三农"工作队伍,为建成与具有世界影响力的社会主义现代化国际大都市相适应的现代化乡村提供有力人才支撑。

(二)发展目标

到 2025 年,本市乡村人才振兴制度框架和政策体系基本形成,人才队伍质量效能稳步提升,各类人才支持服务乡村格局基本形成,推进本市乡村全面振兴的人才需求基本得到满足。

(三)推进路径

1. 主体多元,形成合力

坚持加强党对乡村人才工作的全面领导,构建"政府引导、市场配置、企业开发、社会参与"的乡村人才开发格局,充分发挥各类主体在乡村人才"引、育、留、用"中的积极作用,着力推动形成乡村人才振兴的工作合力。

2. 问题导向,分类施策

针对本市乡村发展和基层实践的迫切需要,遵循农业农村人才成长发展规律,以乡村产业、科技、服务三方面人才队伍建设为重点,以人才引进、使用、管理三个重点环节为着力点,统筹兼顾,差别化实施政策措施,全方位聚集和培养各类人才。

3. 引育结合,以用为本

在引导城市人才下乡,推动专业人才服务乡村的同时,培养留得住、用得上的本土人才,加快农业农村人才队伍建设。用好用活人才资源,在实践中实现人才价值最大化,促进人的全面发展。

4. 扩大范围,提升素质

瞄准乡村人才结构短板,全面培育乡村教育、医疗、科技、文化、经营管理等方面的人才。拓宽乡村人才来源,全方位聚集和培养各类人才,坚持扩总量、提质量、优结构,在实践中发现人才、培养人才、锻炼人才,激发乡村人才创新活力和劳动热情。

5. 创新制度,强化保障

盯紧束缚乡村人才发展的体制机制障碍,深化乡村人才制度改革,着力打好政策、培育、服务"三张牌",为乡村营造重才、爱才、护才的综合环境。完善激励各类人才服务乡村振兴的撬动机制,吸引优秀人才和智力集聚乡村。

五、相关政策建议

针对当前上海乡村人才发展的瓶颈,以政策创新和优化环境为抓手,加强人才队伍建设,积极实施引导各类人才更好投身服务于乡村振兴的运行机制,为增强乡村振兴内生动力,使上海乡村成为高科技农业的领军者、优质产业发展的承载地、城乡融合和生态宜居的示范区,在全国实施乡村振兴战略中走在前列做出示范提供坚实的人才和智力支撑。

(一)实施"三大行动",加强乡村产业人才培育

1. 高素质农民培育行动

一是利用"百万高素质农民学历提升计划"启动的契机,分层分类推进高素质农民培育。以全产业链需求为导向,科学设置培训课程,加强训后技术指导和跟踪服务,支持创办领办新型农业经营主体。二是整合各类资源,加快构建高素质农民教育培训体系。利用农业广播学校、农业科研院所、涉农院校、农业龙头企业等主体,为高素质农民开展针对性培训,积极推广农民田间学校培训模式,将课堂开到田间地头、养殖场所等生产第一线,实现农民就近就地接受培训。三是以产业经营为导向,加强农业经营主体带头人培训培养。按知识型新一代农业企业家素质能力要求,主要面向中青年精准遴选,培育具有现代经营能力、辐射带动能力强的带头人,完善项目支持、生产指导、质量管理、市场对接等服务,深入推进新型农业经营主体培养。四是着力搭建长三角一体化交流合作平台。开展青年农场主、农业经理人等示范培训,积极推进新型农业经营主体长三角一体化交流平台建设,实现资源交流共享,扩大合作优势,强化人才优势。

2. 农业高技能人才培育行动

一是依托农业高技能人才培养基地,加快农业技能人才队伍建设。建设"1 个主基地＋X 个分基地"的农业高技能人才培养基地,强化技能培训实训场所建设,开发农业高技能人才培养项目,编写农民技能培训系列教材,开展针对性培训、技能鉴定和组织农业行业职业技能竞赛。二是夯实工作基础,建立职业技能等级社会评价组织。在农业行业开发《食用菌生产工》《动物疫病防治员》等技能等级认定项目,制定技能等级认定技术标准,实施技能等级认定,推动农民职业技能水平提高。三是强化示范引领,建立农民首席技师制度。在农民专业合作社、农业标准化生产基地、家庭农场、农业企业等农业经营主体中,开展农民首席技师选拔培养,建立农民首席技师和技能大师工作室,树立一批技术高超、业绩突出的高技能领军人才。

3. 农村二三产业创业创新人才培育行动

一是深入实施农村创业创新带头人培育行动。探索设立乡村创业创新引导基金,稳妥引导金融机构开发农村创业创新金融产品和服务方式,建设农村创业创新孵化实训基地。二是加强农村加工、仓储物流、休闲农业、乡村旅游、电商等新兴领域人才培育行动。加强实操技能培训,开展订单式培训、定向定岗培训、线上线下相结合等培训,持续提升农村二三产业发展水平。将农村二三产业中紧缺专业纳入就业技能培训工种目录,并按规定给予补贴。三是挖掘培育乡村工匠。挖掘乡村手工业者、传统艺人,通过

设立名师工作室、大师传习所等传承发展传统技艺,在传统技艺人才聚集地设立工作站,组织研习培训、示范引导、品牌培育,支持传统技艺人才创办特色企业。鼓励高等学校、职业院校开发具有特色的传统技艺,开展传统技艺传承人教育。

（二）开展"三大计划",加强农业农村科技人才培育

1. 农业农村科技领军人才培育计划

一是加大科技领军人才的培养遴选和引进集聚力度。以国家、市级重大人才工程和人才专项为抓手,采取柔性引进、智力引进、"一事一议、一人一策"等方式,加大农业农村科技重点领域、新兴领域国内外高层次创新型人才引进力度。二是充分发挥科技领军人才的核心引领效应。利用科技领军人才在科技创新、拓展市场、开发项目、集聚人才等方面的核心作用和品牌效应,引领创新、凝聚团队、传承技艺、传播文化,带动农业农村各行业"提品质、创品牌"。三是加强优秀青年科技人才培养。加大对优秀青年科技人才的扶持力度,在推广创新成果、推荐项目申报和人才培养计划时给予支持,搭建优秀青年科技人才成果展示平台,造就一批有影响、有市场号召力的青年科技英才,成为领军的后备人才。

2. 农业农村科技创新人才培育计划

一是加强农业企业科技创新人才培养。以农业企业关键技术的项目开发为载体,加快组建以产学研体系为核心的创新平台,充分发挥院士工作站、专家工作点、企业技术实验室等创新人才集聚载体的功能,推进现代农业研发、转化、生产、管理等环节全链条科技创新人才开发培养,提升农业企业研发创新能力。二是推动科技人才与科研项目匹配结对。围绕农业经营主体新品种、新技术的项目开发需求,促成科研单位的农业科技人才与农业经营主体结对,为农业经营主体的项目提供全方位技术咨询和解决方案,促进项目成果孵化,让经营主体带头人和科技创新人才手拉手同成长。三是加强青年科技人才队伍建设。支持中青年人才作为学术带头人和骨干研究群体从事农业及其相关产业应用研究。鼓励青年科技人才积极参与国家"青年千人计划""青年英才开发计划""杰出青年基金计划"、农口系统青年成长计划和市农科院青年科技人员"攀高"计划等,提升科研队伍创新活力。四是健全科技创新人才开发机制。健全农业农村科研立项、成果评价、成果转化机制,引导农业科技创新人才遵循自身工作规律合理发展。为基层一线的农业专业技术人才开辟职称评审"绿色通道",放宽岗位结构比例限制。建立健全科学合理的激励制度,完善成果权益分配激励,保障科研人才成果转化收益。

3. 农业农村科技推广人才培育计划

一是推进农技推广体系改革创新。落实国家加强基层农业技术推广体系建设政策,确保在一线工作的农业技术人员不低于区县农业技术人员总编制的 2/3,专业农业技术人员占总编制的比例不低于 80%。鼓励科研院校、企业、社会化服务组织等机构人员深入基层开展农技推广,完善公益性和经营性农技推广融合发展机制,允许提供增值服务合理取酬。二是实施基层农技人员素质提升工程。利用全国农业远程教育平台,大规模开展农技推广人才知识更新培训,重点培训年轻骨干农技人员,提高乡镇一级农业技术推广人员、涉农干部的技术水平和服务三农能力。三是全面实施农技推广

服务特聘计划,健全以工作实绩为基础的考评激励机制。引导科研院所、高等学校开展专家服务基层活动,推广"科技小院"等培养模式,派驻科技人员和研究生深入农村开展实用技术研究和推广服务,实行农业农村科技推广人才差异化分类考核。四是鼓励各涉农区对"土专家""田秀才""乡创客"发放补贴。完善公益性和经营性农技推广融合发展机制,鼓励各涉农区因地制宜地对"土专家""田秀才""乡创客"给予资助,以便更好地实现"固巢养凤"目标。

(三)聚焦"五大领域",加快乡村公共服务人才培育

1. 乡村教师队伍建设领域

一是推进乡镇学校教师资源的统筹均衡配置,适度放宽乡镇小规模学校教师编制核定标准,确保每所乡镇小学和初中高级教师配置比例。二是加大乡村骨干教师培养力度,精准培养本土化优秀教师。从创新聘用流动、强化培训晋升、完善激励保障等各方面吸引人才、留住乡镇优秀教师。三是研究制定乡村教师职称评定倾斜政策。长期在乡村学校任教的教师职称评审可"定向评价、定向使用",高级岗位实行总量控制、比例单列,不受所在学校岗位结构比例限制。四是逐步调整提高乡镇专任教师津贴标准,按规定将符合条件的乡村教师纳入住房保障范围,稳定乡村教师人才。

2. 乡村卫生健康人才队伍建设领域

一是按照服务人口1‰左右的比例,每五年动态调整乡镇卫生院人员编制,允许在区范围内统筹使用编制。二是推进乡村基层医疗卫生机构公开招聘,对急需紧缺卫生健康专业人才可适当放宽学历、年龄等招聘条件。三是深入实施全科医生特岗计划、农村订单定向医学生免费培养和助理全科医生培训,鼓励高校免费定向培养一批源于本乡本土的大学生乡村医生,乡镇卫生院应至少配备1名公共卫生医师。四是实施乡村医师定期轮岗社区卫生服务中心的制度,优化乡村基层卫生健康人才能力提升培训项目,加强在岗培训和继续教育,实施新老结对帮助新乡村医师尽快熟悉农村多发病、常见病诊治。五是支持城市二级及以上医院在职或退休医师到乡村基层医疗卫生机构多点执业,开办乡村诊所,充实乡村卫生健康人才队伍。六是落实乡村医生补助,逐步提高乡村医生收入待遇,做好乡村医生参加基本养老保险。

3. 乡村文化旅游体育人才队伍建设领域

一是推动文化旅游体育人才下乡服务,完善文化和旅游、广播电视、网络视听等专业人才扶持政策,培养乡村文艺社团、创作团队、文化志愿者、非遗传承人。二是建立一批旅游行业培训教育基地,充分发挥政府、第三方专业培训机构、旅游院校、旅游协会和旅游企业等多方面教育培训资源,构建旅游人才开发的多方联动机制。三是鼓励运动员、教练员、体育专业师生、体育科研人员参与乡村体育指导志愿服务。

4. 乡村规划建设人才队伍建设领域

一是支持乡村规划师、建筑师、设计师及团队深入乡村,开展驻村陪伴式服务,塑造乡村特色风貌。二是统筹推进城乡基础设施建设管护人才互通共享,搭建服务平台,畅通交流机制。三是实施乡村本土建设人才培育工程,加强乡村建设工匠培训和管理,培育修路工、水利员、农村住房建设辅导员等专业人员,提升农村环境治理、基础设施及农

村房屋建设管护水平。

5. 青年后备人才储备领域

扩大高校毕业生"三支一扶"计划招募规模,落实国家和上海市相关政策。为到农村基层涉农单位就业的高校大学生提供学费补偿和国家助学贷款代偿;为服务期内的"三支一扶"人员发放安家费补贴和生活补贴(包括政府奖励),缴纳社会保险费;服务期满后,在同等条件下对于报考区县事业单位优先录用,对于报考本市机关公务员的实行优先招录,为符合条件的非上海籍"三支一扶"大学生优先办理上海市户籍和"上海市居住证",为尚未就业的"三支一扶"大学生免费提供人事代理、就业指导、就业推荐等系列服务。

(四)启动"四大工程",加强乡村治理人才培育

1. 村党组织带头人队伍整体优化工程

一是把好选拔任用关。坚持把政治标准放在首位,选拔思想政治素质好、道德品行好、带富能力强、协调能力强,公道正派、廉洁自律,热心为群众服务的党员担任村党组织书记。二是丰富选拔渠道。持续推进"班长工程",注重从致富能手、复员军人、机关事业人员中选拔优秀人才到薄弱村担任村党组织书记。三是持续推进村党组织带头人整体优化提升行动。建立村党组织书记区级备案制,制定农村基层干部教育培训规划,落实分级培训责任制。探索优秀青年干部市委党校学习、乡村蹲点调研与艰苦岗位锻炼相结合,着力解决村干部队伍后继乏人问题,提升基层干部成长速度。四要加大后备干部队伍的培养力度。打破地域、身份、职业界限,按照从现任村居优秀条线工作人员、大学生居民区书记中选拔一批;从党政机关、事业单位、国有(集体)企业等优秀年轻干部中选派一批;从优秀民营企业管理人员、致富能手、新型职业农民、社会组织骨干力量中招聘一批;多渠道招录大学毕业生到农村工作,加强选调生到村任职、履行大学生村官有关职责等,做大村居后备力量"蓄水池",规范村后备干部选拔、培养、管理和使用机制。

2. 农村管理人才队伍素质提升工程

一是在镇级社会工作机构配备的社工人员和村级社区管理人员中培养一批高素质的法律援助、治安管理、社会公德等工作方面的骨干管理人才。注重在实践中锻炼、培养农村社区管理人才,针对性地让优秀青年社区管理人才承担重点任务、重大项目工作,加大岗位交流挂职锻炼,提升综合素质和专业特长。二是建立和完善城乡管理人才合理流动机制,通过政策倾斜、财政补贴等方式,鼓励城镇优秀管理服务人才参与农村社会管理。提升农村社会管理社会化服务水平,引导第三方专业服务队伍参与农村社会管理。三是完善激励保障措施。探索建立并规范村干部报酬管理办法,合理确定村干部基本报酬和绩效奖励,全面推行村干部缴纳职保,提高缴费基数水平。落实正常离任村干部生活补贴,健全村干部福利制度,制定疗休养、体检、生病探望等具体办法。

3. 农村社会工作人才队伍建设工程

一是在村民自治组织、社区组织和社会组织中,重点培养一批懂农、爱农的村民自治组织骨干服务人才,尤其是农村社会综合服务中心"一站式服务"的农村社会服务人

才和信息进村入户专门服务人才。二是推进农村社会服务人才专业化、职业化、社会会发展。完善农村社会服务人才入职培训、知识普训、继续教育等,加强动态管理、注重考核评估、健全薪酬体系、完善奖励措施、畅通工作渠道,形成社区组织、社会团队、专业人才三联动的良好局面。

4. 农村法律人才队伍建设工程

一要加强农业综合行政执法人才队伍建设。加大执法人员培训,完善工资待遇和职业保障政策,培养通专结合、一专多能执法人才。二要加强乡村法律服务人才培养培训。通过招录、聘用、政府购买服务、发展志愿者队伍等方式,充实乡镇司法所公共法律服务人才队伍,推动公共法律服务下沉。三是加快培育"法治带头人""法律明白人"。以村干部、村妇联执委、人民调解员、网格员、村民小组长、退役军人等为培养重点,推动法律知识普及化。四是推行"一村居一法律顾问"制度。力争所有村(居)法律顾问配备率达到100%,提升村(居)法律顾问配备数量规模。

(五)创设"五大机制",加强乡村人才聚集

1. 城市科教文卫人才定期服务乡村机制

一是支持科研人员创新创业,服务农业农村转型升级。允许科研人员在符合条件的情况下兼职创新、在职创办或离岗创业,支持事业单位选派科研人员到乡村和涉农企业参与项目合作。推进专家服务基地建设,牢固联结专家和基层一线,逐步建立乡村专家信息库,厘清上海市乡村专家资源和人才储备。二是鼓励医生、中小学教师等重点领域人才与镇村建立对口帮扶制度。鼓励市二级及以上医院、市/区级重点学校、高校和科研院所与镇村医疗卫生服务机构、乡村学校和新型经营主体结对,定期选派优秀医疗卫生人员、教师、专家或专业技术人员前往镇村工作,带动乡村人才的专业技能水平。三是推广医生、中小学教师、科技人才等重点领域专业技术人才晋升高级职称须有1年以上农村基层工作服务经历的做法。对无基层工作经历的专业技术人才,行业主管部门可根据基层需求组织支教、支农、支医、支文、支企等。专业技术人才到基层服务期间,原单位岗位、职级、工资福利不变,基层工作经历和业绩可作为晋职、晋级、评聘和晋升专业技术职务的重要依据,有条件的单位可适当给予工作、生活补助。四是鼓励城市文化人才定期服务乡村。通过演出下乡、设立"名家工作室"等,充分发挥文化名家带动事业、拓展市场、开发项目、吸引人才等的核心作用和品牌效应。五是支持离退休干部和专家服务乡村振兴。支持离退休医生、教师、律师和农业技术专家到乡村开展咨询、指导,发挥老干部和专家的"传帮带"作用,促进青年乡村人才成长。

2. 多元主体培养机制

充分发挥各类主体在乡村人才培养中的作用,着力形成乡村人才培养的工作合力。一是完善高等教育人才培养体系。全面加强涉农高校耕读教育,深入实施卓越农林人才教育培养计划2.0,建设一批新兴涉农专业,引导综合性高校增设涉农学科专业,加强乡村振兴发展研究院建设。二是加快发展面向农村的职业教育。遴选一批高等职业学校,根据乡村振兴需求开设涉农专业,支持村干部等采取在校学习、弹性学制、农学交替、送教下乡等方式,就地就近接受高等职业教育,打造一批在乡大学生、乡村治理人

才。加强农村职业院校基础能力建设,支持职业院校加强涉农专业建设,培养基层急需的专业技术人才,对农村"两后生"进行技能培训。三是依托各级党校(行政学院)培养基层党组织干部队伍。发挥好党校(行政学院)、干部学院主渠道、主阵地作用,分类分级开展"三农"培训,将教育资源延伸覆盖至村和社区。四是充分发挥农业广播电视学校等培训机构作用。支持各类培训机构加强对高素质农民、能工巧匠等本土人才培养,推动农民培训与职业教育有效衔接。五是支持企业参与乡村人才培养。引导农业企业建设实训基地、打造乡村人才孵化基地、建设产学研用协同创新基地,积极参与乡村人才振兴。

3. 健全鼓励人才向乡村基层流动的激励机制

一是为各类人才服务乡村提供政策倾斜。加大对返乡入乡人才的扶持,从降低准入门槛、融资财政支持、用地保障等予以扶持,在岗位晋升、职称评审、评先评优、科研项目申请、创业贷款申请等方面放宽条件和优先考虑,将返乡下乡人员创业创新培训经费纳入区县财政预算,推动"三支一扶"政策向市、区示范性农业合作社倾斜,推广"政府+银行+保险"融资模式,加强返乡创业园区和孵化基地建设,为符合条件的返乡创业农民工给予一次性创业补贴,充分发挥政策引才,切实提升上海乡村对人才的吸引力、吸附力。二是完善人才服务乡村基层的待遇保障机制。引导农业农村经营主体建立科学的薪酬管理、协议工资及股权、期权激励等制度,加强知识产权保护和科技成果转化奖励。鼓励涉农高校、科研院所将农业科研人员基层服务经历与绩效奖励挂钩,为科研人员下乡提供薪酬保障,允许事业单位科研人员可跟单位约定缴纳一定的创收收益,经单位同意可到企业和其他科研机构、高校、社会组织等兼职,或离岗从事科技成果转化等创新创业活动,兼职或离岗创业收入不受本单位绩效工资总量限制。对长期服务基层的科研人员加大奖励,充分调动科研人员的基层工作积极性。三要建立下乡助农人员专项奖励制度。设立面向下乡助农人员的专项引进基金和奖励基金,对在乡村振兴工作中做出显著成绩的人员予以奖励激励,持续激发人才服务乡村、建设乡村的激情。四是允许授课人员领取额外教学活动劳务报酬。鉴于地处偏远条件艰苦的基层一线农技推广站、农广校等内部工作人员向农民、新型经营主体开展实地授课无法获取劳务报酬,建议参照 2019 年实施的职业院校与其承担职业技能培养培训任务相挂钩的绩效考核机制和绩效工资总量调整办法,将之推广到组织技术传播、教育培训的农委系统技术推广人员、农职校教师,保障、落实体制内师资授课费。五是营造全社会尊重农业农村工作者的良好氛围。充分利用电视、广播、报纸等传统媒介和微信、微博、抖音等新媒体形式,大力宣传美丽乡村建设情况、田间地头生产情况,积极推广返乡入乡典型人物和先进事迹,引导全社会关心关注上海乡村振兴,提升农业农村工作的社会认可度。

4. 建立乡村人才分级分类评价体系

一是深入落实分类推进人才评价机制改革要求。各区可从实际需要出发,参照国家对农村实用人才的分类标准,对乡村人才分类评价认定,分初、中、高级三个层次认定,建立健全以思想素质、经济效益、技术水平、带动能力和群众认可度等为主要指标、有不同侧重的分类评价标准。二是完善农业农村领域职称评审申报。根据上海市乡村振兴战略任务和农业农村未来发展方向,适时动态调整农业系列职称专业设置,破除"唯论文、唯学历、唯资历、唯奖项",探索推行技术标准、专题报告、发展规划、技术方案、试验报告等视同发表论文的评审方式,释放科技创新活力。三是鼓励对乡村发展急需紧缺人才设置特设岗位,不受常设岗位总量、职称最高等级和结构比例限制。

5. 优化人才服务机制

一是搭建一批乡村引才聚才平台。建立农村资源资产、人力资源、社会化服务、金融保险、信息和技术咨询等供需信息发布和交易平台,积极开展面向返乡下乡人员的政策咨询、市场信息、土地流转、项目选择、科技推广等服务。鼓励成立专业农业服务公司,通过市场化和专业化的方式提升人力资源效益。鼓励高校、科研院所在乡村设立涉农研发平台、成果转化平台、试验试种基地、科技园区等,以产业集群催生人才聚焦。完善人才到基层党政机关挂职制度,吸引高校、科研院所人才发挥科技参谋、桥梁纽带、专业服务、项目策划和引才育才作用。建立完善新乡贤吸纳机制,引导城镇党员干部、知识分子、商业人才、经济文化等有志报效家乡的乡贤能人服务家乡建设,培育壮大新乡贤队伍。二是完善乡村人才社会保险政策。引导乡村自由职业者、无劳动关系的职业农民按照灵活就业人员身份参加职工基本养老保险、职工基本医疗保险。鼓励和引导符合条件的家庭农场、专业合作社等新型经济组织和企业,参加企业职工基本养老、职工基本医疗、失业、工伤和生育保险。三是制订远郊地区农业企业人员的居转户年限优惠政策。根据市政府《持有"上海市居住证"人员申办本市常住户口办法》,将目前远郊地区居转户由七年缩短为五年的激励政策从仅适用农委系统事业单位在编人员,扩大到农业企业在职人员。四是适度放宽培训补贴享受人员身份认定的政策规定。基于目前上海郊区从事农业生产的一般都是 65 岁乃至 70 岁以上老人,部分为外来务农人员又未参保。建议开辟绿色通道,在升级后的职业培训补贴系统内适度放宽对参加高技能人才培养基地培训项目人员的身份限制("年龄限制"和"参保限制")。五是探索打通合作社成员参加城镇职工基本社会保险的通道。破解贯彻《上海市实施〈中华人民共和国农民专业合作社法〉办法》的梗阻点,给予农业专业合作社参加城镇职工社会保险或以灵活就业人员身份参保的自主选择权。

(六)落实"三大保障",健全制度环境基础

1. 完善组织体系保障

一是建立在市委人才工作领导小组统一领导下,市委组织部牵头抓总,市农业农村委具体负责,各职能部门各司其职的工作机制。理顺管理机制,加强与人力资源和社会保障、科技、教育等相关部门统筹协调,形成统分结合、上下联动、协调高效、合力推进的人才工作运行机制。二是建立健全人才工作目标责任制,将农村实用人才培养纳入农业农村工作成效考核范围,坚持人才工作联席会议制度、职能部门直接联系优秀人才制度及督查落实制度,推动工作有效落实。

2. 创新政策制度保障

一是建立健全乡村人才培养、引进、管理、使用、流动、激励等一整套系统完备的政策体系,研究出台一批具有前瞻性和先导性的系列人才政策,如研究制定《上海市农业

农村领军型科技人才及团队引进实施办法》《上海市农业科技成果转化的权益分配激励办法》《上海市农业科研人员兼职兼薪办法》等,有效解决农村农业领域重点人才发展瓶颈问题,为全面推进乡村振兴提供坚实人才政策支撑。二是扩大市级紧缺人才开发目录中涉农机构范围。在 2021 年《上海市重点领域(产业类)紧缺人才开发目录》拟纳入59 个本市龙头农业企业的基础上,通过设置合理的指标和门槛准入条件,增加农业农村领域重点机构、重点企业和基础科研事业单位数量,扩大政策受益面,加大高层次创新人才和紧缺急需人才引进力度。

3. 健全投入机制保障

一是建立公共财政投入长效机制,将农业农村人才开发经费列入政府年度财政预算。增加专项投入,支持农业科研院所和高等院校开展重大科技攻关、海外高层次人才引进以及学科专业创新团队、后备人才队伍建设。将中央和地方财政安排的农业农村建设项目作为培养人才的重要载体和基地,加强人才基地建设。开展人才库建设,奖励优秀人才及先进集体,为高素质农民人才创业提供贷款担保贴息等服务。二是完善公共财政转移支付机制,健全市、区、乡镇三级联动的公共财政转移支付机制。明确公共财政的支持比例与额度,建立按项目、按工程、按预期成果和实际惠及面拨款的支持机制。调整财政投入结构和方向,增加对农业职业教育、继续教育和农民培训的投入。在涉农资金中专列高素质农业农村人才开发资金,用于人才培养、引进、交流、项目资助。三是探索社会资本多元参与机制。综合运用信贷、保险、税收、贴息等政策工具,鼓励引导企业、社会组织等社会力量广泛参与,多渠道吸引募集资金,逐步健全政府主导,个人、用人单位和社会广泛参与的多元化人才投入保障体系。

牵 头 领 导:叶军平

牵 头 处 室:干部处

课题组成员: 姚　训　　徐坚成　　鲁闻鸣　　杜小强

张　漪　　张春夏　　胡晓滨　　章　慧

张　爽　　张乐钰　　刘彩云　　蒋怡琳

11. 运用"制度＋科技"提升市农业农村委系统监管信息化水平研究

本课题通过调研市农业农村委系统平台信息化建设现状,分析在监督执纪中发现的廉政风险,借鉴其他省市信息化建设情况,依托信息化网络平台,创新监督方式,积极探索运用"制度＋科技"手段,进一步推动市农业农村委系统内部监管的数字化转型,提升监管的信息化水平,让监督插上科技的翅膀。

一、利用"制度＋科技"发挥监管功能的理论分析

（一）"制度＋科技"的基本内涵

"制度＋科技"的基本内涵是:"在廉政科学化理念的指引下着力提高反腐倡廉建设的科技含量,通过廉政制度与现代科技之间的有机互动和相互融合,不断提高制度设计、制度运行和制度监督中的科技含量,增强反腐倡廉制度的执行力和有效性"。需要指出的是,"制度＋科技"并非制度与科技的简单叠加,而是一种整体性的廉政建设新理念,二者的整体相关性主要体现在以下三个层面:其一,在制度设计层面,制度规范、组织方式和体制机制的厘定须贯彻科学的理念。其二,在制度运行层面,要求充分运用现代科学技术,提升监管信息化水平,为制度有效运行保驾护航。其三,在发挥制度监督功能和效果评估层面,不仅强调利用科技手段和信息网络平台增强信息透明度、增强公民知情权,为媒体和公民参与监督提供更加便捷的平台和渠道,也强调广泛使用量化模型和定量指标体系对制度运行效力作出更加合乎科学、合乎实际的评估。

（二）"制度＋科技"发挥监管作用的基本原理

一是刚性约束,破解制度的执行力问题。以往,各职能单位和部门多着力于完善制度规范体系,对制度执行和落实的过程和细节缺乏有效监控,对制度执行和落实的效果缺乏科学评估,对违反制度的行为缺乏有力惩戒,加之"人情"因素和"潜规则"在一定范围内的显著存在,致使制度规范难以发挥应有的功能和效果。监管信息化具有"标准严密""客观公正"等特质,能够最大程度确保业务操作和制度执行的刚性,弥合制度设计

和制度执行之间的距离。利用现代信息化技术和平台对权力进行科学分解和合理配置，优化流程管理，强化对同一业务不同岗位、同一流程不同环节的互相制约，明晰了每一个岗位和每一个环节的工作职责、工作内容和工作方式，破解了由谁、在什么时间、在什么条件下需要做什么、如何做、做成什么样子的问题。特别是将各种流程和环节固化于信息化平台内部，造成任何人在使用平台时都只能按照岗位职责和权限进行操作，既不能越权操作，也不能代替他人操作。由于每一个流程和环节的操作都会在平台上留下痕迹，还可以最大限度减少人为因素干扰，这就在很大程度上杜绝了制度落实中"合意的执行，不合意的不执行""上有政策，下有对策"等现象的出现。

二是公开透明，破解监督信息不对称问题。信息不公开、不透明所带来的信息不对称，是导致廉政风险和滋生腐败的温床。在制度层面规定政府信息公开的内容和程序，同时借助现代信息技术提升信息公开和共享的程度，有效消除信息盲区，是破除信息不对称甚至"暗箱操作"问题行之有效的手段。例如，在廉政风险易发多发的建设工程领域，可针对投标专家管理制度存在的漏洞，设计开发"建设工程评标专家语音通知系统"，做到对评标专家"电脑随机抽取、语音自动通知、短信发送确认、名单密封确认"，有效破解评标专家名单泄密问题。需要强调的是，在这一点上，"制度＋科技"确实有效破解了长期以来社会民众参与反腐倡廉建设缺乏必要的渠道和手段问题。在公开透明的信息化平台上，任何一个公民都可以提出自己的问题和意见，其监督和参与有了更加透明和便捷的渠道，这大大扩展了廉政建设的参与主体范围。

三是精细化管理，破解管理方面手段落后问题。以前，政府部门的管理手段跟不上形势发展，工作人员往往凭借经验和传统工作方式处理大量复杂的行政管理事务，既造成了行政管理的粗放和低效，又形成了诸多管理漏洞和薄弱环节。运用现代信息化平台，既能够整合各类信息和资源，对大量业务数据进行收集、甄别、分类和分析，变分散化管理为集约化管理，变封闭化管理为共享化管理，变粗放型管理为精细化管理，还能够全过程记录业务处置信息和操作步骤，借助信息化平台开展评分和考核工作，切实提高管理和监督效能。例如，针对政府采购周期长、效率低、过程不透明问题，可开发政府采购信息管理系统。在采购模式上，改变过往只简单把招标限额标准以上的采购项目实施公开招标的普遍做法，依据其项目特性划分通用类产品和非通用类产品，采用分类采购模式。在竞价方式上，采购人在电子集市采购过程中，可以采用在线议价、反拍和团购等多样化商务竞价手段，邀请电子集市内所有具备资质的供应商参与市场竞争，利用市场这只"看不见的手"切实降低采购价格。在监管手段上，相关监管部门可以发挥信息化平台自动预警、监控等模块功能，对所有实时交易数据进行动态监管，能够做到问题早发现、早处理。同时，还可借助信息化平台开展大数据分析，为领导决策、预算精细化管理等提供重要依据。

四是标准化管理，破解自由裁量权过大问题。行政管理中自由裁量权的行使很难不受到审批者和执法者个人因素的影响，行政审批领域中的标准不统一、人情和关系审批问题，以及行政执法领域中的处罚金额问题多与自由裁量权过大有关。利用信息化平台和信息技术，探索将所有的行政审批和行政处罚事项统一纳入网上办公和网上监管,能够做到有章可循,既能提高行政效率,又可增强办事透明度,最大限度地规范行政审批和行政处罚中的自由裁量权。实践中,上海浦东新区环境保护部门针对行政处罚自由裁量权探索实行"一点三分"标准化管理,"一点"指"以违法行为为基点","三分"指"内容分类、处罚幅度分档、违法情节分要素",执法人员只需填报违法行为的实际情况,电脑即可根据设置生成处罚金额。同时,所有行政处罚案件的流转过程、文书制作、审批意见等信息均被信息化平台记录在案,便于对行政处罚行为全过程实施网上实时监管,大大规范了行政处罚的自由裁量空间。

五是管理监督一体化,破解纪检监察与政府职能部门两张皮问题。同步推进纪检监察工作与政府部门业务工作,实现管理和监督一体化,直接决定了廉政建设的实效。"制度＋科技""直接针对部门业务工作,实现对权力运行的全程监督,使纪检监察机关在一定程度上克服了人力、物力、脑力和体力的制约,延伸了监督监控的范围和领域,大大提高了反腐倡廉的实效"。譬如,在政府投资领域,一些地方存在审批部门多、对产业政策和市场准入等政策掌握不统一和不透彻,以及投资主管部门和各区县、各职能部门之间信息沟通不畅和信息共享不充分等问题。针对以上这些情况,有些地方纪检监察机关开展了固定资产投资项目管理信息系统试点。该系统可实现对固定资产投资项目包括项目建议书、项目可行性研究报告、投资规划、预算调整、竣工验收等环节在内的全过程管理,适用于辖区几乎所有项目审批部门、各类政府资金来源,切实做到了信息充分公开和共享。同时,设计使用更加完善的投资信息系统平台,强化发展改革、规划、土地、环保、住房城乡建设、统计等职能部门信息数据共享,实施跨部门网上协同项目管理,构建了分工合理、权责明确、相互监督、运转协调的项目投资管理机制。

(三)"制度＋科技"发挥监管作用的一般原则

一是严格监管是核心。就监管内容而言,由分散杂乱向精细化管理转变,须将各类资金及使用情况、资产和资源处置情况等社会关注的事项作为监管重点。就监管时限而言,须由定期公开向适时公开转变,特别是重要事项,要在第一时间让公众知晓。就监管程序而言,须由事后结果公开向事前、事中、事后全过程公开转变。就民主监督而言,须依托信息化平台和信息技术实施网络监管,各类事务信息尽可能全部进行网上公开、网上运行和网上监管,实现网上实时监控。严格监管是"坚持让权力在阳光下运行、资源在市场中配置、资金在网络上监管"的重中之重。

二是便民利民是基础。首先是简便易行。充分考虑到实际情况,既要解决突出问题和突出矛盾,又要不增添无谓的麻烦,努力使复杂的工作具体化,具体的工作程序化,让民众乐意接受、乐意参与。其次是民主管理。所有涉及资金资产资源的管理事项都须严格按照法律法规和民主决策的程序办事,避免个人话语权过大的问题和现象。重大决策、重大事项、重大项目安排和大额资金使用,必须按规定的程序进行,确保社会民众的知情权、参与权、表达权和监督权。再次是配套改进。监管是一项牵涉面广、复杂烦琐的工作,特别是涉及资金资产资源管理的工作事项,须着力解决运行过程中程序出现的每一个问题,建立健全干部任期目标责任制、干部任期和离任经济责任审计等配套管理制度和办法,确保整个监管过程有章可循、稳步推进。

三是动态管理是关键。实施动态监控能够破解监管不全面、不及时、不深入的问题。权力运行是一个动态过程,过往的监管方式更多是一种静态的事后监管,这就使得权力运行过程中一些不符合制度规范的行为很难被及时发现,即便事后发现,损失往往已经造成。与过往的监管方式相比,"制度＋科技""能够突破时空限制,实现人、技术、制度无缝对接,延伸监督的时间,拓宽监控的范围,使权力运行的全过程在网上留下痕迹,能够追溯,可大大提高监督的效能和威慑力"。例如,针对财政性资金逐年递增、银行账号设置随意、资金管理存在漏洞等问题,一些地方开展"资金网络监管"试点,建立"财政资金监管系统",将信息技术、办公自动化和财务软件进行功能合成,推动全部预算、内外资金管理、使用、监管皆网上运行,从而构建起一个对资金流向、流量和流速进行实时动态监控的信息化平台,以及一套规范高效、信息共通的监控机制。

二、市农业农村委系统监管信息化建设现状

一是市农业农村委机关及部分事业单位有自己的OA系统,但是尚未实现全覆盖。市农业农村委机关目前使用的协同办公系统于2014年项目申报,2015年12月启动,2016年7月试运行,2019年9月正式运行,该系统依附于农业农村委政务外网环境上运行,包括通知公告、公文处理、信息报送、会议管理、资料库、邮箱等内容版块。有些事业单位有OA系统,并仍在使用;有些事业单位尚未开发使用OA系统。已使用OA系统的事业单位认为,无纸化办公能够提高工作效率,能够弥补多地办公的局限,如某单位办公地点分散在不同地方,OA系统投入使用后,大大提升了日常工作效率。

二是自主开发OA系统的事业单位中,功能模块开发多寡不一。如,某单位OA系统作为单位职工网上办公及内部管理的主要操作系统,经不断开发改进,内容已涵盖"请示、合同、印章、出差、会议、财务报销、资金拨付、请假、资产、加班、劳务费、接待、车辆、信息、公文、日程"等各类常用流程16项,基本实现了全流程的线上审批,以"制度＋科技"的模式保证各项管理制度的执行刚性。某单位曾开发过OA系统,但主要用于单位内部收发邮件和发布公告通知等。不同事业单位信息化建设水平参差不齐,亟待优化统一。

三是当前OA系统偏重于业务功能,较少单位设置有党风廉政建设板块。市农业农村委协同办公系统包含工作门户、公文管理、会议管理、日程管理、文档管理、信息公开、设备管理以及综合事务管理等模块。某单位设置流程版块、知识板块、人事板块、会议版块等。某单位OA系统设置党建管理模块,包括党员管理、党组织管理、组织生活、活动管理、三会一课、党员教育、党费收缴、文档管理等具体内容,提高了党务公开、党建引领与监督管理工作效率。调研发现,许多事业单位均有廉政建设信息化需求。有些暂未使用OA系统的事业单位均希望设置廉政建设版块,进一步提升信息化监督水平。

四是部分事业单位设置内部管理版块,实现全流程监管,但OA系统基础管理信息化程度不高。某单位OA系统目前设置有工作审批单、车辆使用申请流程、出差登记流程、培训登记流程、组织专家评审类等工作审批流程、印章使用申请流程、证照外借申请流程、工作请示单、费用报销申请流程、发文申请流程、收文批阅申请流程、加班申请流

程、请假申请流程共13个功能流程,进一步增强了信息化监管力度。日常监督执纪中发现,有些单位在财务管理、合同管理、公车使用等方面暴露出一定的问题,要利用"制度＋科技"提升监管信息化水平,进一步扎牢不能腐的笼子。某单位提出信息化建设需求,希望在重大项目监管方面,转变以往"事后监督"为主的传统权力运行监督方式,实现廉洁风险"实时、动态"预警与防控,构建反腐倡廉建设与业务工作之间的关联机制,解决领导干部履行"一岗双责"的抓手和载体问题,既为纪检监察工作提供平台,也有利于促进业务工作规范。

五是各家OA系统之间相对独立,尚未打通接口,信息不能共享。市农业农村委机关及事业单位的OA系统由于开发商差异,难以实现系统互通,需要建立一个协同工作平台,接入端口,同时为没有OA系统的单位提供统一平台,实现机关与事业单位信息共享互通。如某单位在调研中提出需求,由市农业农村委统一开发OA系统,并推动OA系统在所属各单位的广泛应用,真正实现无纸化办公,节能、高效、透明。某单位提出,目前中心各类需要上报的信息管理系统,如财务系统、资产管理系统等没有与OA系统结合,不利于信息资源的集成及上级部门的监管,建议由上级部门统一协商管理,开发OA系统与其他管理系统的统一接口,使各种系统更好地结合和对接,把OA系统与其他系统融为一体。

六是市农业农村委业务监管信息化建设正在提速,但各大系统整合不够。目前,市农业农村委在"一网""一图""一库"顶层设计总架构下,以"六个统一"为基本原则,正在将各信息系统整合成农业农村公共信息服务、农业农村一张图、政务服务一网通办、乡村振兴推进管理和内部协同办公五大系统。另外,还存在两个由事业单位自行运营的科技兴农项目管理系统、涉农项目管理平台以及正在积极推进的长江禁捕智能管控系统。由于不同信息系统使用的架构、技术都不一样,建设之初也没有统一的数据标准规范,现在要实现数据融会贯通难度大,需要花很大的精力去对历史数据进行整理规范。

三、利用"制度＋科技"提升农业项目资金监管信息化水平的典型案例

(一)南通市通州区打造农业项目管理网络平台

南通市通州区农业农村局会同通州区财政局、通州区大数据中心联袂打造农业项目管理网络平台,进一步提升农业项目管理信息化水平,建立健全项目计划、执行和监督信息共享机制,保障有序开展农业项目管理。

一是建立农业大数据平台。依托区党政信息平台,大数据中心,建立农业大数据平台。计算机存储资源申请大数据中心从区政务云平台中统一调配,硬件投入列入区政务云台扩容费,委托区大数据中心扩容招标,区农业农村局公开招标确定农业项目软件开发及系统维护。通过后台管理系统进行管理。这包括用户单位管理、用户角色管理、权限管理、项目配置管理、项目创建管理、项目审批管理、项目资料管理、项目进度管理、资金拨付管理、项目验收管理、项目管护与绩效评价管理等。

二是实现农业项目网络信息共享。项目负责人在进行系统登记时,奖补类、建设类必须上传项目申报书、实施方案、评审意见、立项公示、工程招投标合同等审批资料,推

进项目管理关键环节公开公示,实行项目立项、实施、监督主体相互制约与协调,构建职责明确、运作规范、上下联动、严格监管、绩效跟踪、责任可究的项目管理机制,按照"源头整合、规划优先,区域整合、绩效优先,流程整合、统筹优先,各计其功、创新优先"的原则,实现集中财力办大事。

三是强化农业项目实施过程监管。项目申报、实施、资金拨付、验收、管护、绩效等全程监管。细化项目操作规程,压缩自由裁量空间,压实岗位职责,确保不相容岗位相互分离、相互制约和相互监督。进一步优化管理体系,完善政策措施,创新体制机制,明确项目申报主体、出资主体、实施主体、监管主体、管护主体的权利和义务,加强事前事中事后全程监管,便于建后管护、绩效评价与责任追究。

四是优化农业大数据比对管理。对公益类项目利用互联网、大数据等信息化手段,实行"互联网＋监管"新模式,有利于解决"信息孤岛"和"数据烟囱";归并任务、性质、内容,整合优化做法相近的分项资金,有利于项目责任人对项目绩效负责,做到花钱必问效、无效必问责。南通市通州区农业农村局农业项目建设监督评价科,具体牵头组织搭建农业项目建设管理平台操作系统、人员培训、系统日常维护。

(二)盐城:提升平台思维和大数据思维 加强涉农资金领域管理

近年来,盐城市不断加强涉农资金领域管理,加大监管力度,出台一系列规范文件,落实各项关键措施,确保资金用在刀刃上。

一是强化"一折通"管理。盐城市纪委机关联合财政局专门出台《关于进一步加强和规范涉农补贴资金"一折通"发放监督管理工作的通知》,制定69项应纳入"一折通"的补贴目录,严格要求各县(市、区)将各类乡村振兴资金项目全部纳入"一折通"平台发放。开展全市层面的"一折通"清理工作,重新核对农户数据,重点清理系统内农户信息重复数据多、信息不准确、"一人多折"等问题,截至目前,共清理"一人多折"重复信息45.19万条,并及时修正了9.46万条"一折通"系统错误数据。

二是用好信息化手段。运用财政大数据加强资金监管,将涉农资金监管作为工作试点率先纳入"财政大数据"平台系统,截至目前,纳入平台系统监管财政涉农资金达数百亿元。开展"阳光扶贫"系统扩围升级。在原"阳光扶贫"系统的基础上,增加涉农资金线88条,扩展了40项涉农资金项目数据库,在系统内中录入涉农资金项目1 333个,实现涉农项目与资金之间的相互贯通。对原系统的对象库进行升级,除建档立卡户外,将全市通过财政"一折通"系统发放的203.9万条农户信息导入"阳光扶贫"涉农资金监管系统。同时着重改善系统预警功能,设置了26条预警规则,便于及时发现问题,第一时间检查处置。

三是落实"大专项＋任务清单"管理模式。联合盐城市农业农村局按照省下达资金文件要求,制定资金整合方案,按照"保证约束性任务保留、指导性任务完成绩效"原则,根据完成任务的各种相关因素,在分配每项资金时作为参考,按照一定权重进行测算,再与统计测算资金数据进行比对,合理确定各区分配金额。

四是加大惠农资金整合力度。梳理涉农专项资金清单,对用途相近、使用分散、绩效不高的专项资金进行实质性清理整合,统筹财力精准投入。同时为切实解决农业发展中的"融资难""融资贵"问题,根据省财政厅和江苏农担有关要求,在大市区实施农业信贷担保的基础上,在全市推开农业信贷担保体系,促进该市新型农业经营主体加快发展。

五是强化涉农资金监管。按照整合的资金项目,重新制定或修改完善各类支农专项资金管理办法,加快项目资金支出进度,充分发挥财政资金使用效益。做好市直支农专项资金项目的绩效评价工作,配合绩效处做好绩效评价选项和中介机构沟通工作,保障支农资金项目绩效评价工作有序开展。开展"正风肃纪镇村行"专项行动,每年抽取部分涉农专项资金作为财政专项督查内容,成立11个督查组,每月对各县(市、区)农林水支出情况进行督查。

(三)武宁:搭建信息化平台 实时监管涉农项目资金

2018年11月1日,"江西省武宁县涉农项目资金监管平台"正式上线运行一周年,该平台通过紧盯涉农项目资金,充分运用互联网技术搭建信息化平台,实现涉农项目资金的实时监管。监管平台的运行,有效预防了涉农项目资金领域'跑、冒、滴、漏'等腐败问题,保障惠农资金真正落地生根,让老百姓在正风反腐中有更多的获得感。

一是剖析典型案例,主动出击查找深层原因。2017年,武宁县纪委在全县查处的30起"微腐败"问题中,梳理发现有29起是属于涉农项目资金领域的问题,占比高达96.7%,呈易发多发态势,通过剖析典型案例,深入查找案件背后深层次、普遍性的问题,发现问题集中表现在贪污涉农项目资金、套取涉农资金用于村集体开支,以及在惠农领域优亲厚友、吃拿卡要、"雁过拔毛"等方面。这些问题暴露出涉农项目资金受来源的"多头化"、管理层级"复杂化"、管理责任"无序化"等因素影响,给少数思想出"偏差"、存"歪念"的基层干部提供了滋生腐败的"温床"。

二是立足工作实际,创新思路探索监管"新模式"。为从源头上预防和减少群众身边的不正之风和腐败问题发生的概率,武宁县纪委高标准打造了集"报备备案、公开公示、预警监管、信息共享、政策宣传"等功能为一体的"江西省武宁县涉农项目资金监管平台",让监管工作插上了科技的翅膀,开创了涉农项目资金监管新局面。一年来,将57.49万条(4.79亿元)的惠农补贴信息,3 142个(3.27亿元)的涉农项目,207条惠民政策及183个村级财务状况等详细信息以群众看得懂的方式"网上晒""实地晾",实现了涉农项目资金阳光操作,监管平台网络查询量累计达143 808人次,受理群众信访件两百余件,其中扶贫领域信访件近百件,监督力度同比分别增长110.6%和68.5%。

三是坚持惩治结合,从严监管护航"脱贫攻坚"。依托"大数据"自动汇总、自动比对、自动分析,通过一键筛查,变大海捞针为精准出击,有效遏制截留、挤占、挪用甚至贪污、私分涉农资金的违纪违规行为。平台运行以来,按照预警信息处置流程,经部门核查把关,确定不符合规定问题信息两百余条。通过线索合并,移交问题线索80条,对于违规违纪人员分别给予党纪政务处分和组织处理,挽回直接经济损失60 787元。

(四)泉州市在全省首创涉农财政资金监管信息化平台

2018年5月,泉州市在全省首创涉农财政资金监管信息化平台——泉州市涉农项目资金监管平台,正式上线运行。泉州市农业机构、涉农企业和个人通过涉农资金监管平台,就能查询涉农补贴发放情况。该平台的建设,是泉州市各级农业部门积极响应农村农业"精准扶贫"的工作要求,解决资金数据不实、落地慢、信息不透明等历史遗留问题,接受群众监督,使各项涉农财政资金合理落地,实现涉农财政资金"最后一公里"监管的互联网模式创新之举。

一是实行全程监管。该平台由市农业局建设,是一个集涉农财政资金项目申报主体备案、资金申报审批、资金下达发放管理、资金异常预警、资金监管信息公开等功能于一体的综合性应用管理平台,实现对涉农项目资金的申请、拨付、收款、招标、使用以及项目验收等方面的全过程监管。此外,该平台还结合了"互联网＋政务",将涉农资金的备案管理手段电子化,有效提升涉农资金管理工作。

二是实行动态监管。平台建设规模涵盖了泉州市及下辖各县(区、市)的农业机构、涉农企业和个人,实现"市—县"两级涉农财政资金动态监管。同时,围绕两级涉农财政资金信息的管理,将泉州市纪委派驻市农业局纪检组、各级农业主管部门、涉农单位等一同纳入平台中,按照业务分工不同,形成涉农财政资金从申报到发放过程的"分级管理""多级审批""逐级公示""全程监督"。

三是实时开放举报。对普通老百姓来说,通过互联网访问该平台网站的信息公开栏目,就可以进行惠农补贴和涉农项目、相关政策法规等信息的便捷查询,以及对不实信息或违法信息等进行投诉举报,真正做到涉农财政资金下达、发放全过程的"公开、公正、透明"。

(五)大江东:利用大数据提升涉农领域拒腐防变"免疫力"

微权力如何监管,如何层层压紧压实"主体责任"？自2016年以来,大江东率先在农机领域破局,"互联网＋农机"的智能化监管模式应运而生。大江东依托大数据,实现相关部门数据库互联互通和及时全面的信息公开,让干部队伍在阳光下履职,最大限度地保护干部能干事、干成事、不出事,在全集聚区营造为敢于担当者担当、敢想敢干、敢闯敢试的干事创业氛围和风清气正、积极向上的政治生态。

一是App上实时监测,涉农微小权力监管更阳光。2016年,大江东有70余台插秧机和近30台大型拖拉机都安装北斗卫星导航定位终端和高清摄像头,在全省率先启动农机监管新模式。一台北斗农机终端、一个高清拍照设备、一个深度传感器,每十分钟一次拍照回传,只要打开网站或者直接通过手机App,就可以轻松掌握每台插秧机的位置以及插秧亩数。给农机装上北斗导航系统,可实现实时定位、实时监控、实时分析,通过影像图片展示和统计分析,了解农机作业现场情况及农机作业系统分析等。通过引入第三方智能监管督查方式,将相关补助资金放置于阳光下,有效减少甚至避免了骗取财政扶持资金的问题发生,确保农机作业补助资金使用和管理安全有效。

二是大数据做支撑,保护干部善作为。过去,农机化作业环节补贴程序通过服务主体申报、街道核实、管委会抽查的方式完成资金拨付的流程。由于数据采取人工核查和报送,容易产生误差,也存在一定的隐患。也正是人工核查报送的这一弊端,使得相关利益群体有机可乘,极易产生骗取套用农业补贴资金等问题。如今,通过借助"互联网＋农机"信息化服务平台,监管部门通过技术和机制的提升完善来充分保护优秀基层干部,以大数据分析提升基层干部干事创业的底气和硬气,积极营造让基层干部"敢作为、善作为"的良好风气,确保涉农资金使用的有效性。据统计,2016年,在北斗监管平台试点核算早稻机插作业面积下,大江东实现了1.93万亩早稻机插作业面积的智能化数据核查,涉及资金数百万元,规避了人为核查所带来的利益风险。

三是推广使用北斗系统,加强智能核查。大江东职能部门以及党风廉政建设主体积极开展规模种植大户四季核查制度,申报核查采取 GPS 定位测量等智能农业监管机制,有效遏制事后随意申报、虚假申报、不实申报等问题,真正形成利用科技手段提升制度执行力的有效性。

四、利用"制度＋科技"提升市农业农村委系统监管信息化水平的对策建议

（一）主要目标

紧跟信息科技智能化时代趋势,抓紧落实上海建设数字转型城市的精神要求,抓住市农业农村委在全国率先建设"数字农业"的有利机遇,同步在市农业农村委系统建成监管信息化系统,助力市农业农村委党风廉政建设高质量发展。

（二）基本原则

1. 打基础利长远原则

遵循前瞻性、实用性、操作性要求,着眼于动态监控、实时监控、全程监控、全员监控,着力解决当前廉政建设中出现的基础管理薄弱问题。

2. 一体同步建设原则

把廉政建设的要求有机嵌入业务监管信息化建设中,同步设计、同步建设、同步升级,真正实现监督管理的一体化,不另起炉灶,不搞两张皮。

3. 循序渐进推进原则

根据信息技术升级换代规律和循序渐进推进工作要求,设定好近期、中期、远期规划,一步一个脚印,逐步积累经验,成熟一个推进一个。

（三）具体建议

1. 加快 OA 系统开发,实现全面覆盖

一是为未使用 OA 系统的事业单位开发统一的内部协同办公系统。通过统一的 OA 系统使内部日常业务工作从启动到办理完毕,全过程实现自动传递、报送、跟踪、监控,形成信息互通共享、办公高效协同的全新办公自动化运行机制,有效解决各单位之间的协同工作问题。使用办公系统后将工作安排准确快速传达,随时了解和监督整个工作安排的进程,还可永久地保留过程记录备查,有效解决工作中办事拖拉、传达不准确、事中事后督办不方便等问题。

二是已有 OA 系统的单位在保留原有系统基础上开发集成接入接口。保留原有平台的特色功能,加入统一平台的接入口,普遍性与特殊性相结合,实现网上交互式办公,各单位资源充分共享和协同工作。

三是系统开发后,试运行并进行平台使用指导。有些事业单位人员年龄偏大,且从未接触过相关办公系统,为确保机关和事业单位统一在协同办公平台上处理日常工作,

应加强对人员进行培训指导,使之掌握并熟练使用每一项功能,逐步构建全系统"一张网"协同办公体系。

2.紧扣廉政风险点位,抓紧充实内容

一是明确廉政风险点。梳理近年来在监督执纪过程中发现的问题,全面排查单位内部干部管理、财务管理、合同管理、公务接待、车辆管理等方面的廉政风险点,认真总结违纪的关键环节与重点领域,利用"制度＋科技"进一步加强廉政风险防控,完善信息化建设,做到项目清清爽爽。

二是细化信息化防控措施。在OA系统中开设内部管理功能,按照日常工作规章制度,细化每一个办理程序,实现机关及事业单位从发起请求、层层审批到最终办结的闭环,从纸质流程转变为信息化流程,建立完善的网上管理系统,形成信息资源上下内外畅通、横向共享的完善的网络体系,全程留痕,做到账目清清楚楚。

三是实现全流程监督。完善信息化建设弥补在干部管理、资金管理、项目管理等方面的廉政风险漏洞。OA系统给纪检部门开放权限,各个环节都可以进行全程监督,严把廉洁关,让干部习惯在监督的环境下工作,做到干部清清白白。

3.丰富内部监管版块,努力提质增效

一是扎牢不能腐的笼子。在业务版块基础上另增设纪检监察版块和党风廉政建设版块,做到业务和党风廉政建设同步推进。"制度＋科技"以制度建设为保证,健全权力制约机制为关键,以科技手段为支撑,对权力运行的"关键点"、内部管理的"薄弱点"、问题易发的"风险点"强化预警防控措施,落实防控责任,实行重点监控、重点管理、重点防控。在权力运行的整个流程和各节点设定标准与界限,实现权力行使的公开透明和廉政风险防控的动态化管理,将制度规定固化于系统程序中,增强制度执行的刚性,进一步提升业务效能。

二是强化不敢腐的震慑。在OA系统定期发布系统内党员干部违纪违法行为通报,用身边人身边事教育领导干部。在春节、五一、端午、中秋、国庆等重要节假日转发中央纪委、市纪委有关违反中央八项规定精神典型案例,发挥反面警示作用,释放执纪从严的信号,教育领导干部严守党纪党规,净化朋友圈,管好自己及家人。

三是增强不想腐的自觉。结合党史学习教育,落实"我为群众办实事"系列活动要求,利用OA平台加强廉政宣传教育,积极向身边的优秀党员代表学习,学习先进精神与高尚品质,自觉淬炼提纯党性觉悟,涵养高尚无私的为民奉献情怀,始终保持共产党员本色,凝聚不想腐的高度共识,营造风清气正的政治生态环境。

4.保留合理开发空间,持续不断升级

一是打造"网络办事系统"。OA系统信息数字化和办公流程信息化、统一化,有利于加快流转速度,提高办公效率,但在开发时也应考虑人性化因素,使之更加贴合工作习惯,避免冗余。市农业农村委机关与事业单位须依托内部协同办公系统,强化内外部信息共享互通。系统后台在技术上预留接口:首先,使用系统后仍可继续提出相应需求,供未来其他建设系统无缝接入;其次,方便接入相关部门政务数据库和社会重要领域行业数据库切实实现内外部信息互联互通和及时全面的信息公开,形成数字监管生态圈,不断完善信息化监管功能。

二是打造"网络监管系统"。将办公自动化和财务软件进行功能合成,推动资金使用和监管网上运行,构建一个对资金流向、流量和流速进行实时动态监控的网络监管系统。系统要将各类资金及使用情况等作为监管重点,强化信息公开,推动重点事项和信息由定期公开向适时公开转变。系统要设置社会监督内容模块,任何社会组织和公民都可在系统中提出问题和建议,由专门机构和人员负责处理举措和结果反馈。

三是打造"网络预警系统"。前期先积累工作数据,经过专业分析研判,可以设置精确的数值表现和预警指标,将项目招标、财务管理、合同管理等资金量大的重点领域和关键环节纳入实施监控范围,将预警提示与廉政风险评估贯穿于整个系统操作,一旦出现资金异常情况,即自动标红示警。

5. 加快巩固延伸拓展,提升监管水平

一是拓展广度,增强系统融合。市农业农村委 OA 系统,是其政务信息系统整合方案中五大系统之一,是按照业务闭环管理要求对部门业务流程进行全面梳理和优化重构。市农业农村委还有科技兴农项目资金系统、数字"三农"系统、长江禁渔禁捕监管系统等,平台实现融合互通,可以形成综合型的大数据库。

二是加强深度,灵活使用大数据。借助大数据实现工作清单、权力清单和责任清单的透明化管理,纪检监察干部利用信息化技术推动头脑革新,充分运用大数据进行画像,针对监督执纪需求,完善大数据监督和技术反腐体系,全方位描绘市农业农村委系统的政治生态情况。在此基础上,依托大数据自动汇总、自动比对、自动分析功能,精准筛查,及时发现、有效遏制涉及科技兴农资金使用的违纪违规行为。

三是提高安全度,筑牢网络屏障。涉及市农业农村委系统干部管理、财务管理、合同管理、公务接待、车辆管理等数据属于内部数据,随着数据越来越多,被外界侵入数据的风险加大,应进一步加强平台安全性建设,保障数据运行安全可靠。

牵 头 领 导:邓帅萍

牵 头 处 室:纪检组

课题组成员:包蕾萍　王爱平　倪　军　门小军
　　　　　　　李友权　孙　吉　彭湘莹　罗　彪
　　　　　　　朱腾飞

12. 关于促进本市农村集体经济可持续发展的路径对策调研报告

发展壮大农村集体经济是强农业、美农村、富农民的重要举措,也是实现乡村振兴战略和产业兴旺的必由之路,更是实现农民共同富裕的物质保障。近年来,上海市委、市政府高度重视农村集体经济发展,出台了一系列扶持农村集体经济发展壮大的政策措施,取得了积极成效。面临当前农村改革发展新形势、新要求,本市农村集体经济在发展模式、空间、路径及帮扶政策等方面还存在一些不足和短板,亟须探寻新思路。为此,市农业农村委牵头,组织力量成立调研小组,就"上海农村集体经济可持续发展的路径与对策"进行专题研究,在深入镇村调研、广泛听取专家和基层干部群众意见的基础上,形成了本调研报告。

一、上海农村集体经济发展的整体概况

(一)基本情况

目前,上海市共有 122 个镇级集体经济组织、1 677 个村级集体经济组织。截至 2020 年底,全市农村镇、村、组三级集体经济组织总资产为 6 351.3 亿元,其中镇级 4 090.0 亿元,占比约 64.4%;村级 2 207.0 亿元,占比约 34.7%;农村集体净资产 2 048.8 亿元,其中镇级 1 030.4 亿元,占比约 50.3%;村级 983.3 亿元,占比约 48.0%。

截至 2020 年底,上海市已有 1 653 个村级集体经济组织完成了产权制度改革,占比 99%;镇级产权制度改革完成 118 个镇,占比 97%,镇、村两级集体经济组织产权制度改革基本完成"应改尽改"的目标。同时,逐步建立起收益分配的长效机制,财产性收入稳定增加,切实提升农民的获得感。2021 年上海市有 760 家单位(村级 741 家、镇级 19 家)进行了收益分配,分配 25.6 亿元,惠及成员 273.2 万人,人均分配 936 元。2011—2021 年间,集体经济组织累计分配 146.3 亿元,参与分配 1 238.4 万人次,人均分红收益 1 181 元。

（二）主要成效

农村集体产权制度改革创新了集体经济组织治理结构和集体资产管理制度,建立了新型农村集体经济治理机制,农民按份共有集体资产、参与经营管理并分享收益,从制度上有效防止损害集体经济组织利益的情况发生,维护了农村社会稳定。

1. 制度成效

一是明晰了每个成员在集体经济组织中的产权份额,产权制度发生了根本变化。二是建立了集体经济组织收益向成员(股民)按份额(股份)进行分配的制度,保障了集体经济组织成员的收益权。三是建立了"三会四权"(成员大会或成员代表会议、董事会、监事会,成员的知情权、参与权、表达权和监督权)的治理结构,形成高效运营的集体资产长效管理机制和运行机制,促进集体资产保值增值。四是建立了农村集体"三资"监管的信息化平台,将集体"三资"纳入全市"三资"监管网络,实行实时查询和监管。

2. 经济成效

一是农村集体经济总量不断增长。通过改革,形成与市场经济相适应的运行机制,为农村集体经济发展创造了良好的体制环境,改制后的集体经济通过投资运营,体量不断增大。二是农民收入水平显著提高。通过改革,明晰了产权,改变了集体资产看似"人人有份"、实际上"人人无份"的状态,真正做到"资产变股权、农民当股东",农民开始享有分红,财产性收入稳定增加,初步建立起农民增收的长效机制。

3. 社会成效

一是切实保障了农民各项权益。通过改革,村民真正成为集体资产的主人,涉及农民切身利益的如投资、经营、收益分配等重大事项都由成员代表会议讨论决定,他们享有知情权、参与权、表达权、监督权,成为改革的参与者和受益者。二是促进了农村社会和谐稳定。通过改革,改变了原来由少数干部掌控和随意支配集体资产、监督缺位的状况,有效地遏制因资产处置不公、收益分配不平等问题引发的上访现象,较好地化解了党群矛盾、干群矛盾。

二、上海农村集体经济发展的经验模式

（一）深化农村集体产权制度改革,助推集体经济发展

1. 强化组织领导,完善工作机制

上海市各级政府高度重视、大力支持,坚持统一领导、统筹谋划、分工协作,建立了有力的组织体系和工作保障体系。市级层面,建立了由政府分管领导任组长,农委、财政、民政、工商、规土等相关部门负责同志为成员的农村集体产权制度改革领导小组,下设办公室,明确工作机制、职责分工和任务目标,每年定期召开联席会议,部署农村集体产权制度改革工作。区级层面,各区也相应成立了产权制度改革领导小组,建立了目标考核机制和月报通报制度,将推进农村集体产权制度改革工作纳入市政府工作目标考核体系,形成了由上而下推进改革的压力传导机制;建立财政保障机制,对完成改革的单位实行奖励和补助,对改革后实行分账的村委会日常运转经费予以合理保障。

2. 注重顶层设计,强化政策支撑

目前,上海市已形成了"1＋1＋1＋19"的一揽子农村集体经济组织改革发展法规政策体系,对改革的要求、目标、任务、措施、改革奖补、产权界定、收益分配、分账管理以及促进农村集体经济转型发展等方面提出系统性的要求。其中,《上海市农村集体资产监督管理条例》(以下简称《条例》)的颁布实施,以地方法规的形式来落实中央关于农村集体产权制度改革的精神和要求,把近年来我市在农村集体产权制度改革方面的经验、做法和成果予以巩固完善,标志着上海市农村集体经济组织运行和管理已迈入法治化、常态化、规范化轨道。

3. 强化成员管理,稳妥推进改革

根据法律、法规和政策,综合考虑土地承包、户籍关系、居住状况、社会保障、劳动关系、享受权利和履行义务等因素,兼顾各类成员群体的利益,将"依法认定"刚性约束和"民主认定"柔性管理相结合,明确成员资格取得、保留、丧失等具体条件,科学合理开展农村集体经济组织成员资格界定。同时,建立成员实名登记制度、公示制度和备案制度,将成员姓名、性别、身份证号码、份额等基本信息记载于成员名册中,经三榜公示后,再登记造册,归档留存,并报乡镇和区农经部门备案。

4. 规范股权设置,推进股份合作

在推进改革中,注重因地制宜。对城市化地区,倡导采取股权形式量化集体资产;对其他地区,则采取份额形式赋予农村集体经济组织成员合法权益。明确撤制村改制,原则上不再设立集体股,不得设立干部股。上海市在确定成员的集体资产份额时,主要采用以下两种模式:第一种,以"成员农龄"为主要依据。以 1956 年高级合作社化为起点,成员在本集体经济组织生产生活的时间作为其农龄(以年为单位)设置份额。第二种模式以"成员农龄"＋"土地"双因子设置份额。除成员农龄份额外,还考虑了成员承包经营土地的面积。农村集体经济组织成员享有的份额(股权),以户为单位记载,户内总份额(股权)一般不随户内人口增减而调整,份额(股权)可以在本组织成员间转让、赠与,也可由本组织赎回。

(二)落实"五项举措",规范农村集体经济组织运行

1. 坚持先试先行,开展登记赋码

为做好农村集体经济组织换证赋码工作,上海市积极印发《关于做好本市农村集体经济组织证明书换发工作的通知》,并于 2017 年底基本完成了已领取机构代码证和证明书"双证"的农村集体经济组织换证赋码工作,较全国农村集体经济组织登记赋码工作提早了一年。之后,根据《农业农村部、中国人民银行、国家市场监督管理总局关于开展农村集体经济组织登记赋码工作的通知》等文件要求,指导各区完成换证赋码工作,并及时开展变更登记,换发全国统一的法人登记证书。截至 2020 年底,上海市共有1 670 家农村集体经济组织已领取全国统一的登记证书。

2. 完善治理结构,实行分账管理

按照《条例》的相关规定,健全完善新型农村集体经济组织的内部治理机构,规范议事规则,完善组织章程。治理机构由成员大会、理事会和监事会组成,实行一人一票制。

明确成员大会的最终控制权、理事会的日常决策权、监事会的监督权、经营管理层的经营指挥权,切实履行各自职责,使之成为相互衔接、相互制约又互为一体的现代管理制度。同时,根据《关于本市开展村民委员会与村级集体经济组织分账管理工作的指导意见》相关工作要求,制定了村委会与农村集体经济组织分账核算标准,指导推进改革后的集体经济组织与村委会的分账管理,初步形成了村民委员会自治管理、公共服务与社区经济合作社自主经营、服务成员相结合的新格局。

3. 健全分配制度,规范分配程序

坚持效益决定分配,根据《条例》的规定,农村集体经济组织当年的净收益在弥补亏损、提取公积金和公益金后,可按章程规定进行收益分配。在分配程序上,坚持集体经济组织先提出分配方案后,后报镇农经部门初审,镇农经部门初审后提交镇集体资产监督管理委员会预审,经预审通过后再由集体经济组织召开成员代表会议表决,确保集体经济组织成员实现对集体资产的占有权和收益权,切实保障成员的基本权利。

4. 拓展股份权能,激发资产潜力

指导闵行区开展"多种形式推进农村集体经济组织产权制度改革""赋予农民对集体资产股份权能改革""探索农村集体经济新的实现形式和运行机制"实验任务,组织学习培训,及时跟踪改革进展情况,协调推进各项改革任务,丰富产权制度改革实现形式,拓展集体资产股份占有、收益、有偿退出及抵押、担保、继承等权能,创新农村集体资产管理机制和农村集体经济发展机制,不定期开展改革试验区督导,确保试验区改革任务顺利完成。据统计,2019 年,闵行区共有 3 个镇、79 个村集体经济组织实现了收益分配,分配总额 7.7 亿元,受益的成员为 20.52 万人,人均分配 3 526.8 元;股权有偿退出29 个村共 2 980 人,退出金额 13 876.9 万元;23 个村有 882 人实施了股权转让,转让金额 3 801.34 万元。

5. 加强"三资"监管,完善制度体系

2019 年,上海市农业农村委、市委组织部等四部门联合印发《关于进一步加强我市农村集体资金、资产、资源监督管理的若干意见》(沪农委〔2019〕346 号),形成产权明晰、权责明确、经营高效、管理民主、监督到位的"三资"运行机制和事前、事中、事后全程覆盖的监管体系。指导各区制定出台实施意见及配套政策,健全重大事项预审备案制度,落实"村资委托镇管"制度,探索独立理事制度,推广第三方审计监督,推行公务卡结算,强化"三资"监管平台建设等,进一步巩固农村集体产权制度改革成果,规范农村集体经济组织运行机制。

(三)探索"六种模式",拓展集体经济发展空间

发展壮大集体经济是农村集体产权制度改革的重要目的,也是夯实农村社会治理基础的重要举措。近年来,随着农村集体产权制度改革向纵深发展,各涉农区在农村集体经济发展途径和模式上进行了积极的探索与创新,通过激活物业资产、搭建发展平台、合作开发产业园区、盘活闲置宅基地、参与乡村振兴、促进三产融合等,探索各具特色的新"路子",拓展集体经济发展空间,增强集体经济"造血"功能。

1. 激活物业资产型

激活农村地区物业资产,提升租金收入,是发展扩大农村集体经济的重要手段。基于改革后的清产核资工作成果,开展"村财委托镇管",即将村资、村企通过民主决策程序,委托镇级资产公司管理,村级集体经济组织管理成本减少,资产租赁流程规范,安全监管更加有效,租赁收益大幅提升。如浦东新区将房屋资产租赁交易全面纳入"浦东新区农村集体资产租赁交易管理平台",以公平、公开、公正的方式择优选择经营者,促进房屋资产租赁收益增值,同时有效预防租赁交易中的廉政风险隐患。2017 年 1 月至 2020 年 12 月底,通过"浦东新区农村集体资产租赁交易管理平台"公开进行集体房屋资产租赁交易 2 834 笔,总成交金额约 7.9 亿元。经上平台交易,与原租金水平相比,平均租赁溢价率达 47% 以上。

2. 提高统筹能级型

部分区统筹集聚镇村两级集体闲置资金,聚小为大,通过购置优质物业项目,帮助村级集体经济从"单打独斗"转向"抱团取暖",发挥集体经济组织资金集聚的规模效应,促进村级资产的保值增长,发展与壮大集体经济。奉贤区将减量化结余资金作价入股,打造"百村实业"共建共育共享平台。2020 年度,每个经济薄弱村分配 100 万元。2014—2020 年间,每个经济薄弱村已累计分配 515 万元。青浦区利用区级协调政策统筹资源,镇、村两级因地制宜寻找优质项目,搭建区、镇、村三级"造血"平台,目前三级平台共运行项目 47 个,项目投资 20.97 亿元,建筑面积 38.5 万平方米,年收益 1.01 亿元。

3. 盘活闲置宅基地型

上海市郊农村地区由于人口外迁,产业升级等原因存在效率低下或闲置土地资源,而土地资源是农村地区发展经济重要的资源之一。上海市对盘活农村地区闲置土地资源进行了众多探索,鼓励镇村集体经济组织与区属国企或优质民企合作,盘活闲置宅基地投资开发建设租赁房或人才公寓等,获得长期稳定的经营性收益。如浦东新区张江镇针对张江科学城内企业多、人才公寓一房难求的问题,2018 年起由镇属农村集体全资企业与新丰村存有闲置房屋的村民签订房屋租赁协议,探索出了由政府牵头、农民供房、农村集体企业改造三方合力的"乡村人才公寓"模式;2020 年,该区新丰村农村集体收入 208.9 万元,农户收入 97.9 万元。闵行区中沟村星河湾项目采取代管代建模式,引入优质开发商星河湾代建公共租赁房,完工后由星河湾代为经营管理,每年向村集体经济组织缴纳土地租金近 500 万元。

4. 强化利益联结型

通过建立农村集体经济组织与现代农业产业发展的利益联结机制,打造了紧密结合的"利益共同体",促进农民增收。如奉贤区青村镇吴房村、青浦区朱家角镇张马村、金山区朱泾镇待泾村积极引进第三方现代企业,借助民间资本,大力优化和整合资源,建立"农村集体+企业+农户"利益联结机制,推进农村集体经济发展,增加集体经济收益。"品牌联动",合作开发产业园区。市级产业园区与相关镇开展"区区合作""品牌联动",形成"一区多园"发展格局,镇级层面统筹农村集体资金、资源优势共同参与园区建设。如松江区新桥镇与漕河泾开发区共同出资入股成立上海漕河泾开发区松江高科技园区发展有限公司,2015 年 9 月该公司成功上市,新桥资产公司持有 5 435.95 万股,目前市值已达 11 亿左右。

5. 促进三产融合型

在保障农业种植的基础上,走三产融合、乡企结合的道路,充分挖掘郊区乡村的经济潜力,推动乡村振兴。农村集体经济组织以入股、合作等方式与农民专业合作社、农业企业等各类新型农业经营主体,建立新型产业联合体,推动一二三产业融合发展。如宝山区罗泾镇塘湾村积极引入馨月汇公司,划出建立新型产业联合体,种植优质农作物,生产加工副食产品,并打造健康管理中心、康养中心,打造三产融合的六次产业,提升综合收益。到 2020 年底,村集体收入可由原来的 464 万元增加到 2 100 多万元。金山区朱泾镇待泾村引进杭州蓝天园林生态科技股份有限公司,将 600 亩土地用于打造"花开海上生态园"项目,集体经济与企业形成紧密的利益联结契约机制,集体土地租金收入的同时,带动了村内第三产业的发展。

6. 凸显资产效能型

采取"村资镇管"模式,将村级资产通过民主决策程序,委托镇级资产公司管理,由镇级进行统筹规划,产生的收益返还村里。在"村资镇管"模式下,村级管理成本大幅下降,安全监管更加有效;镇级公司交易流程规范,信息相对对称,资产租赁收益大幅提升,资金汇集后投资收益稳步提升。松江区小昆山镇镇级经济联合社对村集体经济组织 15 处经营性固定资产进行收购,实现"二级经营归并一级经营",完成收购后经联社不断探索科学合理的运作模式,从最初租赁厂房、建设用地、市场摊位发展至目前集农业、商铺、办公楼等为一体的多元化租赁模式,租赁收入不断增加,2020 年租赁收入达 9 180.53 万元,比上年增加 385.9 万元。通过"村经分离""镇经分离",逐步厘清政府与集体经济组织的事权财权关系,理顺集体和财政两本账,并严格进行分账管理,要求集体经济组织以外的任何组织个人使用或占用集体经济资产,均须有偿使用,通过恢复集体资产属性,实现集体经营性资产的产出效益。如松江区中山街道要求对使用集体资产的政府部门必须与集体签订租赁协议,并支付租金,集体经济年均增加租金收入 900 多万元。

三、上海农村集体经济发展面临的挑战

总体来看,农村集体产权制度改革为集体经济发展提供了制度保障,出台的政策文件也进一步规范了集体经济组织运行和监管机制,有力促进了农村集体经济不断发展壮大。但面临当前农村改革发展新形势、新要求,本市农村集体经济发展缓慢、增长乏力的困境尚未彻底扭转,仍面临一些困难和挑战。

（一）经济发展模式单一,发展空间受限

首先,农村集体经济具有区域性、共有性、排他性等固有特性,集体资产由组织成员共同所有,资产收益和劳动成果归成员共同分享,基于此,农村集体经营只能"高收益、低风险",集体经营风险偏好极低,不符合市场经济的风险与收益平衡理论。其次,农村

集体经济组织既承担了生产生活功能,还承担公益服务和社会管理等其他功能,随着近年来村级公共管理和服务事业任务的加重,农村集体的公益服务与管理支出逐年增长,致使农村集体经济不能轻装前行。最后,由于农村政府性事务繁重,农村基层问责制度下,针对公共管理与服务的层层考核多,又缺少对干部的规范性激励政策,农村干部流失严重,且农业市场化运营处于短板,经营管理人才供给不足,农业经济管理人才如职业经理人等的培育、引进政策扶持力度不够。因此,农村集体经济大多为非竞争性的以物业为主的"地租经济",无法发展其他竞争性产业。调研发现,农村集体以房屋、土地资产出租为主要经营模式,不仅多以毛坯出租形式,更缺乏专业的物业、楼宇招商管理团队,传统物业经济的比重达到65%,租金成为主要收入来源(全国农村集体物业经济比重约为50%,涉及乡村旅游、文化产业、休闲康养的经营领域较多),抵御市场风险能力较弱。

(二)区域发展不平衡,村间经济落差大

上海市农村集体经济发展总体较好,但区域差异较大,主要体现在近郊与中远郊、经济发达村与经济薄弱村之间。从集体资产总量来看,2020年本市村级集体2 207.1亿元资产中,近郊占60.8%;中远郊仅占39.2%。资产总量最多的闵行区(608.7亿元)是最少的崇明区(69亿元)的8.8倍,村均资产闵行是崇明的21倍。同时存在一定数量的经济薄弱村,这些村普遍存在自身发展资源不足、门路不多、单兵作战能力弱的情况。部分基本农田保护区和生态保护区,由于地理位置无优势,发展空间狭窄,经营性物业很少。但人员经费、公益事业费用、福利支出等刚性支出却逐年增加,缺口部分主要靠上级财政补助。另外,近郊地区和中远郊地区面临的压力不同,近郊发达地区的村集体经济收入本身较多,主要解决的是规范集体经济收入分配的问题,比如要不要分红,分红多少,如何公平的分红。在中远郊地区的薄弱村,主要解决的是如何发展集体经济,增强经济实力问题,分红问题微乎其微。2020年全市农村集体总资产较上年仅增长了3.4%,且空间分布不均衡,85%分布在近郊地区;各区收益分配差异大,最高的闵行区为人均4 066元,最低的金山区为人均92元,进行分配的村镇比例不高,仅占全市45%左右。

(三)主体地位尚未完全体现,缺乏市场竞争力

目前,活跃着许多市场主体,主要包括农户、农民专业合作组织、农业产业化龙头企业、农村商业流通企业等,集体经济组织是其中重要的组成部分。调研发现,虽然通过农村产权制度改革,集体经济组织已经取得登记证书,以经济合作社、经济联合社的形式运行,并成立成员代表会议、理事会、监事会等机构,但由于未完全理顺集体资产(主要是集体房产和集体建设用地)的产权关系,未完全明确集体经济组织如何处理与各级政府的权力义务的法律关系,导致无法有效发挥特别法人的市场主体地位和功能。

(四)专项扶持政策缺乏,政策扶持力度有限

在专项政策方面,与家庭农场、合作社、涉农企业等新型经营主体都有明确具体的扶持政策不同,集体经济发展中用地保障、项目申报、资金扶持、金融信贷等方面几乎仍是政策空白,没有专项的支持政策。在政策使用方面,尽管当前乡村建设、产业扶持、环

境治理、生态补偿等惠农政策密集出台,政策支持力度不断增强,但其政策目标指向明确,资金使用范围要求严格,基本上没有与发展农村集体经济相互关联和有机结合。因此,农村集体经济发展仍是"三农"政策支持体系中较为薄弱的领域,在一定程度上影响农村集体经济发展。集体资源资产受土地减量化和环境综合整治而减少,据不完全统计,2014年至2019年,农村集体经营性建设用地减幅约44.3%,经营性房屋建设物固定资产原值减幅24.2%,崇明、金山、奉贤等远郊地区租金收入减幅超过50%。

(五)经营管理人才缺乏,集体经济活力不足

发展集体经济,助力乡村振兴,必须要有足够多的、高素质的、门类齐全的专门人才,才能够把乡村的生态价值、经济价值、人文价值、社会价值充分挖掘出来,把农民主体真正调动和组织起来,把大量闲置的资源盘活起来,把沉睡的资产高效运营起来。调研发现,目前,上海市郊区村干部队伍普遍存在年龄偏大、后继乏人问题,部分村干部在发展上缺思路少点子,管理上缺能力少办法,存在"小富即安、等靠要"思想;部分村里懂技术、有文化、会经营、会管理的人才和青壮年劳动力,都选择了外出务工或创业,留守的多是老人,缺乏经营能力。对于有知识、有文化、有能力且乐于奉献、事业心强的年轻人才来讲,多是不愿意离开城镇到农村来施展才能;现有条件难以满足能人需求,缺乏健全有效的激励机制,培育引进的政策扶持力度不够,导致一些镇村出现能人留不住、能人带动作用发挥不了的现象。

四、上海农村集体经济可持续发展的路径和对策建议

按照党中央和市委市政府对实施乡村振兴战略、发展壮大农村集体经济和深化集体产权制度改革的部署和要求,进一步提高思想认识,优化顶层设计,创新体制机制,完善制度供给,落实工作措施,为农村集体经济可持续发展提供持续动力。

(一)调整优化农村集体经济业态结构

一是在继续发挥楼宇租赁经济能效的基础上,根据当地经济发展和社会需求实际,鼓励有条件有实力的镇、村集体经济组织逐步由单一的物业租赁模式向租赁—居住全产业链服务发展,提供物业、保洁、食堂等配套服务,逐步提高非租赁收入比重,提升租赁经济附加值。二是引导集体经济积极拓展新的产业形态,发展健康养老、农业休闲、创意办公、职工公寓等新型产业,形成物业租赁、实业投资和金融产品等资产形态比例合理、有机结合的多元化格局。三是引入有品牌、有实力、有资金的社会投资方共同开发,通过合作共建等多种形式发展农村集体经济,完善利益链接机制,让农民更多分享产业增值收益。

(二)提升存量资源要素的统筹能级

一是在区级或镇级层面建立统一平台,整合村集体经济组织所有的土地、房屋和资金等,明确村集体经济组织的股东身份,建立股份合作实体,委托区、镇属企业实际运营,通过"国集联动""结对帮扶"等方式,提升管理运营水平,帮助村级集体经济从"单打独斗"转向"抱团取暖",发挥资金集聚效应。二是加快推动农村资源要素的整合,以项目扶持的方式,鼓励和引导国有、民营企业盘活农村闲置房地资源,充分发挥美丽乡村

建设溢出效应。在农业为主地区,要引导街镇切实统筹区域内发展资源,以多种方式促进集体经济参与优质项目开发。三是逐步将归属于集体经济组织所有的土地补偿费从财政专户归集到镇经济联合社,由镇经济联合社加强土地补偿费专户管理,确保土地征用补偿费要足额到位,同时进一步探索将土地征用补偿费纳入发展农村集体经济和农村集体资产保值增值的考量范围。四是鼓励有条件的农村集体经济组织在风险评估、民主决策的基础上回购优质经营性资产;鼓励存量经营性资产升级改造,逐步改善区域环境品质,提高区域空间形象,提升区域产业能级,为推进农村集体经济高质量发展创造条件。

(三)继续深化扩大农村综合帮扶

一是继续深化和扩大农村综合帮扶的力度和范围,加大资金投入,加强业务指导,在充分整合现有公共政策基础上,加强资金资源的统筹利用,通过帮扶项目建设、强化结对帮扶、生活困难农户帮扶等多种形式,继续以增强"造血"功能为重要抓手发展壮大村级集体经济。二是继续完善财政转移支付制度,优化转移支付结构,厘清集体和政府权责边界,提高农村基本公共服务均等化水平,促进城乡一体化和区域协调发展。市级财政进一步加大对中郊和远郊地区的转移支付力度,区镇两级财政加大农村基础设施建设和公共服务经费投入,全额保障村民委员会基本运转经费,尤其是近郊区镇两级财政要加大对村级组织基本运转经费保障的覆盖面,逐步减轻农村集体经济组织负担,为农民发展生产、增加收入创造条件。

(四)进一步加强农村集体资产监督管理

一是深化贯彻落实《条例》,进一步指导改制后的新型农村集体经济组织建立健全符合市场运行的治理机构,确保成员大会、理事会和监事会等明确职责分工,切实履职尽责,有效运转,真正发挥作用。要加强民主决策管理,村集体经济工程建设、项目确定、集体资产处置、股权分配、盈利分红等重大事项,必须经过集体讨论决定并进行公示。二是进一步指导督促改制后的农村集体经济组织建立健全内部经营管理制度,规范和加强财务管理,完善资产台账,实行严格的财务公开制度,防止新增债务,防范经营风险。对土地征用占用、固定资产租赁入股、土地流转租用、招商引资项目等重大问题,严格遵守相关法律规定和法定程序,层层审批,构筑起集体经济风险防控屏障。三是推动《关于进一步加强我市农村集体资金、资产、资源监督管理的若干意见》落实、落地、落细,完善"三资"监管制度,增强监督实效,强化保障措施,健全监管体制机制,规范农村集体经济组织运转行为,理顺农村集体经济组织与所属集体企业的投资关系,及时进行股权和产权关系变更,确保集体"三资"保值增值,实现管理出效益,不断增强老百姓的获得感、幸福感。

(五)大力引进培养集体经济发展所需专业人才

破解人才瓶颈制约,激发人才活力,是推动农村集体经济高质量、高效益、可持续发展的关键环节。一要在建设强村"两委"队伍方面下功夫。结合村"两委"换届,拓宽选人渠道,注重从本村致富能手、外出务工经商返乡人员、本乡本土大学毕业生、退役军人中选配村干部和后备干部,选优配强村"两委"干部队伍,切实发挥村干部的引领带头作用,去研究、去引导、去带领农民共同发展壮大集体经济。二要在人才引流方面下功夫。增加人才向基层流动的政策倾斜,盘活乡镇闲置编制,充分释放政策红利,以薪资、福利待遇为突破点,引进一批高学历、高能力适用于本镇村集体经济的新型管理人才到农村就业。鼓励优秀本土能人,健全奖励机制,吸引更多企业家、专家学者、技能人才等,通过投资兴业、捐资捐物等方式服务乡村振兴事业,因村施策,共同振兴集体经济。三要在培养职业农民上下功夫。加快构建适应都市绿色现代农业发展需要的职业农民培育体系,逐步建立完善职业农民注册、职称认定、信息档案登记等制度,加大针对性培训和培养,积极扶持培养一批有文化、懂技术、善经营、会管理的专业人才和职业经理人,让他们真正成为农民致富的榜样和村级集体经济发展的生力军,大幅度提升农村集体资产利用率,使农村集体经济效益最大化,真正实现农民生活富裕。

(六)加大农村集体资产确权登记颁证

对于没有纳入"五违四必"整治范围的存量集体建设用地,开展以区域规划调整落地为切入点,在符合土地利用总体规划的前提下,推进农村集体资产的确权登记颁证,鼓励通过二次开发的方式夯实集体经济发展的基础。同时,在规划用地方面加大扶持力度,探索依法将废弃的集体公益性建设用地转变为集体经营性建设用地,加快推进农村集体经营性建设用地入市,通过入市或合作联营等方式开发利用,进一步提升集体土地价值,有效激活农村土地市场,有力促进农村集体经济可持续发展。

牵 头 领 导:黎而力
牵 头 处 室:农经处
课题组成员:侯廷永　吴方卫　陈晓华　吕　祥
　　　　　　张锦华　王常伟

13. 上海市"政银保担"支农融资合作模式研究

　　现代农业的发展离不开金融的支持。现代农业需要在适度规模经营的基础上提高劳动生产效率，需要在引入新要素的基础上提高科技进步贡献率，需要在适应市场需求的基础上创新经营模式。在此条件下，就需要加大对农业的投资力度，促进更多资源与要素流向农村，就需要金融的支持，为农业经营主体配置生产经营要素提供条件。没有现代金融体系的支持，就很难建成现代化农业生产体系、产业体系和经营体系。近年来，中央高度重视农业融资贷款工作，出台了一系列的政策举措，如2019年中国人民银行等五部门出台了《关于金融服务乡村振兴的指导意见》，2021年6月，中国人民银行等六部门出台了《关于金融支持巩固拓展脱贫攻坚成果 全面推进乡村振兴的意见》，着力破解农业融资难、融资贵的问题。

　　上海市对于发挥金融的作用促进都市农业的发展十分重视，在支农融资信贷方面进行了一系列的探索，有效缓解了上海农业生产经营主体融资难、融资贵的问题，但对比农业上海农业高质量发展的要求，对比农业现代化对融资信贷的要求，上海在农业信贷融资方面仍然存在改善的空间。为了解决上海农业经营主体的融资需求、提高融资效率，上海市提出了"政银保担"支农融资合作模式，希望通过这一模式的创新，助力上海都市现代绿色农业的发展。

　　尽管在前期政策的推动下上海农业融资难、融资贵的问题已有所缓解，但上海农业生产经营主体的融资需求如何？是否可以得到满足？上海农业融资还存在哪些问题？如何解决这些问题？特别是如何进一步优化"政银保担"支农融资合作模式使之发挥应有的作用？为了回应这些问题，本课题在广泛调查的基础上开展了深入的研究。

一、上海农业融资现状

　　农业经营主体融资有多种，从融资途径来看，既有私人借贷，也有银行融资，甚至股权融资；从融资模式来看，既有商业性融资，也有基于财政担保的政策性融资。对于农业生产经营主体来说,由于一般规模有限、抵押物缺乏,商业性的银行融资相对困难,融资难、融资贵、融资烦的问题一直困扰着农业生产经营主体。也正因如此,上海市把解决农业生产经营主体的融资问题作为强农惠农的主要政策。除了鼓励金融机构加大对农业的支持力度外,通过担保、贴息贴费等政策支持为农业经营主体的融资提供条件。

(一)上海农业担保融资体系的发展

担保融资模式为农业经营主体的融资进行了风险保证,克服农业生产经营主体缺少抵押物的问题,从而达到银行放贷的条件,满足了农业经营主体的融资需求。早在2006年5月,为解决上海农民专业合作社融资难题,原市农委、市财政局和上海农村商业银行进行多次磋商,签订了"融资合作备忘录",设立了500万元风险补偿金,专项用于农村商业银行农民专业合作社贷款风险补偿,形成了"贷款风险补偿资金"融资模式。2007年,上海市财政局、上海市农业委员会制定的《上海市农民专业合作社专项贷款信用担保管理办法》(沪财农〔2007〕9号),市财政安排了2 000万元资金作为风险抵押金,改善农民专业合作融资难问题,助力农民专业合作社的发展。专项贷款信用担保业务的经办银行为上海农村商业银行,专项贷款信用担保业务的担保机构为中国投资担保有限公司上海分公司(以下简称"中投保上海分公司"),专项贷款信用担保业务的推荐工作由市财政局、原市农委负责。

2008年8月,原市农委、市财政局出台《财政支农贷款担保专项资金管理办法》,由市、区(县)两级财政安排专项用于为农民专业合作社提供贷款担保的专项资金。市级财政安排支农贷款担保资金额度为5 000万元,专户存储在上海农村商业银行,实行专款专用。按照市、区(县)资金配套原则,各区(县)配套资金安排额度不低于200万元,并纳入年度预算。形成了近8 000万元的担保资金专门用于扶持区县开展农民专业合作社贷款担保。按照支农贷款担保资金的5倍为限发放担保贷款的原则进行贷款。

2014年5月,原市农委、市财政局、市金融办出台《关于完善本市新型农业经营主体贷款担保财政支持政策的意见》,市财政将市级支农贷款担保专项资金增加至1.1亿元。其中,1亿元由上海市财政局专户存储,1 000万元由上海市农业委员会拨存在市中投保。各区县配套资金不低于400万元。市、区县两级财政部门设立的担保专项资金,专门用于扶持区县开展农民合作社和家庭农场贷款担保。新型农业经营主体贷款担保规模以市、区县相应担保资金的10倍为限。

2018年7月市财政局、市农业农村委、市金融办制定出台了《关于完善本市政策性农业信贷担保体系财政支持政策意见》(沪府办规〔2018〕20号)。市级财政通过设立2亿元政策性农业信贷担保资金专门用于支持本市各类农业经营主体开展涉农担保,具体业务由上海中小微企业政策性融资担保基金管理中心运作管理。农业贷款担保规模以农业担保资金的15倍为限。

上海市农业担保贷款体系的发展过程见表1。从中可以看出,上海农业担保融资服务对象逐步拓展,已由最初的专门面向农民专业合作社发展为面向所有涉农主体;从担保资金规模来看也由原业的不足1亿元,增加到2亿元;从允许放大倍数来看也由5倍增加到了15倍;从合作银行来看,已实现面向所有金融机构开放;从单个经营主体贷款金额来看,也已由 100 万元增加到了 300 万元,重点主体贷款额度可达 1 000 万元。

表 1   上海农业担保贷款体系的发展

	2008 年	2014 年	2018 年
服务对象	农民专业合作社	农民合作社和家庭农场	家庭农场、种养大户、农民专业合作社、农业社会化服务组织、涉农企业等各类农业经营主体
担保资金	5 000 万元＋200 万元/区县	1.1 亿元＋400 万元/区县	2 亿元
担保主体	1. 由上海安信农业保险股份有限公司作担保的贷款 2. 由中投保担保贷款 3. 财政支持下的信用贷款	1. 安信农业保 2. 中国经济技术投资担保有限公司	1. 担保中心 2. 担保中心＋安信农保
允许放大倍数	5	10	15
参与银行	上海农商行	放开	放开
限额	100 万元	200 万元	1 000 万元,重点 300 万以下

资料来源:根据政策文件整理。

（二）上海农业担保融资的实践

农业经营主体融资模式有多种,担保融资是重要的途径之一,也是课题研究的主要融资模式。2018 年 8 月以来,上海市建立了以专项担保资金为核心的政策性农业信贷担保体系,由市财政局下属上海市中小微企业政策性融资担保基金管理中心具体为广大新型农业经营主体提供融资担保服务,切实发挥政策性农业信贷担保资金在促进都市现代农业发展的重要作用。统计表明,农业经营主体通过政策性担保融资的规模已占到贴息贷款规模的 50% 左右。上海农业担保融资的实践主要可以总结为以下几点。

一是通过创新模式和产品破解融资难的问题。在模式方面:建立了由 15 份"白名单"组成、涉及涉农企业在内的 5 国 000 多家企业、分类管理、动态调整的重点企业"白名单"项目库,按照"急事急办、特事特办、即事即办"的原则和要求,通过设立"绿色通道",分类施策、聚焦支持;2020 年起在松江区率先探索创新推出"松江园区贷"批次包专项产品,惠及涉农企业 8 家、落实担保贷款 2 050 万元,通过搭建"政府＋担保＋园区＋银行"政策性融资服务联动平台,充分发挥效率和效益优势,努力为广大农业科创型中小微企业引来更多金融"活水";落实"无还本续贷"担保业务,目前已开展 22 笔,担保贷款 0.45 亿元,努力在"应保尽保"中实现商业银行的"应贷尽贷",有力有效地缓解了涉农企业因疫情影响造成的生产经营资金困难。在推进产品业务创新方面,2020 年 7 月,首笔 300 万元"品牌贷"专项产品正式落地金山,主动对接优质农产品品牌发展壮大的融资需求,精准服务"四大品牌"建设。截至 2020 年 12 月 23 日,共完成农业"品牌贷"5 笔,累计 1 130 万元。同时,市融资担保中心还与农业农村部直属"新农直报"平台、合作银行共同开发面向农业经营主体的"新农快贷"全线上专项担保贷款产品,并已形成具体实施方案,已从 2021 年起选择邮储银行先行先试。

二是加大政策支持力度破解融资贵的问题。在缓解"融资贵"方面,从 2020 年起,阶段性将我市农业政策性融资担保费率从原来的平均 0.6%/年降至 0.5%/年,再担保费率减半收取,合作商业银行平均贷款利率为 4.26%,农业经营主体担保贷款综合成本合计仅为 4.76%,较 2019 年下降了 0.39 个百分点,减少利息支出 391.6 万元,远低于国家有关"农业贷款主体的实际承担信贷成本不高于 8%"的规定要求,有效地缓解了农业经营主体的融资贵问题。

三是创新完善"银担合作"、机构联动机制。一方面,着力深化与重点商业银行的"银担合作",2020 年实际开展政策性农业贷款担保业务的合作银行从 2019 年的 15 家增加到了 19 家,基本实现重点商业银行全覆盖。其中,排名前两位的上海农商行和建设银行的业务量最大,两家银行业务合计占比达 80%(上海农商银行和建设银行的业务占比,分别为 59.30%、20.93%),较去年提高了 2 个百分点;农业银行、工商银行、交通银行、邮储银行等合作银行承做的担保贷款额也超过 1 000 万元。另一方面,深化推进"总对总"合作,建立良好的信息沟通和政策协调机制,引导各商业合作银行在授信额度、利率水平、续贷条件等方面提供更多优惠,在创新担保产品、拓展批次担保业务等方面加大合作力度。

三是优化审批流程。依托市大数据中心、市公共信用信息服务平台,加快建设全市规范统一的政府性融资担保信息智能化管理平台,积极探索与各商业合作银行开展并行审批,建立担保贷款全流程限时制度,优化信贷审批发放流程,提高项目审批效率,不断提高政策性农担服务的便利度和时效性。

(三)农业生产经营主体面上融资现状

对农业生产经营主体面上融资状况的了解,可以更好地分析政策性担保融资的拓展空间,也才能更好地完善上海农业融资体系。本部分将根据贴息贷款数据,对上海农业生产经营主体的融资状况进行分析。

1. 贷款总额及贷款主体数量

随着农业产业的发展,上海农业融资的规模也越来越大。2019 年上海市共有 437 个农民专业合作社(联合社)和 106 个家庭农场申请 2018 年贷款付息补贴,共向各类银行贷款 1 294 笔,合计贷款金额 173 185.84 万元,支付利息总金额 4 663.27 万元。2020 年上海市共有 496 个农民专业合作社(联合社)和 104 个家庭农场申请 2019 年贷款付息补贴,共向各类银行贷款 1 349 笔,合计贷款金额 200 770.12 万元,支付利息总金额 4 492.9 万元。贷款主体上升了 10.50%,贷款金额上升了 15.93%。200 770.12 万元贷款金额中,流动资金贷款总额 193 890.12 万元,占比 96.57%;固定资产贷款总额 6 880 万元,占比 3.43%。

从贷款主体来看,以 2020 年申请付息补贴的经营主体为例,各区数量为:浦东新区共 68 家,其中农民专业合作社(联合社)68 家;闵行区共 12 家,其中农民专业合作社(联合社)6 家,家庭农场 6 家;嘉定区共 15 家,其中农民专业合作社(联合社)15 家;奉贤区共 149 家,其中农民专业合作社(联合社)67 家,家庭农场 82 家;松江区共 13 家,其中农民专业合作社(联合社)13 家;青浦区共 63 家,其中农民专业合作社(联合社)63 家;金山区共 166 家,其中农民专业合作社(联合社)150 家,家庭农场 16 家;崇明区共 114 家,其中农民专业合作社(联合社)114 家。

2. 单笔贷款金额情况

从 2019 年的情况来看,按贷款金额计,单笔贷款金额在 100 万元至 500 万元的合计贷款金额占贷款总额的 90.79%;按贷款笔数计,单笔贷款金额在 100 万元至 500 万元的占贷款总笔数的 98.53%,其中单笔贷款在 100 万元至 300 万元的合计贷款笔数占全部贷款笔数的 93.43%,单笔贷款在 301 万元至 500 万元的合计贷款笔数占全部贷款笔数的 5.1%。数据反映,2019 年都市现代农业专项贷款贴息中农民专业合作社(联合社)和家庭农场单笔贷款的规模大多在 100 万元至 300 万元(见表 2)。

从 2020 年的情况来看,按贷款金额计,单笔贷款金额在 100 万元至 500 万元的合计贷款金额占贷款总额的 91.55%;按贷款笔数计,单笔贷款金额在 100 万元至 500 万元的占贷款总笔数的 98.44%,其中单笔贷款在 100 万元至 300 万元的合计贷款笔数占全部贷款笔数的 90.88%,单笔贷款在 301 万元至 500 万元的合计贷款笔数占全部贷款笔数的 7.56%。数据反映,2020 年申报贷款贴息项目的农民专业合作社(联合社)和家庭农场单笔贷款的规模大多在 100 万元至 300 万元。

表 2   上海农业单笔贷款规模状况

序号	单笔贷款金额 (万元)	2019 年申请				2020 年申请			
		合计金额 (万元)	占 比	贷款笔数 (笔)	占 比	合计金额 (万元)	占 比	贷款笔数 (笔)	占 比
1	100—300	130 686.84	75.46%	1 209	93.43%	140 616.12	70.04%	1 226	90.88%
2	301—500	26 549	15.33%	66	5.1%	43 185	21.51%	102	7.56%
3	501—1 000	13 950	8.1%	18	1.39%	12 769	6.36%	18	1.33%
4	1 001—2 000	2 000	1.15%	1	0.08%	4 200	2.09%	3	0.22%
	合 计	173 185.84	100%	1 294	100%	200 770.12	100%	1 349	100%

对比可以发现,2020 年申请的相对 2019 年申请的 100 万—300 万元的金额占比和笔数占比都有所下降,而在 301 万—500 万元和 1 001 万—2 000 万元的则有所增加。可以看出,农业经营主体的贷款的规模有所增加(见图 1)。

3. 贷款利率及期限情况

2019 年的贷款中,执行基准利率或低于基准利率的贷款有 803 笔,将近占到贷款总笔数的 62.06%。贷款利率高于基准利率至上浮 20% 的占比不足全部贷款总笔数的 10.36%。贷款利率高于基准利率 20% 以上的将近占到贷款总笔数的 20.63%。

在 2020 年的贷款中,执行基准利率或低于基准利率的贷款有 653 笔,将近占到贷款总笔数的 48.41%,贷款利率在基准利率到上浮 10%(含)的占到 15.20%(见表 3),贷款利率高于基准利率 10% 至上浮 20% 的占比不足全部贷款总笔数的 15.49%,贷款利率高于基准利率 20% 以上的将近占到贷款总笔数的 20.39%,浙江地区商业银行的贷款利率均高于基准利率 100% 以上,其中浙江泰隆商业银行的部分贷款利率高于基准利率 124% 至 289%。

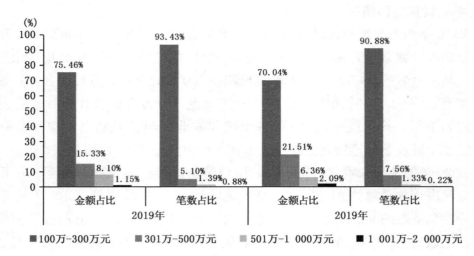

图 1　单笔贷款金额变化

表 3　　　　　　　　　　　　　　　　贷款利率分布情况

序号	贷款利率分布	贷款笔（笔）	占比（％）	贷款笔数（笔）	占比（％）
1	基准利率（含）及以下	803	62.06	653	48.41
2	基准利率以上至＋10％（含）	90	6.96	205	15.20
3	基准利率＋10％以上至＋20％（含）	134	10.36	209	15.49
4	基准利率＋20％以上（部分利率高于基准利率124％－289％）	267	20.63	275	20.39
5	浮动利率	—	—	7	0.52
	合　计	1 294	100％	1 349	100.00

在 2019 年的贷款中,计息周期 9—12 个月(含 12 个月)的有 295 笔;计息周期 6—9 个月(含 9 个月)的有 354 笔;计息周期 3—6 个月(含 6 个月)的有 374 笔;计息周期 3 个月以内(含 3 个月)的有 271 笔。

在 2020 年的在全部贷款中,贷款期限一年以内的共 1 297 笔,占比为 96.15％,具体来说,贷款期限 10—12 个月(含 12 个月)的有 1 294 笔;贷款期限 7—9 个月(含 9 个月)的有 3 笔(见表 4)。

表 4　　　　　　　　　　　　　　　　贷款期限情况一览

序　号	贷款期限	贷款笔数(笔)	占　比
1	贷款期限(一年以上)	38	2.82
2	贷款期限(10—12 个月)	1 294	95.92
3	贷款期限(7—9 个月)	3	0.22
4	贷款期限(无期限)	14	1.04
	合　计	1 349	100.00

4. 银行放贷情况

在 2020 年的贷款中,共涉及 24 家银行,贷款总金额 200 770.12 万元,放贷金额在 1 亿元以上的银行有 5 家。其中上海农商银行放贷的金额占全部银行放贷总额的 54.19%,成为农民专业合作社、家庭农场融资的主要渠道。中国建设银行、上海崇明沪农商村镇银行、上海奉贤浦发村镇银行、上海金山惠民村镇银行 4 家银行放贷的合计金额占全部银行放贷总额的 32.1%,为农业新型经营主体融资提供了重要的支持。其他 19 家银行为经营主体融资提供了必要的帮助。各银行放贷情况见表 5。

表 5 贷款银行及放贷金额

序 号	银行名称	放贷金额（万元）	占 比	贷款笔数（笔）	占 比
1	上海农商银行	108 803	54.19	762	56.49
2	上海崇明沪农商村镇银行	20 647	10.28	68	5.04
3	中国建设银行	16 544	8.24	98	7.26
4	上海奉贤浦发村镇银行	14 554.82	7.25	192	14.23
5	上海金山惠民村镇银行	12 700.3	6.33	80	5.93
6	中国农业银行	4 230	2.11	26	1.93
7	中国工商银行	4 164	2.07	22	1.63
8	上海闵行上银村镇银行	2 950	1.47	26	1.93
9	交通银行	2 750	1.37	14	1.04
10	四川天府银行	2 600	1.30	3	0.22
11	浙江泰隆商业银行	1 808	0.90	19	1.41
12	浙江稠州商业银行	1 784	0.89	9	0.67
13	上海浦东江南村镇银行股份有限公司	1 660	0.83	5	0.37
14	中国农业发展银行	1 000	0.50	2	0.15
15	浙商银行	955	0.48	3	0.22
16	上海银行	900	0.45	4	0.30
17	中国光大银行	800	0.40	2	0.15
18	中国邮政储蓄银行	690	0.34	5	0.37
19	中国民生银行	460	0.23	2	0.15
20	宁波银行	200	0.10	1	0.07
21	上海邮政储蓄银行	200	0.10	1	0.07
22	上海嘉定民生村镇银行	170	0.08	2	0.15
23	浙江民泰商业银行	120	0.06	2	0.15
24	上海浦东发展银行	80	0.04	1	0.07
	合 计	200 770.12	100.00	1 349	100

5. 贷款用途

2020 年农民专业合作社(联合社)和家庭农场的流动资金贷款主要用于采购原材料、购买农资、收购农产品、支付货款、日常经营周转等。固定资产贷款主要用于工程建设。流动资金贷款中,用于购买农资的资金占比达 35.07%,贷款资金用于采购原材料的占比为 25.02%,用于收购农产品的占比为 16.01%,用于日常经营周转的占比为11.47%。可以看出,贷款资金在经营主体发展农业生产中发挥了重要作用。流动资金贷款用于支付货款、归还融资款、大棚修建、支付土地流转费的资金约占 9.01%,贷款用途情况如表 6 所示。

表 6　　　　　　　　　　　　贷款用途情况

序　号	贷款用途	金　额 (万元)	占　比	贷款笔数 (笔)	占　比
1	购买农资(农药、化肥、有机肥、种球种苗等)	70 403.30	35.07	523	38.77
2	采购原材料(稻谷、小麦、玉米、生奶、饲料等)	50231	25.02	325	24.09
3	收购农产品(大米、生猪、水产品、蔬菜、菌菇等)	32143	16.01	161	11.93
4	日常经营周转	23 021.3	11.47	179	13.27
5	支付货款	14 185	7.07	51	3.78
6	固定资产贷款	6 880	3.43	10	0.74
7	归还融资款	1 870	0.93	8	0.59
8	大棚修建	1 025	0.51	6	0.44
9	支付土地流转费	1 011.52	0.50	86	6.38
	合　计	200 770.12	100.00	1 349	100.00

(四)担保贷款业务状况

从上文分析中可以看出,上海很早就开始了政策性担保贷款业务,助力农业经营主体的发展。2018 年 8 月,又依托市融资担保中心建立了以专项担保资金为核心的政策性农业信贷担保体系。从目前的情况来看,主要表现在如下方面:

一是业务规模不断扩大。2020 年,上海市共开展政策性农担业务 550 笔、担保贷款额 10.04 亿元,较 2019 年 7.54 亿元担保贷款规模增长 33.9%。二是政策导向充分凸显。目前上海市政策性农担业务户均贷款额 182 万元,其中符合"双控"标准的业务占比达到 79.6%,充分体现出担保资金"支农""支小"的政策导向。为帮助生猪企业恢复生产、增加产能,原则上对生猪企业担保贷款应保尽保,确保上海生猪稳产保供政策落到实处,截至 2020 年 12 月 31 日,在保生猪企业担保贷款 7 笔,涉及金额 2 600 万元。三是融资成本有效降低。从政策性农担业务整体情况来看,平均担保费率为 0.53%,平均贷款利率为 4.26%,农业经营主体担保贷款综合成本仅为 4.79%,切实缓解农业经营主体融资贵问题。此外,从各区的贷款规模来看,2020 年,全市农担贷款总量超过1 亿元的区,从 2019 年的浦东、奉贤、崇明等三个区增加到了四个区,新增了金山区,徐汇区则实现了零的突破。

二、上海农业融资存在的问题及原因分析

尽管上海在农业融资方面进行了一系列的探索,农业融资难、融资贵的问题得有所缓解,但相对上海的农业发展需要,相对农业经营主体经营的需求,上海在农业融资方面依然存在一些问题,政策性担保融资方面也需要进一步推进。本部分将结合对上海农业生产经营主体的微观调查,分析上海从面上分析农业融资方面存在的问题并分析相应的原因。

(一)存在的问题

为了解上海农业生产经营主体在融资过程中面临的问题,课题组于 2021 年 7—8 月与市有关职能部门和单位开展座谈调研,并面向上海农业生产经营主体开展了问卷调查,共计获得有效问卷 427 份。从样本的主体性质来看,家庭农场占了 32.32%,合作社占到了 55.04%,农业企业占 9.13%,其他农户或作坊占到 3.52%。从主体从事的业务来看,28.34% 的样本拥有农产品加工业务,71.66% 的样本没有农产品加工业务。从经营主体的受教育水平来看,初中或初中以下的占到了 23.42%,高中或中专的占到 33.26%,大专或大专以上的占比为 43.33%。而从经营主体的规模来看,长期雇工的数量在 0 到 2 人的主体占到了样本总量的 27.87%,3 到 5 人的占到了 21.78%,6 到 10 人的占到了样本量的 16.63%,11 到 20 人的占到了样本总量的 13.35%,21 到 40 人的占到了 12.18%,41 人以上的占到了 8.20%。

1. 从农业经营主体角度分析

(1)农业经营主体金融意识还不够强

调查显示,样本中共 54.39% 的农业生产经营主体目前没有向银行借款。没有借款的样本中,没有融资需求的仅占 34.25%,有需求没有向银行申请贷款的样本,融资渠道大都通过向亲戚朋友借款、使用自己历年盈余利润等方式解决。相对城市里的中小企业,农业生产经营主体金融意识还不够强。

(2)农业经营主体信贷承载力不强

调查发现,大部分合作社财务制度不够健全,这势必会影响金融机构对农业经营主体评价。另外,有些合作社不重视自身诚信,日常经营中,存在非故意原因导致的信用卡逾期等失信行为,在一定程度上也影响了自身诚信声誉。

(3)农业经营主体融资需求还没有得到满足

从农业生产经营主体的融资情况来看,调查显示,样本中共有 54.39% 的农业生产经营主体目前没有贷款,45.61% 的农业生产经营主体拥有因生产经营而产生的借款(包括银行借款以及其他方式借款)。从贷款的规模来看,中位数为 150 万元,12.83% 的农业生产经营主体贷款金额小于或等于 30 万元,9.26% 的贷款大于 30 万元但小于等于 100 万元,贷款金额大于 100 万元但小于等于 300 万元的农业生产经营主体占到了 13.30%,贷款金额在 300 万元到 1 000 万元之间的农业生产经营主体占 7.13%,贷款大于 1 000 万元的农业生产经营主体占比仅为 3.09%。由此可以看出,贷款在 100 万元到 300 万元之间的农业生产经营主体占比最大,其次为 30 万元以下的贷款(见图 2)。

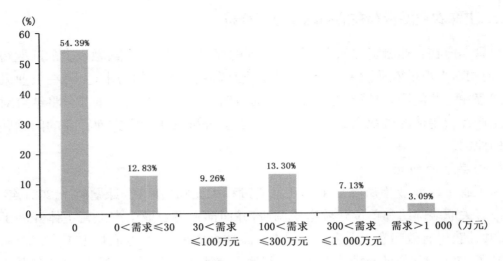

图2 农业生产经营主体贷款情况

从贷款需求情况来看,调查显示,47.17%的农业生产经营主体目前仍然存在贷款需求。从贷款需求的量来看,14.15%的农业生产经营主体贷款需求小于等于30万元,18.16%的主体贷款需求在30万元至100万元之间,9.43%的主体贷款需求在100万元至300万元,4.48%的主体贷款需求在300万元至1 000万元,0.94%的农业生产经营主体贷款需求大于1 000万元(见图3)。

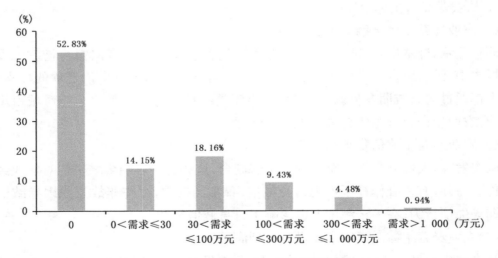

图3 农业生产经营主体的贷款需求

为了解哪些经营主体存在贷款需求,在此进一步考察已拥有贷款经营主体与未贷款经营主体对贷款需求的差异。统计显示(见图4),在已贷款农业生产经营主体中,75.38%的农业生产经营主体仍然存在贷款需求,而在没有贷款的农业生产经营主体中,存在贷款需求的仅为23.48%。由此可以看出,在完善农业信贷融资政策过程中,除了要关注没有贷款农业生产经营主体的需求外,还要思考如何进一步满足已贷款农业生产经营主体对资金的进一步需要。在已贷款的农业生产经营主体中,贷款需求金额占比最大的落在了30万元到100万元,而在没有贷款的农业生产经营主体中,大部分农业生产经营主体对贷款金额的需求在30万元或以下。可以看出,已贷款农业生产经营主体对贷款需求的金额也相对更高。

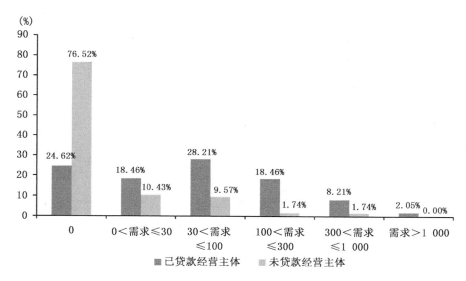

图4 已贷款经营主体与未贷款经营主体贷款需求的差异

2. 从金融机构角度分析

(1)担保融资的规模还有待进一步提升

农业生产经营主体融资存在多种途径,而担保贷款只是其中的一种。调查显示,在已认得贷款的农业生产经营主体中,通过"向亲戚朋友借钱"贷款的占到了首位,达到34.50%(见图5),其次为"以抵押或信用向商业银行借款(没有通过当地政府部门)",占到30.99%,"通过政策性担保机构向银行贷款"的仅占到27.49%,除此之外,"以其他方式向相关机构或个人的贷款"的为7.02%。在已贷款的农业生产经营主体中,通过两种途径贷款的样本占到了30.12%。从这一调查结果可以看出,通过政策担保贷款融资的占比并不高,说明我们目前政策性农业担保机构作用还有待于进一步发挥。

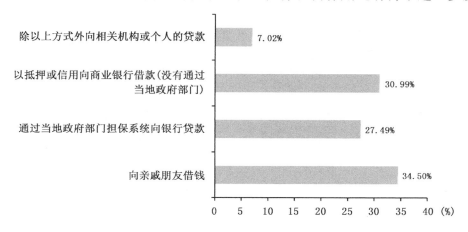

图5 农业生产经营主体贷款途径

调查显示,通过政府担保获得贷款的占比并不高,一方面,可能受到经营主体自身条件的限制,不符合相应的担保贷款政策,另一方面,可能对该信贷模式不了解。调查显示,了解通过政府担保中心提供担保进行贷款这一贷款模式的经营主体占到了47.07%,高达52.93%的经营主体对这一模式并不了解。而从不同类型经营主体的了解情况来看,合作社和农业企业对政府担保贷款了解的占比更高一些,分别为54.04%和53.85%(见图6),而家庭农场、农户等选择对这一模式了解的占比则较低。可以看出,在政策的知晓度方面还需要进一步提高。

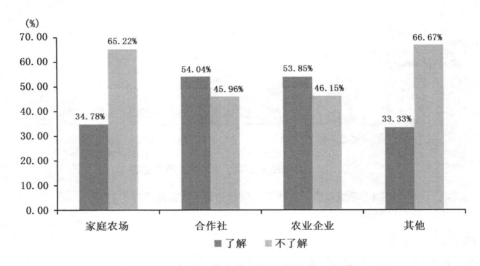

图6 不同类型经营主体对担保贷款的了解情况

进一步分析表明,在已贷款的农业生产经营主体中,对于政策性担保贷款了解的农业生产经营主体占比为56.06%,而在未贷款的农户中,对政策性担保贷款了解的农业生产经营主体占比为仅为39.30%(见图7)。

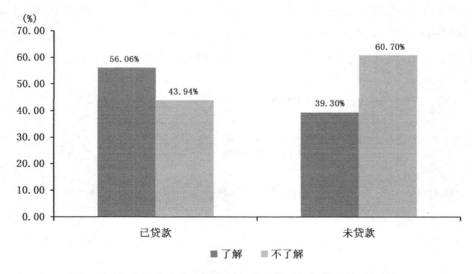

图7 已贷款经营主体和未贷款经营主体对担保贷款的了解情况

（2）融资繁、融资难的问题仍存在

为了解农业生产经营主体信贷中的主要困难,调查中从经营主体层面了解了其在生产经营过程中向银行贷款面临的最主要问题。调查结果显示,认为"银行批准贷款难度大,难以贷到款"的占比最高,为23.89％;其次为"贷款手续太复杂,不便利",占到样本量的22.25％;选择"可以获得的贷款额度有限,不能满足用款需要"的样本占到16.63％(见图8)。

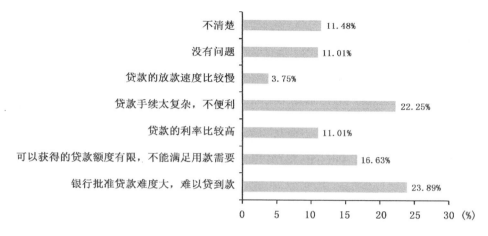

图8 贷款中存在的问题

以上是针对全体样本的分析,拥有贷款的样本对于信贷中的问题可能更为清楚,基于已有贷款样本的统计显示,排名前三的问题与全体样本的调查结果类似,只是顺序有所改变,分别为"可以获得的贷款额度有限,不能满足用款需要""银行批准贷款难度大,难以贷到款"和"贷款手续太复杂,不便利",分别占到该类农业生产经营主体样本的29.29％、25.25％和19.19％。可以看出,进一步满足其贷款需求是已有贷款经营主体的主要诉求,此外,贷款烦的问题也受到了较多经营主体的关注(见图9)。

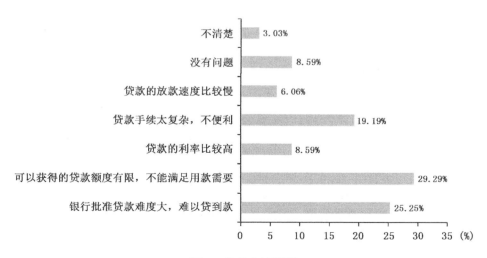

图9 贷款中的问题

课题组对于经营主体对贷款中常见的四个问题,即"贷款难、贷款贵、贷款烦、贷款慢"的严重程度的认知也进行了考察。每一个方面都给出了从没有问题到问题非常大的五个选项。调查结果表明,针对"贷款慢"选择"没有问题"的比例最高,为 26.93%,针对"贷款烦"选择"问题非常大"的比例最高,达到 15.49%(见表 6)。

表 6　　　　　　　　　　农业生产经营主体对贷款中存在问题的评价

题目\选项	没有问题	有点问题	一般	问题较大	问题非常大
贷款难,贷不到款或贷不到足够的款	106(24.82%)	90(21.08%)	116(27.17%)	70(16.39%)	45(10.54%)
贷款贵,贷款利率成本高	106(24.82%)	77(18.03%)	147(34.43%)	56(13.11%)	41(9.6%)
贷款烦,流程手续复杂	98(23%)	68(15.96%)	117(27.46%)	77(18.08%)	66(15.49%)
贷款慢,放款不及时	115(26.93%)	78(18.27%)	141(33.02%)	50(11.71%)	43(10.07%)

将经营主体对以上四个问题的评价转化为雷达图,由此可以更清楚地看出,经营主体对于贷款烦、贷款难选择"问题较大"和"问题非常大"的比例相对较高(见图 10)。

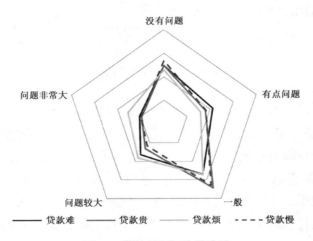

图 10　贷款问题评价雷达图

为了进一步考察农业生产经营主体对四个问题严重程度的评价,在此将选择"问题较大"和"问题非常大"的样本进行合并,结果见图 11。可以看出,在"贷款烦"条目中,选择"问题较大"和"问题非常大"的样本占比最高,为 33.57%;其次为贷款难,占比为 26.93%,认为贷款贵以及贷款慢"问题较大"或"问题非常大"的样本占比分别为 22.71% 和 21.78%。从中进一步可以看出,农业经营主体认为"贷款烦"和"贷款难"存在问题的占比较高。

(3)金融机构服务效能有待进一步提升

调查中对融资政策与服务的满意度进行了考察。调查表明,对融资政策非常满意的占比为 19.44%,比较满意的占比为 23.19%,两者合计占到了 42.63%,认为"一般""不太满意""很不满意"的样本分别占比 11.94%、2.81% 和 1.41%(见图 12)。由此可以看出,农业生产经营主体对于政府融资帮扶政策总体上还是比较满意的,不满意的

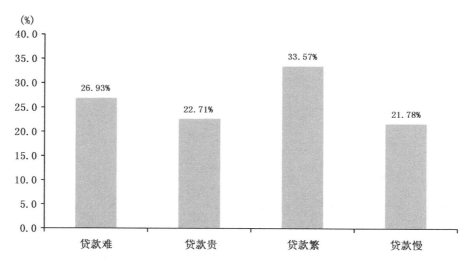

图 11　认为"问题较大"或"问题非常"的样本占比

占比非常少。但也应注意到,一方面,选择"一般""不太满意"和"很不满意"的也占到了不小的比例,另一方面,近四成的农业生产经营主体表示目前银行资金贷款主要是一年期流动贷款,对扩大生产、提高设施的固定资产贷款品种太少。

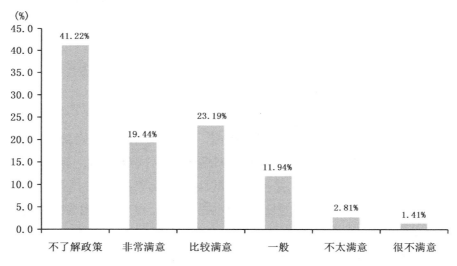

图 12　对融资政策满意度

从农业生产经营主体对银行服务的满意度来看,调查结果显示,选择"不了解"的农业生产经营主体占到了 22.95％,选择"非常满意"的占到了"16.86％",选择"比较满意"的占到了 33.49％,选择"一般""不太满意"和"很不满意"的占到了 22.25％、2.81％和 1.64％(见图 13)。可见,农业经营主体对银行服务的满意度也比较高,但选择"一般"的占比也比较大。

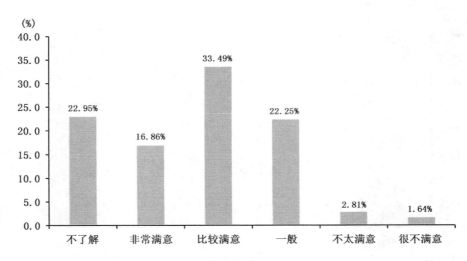

图 13　对银行服务的满意度

3. 从政府角度分析

(1) 政策宣传力度还不够

上海市政策性融资担保体系已建立多年,但通过调查表明,不了解政府融资帮扶政策的样本占到 41.22%。通过实地调研,发现规模较大的合作社和农业企业对融资担保政策较为熟悉,但是规模小的合作社、种养殖大户对政策明显不了解。除此以外,近年来,在中央和市政策支持下,金融机构陆续开发了快速信用贷款、可循环随借随贷的贷款产品、土地经营权抵押贷款等,在一定程度上都能满足规模小的合作社日常经营流转资金,但是大部分农业经营主体并不知晓。

(2) 主体性质认定不统一

农业经营主体的性质直接影响了信贷政策。调查显示,上海对部分农业经营主体的认定还存在不一致的现象,突出体现在对家庭农场的认定方面。有些区将家庭农场认定为种养大户,有些区则认定为其他性质的主体,导致了信贷过程中主体界定的问题。此外,在对于民宿也存在类似的情况,有些注册为公司,有些则为个体经营户,主体性质的不同对信贷造成了影响。

(3) 信贷政策与产业政策的协同性不强

政府和金融机构在对农业信贷的服务过程中,主要负责贷款资格的审核、资金使用的监管等,但如何更高效地使用资金,特别是通过信贷政策与产业政策的协同方面还有待进一步提升。调查显示,希望政府或金融机构在资金使用方面给予相应指导的农业经营主体占比高达 81.97%,不希望政府或金融机构在资金使用方面给予相应指导的仅占 1.87%,其余的则选择了"无所谓"。从国外的经验来看,很多发达国家都将信贷作为落实农业政策的手段,加大对农业经营主体资金使用计划的指导,如将信贷政策与青年农民的培育政策相结合、与良好农业生产实践相结合等,以上海为例,我们在实地调研发现,越来越多的青年人才参与到农业经营中来,这部分群体学历较高,容易接受新事物,金融观念强,但是目前并有相关金融支持政策和信贷绿色通道,上海在这一领域还应进一步探索,在加强信贷资金监管的同时做好资金使用的帮扶工作。

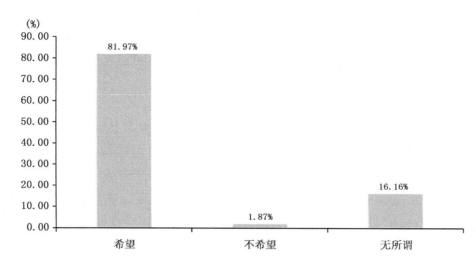

图 14　对资金使用指导的需求

(二)问题原因分析

1. 信息不对称问题仍然存在,导致供需难对接

在农业信贷及金融服务方面,仍然还存在信息不对称的情况。一方面,金融机构对农业生产经营主体的资金需求不了解;另一方面,农业经营主体对相应的政策不了解,对相应的金融产品不了解,从而导致了供需的失衡。调查表明,农业生产经营主体对担保融资政策的知晓度还不高,对金融机构的服务内容也有待进一步了解。尽管政府也在不断地进行宣传,但宣传往往针对规模经营主体,信息的覆盖面还不高。尽管部分农业生产经营主体存在资金需求,但往往基于通常的认知认为贷款比较困难或是成本较高,因而没有去了解相关的政策。调查也表明,许多经营主体通过其他途径进行了借贷,通过担保中心贷款约占农业经营主体贴息贷款的五成,表明很大部分农业经营主体的贷款还是通过传统的私人借贷等路径,政策性信贷的覆盖面有待进一步提升。

2. 逆向选择问题仍然突出,导致供需不匹配

调查表明,农业信贷市场上存在较为严重的逆向选择问题,即越是知名的农业经营主体越是可以得到更多的贷款支持,并且贷款的利率更低。大量中小型合作社、家庭农场、农业经营户由于缺少相应的抵押物,贷款相对较难。当前政策的支持主要面向优质的新型农业经营主体,一般小型农业经营主体也存在发展与用资诉求。在商业金融机构以市场行为选择优质农业经营主体的同时,政策应进一步关注中小农业生产经营主体的贷款需求。

3. "双控"影响了信贷额度,部分主体信贷需求得不到满足

调查过程表明,很大一部分已获得贷款的农业经营主体仍然存在贷款需求。农业生产经营主体贷款没有满足的一个原因就在于担保贷款的双控模式。根据规定,担保规模限定为单户在保余额不超过 1000 万元,300 万元以下的政策性业务在保余额不得低于总担保余额的 70%。通过对银行以及担保中心的调查也进一步了解到,双控模式

对于担保贷款造成了限制。从全国面上来看,双控的目标在于注重对中小农业经营主体的帮扶,让金融政策惠及更多经营主体,在我国农业经营主体量大面广,政策资金有限的条件下,双控模式十分必要。但对于上海来说,农业经营主体数量有限,财政资金支持力度相对较大,双控模式对于上海来说可能并不适合,可以在政策之外进一步提高对农业生产经营主体的信贷支持力度。

4. 抵押质押物创新不足,信贷模式相对传统

上海农业信贷还比较传统,影响了服务的效能。从调查中了解到,农业经营主体得不到足够贷款的原因之一在于缺少抵押质押物品。课题组通过对养殖企业的调查了解到,养殖企业非常希望开展活体抵押的模式。依靠传统抵押物放贷的模式限制了部分农业经营主体的信贷获取。此外,信贷流程相对烦琐也是经营主体反映较多的问题之一,主要原因在于目前对于放贷审核大多还是按传统的审核操作模式,利用大数据信用体系对农业经营主体自动识别的应用还不广泛,并且,在信贷过程中缺乏对农业经营主体贷款申请必要的指导。

5. 覆盖领域有待扩展,难以适应上海大农业的发展

政策性担保贷款从最初的单纯针对合作社,到覆盖家庭农场,再到覆盖新型农业经营主体,到目前面向涉农主体,覆盖面逐步扩大,但对于产业链上的前端及后端等领域,对于新兴的涉农领域,政策的覆盖面仍然不足。随着农业产业链的延长及新型农业经营模式的出现,对于贷款也存在较大的需求,如农家乐等,在具体的政策性担保信贷中还没有覆盖。

6. 金融政策和产业政策的联动性不强,影响了财政资金效果

目前的信贷政策还比较粗放,与其他农业政策的联动性还不强。一方面,农业贷款担保政策、担保利率,甚至审批额度都相对一刀切,缺乏精细化;另一方面,涉农支持政策很多,包括信贷政策和其他产业政策等,还没有很好地整合。为了提高财政资金的使用效率,政策应有所差异,对于符合导向,重点支持的领域、主体给予更大的优惠;对于信用较好的优质农业主体给予更多支持。此外,一方面,应对担保、贴息等金融政策进行整合,另一方面,信贷政策与其他农业政策也应进一步整合,实现政策的组合效应。

三、市内外农业融资经验

(一)"松江园区贷"批次包专项产品

2020年,松江区率先探索推出"松江园区贷"批次包专项产品,惠及涉农企业8家、落实担保贷款2 050万元,通过搭建"政府＋担保＋园区＋银行"政策性融资服务联动平台,充分发挥效率和效益优势,努力为广大农业科创型中小微企业引来更多金融"活水"。与以往相比,主要有以下五个方面的显著特点。

一是项目选择更聚焦。充分发挥区级农业部门和园区"接地气"的特有优势,精准发掘农业产业链供应链中高成长性的中小微优质科创企业,政策性融资担保的精准性、便利度和获得感进一步增强。

二是利率、费率更优惠。纳入"松江园区贷"批次包内的农业企业可以享受不高于

3.45％的银行贷款优惠利率和区级财政100％的保费补贴,使得企业的综合融资成本负担较面上企业降低了1.5个百分点左右。

三是风险容忍度更高。市融资担保中心依据《上海市促进中小企业发展条例》,按照5％的代偿率顶格设定风险控制上限,比面上批次包4％的代偿率提高1个百分点。在此基础上,区级财政再给予1个百分点的超额风险补偿,使得纳入"松江园区贷"批次包内企业整体担保代偿率达到6％,较面上企业提高了2个百分点。

四是融资获得更快。按照"效率加倍、时间减半"的要求,"松江园区贷"将单个项目的审批放款时间由原来的20天左右缩短至10天以内。

五是融资服务更优。根据区域特点和实际需要,在松江区设立了"上海市中小微企业政策性融资担保基金管理中心长三角G60科创走廊服务基地",并同步建立"服务专员"制度,由市融资担保中心会同有关合作商业银行委派1—2名服务专员,开展政府性融资担保政策的宣传辅导、业务培训和日常咨询服务,精准对接企业融资需求。

目前,松江模式已复制推广到浦东、奉贤、青浦、金山、崇明等其他重点涉农区域,各区结合实际,加大融资担保模式创新力度,优化融资担保服务,通过激活资金链、畅通供应链来做大做强农业产业链。2020年,全市农担贷款总量超过1亿元的区,从2019年的浦东、奉贤、崇明等三个区增加到了四个区,新增了金山区,徐汇区则实现了零的突破。

(二)南京农业金融产品创新实践经验

近年来,南京市不断创新金融支农惠农方式,聚焦农户、家庭农场、农民专业合作社、农业龙头企业、农业主导产业等多方主体,强化政银担深度合作,持续推出一系列政策性惠农金融产品,有效拓宽农村贷款融资渠道,逐步解决了农村"融资难""融资贵"问题,有力促进了全市农业农村经济社会持续健康发展和乡村全面振兴。南京京在农业金融信贷产品创新方面的经验可以为上海农业信贷的创新提供相应的思路借鉴。

一是面向新型农业经营主体,设立政银合作产品"金陵惠农贷"。2015年10,经南京市政府批准,由市财政局、市农业农村局、紫金农商银行联合出台《关于印发南京市扶持新型农业经营主体贷款管理办法的通知》,面向家庭农场、农民合作社、农业龙头企业、绿色银行等新型农业经营主体,推出市级政银合作政策性贷款产品——"南京市扶持新型农业经营主体贷款",简称"金陵惠农贷"。"金陵惠农贷"以南京市新型农业经营主体贷款风险补偿基金作为增信手段,重点支持新型农业经营主体在发展过程中以较低成本、较便利手段筹措正常生产经营所需的资金。经过多年的实践探索与政策优化,"金陵惠农贷"已逐渐成熟,合作银行由设立初期的1家拓展到7家,分别为紫金农商银行、南京银行、邮储银行、农业银行、建设银行、溧水农商行和高淳农商行等,其特色亮点鲜明:一是无抵押无担保,解决了新型农业经营主体缺少有效质押物的实际困难。二是贷款额度适中,符合条件的家庭农场最高贷款额度100万元、合作社800万元、农业龙头企业1 000万元,基本能满足农业主体贷款融资需求。三是利率优惠,年利率一般在4.35％左右。四是放款快捷,实施评级、授信、贷款三合一流程,如审贷材料符合要求,7个工作日内即可放款。五是名录管理,每年由市、区农业农村主管部门对各类经营主体的生产经营状况进行甄别审核,将符合条件的纳入"金陵惠农贷"扶持名录,实行白名单制、动态管理、2021 年纳入"金陵惠农贷"扶持名录的农业经营主体总数达 3 503 家,其中家庭农场 2 468 家、合作社 615 家、农业企业 420 家,基本覆盖已工商登记的家庭农场、经营良好的合作社和农业企业。"金陵惠农贷"因其鲜明的"为农""支农""惠农"特色,深受广大新型农业经营主体的欢迎,社会反响良好。截至 2021 年 7 月底,"金陵惠农贷"累计发放贷款 58.33 亿元,累计惠及新型农业经营主体 5 724 户,贷款余额 14.63 亿元;按照货币市场正常贷款利率测算(年于款余额 14 亿元),每年为新型农业经营主体节省利息支出过 2 000 多万元。

二是面向初始涉农创业主体,推出政银担合作产品"惠快贷"。与江苏省农担南京分公司合作,联合紫金农商行、溧水农商行、高淳农商行等银行,共同推出政银担合作产品"惠农快贷",以满足不在"金陵惠农贷"扶持名录内、初创型中小微农业经营主体的融资需求,与"金陵惠农贷"共同构建形成新型农业经营主体完整的融资保障体系。该产品重点突出"惠农""快捷""惠农"即成本低,综合成本不超过 5.02%,担保费用 0.8%,且从 2021 年 7 月 1 日开始实行"保费减半"政策,担保费率下降到 0.4%。"快捷"即手续简(不要求抵押、质押)、纯信用(注重家庭成员信用)、放款快(原则上 2 个工作日内出具放款通知书)。自 2019 年"惠农快贷"推出以来,深受中小农业经营主体喜爱;截至 2021 年 7 月末,农担"惠农快贷"在保户数 711 户,在保余额 7.60 亿元,累计担保户数 1 039 户,累计担保金额 16.43 亿元,累计带动新型农业经营主体增收近 0.5 亿元,带动辖内农民增收近 1.6 亿元。

三是面向普通农户,推出为民实事工程"金陵惠农小额贷"。贯彻落实 2021 年中央一号文提出的"推动农村金融机构回归本源、大力开展农户小额信用贷款"等要求,针对普通农户缺乏政策性惠民金融产品的现实问题,2021 年初由市农业农村局、市财政、市地方金融监管局、人民银行南京分行营管部等部门,联合制定出台《推进"金陵惠农小额贷"实施方案》,试点推出"金陵惠农小额贷"产品,并将其作为"十四五"时期南京市政府"三农"工作一项重点民生工程。"金陵惠农小额贷"主要面向符合"四无一有"(无违法违纪、无不良记录、无高息借贷、无过度融资、有固定收入)条件普通农户,采取集中评议、"整村授信""无感授信"等方式,给予符合条件的农户 5 万元到 30 万元不等的授信额度,以满足其日常生产经营或消费资金需求。其有三个特点:一是专业评议。采取"成立评议工作小组-获取农户名单与建档-开展整村授信评议-名单审查审批-自助用款"的模式,其中评议工作小级由银行行内专家及行外公信力人员共同组成,行外人员原则上由社区和村委会(居委会)关键人、退休村干部、驻村级(社区)联络人和当地有威望的农户代表组成。二是分组授信。评议小组针对客户预授信名单逐户进行评议,按照"四无"标准剔除不适合授信农户,并对拟正式授信农户清单按照一般户和优良户的标准进行分类、分级授信,有效降低过度授信风险。三是自助用款。经过授信的农户可以在手机银行上自助用款,也可联系客户经理指导借款人通过手机银行,在线办理额度申请用款,贷款随借随还。"金陵惠农小额贷"推出以来,取得了较好的经济和社会效益。截至目前,全市已"整村授信"行政村(社)505 个,累计建档农户 48 万户,授信农户 35 万户,授信总额 350 亿元,已有 9 561 户农户用信,用信余领 6.40 亿元。

四、上海"政银保担"支农融资合作模式的提出背景及思路

为了解决上海农业经营主体融资中存在的问题,助力上海农业发展,需要在农业融资模式方面进一步创新。解决农业融资问题,要充分发挥政府、金融机构、担保中心等主体的作用,在此基础上实现供需的匹配、破解融资额度约束、优化融资流程、提升融资效率。为此,可以进一步创新与完善政银保担支农融资合作模式,以融资模式的优化解决破解上海农业生产经营主体融资中的问题。

(一)政银保担支农融资合作模式的提出背景

中央高度重视农业融资工作,近年来,出台了一系列的文件,着力解决农业融资难、融资贵的问题,仅在 2021 年,人民银行等 6 部门出台了《关于金融支持新型农业经营主体发展的意见》、中国人民银行等 5 部门印发《关于金融支持巩固拓展脱贫攻坚成果全面推进乡村振兴的意见》、农业农村部办公厅出台了《关于开展新型农业经营主体信贷直通车活动的通知》,对农业经营主体的融资工作做出部署。其实,为了解决农业融资过程中担保物缺失的问题,自 2015 年国家就启动了农业信贷担保体系建设工作,相关部门相继下发《关于财政支持建立农业信贷担保体系的指导意见》《关于成立全国农业信贷担保工作指导委员会的通知》《关于做好全国农业信贷担保工作的通知》《关于进一步做好全国农业信贷担保工作的通知》等系列文件,目前,农担体系已基本搭建。在以上背景下,上海也在不断探索农业融资的模式与路径,并在前期政策性担保信贷的基础上提出了政银保担支农融资合作模式,通过多方协同进一步提升农业经营主体的融资效率,满足农业经营主体的融资需求。

所谓政银保担融资模式即在原有担保中心＋银行的担保融资模式基础上,进一步发挥政府的作用,并引入农业保险公司,形成"政府＋担保＋银行＋保险"四方合作模式,通过政府推荐、财政支持、银保联合的全流程服务,为各类农业经营主体扩大生产、提高产能、获得增收提供资金支持,以解决农业融资中的问题,助力上海农业发展。

这一模式已初步进行了尝试探索,基本做法是:农业农村部门、保险公司与合作银行互荐农业担保项目,经合作银行审批通过后,由农险公司负责担保所需的实质审核并报送上海市担保中心,市担保中心仅做形式审查并提供担保。对于同意提供担保的项目,由上海市担保中心向农险公司购买小额贷款信用保险。同时,上海市担保中心委托农险公司负责项目的法律文本面签、信息化系统录入、保中管理、追偿、核销材料准备等工作。如果发生贷款逾期,上海市担保中心先代偿,再由农险公司向上海市担保中心按保单约定进行赔付。

(二)政银保担模式的主要特点和目标

"政、银、保、担"融资模式是针对农业经营主体融资困难以及银行经营过程中风险管控要求而提出的农业信贷模式,是政府支持农业融资的具体实践,该模式通过发挥不同主体的优势作用,创新工作方式,满足资金供需双方的担保要求,实现了资金供需双方的匹配。具体来说,其最主要的特点表现为以下几方面。

一是政府主动参与,弱化信息不对称,促进了供需匹配。政银保担模式中,政府起到推荐人的角色,主动介入信贷体系中,承担了部分职能。政府特别是基层政府对于农业经营主体相对了解,较好地掌握了农业经营主体的信息,其作为信贷推荐人具有天然的优势,从而弱化了信息不对称,对于信贷需求的农业生产经营主体以及供给方银行都降低了信息交易成本,由于经营主体资质有了一定的保障,在一定程度上防范了银行的坏账风险。

二是完善市场机制,赋予更多农业经营主体获取信贷的资格。政银保担并不是政府对农业经营主体的直接性补贴,而是通过建立相应的机制,承担担保功能,从而弥补了信贷市场中农业经营主体缺乏抵押物的问题,其本质依然是市场机制起作用。同时依托政府建立的新农直报平台,通过大数据运用,模型分析,挖掘需求,为主体画像,提供有针对性授信产品。整个运作受到市场的调节,通过弥补市场的不完善而促进信贷资金的供需匹配。

三是通过贴费与风险补偿,落实财政惠农,引导资源投入农业。在该模式中,政府不但承担了推荐人、担保人的角色,而且,对于担保费采取了减免政策,对于保费也给予一定的补贴,是农业补贴的具体实践。因此,这一模式本质是通过财政资金的投入,撬动更多的金融资本投入农业。政府通过金融创新项目,对金融机构给予一定扶持,鼓励其积极参与农业信贷融资中。

四是引入保险公司,分担担保风险,提高了财政资金的安全性。从全国范围来看,大部分政策性担保采取的是政银保模式,上海引入保险公司,由保险公司对贷款进行一定的承保,从而降低了担保中心直接担保的风险,对风险进行了分担,提高了财政担保资金的安全水平。此外,通过发挥保险公司网点优势以及对农业经营主体了解的优秀,可以提高贷款需求对接与资质识别的效率。

政银保担支农融资合作模式的目标为:通过政银保担融资机制的创新和完善,进一步对接融资需求、降低融资成本、提高作业效率、增加用资服务、防控各类风险、落实政策导向,进而发挥政策性担保和财政的作用,撬动更多金融资本助力上海农业现代化和乡村振兴。

政银保担支农融资合作模式要立足上海精致农业、科技农业、绿色农业、都市农业的发展现实,立足上海乡村振兴的要求,通过新模式的探索与优化,聚焦"融资难""融资贵""融资烦""融资慢"等问题,创新思路、优化流程、提高服务,通过引入大数据信息、创新体制机制、精细化的服务,实现农业信贷需求的精准对接、信贷能力的精准评估、信贷操作的方便高效、信贷风控的规范可靠、信贷后续服务的延伸。进一步发挥担保信贷的政策效应,使财政对农业发展的支持更高效,更大程度上撬动金融资本对上海农业发展的支持,从而促进上海农业的现代化。

(三)主要思路路径:白名单和"五创新"

1. 主要思路

从思路来看,要进一步创新思路,结合新农直报平台,推进农业经营主体分类,实现担保支农融资的精准高效。

　　一是建立经营主体动态批次白名单制。农业农村委要充分发挥对农业经营主体相对了解的优势,通过加强对农业经营主体基本经营状况的动态跟踪考核,对其进行分类管理,进而建立白名单制度,将进入白名单的农业生产经营主体,推荐给合作银行。合作银行要应时回应白名单内经营主体的融资需求,为其通过担保融资建立快速通道,从而达到对接需求、简化流程、提高效率、加强监督的要求。

　　二是通过招标落实合作银行确保服务效能。为提高担保融资工作效能,在放开所有金融机构引入竞争机制的同时,农业农村委可通过招标确定两家左右重点合作银行,以作为服务白名单经营主体的重点金融机构。农业农村委及担保中心将通过招标考核方式,促进合作银行降低贷款利率、提高流程效率、提升服务水平,从而在一定程度上解决融资贵、融资烦等问题。

　　三是通过农担融资+商业融资满足经营主体融资需求。由于担保融资的融资额度受到一定的限制,因此,在推进担保融资的过程中,鼓励银行对尚未满足贷款需求的农业生产经营主体以相对优惠的利率进一步提供商业贷款。在此过程中,鼓励保险公司创新信用保险产品,为农业生产经营主体增信。

　　四是充分发挥保险公司和新农直报平台的作用优化作业流程。在这一过程中,要充分发挥农业保险公司的作用,通过保险公司对白名单融资的批量承保,降低财政风险,同时,保险公司应与农业农村委进行数据共享,使农业农村委可以从保险的视角对农业生产经营主体经营状况予以动态考察。此外,保险公司还应在担保政策宣传方面发挥作用。新农直报平台要发挥信息优势,助力供需的对接以及担保融资流程的信息化。

　　五是充分依托农业农村部"新型经营主体信贷直通车"活动,深挖融资需求。2021年6月,农业农村部将"新型经营主体信贷直通车"作为我为群众办实事重点项目加以推进,全国各省都在积极落实。通过农扫描二维码,实现贷款需求直接提交到农担机构和银行,改变传统"农户找银行"和"基层农业部门推荐给银行"的模式,减少人为、主观因素,广泛挖掘农户贷款需求。上海在推进政银保担融资模式过程中,将结合"新型经营主体信贷直通车"活动的开展,回应新型农业经营主体融资需求。

　　2. 路径创新

　　从路径来看,要在基本思路的基础上,通过"五创新"促进政银保担支农融资合作模式的发展完善。

　　一是模式创新。要进一步创新、完善政银保担支农融资合作模式,发挥各主体的作用,优化操作流程,切实提高该模式的信息对接优势、风险防范优势、服务高效优势等,推动上海政策性担保融资体系的提档升级。

　　二是创新产品。要进一步研发创新金融信贷产品,满足不同农业经营主体的差异化需求。除了农担白名单主体之外,对于未进入白名单的中小经营主体、农户等,要充分利用大数据推进信用体系建设,开发基于信用体系的信贷产品;要进一步创新抵押质押物,增加经营主体的信贷可获得性。依托大数据,试点开展信用村镇评定,宣传信贷政策,推广信用贷款。

三是创新技术。要充分利用现代信息技术,实现对农业经营主体的精准画像,担保信贷流程的自动审核,利用大数据技术推动政银保担的全程网上作业。

四是创新机制。要创新合作机制、风险防控机制、利益分配机制等。政银保担支农融资合作模式要在政策性融资的基础上通过发挥政府与市场的作用创新不同主体间的合作机制;通过充分利用大数据信息将经营主体风险管控前置;通过与贴息政策、农业补贴政策的协同机制促进政策的组合效应;通过降低成本理顺赢利机制;通过良性的竞争与市场化的合作优化利益分配机制。

五是创新服务。要进一步提高融资服务水平,拓展增值服务领域。政府要将经营主体辅导、培育等政策与融资政策相结合,对农业经营主体的融资提供更多的指导。金融企业除了在贷款过程中提升服务、优化流程外,还应重视前置与后置金融服务,实现由提供金融贷款向提供金融方案转变,持续跟踪农业生产经营主体的经营状态,提供更多的金融增值服务。

(四)政银保担支农融资合作中各主体的定位与作用

从担保中心方面来看:担保中心作为履行政策性信贷的担保机构,要在农业融资担保过程中发挥引领与平台作用。一是负责落实中央及上海农业担保融资政策,聚焦重点支持领域,发挥财政资金的作用;二是加强与农业农村委、银行和保险公司以及新农直报平台的合作,指导各方协同作业,不断优化作业流程;三是创新担保模式,特别是大力推进农业批次贷经验,推进以农业生产经营主体分类管理为依托的"白名单"批次贷业务,提高作业效率,鼓励银行由抵押贷款向信用贷款转变;四是加强督察,对农业担保信贷的模式、运行效率、效果进行动态评估,促进农业担保信贷业务的不断完善。

从政府方面来看:政府作为政策制定、业务指导单位与信贷体系的具体参与者,在政银保担支农融资合作模式中的作用定位为:一是政策的优化,要在国家担保支农融资政策、金融服务乡村振兴政策等的要求下,结合上海实际情况制定金融企业服务乡村振兴政策以及农业担保融资政策;二是参与政银保担支农融资模式的设计与优化;三是农业农村委要依托对农业生产经营主体相对熟悉的优势,负责对农业生产经营主体进行评估并制定白名单,向银行、担保中心以及保险公司推荐。在对农业生产经营主体评估的过程中,对于发展较好的规模经营主体可以鼓励金融机构担保免担保信贷,对于经营规范的新型农业经济主体,可以纳入白名单进行担保贷款。在此过程中,要制定相应的评估分类标准,也可以引入第三方评估委员会对经营主体进行评估;四是将农业政策与支农融资政策相协同,进一步整合贴息政策、补贴政策和担保融资政策,发挥政策组织拳对农业经营主体的支持与导向作用。

从银行方面来看:银行是贷款的提供方,负责对农业生产经营主体发放贷款与风险管控。银行要通过服务经营主体拓展业务,获得赢利。银行在政银保担支农融资合作模式中的功能有:一是要扩大宣传,通过各种渠道获取客户,为有需要的农业生产经营主体提供信贷服务;二是要保持微利性,在降低成本如降低营销成本、降低坏账率等基础上,尽可能地降低利率,降低农业经营主体的融资成本;三是要创新产品,特别是要通过信用体系的建立、拓展抵押物等,提高农业经营主体的融资可得性;四是要优化作业流程,要利用现代信息技术,提高作业效率、简化信贷流程,提高农业信贷服务水平。

从保险公司来看:政银保担支农融资合作模式中,保险公司的参与体现了上海的特色。上海农业保险走在了全国的前列,引入农业保险参与支农融资体系中,一方面可以充分发挥农业保险知农解农的作用,从而有助于弱化信息不对称,并充分利用保险公司的服务网点;另一方面也可以分担财政风险。在这一合作模式中,保险公司的功能主要有:一是要通过数据提供等协助农业农村委对农业生产经营主体进行分类管理,动态优化农业农村委白名单;二是要发挥保险公司网点密集、对农业经营主体了解的优势,实现支农融资供需的信息传递与线下服务作用;三是要为担保融资部分提供保险,对农业经营主体进行增信;四是要创新农业保险品种,在信贷支持的基础上通过保险品种协同助力农业经营主体的发展。

从新农直报平台等信息平台来看:信息不对称是担保支农信贷最大的制约,新农直报平台等信息平台可以通过信息化的优势助力担保融资业务的信息传递与流程优化。新农直报平台的功能主要有:一是要强化信贷供需信息传递的作用,一方面动态获取农业经营主体信贷需求信息,另一方面,及时发布金融机构的产品信息,实现供需的匹配与桥结;二是基于经营主体的经营状况、信用状况等利用大数据信息对农业经营主体进行画像,助力政银保担支农融资模式中对经营主体的评估。除了要发挥新农直报平台的作用外,也可以进一步发挥其他信息平台的作用,收集农业经营主体信贷需求信息。

五、完善上海农业融资体系的建议

要基于上海农业特点,发挥各方优势实现协同作业,进一步优化政银保担支农融资合作模式,在破解"融资难、融资贵、融资烦、融资慢"问题的基础上,围绕"四创新",主动服务、精准对接,助力上海农业经营主体的发展与农业农村的现代化。

(一)加强供需对接:减少信息不对称,促进供需匹配

信息不对称是导致农业生产经营主体贷款难的主要因素之一,也是农业信贷中面临的基础性问题。信息不对称是多方面的,即有供需即生产经营主体和银行间的信息不对称,也有政策间的信息不对称。因此,要通过宣传特别是利用现代信息技术手段让生产经营主体及时获得相应的信息。

首先,需求信息。要及时了解掌握农业生产经营主体的融资需求,不仅包括对融资规模的需求,还包括融资方式的需求。从目前的情况来看,应该说银行与规模新型农业经营主体的对接相对较好,但还有很多小型经营主体,银行对其需求了解得还不及时。为了进一步获得农业经营主体的信贷需求信息,一是要充分发挥政府、农技部门、农村集体经济组织等政府或相关组织的作用,及时获取农业生产经营主体的经营信息以及用资需求信息;二是充分利用农业保险公司网点、银行网点等,获取经营主体的信贷需求信息;三是充分利用新农直报平台系统、神农口袋等信息化平台工具收集生产经营主体的信息;四是通过结合相应调查进一步了解农业生产经营主体的融资需求信息。可以进一步整合农业生产经营相关事务,如补贴、培训、技术服务等,定期对农业生产经营主体开展相应的调查,将信贷需求信息融入其他调查中,多渠道了解农业生产经营主体

的信贷需求。

其次，经营主体能力信息。健康的信贷市场建立在合理的风险控制基础上，这就对经营主体的还款能力提出了要求，如何进一步了解经营主体的经营状况及信贷承担能力也是上海农业信贷面临的问题。很多银行对农业经营主体信息不了解，进行资格审查也需要较高的成本。在政银保担这一体系中，除银行自主审核外，还采用了政府、保险公司推荐等方式，要通过各主体环节，以较低的成本获得经营主体能力信息。一是要进一步共享经营主体的相关数据信息，通过大数据评估农业生产经营主体的能力；二是要进行经营主体的分类管理，农业农村委等主体要通过对农业生产经营主体的了解，对农业生产经营主体进行分类管理，一方面遴选白名单；另一方面通过生产经营主体的经营声誉积累，赋予经营主体不同的信贷权限，从而有利于简化作业流程，提高风险防控能力。除此之外，还要建立信用体系，将信用体系覆盖所有经营主体，从而对农业生产经营主体的承贷能力、还款能力进行精准的了解。

最后，信贷政策和信贷产品信息。调查表明，很多农业经营主体存在贷款需求但却没有贷款行为，很大程度上因为其对信贷政策、信贷产品不了解。特别是对于中小经营主体，自认为贷款较难、成本较高，没有形成利用现代金融体系助力发展的思维模式。因此，应进一步向经营主体进行政策与产品信息供给。一方面，政府及相关机构要通过网络、会议等方式进行政策的宣传，让农业经营主体了解现代融资途径，特别是对政银保担融资模式的了解；另一方面，银行、保险公司等市场主体也要充分利用其网站以及相应的手段，对其金融产品进行宣传。

(二)创新融资模式：构建以经营主体分类管理为基础的融资体系

要发挥政银保担各主体优势，通过产品创新、模式创新，提高农业经营主体贷款的可获得性，提高融资效率，满足农业经营主体融资需求。

一是建立基于农业经营主体白名单的担保融资模式。目前，担保中心与部分区建立合作，推进批次贷，可以进一步推广该经验，通过政、银、保、担的通力合作，制定农业经营主体白名单，形成专门针对农业生产经营主体的批次贷。政府负责推荐经营主体，担保、银行、保险按照批次贷模式对白名单主体提供信贷服务。对于优秀的经营主体，可以在担保双控额度的基础上，推进信用贷款模式，以免提保的形式提高授信额度；对于初创型农业生产经营主体以及小型农业生产经营主体，可以进一步加强担保融资对其贷款的支持。

二是建立以信用体系为核心的信贷模式。传统的抵押贷款模式不但流程相对复杂，而且限制了农业生产经营主体贷款的可获得性，要充分利用大数据技术，整合政府、金融机构、保险以及其他领域的各类信息，建立农业生产经营主体的信用体系。要基于信用体系开发相应的金融产品，如可以借鉴南京经验，面向普通农户开展信用贷款。通过对农户信用的评级，授信农户一定的贷款额度。要以信用贷款模式，确定农业经营主体的贷款额度、续贷流程，提高贷款的及时性，化解贷款难、贷款烦和贷款慢的问题。

三是进一步优化政银保担政策性信贷和商业信贷的协同，创新贷款抵押质押模式。调研中发现，部分农业经营主体对担保贷款的额度并不满足，如何才能改变这一状况，就需要部分商业贷款的支持。商业性贷款的获取,除了基于信用体系的信用贷款外,还可以探索推进土地经营权抵押、养殖企业活体保险合同抵押、宅基地使用权抵押等多种形式的抵押模式,从而提高经营主体贷款的可获得性。

(三)优化信贷流程:通过线下+线上提高农业融资效率

要进一步整合资源力量,构建政银保担支农融资合作模式,通过线下的网点与线上服务相结合,优化作业流程、提高作业效率、提升服务质量。

一是要强化线下服务。调查显示,农业经营主体年龄普遍偏大,有些对于网上业务并不熟悉,因此,现阶段仍然要强化线下服务。要鼓励银行进村入社,扩大网点的覆盖面;要充分发挥农业保险公司基础网点完善、为农服务覆盖面广的优势,通过政银保担支农融资模式促进农业保险在农业生产经营主体融资的服务。

二是要积极推进线上服务。加强融资担保的数字化、一体化、智能化建设,加快实现覆盖融资担保业务申请、受理、审批、签约、放款全流程的"线上"办理、无纸化审批;按照"条件成熟一家、推进实施一家"的原则,在认真总结部分银行先行先试经验的基础上,逐步向其他合作银行推广应用,进一步提升全市政策性融资担保系统的运行效率、配置效率和产出效率。要深化担保+新农直报+银行合作模式,依托新农直报信息服务平台,在相关银行先行试点开展"新农快贷"合作的基础上,积极创造条件,逐步将试点范围扩大到其他商业合作银行。

(四)发挥政策导向作用:促进金融政策与产业政策相协同

要进一步细化融资贷款支持政策,一方面将进一步细化融资支持政策;另一方面,要发挥融资政策的导向作用并和其他农业产业政策相协同。

首先,要进一步细化金融支持政策,如对于带动能力强,农业生产类的经营主体及项目给予担保融资及贷款贴息率的更大支持,对于带动能力弱的支持的力度可以低一些。

其次,促进担保贷款、贴息贷款与其他政策相协同。要加强农担政策与市农业农村委等相关部门农业贴息贴费的政策联动,与财政支农政策协同发力,着力打好财政涉农政策"组合拳",充分发挥农担政策与贷款贴息政策的联动效应,以政策推动农业信贷担保迅速扩围增量。此外,上海市有不少农业支持类项目,如科技创新、产业融合、都市农业项目等,可以将融资政策与其他项目支持相挂钩,将金融融资政策作为经过评审重点支持项目的支持政策之一。

再次,发挥融资政策的导向性。如借鉴欧盟交叉承诺政策,对于在生产经营过程中符合政策要求与良好生产等条件的农业生产经营主体,则给予一定的优惠政策,从而将金融政策作为政策导向的重要工具。比如加大对乡村创业信贷的支持力度,发挥信用担保部门的辅助作用。对有发展前景的乡村创业项目给予信用担保,保障创业者及时办理银行担保贷款等。

最后,做好信贷资金使用的辅导,促进贷款效益的发挥。信贷政策根本的目标在于更好地促进上海农业的发展。对于农业生产经营主体来说,获得信贷资金只是第一步,要进一步做好信贷资金的使用。提高资金的使用效率,既是贷款的目标,也是防范风险的需要。政银保担各方可以通过搭建平台、开展培训、促进交流等,进一步为农业生产经营主体的经营及金融方案提供指导。一是提供金融、保险以及财务知识,促进农业经营主体更好地使用贷款、控制财务风险、提高资金的使用效率;二是开展业务培训,帮助企业更好地经营,发挥资金的使用效益;三是可以通过政府、金融机构的作用,促进农业生产经营主体间的合作,促进产供销的结合,在助力产业链发展的过程提供更好的金融服务。

(五)强化监管与激励:建立金融服务乡村振兴的监督与激励机制

在政银保担支农融资合作模式中,要进一步规范各主体行为,防止道德风险的出现,也要建立相应的激励机制。

一是要建立风险防范机制。在信贷过程中,一般来说会有部分农业经营主体存在隐藏信息以及道德风险的倾向,影响了信贷市场的有效性。在信贷之前的隐藏信息可以通过信号机制、农业部门的推荐、大数据信息识别、信用体制完善来进行相应的应对;在获得贷款之后农业经营主体也会存在不规范行为,如信贷资金的挪用,从事其他高风险的投资等,由于政策性农业贷款政府要付出一定的利息以及担保费或保险费的补贴,因此,要加强对农业经营主体在信贷申请及使用过程中的监管,若发生信息不实或挪用资金的情况,则要纳入信用记录中,并采取相应的处置。还可以建立贷款行为与相应农业补贴的联动机制,从而防止增加经营主体的违规成本。此外,政银保担融资模式中,也要加强对政府、银行、担保以及保险主体行为规范性的监督。

二是要建立激励机制。要鼓励金融机构更多支持上海农业发展,以更低的利率服务上海"三农"。通过对南京地区的调查了解到,南京农业农村部门与合作银行签订战略合作协议,强化政银担深度合作,发挥财政奖励、风险补偿基金、增量补贴杠杆作用,让在宁金融机构"敢贷、愿贷、能贷、会贷",有效放大金融支持乡村振兴力度。如出台《"金陵惠农贷"承办银行绩效考核激励暂行办法》,以合作银行累计放贷总额、年末贷款余额、贷款客户总数为主要考核内容,对年度考核优秀的银行给予一定财政奖励,调动合作银行创新拓展贷款业务的积极性。2017年考核奖励实施以来,累计兑现奖励200多万元;建立增量补贴机制,从2019年开始,按照"宁创贷"管理办法,根据合作银行年度放贷情况,市财政每年给予合作银行"金陵惠农贷"1%的贷款余额增量补贴。两年来7家合作银行共申请获得"金陵惠农贷"增补补贴3 000多万元。上海除了以财政担资金对金融机构的损失进行补偿外,还要制定银行、保险公司等参与主体的考核与激励办法。对于在政银保担业务中服务"三农"业务量大、服务质量高的金融机构一方面加强定向合作,鼓励其在担保融资业务方面做大做强,另一方面,也可以进行一定的奖励。

(六)提高主体信贷承载力:引导经营主体完善经营制度

促进农业经营主体信贷的获得性,除了在政策方面要进一步完善外,农业经营主体自身也要规范经营,增加经营的稳健性,注重维护自身信誉。

一是要提升经营能力与发展的稳健性。农业经营主体信贷的获得不能仅通过"等、靠、要",更重要的是要提升自身的经营水平、赢利能力并注重信誉维护。要注重经营过程中的风险管控,从而可以承载更多的贷款。

二是要健全财务管理制度。银行放贷一般要对经营主体进行一定的考核,只有规范经营、保留各类经营记录信息,才能充分、真实地展现自身的经营状况,有利于获得相应的贷款。为了更好展现农业生产经营主体的经营状况,要进一步鼓励经营主体建立良好财务制度管理。调查表明,很大一部分农业经营主体并没有完善的财务会计制度,这势必会影响金融机构对农业经营主体评价。此外,还应注重自身信用体系的维护,注重声誉积累,获得更好的融资条件。建议探索通过政府购买服务等方式为新型农业经营主体提供财务制度优化服务,帮助新型农业经营主体提高财务透明度、可信度和规范性,增强信贷获取能力。

(七)加强信用体系建设:构建农业经营主体新型融资模式

长期来看,完善农业生产经营主体融资体系应做好信用体系的建设。基于信用体系的融资体系可以有效提高融资的效率同时降低操作成本。信用体系建设是一个长期的过程,一是要加强宣传,引导农业经营主体注重自身信用,维护自身声誉;二是要推动农业农村征信数据库建设,实现农业农村基本信用信息跨机构、跨地区、跨行业、跨部门的共享、交换和交易机制,将农业经营主体纳入信用评定范围;三是要建立评级发布制度、失信惩戒机制和乡村信用激励机制,强化信用评定成果应用,为农村金融服务提供参考。在信息体系建设的过程中,可以采用政府与金融机构相合的模式,政府应积极支持金融机构基于农户、村集体、街镇,探索建立信用户、信用村与信用镇,并基于信用体系给予相应主体一定的信用贷款额度,维护好、利用好信用体系。

(八)推进主体协同:提升政银保担各主体的工作合力

政银保担支农融资合作模式的初衷在于发挥各方优势力量,破解农业生产经营主体融资难、融资贵、融资烦、融资贵的问题。该模式目标的达成,需要各部分的通力合作,不能因为参与单位增加了而流程变烦琐,不能因为参与单位增加而成本提升了。

一是要加强组织协同。要在政府部门的主导与农担中心的协调下,建立工作推进小组,不断优化担保融资模式流程。工作小组由农业农村委、农担中心、保险公司、银行以及新农直报平台组织,定期召开沟通协调会,通过沟通协调促进担保融资的不断完善。

二是尽量一个窗口操作。尽管担保融资合作模式涉及多家机构,但在面向农业生产经营主体时,尽量做到一个对外窗口操作,农业生产经营主体只要与相关银行对接,由再由银行、担保、保险在后台进行相关流程作业,从而解决农业经营主体融资烦的问题。

三是开展批次作业。要通过对农业经营主体的分类管理,在对农业经营主体信息掌握的基础上,针对不同类别农业生产经营主体的信贷开展批次作业,对农业经营主体进行一次授信与自动的续贷,从而简化作业流程,提高放款速度。

附录

1. 农业担保融资政策的发展
2. 欧盟农业经营主体融资需求状况
3. 农业经营主体融资情况调研

牵 头 领 导：徐惠勤

牵 头 处 室：计划财务处

课题组成员：钟绍萍　王常伟　王　琪　刘慧颖
　　　　　　　胡玮怡　刘　望　赵　钰

附录1

农业担保融资政策的发展

一、全国层面农担信贷政策的发展

（一）农业补贴政策的改革

自2004年起，国家相继实施农作物良种补贴、种粮农民直接补贴和农资综合补贴（下称农业"三项补贴"），有力地促进了粮食生产和农民增收，但随着农业生产方式的变化，农业"三项补贴"政策的指向性、精准性逐渐减弱，政策边际效应递减，政策效能逐步减弱，难以满足新型农业经营主体的需求。

2015年，财政部、农业部印发了《关于调整完善农业三项补贴政策的指导意见》（财农〔2015〕31号），在全国范围内从农资综合补贴中调整20％的资金，加上种粮大户补贴试点资金和农业"三项补贴"增量资金，统筹用于支持粮食适度规模经营，重点用于支持建立完善农业信贷担保体系，同时选择部分省开展试点，将农作物良种补贴、种粮农民直接补贴和农资综合补贴合并为农业支持保护补贴，政策目标调整为支持耕地地力保护和粮食适度规模经营。

2006年，财政部、农业部印发《关于全面推开农业"三项补贴"改革工作的通知》，在总结试点经验的基础上，于2016年在全国全面推开农业"三项补贴"改革，即将农业"三项补贴"合并为农业支持保护补贴，政策目标调整为支持耕地地力保护和粮食适度规模经营。用于耕地地力保护的补贴资金，其补贴对象原则上为拥有耕地承包权的种地农民；用于粮食适度规模经营的补贴资金，原则上以2016年的规模为基数，每年从农业支持保护补贴资金中予以安排，以后年度根据农业支持保护补贴的预算安排情况同比例调整，支持对象重点向种粮大户、家庭农场、农民合作社和农业社会化服务组织等新型经营主体倾斜，体现"谁多种粮食，就优先支持谁"。不鼓励对新型经营主体采取现金直补。中央财政下达地方用于支持粮食适度规模经营的农业支持保护补贴资金，重点支持建立健全农业信贷担保体系，统筹用于资本金注入、担保费用补助、风险补偿等方面，通过强化银担合作机制，着力解决新型经营主体在粮食适度规模经营中的"融资难、融资贵"问题。

（二）农担体系的建立与运营

成立的背景。2005年，财政部、农业部联合印发了《关于调整完善农业三项补贴政策的指导意见》（财农〔2015〕31号），明确提出，支持粮食适度规模经营资金重点要支持建立完善农业信贷担保体系。2006年，财政部、农业部、银监会研究制定了《关于财政支持建立农业信贷担保体系的指导意见》，指出，建立由财政支持的农业信贷担保体系，既是引导推动金融资本投入农业，解决农业"融资难""融资贵"问题的重要手段，也是新常态下创新财政支农机制，放大财政支农政策效应，提高财政支农资金使用效益的重要举措，不仅有利于加快转变农业发展方式，促进现代农业发展，而且对于稳增长、促改革、调结构、惠民生也具有积极意义。

中央及省级农担公司成立。2016年5月,国家农担公司正式注册成立。省级层面,33家省级公司陆续成立,截至2020年底,共设立专职分支机构924家,同时与地方政府或其他金融机构合作设立660家业务网点,对全国县域业务覆盖率达到94%以上。全国农担体系由国家农业信贷担保联盟有限责任公司(以下简称"国家农担公司")和省级农担公司(以下简称"省级公司")组成,市县级农担机构原则上以省级公司分公司、办事处的形式组建。2017年5月,三部门印发《关于做好全国农业信贷担保工作的通知》(财农〔2017〕40号),明确要求确保省级公司法人、业务、财务、考核、管理"五独立"。为确保农担体系发挥好政策性作用,三部门印发指导意见,要求农业适度规模经营主体的信贷担保业务占比不得低于总担保规模的70%。对农担业务实行"双控"管理:一是将业务范围限定为农林牧渔生产、农田建设及与农业生产直接相关的产业融合发展等项目。二是限定单户在保余额不得超过1 000万元,其中政策性业务占比不得低于70%,将政策性业务单户限额统一为"10万—300万元"。

业务发展情况。全国农担从最初边组建边开展业务,到全力推进业务发展,已进入快车道。2017—2020年,全国农担业务规模年均增长91%。目前,全国农担在保余额2 117.98亿元,放大倍数3.4倍,政策性职能逐步发挥。2020年,全国农担共新增1 919.9亿元,是2019年同期的1.81倍。其中,18个省份放大倍数超过3倍,1 141个县级行政区累计担保余额超过1亿元。全国农担平均代偿率连续四年低于2%,远低于融资担保行业平均水平。省级公司新增担保基本为农业项目,全国农担平均单笔金额28.28万元,累计担保133.9万个,在保74.9万个,其中10万元—300万元的政策性业务规模占比达90.9%。一是降低了融资成本。通过降低担保费率和加强银担合作,农担项目综合融资成本基本控制在8%以下,较当地农村综合融资成本下降明显;银行简化贷款手续,缩短审批时间,农业获得银行贷款更容易、更便捷。

(三)新型农业经营主体信贷直通车

为进一步破解新型农业经营主体"融资难、融资贵"难题,2021年农业农村部为组织开展了新型农业经营主体信贷直通车活动。即运用新型农业经营主体信息直报系统(以下简称"新农直报系统"),收集受理全国家庭农场、农民合作社两类主体金融服务需求有关信息,汇总审核主体身份基本情况、贷款用途、用贷额度等信息,筛选出符合条件的优质主体名单,特别是运营规范、经营正常却一直未获得信贷支持的主体,由全国农业信贷担保体系提供担保服务,对接银行发放贷款,打造"主体直报需求、农担公司提供担保、银行信贷支持"的信贷直通车体系,通过数据共享增信,为新型农业经营主体提供更加便捷有效的金融服务。

国家农担公司开发设计了"新农直通贷"信贷担保产品,鼓励组织引导各省级农担公司结合自身实际与农业银行、建设银行、邮政储蓄银行、农信社、农商行等银行业金融机构密切合作,针对家庭农场、农民合作社开发专项"新农直通贷"系列子担保产品和信贷产品。

二、上海农业担保融资模式的发展

(一)前期探索阶段

据不完全统计,尽管到2005年底上海农村商业银行累计发放农民专业合作社和涉农企业贷款达3 000多万元,仍远不能满足农民专业合作社发展对资金的需求。据市农业农村委对100个农民专业合作社统计,要求项目贷款的总量达9 000多万元。

2006年5月,为帮助上海农民专业合作社融资,原市农委、市财政局和上海农村商业银行进行多次磋商,签订"融资合作备忘录"建立"贷款风险补偿资金"模式,设立500万元风险补偿金,专项用于农村商业银行农民专业合作社贷款的风险补偿。

2007年,上海市财政局、上海市农业委员会制定的《上海市农民专业合作社专项贷款信用担保管理办法》(沪财农〔2007〕9号),市财政安排了2 000万元资金作为风险抵押金,积极推进本市农民专业合作社的发展,改善农民专业合作融资难问题。专项贷款信用担保业务的经办银行为上海农村商业银行;专项贷款信用担保业务的担保机构为中国投资担保有限公司上海分公司(以下简称"中投保上海分公司");专项贷款信用担保业务的推荐工作由市财政局、原市农委负责。

截至2008年3月,上海农村商业银行发放给农民专业合作社贷款共135户,累计金额1.669 9亿元,全部正常还本付息,未出现一笔坏账。

(二)2008—2014年:模式的建立

担保贷款模式政策的出台。2008年4月,上海市政府出台《关于进一步加强本市农业和粮食生产的政策意见》,提出,"进一步完善对农业产业化龙头企业和农民专业合作社贷款贴息制度,引导农村金融机构按照农业生产的季节性特点,增加支农信贷投放。进一步完善市、区县两级农民专业合作社贷款担保机制,鼓励区县建立健全农业贷款担保机构。2008年市级财政安排5 000万元贷款担保资金,用于扶持区县开展农业贷款担保。进一步拓宽农业保险险种范围,提高农业保险投保补贴标准。"2008年5月,市政府办公厅转发市金融办、原市农委、市财政局三部门《关于本市进一步加强信贷支持农业和粮食生产意见的通知》(沪府办〔2008〕28号)。根据该通知,上海市财政局、上海市农业委员会2008年8月22日出台《财政支农贷款担保专项资金管理办法》。支农贷款担保资金是指由市、区(县)两级财政安排的专项用于为农民专业合作社提供贷款担保的专项资金。市金融办、原市农委、市财政局《关于进一步发挥财政支农贷款担保专项资金作用的意见》(沪金融办〔2010〕5号)。

担保资金规模。市级财政安排支农贷款担保资金额度为5 000万元,专户存储在上海农村商业银行,实行专款专用。按照市、区(县)资金配套原则,各区(县)配套资金安排额度不低于200万元,并纳入年度预算。加上区县财政的配套等,总的担保资金近8 000万元,专门用于扶持区县开展农民专业合作社贷款担保。按照以支农贷款担保资金的5倍为限发放担保贷款的原则。

担保贷款的模式。一是由上海安信农业保险股份有限公司作担保的贷款。针对贷款金额在100万元以下(初始时为50万元,2010年贷款额度提高到100万元)的农民专业合作社,由上海安信农业保险股份有限公司作担保,提供农民专业合作社贷款信用保证保险,上海农村商业银行提供农民专业合作社专项贷款,一旦贷款出现损失,分别由财政支农贷款担保专项资金承担 90%(市、区县两级财政分别承担 70%、30%),安信农保承担 10%。二是由中投保担保贷款。针对贷款金额在 50 万元以上的农民专业合作社,由中国经济技术投资担保有限公司上海分公司提供担保贷款。一旦贷款出现损失,分别由财政支农贷款担保专项资金承担 95%(市、区县两级财政分别承担其中的 70%、30%),上海农村商业银行承担 5%。三是财政支持下的信用贷款。由原市农委和上海农村商业银行共同研究制定农民专业合作社信用等级评定办法,上海农村商业银行对信用优良的农民专业合作社发放信用贷款,切实为合作社解决了无有效抵押、有效担保情况下融资难的问题。一旦贷款出现损失,分别由财政支农贷款担保专项资金承担 95%(市、区县两级财政分别承担其中的 70%、30%),上海农村商业银行承担 5%。截至目前,本市共有 100 家守信农民专业合作社享受信用贷款。

主要成效。自 2008 年本市建立财政支农贷款担保专项资金以来,大大缓解了农民专业合作社贷款难的问题,有效满足了农民用于基本生产的资金需求。上海农商行对各类"三农"信贷业务,均采用基准及基准以下的优惠利率。截至 2012 年 7 月末,该行农民专业合作社贷款余额 72 375 万元。其中财政专项担保资金项下合作社贷款余额 38 904 万元,共计 482 户,累计发放贷款金额 108 376 万元。包括:安信农保项下农民专业合作社贷款余额 25 597 万元,423 户,累计发放金额 72 400 万元;中投保项下农民专业合作社贷款余额 13 202 万元,55 户,累计发放金额 34 860 万元;农民专业合作社信用贷款余额 105 万元,4 户,累计发放金额 1 065 万元。同时,上海农商行也对本市市级农业产业化龙头企业及区(县)农业产业化重点龙头企业也提供较为优惠贷款利率的各类贷款业务,对本市申请 50 万元以下的合作社,上海市农商行基本实现了"申贷尽贷"。并积极协调区县农委,认定两批守信合作社,使更多的农户享受到贷款的便捷。市级担保资金下的农民专业合作社贷款发放至 2012 年 7 月,合作社贷款不良率仅为 0.83%。尚未出现坏账损失,总体来看回收情况较好,故担保资金也未出险损失。

(三)2014—2018 年:深入发展

为进一步发挥支农贷款担保专项资金的作用,加快推进本市农民合作社和家庭农场等新型农业经营主体发展,原市农委、市财政局、市金融办于 2014 年 5 月出台《关于完善本市新型农业经营主体贷款担保财政支持政策的意见》。

市财政将市级支农贷款担保专项资金增加至 1.1 亿元。其中,1 亿元由上海市财政局专户存储,1 000 万元由上海市农业委员会拨存在市中投保。各区县配套资金不低于 400 万元。市、区县两级财政部门设立的担保专项资金,专门用于扶持区县开展农民合作社和家庭农场贷款担保。新型农业经营主体贷款担保规模以市、区县相应担保资金的 10 倍为限。在乡镇设有网点的涉农银行在承诺按人民银行发布的金融机构贷款基准利率放贷前提下均可参与支农贷款担保业务。银保联合项下的支农贷款是指由安信农业保险股份有限公司(以下简称"安信农保")提供保证保险,银行提供专项贷款,主要针对符合条件的农民合作社和家庭农场。银保联合项下市级示范合作社贷款担保金额不超过 200 万元,区县级示范合作社贷款担保金额不超过 100 万元,其他合作社和家庭农场贷款担保金额不超过 50 万元。担保项下的支农贷款是指由中国经济技术投资担保有限公司上海分公司(以下简称"市中投保")提供贷款担保,银行提供专项贷款,主要针对符合条件的农民合作社。担保项下的支农贷款担保金额为 50 万元以上。银保联合项下贷款一旦出现损失,在符合代偿条件基础上,分别由财政支农贷款担保专项资金承担 90%(市、区县两级财政分别承担 70% 和 30%),安信农保承担 5%,银行承担 5%。担保项下的贷款一旦出现损失,在符合代偿条件基础上,分别由财政支农贷款担保专项资金承担 95%(市、区县两级财政分别承担 70% 和 30%),银行承担 5%。

(四)2018 年至今:相对成熟

为进一步健全本市农业信贷担保体系,解决农业发展的融资难、融资贵问题,根据国家有关要求,市财政局、市农业农村委、市金融办于 2018 年 7 月制定出台了《关于完善本市政策性农业信贷担保体系财政支持政策意见》(沪府办规〔2018〕20 号)。市级财政通过设立 2 亿元政策性农业信贷担保资金专门用于支持本市各类农业经营主体开展涉农担保,具体业务由上海中小微企业政策性融资担保基金管理中心运作管理。农业担保资金业务范围包括粮食生产、畜牧水产养殖、菜果茶等农林优势特色产业,农资、农机、农技等农业社会化服务,农田基础设施,以及与农业生产直接相关的一二三产业融合发展项目,家庭休闲农业、观光农业等农村新业态。服务对象聚焦家庭农场、种养大户、农民合作社、农业社会化服务组织、小微农业企业等农业适度规模经营主体。根据业务发展需要,农业担保资金规模可适当调整。农业贷款担保规模以农业担保资金的 15 倍为限。

在管理层面上,成立上海市政策性农业信贷担保工作指导委员会(以下简称"指导委员会"),市财政局牵头,市农业农村委、市金融办、上海中小微企业政策性融资担保基金管理中心(以下简称"担保中心")以及相关方面代表为成员。指导委员会主要负责对政策性农业信贷担保工作的组织协调、重大事项决策审议、业务指导推进、担保资金使用情况考核评估等。在运作层面上,担保中心为农业担保资金的运作管理机构,市级财政将农业担保资金拨付至担保中心,作为代偿备付金。担保中心主要负责组织实施政策性农业信贷担保业务,定期向指导委员会报告农业信贷担保工作开展情况等。

服务对象聚焦家庭农场、种养大户、农民合作社、农业社会化服务组织、小微农业企业等农业适度规模经营主体,单户在保余额最高不超过 300 万元。市担保中心已与全市 45 家银行开展合作。政策性农业信贷担保费率一般为担保额的 0.5%~1.5%,根据担保项目的风险程度、担保期限、担保金额等具体确定。政策性农业信贷担保贷款一旦出现代偿,在符合相关条件的基础上,按照未偿还的贷款本金部分,分别由农业担保资金承担不超过 90%,银行承担不低于 10%。农业担保资金承担的代偿支出,在扣除担保费收入和追偿所得后,资金损失每年由市、区两级财政予以补足。其中,市级财政承担 70%,贷款主体注册地所在区级财政承担 30%。

上一轮政策中,经营主体须取得区农业农村委、区财政局共同审核推荐表后再向银行及担保中心申请担保贷款业务。在调研中发现,农业生产存在明显的季节性、时效性,由于区级部门审核环节多、流程长,影响了经营主体办理贷款效率,基层对于简化担保业务流程的呼声很高。经与市农业农村委、区级相关部门研究,新一轮的农业信贷担保业务可通过两种方式办理,简化相关流程:一是农业主管部门推荐方式,较原流程减少了财政部门审核环节,同时增加了市级农业主管部门的推荐权限;二是合作银行推荐方式,经营主体可不再通过政府部门推荐,直接通过银行审贷流程办理贷款。考虑到农业经营主体大多规模小、财务制度规范性较差、缺乏统一的信用评价,农业主管部门对于经营主体的实际经营情况较为了解,我们通过担保费优惠的方式,鼓励经营主体选择农业主管部门推荐方式办理业务。

2019年,上海农商行在与市担保中心的合作模式下引入安信农业保险股份有限公司,创新推出"银行+担保+保险"的支农金融新模式,通过农业农村委推荐、财政支持、银保联合的全流程服务,为各类农业经营主体扩大生产、提高产能、获得增收提供资金支持。农业信贷担保业务单户贷款金额最高不超过300万元。具体做法是:安信农险与合作银行互荐农业担保项目,经合作银行审批通过后,由安信农险负责担保所需的实质审核并报送上海市担保中心,市担保中心仅做形式审查并提供担保。对于同意提供担保的项目,由上海市担保中心向安信农险购买小额贷款信用保险。同时,上海市担保中心委托安信农险负责项目的法律文本面签、信息化系统录入、保中管理、追偿、核销材料准备等工作。如果发生贷款逾期,上海市担保中心先代偿,再由安信农险向上海市担保中心按保单约定进行赔付。

附录 2

欧盟农业经营主体融资需求状况

这份报告回顾了欧盟农业企业的金融需求。问卷由来自 24 个欧盟成员国（EU—24）奥地利、比利时、保加利亚、克罗地亚、捷克共和国、丹麦、爱沙尼亚、芬兰、法国、德国、希腊、匈牙利、爱尔兰、意大利、拉脱维亚、立陶宛、荷兰、波兰、葡萄牙、罗马尼亚、斯洛伐克、斯洛文尼亚、西班牙、瑞典的 7 600 多名农民完成。

虽然之前关于灵活贷款的使用和利息以及担保和反担保工具的报告调查了欧盟农业金融市场的供应方面，但这是首次将重点放在需求方面的分析。它完成了关于欧盟农业金融需求的一系列研究，该研究始于 2017 年对欧盟和成员国财政缺口的初步估计。这份报告也是第一个填补有关农民资金需求的信息缺口的报告。

农业是欧盟经济的基础。该行业有 1 020 多万家主体，占欧盟总就业人数的 4.4%。在一些成员国，如罗马尼亚、保加利亚、希腊和波兰，超过 10% 的人就业在农业。大多数欧洲农民在有利的气候环境下经营，生产各种各样的高价值食品和高质量产品。欧盟农业生产和农业高度多样化，许多农民在结构、技术和产品多样化的创新食物链中经营。所有这些都有助于他们对不断变化的市场和消费者需求作出反应。欧盟农业的成功还体现在其创纪录的出口业绩上，2016 年出口额达到 1 310 亿欧元。这导致了农业食品贸易顺差（2016 年为 190 亿欧元），扭转了 21 世纪初的逆差。

欧洲农场也正在经历重要的结构变化。在不到十年的时间里，欧盟的农场数量减少了超过四分之一，而它们的标准产量却增长了近 56%。此外，欧盟 28 国农场的平均规模大幅增加，从 2005 年的 11.9 公顷增加到 2013 年的 16.1 公顷，农业生产率显著提高。

然而，欧洲农业发展仍然存在重大瓶颈和弱点，收入普遍较低，地区、规模、阶层和部门之间的收入差距依然巨大。欧盟的农业人口也在老龄化，因为新进入者发现很难获得资金和土地。鉴于欧盟的人口趋势，扭转这一趋势的前景并不乐观。这个领域仍然由许多非常小的农场主导。这些农场主要是兼职经营，通常由老年农民经营，大部分农业劳动力由家庭成员提供。此外，研发投资仍然很低，导致生产率增长欠佳。欧盟农业生产率增长正在放缓，2005—2015 年平均每年 0.8%，而 1995—2005 年为 1%。

欧盟某些部门的生产成本很高，特别是由于劳动力和土地成本高，以及环境和卫生标准高。与第三国竞争对手相比，欧盟农民在遵守环境、动物福利和食品安全法规方面面临更高的成本。即使这只占总生产成本的一小部分，它仍然影响农民的盈利能力。世界市场上的竞争力也可能受到其他因素的严重影响，如能源价格（或更广泛地说，投入成本）、基础设施和汇率。

该行业还受到全球价格和市场不确定性引发的高价格波动的威胁。这些重要因素和潜在的挑战要求深入了解欧洲农民的财政需求，他们仍然受到严重的财政限制。最近的一份 fi-compass 报告估计，财政缺口在 70.6 亿欧元至 186 亿欧元，其中包括短期贷款 15.6 亿欧元至 41.2 亿欧元,中长期贷款 55 亿欧元至 144.8 亿欧元。在此背景下,本报告提供了欧盟农业企业的金融需求的初步一瞥。

一、欧盟农业经营主体主要特点及经营状况

(一)农业经营主体状况

农场的主要活动是根据欧洲共同体经济活动统计分类进行分类的,近三分之一(32.4%)的农场主要种植谷物(参见附图 1),其次是饲养奶牛(近 20%)。在接受调查的欧盟农场中,近一半专门生产某种作物。这些结果证实了欧盟统计局(Eurostat)此前的统计结果,根据该数据,2013 年欧盟 28 国 49% 的资产专门用于种植农作物,27% 用于饲养牲畜,23% 用于混合养殖。欧盟是世界上主要的谷物生产国,2016 年生产了约 3.01 亿吨谷物(包括大米),约占全球谷物产量的 12%。欧盟也是最大的牛产品出口国(如乳制品、肉类和活牛),约占全球出口的一半。在一些欧盟国家,大多数农业企业都涉及这一部门。绝大多数(77%)的受访者表示,他们的农业活动专注于初级生产,不直接加工农产品。

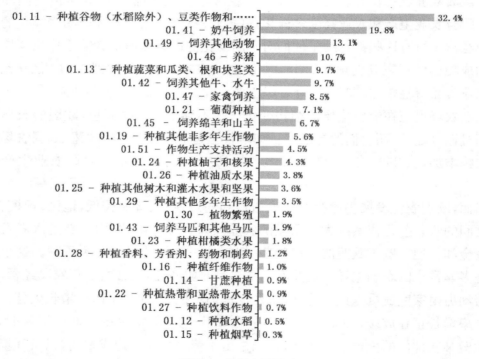

附图 1　农场主要活动

大多数被调查的农场(近 75%)将自己定义为"家庭农场",而其余的是法律实体(如 JSC 或 Ltd)。农民管理人员最常见的年龄组别是 55 岁以上的人(近 48%),其次是35 岁至 54 岁的人,约 47%。只有 5.4% 的农民年龄在 35 岁以下。根据欧盟委员会(2017 年)的数据,较年轻的农民平均素质更高,净投资高,负债低于平均水平。

在经济指标方面,分析的第一个变量是 2017 年的平均营业额。根据回答,42% 的

农场年营业额超过 10 万欧元,19％的农场年营业额在 2.5 万欧元至 10 万欧元。重要的是,近 40％的农场的营业额低于 2.5 万欧元。

　　根据经济规模对企业进行更精确的分类,可以使用员工的数量,包括固定工人和季节性工人(参见附图 2、附图 3)。欧盟在不区分农业企业与其他部门的情况下,根据雇员人数对 SMEs29 进行了如下定义:雇员人数在 0 至 9 人的公司微型企业;10 至 49 名雇员的为小型企业;50 至 249 名雇员的为中型企业;员工在 250 以上的为大型企业。根据这一定义并考虑长期就业人数,绝大多数被调查企业为微型企业(94％),5.2％为小型企业,0.7％为中型企业,仅 0.1％为大型企业。通过观察季节性工人可以得到非常相似的分布。其中,意大利、罗马尼亚、芬兰和比利时(约 99％)以及丹麦、法国、瑞典和波兰(96％)的微型企业占比最高。与欧盟 24 国的平均水平相比,捷克共和国、爱尔兰、保加利亚、匈牙利和德国的中型企业所占比例最高。爱尔兰(1％)、克罗地亚、捷克共和国和葡萄牙(0.5％)的大企业比例最高。

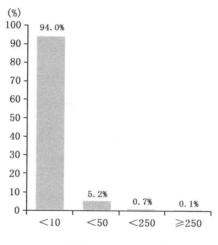

附图 2　永久工人状况

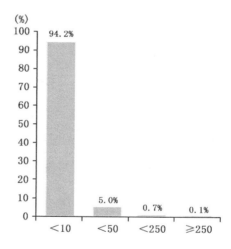

附图 3　季节工人状况

（二）经营业绩及面临困难

　　这项分析的出发点是要了解在过去的一年里关键的农场绩效指标是如何变化的。增加最多的两个指标是农场规模(土地或动物数量,或两者都有)和营业额。这似乎证实了欧盟统计局注意到的欧盟农场合并。就业率稳定,92％的农场就业率基本没有变化。因此,许多农场的平均劳动生产率(每个工人的周转率)提高了。

　　尽管出现了这种趋势,但许多企业报告了营业额困难,近 23％的企业表示营业额较上年有所下降,另有 7％的企业表示营业额显著下降。希腊和意大利的农场有特殊问题,43％的企业营业额下降(其中 25％和 14％显著下降)。比利时和法国超过三分之一的农场数量减少。相反,在爱沙尼亚、葡萄牙和拉脱维亚,较高比例的企业营业额增长(温和而显著)。丹麦、斯洛伐克、瑞典、爱尔兰和波兰的情况似乎更稳定,这些国家的农场营业额保持不变的比例最高,波兰最高(87％)。

　　对农业企业来说,最重要的挑战似乎是产出价格和生产成本。超过 36％的企业农产品销售价格下降(8.6%的企业甚至大幅下降),只有11%的企业农产品销售价格小幅上涨。在接受调查的农场中,只有4%的农场的生产成本下降,58%的农场的生产成本与前一年相比有所上升,16%的农场的生产成本大幅上升,不到4%的企业生产成本较低。欧委会最近公布的一份报告证明,高生产成本是对竞争力的重大挑战。匈牙利、奥地利、芬兰、希腊、拉脱维亚、罗马尼亚和葡萄牙(约占所有农场的70%)的农场生产成本增加(见附图4),而在希腊,近一半的农场生产成本显著增加。另一方面,爱沙尼亚、德国、西班牙,特别是斯洛文尼亚,与欧盟24国的平均水平相比,农场生产成本下降的比例更高。在斯洛文尼亚,超过五分之一的农场报告产量显著下降,超过三分之一的农场报告产量略有下降。关于产品的销售价格(图3.4),增长最多的是荷兰(近三分之一的农场)和爱沙尼亚、拉脱维亚、匈牙利、捷克共和国和奥地利(超过20%的农场)。另一方面,在罗马尼亚、希腊、比利时、意大利和芬兰,超过40%的农场的销售价格出现了(显著或轻微的)下降。

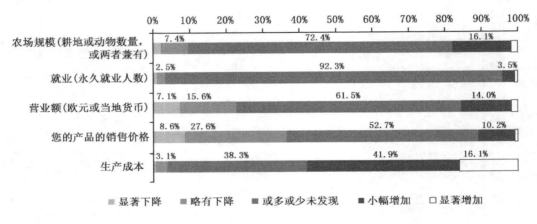

附图4 上一年度相关指标的变化

与上述结果一致,生产成本和销售价格是许多农民在前一年主要关注的问题,因为他们似乎受到了生产成本上升的影响(47.5%的受访者),芬兰、希腊、意大利、葡萄牙和匈牙利受影响最大。对37.6%的欧盟农业企业来说,销售价格是关键。有18%的企业反映进入市场/门店/商店有困难。获得土地的问题似乎较少(11.4%),但在欧盟成员国之间存在重大差异。这个问题在捷克共和国、希腊、爱沙尼亚、德国和芬兰似乎很重要。对于获得融资,特别是获得银行贷款,将其用作投资融资和流动资金,12.2%和10.4%的农民认为至关重要(参见附图5)。在这方面,各会员国之间再次存在重大分歧。

在希腊和爱沙尼亚、匈牙利、立陶宛、保加利亚和葡萄牙,获得融资尤其困难(2017年超过一半的农场遭遇融资困难)。平均而言,波兰、瑞典、意大利和奥地利的农场在融资方面比欧盟24国的农场更容易获得资金。然而,国家外汇管理局的调查显示,去年约7%的中小企业融资困难,这意味着农业企业比其他行业的中小企业更困难。

关于会计在农场经营中的应用,只有一半的农场有完善的簿记(复式记账)或有专

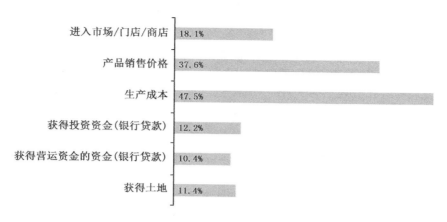

附图5 上一年经历困难的农场的比例

业的会计;35%对主要数据进行了简单记账,15%没有账户。此外,农民似乎普遍不愿接受任何增加的会计负担,即使这会有利于他们获得信贷。

二、农业经营主体融资需求

2017年,近30%的农业企业试图从调查中考虑的至少一种来源获得资金,最需要的融资来源是银行,近16.7%的农场在过去一年至少申请了四种银行产品中的一种。更具体地说,6.2%的农民申请投资中期贷款,其次是长期贷款(5.9%)、信贷额度(略低于5.5%)和短期贷款(5.3%)(参见附图6)。在法国(44.5%)、丹麦(38.7%)、比利时(30.1%)、捷克(29%)、芬兰(28.7%)和西班牙(27.5%),银行融资尤其重要(参见附图7)。

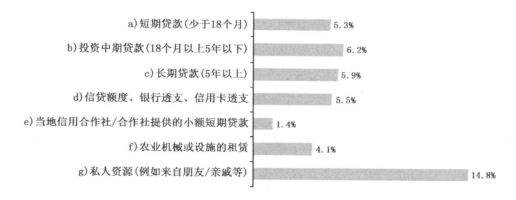

附图6 上一年按产品类型申请融资的农场比例

与其他领域的中小企业相比,农业企业申请银行贷款的次数要少得多。根据国家外汇管理局的调查,约26%的中小企业申请了银行贷款,而农业企业申请银行贷款的比例为16.7%。

这显然与私人资源(由朋友或亲戚提供)仍然是农业企业融资的重要来源这一事实有关,去年约有15%的企业要求这类融资。

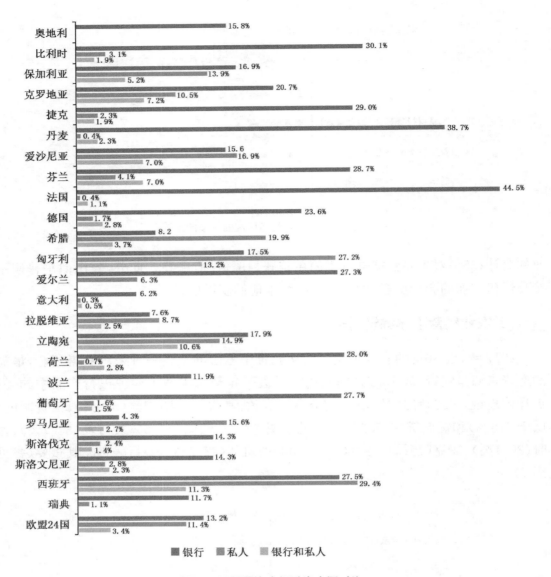

附图7 不同国家农场融资来源对比

只有一小部分的农业企业认为民间融资与银行融资是互补的(3.4%的农业企业试图同时获得这两种来源),而11.4%的农业企业只向其他个人申请融资。对农业企业来说,来自个人的资源几乎与银行融资一样重要。这可能意味着相关的市场失灵,因为相当多的农业企业被排除在正规金融市场之外。通过这项调查收集的信息不足以详细分析任何市场失灵,需要进一步分析以充分了解其性质和决定因素,各会员国的情况差别很大。

在几乎所有的西方和斯堪的纳维亚国家以及波兰、斯洛伐克、捷克共和国和斯洛文尼亚,来自个人的资金发挥着边缘作用。相反,它在东欧和波罗的海成员国的作用似乎是非常重要的:特别是匈牙利、希腊和罗马尼亚,在这些国家,来自个人的资源是迄今为止最重要的资金来源。后者同样适用于保加利亚、克罗地亚、爱沙尼亚、拉脱维亚和立陶宛。在西班牙,获得外部资金的机会比任何其他成员国都要高得多(去年几乎70%的企业试图获得某种类型的资金)。这些非常高的需求由银行和个人平等地满足。通过不同的研究进行进一步的分析可能会更深入地了解这些差异背后的原因。

我们的调查发现,2017年不申请融资的主要原因是农民有足够的内部/自身资金。对于近10%的农场来说,2017年之前获得的贷款仍然足够。另外10%的受访者不申请银行融资的主要原因是害怕被拒绝。这表明,有相当一部分"灰心丧气"的企业可能需要金融资源,但由于缺乏对金融系统的了解而不与银行接洽。值得注意的是,尽管结果并不完全具有可比性,但与其他部门的中小企业相比,农业领域受挫企业的比例似乎更高。根据国家外汇管理局的调查,5%的中小企业因为害怕被拒绝而没有申请银行贷款。在"其他原因"中,近15%的农场表示,主要原因是不确定状态(农场将关闭),难以支付分期付款,或银行强加的高成本和高利率。

农场要求的短期贷款平均金额为35 363欧元(利率为4.76%)(参见附表1),长期贷款为117 775欧元(利率为3.50%)。当然,应当谨慎对待这些结果,因为问卷回答率很低,特别是在一些国家。

附表1 申请金融产品金额及利率(欧盟—24)

a)短期贷款 (少于18个月)		b)投资中期贷款 (18个月以上5年以下)		c)长期贷款 (5年以上)		d)信贷额度、银行 透支、 信用卡透支	
金额 (中位数, 欧元)	利率 (平均)	金额 (中位数, 欧元)	利率 (平均)	金额 (中位数, 欧元)	利率 (平均)	金额 (中位数, 欧元)	利率 (平均)
35 363	4.76%	45 430	5.11%	117 775	3.4%	33 993	6.22%

对于2017年的贷款情况,约79%的农场获得了至少部分申请金额(76.1%获得了全部申请金额,2.8%的申请部分被接受)。不出所料,全额贷款申请的批准比例在信贷额度(83.7%)和短期贷款(76%)方面较高,但在长期贷款(71.4%)和中期贷款(74%)方面略低。

农业企业的成功率似乎低于其他领域的中小企业,后者约84%的企业收到了至少部分申请金额。农场也更有可能看到他们的申请被银行直接拒绝,或拒绝贷款,因为成本太高。从国家来看,葡萄牙、拉脱维亚、法国、丹麦、比利时、瑞典和芬兰(超过90%的申请者)的农民(获得或部分获得)获得了更多的成功。立陶宛(65%)、希腊(50%)、斯洛伐克(40%)以及罗马尼亚、爱沙尼亚和匈牙利(超过20%的申请者)的贷款人或农民因出价不利而拒绝的比例更高。

银行拒绝农场申请的关键原因是拟议投资的感知风险(44.2%)。如果银行认为风险太大(12.4%)的新农业业务也加入这一条款,那么银行的风险规避是半数以上拒绝的原因。这证实了fi—compass(2018)最近的研究结果,即潜在借款人的高风险状况和投资的风险是拒绝贷款申请的主要原因。约8%的贷款申请被银行拒绝,原因是他们认为商业计划/案例缺乏经济可行性。

事实上,在欧盟 24 个国家的农场中,超过四分之一的农场报告说,银行的政策是拒绝农场的主要原因。近 17％的人认为缺乏适当的不动产抵押,超过 10％的农场表明银行不接受牲畜或其他动产作为抵押。考虑到这两个原因,没有可接受的抵押品是拒绝申请的第三个主要原因(16.9％)(参见附图 8)。缺乏潜在借款人的信用记录、现有债务,以及不充分的商业计划,是不经常被用作拒绝贷款申请的理由。

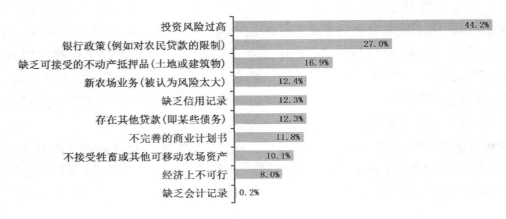

附图 8　银行给出的拒绝申请的主要理由

农民往往不积极寻求融资,难以获得较好的条件或更容易获得融资。如附图 9 所示,虽然短期贷款和中长期贷款的申请存在显著差异,但大部分农场只向一家银行申请。这可以用以下事实来解释:农民可能倾向于与一家银行建立关系,或者银行之间的本地竞争可能是有限的。

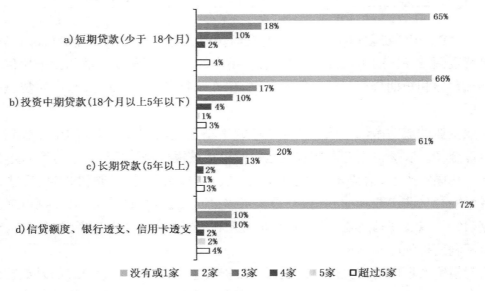

附图 9　是否为同一项目/计划向多家银行申请

附图 10、附图 11 和附图 12 显示了农民与银行协商提供贷款条件的可能性,包括利率、还款频率和最后还款日期,以及还款时间或金额的灵活性。在所有三种贷款类别中,超过一半的农场成功协商了还款的频率,但在信贷额度方面,这一比例下降到了44%。绝大多数农场在偿还贷款方面没有遇到困难。从那些面临困难的国家,大多数在谈判后获得了一些灵活性。这些结果虽然来自需求方,但证实在灵活金融工具中,绝大多数接受采访的金融中介提供基于季节性(即生产周期)和更长的到期日的还款。此外,一些银行还向农业企业提供具有灵活性的金融产品,这些产品可以根据农民的要求激活。

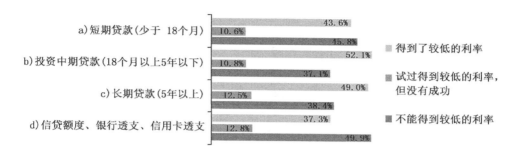

附图10　与银行协商利率情况

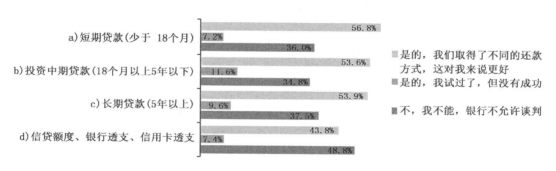

附图11　与银行协商付款方式情况

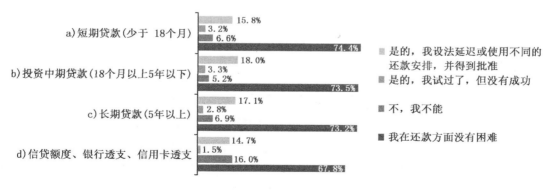

附图12　与银行协商付款过程中的困难情况

从贷款用途来看,调查显示,63%的农业企业贷款的目的是投资于新的机械、设备或设施。其次是流动资金(41%)和土地(15%)(参见附图13)。从国家的用途来看,捷克共和国、意大利、瑞典、比利时、波兰、法国和斯洛文尼亚的农场特别将融资用于投资新机器、设备或设施(超过 70%)。爱尔兰、希腊、丹麦和匈牙利的农场倾向于将更多的融资用作营运资金(超过 70%)。在爱沙尼亚、捷克共和国、保加利亚、荷兰和斯洛伐克,超过 25% 的农场的主要关注点是购买土地。最后,葡萄牙、奥地利、罗马尼亚、西班牙和爱尔兰超过 20% 的农场倾向于更多地利用融资进行土地投资。

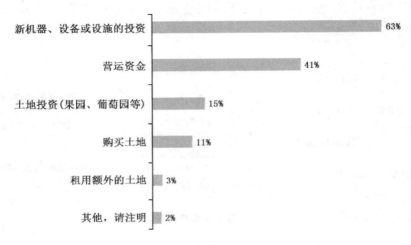

附图 13　银行贷款的目的及用途使用

调查显示,相当大比例的农场需要贷款担保,特别是长期投资贷款(50%)对于信贷额度,40% 的农场必须提供担保(参见附图 14)。

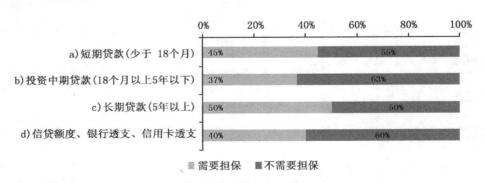

附图 14　贷款担保需要

提供高抵押品仍是一个问题,也是许多接受贷款的农场的一个典型特征,具体取决于银行产品的类型。事实上,对于一般申请信用额度的农民来说,担保的价值占申请金额的百分比超过了 100%,其次是中期贷款(47%)、短期贷款(32%)和长期贷款(31%)。重要的是,大约四分之一获得中期贷款(最长 5 年)的农场必须提供相当于申请金额 150% 或更多的担保,8% 获得批准的长期贷款申请人必须提供相同水平的担保(参见附图 15)。此外,议价能力的缺乏使情况更加复杂,超过一半的被要求提供抵押品的人无法协商抵押品的类型和数量。

大部分农场需要提供个人担保(抵押品),特别是长期贷款。使用公共担保与中期贷款(10% 的农场)更相关,而在短期贷款中,15% 的农业企业使用来自企业担保机构的担保(参见附图 16)。

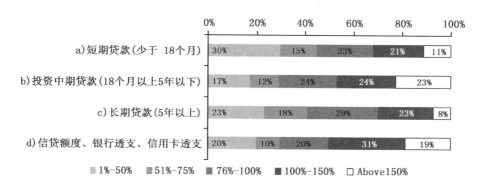

附图 15 担保的价值作为贷款金额的百分比

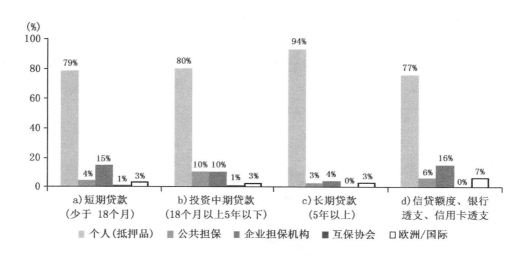

附图 16 使用的保证类型

三、农业经营主体对未来的预期

最后一组问题集中在农民对未来几年的期望上。在企业未来财务需求的背景下,40%的企业认为未来 2—3 年的财务需求将保持不变(参见附图 17)。然而,对于 27%的人来说,财政需求将会增加。预计下降的仅占 5%。这表明该行业在不断发展,未来的融资需求将会更高。

在未来几年,农民对长期投资贷款的偏好较高,其次是短期流动资金和中长期贷款。这与最近的一项 fi-compass 研究一致,该研究表明,对农业融资的需求往往集中在银行产品范围的两个极端——长期贷款和短期流动资金贷款。

最后一个调查问题涉及农民对具有灵活条件的潜在金融工具的兴趣,比如根据商业周期或农场现金流调整的利率或还款计划。fi-compass(2018)最近在一份报告中分析了欧盟银行目前提供给农业的产品(被定义为灵活的金融产品)这份报告强调,大多数金融中介机构认识到,需要灵活的产品,以更好地满足农民的金融需求,一些机构已

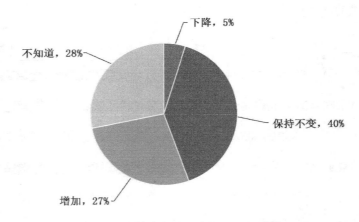

附图 17　对未来 2—3 年农场财政需求的预期

经在提供灵活的贷款。调查显示,大约一半的农民(47％)对条件灵活的金融工具感兴趣(14％肯定会申请)。这种兴趣在克罗地亚、希腊和保加利亚尤其明显,超过 30％的人肯定会申请(参见附图 18),但在芬兰、立陶宛、爱沙尼亚、葡萄牙、斯洛伐克和西班牙,也有超过一半的人会根据条件申请。超过 70％的受访者对意大利、德国、瑞典和丹麦最不感兴趣,因为这些国家与优秀的银行产品和融资渠道有关。

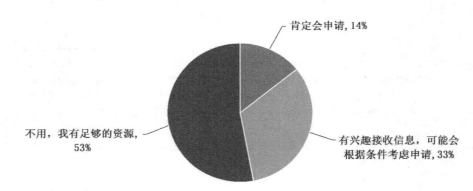

附图 18　对根据商业周期和现金流调整还款计划贷款的申请意愿

附录3

农业经营主体融资情况调研

1. 您目前在生产经营方面的借款(包括银行借款以及其他方式借款)的金额为多少万元?(没有可以填0)

调查显示,样本中共有54.39%的农业生产经营主体目前没有贷款,45.61%的农业生产经营主体拥有因生产经营而产生的借款(包括银行借款以及其他方式借款)。从贷款的规模来看,中位数为150万元,12.83%的农业生产经营主体贷款金额小于或等于30万元,9.26%的贷款大于30万元但小于等于100万元,贷款金额大于100万元但小于等于300万元的农业生产经营主体占到了13.30%,贷款金额在300万元到1 000万元之间的农业生产经营主体占7.13%,贷款大于1 000万元的农业生产经营主体占比仅为3.09%。由此可以看出,贷款在100万元到300万元的农业生产经营主体占比最大,其次为30万元以下的贷款。

2. 为了满足业务需要,除了目前已经借款部分外,您还想再额外增加的借款金额为多少万元?(没有贷款需求可以填0)

调查显示,47.17%的农业生产经营主体目前仍然存在贷款需求。从贷款需求的量来看,14.15%的农业生产经营主体贷款需求小于等于30万元,18.16%的主体贷款需求在30万元至100万元,9.43%的主体贷款需求在100万元至300万元,4.48%的主体贷款需求在300万元至1 000万元,0.94%的农业生产经营主体贷款需求大于1 000万元。

3. 您是通过什么途径获得生产经营贷款的?

选　项	小　计	比　例
A. 没有贷款	188	44.03%
B. 向亲戚朋友借钱	121	28.34%
C. 通过当地政府部门担保系统向银行贷款	99	23.19%
D. 以抵押或信用向商业银行借款(没有通过当地政府部门)	110	25.76%
E. 除以上方式外向相关机构或个人的贷款	24	5.62%

4. 对您来说,您认为为生产经营业务向银行贷款面临的最主要问题是(单选)?

选　项	小　计	比　例
A. 银行批准贷款难度大,难以贷到款	102	23.89%
B. 可以获得的贷款额度有限,不能满足用款需要	71	16.63%
C. 贷款的利率比较高	47	11.01%
D. 贷款手续太复杂,不便利	95	22.25%
E. 贷款的放款速度比较慢	16	3.75%

续表

选 项	小 计	比 例
F. 没有问题	47	11.01%
G. 不清楚	49	11.48%

5. 您是否了解"通过政府担保中心提供担保进行贷款"这一贷款模式?

选 项	小 计	比 例
A. 了解	201	47.07%
B. 不了解	226	52.93%

6. 若您目前有生产经营业务方面的贷款,或存在贷款需求,您贷款的最主要用途为?

选 项	小 计	比 例
A. 用于拓展新业务的投入	164	38.41%
B. 解决目前业务中的资金流问题	120	28.1%
C. 更新老旧设施、设备等	102	23.89%
D. 偿还到期债务	9	2.11%
E. 其他	32	7.49%

7. 下列贷款模式哪一种更适合您?

选 项	小 计	比 例
A. 5年以上长期贷款	119	27.87%
B. 18个月到5年中期贷款	172	40.28%
C. 18个月以下的短期贷款	78	18.27%
D. 不确定	58	13.58%

8. 您对政府的融资帮扶政策满意度如何?

选 项	小 计	比 例
A. 不了解政府的融资帮扶政策	176	41.22%
B. 非常满意	83	19.44%
C. 比较满意	99	23.19%
D. 一般	51	11.94%
E. 不太满意	12	2.81%
F. 很不满意	6	1.41%

9. 您对银行服务的满意度如何?

选 项	小 计	比 例
A. 不了解	98	22.95%
B. 非常满意	72	16.86%
C. 比较满意	143	33.49%
D. 一般	95	22.25%
E. 不太满意	12	2.81%
F. 很不满意	7	1.64%

10. 您认为下列贷款融资过程中涉及的问题,严重程度如何?(越向右代表问题越严重)

题目\选项	没有问题	有点问题	一般	问题较大	问题非常大
贷款难,贷不到款或贷不到足够的款	106(24.82%)	90(21.08%)	116(27.17%)	70(16.39%)	45(10.54%)
贷款贵,贷款利率成本高	106(24.82%)	77(18.03%)	147(34.43%)	56(13.11%)	41(9.6%)
贷款繁,流程手续复杂	98(23%)	68(15.96%)	117(27.46%)	77(18.08%)	66(15.49%)
贷款慢,放款不及时	115(26.93%)	78(18.27%)	141(33.02%)	50(11.71%)	43(10.07%)

11. 近期开展的"新型农业经营主体信贷直通车"活动,通过扫描二维码申请贷款,您是否了解?是否可以满足您的贷款需要?

选 项	小 计	比 例
A. 不了解信贷直通车	311	72.83%
B. 了解,可以满足全部贷款需求	54	12.65%
C. 了解,只能满足部分贷款需求	62	14.52%

12. 您目前经营过程中面临的最主要困难为(单选)?

选 项	小 计	比 例
A. 没有困难	31	7.26%
B. 获得土地困难	60	14.05%
C. 融资困难	57	13.35%
D. 产品市场价格波动较大	31	7.26%
E. 种植或养殖自然风险较大	82	19.2%
F. 销售困难	58	13.58%
G. 投入或运营成本较高	89	20.84%
H. 其他	19	4.45%

13. 您未来三年的经营计划是什么？

选 项	小 计	比 例
A. 进一步扩大业务	250	58.55%
B. 维持现状	131	30.68%
C. 收缩业务	8	1.87%
D. 不确定	38	8.9%

14. 您目前的财务会计记账情况如何？

选 项	小 计	比 例
A. 没有会计账务记录	39	9.13%
B. 简单记录	117	27.4%
C. 比较完善	188	44.03%
D. 非常完善	83	19.44%

15. 您是否希望政府或金融机构在资金使用方面给予相应的指导？

选 项	小 计	比 例
A. 希望	350	81.97%
B. 不希望	8	1.87%
C. 无所谓	69	16.16%

16. 您主要的经营品种是什么？

略。

17. 您目前的组织性质是什么？

选 项	小 计	比 例
A. 家庭农场	138	32.32%
B. 合作社	235	55.04%
C. 农业企业	39	9.13%
D. 大户	6	1.41%
E. 小农户或农业作坊	9	2.11%

18. 您目前的长期雇用的工人数量是多少？

调查显示,长期雇工的数量在 0 到 2 人的主体占到了样本总量的 27.87%,3—5 人的占到了 21.78%,6—10 人的占到了样本量的 16.63%,11—20 人的占到了样本总量的 13.35%,21—40 人的占到了 12.18%,41 人以上的占到了 8.20%。

19. 您是否有农产品加工业务？

选　项	小　计	比　例
A. 有	121	28.34%
B. 没有	306	71.66%

20. 您是否已购买农业保险?

选　项	小　计	比　例
A. 已购买	304	71.19%
B. 没有购买	123	28.81%

21. 若属种植业,你们目前的农地面积是多少亩?

略。

22. 若为养殖业,你们目前最主要养殖品种和其存栏量是多少头/羽(养殖业填)。

略。

23. 若为水产养殖业,你们目前的养殖水面是多少亩?

略。

24. 你们去年的销售额是多万元?

调查显示,经营主体销售额中值为 100 万元。

25. 您从事目前经营的年数为多少年?

调查显示,经营主体从事目前经营的年数为 10 年。

26. 您的年龄是多少岁?

调查显示,经营主体平均年龄为 49.6 岁。

27. 您的受教育程度如何?

选　项	小　计	比　例
A. 初中或初中以下	100	23.42%
B. 高中或中专	142	33.26%
C. 大专或大专以上	185	43.33%

28. 您在融资方面还存在哪些困难?

略。

29. 您之前申请贷款时是否有被银行拒绝的情况,被银行拒绝的原因是什么?

略。

30. 您对改善融资贷款政策还有哪些建议?

农业经营主体对改善融资贷款政策的建议

最好延长贷款时间,不要每年都去还本金,整点中期贷款	农委出面协调
最好是由政府担保,简单方便	能拿到农业贴息贷款
最好3年合同	能多贷点款
周期能否3年	能多贷到款
中小微企业担保公司提升审批速度,银行给予无还本续贷	目前无
中小贷公司的审核周期太长,造成严重的资金断链期	没有这方面介绍,进入贷款门槛难
政府指导,简化手续	没有需要就没参与
政府支持	满足起步,小额阶段递进
政府应出台农业企业融资贷款办法	麻烦
政府实施得好	利息少点
政府加大投入力度,贴息贷款	利息低一点
政府扶持政策担保力度增大	利息低价一点,额度高一点,申办好办一点
政府扶持太少,农机买不到	利率小点
政府出面协调并担保	利率稍微低点
政策是好的,但实际情况一般	利率低些
政策明朗化,取消"根据当地实际情况执行\调整"等含糊词语	利率低一点,手续简单化一点
真心实意帮助农业生产发展	利率低点
允许果园抵押贷款	力度再大点,手续简单点,利息再低点
优惠政策多宣传	了也没有用
应该让主管部门有审核权	老客户手续简化,续贷不用还款到账
应该略为放宽对年龄的限制	可以拿机器抵押吗
以人为本,不忘初心,一切从实际出发,农业特别是养殖业是特殊行业,政策要灵活,松紧自如	经营状况良好的直接专贷,减少手续麻烦
要以农业生产的特性条件审核是否可以贷款	经营者手续齐全,不需要家里人签字
要严格审查	降息,简化手续
新农直报里面申请了却没有回应,而且后台出来很多项无故贷款科目	降低审批货款的要求,农业产出低,成本高,利润低,建议确是用于农业生产或配套设施的货款应免息支持
须政府政策扶持	建议政府提供担保额度,降低农业贷款利率
需要关心关注一下小企业,我们能得到信息	建议利息低些
要求小额也可以贷	建议出台更加亲民惠农的贷款政策
现在没有	简化一点
希望政府支持农业	简化手续审批程序
希望政府给予支持,开点绿色通道	简化手续,降低利率
希望政府给予支持,业务发展比较快,今年要做一个亿	简化手续

续表

希望增加长期贷款	简化贷款流程
希望有短期融资,灵活性的比较适合农业上的需求	简单方便就行了
希望银行专业人士直接对接	简单
希望银行要我们企业真实情况,来衡量可以融资多少	简单
希望银行审批和放款在 10	简便手续,审批快,放款快
希望银行贷款政策放松,到基层去,把钱放到有需要合作社去发展生产	简便手续
希望一次借款能够使用 3 年—5 年还款	减少审批流程
希望信用贷款,手续简单一点	减少烦琐的手续
希望通过政府和相关政策支持,把农业设施作为融资抵押物	简化流程
希望融资贷款发放快点	加强政策宣传
希望能像以前一样 3 反一次	加快放贷速度,手续简单
希望能够政府担保增加 100 万元贷款	加大政策支持,提高政府补贴
希望扩大无抵押信用贷款	继续给予企业政策支持
希望对农业的贷款额度高一点,利率低一点,周期长一点	惠农入乡
希望到点服务	很多
希望出台短期的、灵活性的融资	合作社固定资产能够作为抵押贷款,且额度适当以长远来看提高
希望部门下来指导	公开、公正、透明
希望融资贷款做好宣传	更方便、更务实
无息	更方便、更快捷
我认为像我这样的人再也没有机会到银行做贷款了,希望银行能帮助我这样的人	给有实际贷款需求的农民予以实实在在的融资贷款帮扶;农业方面的贷款最好免息,因为现在农资涨得厉害;贷款周期最好 3 年或 5 年以上
希望贷款手续简单点,放贷周期 3 年至 5 年以上,放贷速度快点	给老百姓能带来方便实惠
同合作银行制定可操作的实施细则	扶持农业企业,向农业倾斜
提了没用	放款有点慢
提供帮助,减少审核	放款速度再快点,一年一次贷款太麻烦,贷款额度再大些
提高对合作社贷款利息补贴	放款速度要快,贷款年限要长
提高贷款贴息补贴	放款速度快
提高贷款贴息补贴	放宽政策,大力支持农民贷款,降低利率,为了扶持农业
快速,长贷	放宽贷款政策,跟踪贷款用途,产品款纳入还款计划
说不好	方便一点
手续简化	方便快捷

续表

手续简单一点,审批周期短一点	额度提高、手续简便、时间缩短
手续简单快捷	额度太小
手续简单点	额度太少
手续简单点	多一点渠道
手续简单点	多和农民沟通,多切合实际
手续简单、放款迅速	多给我们一些优惠政策
手续简单、放款快	对我们的关心请以实际情况为准
手续简单	对农业作业放款贷款条件
手续更便捷,额度放大	对农业设施的改建
手续方面简便点,额度宽松点	对家庭农场主开设快捷通道
手续不要太复杂	低利率
适当延长期限或无还本续贷提高资金利用率	到银行去,不要太复杂了
适当放宽	贷前调查,贷后检查
事业做大	贷期太短
市场推销较多,没有官方背书,不信任	贷款周期加长
上门服务	贷款手续办一次贷款 3 年－5 年,每年还一次贷款再下拨,节省重复申请材料
三农政策不到位,不透明,农民根本不知道	贷款期限加长
融资时间最好 3 年－5 年	贷款快,利率低
融资货款一条龙服务	贷款方便,利息低
企业经营需要	产业优化,借贷利率差别
农业最好优先	不知能贷款吗
农业企业制定专门的贷款政策	不用抵押,也能贷款
办理手续要简单些	不熟悉政策
办理贷款手续要简便,时间要快	不平衡,政府的扶持资金只给了少数人
把政策细节告诉我们,都不知道贷款的流程	采取融资一条龙政策
政策知道得太少	帮助农民

14. 本市农业废弃物综合利用研究

农业废弃物面广量大,用则利,弃则害。为进一步做好新形势下农业废弃物综合利用工作,我们组成课题组,聚焦农作物秸秆、蔬菜废弃物和畜禽粪便等综合利用内容,先后采取召集专家、行业代表座谈访谈,赴农业基地实地调研等方式,力求摸清现状、剖析瓶颈因素,提出推进农业废弃物综合利用的对策建议。

一、上海市农业废弃物产生和利用现状

上海市农业生产过程中产生的废弃物主要包括农作物秸秆、蔬菜尾菜、根茎、藤蔓,以及畜禽粪便,目前本市各类农业废弃物利用情况总体居于全国前列。

(一)农作物秸秆产生和利用现状

秸秆是成熟农作物茎叶(穗)部分的总称。按照农业农村部对秸秆资源的统计口径,产生秸秆的农作物主要包括水稻、小麦、玉米、马铃薯、甘薯、木薯、花生、油菜、大豆、棉花、甘蔗等,但不包括蔬菜、果树。

上海市农作物秸秆主要来自粮食作物。据统计,本市域内粮食播种面积稳定在140万亩次以上,粮食产量常年保持在80万吨左右,以秋粮水稻为主。根据本市秸秆资源数据采集平台统计,2020年本市域内粮食播种面积144.7万亩次、产量77.16万吨,全市秸秆可收集量为58.33万吨(参见表1)。

表1   2020年各区粮食生产及秸秆产量情况

序号	地区	粮食生产(亩、吨)				秸秆产生情况(吨)			
		播种面积	占市内比	粮食产量	占市内比	产生量	产生比	可收集量	可收集比
1	崇明区	299 077	24.25%	155 202	23.24%	158 758	1.02	113 815	0.72
2	浦东新区	201 092	16.31%	108 127	16.19%	111 279	1.03	83 050	0.75
3	金山区	189 594	15.38%	99 879	14.96%	101 181	1.01	70 979	0.70
4	奉贤区	168 090	13.63%	94 335	14.13%	95 279	1.01	66 695	0.70

续表

序号	地区	粮食生产(亩、吨)				秸秆产生情况(吨)			
		播种面积	占市内比	粮食产量	占市内比	产生量	产生比	可收集量	可收集比
5	松江区	150 568	12.21%	85 935	12.87%	86 795	1.01	65 964	0.76
6	青浦区	123 004	9.98%	67 783	10.15%	68 461	1.01	47 923	0.70
7	嘉定区	74 639	6.05%	41 865	6.27%	42 284	1.01	30 867	0.73
8	闵行区	16 527	1.34%	9 079	1.36%	9 170	1.01	6 419	0.70
9	宝山区	10 486	0.85%	5 509	0.83%	5 564	1.01	4 062	0.73
10	上实农业	61 057	——	29 721	——	30 936	1.04	22 960	0.74
11	光明集团	143 936		69 680		91 912	1.32	67 290	0.73
12	地产农业	8 912	——	4 456	——	4 501	1.01	3 284	0.73
	合计	1 446 981		771 573		806 120	1.04	583 309	0.72

2010 年以来,上海市连续出台了四轮秸秆综合利用补贴政策,初步构建起秸秆综合利用的政策体系,形成以秸秆还田利用和肥料化、饲料化、基料化、原料化、燃料化等离田利用方式双措并举的利用格局。2020 年,据本市秸秆资源台账数据采集平台统计,全市农作物秸秆综合利用率达到 98.82%,利用方式上以机械化还田为主,离田利用比例近 20%(参见表 2)。

表 2　　　　　　　　　　　　　2020 年各区秸秆综合利用情况

序号	地　区	秸秆利用情况		秸秆利用结构			
		利用量(吨)	综合利用率%	直接还田量(吨)		离田利用量(吨)	
1	崇明区	109 868	96.53	79 015	71.92%	30 853	28.08%
2	浦东新区	81 787	98.48	67 835	82.94%	13 951	17.06%
3	金山区	70 485	99.30	31 238	44.32%	40 247	57.10%
4	奉贤区	66 166	99.21	55 513	83.90%	10 653	16.10%
5	松江区	65 803	99.76	65 803	100.00%	0	0.00%
6	青浦区	47 452	99.02	43 883	92.48%	3 569	7.52%
7	嘉定区	30 860	99.98	30 577	99.08%	283	0.92%
8	闵行区	6 414	99.93	6 414	100.00%	0	0.00%
9	宝山区	4 062	100	1 333	32.82%	2 729	67.18%
10	上实农业	22 960	100	15 322	66.73%	7 638	33.27%
11	光明集团	67 290	100	67 290	100.00%	0	0.00%
12	地产农业	3 284	100	3 284	100.00%	0	0.00%
	合　计	576 431	98.82	467 508	81.10%	109 923	19.07%

(二)蔬菜废弃物产生和利用现状

蔬菜废弃物是指由于蔬菜生产、加工等而产生的目标组织以外、没有被合理利用的部分。从蔬菜产生废弃物的形态来看,主要有叶菜类、茎秆类、藤蔓类、水生类以及多年生蔬菜废弃物等。

据统计年鉴数据显示,2019 年上海市蔬菜播种面积 130.21 万亩次(参见表 3)、产量 259.15 万吨(参见表 4)。主要以叶菜为主,种植面积和产量分别占 45.79％和 43.74％;位居第二位的品种是甘蓝类蔬菜,种植面积和产量分别为 12.35％和 16.85％;其他蔬菜种类均在 10％以内。蔬菜废弃物总量受品种、水分等因素影响较大。结合大调研数据、行业座谈及有关文献资料初步测算,全市蔬菜废弃物约 180 万吨。

表 3　　　　　　　　　　2019 年各区、各品种蔬菜种植面积　　　　　　　　　　单位:公顷

蔬菜品种	全市合计	闵行区	宝山区	嘉定区	浦东新区	金山区	松江区	青浦区	奉贤区	崇明区
叶菜类	39 749	2 006	940	4 144	8 302	4 295	2 259	6 991	3 265	6 693
油菜	16 415	858	364	1 619	2 002	3 841	1657	1 729	1 855	2 233
甘蓝类	10 721	138	95	143	1 508	293	15	153	1 312	4 829
白菜类	3 435	16	17	44	575	177	15	724	302	1 456
根茎类	4 288	13	71	61	661	186	25	144	326	2 666
瓜菜类	3 868	61	49	152	802	239	22	105	290	1 957
豆类	6 397	48	47	135	1070	382	43	87	472	3 944
茄果类	4 785	82	47	160	1045	441	62	118	426	2 210
葱蒜类	1 736	0	12	34	450	75	5	379	0	501
水生菜类	2 521	2	0	5	138	6	0	2 054	22	294
其他蔬菜	9 303	221	420	808	909	4 460	669	0	1 581	0
蔬菜合计	86 805	2 588	1 698	5 685	15 459	10 553	3 117	10 754	7 995	24 550

表 4　　　　　　　　　　2019 年各区、各品种蔬菜种植产量　　　　　　　　　　单位:吨

蔬菜品种	全市合计	闵行区	宝山区	嘉定区	浦东新区	金山区	松江区	青浦区	奉贤区	崇明区
叶菜类	1 133 405	39 972	28 268	71 470	242 255	215 796	60 029	211 863	77 929	154 553
油菜	433 402	17 149	15 008	27 477	48 328	111 468	40 268	63 022	41 245	57 494
甘蓝类	436 548	1 750	2 366	3 741	78 226	15 399	929	6 075	57 905	175 148
白菜类	146 102	182	77	1 525	34 440	6 593	1 621	27 408	16 171	53 814
根茎类	126 881	158	1 704	1 475	13 525	14 830	879	7 441	11 384	73 252
瓜菜类	152 035	979	1 824	4291	30 426	13 602	1 057	5 478	12 587	76 259
豆类	146 315	786	1 130	1 594	37 697	19 814	598	3 318	9 895	67 982

蔬菜品种	全市合计	闵行区	宝山区	嘉定区	浦东新区	金山区	松江区	青浦区	奉贤区	崇明区
茄果类	173 827	1 269	2 099	4 241	30077	18 055	2 448	6 231	17 421	86 560
葱蒜类	46 384	0	480	499	6 829	4 598	105	13 245	0	10 911
水生菜类	98 056	30	0	79	5 150	148	0	85 284	481	6 884
其他蔬菜	131 920	2 592	5 374	15 544	14 986	42 569	22 148	0	23 415	0
蔬菜合计	2 591 511	47 719	43 321	104 457	493 611	351 404	89 814	366 342	227 187	705 363

上海市蔬菜废弃物资源化利用技术模式主要有三种：一是肥料化利用模式。包括就地堆肥和联合制肥两种方式。就地堆肥是借助专门的设施设备将蔬菜废弃物就地粉碎、堆置、发酵，将"废料"变"肥料"，循环利用。据初步统计，全市已建成41家不同规模的蔬菜废弃物肥料化利用处理点。联合制肥是指蔬菜生产主体将其产生的蔬菜废弃物运送至有机肥厂进行统一加工处理。如青浦区茭白废弃物主要依托上海练科生物有机肥公司加工生产有机肥，年处理茭白废弃物近4万吨，生产有机肥8 000吨。二是能源化利用模式。将蔬菜废弃物通过沼气发酵工程进行生物发酵，生产沼气能源及沼渣、沼液等生态肥料，目前金山区、嘉定均建有沼气设施。三是饲料化利用模式。主要是初加工后，用于牛、羊等食草动物的喂养。如崇明区港沿蔬菜公司利用芦笋秸秆开发生物营养饲料，主要用于崇明白山羊饲喂。

（三）畜禽粪便产生和利用现状

上海市畜禽养殖品种主要为生猪、奶牛、蛋鸡和肉鸡四大类，养殖方式以规模化养殖为主。据统计，2020年末全市域内共有221家规模化畜禽养殖场，其中猪场117家（含81家种养结合家庭农场），奶牛场32家，蛋鸡场12家，肉鸡场23家，肉牛场1家，肉羊场19家，其他养殖场26家。2020年，本市域内生猪年出栏30万头，奶牛存栏2.5万头，蛋鸡存栏186万羽，肉鸡年出栏693万羽。"十三五"期间，本市域内畜禽养殖总量呈下降趋势，但养殖规模化率逐年提高，其中生猪和奶牛的规模化养殖率已达100%。

上海市在畜禽粪污资源化利用方面，重点以有机肥加工、全量还田和沼气工程模式为主，污水纳管、发酵床等模式为辅，蚯蚓饵料、食用菌培养基等为补充。221家规模化畜禽养殖场中，全量还田（猪粮型家庭农场）的81家，实施沼气工程的18家，达标排放（纳管）的7家，采用微生物发酵床模式的2家，其余基本采用固粪制成有机肥＋液粪发酵还田复合模式。

据了解，2020年上海市畜禽粪污综合利用率约为90%，位居全国前列；规模化畜禽养殖场粪污处理设施装备配套率达100%。本市畜禽粪污资源化利用工作得到农业农村部等国家部委的充分肯定，分别被评为2017年度农业农村部、生态环境部畜禽养殖废弃物资源化利用工作考核优秀、2019年度农业农村部专项工作延伸绩效管理—畜禽粪污资源化利用延伸绩效管理优秀。

二、实践中亟待突破的困难

(一)现有政策覆盖范围不全

上海市历来重视农业废弃物利用工作,出台了一系统支持各类农业废弃物利用项目建设的政策,但针对废弃物利用的补贴政策,目前仅涉及农作物秸秆。现行的秸秆利用补贴政策也未能完全覆盖本市主要的农作物品种,本市鲜食玉米种植面积已达到4.1万亩次,秸秆产量5.74万吨(参见表5),已取代小麦成为本市第二大秸秆来源,但其秸秆处理并没有纳入秸秆补贴政策。目前玉米秸秆中直接还田占35%～45%,制作青饲料占5%,制作有机肥占4%～6%,其余50%左右未实现资源化利用。

表5 2020年上海市郊鲜食玉米秸秆产生量情况

区域	种植面积 (亩次)	秸秆产量 (万吨)	可收集量 (万吨)	集中收集时间和数量	
				春季	秋季
崇明区	13 800	1.93	1.47		
浦东新区	7 880	1.10	0.61		
奉贤区	5 650	0.79	0.36	6月底	9月下旬
嘉定区	3 319	0.46	0.26		
金山区	2 995	0.42	0.12	7月中旬	10月初
青浦区	1 320	0.19	0.11		
其他区域	4 346	0.61	0.30		
合　计	41 000	5.74	3.35	2.31万吨	1.04万吨

同时,上海市蔬菜废弃物资源化利用工作尚处于起步阶段,尤其是部分蔬菜较为坚硬的茎秆、藤蔓无法通过还田实现就地消纳,需要通过相应设施设备进行粉碎、发酵才能实现有效利用。本市支持建设了一批蔬菜废弃物综合利用示范点,但缺少全市面上政策的支撑,仅青浦茭白废弃物纳入本市第四轮秸秆综合利用补贴政策,其他蔬菜废弃物在利用环节均未享受到相应政策。

(二)秸秆补贴资金下达周期过长

上海市从事农作物秸秆综合利用单位普遍反映,补贴核查过程比较复杂,周期长,从补贴申报到获得资金的时间超过一年,导致企业资金压力过大。各企业在处理农业废弃物时,不仅要在处理工序上投入大量资金,在收储运环节也需要自行垫资。较长的补贴资金下达周期加剧了企业现金流紧张,影响了企业的积极性,制约了企业收集利用秸秆的规模。

(三)用地困难仍然存在

当前上海市农业废弃物收储网点缺少规划支撑,部分镇、村只能通过零星地块临时堆放,给企业在收集过程中带来较大困难。部分经营主体在利用尾菜、秸秆等农业废弃物的过程中,需要修建场地、安放设备,但由于受到设施农用地规模,以及土地性质等因素的影响,这部分需要硬化的土地,难以得到满足。

（四）资源化利用缺少数据支撑

一方面，我们对废弃物产生量和利用量的统计主要以估算为主，未形成科学全面的统计体系，目前仅有作物秸秆初步建立了台账系统。另一方面，我们对于不同类型农业废弃物利用模式的研究尚不够深入，对利用技术及其效果也缺少全面的评价。以肥料化利用为例，秸秆、蔬菜废弃物和畜禽粪便还田或肥料化利用在消纳了废弃物的同时，对于提升土壤有机质含量，培肥地力有着积极作用，但对各类技术实际应用的效果缺少跟踪评价和数据分析，不利用技术的遴选和模式的推广。

三、推进农业废弃物综合利用的对策建议

（一）扩大政策范围

本轮秸秆综合利用补贴政策将于 2022 年末到期，充分利用新一轮政策制定的契机，在充分调研的基础上，力争将鲜食玉米秸秆综合利用纳入下一轮政策补贴范围。系统开展上海市蔬菜废弃物利用情况调研，分类研究不同各类蔬菜废弃物产生情况和利用方式，测算废弃物利用成本及其构成。在此基础上，探索形成针对蔬菜废弃物利用的支持政策，切实减轻生产经营主体开展蔬菜废弃物综合利用的成本，努力推动蔬菜废弃物资源化利用。

（二）完善补贴核查

在巩固现有工作机制的基础上，加强信息化手段在秸秆利用核查工作中的运用，通过对现有秸秆补贴申报系统进行升级改造，实现秸秆收集、储存、利用场景信息实时上传功能，为核查工作提供更加及时、可靠的依据，提高核查结果的准确度和可信度，切实保障补贴资金安全。在此基础上，优化补贴资金核查流程，缩短补贴周期，力争做到"三夏"秸秆补贴资金当年到位，"三秋"秸秆补贴资金次年到位。

（三）破解用地难题

日前，上海市发展改革委等 6 个部门印发了《关于进一步支持本市资源循环利用行业发展的实施意见》（沪发改环资〔2021〕133 号）文件，对本市资源循环利用企业实行分类管理，并给予规划保障。近期应当加强文件精神的贯彻落实，探索建立农业循环利用企业名单，梳理用地需求和实际用途，逐步落实建设用地或设施农业地给予，切实帮助利用企业解决用地困难，稳定和提升农业废弃物综合利用能力。

（四）健全数据统计

充分利用现有的秸秆资源台账系统，借助上海市水稻产业技术体系等科研团队，科学测定和完善本市主要作物品种的草谷比，秸秆可收集系数等关键参数，进一步提高秸秆数据的及时性和准确性。逐步完善和强化对畜禽粪便、蔬菜废弃物产生量、利用量的采集和统计分析，加强对统计结果的分析和运用，为科学决策提供数据支撑。

（五）强化科技支撑

继续加大对作物秸秆还田离田利用技术的研究和推广，提升机械化还田效率，完善秸秆基料化、饲料化技术，并形成市级技术标准。开展对蔬菜废弃物利用关键设备和技术的研究，加快推广相对成熟的蔬菜废弃物利用技术和模式。推进粪肥还田种养循环

试点,重点在崇明、嘉定、金山和光明集团构建和推广1—2种粪肥还田组织运行模式。对各类技术的应用效果持续开展评价,为系统化构建全市绿色种养循环模式提供数据支撑。

牵 头 领 导:徐惠勤

牵 头 处 室:科教处

课题组成员:刘佩红　田吉林　徐　杰　贺倩倩
　　　　　　　曹　云　郑　楠　曹家俊　郑培泉
　　　　　　　张夏欢　李兆信　姚　慧

15. 上海无人农场建设对策研究

一、研究背景及目标

(一)研究背景

1."中国人要把饭碗端在自己手里,而且要装自己的粮食"

习近平总书记曾指出"在我们这样一个有 13 亿多人口的大国,保障粮食安全始终是国计民生的头等大事""中国人要把饭碗端在自己手里,而且要装自己的粮食""农业要振兴,就要插上科技的翅膀,就要靠优秀的人才、先进的设备"——智能化、无人化高效生产是我国粮食生产安全的科技保障。

2."谁来种地,怎么种地"——劳动力断崖式短缺是目前的现实问题

农业劳动力是农业生产中最重要的资源,但随着城市化进程的发展和人口老龄化的日趋严重,我国出现农民脱农转移、代际分化以及农业劳动力断代。目前田地劳作的农民,以 50 岁以上的中老年人居多(最大 77 岁),40~50 岁的中年人较少,30~40 岁的青年人极为罕见(最小 34 岁)。"70 后"不愿种地,"80 后"不会种地,"90 后""00 后"不提种地,中国农业已经面临严重的劳动力危机,"如何种地,谁来种地"将成为我国粮食主产生产面临的严峻现实问题。通过装备智能化、生产无人化实现农业生产的转型升级及模式转变是上述问题的有效解决手段。

3."大力推进农业机械化、智能化,给农业现代化插上科技的翅膀"

由传统农业向智能化、无人化现代农业转变是世界农业生产的发展趋势,欧美发达国家农业生产已经进入智能化时代(现在美国农场平均每一个农业劳动力可以耕地 450 英亩)。党的十九大明确提出实施乡村振兴、加快推进农业转型升级战略,农业农村部提出了"加快转变农业生产方式,推进改革创新、科技创新……大力构建现代农业产业体系、生产体系……"的工作要求。习近平总书记在北大荒建三江考察时指出"大力推进农业机械化、智能化,给农业现代化插上科技的翅膀"。赵春江院士在 2021 年全球人工智能技术大会上指出探索未来无人农场的关键技术是必然的发展趋势。

4. 上海无人农场建设是对接国家发展战略,服务上海科创中心建设的需要

科技部在十四五期间启动实施了"工厂化农业关键技术与智能农机装备",制定了水稻、小麦及玉米等主粮作物的全程无人化生产技术装备创制与应用重点专项。上海作为全国科创中心建设的"先行者",提出"建设具有全球影响力的科技创新中心",在《上海市推进农业高质量发展行动方案(2021—2025 年)》明确提出了打造 10 万亩粮食生产无人农场的建设目标。

(二)研究目标

罗锡文院士提出,上海作为国际大都市,具有科技引领与人才聚集优势,农业生产机械化及智能化水平高,在无人农场的建设方面应先行先试,实现全国性技术引领、建立标杆示范作用,为其他地区提供可借鉴参考的上海方案输出。为实现上述目标,本研究对无人农场相关技术要素进行全面梳理,明确无人农场建设已有基础以及进一步实施中的重点、痛点及难点,并针对性提出上海市无人农场建设实施策略建议。

二、国外无人农场技术现状

无人农场是采用新一代信息技术,通过对设施、装备、机械等的智能控制,实现农场全空间、全天候、全过程无人化生产作业的一种农业生产组织模式从技术组成要素角度分析无人农场包括机械人化智能作业装备和基于物联网/互联网的感知、通信、决策及云平台管控。其中智能化装备是无人化的硬件实施基础及功能保证,而通信、管理、决策及协调管控系统是无人农场实施性能、质量、效率的保证。

北美、西欧、澳洲等一些大公司均开展了自动驾驶与智能控制的相关技术研究,并具有较为成熟的作业方案,而在美国、德国等国家已经广泛应用自动化、智能化装备开展农业生产,具有较高的生产效率和经济价值。美国农场平均每一个农业劳动力可以耕地 450 英亩,而在德国高度的发达工业使农业生产实现了全程的现代化,一个农民可以养活 139 人。

美国:约翰迪尔作为农业机械的龙头企业,它所发表的未来展望基本上可以代表未来农业的最高科技领域。约翰迪尔公司从 StarFire 6000 Receiver 导航定位、Greenstar 智能作业监控显示终端、AutoTrac 自动驾驶系统及多机协同、远程操控中心、JDLINK 通信物联及手机 App 等都有成熟的产品与方案,可满足不同类型作业的智能化及自动驾驶需求,解决方案可以实现大半径的自动转弯,减少作业面积的重叠。2014 年约翰迪尔发布了未来农场 1.0,2020 年又发布了未来农场 2.0,对未来农业的设想是把天气实时监测、农机维护保养、农业专家、土壤监测、无人驾驶系统、农作物监测、农机手和市场价格动态全部科技化归纳在一起,由农场主掌握并释放指令,合理规划出来未来无人农场的发展方向。

凯斯公司推出了 AFS ® 系统,可提供全方位的量身定做的农田智能管理系统,AFS AccuGuide 自动导航和转向控制系统、监测田间作业完成情况,燃油消耗情况,产量监测状况的软件管理系统、远程信息管理系统。凯斯公司推出了无人驾驶概念拖拉机 Magnum,该拖拉机路径生成算法根据任务类型、车辆、机具大小、现场车辆数量、实

现转弯半径等计算的最高效区域覆盖模式。两辆或两辆以上的农用车辆可以在单一领域协调区域覆盖任务,也可以在完全独立的田地同时操作。

德国:科乐收公司(CLAAS)推出了 GPSPILOT 解决方案,高精度 GPS 接收机配合激光传感器,后者作用是检测已收割作物和未收割作物之间边缘的精确位置。CLAAS 公司的 CEMOS 解决方案可以实现自动对行,自适应半径转弯等功能。格兰发布的 iM FARMING 精准农业解决方案里包含了 IsoMatch 自动驾驶系统,可以实现自动转向功能。

日本:在日本主要农机企业基于"1 个机手、2 台机器"设想,推出了带有高精度卫星定位导航功能和遥控功能的自动化农机产品。2018 年 6 月以来,久保田公司先后上市了带有辅助驾驶功能的水稻收获机、拖拉机,以减轻机手长时间作业体力负担,提高农机作业精度。井关、洋马等企业也在计划上市类似产品,扩大相关技术推广应用规模。

总结:欧、美、日等先进农业生产国家农机智能化水平高,有较为成熟的自动驾驶及无人作业软硬件产品,并在生产中得到应用,具有较高的规模化农业生产效率。无人农场是国际的发展趋势,自动驾驶及无人化作业是引领技术。

三、国内无人农场技术及现状

无人农场的建设是个复杂的系统工程,涉及适于无人作业的标准农田基础设施建设、自动驾驶技术、作物/环境/装备作业状态感知系统、电液智能作业装备及机具、智能控制决策系统、端—边—云 4G/5G 通讯及管控系统。前期我国在相关关键技术上有了较好的积累,同时近年来也进行了农机自动驾驶及无人化作业的试验、探索与应用。

(一)国内支撑无人农场建设的"卡脖子"技术已经突破

1. 农机作业环境与状态智能感知技术

农业生产全程无人化作业质量的保证需要相应的感知与检测手段支撑,国内前期已在耕深检测、施肥播种检测、植保喷雾检测与控制、稻麦谷物收获测产、农田边界及障碍检测、土壤养分检测等方面开展了研究。上述感知技术有的已经成熟,可在生产中应用,如耕深及植保喷雾检测、播种施肥堵塞检测、基于雷达的障碍检测等;有的已经通过田间试验测试,但大批量应用需要进一步测试,如种肥流量检测与测产检测,上述技术研究为无人农场的实施提供了技术支撑。

2. 农机装备北斗定位导航与自动驾驶技术

自动驾驶是农业生产过程无人化的一个基本前提,目前国内技术已相对成熟,进入了实用化阶段。早期我国农机导航、自动驾驶主要采用 Trimble(天宝)公司的 GPS 定位以及拓普康、Autofarm、Agleader 公司的自动驾驶系统。随着北斗产品推广应用,我国的农机导航与自动驾驶进入快速发展阶段,以上海联适导航公司为代表的国产的北斗定位导航及自动驾驶系统已完全取代进口,进入实用化阶段。电动方向盘式自动驾驶转向及液压自动转向驱动系统成为成熟的标准化配置模块。

3. 农机装备的大脑——智能控制技术

农业生产耕、种、管、收全程无人化最终要落实到装备及机具的智能化,总体而言,适于无人化作业的农机装备智能化已经做了大量基础性工作：

耕：无人拖拉机及作业机具：作为主机厂，一拖集团推出了东方红 LF954－C 和 LF2204 无人拖拉机，雷沃集团推出了无人驾驶雷沃欧豹拖拉机，中联重科推出了耕王无人驾驶拖拉机。而上海联适导航则结合用户需求和实际机型，对多家的轮式和履带拖拉机进行了无人驾驶改造，并进行了无人化实地示范作业。

种：水稻直播、插秧的机具提升下降、倒车与速度控制、断点续航通过对原手动系统进行电动化推杆改造，已经实现和实用化。

管：植保喷药机由于本身采用了无级调速技术，喷药、喷杆提升下降都采用电控，同时市场上有较为成熟的与 BDS 北斗配套的变量喷药模块，技术也相对成熟。

收：雷沃重工、丰疆智能、中联重科、沃得等主机厂家推出无人驾驶收割机。而上海联适则根据不同用户实际机型与无人化作业需求，进行了凯斯 6088、6130 等大型收割机，久保田轮式和履带式收割机，洋马半喂入和全喂入收割机，中联艾禾 A9 收割机，沃得履带式收割机等多种收割机的无人化改造。

4. 农机装备集群云管控平台

网络化、信息化、智能化是无人农场的技术特色，中国农机院建设了全程农机化云服务平台，入选 2018 年中国智能制造十大科技进展。雷沃重工构建了智联云服务平台。中联重科推出了农机智能云服务。上海联适导航公司也开发了实用化的农机作业监控云平台，实现了远程实时监控、统计分析等。

（二）国内无人农场建设现状

在国内罗锡文院士最早提出建设无人农场，随着无人农场卡脖子技术的突破，不同规模的无人农场示范开始建设：2013 年华南农业大学构建了国内第一个无人农场试验田，2018 年 6 月江苏兴化农业全过程无人作业试验，2019 年 7 月山东潍坊—雷沃阿波斯无人农场，2020 年 10 月北大荒建三江—碧桂园无人化农场，2020 年 11 月华南农业大学广州增城无人农场，2020 年 12 月上海嘉定区外冈镇数字化无人农场等。国内无人化农场建设详细情况见附表 1。

（三）上海无人农场前期建设实践

上海有 150 余万亩的水稻种植面积，机械化率国内最高，已达 96％（全国平均 69％），具备了建设无人农场的基础条件，同时上海市十分重视高科技在农业生产的应用，上海市农业农村委施忠总经济师多次组织罗锡文院士、刘成良教授等专家进行上海无人农场方案设计与论证，并开展了基础性研究工作。

2016 年由上海交通大学、上海世达尔现代农机有限公司、上海联适导航、上海市农业机械鉴定推广站率先开展了"水稻智能化直播机械的研制与示范应用"研究，并在奉贤等区合作社进行了示范应用。在国内率先实现农机北斗导航辅助驾驶向农机自动无人驾驶的提升跨越，国内首次实现农机田间自动无人化调头对行、机具自动升降及速度自动调节技术，为国产农机自动驾驶与自主作业提供了参考借鉴。

2019 年由上海上实现代农业有限公司牵头，江苏大学、上海交通大学等单位参与开展了"水稻生产全程农机智能化技术集成与示范"研究，在上实农场对 30 台拖拉机、直播机、施药施肥机和联合收割机进行智能化改造,并完成 5 000 亩的耕、种、管、收无人化作业示范,该项目的特点在于以农场实际无人化生产需求为指导,科研服务于生产,并引领生产模式的科技化提升。

2020 年开始,上海嘉定区外冈农机服务专业合作社携手上海联适导航技术有限公司在嘉定区外冈镇泉泾村粮食生产基地进行了上海收割水稻生产全程无人化农场建设,由联适公司进行插秧机、拖拉机、自走式打药机、收割机等农业作业机械的无人化改造,并实现无人化实现耕、种、管、收等环节作业,目前已初步实现 300 亩水稻田的耕、种、管、收全程无人化生产作业。为家庭无人化农场建设提供了方案。

四、无人化农场建设须进一步解决的问题

罗锡文院士在不同场合对无人农场的特征进行了如下阐述:"耕种管收生产环节全覆盖;机库田间转移作业全自动;自动避障异况停车保安全;作物生产过程实时全监控;智能决策精准作业全无人"。国内许多地方都在进行农业生产全程无人化及无人化农场探索研究,在一些水稻生产等耕整、播种及收获环节进行了无人化作业的示范性作业。全程无人化生产及无人化农场的建设最终落脚点为高效、高品质、无人化自动生产,从目前的示范性功能验证到生产实用化的高效、高品质还存在一些问题需要进一步解决。

(一)核心关键技术须进一步突破

1. 农机装备无人化后装改造难度大

自动驾驶与无人化作业多农机装备需要动力换挡、无级变速、关键机具动作的电液一体化。而目前我国在用大部分农机是手动换挡,机具动作机械液压实现,前期农机自动驾驶的实现主要依靠对已有农机的自动化改造,改造的难易程度严重依赖农机装备本身的电液化程度,如目前一些拖拉机和半喂入联合收割机的无人化改造还存在不小的困难,主要是主机的电控化程度不高,这也是目前的技术难点。虽然雷沃重工、中联重科等企业研制了适用于自动驾驶及无人作业的收割机等,但目前只是演示性样机,并没有量产。对于新机型的开发须结合无人农场的生产要求,对适宜无人作业的农机提出功能及性能要求,对生产企业订单式、倒逼化改型,共同促进无人化智能生产装备的发展。而自动驾驶无人化农机装备主要还依赖于存量农机的改造。

2. 决定作业质量的信息感知与智能控制融合难

水稻生产耕、种、管、收等环节已从功能上实现了自动驾驶无人作业,但最终无人化作业能否被用户接受,转化为实际生产力还取决于无人化作业的生产效率与作业质量,而生产效率与作业质量的保证离不开作业过程中作物、车辆以及机具的信息感知与融合控制。而目前无人化作业主要依赖北斗定位导航,缺乏基于上述信息的感控融合一体化控制,如耕整作业耕深检测控制、播种插秧的漏播检测与报警、收获的倒伏判断及割台控制、秧苗行线检测、喂入量控制等。

3. 无人化农场全程云管控平台建设难

无人化农场在装备智能化基础上要实现农场管理智慧化,才能发挥整体效益优势。

目前水稻全程无人化生产主要侧重于装备的无人化、智能化方面,但在云平台建设方面主要完成了部分数据的查询,作业显示,在全程数据共享管理、作业路径规划、作业处方模型、云端生产管控等智慧化云管控方面尚未进行深入研究,需进一步从政府、企业、用户角度出发进行云平台标准化架构建设及应用开发。

(二)无人作业农田建设急需标准化

1. 农田基础设施与信息化建设滞后

无人化作业封闭小区道路及感知标记标志、机库布局、通信设施、地下、地表、作物、气候等智能传感器网络建设滞后,缺乏小网格高精度农田数字地图(Agri-GIS),自动驾驶无人化作业之前需预先作业地块的打点标记;农田北斗导航通讯定位网络(CORS)建设及数据共享程度低,标准不统一,不同用户存在重复建设。

2. 数字农田与无人化作业装备匹配性差

包括田块形状面积与不同型号无人驾驶农机尺寸的公约数匹配性,地块过小造成转弯调头次多,面积形状不规则统一造成行驶路径不优化、水田硬底层不平整不利于无人化自动驾驶、无人化装备出入田道路未考虑、

(三)管控运营模式亟待创新上海方案

1."保姆式"运营模式不适合未来全程生产无人化的推广

目前国内开展的示范性农业全程生产全程无人化作业及无人农场建设都是由研发单位及高校的开发及服务人员进行操作、维护,而随着全程无人化规模的扩大,未来面向大型农场、家庭合作社的不同规模类型的用户,需要探索合适的方式进行无人化生产,建立规范完善的"产品—销售支持—培训—应用服务"体系。

2. 适合无人化作业的"新农人"缺乏

无人化智慧农场及对应的无人化智能农业装备促使农业生产者有传统农民和利用高科技手段的"新农人"转变,对无人化农业装备的操作一方面需要进行用户操作的标准化、简单化,但同时也需要操作人员年轻化、专业化、新事物接收能力强。

(四)加快无人农场相关配套标准、法规及政策建设

无人农场建设涉及多环节、多系统、多技术,牵涉面广,是个不断探索及完善的过程,目前尚缺乏相关的配套法规及政策,如新型无人化装备的使用安全标准问题、无人农场生产技术规范及作业标准、相关智能化装备的配套补贴政策等,需要在无人农产建设中同步探索实施,落实无人农场建设的标准化可操作性及落地实施。

五、上海无人农场建设总体构想

目标定位:跟踪国际前沿、对接国家重大战略、发挥上海特色优势,目标导向、任务驱动、分步实施、产学研用一体推进,以《上海市推进农业高质量发展行动方案(2021—2025年)》10万亩无人农场建设为目标,开展前瞻性布局。立足上海、服务全国,汇聚一批人才、配置全球资源、培育无人农场新兴产业。

"十四五"期间,大田农业以无人农场为切入点,突破一批核心关键技术,上海率先建设无人化示范农场,实践可复制可推广的社会化服务新模式,为国家输出智慧农业上

海方案,引领智慧农业发展。设施农业突破智能温室、设施农业装备、智能管控云平台等核心关键技术,抢占技术制高点,做大做强智能温室产业,领跑行业发展,打造上海无人农场现代农业新名片。

上海无人化农场建设可以划分为"初级阶段－中级阶段－高级阶段"3个阶段:无人农场1.0、无人农场2.0、无人农场3.0,结合上海实际情况分阶段实施。

(一)阶段1:上海无人农场1.0——小规模示范型

至2021年底,进行300亩左右规模的示范性无人化农场建设,基本解决农机无人化作业装备的改造及农田信息化数字化基本建设,建设目标分为以下几点。

1. 技术方面

①重点完成突破适宜于无人化作业的农用作业机械的无人化改造,具体包括拖拉机、插秧机/播种机、自走式打药机、收割机等,解决无人化作业过程的直线跟踪、调头、转弯、前进后退、变速换挡及机具作业动作的智能自动化控制(自主无人或遥控),实现300亩左右的生产性无人化耕整地、插秧/播种、无人化植保、无人化收割,以及在不同作业机械间的协同作业。

②完成对存量化现有机型及新型电液一体化智能农机实现无人化作业的不同方案的对比总结。对现有存量机型形成无人化改造的标准化配件,对新型电液一体化智能农机建立所需数据接口规范要求。

2. 标准化农田建设方面

完成小网格高精度农田数字地图建设,农田边界区域识别由跑边打点方式变为网络化共享下载方式。完成农田北斗导航通信定位网络(CORS)建设及数据共享方案。

(二)阶段2:上海无人农场2.0——中规模生产型

至2023年底,在300亩左右规模的示范性无人化农场建设经验基础上进行2 000亩左右的生产性水稻无人农场建设,重点突破由无人化作业功能到无人自主作业质量保证和性能提升,以及适宜于无人化作业的标准化农田建设。具体建设目标分为以下几点。

1. 技术方面

①实现感控融合的无人化作业质量控制

重点解决无人化农机装备作业中耕深检测与控制、行线检测与控制、播种/插秧漏播检测与控制、施肥喷药的变量精准控制、收割过程倒伏检测与割台控制以及喂入量自适应调节控制等,最终是无人化作业的质量、效率与精度保证。

②实现无人农机实时状态监测、故障诊断与预警

农机无人化作业与常规作业相比,必须避免作业过程突然故障停机造成田间趴窝,因此须解决无人化农机智能装备及机具状态监控、诊断及预测维护,杜绝作业中故障停机。

③云管控平台的初步建设

完成云管控平台初步建设,实现无人化生成全程数据监控,多生产环节数据共享,作业路径规划下载等。

2.高标准农田建设

完成农田(田间)的无人化作业适宜性改造,包括田块形状合并规整、水田硬底层的平生、无人化装备出入田道路、田间无线视频监控、智能传感器网络(视情况)建设、自动化灌溉设施建设等。

3.运营模式及人才培养

面向农场及合作社不同经营主体,研究对比企业自有专业人才培养(农场)和第三方专业化服务不同运营模式,完成相关人员培训。

(三)阶段3:上海无人农场3.0——大规模智慧型

至2025年底,在无人农场1.0、无人农场2.0的建设经验基础上进行30 000亩左右高效智慧型水稻全程生产无人化农场建设,实现由作业生产无人智能化到全程智慧化。具体建设目标为:

1.技术方面

①智能作业装备全面机器人化

落实"耕种管收生产环节全覆盖;机库田间转移作业全自动;自动避障异况停车保安全;作物生产过程实时全监控;智能决策精准作业全无人",进行水稻无人化生产智能作业装备的可靠性、精准性提升优化,实现优于常规有人作业的无人化作业质量与效率,满足农业生产需求。

②完成智慧农场云管控平台建设

全面建设具有全程无人化作业生产监测、环境—气候—作物—土壤—状态等数据库、耕种管收多环节信息共享、生产决策模型处方生成、自动优化路径规划、多机协同调度管理功能云管控平台,形成标准化框架结构,满足不同用户监控、调度管理、统计分析、作业管控优化等需求。

2.高标准农田建设

完成整个农场规模的无人化作业适宜性环境建设,包括封闭小区道路优化及感知标记标志、机库布局、农场全域数字化监控等。

3.运营模式及人才培养

形成面向农场及合作社不同规模经营主体,包含企业自有专业人才培养(农场)和第三方专业化服务不同运营模式,完成相关人员培训,并形成标准。

(四)阶段4:2030上海无人智慧农场

全面实现上海市多类型、适应不同规模的水稻生产全程无人化生产体系及智慧农场。

六、上海市无人农场建设对策及建议

(一)加快10万亩稻田无人农场顶层设计规划

加快10万亩水稻无人农场布局规划,细化实施地点、建设规模、建设内容,投入预算及效益分析。为上海150万亩水稻生产的无人农场建设奠定基础,提供示范。

（二）立上海无人农场重大专项，加快无人农场相关配套政策的制定

以无人农场1.0到3.0为主线，分阶段设立重大专项，融合农田建设项目、都市现代农业发展专项、科技兴农项目以及农机购置补贴等政策，加强协调沟通，针对无人农场设计突破性扶持措施，兼顾核心关键技术研发和产业化示范推广，不断加快无人农场配套设施、设备和人才建设。

（三）组建产、学、研、用优势联合体，构建无人农场协同创新功能型平台

建立由农场/合作社、农机装备企业、科研院所构成的无人农场产、学、研、用优势联合体新机制，组建由首席科学家领衔的无人农场创新人才队伍。构建上海无人农场协同创功能型平台。

（四）加快无人农场标准农田建设，完善无人农场配套设施

充分结合水稻生产全环节作业、北斗导航定位RTK公共基站以及通讯定位网络（CORS）建设需求，探索和推进适宜无人化作业农田标准化基础建设，优化无人农场示范区内部机库和农田布局，并加快2.5厘米小网格高精度农田数字共享地图（Agri-GIS）建设。

（五）制定无人农场生产作业相关规范及标准，加快现代"新农人"培养

研究制定全程各环节工艺工序、不同作业数据共享格式、肥水灌溉自动化等前期约束条件规范，制定无人智能农业装备操作规范。组织由研发企业、科研院所相关专家组成的培训团队，对各类无人农场从业人员进行技术培训，组建高科技、脑力型无人农场"新农人"队伍。

附件：表1国内大田无人农场建设实施情况

牵头领导：施　忠

牵头处室：农机处

课题组成员：刘　刚　　刘成良　　刘利光　　陆建华
　　　　　　　　楼勖炜　　王思静　　张寒波　　李彦明
　　　　　　　　贡　亮

附表 1

国内大田无人农场建设实施情况

序号	时间	地点及名称	实施内容	特 点
1	2013	华南农业大学	无人驾驶试验场	国内首先农机无人驾驶研究
2	2018.6	江苏兴化——我国首轮农业全过程无人作业试验	无人旱耕机、无人打浆整平机、无人插秧机、无人施药施肥机、无人割草机、无人收割机等 10 余台车分别进行了耕整、打浆、插秧、施肥施药、收割等农业生产环节的作业	大田无人作业首次集中作业示范，主要为辅助驾驶，功能性验证，技术不是很成熟，但推动了我国农机无人化作业的而发展
3	2019.6	山东淄博——山东理工无人农场	小麦收获无人驾驶、地面无人植保、玉米播种无人驾驶、遥感无人机、植保无人机、小麦播种和秸秆处理等现场作业演	—
4	2019.7；2020.10	山东潍坊－雷沃阿波斯无人农场	无人驾驶雷沃欧豹拖拉机牵引旋耕机对地块进行耕整作业后，紧接着安装了自动导航驾驶系统的阿波斯拖拉机牵引播种机将玉米种播下。随后，安装自动导航驾驶系统的阿波斯植保机进行植保作业	80 亩的小麦实现全程无人化施肥、深翻、耙地、播种，并实现作业质量全程实时监控雷沃公司本身的无人化拖拉机、植保机，雷沃自身示范农场，自身技术的展示，具有自动移库功能
5	2020.10	北大荒建三江－碧桂园农业无人化农场	无人驾驶拖拉机、插秧机、收割机、喷药机、无人机等配有不同的农具或装置，分别在大豆、玉米、水稻田里进行耕整地、播种、插秧、喷药、喷肥、收获、运粮等农业生产全过程演示，总共 20 项生产环节全部无人化作业，涵盖耕整地、播种、插秧、喷药、喷肥、收获、运粮等环节	不同优势单位的无人作业装备的集中展示，针对主粮作物的规模最大、参加试验示范的农机设备最多、作业环节项目最全、无人化技术最先进，农机田间作业无人化程度最高的一个无人化农场项目
6	2020.11	江苏南通海门无人农场	正余镇新岸村 1 000 亩稻麦轮作基地，引进了无人插秧机、无人收割机、无人拖拉机、无人植保机等无人农机设备，实现农业从播种、植保到收割全程无人化操作	
7	2020.11	广州增城华南农业大学教学科研基地	罗锡文教授及其科研团队在增城区宁西镇华南农业大学教学科研基地召开水稻无人农场收获现场演示会。在人不进入农场的情况下，采用物联网、大数据、人工智能、机器人等技术，通过对农场设施、装备等远程控制或智能装备与机器人的自主决策、自主作业完成所有管理任务	在无人驾驶拖拉机左前轮旁边安装了角度传感器，无人驾驶插秧机在水稻田里的侧滑是一个难题，使用侧滑估计补偿器很好地解决了这个难题
8	2020.12	上海嘉定区外冈镇数字化无人农场	已初步实现 300 亩水稻田的耕、种、管、收全程无人化生产作业	由上海联适导航负责实施，外冈镇具有土地规模广大，且平坦规整、连片成方的优势，便于无人机械在起步阶段的试验研究

续表

序号	时间	地点及名称	实施内容	特 点
9	2021.4	河北邯郸邯郸市"无人化"农场项目	试验示范内容主要有五个方面：(1)拖拉机"无人化"智能作业升级改造。(2)自走式喷药机"无人化"驾驶智能操控作业升级改造。(3)玉米联合收割机"无人化"驾驶智能操控作业升级改造。(4)无人驾驶农机作业终端物联网监管系统的构建。(5)无人农场农机作业监管与服务大屏幕展示系统	项目依托赵春江院士团队，由成安县俊山农机服务专业合作社承担，建立了100亩左右的示范点，试验示范玉米耕整地、种植、植保、收获等田间作业的主要环节"无人化"作业
10	2021.4	湖南长沙望城无人农场	第一期集中示范面积280亩，主要包括高标准农田、智慧农机、智能灌溉、天空地一体化精准农情遥感监测系统四大板块，包括无人旋耕拖拉机撒播飞机、水稻插秧机、抛秧机	该项目引进罗锡文院士团队的无人农场关键技术，使用袁隆平院士团队选育的优良水稻品种，选用中联重科等企业生产的国内先进农机装备，实现水稻耕、种、收生产环节全覆盖
11	2021.5	慈溪正大无人智慧农场	除无人驾驶收割机外，还亮相了水田里的无人直播机、地面的耕无人拖拉机及空中的飞防"精灵"无人机，集成无人驾驶、自动导航作业系统，可自主实现平地翻、耙、播种、喷药等各种高能操作	由正大桑田和罗锡文院共同主导，贯彻罗院士提出的"耕种管收生产环节全覆盖、机库田间转移作业全自动、自动避障异况停车保安全、作物生产过程实时全监控、智能决策精准作业"全无人这五大特点
12	2021.5	广东佛山高明更合镇吉田无人农场	200多亩水稻田通过使用高科技手段进行旋耕、激光平地、水稻直播作业，完成了早造水稻的播种	佛山中国科学院产业技术研究院联合华南农业大学、仲恺农业工程学院、广东若铂智能机器人有限公司、广东视场科技有限公司等单位，组建成立了中科智慧农业创新研究团队，他们将在罗锡文院士团队的指导下，建设国内首个水稻"无人农场"，年内建成智慧农业科技园区
13	2021.5	河北赵县"无人农场"	通过对传统自走式打药机进行无人化改造，实现从远程遥控启动、机具出库、田间道路行走、喷杆展开折叠、喷洒药液、高精度直线行走、地头转弯、机具回库等环节无人化操控	依托由赵春江院士团队和河北省农林科学院专家团队，具体内容包括无人驾驶拖拉机耕整土地、无人驾驶拖拉机播种施肥、无人驾驶自走式喷药机喷药、智能节水灌溉和无人驾驶小麦联合收获机收割五个作业环节
14	2021.5	吉林农安县生态无人农场	来自山东、吉林、北京等地的多台无人驾驶拖拉机、无人自走植保机器人、无人飞机模拟植保，在实验区20公顷土地范围内进行翻地、耙地、播种、模拟植保等无人作业演示，展现智能化时代给农业生产带来的巨大变化	由长春市政府和国家车载信息服务产业应用联盟共同主办，多家产平同台竞技

序号	时间	地点及名称	实施内容	特　点
15	2021.5	安徽省亳州"无人农场"	中国工程院院士罗锡文带队来到亳州,与谯城区签订《亳州市谯城区无人农场建设合作协议》,全省首家"无人农场"建设试点基地落户双楼村	以"大、物、移、云"(大数据、物联网、移动互联网、云计算)为支撑,以农业智能装备(机器人)为手段,以农业生产全过程的无人化、少人化、精准化、智能化为目标。建设面积 300 亩,建设周期约 6 个月,预计 2021 年内建成

16. 上海三峡移民信访稳定突出问题攻坚化解的对策调研

三峡工程移民是非自愿性水库移民。受政策、社会和心理等因素影响,上海市三峡移民矛盾化解任务依然十分艰巨。为此,我们组成课题组,对我市三峡移民信访活动进行了梳理,访谈了部门工作人员、部分移民安置村干部和移民代表,提出攻坚化解的对策建议。

一、三峡移民及信访基本情况

移民安置是三峡工程建设的重点和难点。根据国家统一安排,2000 年至 2002 年,上海市分三批共接收来自重庆市云阳县的南溪、龙洞、人和、双江 4 个镇的移民共 1 305 户、5 509 人;2004 年 7 月,上海市第四批接收来自重庆市万州区的 530 户、2 010 人。

(一)三峡移民总体情况

1. 大分散、小集中

经初步统计,截至 2021 年 3 月,上海市共有三峡库区农村移民 2 258 户、8 366 人,户数增长 23%、人数增长 11%。分布在崇明、金山、奉贤、浦东新区(原南汇)、青浦、松江、嘉定等 7 个区,除嘉定区有移民 802 人外,其他 6 个区均超过 1 000 人,崇明区三峡移民数量最多,共 516 户、1 657 人(见表 1)。上海采取"大分散、小集中"的方式,平均每个安置点 3—4 户,属于十分典型的分散安置。

表 1 　　　　　　　　　　上海市 2021 年大中型水库移民人数分布情况

类型	安置区	涉及乡镇（个）	涉及行政村（个）	移民户数（户）	移民人数（人）
三峡库区移民	崇明区	14	87	516	1 657
	奉贤区	8	65	307	1 167
	嘉定区	4	30	206	802
	金山区	10	51	295	1 284
	浦东新区	12	45	352	1 198
	青浦区	8	62	324	1 173
	松江区	6	50	258	1 085
其他水库移民	闵行区	—	—	1	3
	宝山区	—	—	2	10
—	合计	62	390	2 261	8 379

2. 劳动年龄人口超过七成

三峡移民中,劳动年龄段人口 6 021 人,占三峡移民总数的 71.97%。移民总体平均年龄为 41.32 岁,其中 51—60 岁人口数量最多,占总体比重的 18.44%,其次是 41—50 岁人口,总数为 1 509 人,占比 18.07(%)(参见图 1)。同时,劳动年龄人口中,有 562 人属于务农无业状态,接近 10%。

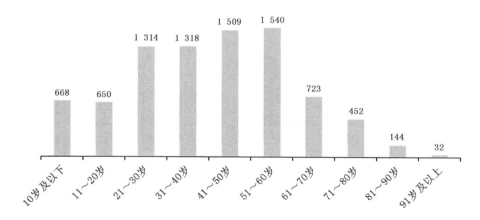

图 1　移民总体年龄分布情况

(二)信访基本情况

1. 哪些地方信访——崇明、青浦移民信访问题较为突出

从各区汇总的信访移民数据看,有记录的信访移民人数为 343 人次。崇明和青浦移民信访人数超过全市移民信访总数的一半。其中,崇明区信访人数最多,达到 132 人次,超过全市移民信访总数的三分之一,占该区移民总数的 7.97%,远高于其他各区信访人数。其次是青浦区 71 人次,占全市移民信访总数的二成,占该区移民总数的 6.05%。金山区移民信访的人数和比例均最低,信访人数为 20 人次,占全市移民信总数的 5.8％,占该区移民总数的 1.56％(参见表2)。

表2 各区移民信访人数分布情况

区	信访人数(人次)	移民总数(人)	占 比
崇明区	132	1 657	7.97％
青浦区	71	1 173	6.05％
浦东新区	33	1 198	2.75％
松江区	31	1 085	2.86％
奉贤区	31	1 167	2.66％
嘉定区	25	802	3.12％
金山区	20	1 284	1.56％
总计	343	8 366	4.10％

2. 哪些人信访——中老年群体是信访的主要人群

移民信访人员平均年龄为 54.15 岁,超过全体移民平均年龄 13 岁。其中,41—70 岁的信访人员占比在 72.59％;51—60 岁的人数为 120 人,占总体比重为 34.99％(见图 2)。同时,劳动年龄段内无工作的三峡移民信访比例明显高于总体信访水平,562 名劳动年龄段且无稳定人员中,有 63 人曾有过信访活动,接近于面上平均水平的三倍。

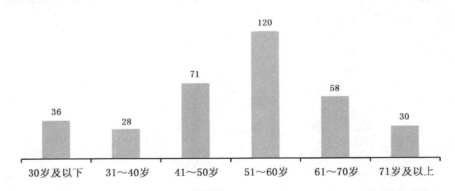

图2 信访人员年龄分布情况

3. 到哪里信访——信移民访层级以街镇上访为主

街镇上访占到总上访量的 69.39％。其次是到区里信访,占到 25.07％(参见表3)。

表3 信访层级分布情况

信访层级	数 量	比 例
街镇	238	69.39％
区	86	25.07％
市	13	3.79％
进京	6	1.75％
合计	343	100.00％

（三）三峡移民后扶资金使用情况

1. 后扶造血项目

为解决后扶项目寻找难,后扶资金使用率不高的问题,本市积极探索统筹安排移民后期扶持资金开展后扶造血项目,拓展后扶资金使用方式,细化资金收益分配内容,各区"后扶造血项目"建设及规划情况如表4所示。

表4 各区"后扶造血项目"建设及规划情况

区	造血平台公司名称	投资金额（万元）	投资对象名称	投资对象性质	投资方式	造血项目内容	年化收益率
青浦	上海青峡实业发展有限公司	8 009	上海淀山湖新城发展有限公司下属子公司	区属国企	分三年完成,已到位资金5 209万元,后续资金以中央实际下达为准	债转股	4.75%
浦东	上海浦乐会商业管理有限公司(拟)	6 300	计划收购土储中心南码头齐锦苑17套商铺和浦三锦苑6套商铺,以及优质大居物业	商铺	平台公司与浦商公司按照45：55合资购买	购买物业出租	5.5%以上
金山	上海振峡经济发展有限公司	7 450	上海金山土地开发服务有限公司	区属国企	分三年完成,已到位资金4 098万元	首期出资债转股,后两期出资以股东增资方式	6.00%
嘉定	上海嘉卅企业发展有限公司	4 006	4个镇镇级公司	镇级农村集体	短期投资	投资或参股符合区域经济社会发展方向的"造血"项目或乡村振兴发展项目	5.00%
奉贤	上海百村谊民经济发展有限公司	5 734	—	—	—	购买物业出租	—
松江	上海松江惠联企业发展有限公司	4 180.683	上海临港松江科技城投资发展有限公司	区属国企	已支付4 000万元,剩余资金于2021年6月30日前支付	购买物业出租	5.00%
崇明	上海联兴实业有限公司	4 290	上海长兴海洋装备产业基地开放有限公司	区属国企	已支付4 290万元预购定金	购买物业出租	5.00%

2. 项目收益分配

新的管理办法明确项目资金形成的资产及运营收益归移民安置村集体经济组织所有,收益率原则上参照农村综合帮扶项目。收益分配由区级统筹安排,主要用于移民安置村发展再生产、生活困难移民帮扶、移民生产生活补贴等方面。

二、三峡移民信访突出问题梳理

三峡工程移民是非自愿性水库移民,移民信访一直伴随着移民搬迁安置工作的整个历程。2017年以来,上海的三峡移民信访活动日益增多。问题主要表现为住房、经济和权利三大类。

（一）住房事项

住房问题是目前信访诉求最集中的问题。主要表现为四个方面:

1. 房屋出现沉降等质量问题

上海等沿海城市特有的地质结构和地质变化，农民住房本身容易发生沉降等地质灾害。加之，移民住房建设时存在选址匆忙、赶工期以及建筑质量等问题，经过近二十年的时间，房屋不可避免地出现了沉降、漏水、渗水、开裂等问题。但尚达不到危房认定标准。

2. 房屋建设与当时承诺的施工图纸不一致

来上海之前，重庆方面给移民提供了统一的建筑施工图，但上海各乡镇在实际施工过程中，对原图有所调整，无法及时与移民地取得联系，导致房屋建设与初始施工图有所差异，也有反映建筑材料不符合建房标准，建筑过程中可能有偷工减料以及房屋造价明显偏高等问题。

3. 违章建筑

一方面，由于移民安置房是按照 $40m^2/$人的标准进行修建，移民房屋面积有限，在拆迁分配安置房时与当地村民差距较大，移民对此意见较大。另一方面，移民安置区移民违建现象突出，主要表现为普遍违建、违建楼房较多等问题，但在拆违过程中只得到较少补贴，甚至难以拆违。

4. 分户建房

部分移民提出，由于人口增加，原有住房面积不能满足生活需求，提出要求增加宅基地的诉求。既包括移民之间由于申请时间不一引发的矛盾，也包括统一暂停宅基地申请引发的不满。2019 年 5 月 6 日《上海市农村村民住房建设管理办法》（沪府令 16 号）发布之后，参加镇保非纯农民的移民无法再建房，也引发了信访矛盾。从各区统计汇总情况来看，上海市三峡移民户中符合农村分户条件的占 15% 左右，建房需求较大。

（二）经济事项

1. 认为直补资金过低

直补资金从 2006 年 7 月 1 日开始，对纳入扶持范围的移民每人每年补助 600 元，但是随着生活成本提高，部分移民群众意见较大，认为 600 元/年的补助标准过低，直补资金应随着物价上涨或者电价上涨而有所提高。

2. 后扶资金项目

沪农委〔2020〕146 号出台之前，移民对后扶项目是针对移民安置区还是针对移民个人，移民普遍理解有偏差。移民认为移民项目因移民而来，是针对移民个人的，部分移民甚至认为应该把后扶资金直接发放给他们。移民提出，多年来后扶项目多为社会公益类项目、基础建设类项目，对移民的生产生活、经济发展直接受益很少，移民不知情，未直接受益，没有获得感。2020 年，新的后扶资金项目使用办法要求参照农村综合帮扶项目资金运作模式，探索实施符合区域经济社会发展方向的"造血"项目和乡村振兴发展项目，并明确项目资金形成的资产及运用收益归移民安置村集体经济组织所有，收益主要用于移民安置村发展再生产、生活困难移民帮扶、移民生产生活补贴等方面。大多数移民对利用后扶资金开展"造血"项目建设表示认可，但对形成的资产归属及收益分配有异议，希望资产归属移民所有，希望选派移民代表参与收益分配方案的制定。

（三）权利事项

1. 要求选举移民代表

要求在三峡移民中正式选举代表，搭建政府与移民的沟通桥梁，代表移民群体在社会中发声，参与经济社会事务。

2. 后扶项目的权利保障

移民对后扶项目的"知情权、参与权、监督权"未得到保障，部分移民对后扶资金项目的金额、决策、执行、公示毫不知情，要求政府公开所有后扶资金项目。

3. 村民同等待遇

移民认为村级事务参与较少，在村民、村干部中间还存在差别对待，日常生活中甚至存在歧视的语言、行为。部分移民认为他们与当地村民相比，土地流转补贴和村集体分红差距较大，未享受到与当地村民同等的补贴标准。移民想要额外承包100亩农田集中种植作物，也未得到村领导批准，村领导会优先选择租给外地人。过年过节，当地政府未走访慰问移民家庭，仅在拆违当年提供了部分实物补贴，当地政府对移民群体的关注度不够。

经分析研判，移民信访矛盾难以有效化解的难点症结如下：一是区级层面以下移民管理机制有待加强，各相关部门、各移民安置镇村信访维稳合力须进一步强化。二是少数移民错误理解移民相关政策，误导其他移民进行所谓维权，导致信访反复发生。三是部分镇村干部对三峡外迁移民形成的历史原因及相关政策了解掌握不够全面深入，在化解移民信访矛盾及诉求时，把握政策的严肃性和应变能力欠佳。

三、深化三峡移民信访稳定工作认识

（一）矛盾长期性，工作全局性

从世界各国经验来看，移民问题历来是社会融入的难题，具有长期性的特点。具体到三峡移民安置，由于其非自愿性的特征，涉及历史遗留问题多，人口结构复杂，决定了三峡移民信访矛盾在未来一段时间将长期存在，其矛盾在不同历史阶段会呈现不同的表现形式。在信息化社会，局部的移民问题如果处理不好，容易在网络上发酵、引爆社会矛盾，牵一发而动全身。单个移民上访事件或者某个地区的移民上访事件处理不当，可能演变成地区性甚至是全国性的重大问题，这就要求在三峡移民扶持政策决策过程中，要从更高的角度思考全局性问题，探讨相关政策的调整是否保持与其他三峡移民安置省市相关政策的相对协调性，是否可能引发不同区域三峡移民群体相互攀比，是否可能导致大范围的移民问题产生。

（二）对外撕标签，对内贴标签

一方面，从根源上通过上海市民身份属性的回归，即撕标签，纳入经济社会一体化发展，具体是把信访诉求演绎为乡村振兴的具体措施，从本地居民视角出发，尽力消除移民的个性心理，寻求移民与本地村民的一些共性特征，积极引导移民融入当地社会。对于三峡移民的特殊信访诉求，如要求选举三峡移民代表等有别于市民身份的特殊需求，都应坚决制止，应纳入村民代表、人大代表等原有的代表制度安排中。另一方面，在信访机制上注重长效性,即贴标签,针对性完善信访化解机制。最重要的贴标签就是深化长期性的认识,三峡移民信访矛盾的化解不可能毕其功于一役。同时,提升区镇村移民干部做好信访工作的水平,建立移民信访动态信息沟通机制,建议在国家层面建立政策统筹机制。

(三)同城同待遇,普惠加优待

同城同待遇,这是做好三峡移民工作的基础。三峡移民移居上海,拥有本市户籍,是一个正式的村民,应当享有上海市普通市民的一切待遇。这是移民工作的出发点和最终归宿。在待遇方面,移民感受最直接的就是与市民看得见、摸得着的公共服务,比如在养老、就业、医疗、教育等方面要一视同仁,尤其是在有关村民在村集体中的身份权利也不能失之偏颇。同时,三峡工程是一项国家战略,移民做出了很大的贡献。移民响应国家政策搬迁至上海,具有不同于普通村民的特殊性,这一点无论在外界的认同还是内心的认知上,都具有特殊性,身份上的特殊性决定了待遇上的普惠加优待。但优待应严格限定对象、时间以及具体的优惠内容,防止任意扩大范围,冲击同城同待遇的基础性制度安排。

四、攻坚化解移民信访矛盾的对策建议

做好三峡移民安置工作是一项长期性工作,是一项系统工程,既要搭好框架,更需从细微之处入手。

(一)加强信访矛盾攻坚化解的顶层设计

1. 开展社会融入机制研究

移民的社会融入是一个世界性难题,移民信访本质上是社会融入问题。移民迁入安置区是一个物质空间变更过程,其本质是移民与原居民做组成的社区生活共同体的重新建构。三峡移民的社会融入是移民个体与他人、群体、社区建立紧密关系的良性互动过程,具有经济、社会、文化三个维度的具体表象。因此,做好三峡移民信访化解工作,需要站在更高层面加强移民的社会融入机制研究和实践。

2. 强化管理机制统筹

市级层面,市农业农村委作为职能部门负责移民关心保障政策的研究制定、统筹执行工作。移民违规上访等问题由信访维稳部门负责协调。明确移民安置区分管农业的副区长为移民维稳工作第一责任人,牵头召集本区移民工作联席会议,成员单位在原有区农业农村委、区财政局、区民政局的基础上,增加区委政法委、区公安分局、区人社局、区信访办等相关部门,切实发挥联席会议在信访维稳等方面的积极作用。各移民安置镇成立工作专班,分管农业的副镇长对辖区内移民信访稳定负总责,牵头协调辖区相关部门和单位,发挥工作合力。

3. 建立包户联系制度

全面建立移民户包户联系制度,各移民安置村党组织书记总抓移民信访维稳工作,每户移民由村两委干部专人联系,实现对移民户的全覆盖。落实经常性走访制度,切实关心移民生产生活中遇到的困难和矛盾,妥善予以解决,包户联系纳入村干部年度考核

工作内容。同时加强对移民的政策和法制宣传教育,引导移民合理合法反映诉求,维护移民信访稳定秩序。

(二)妥善化解三峡移民信访诉求

1.加快落实房屋修缮

房屋漏水、渗水、开裂等已经影响到了住户家庭生活质量,必须加快落实房屋修缮步伐。建议在民事合同框架下解决住房修缮问题,修缮工作由四方合同中的建筑方承担。如果建筑方已经消失的,由权利义务承受方承担。如果没有承受方的,三方协商后,可以由区镇国有或集体所有的建筑公司代为承受。各区对建筑方进行适当补偿,补偿费用可在后扶资金项目收益中列支。

2.稳步推进宅基地问题

在宅基地房屋方面,新增事项要一视同仁,存量事项有计划、有步骤推进。坚决制止新增违章建筑,加强巡查,发现一例,拆除一例;加快落实现有宅基地政策,与原住村民一道解决分户建房需求。稳妥推进移民住房存量违章拆除工作,在征地、拆违、上楼等工作一并推进,防止单兵突进引发冲突;鼓励各区通过乡村振兴、美丽乡村建设、村庄改造等渠道,推动优先"上楼"、平移归并等举措。

3.完善后扶资金项目收益分配

在征求各移民安置区等各方意见基础上,抓紧完善公布帮扶造血项目收益分配方案。分配方案在遵循国家相关政策的基础上,突出上海特点和可操作性,造血项目收益分配主要向移民倾斜,明确收益分配的激励导向,让分配对促进移民更好融入本地社会起到积极引导作用。加大对生活困难移民户的帮扶力度。促进三峡移民群体稳定和谐。

(三)建立移民参与乡村治理的长效机制

1.强化移民参政议政能力

移民与当地居民生活逐渐同步,各项生活指标向当地居民靠拢,要实现真正意义上的"融合",还应该保证移民的经济社会生活权利,细化到具体工作就是保障移民在村民代表、人大代表、妇女儿童代表方面的参政议政。鼓励移民积极参与村民自治,使移民集体获得知情权、参与权、决策权,融入当地生活圈,弱化对立矛盾,逐步削弱"对立排他"心态。

2.分层分类建立社会参与机制

开展"小手拉大手"活动,推动移民在上海出生教育的一代小孩,积极参与社区活动,全面融入群体生活,推动一个小孩带动一个家庭。开展"榜样示范带动"行动,推动积极向上的移民更好地参与经济社会生活,影响带动周边移民更好地参与社会生活。开展"德高望重老移民现身说教"行动,对比移民前后生活、对比不同地区移民生活等,现身说法,言传身教,影响子女,带动身边人。

(四)完善移民信访矛盾化解的支撑体系

1.建立移民动态管理系统

运用科学、有效的程序精准识别移民需求,采取定性分析、量化指标、分类管理等方式,对移民实行有差别的帮扶政策,有针对性地改善移民生产生活环境。通过动态管理系统,切实把需要帮扶的对象和需求识别出来,落实"差什么,补什么""需要什么,扶持什么",找准移民反贫困突破点,分类管理,集中突破。

2. 落实稳定管控措施

各相关区要切实做好移民信访情报信息收集、分析、报告等工作,打好主动仗,掌握主动权,促进移民信访稳定管理工作常态化、制度化、规范化。强化重点节点信访稳定管控,加强市、区、镇、村四级联动,充分运用信息技术等手段,确保涉及移民信访稳定的重要信息和线索及时响应、迅速处置,做到重点人员不失控,重点苗头不漏过,把不稳定因素遏制在苗头状态。对涉及违法的行为,依法坚决予以打击。

3. 加强政策培训和典型宣传

针对村两委换届后的干部调整等情况,及时组织开展移民干部政策培训,让基层干部了解三峡外迁移民历史形成过程和重大贡献,提升对三峡外迁移民的情感认同,提高政策水平和应急处突能力。强化政策宣传解释,印发政策宣传手册到每一个移民户。加强正面宣传,正确引导社会舆论,积极弘扬正能量,注重挖掘、宣传三峡移民安稳致富的典型人、典型事。

牵 头 领 导: 施　忠

牵 头 处 室: 信访办

课题组成员: 彭　友　张陈陈　李　俊　王　铮
　　　　　　任冉冉

17. 上海加快种业发展战略研究

农业现代化，种子是基础。种源安全已上升到国家安全的战略高度。加快种业发展是构建农业农村新发展格局的根本性举措。2021 年 7 月，中央全面深化改革委员会第二十次会议审议通过《种业振兴行动方案》，充分体现国家层面对种业发展的高度重视，为种业可持续发展指明方向。《上海市推进农业高质量发展行动方案（2021—2025年）》（沪府〔2020〕84 号）也把提升现代种业创新能力作为上海市农业五大行动的重要组成部分。

"十四五"期间，上海市立足自身在生物基因技术、资本、金融、信息、人才等方面的优势，如何克服农业腹地小而散的先天劣势，以问题为导向、重点突破，加快种业发展，为国家粮食安全提供有力支撑？为研究破解这些问题，市农业农村委专门成立调研组，赴相关科研院所、重点种业企业、新型农业经营主体、行业协会开展专题调研，与科研工作者、重点种业企业负责人、新型农业经营主体及行业协会负责人、相关专家等进行交流，广泛听取各方意见和诉求，在此基础上对标国际经验，提出发展战略相关建议，为贯彻落实党中央、国务院关于坚决打好种业翻身仗的决策部署，全面提升我市种业自主创新能力和综合竞争力，推进现代种业高质量发展提供有力支撑。

一、上海市种业发展取得成效与问题

（一）上海市种业发展取得成效

1. 种质资源保护体系已初步建立

种质资源是现代种业发展的重要物质基础和支撑，国家对种质资源的保护与利用逐年加强，《国务院办公厅关于加强农业种质资源保护与利用的意见》（国办发〔2019〕56号）对全国种质资源保护与利用工作做出了顶层设计。目前，上海市已建成市级综合性农业生物基因资源库 1 个，列入国家农作物种质资源子平台；建成嘉定梅山猪、浦东白猪等畜禽保种场 10 个，其中国家级保种场 4 个；建成水产保种场 11 个。收集保存农作物、果树、花卉、微生物、畜禽等地方种质资源（遗传材料）22 万余份。拥有一批优质地方畜禽资源,其中梅山猪、浦东白猪、崇明白山羊、申鸿七彩雉等 12 个品种列入国家畜禽遗传资源目录,10 个品种列入上海畜禽遗传资源保护名录。中华绒螯蟹、长吻鮠、淞江鲈等 31 个品种列入地方水产遗传资源保护名录。向全国提供资源共享利用 8 万余份(次),其中水稻资源共享利用培育新品种 327 份,累计推广 11.9 亿亩,产生经济价值超过 1 600 亿元。

2. 种业科技创新能力不断提升

上海市拥有上海市农业科学院、中科院分子植物科学卓越创新中心、上海交通大学、复旦大学等涉种公益性科研机构 11 家,上海蔬菜研究所、上海湖羊研究所等民办社团类研究机构 35 家;市农科院有"国家食用菌工程技术研究中心""农业部南方食用菌资源利用重点实验室"等 12 个国家级科研平台;市农科院与国际玉米小麦改良中心联合成立 CIMMYT一中国特用玉米研究中心,与苏、浙、皖三省农业科学院共同成立长三角乡村振兴研究院,牵头成立食药用菌、玉米、花菜、DUS 测试、质量安全等 7 个长三角产业(科技)创新联盟。2017—2020 年,市科技兴农共设种源项目 58 个,资金总额 1.64 亿元,支持企事业单位开展农作物和畜禽品种选育及优质种苗规模化繁育。"十三五"时期,上海选育的农作物新品种获得国家审定 17 个,获本市审定 305 个,获国家植物新品种权 221 项。本市选育的节水抗旱稻、杂交粳稻、鲜食玉米、蔬菜瓜果等品种,深受市场欢迎,近年来推广面积不断扩大,沪软 1212、松香粳 1018、旱优 73、银香 38 等 4 个品种荣获全国优质稻米食味品质金奖,浦粉系列番茄、碧玉系列黄瓜、西甜瓜、茄子等具备与进口品种竞争能力。选育畜禽品种及配套系 4 个,选育浦江一号团头鲂和江海 21 中华绒螯蟹等 2 个水产品种。近 10 年获各类科技奖 51 项(国家奖 5 项),其中节水抗旱稻成果获得 2013 年国家技术发明二等奖、"水稻遗传资源的创制保护和研究利用"通过 2020 年国家科技进步一等奖专家评审。

3. 种业企业综合实力稳步增强

截至目前,上海市共有种业企业 110 家,其中全市农作物种子企业 60 家,畜禽种业企业 50 家,2020 年产值 15.7 亿元。中垦种业、上海天谷生物科技公司为全国育繁推一体化企业,上海天谷已新三板上市。上海惠和种业为全国 15 家之一的"中国蔬菜种业信用骨干企业",蔬菜种子销售额位居全国前三;上海祥欣畜禽有限公司种猪在美国 NSR 排名中,名列前茅,建成的种公猪站成为国家首批 2 个全国生猪遗传改良计划种公猪站之一,2020 年种猪外销量全国 20 强,含有上海祥欣基因的商品猪占全国上市商品猪的 1/10。上海奶牛育种中心为国家奶牛产业技术体系南方地区唯一的综合试验站,在国内较早建立了生产性能测定(DHI)实验室,为奶牛养殖提供良好的技术保障。2020 年本市种子企业科研投入总额 4 131.58 万元,占种子销售额的 4.76%,企业平均科研投入 81.01 万元,科研人员 157 人,占企业总人数的 16.79%。科企合作方面,本市有 6 家科技型种子企业和 2 家种畜禽企业建有院士专家工作站或行业领军专家领衔的研究机构,上海中科荃银与中科院上海植生所、中科院遗传发育所等 6 家科研院所联合组建"国家水稻商业化分子育种技术创新联盟",为农业农村部重点支持的种业"标杆联盟"。2016—2020 年,种子企业自主育成或合作选育并通过审(认)定农作物品种 223

个,占本市审(认)定总数量的 64.1%。

4. 种源基地建设持续推进

上海市积极推进南繁基地、西繁基地、优势制种基地和种畜禽核心育种场建设,保障农作物用种和畜禽用种需求。南繁基地 1 030 亩正加快推进建设,西繁基地(宁夏平罗县)2 860 亩基本建成。本市域内拥有水稻制繁种基地面积 1.8 万亩,2020 年列入种业基地提升项目 4 100 多亩。全市主要农作物优良品种覆盖率 100%,水稻主导品种覆盖率达 97% 以上。祥欣种猪场、上海农场光明种猪场、嘉定湖羊场等畜禽种业基地设施取得明显提升。

5. 种业市场监管体系逐步建立健全

国家层面《种子法》《畜牧法》的相继修订实施,使得种业法律法规更加完善,构建了涵盖全产业链的法制体系和开放背景下的产业安全保障制度。在此基础上,上海市加强建立健全种业管理执法体系,优化种子市场秩序。2019 年,市农业农村委员会设立种业管理处,成立农业执法总队,强化了农作物、畜禽种业行业管理和行政执法工作。种子质量检测机构不断健全,全市已有 4 家单位取得种子质量检测资格,并正在积极探索建立基于 SSR(微卫星标记)的上海主要农作物 DNA 指纹图谱。2020 年对全市持证种业企业检查实现全覆盖,被检企业主营品种覆盖率达到 60% 以上,水稻、玉米品种全覆盖;被检企业经营档案、包装、标签合格率 100%,零售主体经营活动备案率 100%。

(二)上海市种业发展存在的主要问题

1. 高品质种质资源开发利用不充分

对标上海国际化大都市定位,上海市高品质种质资源保护开发在规模上、技术上仍待提升。一方面,种质资源普查、收集、引进和保存仍待系统地完善。现有的市级种质资源库综合保存中心不能满足我市种业快速发展的需求,种质资源保护测试和评价技术系统平台有待提升,以及资源共享过程中知识产权保障制度不健全,导致不少种质资源不能得到充分的共享利用。另一方面,在地方特色优异种质资源的挖掘和开发利用方面还相对不充分,未能将资源优势转化为品种优势。主要受制于我市种质资源圈散而小且不稳定;种畜禽保种场信息化、规模化、标准化水平较低,缺少备份场;种质资源库(圃场)和种业基地设施设备有待进一步完善。如尽管上海特色种质资源申鸿七彩雉是我国雉鸡行业第一个具有独立知识产权的国家审定品种,突破了我国在雉鸡行业没有国家品种的空白,但缺乏本地特色品种保种场建设,不利于开展系统选种育种。

2. 有自主知识产权的新品种开发突破性不足

上海市在具有自主知识产权的新品种(新品系、配套系)培育有待进一步提升。一方面,仅从农业植物新品种权申请量和授权量看,与全国其他地区存在一定差距。2019 年,我国农业植物新品种权申请量和授权量分别达 7 032 件、2 288 件,其中,授权量超过 100 件的省(市)有北京、江苏、安徽、河南、黑龙江、山东、吉林、河北、广东等,上海市仅为 36 件。另一方面,在具有自主知识产权的新品种(新品系、配套系)培育上有待突破性创新,尽管我市拥有 46 家不同种类的涉种研究机构,但在针对种业关键共性技术方面,缺乏具有核心竞争力的高水平种业创新团队以及高水平的种业公共研究中心。

3. 种业龙头企业缺乏核心竞争力

尽管上海市种业企业综合竞争力不断提升，但缺乏大型领军企业，在全国种业竞争中缺少话语权。截至目前，全国共有 117 家育繁推一体化企业，我市仅有 2 家。蔬菜产业尽管为我市重要产业，但还没有一家育繁推一体化蔬菜企业。此外，我市种业企业销售额或产值 5 000 万元以上的仅有 9 家。2020 年，全国种子企业销售收入前十名、商品种子销售前十强、种子销售利润前十名、中国种业企业信用骨干企业、中国种业信用明星企业十强榜中，我市企业均未能入榜，只有中国蔬菜企业信用骨干企业 20 强企业中，我市有两家企业入榜。据调研了解，目前种业科技人员队伍不稳，我市对于种业人才引进特别是在人才落户、住房保障等方面没有明确的扶持政策，且受到土地等相关政策限制，种业企业难以在机械化、自动化育种方面取得突破，也缺少自有的研发基地、仓储加工基地和运营总部，研究经费投入不足，一般国际企业研发经费投入在主营业务收入中占比超过 5%，我市大部分种业企业的研发投入占比都低于 5%，这些因素都制约了种业企业核心竞争力的提升。

二、国外种业发展的经验与启示

上海作为国际化大都市，在种业方面需要对标国际种业发展的一流地区，吸取经验。荷兰虽然农业资源先天并不丰富，与上海情况相似，但是在全球种子市场竞争中始终占据主导地位。据联合国贸易数据库（UN Comtrade Database）数据显示，2019 年荷兰种子进、出口额均为世界第一，分别是 10.94 亿美元、27.54 亿美元；中国种子进、出口额为 4.43 亿美元、2.07 亿美元，均为世界第十一位。可见，荷兰既是种子出口大国，也是种子进口大国，贸易活跃、市场开放度高。荷兰发展种业经验主要包括植物育种在全球数据交换的突破、政府在品种保护和产学研合作等方面给予的有力政策支持、种业产业在科研投入和人才集聚等方面的空间集聚效应，以及种业企业在专业化、规模化两个方面聚焦核心竞争力。

（一）植物育种在全球数据交换的突破提高种质资源利用效率

种质资源是育种创新的物质基础，荷兰高度重视种质资源保护与利用。荷兰的植物育种正在全球数据交换寻求突破。荷兰瓦格宁根大学研究中心和其他合作者通过建立 BrAPI 数据库实现植物育种数据库之间的互操作性。BrAPI 涵盖各种类型的植物育种数据，如种质管理、田间试验和基因仿生，成功地提高了这些数据的互通性，这不仅为全球育种数据的研究提供了重要的资源，也提供了一种将基因库遗传资源与育种计划中使用材料联系起来的方法。该数据库也可以与其他类型的数据库一起使用，如植物遗传资源数据库和植物基因组数据库。BrAPI 数据库在世界各地收集的信息有助于改善植物育种的选择，大大提高种质资源保存管理和利用效率。

（二）政府在品种保护和产学研合作等方面给予有力的政策支持

在品种保护方面，荷兰政府是最早建立植物育种者权利（Plant Breeders' Rights，PBR）制度的国家之一。该制度允许品种的培育者拥有垄断地位，以确保品种的开发者能够获得良好的投资回报，授予育种者对其培育出的植物新品种实施商业化生产的专有权,这对于蔬菜、花卉等私营育种者具有重大的激励作用。荷兰在世界银行发布的评估各国农业政策和法规效率的排名中占据领先地位,也是公认的涉及种子保护体系的第一大国。荷兰有效的品种保护政策激励育种者的创新。根据国际植物新品种保护联盟(UPOV)显示,2015—2019 年荷兰植物新品种申请数目稳定在 760 以上,最大值出现在 2018 年,为 713 个(参见图 1)。

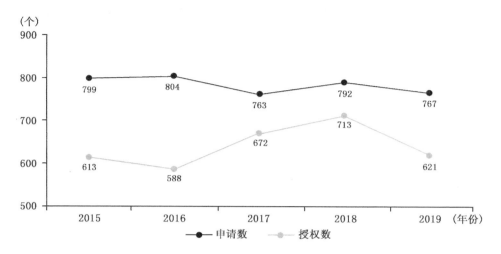

图 1   荷兰 2015—2019 年植物品种申请授权情况

在产权研合作方面,荷兰政府搭建种业相关的公司、研究和教育三方合作平台,提高种业竞争力和生产力。荷兰从大学基础研究到政府实验机构再到种业公司应用的传统知识传递模式改为三方共同创新关系(见图 2),种业在荷兰成为知识密集型产业。不同的利益相关者之间存在着紧密的互动,有效促进创新。比如生物系统基因组学中心(Centre for BioSystems Genomics,简称 CBSG)是一个由荷兰和国际主要育种公司、顶级植物科学家组成的新型联合体,主要研究三种重要作物:马铃薯、番茄和芥属植物。CBSG 的研究增强了育种者知识并开发更多的新产品(改良品种),缩短创新周期,预计育种项目时间可减少 30%～40%。一些种业公司表示由于 CBSG 的研究成果,它们的成本可减少 5%～25%。这样的新型研发联合体能够有效提高创新率,增强产业的竞争实力。

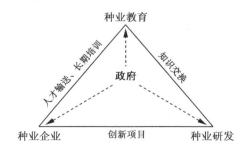

图 2   公司、研究和教育三方合作平台示意图

（三）种业产业在科研投入和人才集聚等方面发挥空间集聚效应

荷兰是地理面积较小的国家,所以大多数利益相关者(如育种公司、研究机构、植物生物技术公司、设备供应商、加工商、客户)都位于100千米以内,有利于建立更好的合作关系,在采购、信息、技术及其他方面更有效地发挥空间集聚效应。以种子谷为例,该集群是主要由许多专门从事优质种子和基本植物材料的培育、生产和销售的公司组成,还包括种子行业特有的服务和设备供应商。在北荷兰占据了约370公顷的空间,超过3 500名员工在种子谷工作,其中44%以上拥有大学本科及以上学历。营业额约14%～16%用于科研投入(参见图3),远高于国内的8.12%。

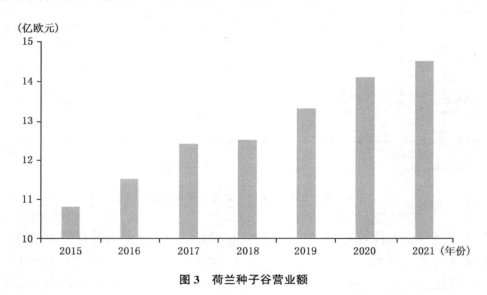

（亿欧元）

图3 荷兰种子谷营业额

（四）种业企业在专业化、规模化两个方面聚焦核心竞争力

随着经济全球化、市场一体化进程加速,全球种业资源越来越集中到少数国际种业巨头中,种业龙头企业对种业发展起到决定性影响。全球销售额前20的强企业荷兰有4家(瑞克斯旺种子公司、安莎种子公司、必久种子有限公司、百绿集团),而且世界重要的种业企业几乎都与荷兰建立联系,有在荷兰成立并开展主要活动的,如瑞克斯旺;有在荷兰拥有重点研发中心的,如拜耳在荷兰勒达尔的蔬菜研究中心。以荷兰两家跨国种业公司为例,从专业化分工的角度来看,瑞克斯旺公司以黄瓜、生菜、菠菜作物品种为主,安莎公司以番茄、甜椒、生菜、洋葱、黄瓜等作物品种为主,两家公司虽然都从事蔬菜种子业务,但均有明确的主导作物、主推品种。从规模化的角度来看,大规模的种质资源筛选、大规模的杂交组合测配、大规模的田间小区试验、品种鉴定,以及庞大的数据采集分析系统,是世界级种业企业商业化育种的基本特征。瑞克斯旺的种子病理实验室、安莎公司的番茄品种病毒研究实验室和温室,都是世界顶级的规模化研究部门。

三、上海市种业发展的战略

（一）指导思想与基本原则

按照上海市加快打造国内大循环的中心节点、国内国际双循环的战略链接,加快建设具有世界影响力的现代化国际大都市的建设要求，紧紧围绕我市农业高质量发展，以打造高质量发展的智慧种业为根本目标，发展国际化大都市战略性产业，加大投入、提高能力、搭建平台，通过理念与价值创新、技术与管理创新、模式与体制创新，整合资源、集成政策，努力提高上海种业的影响力、竞争力和吸引力。

双轮驱动原则。一方面大力推动以高校、科研院所为主体的育种技术、种质资源收集、创新等基础性、公益性育种研究；同时，强化以企业为主体的应用性研究及其商业化运作，持续稳定扶持重点龙头企业，引导种业资源要素加快向重点企业集聚。

市场政府协同原则。以满足市场多元化消费需求作为种业科技创新的落脚点，充分发挥市场在资源配置中的决定性作用，政府在种业知识产权保护、市场秩序、人才培养等方面为种业发展营造优越的营商环境，充分激发种业创新主体的自主创新能力。

智慧技术引领原则。对标国际，凸显我市农业科技的优势资源与特色资源，系统梳理智慧技术在种业的应用场景，完善智慧种业发展可采用的技术体系，引领种业发展。

（二）发展定位与发展目标

1. 发展定位

坚持"有所为有所不为"，立足我市特有的金融、人才和科技等优势，努力建设成为与建设具有全球影响力科创中心相匹配的服务全国、面向全球的特色种业创新中心和种业企业集聚地，推进具有上海特色、差异化的种业高质量发展。聚焦育种方法、育种材料、育种手段等方向的创新，注重种源输出与方法输出。打响上海种业品牌，使特色种源创新成为我市科创中心建设的重要组成部分，为现代农业高质量发展提供强力支撑。

2. 发展目标

到"十四五"期末，我市种业基础研究和优势种源品种创新走在全国前列，特别是将节水抗旱稻等优势种源品种做大做强，为国家粮食安全提供有力支撑，为一带一路贡献中国智慧、中国方案、中国力量。

在种质资源保护利用上，到 2025 年，建成国际先进的综合性种质资源保护体系，鉴定发掘一批优异种质和优异基因。建设 1 个国际一流的种质资源库综合保存中心，3 个以上分中心。建设农作物综合种质资源圃 3 个以上、专类圃 10 个以上，提升建设畜禽遗传资源保护场 10 个、水产原种保种场 2 个。

在现代种业自主创新上，打造 5 个高水平种业创新团队，攻克一批种业关键共性技术，育成 15 个以上具有自主知识产权的突破性的拳头优势新品种（新品系、配套系）。建成 1 个高水平的集生物育种实验室、资源安全实验室和种质资源大数据平台等于一体的种业公共研究中心。建成 1 个上海市植物种质资源保护测试和评价技术平台。建成 1 万亩以上规模化、标准化、机械化的农作物繁制种和原种基地。建成 3—5 个菜、花、瓜等区域性集约化育苗中心。建成区域种猪扩繁场 10 家、区域种公猪站 30 家。提升建成雏鸡种源基地。

在种业市场主体培育上，打造 1—2 家能进入全国 20 强的农作物种业企业，打造全国育繁推一体化蔬菜种业企业 1—2 家。

（三）重要任务

1. 科学编制种质资源保护利用发展规划

做好我市种质资源保护利用的顶层设计，加快编制种质资源保护利用发展规划。加快建立农业种质资源保护体系，加大地方特色农产品资源保护与开发力度。对标国际经验，建设国际一流的种质资源库，稳步提升保存能力。提升建设农作物综合种质资源圃、专类圃、畜禽遗传资源保护场、水产原种保种场。

2. 建立双轮驱动模式推动种业自主创新

建立双轮驱动的自主创新模式，基于我市智慧城市优势，充分发挥种业科研院校和种业企业优势，培育高水平创新团队，提升种业现有研究平台，推动建设种业创新中心，推进产学研深度融合的育种体系。由上海市农业科学院牵头，充分发挥基因库种质资源丰富的优势，联合中科院及高校等研究机构，按照国家和我市发展需要，在粮油、蔬菜、花卉、瓜果、畜禽、水产等领域，组织若干个专题研究小组，集中研究解决攻关技术。

主动承接国家重大项目，积极参与良种联合攻关。开展种质创制及品种选育联合攻关，创制优质、高产、广适、抗病、营养的核心亲本，加强特色品种选育和改良，如优质粳稻、特用玉米、设施专用蔬菜、花卉、瓜果、奶牛、中华绒螯蟹等。做强优势品种，如节水抗旱稻、不结球白菜、杜洛克猪、食用菌等。强化基础性公益性研究，推进种源关键共性技术攻关。推进长三角品种协同创新，扩大种业创新国内国际合作。

3. 扶持重点种业企业整合资源做大做强

培育1—2家育繁推一体化的特色优势智慧种业企业，特别是涉及蔬菜、花卉、特用玉米、食用菌、畜禽和水产等细分市场有竞争优势的企业。构建产学研深度融合的商业化育种体系，支持有实力的种业企业成立实体化创新联合体。积极打造种业总部经济，支持国内外一流种业企业落户上海。鼓励种业企业开展国际战略合作，特别是支持企业参与"一带一路"建设，开发国际市场，积极打造具有上海特色的种业产业孵化基地，破解种业企业实力相对较弱的问题。

4. 提升供种保障能力

加强信息化＋基地建设，建设提升南繁科研育种基地和本市农作物繁制种基地，推进区域性育苗中心建设。落实生猪、奶牛、肉羊和特禽等畜禽种业区域布局，统筹推进畜禽良种繁育体系建设。聚焦中华绒螯蟹、南美白对虾、特种鱼类等，加快提升与产业发展相配套的水产种业布局和供种保障能力。积极培育在种业产业链、创新链、供应环节提供专业支撑或营销服务的平台，打造1—2个具有上海特色的种业产业孵化基地。

四、上海市加快种业发展的对策建议

（一）加强组织领导

组织领导是种业发展的前提和保证。我市种业发展应实行党政同责。建议成立上海加快种业高质量发展领导小组，小组成员单位包括市农业农村委、市发改委、市财政局、市科委、市公安局、市人力资源和社会保障局、市规划和自然资源局、市生态环境局、市商务委、市市场监管局、市地方金融监管局、市委组织部、市经信委、市住建委及各区人民政府等,统筹研究加快种业发展支持政策,形成合力共同推动我市种业高质量发展。

(二)加大种质资源保护与利用的扶持政策力度

一是设立现代种业发展重大专项资金。为聚力突破高品质新品种的攻关,设立重点新品种攻关专项资金,重点培育优质专用、绿色高效、抗逆性强且适宜机械化的新品种,以及功能性的新品种,达到国际先进水平。设立生物技术育种研发专项资金,加大对生物技术育种体系的研发,以解决农作物遗传基础科学问题为主线,重点突破优质种质形成与演化规律、重要性状协同调控机理、代谢调控网络与合成机制,构建重点农作物精准设计育种的遗传理论体系。二是加大对种质资源保护利用的人才和资金倾斜政策力度。加大财政资金投入力度,对种质资源收集、鉴定保存、育种基础性研究、品种试验展示等的相关人才培养等给予长期稳定支持。对种质资源保存中心建设与维护等给予重点支持。三是切实加大种业知识产权保护力度。借鉴荷兰经验,从扩大保护种业知识产权的范围、侵权行为认定、责任承担、完善重大品种研发与推广后补助政策、加强保护国内种业知识产权的补贴力度,重点向防止特定品种外流、防止海外优良品种侵害等方面着力,鼓励多元主体共同承担种质资源保护与利用的任务。严厉打击侵权行为。

(三)多举措鼓励种业自主创新

一是通过多种举措吸引各类创新人才。将现代种业纳入重点产业支持范围,在落户、人才公寓等方面开辟绿色通道,"引得进""留得住"种业人才。通过梯度化引才政策体系引进各类种业人才。对引进和培育的国家级种业领军人才领衔的高水平创新团队原则上给予大额项目支持。对引进高峰人才及其核心团队成员,支持种业事业单位设置创新型特设岗位,不受本单位岗位总量、结构比例和岗位等级的限制。设立青年种业人才成长计划项目,每年遴选优秀青年种业创新人才,给予一定项目支持。健全农业科技人才分类评价制度和绩效考核制,培育具有国际视野的种业经营人才。二是重点打造凸显上海特色有显示度的种业创新集聚地。借鉴"种子谷"等国际经验,重点打造空间集聚的种业创新集群。建议由市政府牵头,在市农科院奉贤院区创建我市现代种业创新中心。引导市农科院、中科院、复旦、交大等研究机构及生物育种、生物信息、生物制造等方面的创新型企业向创新中心聚集。加快各方的资源整合,将数学、遗传学、生理学、农学、人工智能等学科进行交叉,优化资源配置,形成新型研发联合体,开展种业自主创新联合研究。

(四)加强种业市场主体培育

一是鼓励国际知名和国内一流种业企业的发展。借鉴荷兰经验,吸引一流企业在上海设立总部或具有独立法人资格的区域总部、分支机构和研发中心,并给予重点项目支持。鼓励多元投资,推动符合条件的种业企业利用多层次资本市场开展直接融资。支持著名国有大企业和民营大企业投资种源农业,或者通过并购和参股等方式进入种业领域。发挥本市的国际优势、资本优势和信息优势,成立种业专项基金公司,建立发展平台,引导种业公司兼并重组,推动本市种业企业做强做大。二是为重点种业企业优先配置土地资源。通过减量化形成的建设用地指标优先支持研发型种业企业、种业科研机构等基地建设,设施农业用地优先支持种源设施建设。三是为重点企业优化配置种业人才提供支撑。加快制定有利于人才向重点种业企业流动的政策机制。制定人才流动细则,发挥市场机制作用,在身份待遇、激励机制、业绩考核等方面,激励从事商业育种和经营管理的中高级种业人才向重点种业企业流动。加快建立现代企业制度,针对种业研发周期长、见效慢、绩效滞后的特点,鼓励重点种业企业多渠道招才引智,引进或培养具有战略思维和长远视野的种业研发人才和管理人才。

（五）优化发展环境

全面贯彻落实《种子法》,研究制定《上海市农作物种子管理办法》。推进放管服改革,优化审批服务,激发市场主体活力。加强知识产权保护,严厉打击侵权行为。加强农业转基因生物监管,保障生物育种研发应用健康有序发展。加快种业信息化建设,实现全程可追溯管理。推进优质品种测试评价等种业创新相关标准建设,逐步构建种业标准体系。加强品种试验、种子质量检验、DUS测试等种业监管技术支撑建设。完善种业成果转化体系,推进新品种新技术的展示和试验示范。

牵 头 领 导：王国忠

牵 头 处 室：种业处

课题组成员：张建庭　马　佳　李建刚　杜兴彬

　　　　　　陈昕来　祁　兵　杨　娟　王雨蓉

　　　　　　王丽媛　汪　妍

18.《上海市动物防疫条例》修法调研

根据上海市农业农村委工作部署,我们于 2021 年初成立了由委分管领导牵头的《上海市动物防疫条例》(以下简称《条例》)修法调研课题小组。调研工作启动以来,我们通过座谈交流、书面征询等多种形式,积极与市相关委办局以及区农业农村部门开展沟通调研,梳理总结《条例》实施以来本市动物防疫工作现状、取得成绩和存在问题,并提出对策建议。其间,市人大对《条例》修法调研工作给予了大力支持和关心指导。有关调研情况和初步成果如下。

一、当前上海动物防疫工作概况

(一)动物养殖情况

截至 2020 年底,上海市共有猪场 143 个,存栏 83 万头,累计出栏 97 万头。牛场 28 个,存栏 5.4 万头,生鲜乳累计产量 29 万吨;羊场 19 个,存栏 13 万头,累计出栏 14 万头。禽场 39 个,存栏 511 万羽,累计出栏 814 万羽,鲜蛋累计产量 2.66 万吨。其他畜禽养殖场 22 个。据不完全统计,全市有宠物犬 66 万只,流浪犬 11 万只,宠物猫 21 万只,流浪猫 27 万只。

(二)机构队伍情况

根据国务院兽医体制改革要求,上海市建立了较为健全的动物防疫行政管理、监督执法和技术支撑机构。

1. 行政管理方面

上海市农业农村委负责全市畜牧兽医行政管理工作,人员编制 8 个。9 个涉农区农业农村委负责本区的畜牧兽医行政管理工作,人员编制共 22 个,实际在编 14 人。7 个中心城区的部分行政管理职责暂由市农业农村委行使。

2. 监督执法方面

上海市农业农村委员会执法总队(市动物卫生监督所)负责全市畜牧兽医监督执法检疫工作,相关人员编制 120 个(含 8 个指定市境道口)。9 个涉农区设有农业农村委执法大队,相关人员编制共 215 个。7 个中心城区的监督执法检疫工作由区市场监督管理局负责,相关人员编制 44 个。全市有 104 个动物检疫申报点,相关工作人员约 440 人。

3. 技术支撑方面

上海市动物疫病预防控制中心负责全市动物疫病防控技术支撑工作,相关人员编制 40 个。9 个涉农区设有区动物疫病预防控制中心,共有人员编制 200 个。乡镇动物疫病预防控制机构共有人员编制 167 个,村级防疫员约 600 名。7 个中心城区的部分技术支撑职责暂由市动物疫病预防控制中心行使。

(三)主要工作开展情况

1. 免疫监测

2020 年,上海市共免疫牲畜口蹄疫 120 万头次,禽流感 1 156 万羽次,应免动物免疫率均为 100%;监测口蹄疫血清样品 2.85 万余份,禽流感血清样品 3.19 万余份,合格率均达 92%以上,高于农业农村部要求 70%的水平。全市共监测高致病性禽流感、口蹄疫、非洲猪瘟等重大动物疫病病原学样品 11.86 万余份,检测奶牛结核病 4.39 万余头次,牛羊布鲁氏菌病 5.52 万余头次,结果均为阴性。犬只免疫上,截至 2020 年底,全市共有狂犬病免疫点 282 家,共免疫犬 31.6 万只,同比增长 10.4%。

2. 畜禽屠宰

截至 2020 年底,上海市在农业农村部备案的屠宰企业共 12 家。其中,生猪屠宰企业 5 家,分别是位于嘉定的上食五丰公司、奉贤的爱森公司、松江的松林公司、崇明的明珠湖公司和崇明肉食品公司;家禽屠宰企业 5 家,分别位于浦东的乐得公司、奉贤的圣华公司和凌华公司、崇明的大瀛公司和老杜公司;牛羊(兔)屠宰企业 2 家,分别为位于宝山的牛羊肉公司,奉贤的腾达合作社。2020 年,共屠宰检疫生猪 21.5 万头,家禽 1 285 万羽。

3. 道口监管

从 2002 年起,上海市在 8 个指定市境公路道口(现为洋桥、葛隆、安亭、白鹤、西岑、枫泾、新联和向化)设立动物防疫监督检查站,共配备执法人员 90 名,由市农业农村委员会执法总队管理,负责对进入本市行政区域的动物、动物产品及其运载工具实施 24小时不间断动物防疫监督检查。2020 年,共检查动物及动物产品 29.2 万车次,其中家禽 731 万羽,动物产品 92.73 万吨,查处违章车辆 1 496 车次。

4. 无害化处理

目前,上海市共有两家处理中心负责全市病死动物和病害动物产品的无害化处理,分别位于奉贤和崇明,设计日处理量共 65 吨。2020 年,全市共无害化处理病死动物及病害动物产品 5 340 吨。

二、《条例》实施以来取得的主要成效

《上海市动物防疫条例》于 2005 年 12 月 29 日由第十二届市人大常委会审议通过,2010 年 5 月 27 日,第十三届市人大常委会对《条例》进行了修改。《条例》的实施,为上

海市动物防疫工作提供了有力有效的法律支撑,为进一步理顺本市动物防疫管理体制,强化动物防疫管理工作,有效预防、控制和扑灭高致病性禽流感等重大动物疫病和人畜共患病,保障畜牧业生产安全、公共卫生安全和动物源性食品安全等方面发挥了重要作用。

（一）动物疫病防控能力显著提升

上海市、区(涉农区)两级均建立了较为健全的畜牧兽医行政管理、动物卫生监督执法和动物疫病防控机构,乡镇动物防疫队伍也持续完善,本市畜牧兽医行政管理效能、监督执法水平和技术支撑能力得到政府和行业认可。高致病性禽流感、口蹄疫等强制免疫重大动物疫病做到应免尽免,本市主要动物疫病的流调监测覆盖面达到100%,发生内源性重大动物疫情的风险被有效降低。严格落实畜禽产地检疫制度和屠宰检疫制度,申报检疫率达100%,检疫出证全部实现电子化,检疫信息做到在线实时查询。实施供沪动物和动物产品企业备案制度和指定市境道口入沪制度,在全市设立的8个市境指定公路道口,24小时不间断对入沪的动物及动物产品进行查证验物和信息登记,对相关运输车辆做好消毒消杀,供沪动物及动物产品的质量安全在市场流通前端得到有效管控。市动物无害化处理中心迁建项目和崇明动物无害化处理中心建设项目完成建设并投入使用,日处理能力达65吨,病死动物统一收集和无害化处理体系进一步健全。积极推动狂犬病免疫点和狂犬病防疫示范村建设,本市犬只狂犬病免疫数量逐年提升,公共卫生安全得到有力保障。崇明建成国内首个奶牛"两病",也是国内首个主要动物疫病区域净化示范区,有11家畜禽养殖场获国家级动物疫病净化场(示范场)称号,动物疫病净化工作走在全国前列。近年来,本市重大动物疫情平稳可控,尤其是2019年以来没再发生非洲猪瘟等重大动物疫情,得到农业农村部通报表扬。

（二）畜牧业实现高质量发展

上海祥欣公司被农业农村部评为首批国家生猪核心育种场、首批国家规模化种猪疫病净化创建场、首批全国生猪遗传改良计划种公猪站,大白种猪遗传进展全国第一,祥欣种猪成为国内生猪种源金字塔上的明珠。光明牧业金山种奶牛场通过国家奶牛核心育种场创建评审,上海奶牛育种中心是国际动物记录委员会、美国荷斯坦协会、美国国家动物育种者协会的会员,上海奶牛育种工作领先国内、对标国际,"光明乳牛""光明乳业"品牌赢得广泛赞誉。"申鸿七彩雉"通过农业农村部畜禽新品种审定鉴定,是新中国成立以来第一个人工培育的特种禽类新品种。上海松林公司的种养结合"猪粮型"家庭农场模式得到农业农村部充分肯定,产加销一体的全产业链模式经受住市场考验,效益突出。

（三）公共卫生应急保障工作卓有成效

上海市积极参与处置黄浦江上游水域漂浮死猪事件,科学高效地做好病死猪无害化处理,黄浦江水域生态环境得到及时保护,同时避免了病死猪流向市场。积极应对人感染H7N9流感事件,紧急对全市家禽开展H7流感疫苗免疫工作,严格落实疫情监测、扑杀和无害化处置等防控措施,本市家禽未发生H7N9流感疫情,人间H7N9流感疫情被迅速控制并消灭,相关工作得到农业农村部和OIE肯定。全力做好世游赛、世滑赛、十八大、亚信峰会、环球马术赛、进博会、国际宠博会、亚洲宠物展、环球马术赛等重大会议和重大赛事期间的动物防疫和畜产品安全保障工作,助力社会稳定和经济发展。

三、《条例》修订的必要性

《条例》从2010年修改至今已11年,为本市动物防疫工作取得良好成效奠定了重要基础和有力保障。但11年间,本市以及全国的动物疫病防控形势发生了巨大的变化,新疫情、新要求、新模式、新业态不断涌现,包括兽医管理体制也发生了新的变化,这些都给我们带来了新问题、新挑战,亟须我们通过《条例》的修订,在顶层设计上,从法律角度拿出解决办法,提供新的制度支持。

(一)落实《动物防疫法》和衔接相关法规的需要

2021年1月22日,第十三届全国人大常委会第二十五次会议表决通过了新修订的《动物防疫法》。修订后的《动物防疫法》共12章113条,与原法相比,条文数量增加了2章28条,内容也相应发生了较大变化,动物防疫方针由原来的"预防为主"调整为"预防为主,预防与控制、净化、消灭相结合",同时,动物防疫管理制度、人畜共患传染病防治、野生动物及犬只的检疫管理等方面的内容也有较大修改。目前,上海市现行的《条例》与上位法《动物防疫法》相比,需要补充、调整、完善的内容较多,亟须修订完善。此外,《上海市公共卫生应急管理条例》等法规,也对人畜共患病防控、犬猫等宠物依法免疫、活禽交易市场监管等作出了要求,有必要在《条例》修订时予以对接完善。

(二)进一步完善动物防疫体系和强化机构队伍的需要

受畜禽退养影响,传统涉农区开始出现机构撤并、队伍整合、基层人员老化流失的趋势,动物防疫能力与以往相比有所弱化。中心城区只有区市场监管局承担动物卫生监督执法检疫职责,行政管理和技术支撑的责任部门不清晰,使得动物防疫体系存在薄弱环节,近年来,上海"两会"涉及犬猫等城市动物防疫管理方面的议案提案逐年增加,从一个侧面反映出强化中心城区动物防疫工作的必要性和迫切性。同时,"室内动物园""撸猫馆"等人与动物亲密接触的新业态、新场景不断涌现,需要进一步明确市场监管、绿化市容、农业农村、卫生健康等部门的法定职责,配齐配强相关管理队伍,齐抓共管,保护好人民群众的健康安全。

(三)进一步完善疫病防控能力满足社会群众新要求的需要

原有的动物及动物产品调运监管、病死动物和病害动物产品无害化处理、动物疫病区域化管理、动物疫情监测预警、畜禽活体交易等制度,已经无法满足国家对动物防疫工作的新要求和广大人民群众对美好生活的新追求,需要对相关制度作进一步完善。

综上,有必要对《条例》进行修改,以全面落实上位法的最新规定,固化提升上海市在动物防疫领域的制度创新,对相关问题在制度上予以规范,加强本市动物防疫工作。

四、《条例(修订草案)》的总体思路、主要内容和突破创新

根据新版《动物防疫法》内容,借鉴相关兄弟省市动物防疫条例的修订经验,同时立

足上海动物防疫工作实际,我们在原《条例》的基础上,对其进行了修订,形成了《条例(修订草案)》,其总体思路、主要内容和突破创新点如下。

(一)总体思路

认真贯彻习近平新时代中国特色社会主义思想,严格落实党中央、国务院和市委、市政府有关重要决策部署,按照全面提升上海动物卫生水平和全力防控人畜共患传染病的目标,坚持"目标导向、问题导向、传承创新、上海特点"的修改工作原则,着力完善动物防疫责任体系、制度体系、监管体系,构建科学、合理、健全、高效的动物防疫法规制度,保障畜牧业生产安全、动物源性食品安全、公共卫生安全和生态环境安全。

(二)主要内容

《条例(修订草案)》共9章,65条,包括总则,动物疫病的预防,动物疫情的报告、通报和公布,动物疫病的控制,动物和动物产品的检疫,病死动物和病害动物产品的无害化处理,动物诊疗,法律责任,附则,比现行《条例》多了2章,16条。修订后的《条例》主要在5个方面进行了强化:一是强化了政府(特别是中心城区)属地管理责任、行业监管服务责任、生产经营者防疫主体责任;二是强化了部门间人畜共患病和野生动物的联防联控;三是强化了对犬猫(包括流浪犬猫)等宠物的监管,以及对集贸市场活畜禽交易的管理,保障城市公共卫生安全;四是强化了动物疫病净化、消灭等方面的防控要求和措施;五是强化了对动物、动物产品的生物安全和质量安全的监管。具体内容详见附件。

(三)突破创新

在《条例》修订中,我们致力于有所突破、有所引领,希望一些制度能切实解决动物防疫工作中一些现实的焦点问题,确实能体现出上海的特点和水平,并为今后的工作作一些有益的铺垫。

1. 健全中心城区动物防疫工作机制

一直以来,上海市动物防疫工作实际上采用的是"双轨"模式,即郊区由区农业农村委负责,中心城区由市农业农村委兜底。这一做法简化了中心城区的机构设置和人员编制,但也暴露出"属地责任淡化"等弊端。近期,市审改办在行政审批改革中也建议最好在中心城区明确区一级的动物防疫工作部门。我们借鉴了《天津市动物防疫条例》第五条第一款"市农业农村主管部门、区农业农村主管部门或者区人民政府确定的动物防疫部门(以下统称动物防疫主管部门),负责本行政区域内动物防疫工作的组织、实施和监督检查"的提法,在《条例(修订草案)》第六条第一款对市、区两级动物防疫工作职责作了划分,特别明确"未设立农业农村主管部门的区,由该区人民政府指定相关部门负责本行政区域内动物防疫工作"。

2. 明确室内动物园等新业态的动物防疫责任

近年来,在大型商场开办"室内动物园""撸猫馆"等新型业态不断出现。关于传统的动物园,国家对于开办条件、审批主体等均有明确规定,室内动物园的开办、日常管理不属于《条例》的调整范围。但考虑到在这些新型业态中,可能存在动物(大部分还是野生动物)传播人畜共患病的风险,需要做好动物防疫工作,《条例(修订草案)》第二十四条规定:"开办室内动物园的商场等场所,应当符合国家有关动物园的管理规定,取得市场监管、市容绿化、规划资源、农业农村等部门的批准,做好动物防疫工作。其中,与消费者密切接触,可传播狂犬病、高致病性禽流感等人畜共患病的动物,经营者应当根据不同动物种类,对其实施狂犬病、高致病性禽流感等疫苗免疫。"

3. 禁止在市场流通环节进行家畜家禽活体交易

活禽交易市场是我国人禽流感病例感染的主要场所,大部分的人禽流感病例都去过活禽交易市场或与活禽有接触。值得注意的是,上海市从2013年起施行季节性暂停活禽交易,2014年至今,上海仅不到两成人禽流感病例发生在暂停活禽交易期间,2018年至今,上海无人感染 H7N9 禽流感病例报告,说明关闭活禽交易市场对于人禽流感疫情防控的作用是显著的。此次新冠疫情发生后,市商务委联合我委于 2020 年初发布公告暂停活禽交易至今,新颁布的《动物防疫法》第二十六条第二款也明确"县级以上地方人民政府应当根据本地情况,决定在城市特定区域禁止家畜家禽活体交易"。因此,为加强源头防控,降低人禽流感疫情发生风险,《条例(修订草案)》第四十七条规定:"本市禁止在市场流通环节进行家畜家禽活体交易,畜禽须经屠宰厂屠宰后方可销售,但法律、行政法规另有规定的除外。"

4. 强调动物产品必须从指定道口进入本市并接受检查

《动物防疫法》只规定运输动物必须从指定通道进入,但上海市从2002年起,市政府就要求动物和动物产品要从指定通道入沪。从实践来看,道口在第一时间发现并及时处置不符合检疫要求的动物产品方面发挥了重要作用,有效阻止了相关动物产品流入本市,保护了人民群众的食品安全。新颁布的《浙江省动物防疫条例》第二十三条第一款,也明确"通过公路从省外调入动物、动物产品的,经营者应当按照备案的指定通道进入本省,并向省人民政府批准设立的公路动物防疫检查站报验"。为此,《条例(修订草案)》将动物和动物产品从指定通道入沪从政府规章升级为法规。

5. 实施供沪动物及动物产品备案制度

外省市动物养殖场、屠宰厂向本市销售动物、动物产品的,事先经当地省级动物卫生监督机构择优推荐,由市动物卫生监督机构备案,是上海市一直以来通行的做法,实践中对于确保供沪动物及动物产品的生物安全和质量安全,起到了积极作用。《浙江省动物防疫条例》第二十二条第一款规定:"从省外调入动物、动物产品的,经营者应当在调入动物、动物产品前三个工作日内,通过省动物防疫数字系统向调入地县(市、区)农业农村主管部门备案。"天津要求上年度屠宰量在5万头以上(或设计屠宰产能30万头以上)、具备相关自检能力、严格执行动物防疫制度、设施设备齐全、具备冷链运输且3年内未出现质量安全问题的屠宰企业,按相关程序备案后可从事"点对点"调运。鉴于本市现行做法和兄弟省市经验,《条例(修订草案)》第四十二条规定:"本市对供沪动物及动物产品实行产销对接制度。本市动物及动物产品经营者应当从外省市具备法定资质的动物养殖场、屠宰厂采购经检疫合格的动物及动物产品。外省市具备法定资质的动物养殖场、屠宰厂名单,由本市农业农村主管部门会动物及动物产品原产地省级农业农村主管部门,根据重大动物疫病区域联防联控相关规定确定并公布。"

6. 探索对宠物猫开展狂犬病免疫方面

在犬只狂犬病强制免疫方面,上海市一直走在全国前列,《条例》创新的"对饲养的犬只实施狂犬病强制免疫"制度得到国家认可,并通过此次《动物防疫法》修订复制推广至全国。但是,对于饲养的猫如何开展狂犬病免疫,国家层面没有作出规定。考虑到猫也可能传染狂犬病,且上海宠物猫的饲养量巨大,需要开展免疫工作,鉴于此项工作仍在探索过程中,不宜规定得过细,《条例(修订草案)》第十七条第六款对此作出指导性规定,即"本市鼓励对饲养的猫参照犬只实施狂犬病免疫"。

7. 解决宠物和野生动物部分疾病用药荒的问题

随着宠物诊疗行业的专科化和精细化发展,以及宠物高血压、糖尿病、肿瘤等老年病、富贵病的出现,宠物无专门兽药可用的现象较为普遍,一些诊疗机构因此对宠物使用了人用药。同样的情况也发生在野生动物的诊疗上。但《兽药管理条例》规定"禁止将人用药品用于动物",相关监管部门如果依法依规查处,将影响宠物和野生动物诊疗活动的开展,甚至导致很多疾病无药可医,而默认现状任其发展,监管部门将承担"行政不作为"的风险。因此,我们在《条例(修订草案)》第五十四条第二款探索提出:"动物诊疗机构对《国家畜禽遗传资源品种名录》外的动物,以及野生动物管理部门和饲养单位对野生动物进行诊疗涉及人药兽用的,应当符合有关规定,具体办法由市农业农村、绿化市容、卫生健康、市场监管等部门共同制定。"

附件:《上海市动物防疫条例(修订草案)》

牵 头 领 导:陆峥嵘
牵 头 处 室:畜牧处
课题组成员:林卫东　刘　平　杨海宁　沈　悦
　　　　　　施　彬　梁心仪　夏永高　赵洪进
　　　　　　陈　波　邵莅宇

附件

上海市动物防疫条例（修订草案）

第一章　总　则

第一条（目的和依据）

为了加强对动物防疫活动的管理，预防、控制、净化、消灭动物疫病，促进养殖业发展，防控人畜共患传染病，保障公共卫生安全和人体健康，维护正常的社会秩序，根据《中华人民共和国动物防疫法》等法律法规的规定，结合本市实际，制定本条例。

第二条（适用范围）

本条例适用于本市行政区域内的动物防疫及其监督管理活动。

进出境动物及动物产品的检疫适用进出境动植物检疫相关法律、行政法规的规定。

第三条（工作方针、原则和机制）

动物防疫实行预防为主，预防与控制、净化、消灭相结合的工作方针，坚持综合防治、依法检疫、重点控制、全程监管的工作原则，建立政府主导、部门监管、行业自律、社会共治的工作机制。

第四条（从业者防疫责任）

从事动物饲养、屠宰、经营、隔离、运输以及动物产品生产、经营、加工、贮藏等活动的单位和个人，依照国家和本市的规定，做好免疫、消毒、检测、隔离、净化、消灭、无害化处理等动物防疫工作，承担动物防疫相关责任。

第五条（政府职责）

市、区人民政府对动物防疫工作实行统一领导，采取有效措施稳定基层机构队伍，加强动物防疫队伍建设，建立健全动物防疫体系，制定并组织实施动物疫病防治规划。

镇（乡）人民政府、街道办事处应当组织群众做好本辖区的动物疫病预防与控制工作，村民委员会、居民委员会予以协助。

第六条（部门职责）

市农业农村主管部门负责全市的动物防疫工作。区农业农村主管部门负责本行政区域内的动物防疫工作。未设立农业农村主管部门的区，由该区人民政府指定相关部门（以下与区农业农村主管部门统称区动物防疫主管部门）负责本行政区域内动物防疫工作。

卫生健康、绿化市容、发展改革、财政、公安、城市管理、市场监管、交通运输、海关等有关部门在各自职责范围内，共同做好动物防疫工作。

第七条（机构职责）

市、区人民政府设立动物疫病预防控制机构和动物卫生监督机构。

动物疫病预防控制机构承担动物疫病的监测、检测、诊断、流行病学调查、疫情报告以及其他预防、控制等技术工作；承担动物疫病净化、消灭的技术工作。动物卫生监督机构负责辖区内动物及动物产品的检疫工作。

第八条（协作机制）

本市推进动物防疫信息化平台建设，实现养殖、防疫、检疫、屠宰、流通、无害化处理等信息数据实时互通共享，建立全链条可追溯体系，提高动物疫病防控工作效能。

农业农村、市场监管、卫生健康、绿化市容、海关等部门建立人畜共患传染病防治的协作机制和防止境外动物疫病输入的协作机制。

第九条（规划与保障）

市、区人民政府应当将动物防疫工作纳入国民经济和社会发展规划及年度计划，将动物疫病的监测、预防、控制、净化、消灭，动物及动物产品的检疫，病死动物、病害动物产品的无害化处理，动物防疫基础设施和数字化建设，动物防疫科学技术研究，动物防疫宣传和社会化服务，以及监督管理所需经费纳入本级预算。

对在动物疫病预防、控制、净化、消灭过程中强制扑杀的动物、销毁的动物产品和相关物品，政府按照国家有关规定给予补偿。

第十条（宣传与研究）

各级人民政府和有关部门、新闻媒体应当加强对动物防疫法律法规和动物防疫知识的宣传。

本市鼓励和支持开展与动物防疫有关的科学研究和合作交流，推广先进适用的科学研究成果，提高动物疫病防治的科学技术水平。

第十一条（社会参与）

本市鼓励社会力量依法参与动物防疫的宣传教育、疫情报告、志愿服务和公益捐赠等活动。

鼓励相关行业协会、村居委会、物业管理等社会组织积极参与与动物防疫有关的矛盾纠纷化解工作。

第十二条（奖励与保障）

市、区人民政府和有关部门对在动物防疫工作、相关科学研究、动物疫情扑灭中做出贡献的单位和个人，按照有关规定给予表彰、奖励。

有关单位应当依法为动物防疫人员缴纳工伤保险费。对从事动物疫病预防、检疫、监督检查、现场处理疫情以及在工作中接触动物疫病病原体的人员，有关单位按照国家规定，采取有效的卫生防护、医疗保健措施，给予畜牧兽医医疗卫生津贴等相关待遇。

对因参与动物防疫工作致病、致残、死亡的人员，按照有关规定给予补助或者抚恤。

第十三条（动物疫病保险）

本市支持保险机构开展动物疫病保险业务，鼓励动物饲养单位和个人参加动物疫病保险。

第十四条（区域动物防疫管理协作）

本市推动建立长三角等跨省市区域动物防疫工作协同机制，在动物检验检疫、防疫风险评估、疫情分析预警、无规定动物疫病区和无规定动物疫病生物安全隔离区建设等方面开展协作及信息交流，保障区域公共卫生安全。

第二章 动物疫病的预防

第十五条（风险评估）

市农业农村主管部门会同市卫生健康、绿化市容等有关部门，根据国内外及本市动物疫病发生规律、流行趋势和动物疫病监测结果，开展本市动物疫病风险评估，并根据评估结果组织相关部门落实动物疫病防疫、控制、净化、消灭等措施。

第十六条（强制免疫）

市农业农村主管部门按照国家规定制定本市动物疫病强制免疫计划；根据本市动物疫病流行情况，以及对养殖业和人体健康的危害程度，提出增加强制免疫的动物病种，报市人民政府批准后执行，并报农业农村部备案。

区动物防疫主管部门负责组织实施动物疫病强制免疫计划，对饲养动物的单位和个人履行强制免疫义务的情况进行监督检查，对强制免疫计划实施情况和效果进行评估，评估结果向社会公布。

镇（乡）人民政府、街道办事处组织本辖区内有关单位和个人做好饲养动物的强制免疫，协助做好监督检查；村民委员会、居民委员会协助做好相关工作。

市动物疫病预防控制机构负责统一采购、合理储备强制免疫病种应急防疫所需的生物制品。

市、区动物疫病预防控制机构根据本辖区动物疫病强制免疫计划，具体负责强制免疫的技术支撑工作。

饲养动物的单位和个人应当履行动物疫病强制免疫义务，按照强制免疫计划和技术规范，对动物实施免疫接种，并按照国家有关规定建立免疫档案、加施畜禽标识，保证可追溯。

饲养动物的单位和个人可以聘请或者委托有相应资质的社会力量对动物实施免疫接种。

用于预防接种的疫苗应当符合国家质量标准。

第十七条（狂犬病免疫）

本市对饲养的犬只实施狂犬病强制免疫。区动物防疫主管部门应当按照合理布局、方便接种的原则设置狂犬病免疫点。区动物疫病预防控制机构应当对狂犬病免疫点的管理提供技术支撑。非狂犬病免疫点不得从事狂犬病免疫。

饲养犬只的单位和个人应当依法履行犬只狂犬病强制免疫义务，定期在狂犬病免疫点为犬只接种狂犬病疫苗，凭免疫证明向所在地公安部门办理养犬登记。携带犬只出户的，应当按照规定佩戴犬牌并采取系犬绳等措施，防止犬只伤人、疫病传播。

狂犬病免疫点对犬只实施免疫接种后，应当出具市动物疫病预防控制机构统一印制的狂犬病免疫证明，并记录相关信息。狂犬病免疫点应当建立犬只狂犬病免疫档案。

街道办事处、镇（乡）人民政府组织协调居民委员会、村民委员会，做好本辖区流浪犬、猫的控制和处置，防止疫病传播。

区人民政府和镇（乡）人民政府、街道办事处应当结合本地实际，做好农村地区饲养犬只的防疫管理工作。

本市鼓励对饲养的猫参照犬只实施狂犬病免疫。

第十八条（动物疫病监测和疫情预警制度）

市、区人民政府建立健全动物疫病监测网络，加强动物疫病监测，完善监测信息共享机制。

市农业农村主管部门应当根据国家动物疫病监测计划，制定本市动物疫病监测计划。区动物防疫主管部门根据本市动物疫病监测计划，结合本行政区域实际情况，制定动物疫病监测计划实施方案。

市、区动物疫病预防控制机构负责对动物疫病的发生、流行等情况进行监测和分析，从事动物饲养、屠宰、经营、隔离、运输以及动物产品生产、经营、加工、贮藏、无害化处理等活动的单位和个人应当予以配合，不得拒绝或者阻碍。

市农业农村主管部门和区动物防疫主管部门根据对动物疫病发生、流行趋势的预测，及时发出动物疫情预警。市、区人民政府接到动物疫情预警后，应当及时采取预防、控制措施。

绿化市容部门应当完善陆生野生动物疫源疫病监测体系和工作机制，组织开展监测工作，并定期与农业农村主管部门互通情况，紧急情况及时通报。

第十九条（无规定动物疫病区建设）

市人民政府根据国家的无规定动物疫病区建设规定，制定并组织实施本行政区域的无规定动物疫病区建设方案。

本市鼓励和支持动物饲养场建设无规定动物疫病生物安全隔离区。

第二十条（动物疫病净化、消灭规划）

市、区人民政府根据国家动物疫病净化、消灭规划，制定并组织实施本行政区域的动物疫病净化、消灭计划。

市、区动物疫病预防控制机构按照动物疫病净化、消灭的规划和计划，开展动物疫病净化技术的指导培训，对动物疫病净化效果进行监测评估。

饲养动物的单位和个人应当采取具体净化措施，加强生物安全管理，维持动物疫病净化状态，配合动物疫病净化日常监管；达到国家规定的净化标准的，由市农业农村主管部门予以公布。

第二十一条（种用、乳用动物要求）

饲养种用、乳用动物的单位和个人，应当按照要求开展动物疫病净化，并定期开展动物疫病检测；检测不合格的，应当按照国家有关规定处理。

第二十二条（相关场所动物防疫条件）

动物饲养场所、动物隔离场所、动物屠宰加工场所、动物和动物产品无害化处理场所应当符合国家规定的动物防疫条件，开办者应当依法取得所在地的区动物防疫主管部门颁发的动物防疫条件合格证。进境动物隔离场所，应该符合海关部门的要求。

鼓励生猪饲养场、生猪屠宰加工场所、动物隔离场所、动物和动物产品无害化处理场所建立车辆清洗消毒烘干中心。

第二十三条（新技术研发）

鼓励动物饲养场和隔离场所、动物屠宰加工场所以及动物和动物产品无害化处理场所,研发应用动物防疫领域的新技术、新设备、新产品,加强数字化改造,提升动物防疫的信息化、数字化水平。

第二十四条（室内动物园的防疫责任）

开办室内动物园的商场等场所,应当符合国家有关动物园的管理规定,取得规划资源、市容绿化、市场监管、农业农村等部门的批准,做好动物防疫工作。其中,与消费者密切接触,可传播狂犬病、高致病性禽流感等人畜共患病的动物,经营者应当根据不同动物种类,对其实施狂犬病、高致病性禽流感等疫苗免疫。

第二十五条（实验室管理）

本市与动物健康有关的一级和二级动物病原微生物实验室应当向所在地的区动物防疫主管部门备案。

实验室在开展与动物病原微生物菌毒种、样本有关的采集、保存、运输、研究、教学、检测、诊断等实验活动时,应当遵守国家和本市有关病原微生物实验室管理的相关规定。

第二十六条（运输要求）

动物及动物产品的运载工具、垫料、包装物、容器等应当符合国家和本市动物防疫相关要求。

染疫动物及其排泄物、染疫动物产品,运载工具中的动物排泄物以及垫料、包装物、容器等被污染的物品,应当按照国家和本市有关规定处理,不得随意处置。

运载工具在装载前和卸载后应当及时清洗、消毒。

第二十七条（涉及人畜共患传染病的从业限制）

患有国家规定的人畜共患传染病的人员不得直接从事动物疫病监测、检测、检验检疫、诊疗以及易感染动物的饲养、屠宰、经营、隔离、运输等活动。

相关从业人员应当每年进行健康检查,取得健康证明后方可上岗。

第三章 动物疫情的报告、通报和公布

第二十八条（疫情的报告和处理）

从事动物疫病监测、检测、检验检疫、研究、诊疗以及动物饲养、屠宰、经营、隔离、运输等活动的单位和个人,发现动物染疫或者疑似染疫的,应当立即向所在地动物疫病预防控制机构报告,并迅速采取隔离等控制措施。其他单位和个人发现动物染疫或者疑似染疫的,应当及时报告。

接到动物疫情报告的单位,应当采取临时隔离控制等必要措施,并及时按照国家规定的程序和内容上报。

任何单位和个人不得瞒报、谎报、迟报、漏报动物疫情,不得授意他人瞒报、谎报、迟报动物疫情,不得阻碍他人报告动物疫情。

第二十九条（疫情的认定）

动物疫情由市农业农村主管部门和区动物防疫主管部门按照规定认定;其中,重大动物疫情由市农业农村主管部门认定,必要时报国务院农业农村主管部门认定。

在重大动物疫情报告期间,必要时,所在地的区人民政府可以做出封锁决定并采取扑杀、销毁等措施。

第三十条(疫情的公布)

经国务院农业农村主管部门授权,市农业农村主管部门公布本市区域的动物疫情。其他单位和个人不得擅自发布动物疫情。

第三十一条(疫情的通报)

发生人畜共患传染病疫情时,农业农村或者动物防疫、卫生健康、绿化市容等部门应当根据各自职责范围及时处置并相互通报。

第四章　动物疫病的控制

第三十二条(应急预案和实施方案)

市、区人民政府应当根据上一级重大动物疫情应急预案和本地区实际情况,制定本行政区域的重大动物疫情应急预案,报上一级农业农村主管部门备案,并抄送上一级人民政府应急管理部门。

市农业农村主管部门和区动物防疫主管部门根据本级人民政府制定的重大动物疫情预案,按照不同动物疫病病种及其流行特点和危害程度,分别制定实施方案。

第三十三条(应急预案的演练和启动)

市、区人民政府应当根据重大动物疫情应急处置需要,组建专家队伍和应急队伍,储备应急防疫物资,开展重大动物疫情应急预案的培训和演练。

重大动物疫情发生后,市、区人民政府设立的重大动物疫情应急处置指挥部应当统一领导、指挥本行政区域内的重大动物疫情应急处置工作。市农业农村主管部门和区动物防疫主管部门依法划定疫点、疫区和受威胁区,调查疫源,并及时向本级人民政府提出启动应急预案、成立应急处置指挥部、对疫区实行封锁的建议。

第三十四条(疫病的控制措施)

发生一类、二类动物疫病时,市、区人民政府应当依法采取相应控制措施。

发生三类动物疫病时,区人民政府、镇(乡)人民政府或者街道办事处应当按照国务院农业农村主管部门的规定组织防治。

二、三类动物疫病呈爆发性流行时,按照一类动物疫病处理。

第三十五条(疫情防控措施)

市、区人民政府根据重大动物疫情防控需要,对辖区内饲养、屠宰、运输、隔离等环节的动物、动物产品以及相关物品可以采取强制扑杀、销毁等措施。

第三十六条(疫区封锁的解除)

疫点、疫区、受威胁区的撤销和疫区封锁的解除,按照国家规定的标准和程序评估后,由原决定机关决定并宣布。

第三十七条(部门协同)

发生重大动物疫情后,根据市、区人民政府的统一部署,公安部门负责做好疫区封锁、社会治安和安全保卫,并协助、参与动物扑杀;市场监督管理部门负责关闭动物及动物产品交易市场;卫生健康部门负责做好相关人群的疫情监测;其他行政管理部门依据各自职责,协同做好相关工作。

第五章　动物和动物产品的检疫

第三十八条(实施检疫的主体)

市、区动物卫生监督机构依法对动物及动物产品实施检疫。市、区人民政府为动物卫生监督机构配备与动物及动物产品检疫工作相适应的官方兽医,由官方兽医具体实施动物及动物产品检疫。

官方兽医应当具备国务院农业农村主管部门规定的条件,由市农业农村主管部门按照程序确认,由市农业农村主管部门和区动物防疫主管部门任命。

第三十九条(动物及动物产品的检疫)

屠宰、经营、运输的动物,以及用于科研、展示、演出和比赛等非食用性利用的动物,应当附有检疫证明;经营和运输的动物产品,应当附有检疫证明、检疫标志。

在屠宰、出售或者运输动物以及出售或者运输动物产品前,货主应当向所在地动物卫生监督机构申报检疫。

动物卫生监督机构接到检疫申报后,应当及时指派官方兽医对动物及动物产品实施检疫;检疫合格的,出具检疫证明、加施检疫标志。实施检疫的官方兽医应当在检疫证明、检疫标志上签字或者盖章,并对检疫结论负责。

第四十条(野生动物的检疫)

人工捕获的野生动物应当按照国家有关规定报动物卫生监督机构检疫,检疫合格的,方可饲养、经营、运输、利用。

第四十一条(运输要求)

从事动物运输的单位、个人以及车辆,应当在所在地的区动物防疫主管部门备案,并妥善保存行程路线和托运人提供的动物名称、检疫证明编号、数量等信息。

本市支持畜禽就近屠宰冷链调肉的运输模式,除种畜仔畜和符合"点对点"调运备案条件的畜禽外,逐步减少活畜禽跨市境长距离调运。

第四十二条(产销对接制度)

本市对供沪动物及动物产品实行产销对接制度。本市动物及动物产品经营者应当从外省市具备法定资质的动物养殖场、屠宰厂采购经检疫合格的动物及动物产品。

外省市具备法定资质的动物养殖场、屠宰厂名单,由本市农业农村主管部门会动物及动物产品原产地省级农业农村主管部门,根据风险评估及重大动物疫病区域联防联控相关规定确定并公布。

第四十三条(指定通道)

市人民政府确定并公布运输动物及动物产品进入本市行政区域的动物防疫监督检查指定通道,并设置引导标志。

运输动物及动物产品应当从指定通道进入本市,并接受市农业农村主管部门的查证、验物、消毒等监督检查措施,经检查合格加盖检查章后方可进入本市。

市农业农村主管部门应当配备与指定通道监督检查工作相适应的执法人员以及辅助人员。

第四十四条(非指定通道)

在非指定通道发现运输动物及动物产品的,由公安检查站、交通运政检查站交所在地的区动物防疫主管部门处理。

非指定通道未设任何检查站的,由所在地的区人民政府设置公告牌、指示牌和禁令牌,必要时落实通道动物防疫、食品安全监管及公共安全信息员进行值勤检查。

第四十五条(信息追溯)

进入流通环节的动物产品,货主应当及时将相关信息录入食品安全信息追溯平台,主动接受市场监督管理部门的监督检查。

市场监督管理部门应当将涉及违反动物防疫相关规定的信息及时向同级农业农村主管部门通报。

第四十六条(引种管理)

引进本市的种用、乳用动物到达目的地后,货主应当按照有关规定对引进的种用、乳用动物在隔离场或饲养场的隔离舍进行隔离观察。隔离观察合格的,可混群饲养;发现异常的,应当及时向所在地的动物疫病预防控制机构报告,并按照有关规定进行处理。

第四十七条(禁止畜禽活体交易)

本市禁止在市场流通环节进行家畜家禽活体交易,畜禽须经屠宰厂屠宰后方可销售,但法律、行政法规另有规定的除外。

第六章 病死动物和病害动物产品的无害化处理

第四十八条(无害化处理规划)

市人民政府制定病死动物和病害动物产品集中无害化处理场所建设规划,建立政府主导、公益为主兼顾市场运作的无害化处理机制,统筹布局病死动物和病害动物产品无害化处理收集场点和处理场所。

第四十九条(无害化处理职责)

动物养殖场(户)、动物隔离场所的病死动物由区动物防疫主管部门负责统一收集,送指定的无害化处理场所集中处理。屠宰加工厂应当具备与其屠宰产能相匹配的无害化处理能力,自行处理病死动物和病害动物产品。宠物诊疗机构、饲养宠物的单位和个人以及其他从事动物和动物产品生产、经营、加工、贮藏、运输的单位和个人,应当按照国家有关规定做好病死动物、病害动物产品的无害化处理;不具备无害化处理能力的,应当将需要无害化处理的病死动物和病害动物产品送指定的无害化处理场所集中处理。

养殖场因开展无规定动物疫病生物安全隔离区建设或者动物疫病净化,需要自行集中处理病死动物的,经区动物防疫主管部门和生态环境部门批准,可以建设无害化处理设施设备自行集中处理。

任何单位和个人不得买卖、加工、随意弃置病死动物和病害动物产品。

第五十条(无主死亡动物的处理)

在江河、湖泊、水库等水域发现的死亡动物,由所在地的区人民政府组织收集、处理并溯源。

在城市公共场所和乡村发现的死亡动物,由所在地的街道办事处、镇(乡)人民政府组织收集、处理并溯源。

在野外环境发现的死亡野生动物,由所在地的区绿化市容主管部门组织收集、处理。

第五十一条(无害化处理费用)

市、区财政对养殖环节的死亡畜禽、屠宰环节的病死病害畜禽、野外死亡野生动物的无害化处理提供补助。具体补助标准和办法由市、区财政部门会同本级农业农村、绿化市容等有关部门制定。

对其他需要无害化处理的病死动物和病害动物产品,由处理场所按一定标准向委托人收取费用。

第七章 动物诊疗

第五十二条(设立动物诊疗机构的条件)

从事动物诊疗活动的动物医院、动物诊所以及其他提供动物诊疗服务的机构,应当具备国家规定的条件,有符合条件的场所、执业兽医、兽医器械和设备,并建立完善的管理制度。

第五十三条(动物诊疗许可)

从事动物诊疗活动的机构,应当向所在地的区动物防疫主管部门申请动物诊疗许可证。

动物诊疗许可证的核发实行告知承诺制,具体办法由市农业农村主管部门制定。

动物诊疗许可证应当载明诊疗机构名称、诊疗活动范围、从业地点和法定代表人(负责人)等事项。

动物诊疗机构应当在诊疗场所的显著位置悬挂动物诊疗许可证、从业人员基本情况。

未取得动物诊疗许可证的单位和个人,不得开展动物诊疗活动。

第五十四条(诊疗活动要求)

动物诊疗机构应当在诊疗许可证载明的范围内依法开展诊疗活动,建立健全诊疗、防疫等内部管理制度,遵守有关动物诊疗的操作技术规范,使用符合国家规定的兽药和兽医器械,做好诊疗活动中的安全防护、检验检测、消毒卫生、病死动物处置、诊疗废弃物处置等工作,并规范如实做好记录。

动物诊疗机构对《国家畜禽遗传资源品种名录》外的动物,以及野生动物管理部门和饲养单位对野生动物进行诊疗涉及人药兽用的,应当符合有关规定,具体办法由市农业农村、绿化市容、卫生健康、市场监管等部门共同制定。

动物诊疗机构开展狂犬病免疫的,应当独立设置相关区域,并与诊疗区域进行分隔。

第五十五条(疫情防控要求)

动物诊疗机构在诊疗活动中发现重大动物疫情或疑似重大动物疫情,应当按规定立即向所在地的区动物疫病预防控制机构报告,同时采取隔离等控制措施,防止动物疫情扩散。

动物诊疗机构应当配合政府部门开展动物防疫法律法规和知识的宣传,根据政府部门要求参与动物疫病的防控工作。

第九章　法律责任

第五十六条(指引条款)

违反本办法规定的行为,有关法律法规已有处罚规定的,从其规定。

第五十七条(对违反狂犬病免疫要求行为的处罚)

违反本条例第十七条第三款规定,狂犬病免疫点对犬只实施免疫接种后,未出具统一制式的狂犬病免疫证明,未记录相关信息,或者未建立犬只狂犬病防治档案的,由区动物防疫主管部门责令改正,可以处一千元以下罚款;逾期不改正的,处一千元以上五千元以下罚款。

第五十八条(对违反室内动物狂犬病等免疫要求的处罚)

违反本条例第二十四条规定,未对与消费者密切接触、可传播狂犬病、高致病性禽流感等人畜共患病的动物实施疫苗免疫的,由区动物防疫主管部门责令改正,可以处一千元以下罚款;逾期不改正的,处一千元以上五千元以下罚款,相关动物由区动物防疫主管部门委托动物诊疗机构、无害化处理场所等代为处理,所需费用由违法行为人承担。

第五十九条(对违反从业限制规定行为的处罚)

违反本条例第二十七条第一款规定,屠宰企业安排未取得健康证明或者患有国家规定的人畜共患传染病的人员从事屠宰工作的,由区动物防疫主管部门责令改正,给予警告;拒不改正的,处五千元以上五万以下罚款;情节严重的,责令停产停业,直至吊销定点屠宰许可证。

第六十条(对未按照规定办理备案的处罚)

违反本条例第四十二条规定,经营者在本市销售动物、动物产品未按照规定办理备案的,由区动物防疫主管部门责令改正,处一千元以上一万元以下罚款。

第六十一条(对未经指定通道运载动物、动物产品的处罚)

违反本条例第四十三条规定,未经本市指定道口运载动物进入本市的,由区动物防疫主管部门对承运人处五千元以上一万元以下的罚款;未经本市指定道口运载动物产品进入本市的,由区动物防疫主管部门对承运人处一千元以上一万元以下的罚款。

接收未经指定道口检查签章运入本市的动物、动物产品的,由区动物防疫主管部门对接收单位或者个人予以警告,并处一万元以上十万元以下的罚款。

第六十二条(对违反信息追溯要求行为的处罚)

违反本条例第四十五条第一款规定,进入流通环节的动物产品,货主未及时将相关信息录入食品安全信息追溯平台的,由区市场监管部门责令改正;拒不改正的,处以二千元以上五千元以下罚款。

第六十三条(对违规实施畜禽活体交易行为的处罚)

违反本条例第四十七条规定,在市场流通环节进行家畜家禽活体交易的,按照下列规定予以处罚:

(一)有固定商铺、摊位的,由区市场监管部门责令改正,处以一万元以上三万元以下的罚款;

(二)占用道路、流动设摊的,由镇(乡)人民政府、街道办事处没收相关工具和活禽,并处以一万元以上三万元以下的罚款。

没收的家畜家禽活体由指定的无害化处理场所处理。

第六十四条(信用监管)

各有关部门应当按照国家和本市有关规定,将动物防疫违法行为予以记录,并依法向本市公共信用信息服务平台归集。

对存在动物防疫失信行为的单位和个人,相关部门应当实行重点监管,并由有关行政机关依法采取惩戒措施。

第十章 附 则

第六十五条(施行日期)

本条例自 年 月 日起施行。

19. 上海市促进和保障长江流域禁捕工作立法调研报告

本课题通过对现有法律资源的梳理和对本市现有做法的总结,明确上海市开展"促进和保障长江流域禁捕"立法保障工作的必要性和可行性,针对上海市禁捕工作的重点和难点问题,提出具有针对性的建议和方案,进一步推进上海市促进和保障长江流域禁捕工作立法进程。

一、长江流域禁捕地方立法的政策背景

(一)国家层面的相关规定

长江"十年禁渔"是以习近平同志为核心的党中央保护长江母亲河和加强生态文明建设的重要举措,是为全局计、为子孙谋,功在当代、利在千秋的重要决策。2017年,中央一号文件提出"率先在长江流域水生生物保护区实现全面禁捕"。2018年9月,国务院办公厅《关于加强长江水生生物保护工作的意见》(国办发〔2018〕95号)提出,"到2020年,长江流域重点水域实现常年禁捕"。2020年7月,国务院办公厅《关于切实做好长江流域禁捕有关工作的通知》(国办发明电〔2020〕21号)进一步提出:"自2021年1月1日起长江干流和重要支流、大型通江湖泊等重点水域实行10年禁捕,巩固332个水生生物保护区全面禁捕成果"。

2020年12月,由全国人大常委会审议通过的《中华人民共和国长江保护法》第六条明确规定,长江流域相关地方根据需要在地方性法规和政府规章制定、规划编制、监督执法等方面建立协作机制,协同推进长江流域生态环境保护和修复。坚决贯彻落实习近平总书记重要指示批示精神,把长江流域重点水域禁捕工作作为当前和今后一个时期的重大政治任务,全面抓好落实,对于加强长江流域生态环境保护和修复,实施长江大保护,保障生态安全具有重要意义。

(二)各地积极落实国家长江流域禁捕决定

截至2020年底,沿江10省(市)共核定退捕渔船11.1万艘、渔民23.1万人,退捕

任务已基本完成;各地累计落实社会保障 21.8 万人,帮助 16.5 万人实现转产就业。仅 2020 年下半年,长江流域 14 个省市执法机构累计查处非法捕捞案件 7 160 起,清理取缔"三无"船舶 3.2 万艘,查获涉案人员 7 999 人,有力遏制了非法捕捞多发态势。

长江口水域宽广,水情复杂,地处咸淡水交汇、苏浙沪两省一市交界水域,是多种重要经济鱼类和珍稀鱼类的"三场一通道"(产卵场、索饵场、越冬场和洄游通道),历来是非法捕捞活动多发水域,禁捕退捕工作难度较大。针对长江口外来渔船、"三无"船舶非法捕捞屡禁不绝,跨界执法管理难度大等问题。经中央决策同意,向东海域扩延禁捕范围,设立长江口禁渔管理区(东经 122°15′、北纬 31°41′36″、北纬 30°54′),自 2021 年 1 月 1 日 0 时起实行与长江流域重点水域相同的禁捕管理措施。2020 年 11 月 20 日,长江口禁捕管理工作协调机制会议暨联合执法誓师大会在上海横沙渔港举行,苏浙沪三地集中执法资源、联合开展长江口水域非法捕捞专项整治行动,切实消除执法监管盲区。

二、上海市落实长河禁捕决定的情况及遇到的问题

(一)上海市退捕禁捕工作成效显著

党中央、国务院作出长江"十年禁渔"重大决策部署以来,上海市委、市政府把长江禁捕退捕作为当前重要政治任务来抓,自我加压,提高标准。李强书记批示要求进一步加大对非法捕捞、运输、销售长江鱼类的打击力度,坚决落实好长江"禁渔令"。龚正市长亲自挂帅指挥,多次召开会议专题研究部署。分管副市长多次亲临一线巡查督导。市农业农村委牵头会同公安、市场监管等部门和浦东、崇明、宝山、奉贤、金山等区按照市委市政府统一部署,江海统筹、多方联动、周密组织,开展铁腕整治,本市退捕禁捕工作取得阶段性积极成效。

1. 提前完成退捕任务

上海市实施长江渔船退捕起步较早,2004 年已经启动将渔民统一纳入社会保障的相关工作。中央提出长江大保护和十年禁捕要求后,于 2018 年起实施全面退捕禁捕,提前两年实现全域退捕。2020 年,按照中央认定标准,精准建档立卡,核定退捕渔船 192 艘,退捕渔民 194 名。目前退捕工作已实现"5 个百分百"——渔船捕捞许可证 100%回收,退捕渔船 100%拆解,捕捞网具 100%回收销毁,退捕渔民 100%纳入社保保障,有就业意愿的退捕渔民实现 100%就业,已率先、高质量完成中央交给上海的退捕任务。

2. 打击非法捕捞形成震慑

上海市成立由龚正市长任组长、彭沉雷副市长任副组长的长江退捕与禁捕工作领导小组,同时在市农业农村、公安、市场监管等部门和相关涉渔区设立工作专班,坚持"水上管、路上堵、市场查"多措并举,组织开展"打击非法捕捞""清理取缔涉渔三无船舶""清理取缔绝户网"等专项执法行动。截至 2020 年 11 月底,累计破获非法捕捞、运输、交易长江水生野生动物等相关案件 193 起,抓获犯罪嫌疑人 124 人,查获长江水产品 20 余吨;取缔"三无"船舶聚集点 56 处,拆解"三无"船舶 869 艘,驱离外省籍渔船 1 720 艘次;检查农贸市场、水产品批发市场、商店超市、餐饮单位 6.6 万个次;监测电商

平台(网站)132.3万个次,对电商平台开展行政指导3 087个次,督促下架(删除、屏蔽)非法交易信息180条。目前,长江上海段已实现"四清四无"目标——即清船、清网、清江、清湖,无生产性捕捞渔船、无生产性网具、无渔民和无捕捞生产。

3. 联勤联动机制初步建立

上海市各部门和相关区通过综合执法、联合行动、水查陆处等多种方式,形成了属地管理、上下联动、部门协同的执法监管机制,通过"一网统管"、网格化管理等手段,不断完善非法捕捞、运输、销售等违法行为的发现、响应和处置机制。农业农村部长江办牵头,建立了长江口省际(上海、浙江、江苏)禁捕管理工作协调机制,健全长三角水域非法捕捞长效闭环监管机制,疏通跨区域流窜偷捕、运输、销售的"堵点",集中执法资源、联合开展整治行动,切实消除执法监管盲区。

(二)需要加强推进的方面

1. 禁渔长效管理机制有待进一步强化

上海市长江退捕工作已经顺利完成,当前重心逐步由"退捕"转向"禁捕",要进一步加强部门合作,强化联动管控和协同整治。农业农村部门加大水上巡查力度,公安部门高压打击非法捕捞犯罪,市场监管部门强化线上线下交易监管,通过综合执法、联合行动、水查陆处等多种方式,强化非法捕捞、运输、销售等违法行为的发现、响应和处置。

2. 跨省、跨界涉渔区管理机制亟待建立

依托长江口禁捕管理工作协调机制,加强沪江浙三地协同,集中执法资源,联合开展长江口水域非法捕捞专项整治行动,有利于进一步严厉打击跨境非法捕捞等违法犯罪行为。完善长江口禁捕长效监管机制,持续做好退捕渔民保障后续工作,提升执法装备水平,有利于实现禁捕管理区网格化管理,确保不留死角、无缝衔接。

3. 装备保障仍有待进一步完善

加强执法队伍和执法能力建设,加快渔政、公安等水上执法装备配备,确保高速执法船艇、雷达光电站、无人机、红外夜视仪等急需的执法设备尽快到位,积极构建长江口渔业管理多元智能感知系统,充分发挥人防、技防手段,有效提升与禁捕管理任务相适应的一线执法能力。

4. 宣传引导需要进一步加强

需要充分利用各类媒体平台,及时宣传报道打击非法捕捞专项行动成果,以案释法,有利于推动营造"不敢捕、不能捕、不想捕"的社会舆论氛围。鼓励社会参与、公众监督,通过村规民约监督和奖惩机制,引导沿江退捕渔民转变传统生产生活习惯,培养正确的水产消费习惯和生态保护意识。

三、促进和保障长江流域禁捕地方立法的思考

课题组进行了广泛的走访、调研,与市人大农业农村委、市人大常委会法工委、市交通委、市市场监管局、上海海警局、上海海事局、长江流域渔政监督管理办公室、长江航运公安局上海分局、东海水产研究所等相关单位的有关专家反复研究、论证,多次与江苏、浙江、安徽三省人大沟通,征询本市沿江各区人大、政府等部门和单位的意见建议。

各方一致认为,上海地处长江入海口,是长江洄游性鱼类资源和定居性鱼类资源的重要通道和集聚区,地理位置十分特殊和重要,由本市牵头推进长三角沿江省市开展"十年禁渔"协同立法意义重大;建议开展《上海市人民代表大会常务委员会关于促进和保障长江流域禁捕工作若干问题的决定》(以下简称《决定》)的立法工作,为长江"十年禁渔"长效管理提供有力的法治保障。

(一)立法的目的和总体要求

长江是中华民族的母亲河,是中华民族发展的重要支撑。《长江保护法》第一条开宗明义:"为了加强长江流域生态环境保护和修复,促进资源合理高效利用,保障生态安全,实现人与自然和谐共生、中华民族永续发展,制定本法。"上海市制定《决定》,目的在于做好本市长江流域禁捕及相关工作,加强生态环境保护和修复,实施长江大保护,保障生态安全;根据的是《中华人民共和国长江保护法》《中华人民共和国渔业法》以及相关法律、行政法规。《决定》有必要明确本市长江流域禁捕及相关工作的总体要求,即本市全面贯彻落实国家关于加强长江水生生物保护和做好长江禁捕有关工作等规定,把长江禁捕工作作为当前和今后一个时期的重大任务,确保禁捕以及相关工作取得实效,为本市禁捕工作定下基调。

(二)禁捕区域和期限

关于禁捕区域,国家层面在划定长江流域禁捕区、长江口禁捕管理区的同时,还鼓励"各省确定的其他重要支流"纳入禁捕区。目前,上海市禁捕工作主要涉及浦东新区、崇明区、宝山区、奉贤区、金山区。考虑到随着各项工作的持续推进,本市禁捕区域可能有所扩大,禁捕期限也可能有所调整,为了给相关制度留下空间,可以将本市禁捕区域明确为"指国家和本市确定的长江流域以及重点水域禁捕范围",禁捕期限原则规定为"禁捕期限按照国家和本市有关规定执行"。

(三)行政机关的职责与相关工作机制

关于政府及部门在禁捕工作中的职责,《中华人民共和国长江保护法》《国务院办公厅关于切实做好长江流域禁捕有关工作的通知》(国办发明电〔2020〕21号)等均提出明确要求。

1. 政府及相关部门职责

上海市立法可以从三方面作出规定:一是市政府负总责。将禁捕工作纳入国民经济和社会发展规划,建立禁捕重大事项协调机制,定期听取禁捕工作情况汇报,研究解决重点难点问题,并将禁捕工作情况纳入绩效考核和目标任务考核体系。二是相关区政府的属地管理责任。主要包括健全长效监管机制,依法打击非法捕捞等行为,建立渔政协助巡护队伍,做好禁捕以及相关保障工作。三是部门分工负责。市农业农村部门负责和协调禁捕工作;市、区发展改革、经济信息化、商务、公安、民政、司法行政、财政、人力资源社会保障、规划资源、交通、水务(海洋)、文化旅游、市场监管、林业、城管执法等部门以及上海海警局、上海海事局、长江航运公安局上海分局等驻沪中央直属机构根据各自职责分工,共同做好禁捕相关工作。

2. 多种方式形成合力

为了在禁捕领域形成合力，共同打击违法行为，结合上海市多年实践，可以作出四方面规定：一是建立机制。发挥"一网统管"、城市数字化、网格化管理等优势，加快实现各部门信息数据共享，建立健全非法捕捞等违法行为的及时发现、响应和处置机制。二是多方联合。市农业农村、公安、交通、市场监管、水务（海洋）等部门和相关区人民政府应当加强执法力量和装备设施资源整合，探索推进水陆联动和多部门联合执法、联动执法、协同执法。三是强调指导。市有关部门应当加强对相关区、镇（乡）人民政府落实禁捕工作的指导，重点加大对"三无"船舶在沿江沿海水域的检查管控和依法查处力度。四是加强管理。三省一市立法对垂钓行为的管理方式存在地区特色，本市立法可以对此作出原则规定，授权市农业农村部门针对该领域进行制度建设，即"市农业农村部门应当制定管理制度，加强禁捕区域垂钓管理"。

（四）查处违法行为的职责分工

1. 行政处罚

长江流域禁捕工作具有情况复杂、涉及面广、职责交叉的特点。为了及时发现、有效处置违法行为，可以聚焦重点，分别明确职责部门：一是非法捕捞、利用或者变相利用垂钓进行捕捞的行为，由农业农村部门依法查处。二是"三无"船舶在禁捕区域航行、停泊的，由海事部门依法处理；"三无"船舶有涉渔行为的，由农业农村部门依法查处。三是船舶携带涉渔工具在禁捕区域航行、停泊的，农业农村、海警、海事、公安、交通、林业等部门可以依法登临检查；发现涉渔违法行为的，由农业农村部门依法查处。四是携带电鱼、毒鱼、炸鱼等装置、器具或者其他禁用渔具进入禁捕区域的，由农业农村部门依法查处，或者由公安、海警、交通、水务（海洋）、林业部门依法调查取证后移送农业农村部门依法查处；情节严重的，移送公安部门依法查处。五是收购、运输、加工、销售、利用非法渔获物，或者以长江渔获物的名义虚假宣传的，由农业农村、交通、市场监管等部门按照职责分工依法查处。

2. 司法保障

为依法惩治长江流域非法捕捞等危害水生生物资源的各类违法犯罪，保障长江流域禁捕工作顺利实施，加强长江流域水生生物资源保护，推进水域生态保护修复，促进生态文明建设，最高人民法院、最高人民检察院、公安部、农业农村部联合印发《依法惩治长江流域非法捕捞等违法犯罪的意见》（公通字〔2020〕17号），对非法捕捞犯罪、非法渔获物交易犯罪等违法犯罪行为的认定、适用刑罚等均作出明确规定。上海市立法可以作出指引性规定，即"依法严惩破坏禁捕工作的违法犯罪行为"；同时，从行刑衔接的角度，规定"人民法院、人民检察院、公安机关、海警机构和相关行政执法部门应当明确案件移送的程序和时限，依法履行职责，分工协作，有效衔接，确保案件依法移送、侦查、起诉、审判和执行"。

3. 提升执法能力

主要从"硬件"和"软件"两方面提升执法能力：一方面，上海市有关部门和相关区人民政府根据工作实际和管理需求，加快建设执法船（艇）、专用码头和相对集中的船舶扣押、拆解场所;上海市和相关区发展改革、经济信息化、商务、财政、规划资源、交通等部门应当采取措施,保障执法监管中涉及的码头、装备、设施和信息化建设等相关必要需求。另一方面,上海市和相关区农业农村、公安、市场监管等部门应当强化执法队伍和能力建设,加大行政执法和案件查处力度。

(五)加强正向引导

禁捕工作是一项全局性工作,要让退捕渔民安心转产,生活有保障,也要积极宣传引导,形成正确的舆论导向,营造"不敢捕、不能捕、不想捕"的社会舆论氛围。

1. 社会参与

一是新闻媒体应当宣传禁捕法律法规和政策,投播禁捕公益广告,在全社会营造自觉禁捕、保护生态的氛围;二是发挥社会监督作用,对破坏禁捕等违法行为建立举报奖励制度,鼓励公众积极参加与禁捕退捕有关的志愿服务活动;三是单位和个人应当增强水生生物保护意识,严格执行长江水生生物保护的各项规定;四是支持相关科研机构开展水域生态科学技术研究及生物完整性指数监测,发布监测报告,开展长江流域禁捕效果评估,为相关政策制定和完善提供科学支持。

2. 退捕渔民安置

退捕渔民安置保障是一项长期工作。上海市人力资源社会保障和相关区政府要加强退捕渔民的就业指导和职业技能培训,优先安排就业困难退捕渔民从事公益性工作;上海市、区民政部门应当做好渔民退捕后生活困难兜底保障工作。各级财政部门要加大资金投入力度,统筹整合相关资金,支持退捕渔民转产安置、社会保障等资金需求。

(六)禁捕工作的长三角一体化合作

长江流域禁捕,特别是长江口禁捕,需要三省一市在长三角一体化发展国家战略基础上,探索长江流域禁捕跨省联动监督、协同立法、联合执法。上海市建立健全与江苏、浙江、安徽省协同的非法捕捞闭环监管长效机制,探索建设覆盖三省一市的船舶登记信息共享平台、渔船动态监管平台、水产品市场流通追溯监管平台和执法信息互通共享平台,共同打击破坏禁捕的各类违法犯罪行为。四个平台的建设是一个系统工程,需要一定的建设周期。建议政府相关部门抓紧推进,分步实施,尽快投入使用。同时,还要依托部省际长江口禁捕管理工作协调机制,联合江苏、浙江省协同推进长江口水域非法捕捞整治,加强长江口禁捕管理区管理。

牵 头 领 导:陆峥嵘

牵 头 处 室:渔业处

课题组成员:周建敏　陈　杰　黄凯元　王凌峰
　　　　　　杨海宁

20. 上海松江家庭农场走出生态循环农牧共赢新路子

2020 年末,上海市松江区松林食品集团拿到了上海首张生猪养殖绿色食品证书。总量为 5 万头商品猪和 2 500 头母猪,共计 1 400 吨松林猪肉获得了绿色食品证书,上海绿色猪肉供给实现"零"的突破。

这一证书的获得,具有里程碑式意义:一方面,松林集团在松江发展粮食家庭农场基础上,推行种养结合家庭农场,让松江家庭农场发展之路迈出了新的步伐;另一方面,松林集团探索在全生产流程中从无到有地建立起一套标准规范,为同行业树立了标杆。这是上海践行绿色生态循环理念的生动案例,不仅展现出了超大城市生态养猪的新路径,也为上海现代农业发展提供了有益探索。

一、主要做法

松江区鼓励支持松林集团在绿色猪肉申报难题上破冰,主要在于以发展种养结合家庭农场为基础,推动"企业+农场"优势产业联盟,形成"生猪+大米"绿色生态循环产业链,显现出长效、可持续的生命力。

（一）坚持夯实基础

一是推行生态循环模式。2007 年起,松江探索家庭农场承包责任制,以松林集团为主体,以"公司+农场"布局种稻与养猪相结合的种养结合生态循环模式。目前,松林集团合作的 108 家粮食家庭农场中,有 91 户属于种养结合生态家庭农场。种养结合家庭由松林统一提供种猪、饲料、防疫等保障,出栏后由松林收回,经营风险低,收入有保障。每个猪场 1 500 头商品猪,配套周边约 150 亩粮田。猪粪尿经发酵成沼液还田,为水稻种植提供优质有机肥。经过多年实践,化肥用量相比最初减少了 6—7 成,土壤肥力越来越好。二是坚持良种良法。作为国家级农业产业化重点龙头企业,松林集团建设了从母猪繁育、饲料生产、生猪养殖、屠宰加工、市场销售的全产业链,并建立有全套现代化养猪设备和工艺流程,严苛的标准化管理体系,疫病防控体系及肉猪上市追溯系统。三是较早获得了猪肉无抗认证。2017年,松林集团在上海范围最早启动推行"无抗"养殖生猪认证,并借助第三方标准来规范生产,原料和饲料做到了"零抗生素"。

（二）秉承绿色理念

一是坚持绿色产业布局。在生态循环模式基础上,松林集团形成了肉猪和大米两条成熟的生态全产业链,1.5万亩水稻全部地处松江大米绿色水稻整建制认证区,其中1.43万亩大米通过了绿色食品审核获证;898.01亩大米通过了有机产品认证,实现了绿色有机大米全覆盖。二是坚持绿色品牌经济。近年来,松林集团坚持农牧结合,坚持在绿色发展中体现品牌价值,以做强循环农业来提升品牌效益。据统计,全区实行种养结合型家庭农场平均收入为28万元,比纯粮食生产型家庭农场增收13万元。三是坚持绿色政策支持。松江区农业农村委2020年出台了促进绿色农业发展奖补实施方案,将松林集团作为"行业性示范"给予130万元奖补支持。

（三）攻克"卡脖子"难关

一是解决饲料原料难题。绿色生产资料相对短缺,是养殖业难以推动绿色食品申报的难点。松林集团远赴黑龙江,寻找适合做绿色饲料的原料基地,确保绿色原料供给缺口补足。二是研制绿色饲料配方。松林集团全产业链布局优势,使得绿色饲料供应实现了"自产自给"的闭环,确保在技术实现供应能繁母猪和仔猪的绿色饲料配方研制,全套符合要求的绿色全价饲料投产。三是编制绿色生产规程。绿色生猪食品申报推动全套操作流程完成了整体升级,涉及从饲料生产、母猪繁育、生猪养殖到屠宰加工全产业链各环节。在空间和时间上均实现完全式分离,形成了一套严苛的独立操作规范,填补了业内空白。

二、未来展望

松林将绿色发展规划定义为"5.0版"。从小户散养的"1.0版"到集约化、半自动化养殖的"4.0版",松林集团走过了30多年的路程。目前,集团瞄准"5.0版",即实现养殖技术国际顶尖水准,将在以下三个方面下功夫:一是实现高度自动化、智能化和动物福利化。通过物联网进行管理精准定位和病例识别,实现空气除臭无异味。二是实现土地高效集约化利用。建成一个新型现代化种猪养殖基地,节约土地可达70%。三是实现有机肥资源化高效率利用。探索万亩蔬菜田配套"楼房式"养殖基地的规模化生态循环养殖新方式。"十四五"期间,松林集团计划养殖商品成猪年总量30万头,一步步实现绿色生产全覆盖。

三、思考与启示

我们认为,上海松江家庭农场走出生态循环农牧共赢新路子,具有较强的探索实践意义:

（一）摸索出了一条既符合绿色食品相关标准,又符合自身生产需要的新路

上海作为特大型消费城市,为市民提供多元、均衡的绿色农产品需求是迫切的,松林集团坚持品牌意识,以绿色食品申报带动品牌升级,在绿色发展中获得品牌成长的可

持续生命力,这一做法具有典型的行业示范性意义。

（二）为家庭农场可持续发展创造出一条新路，为家庭农场主带来新的增收

松江"公司＋合作社＋家庭农场主"农牧共赢模式，由一个家庭农场主同时进行种植业和养殖业经营，由公司统一回收并进行加工销售，农户根据考核饲养水平获得相应收入和奖励，奖励标准也随着绿色生猪养殖经济效益而提高，该路径具有较强的可持续性。

（三）为超大城市发展生态高效农业展现了新的模式

绿色农产品供给是上海都市现代绿色农业发展的主线，在都市发展生猪养殖业，改变了过去存在环境污染、疫情威胁的落后状况，有效促进了生态环境改善，经济效益提升，作出了生猪养殖绿色生态、高效集约的现代化模式，在全国具有较高的可复制和可推广价值。

牵 头 处 室：秘书处

课题组成员：方志权　楼建丽　张　晨　陈　云

蔡　蔚　徐　力　钱伟芬　李宗融